i

imaginist

想象另一种可能

理
想
国
imaginist

钱理群 吴晓东 主编

现代
小说十家
新读

上海三联书店

学术统筹：李浴洋

"钱理群现代文学课"丛书总序

感谢"理想国"在我 83 岁之年，编辑这套"钱理群现代文学课"丛书，给我回顾、总结自己的人生之路，提供了一次难得的机遇。人到了老年，就要回到永恒的生命之问："我是谁？"在年初的日记里，我这样写道："从根本上说，我是一个'思想者'。更准确地说，我是一个'思想的漂泊者'"；而"我的'思想'具有极大的'实践性'"，"我的实践又有三个方面：学术研究，教育工作，以及一定的社会实践"；"说复杂、全面一点，'我'是一个'以思想为中心的，思想—学术—教学—社会实践四位一体者'"。

这里要进一步讨论的，是作为"学术研究者"的"我"。我也有这样的总结："在我的研究重心从 20 世纪 90 年代后期开始转向思想史、精神史、政治史研究之前，我始终把自己认定为'文学史家'。"这也是我经常说的："与许多学友着重于某一文体、某一作家的研究，成为某一方面的专家不同，我的研究很不专一，樊骏先生说我'对什么课题都有兴趣，也都有自己的看法'。差不多现代文学研究的各个门类，从思想、理论，到小说、诗歌、戏剧、散文，以及作家作品、文学现象，我都有所涉及，却不甚深入。正是这一种没有特色的'特色'，把我逼上了进行'文学史'的综合研究之路。"当然，更重要的，这是王瑶先生给我指定的路。他对我的师母说，凡是有关"现代文学史研究"的事，都找钱理群；在我的感觉里，这是老师对我的托付：一定要坚守现代文学史的研究。我也真的这么做了。我的坚守、关注、思考与努力，主要集中在六个方面。

其一，自然是文学史的写作实践，我作了四次尝试。我和吴福辉、温儒敏合作的《中国现代文学三十年》，属于"教科书"的模式；和吴晓东合作的《彩色插图中国文学史》"新世纪的文学"部分，是将现代文学研究重新纳入中国文学史总体结构的自觉努力；和吴福辉、陈子善等合作的《中国现代文学编年史——以文学广告为中心》则开创了"大文学史"理念观照下文学史写作的新模式；现在，收入本丛书的《中国现代文学新讲》则又回到了老师们（王瑶、林庚等）一辈的"个人文学史"的传统模式上来。

其二，我在进行文学史写作实践时，从一开始就有很高的理论创造的自觉。可以说我的现代文学研究（包括文学史的写作）主要著作，都有进行现代文学研究的理论与方法、文体实验方面的设想，并及时作理论的提升。本丛书里的《大时代中的思想者》，就集中收入了这方面的探索、设想的文章，如《我的文学史研究情结、理论与方法》《略谈"典型现象"的理论与运用》等。

其三，是对现代文学史学科发展史的关注，而重心又集中在学人研究。我对我们学科各代学人，从共和国第一代王瑶、李何林、任访秋、田仲济、贾植芳、钱谷融，第二代乐黛云、严家炎、樊骏、王信、王得后、支克坚、孙玉石、刘增杰、洪子诚，第三代王富仁、吴福辉、赵园，都有过专门的研究与回忆。而年轻一代的研究也始终在我的关注之中，其中一部分文章收入了本丛书的《大时代中的思想者》。这背后则有我自己的历史定位：作为一个"历史的中间物"，我是有责任既为上一代"画句号"，又为下一代"作引导"的。

其四，不仅研究学科发展的历史，更关注学科的研究现状和实践；不仅关注个人的研究，更关注整个学科的发展，不断思考和提出具有前沿性的理论与方法问题，倡导新的学术探索，在一定程度上起到学术引领与组织作用。收入本丛书的《我的中国现代文学研究大纲》，就提出了一系列开拓点和突破口，产生了很大影响；而《"大文学史"的写作——40年代文学史（多卷本）总体设计》，到了近几年又受到新一代研究者的关注。这背后有我的学术研究的"三承担"意识，即"对自我的承担，对社会和历史的承担，对学科发展的承担"。我曾经有意用夸张的语调这样写道："'天生我材必有用'，我就是为这个学科而生的，中国现代文学史研究不能没有我钱理群。"这样的"故作多情"，其实就是一种历史使命感。

其五，是对国际汉学有关现代文学史研究的关注。我曾经说过，我们的最大幸运，是进入现代文学研究领域，一开始就"接触到学术研究的高峰"："不仅得到国内学术学科创建人王瑶、唐弢、李何林那一代前辈直接、间接的指导与培养，而且有机会和国际汉学界进行学术的交流，得到许多教益。"我特别提到日本鲁迅研究的"三巨头"：丸山升、伊藤虎丸、木山英雄先生，"读他们的著作，没有一般外国学者著作通常的'隔'的感觉，就像读本国的前辈学者一样，常常会产生强烈的共鸣，以及'接着往下说'的研究冲动"。此次编《大时代中的思想者》，也提及《构建"能承担实际历史重负的强韧历史观"——我看丸山升先生的学术研究》一文，就是要显示中、日两代中国现代文学研究学人学术理念与追求的相通。

其六，我的现代文学史研究的另一大特点，是自己的研究与培养研究生的教学的有机结合。去年我在"晚年百感交集忆北大·中文系"的访谈里，就谈到了我的三次成功经验。第一次是为孔庆东他们那一届开设的"重读经典"讨论课，要求学生提供所讨论作品的"研究史"的报告，弄清楚之前的研究已经达到什么水准，存在什么问题；然后再提出新见解、新突破：这实际是进行"创造性研究"的全面训练。再就是吴晓东、范智红、朱伟华那一批学者，要求他们和我一起进行"沦陷区文学研究"，从原始史料的挖掘开始，然后从整理资料过程中发现新作家、新作品，最后进行历史的概括和理论提升，写出学术性的"导论"，这既经历了学术研究全过程，也是对学术研究的素质与修养的全面培训。最后就是收入本丛书的北大课堂"40年代文学"讲录《现代小说十家新读》（由1995年开设的"40年代小说研读"课程整理增订而成）。也是强调对作家、作品的"新发现"，结果开掘出一批为研究界忽略的"实验性小说"，并着眼于"文本细读"，更注重文学形式、语言、审美素养与能力的培养；而课堂讨论的前后，都有教师的"领读者言"与"纵横评说"，进行"总体描述"和"理论线索梳理"，这就把微观研究与宏观研究有机结合了起来。参与这次研读课的有已经是老师的吴晓东，和还是在读研究生的王风、贺桂梅、姚丹等，都有出色表现。有意思的是，二十多年后，已是博导的吴晓东在他的班级里重开"40 年代小说研读"课，并且让新一代学生重读原著，作出属于自己一代人的新的阐述，他们的研读成果也收入了本丛书。这样"两代人"的"40 年代小说研读"本身，也具有了"现代文学学术研究史与教学史"的价值，耐人寻味。

2022 年 1 月 17 日

写于养老院

学术研究本质上就是一次"精神的对话"，

是处于现在时空中的"我们"超越时空限制，

与"千载万仞"之外的"思想者"，

进行心灵的交流，

思想的撞击。

萧　红　　　　李拓之　　　　沈从文　　　　端木蕻良　　　　路　翎

冯　至　　　　废　名　　　　卞之琳　　　　张爱玲　　　　汪曾祺

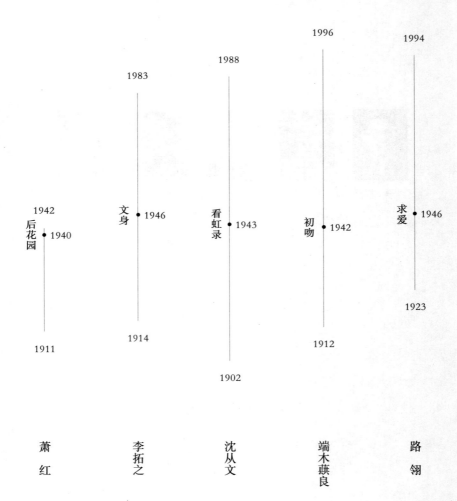

1996

1994

1988

1983

1942
后花园 • 1940

文身 • 1946

看虹录 • 1943

初吻 • 1942

求爱 • 1946

1923

1911

1914

1912

1902

萧红

李拓之

沈从文

端木蕻良

路翎

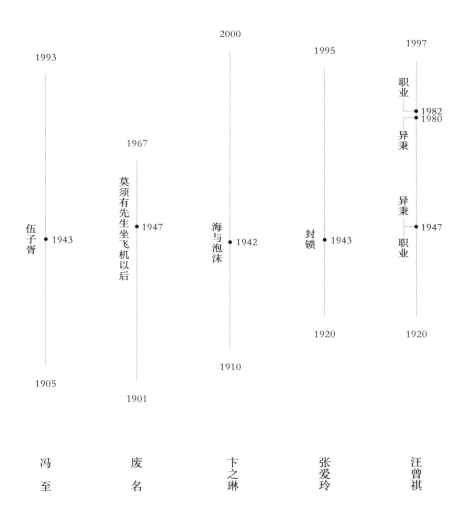

1993

2000

1997

1995

1967

职业

1982
1980

异秉

异秉

1947

职业

伍子胥 ● 1943

莫须有先生坐飞机以后 ● 1947

海与泡沫 ● 1942

封锁 ● 1943

1905

1910

1920

1920

1901

冯至

废名

卞之琳

张爱玲

汪曾祺

目 录

下篇　纵横评说 / 钱理群

回顾一次精神对话与学术漫游

我在北大讲坛的授课经历中，1995年秋给中文系的研究生开设的"40年代小说研读"注定是难以忘怀的一次讨论课，也是我第一次尝试让学生们自己主讲，我则担任所谓领读者的角色。这门课的成果，最终在1999年以《对话与漫游——40年代小说研读》为题结集，由上海文艺出版社出版。

本以为这门课我会上得很轻松，但事实上，我在这门课上付出的精力恐怕比自己以往讲授的任何一门课都要多。在课程设计过程中，也有意识地让这门课承担了多重功能。首先，我试图把自己此前十多年对20世纪40年代小说的基本研究视野和一些整体观照带入这门课，希望为研究生们的讨论提供一个初步的基础，这就是我为这本书设计的上篇"领读者言"中包括的三篇导言性的文字："请作一次精神对话与学术漫游""漫话40年代小说思潮"和"且谈战争岁月作家心态"，试图让同学们在了解和认知小说思潮和作家心态的前提下进入对具体小说文本的探讨。其中，我尤其强调这门课应该是师生之间的一次平等自由的思想交流和学术互动，即所谓的"精神对话与学术漫游"。这就是我为课程所设计的更主要的目的，强调同学们要对文学作品有精神上的感悟，把激发想象力、创造力作为学术研究的目标，体会一种"学术漫游"的乐趣，进而实现对独立研究能力的培养。而在课程进入具体实施阶段，也的确大体上实现了这一"对话与漫游"的设想，这就是本书中篇的"众声喧哗"，由十几位报告人主讲我所选择的 10 篇 20 世纪 40 年代的小说。或许是讨论课的形式本身激发了参与者的积极性与创造性，大家的报告以及集体讨论都显示出较高的学术水准，讨论现场非常热烈，经常会出现针锋相对的激辩场面，而这也正是我设计这门课的初衷之一，在"众声喧哗"中鼓励新颖而别异的见解的生成，彰显每个参与者的个性。而研究生们所表现出的积极性，或许也与我选择十篇作品的内在标准有关。我看中的作品，大都是具有实验性、先锋性和探索性的小说，相当一部分较少有充分的前研究，相对来说，更容易催生研究生们新鲜的见解。而在每次课的最后环节，我所做的讲评也总是力图鼓励那些更具有思想和学术创见的学生，研究生们的观点虽然不乏"片面"，但往往不失"深刻"，时时闪烁的思想火花则是作为教师的我所最为乐见的。

这门课所承担的另一个功能，则体现为我在最后一次课上，对一个学期的讨论进行的回顾和总结，这就是本书下篇"纵横评说"中的《40年代小说的历史地位与总体结构》，希望对 20 世纪 40 年代小说进行一次提炼和提升，进一步生成一些具有总体性的历史判断和美学判断。一方面试图把 20 世纪 40 年代的小说置于"五四"以来的现代小说发展的整体进程中，进行"纵向"的评说，另一方面也将课上讨论的作品放到 20 世纪 40 年代小说的整体结构中进行"横向"的比较，从而为 20 世纪 40 年代的小说寻求一些新的历史定位。这些"纵横评说"也深深得益于一个学期积极参与的同学们的精彩报告和热烈讨论，也有助于我本人进一步打开 20 世纪 40 年代小说的研究空间。

距这本书的初版已经过去了二十三年，其间我会不时地回想起这次讨论课，沉浸于当年课堂上所展现出的带有精神性的对话氛围中。在我对自己一生的身份定位中，排在首要位置的永远是教师，从当年在贵州安顺的十八年教书生涯，到 1981 年研究生毕业留在北大至今，我始终把教师作为第一职业，其次才是学者和其他身份。在我心目中"教师"的地位是高于也重于"学术研究"的。最近这些年来，虽然也一度对教师的使命和教育本身产生过怀疑，担忧我们的教育最终会培养一些"精致的利己主义者"，但是每当忆起当年和这批学生们一起进行精神对话和学术漫游，就依然感到神往，也深深感怀于那一代研究生们对学术所保有的单纯的热情，以及多少摆脱了功利性的求知和探索的精神。同时也就难免生出一种渴望，想进一步了解如今更年青的一代学子的思想状态与治学态度。

因此，当"理想国"邀请我重新出版《对话与漫游——40年代小说研读》，我便欣然应允，一部分原因也是李浴洋建议再加入一些今天的青年学子对这些小说重新进行解读和阐释。我们一起商定请我的学生，也是当年这门课的参与者吴晓东主持这本书的再版工作，撰写再版导读，请他加进如今的研究生们对这些作品新一轮的研读，我借此机会也想了解一下已经不大熟悉的更年青的一代研究者的问学思路。这样一来，这本书也就不仅是一般意义上的"再版"了，所以书名也更换为《现代小说十家新读》。

从吴晓东的学生们提交的这批再研读的文章中，我感受到当年讨论的这些小说已大都完成了经典化的过程，但也同时依旧处于不断再经典化的历程之中。我一直认为，经典的建立和形成是一个动态的历史性过程，每个历史阶段都必然会更新对经典的看法和认知，这也是文学经典所内涵的应有之义。不过，对经典的阐释应该包含"恒"与"变"的双重尺度，成为经典的作品，总有一些内涵是每一代研究者都会认可和予以承续的，但经典之所以是开放的以及指向未来的，也就说明每一代的研究者都将对经典的内涵做出属于自己一代人的阐释，也因此才保证了经典的历久弥新。

至于在这部再版著作中，新一代的学子交出的是怎样的答卷，相信读者会做出自己的判断。我至少由衷地希望，这也是一次难能可贵的精神对话与学术漫游。

钱理群

2022 年

写于养老院

小说经典重释的方法

《现代小说十家新读》导读

　　1995 年秋季学期，作为一个毕业留校不久的青年教师，我全程参与旁听了钱理群老师在北京大学中文系开设的讨论课"40 年代小说研读"。这门课一共讨论了 10 篇由钱老师预先选定的 20 世纪 40 年代的小说文本，每次课上由选课同学主讲其中一篇，然后大家集体讨论，最后再由钱老师点评和总结。这种方式，也成为我后来开设本科生和研究生讨论课所仿效的基本模式。

　　当时钱老师对 40 年代小说已经有了多年的研究，因此讲课过程中既有高屋建瓴的总体观照，也对每篇小说的讨论贡献了慧眼独具的论述。而作为讨论课，钱老师对这门课程也寄予了一些特殊期许。记得在开场白中，他把师生共同参与的这门课定位为"一次精神对话和学术漫游"，强调首先要领悟作品中所蕴含的"形而上的精神追求"，进而把学术研究的本质也理解为"精神的对话"，认为理想状态的研究"是处于现在时空中的'我们'（研究者）超越时空限制，与'千载万祀'之外（内）的'思想者'（他们中的有些人是世界级的思想、文学大师、巨匠）进行心灵的交流，思想的撞击"，希望学生通过对作家"精神创造物"的研读，实现自我"精神的转化与升华"。钱老师尤其鼓励同学们要对文学作品有"精神上的感悟"，激发自己的想象力、创造力以及对文本的开放性的理解空间，进而在"学术漫游"的愉悦中培养"独立研究能力"。这次为《对话与漫游——40年代小说研读》的再版撰写导读，我又重读了该书的"领读者言"（上篇）、"纵横评说"（下篇）以及"众声喧哗"（中篇）中钱老师对每次课的"讲评"，依然为"精神对话"与"学术漫游"的理念，以及他对课程的完美设计和精彩引领击节不已。

应该说，钱老师的课程理念和具体实践已经结出了硕果。我所熟识的一些课程参与者后来回顾自己的学术历程，都把选修这门课以及从中获得的"独立研究能力"，视为成长道路上的一次学术研究启蒙。这门课的主讲者主要是在读的硕士生和博士生，也有几位外国的高级进修生和访问学者，后来大多脱颖而出，其中不少人还成为当今学界的中坚。二十七年的时光逝去了，每次翻开根据这门课的实录编成的这本书，当年在五院的一楼会议室聆听大家积极踊跃、富有创见的发言的情景都历历在目，恍如昨日。

记得钱老师当年曾经自谦自己"习惯于从思想、文化、心理上去把握作家、作品，而对作品艺术形式的把握则相对弱一些"，因而他有意识地在小说艺术方面加以督促和引领，讨论课上对文体形式的分析也占了更多的比重。比如在集体讨论冯至的《伍子胥》之后，钱老师觉得同学们偏于关注小说的思想和理念，但对语言的分析显得不足，于是开始逐句朗读，逐句解析，使大家对小说语言的音乐性，以及小说诗性的生成，都有了直观和感性的体悟，进而又提升到诗学分析模式。这是一次我记忆中难以忘怀的课堂教学，也体现了钱老师小说研究的核心方法论。今天回想起来，耳畔似乎依旧萦绕着钱老师富有激情的朗读声。

钱老师所实践的研究方法，是一种"文本（语言）形式—作家心态—历史语境"三位一体的动态模型，具体说来，是以小说形式（尤其是语言层面）为着眼点和切入点，以作家心态剖析为中介，最后进入时代语境，而战争年代的大历史因此成为文本分析的最终依据。他尤其注重把作家心态带入小说形式内部，心态由此成为小说形式研究内在的结构性因素。这种研究模式对后来者最重要的启示是，40年代小说研究不能去语境化，不能对文本孤立地分析，而要紧密结合战时历史情境和作家的心理状态，把小说形式分析历史化。

　　钱老师也重视相关的小说理论，不过他所强调的理论，有两个向度格外值得研究者思考和领悟。第一个向度是，强调现代作家自己总结出来的小说理论和作法，或者在文学发展史中真正影响了作家创作的理念视野，比如关注芦焚（师陀）所属意的"用旧说部的笔法"写"散文体的小说"，关注废名对生活"本色"的展示，关注张天翼"老老实实映出了人生本相"，关注沈从文在小说中"保存原料意味"，关注张爱玲"抓住一点真实的，最基本的东西"的小说理想，等等，都内涵着小说理论的历史维度；钱老师尤其留意到了 40 年代中国小说既与世界小说理念合流，同时又对域外资源加以创化，从而形成自己独特风格的创作趋势，强调如汪曾祺等小说家的创作，一方面深受西方现代派小说的影响，另一方面又是"通过纯粹中国的气派与风格来表现的"。第二个向度是，强调理论与文本的贴合度，而不是一味套用时髦的新理论去图解当年的小说。钱老师启示我们：理论也如文学作品，同样有个历史化的过程；而理论的有效性也主要表现在与文本之间恰切的关联度。概而言之，即理论的历史化和理论的文本化。

　　钱理群老师的这门课也体现出对现代文本经典化研究的独特探索，也影响了后来研究者对相关作家作品的深入研究。钱老师直言自己选择的文本，力图展示 40 年代小说探索的丰富性，尤其选取了一些"非主流"和"带有很大的实验性"的作品。这些作品有些尚未被经典化，有些则正处在经典化的过程中，而有些小说的艺术价值，钱老师自己也没有特别的把握，因此，他强调"我们对作家艺术实验中的'得'与'失'两方面都要进行实事求是的探讨，不要有什么先入之见"，"要从个人的艺术感受出发，从作品的结构、叙事、语言等形式因素入手，去体味其内在的意蕴"。这是一种把研究者的原初"感受"、文本的形式探究以及内在意蕴的挖掘统合为一体的细读方法，也使细读成为经典化过程中必不可少的环节，可以说，没有经过细读，就无法成为经典。

　　后来的学科发展历程也验证了钱老师当年眼光的精准性和前瞻性。他选择的小说篇目中，萧红的《后花园》、沈从文的《看虹录》、冯至的

《伍子胥》、废名的《莫须有先生坐飞机以后》、卞之琳的《山山水水》、张爱玲的《封锁》、汪曾祺的《异秉》和《职业》，都成为小说史研究领域的重要作品，加快了经典化步伐；而当时还没有被充分研究，或者学界不大熟悉的作家作品，如端木蕻良的《初吻》、路翎的《求爱》、李拓之的《文身》等，也通过本书得以进一步浮出水面，引起后来研究者的格外关注。

在讨论过程中，钱老师还始终强调文本分析能力训练的重要性，认为这是研究生求学阶段的规定动作。无论是文学性研究，还是 90 年代学术转型后的文化研究，以及所谓的泛文本研究，其实都依赖于文本解读的基础性能力。重视文本研究的背后，也是对文学的信念和坚守。而这些年来文学性研究的削弱与文本解读能力的下降，可视作同一硬币的两面。前些天微信朋友圈中流传一篇文章，称大量中文系教授根本不懂文学。这其实并不是危言耸听，而是这些年忽视文学性研究的必然结果。由此一来，"为什么要研究文学"本身也成了一个必须首先直面的问题。为什么要回到文本，文本细读的意义何在，怎样分析和阐释文本，也都同样成了问题。在这个意义上，重温当年钱老师对文本解读能力的强调，是不无启示意义的。

当年在钱老师的课上我隐约领悟到，经典的阐释也是一个历史化的过程，每个历史时段以及每一代学人都需要重释经典。倏忽之间二十七年过去了，今天的研究生们在前辈的光环下重释这些作品，会有哪些新的向度和视野生成？对既往的阐释是颠覆性的，还是有所增益和拓展？在方法论层面是否生成了新的可能性空间？这无疑是一些令人兴奋的议题。因此，《对话与漫游——40 年代小说研读》的再版，就根据李浴洋先生的独特设计，加入了北京大学中文系现代文学专业在读研究生新的解读文字，姑且以"再研读"名之，也借此对参与此书初版本的前辈师长表达敬意。

对于这次新增的"再研读"文字，读者不妨首先了解新一代的年青学人究竟在前辈的基础上如何推陈出新，对文本贡献了哪些具有新意的解读，毕竟时移世易，新的阐释空间总会生成；其次，可以关注一下

"再研读"的 10 篇文章是否在整体上为经典的阐释贡献了方法论视野，进而拓展了小说文本分析的新模式。

总的来说，新一代学子在尝试新的研究范式方面更加自觉，表现出对诗学理论和阐释模式的借重，也在借鉴钱理群老师"文本形式—作家心态—历史语境"一体化方法的基础上，更加注重"文本—理论—历史"三维空间的建构。而重建文本阐释学，大体上构成了年青学子们新的努力方向和整体目标。

今天致力于文本分析的研究者们大都面临一个创建新的阐释模式的问题。而建立新的阐释模式往往比较困难，更考验创新能力，因为每一个研究领域，每一个具体对象，甚至每一篇文学文本，都可能要求各异的阐释模式。在这个意义上，阐释模式不同于理论模式，理论是相对恒定和稳定的，而阐释模式则因不同的对象而异，因为不同的文本要求的正是不同的解读空间和阐释视野。但另一方面，阐释模式又依赖于理论思考。所以就文本解读而言，对理论的借鉴也是题中应有之义。文本细读最需要的是阐释理论和方法，比如，你是从哪些角度切入文本的？如何读出文本固有的意蕴，而不是你附加给文本的东西？怎样确保你的发现是新颖的，是别人没有读出的？如何使文本解读不囿于单一层面的描述，而是诉诸一个动态的和立体化的阐释空间？回答这些问题往往有赖于阐释框架和理论视野。而真正有效的阐释模式和理论体系，又都需要在文本细读过程中去检验和证明。

有些遗憾的是，限于学力，这些"再研读"文章与自觉追求的阐释方向和研读目标还有较大的距离，不过令我欣慰的是，同学们在阅读《对话与漫游——40 年代小说研读》的过程中，受到了钱老师和前辈师长们的很多启迪，同时力图与前辈们进行平等的"精神对话"，也经历了一次同样愉悦的"学术漫游"。

接下来以小说篇目为序，逐一谈谈我对"再研读"文章的些许体会，或许有助于读者阅读完当年的解读文章和集体讨论之后，更快地进入新一代学子的问题意识。

从萧红小说文本细节中升华出生命哲理，是学界研究《呼兰河传》

以及同时期的《后花园》等作品时比较常见的路数。韩国留学生崔源俊在《〈后花园〉与萧红的人生哲学》一文中也注重萧红对生存哲理的表达，认为小说中"以景物的生长为象征的人生哲理本身才是核心"。不过值得注意的是崔源俊到达这个文本"核心"的过程：他更试图从小说形式出发，侧重分析《后花园》的空间场景、形式结构、语言修辞，以及叙事者的中介作用，从而显示出引入诗学模式的努力。而在具体文本分析环节，文章尚显得有些薄弱。

研究界通常把李拓之的《文身》归于心理分析类型的小说，而唐小林的《〈文身〉与40年代历史小说中的主体转化》一文则试图从历史维度出发探求小说中的主体生成问题，把"如何实现自我的主体转化"视为小说作者和40年代历史小说家所共同面临的创作难题，从而寻求一种心理分析历史化的途径，也避免了对作品进行抽象化的理念图解。《文身》的观念化问题，在1995年的讨论课上参与者就已经意识到了，而唐小林的分析更加落实到小说叙述层面，认为"在《文身》中，带动叙事展开的是人物的心理意识和身体感觉，李拓之通过艺术渲染技巧将'描写'推动为'叙述'，展示出较强的叙事控制能力"，在一定意义上反思了40年代深刻影响了文坛的卢卡契的《叙述与描写》一文中看重"叙述"而反对"描写"的二元对立理解方式，显示出了小说诗学的视野。

沈从文的《看虹录》与他此前的小说相比，在形式上更有先锋性和实验性，但小说中对生命形式的思索则可以在《水云》等文本中获得某种前理解。孙慈姗的文章《生命·形式·"一个人"——读〈看虹录〉》，也正是首先追溯《水云》所展示的沈从文创作中"我""故事""抒情诗"三者之间的辩证关系，进而探讨沈从文对"爱欲、写作、个体经验的升华"的思考以及"对'文学'既肯定又否定、既倚重又试图超越的心态"，为自己再研读《看虹录》提供了核心线索。在此基础上，孙慈姗把对《看虹录》的解读置于历史视野以及与其他文本的参照之中，重新反思了沈从文贯穿一生的"抒情性"及其在40年代所遭遇的历史困境，也呈现了一种理解沈从文的综合向度。

在当年的讨论课上，绝大多数参与者包括我本人，大体上认为端木蕻良的《初吻》内涵着一个中国式的"俄狄浦斯情结"。刘东的《〈初吻〉：一则 40 年代的"草原"故事》没有颠覆这一既有的阐释框架以及心理分析的读法，而是在此基础上进一步寻求新的阐释空间，从而呈现出一种更为综合的视野，既把《初吻》解读为一个欲望故事，也将其判断为一则家族故事，认为"两种话语的叠合与纠葛，才构成了《初吻》这部小说全部的修辞面向"。在这个意义上，《初吻》也被刘东视为端木蕻良长篇小说《草原》的"前史"，且他联系了萧红《呼兰河传》以及骆宾基《姜步畏家史》等系列作品，认为 40 年代东北作家关于东北的书写既多元又多歧，这是时代语境与作家处境一同作用的结果，而《初吻》也正是其症候性的具体体现。

与唐小林解读《文身》类似，刘祎家的《主体的辨识——路翎〈求爱〉再解读》也探究了路翎《求爱》中的主体性问题，最终讨论的是主体与历史的关系，预示着一个人只有在历史实践中才能真正生成为主体。刘祎家继而思考了路翎如何认知"现实"这一在 40 年代小说中具有普遍意义的重大议题，认为小说主人公胡吉文追求的只是建立在话语上的现实，个人的主体也是被话语建构的主体。"而话语是容易耗损、容易更改也阴晴不定的"，由此反思了 40 年代的国统区文学"只会生产和历史及现实隔着多重透镜的话语"，甚至整个"现代史"也正是一部话语泡沫史，"只是有着零碎而纷纭的种种价值、立场、意见和声音，而离具体的现实世界相距甚远，无法去伪存真的话，话语只会对主体的生长和跋涉构成阻滞"。

钱理群老师认为现代"诗化小说"是审美价值最高的类型，也最有诗意，而冯至的《伍子胥》正是"诗化小说"的代表作之一。但小说中的诗意究竟是如何生成的？是叙事形式内生的产物吗？与外部现实和政治语境有没有根本意义上的关联性？罗雅琳在《"诗意"意味着什么？——重读冯至的〈伍子胥〉》一文中处理的正是诗意与现实的互生性，认为"《伍子胥》虽然充满'诗意'，但此'诗意'并非向内封闭的，而是包含着向外部现实、向政治不断靠拢转化的内在动力"，从而对"诗意"的不证自明的先验性提出了质疑。而这种思考建立在对冯至所接受的诺瓦里斯的德国浪漫派思想和尼采的超人哲学资源的钩沉基础上，

令人格外有信服感，也丰富了对冯至《伍子胥》的文本内涵和诗学形态
的理解。

　　当研究界近来更注重废名的《莫须有先生坐飞机以后》中的散文
化和史传化倾向时，钟灵瑶的文章《从"议论性杂文"到"回忆性传
记"——〈五祖寺〉解读》更想强调这部作品中"小说性"的生成，正
如钟灵瑶追问的那样："废名如何组织自己近似散文的小说？在文体杂糅
之中，近似散文的写法是否还保有小说文体的特征？如果文体近似散文，
那为什么还要保留莫须有先生这一虚拟角色？"这些追问对于讨论这部
废名一再撇清与小说之关系的作品依然是有效的问题，也使文章得以在
诗学的意义上展开讨论的视野。钟灵瑶尤其看重小说中叙事者的声音：
"《五祖寺》的叙事人依然重视事件的起因与结果，它们在情节上的调度
依然是不可或缺的。……它的形式并不真正如同散文一般散漫无边、随
物赋形，揭露故事的'因果'仍然是小说的重要任务。"

　　李超宇的文章《知识分子与劳动——重读〈海与泡沫〉》表现出弥足
珍贵的批判性立场和反思性眼光，既有对钱理群老师当年关于卞之琳的
小说《海与泡沫》中蕴涵的知识分子改造问题的基本判断，也能根据自
己对小说中相关文本肌理的深入解剖而提出驳论，这是既需要学术洞察
力也需要学术勇气的，而学术勇气还要以洞察力为基础和前提。文章也
表现出对历史语境重要性的体认，尤其是联系卞之琳所身处的延安当时
的历史情境和当时的政治政策，使李超宇的文本分析更为历史化，也寻
找到了文本历史化的有效途径。但另一方面也要警觉过于历史化会使自
己的学术判断走向另一个极端，就有可能忽略小说对知识分子复杂心理
流程和主人公象征化的文学性思维模式的揭示与呈现。

　　在张爱玲经典化的过程中，小说《封锁》是最被学界看重的经典之
一，关于这篇小说的分析也近乎汗牛充栋。顾甦泳的《作为时代转喻的
欲望书写——重读张爱玲的〈封锁〉》依然新意迭出，就显得难能可贵
了。以文本细读为基础，顾甦泳试图揭示小说中男女主人公的欲望生成
机制，把《封锁》的结构体认为一种"有意味的形式"，认为在张爱玲精
心营建的小说结构中，关联的是作家的历史位置和言说姿态，从而贡献

了一个比较有效的诗学阐释模式。这种阐释模式的建立也依赖于顾甦泳所借助的理论，有时一个新的理论视角的引入，会带来全新的阐释空间。文章所援引的"欲望介体"的范畴就有助于解释《封锁》中欲望的生成和恋爱感的失落。也许，张爱玲笔下的"封锁"状态和电车空间也正是这样一个欲望介体。

关于汪曾祺40年代和80年代分别创作的两个版本的《职业》和《异秉》，学界也已经有不少讨论。肖钰可的文章《局促，或从容的小说——也谈两个版本的〈职业〉〈异秉〉》则试图聚焦汪曾祺的小说意识和叙事技巧，她从40年代汪曾祺的小说中感受到的是"小说意识太强烈了，强烈到让读者产生一种突兀感"。而在重写旧作的过程中，汪曾祺似乎终于知道自己要"写什么"了，"这表现为他找到了最适宜的叙事节奏与表达习惯"。而肖钰可对汪曾祺40年代创作所表现出的某种"混乱"而"异质"特性的概括，一方面显示出独立判断和自主思考的胆识和勇气，另一方面对汪曾祺40年代小说的先锋性和实验性意义的估计似乎有所不足。

在写作这篇粗略的导读的过程中，我不止一次地翻开钱理群老师馈赠给我的《对话与漫游——40年代小说研读》的初版本，在扉页上，钱老师当年写下了这样一句话："这里凝聚着一段我们共同度过的美好的时光。"而参与编辑和书写导读的过程，也同样是一段值得纪念的美好时光。再次衷心感谢钱老师对我的信任，让我加入本书的再版工作；也感谢李浴洋兄细致的操持和精彩的建议；最后感谢积极参与这次"再研读"的我的学生们，与大家一起重新步入钱理群老师的文学课堂，将是我毕生的荣幸。

吴晓东

2022 年 3 月 8 日

于北京上地以东

上　篇

领读者言

钱理群

一　请做一次精神对话与学术漫游

　　虽然我已经算得上是一位老教师——仿佛不久前还被颁发了"三十年以上教龄"的奖状与奖章，但今天第一次面对同学们，我仍有些激动。记得 50 年代，那时候我还在上中学，每年 9 月 1 日开学的日子，都是一个盛大的节日，要穿新衣服。这或许是从苏联那里学来的，后来，中苏关系紧张，就不搞这一套了。我自己也走上了讲台，先是教了十八年的中学语文，最近十五年又在大学任教。每逢 9 月 1 日新学年开始，想到要和一些不熟悉的新同学见面，我了解他们吗？他们能接受我吗？……心里就有些紧张，有所期待，也有几分不安。几十年过去了，我今天仍怀着这样的心情，走上这个讲台。你们是我教过的学生中最年轻的一代，我的年龄和你们的父母差不多，真正算是两代人了。我们在文学观念上，美学趣味上，能够沟通吗？不可避免、也不必回避的代沟，会不会影响我们在课堂上心与心的交流？——而我期待着这样的交流，会有会心的微笑，无言的默契吗？……

　　今天，我从宿舍穿过未名湖走到课堂的路上，一直在想：第一堂课我应该向学生谈些什么？于是想到了曾引起我长久思考的一个鲜明的记忆：那一年中国美术馆举行法国伟大的雕塑家罗丹的原作展览，我去看了。展厅前矗立着罗丹的代表作《思想者》的塑像，周围则是熙熙攘攘的人群，仿佛闹市一般。我突然感到罗丹和他的精神创造物此时来到中国，是会有些尴尬的，并由此产生了一个意象叠合："喧闹街市中的思想者"。我又想：这不协调的意象叠合，是不是也象征着我自己，或者说我们这一群人？在商潮汹涌、"下海"成为一种时髦的当今社会，我们聚集到这里来，讨论早已消逝了的时代、早已被某些小说家们遗忘了的艺术追求，是滑稽，还是悲凉？似乎说不清楚。——或许什么也不是，我们不过是各尽其责：老师教书，学生听课而已。我想到、并要这样提出问题，大概也是自作多情？

但我仍然感到，并且要对同学们这样说：正是这"喧闹街市中的思想者"把我们与我们的研究对象——40年代的小说家及其精神产品——联结在一起。大家知道，抗日战争进入相持阶段以后，在国民党统治区也曾经出现过一次"全民经商"的热潮，当时也有大批知识分子"下海"。

剧作家陈白尘曾写过一个剧本，讲的就是一位著名的结核病菌研究专家，他的两名助手，其中一位还是他选中的接班人，或为生活所迫，或为金钱诱惑，终于离他而去，只有这位白发苍苍的老人，抵御着社会病菌，坚守着科学的阵地，剧作家因此把他的剧本命名为《岁寒图》。在当时的大后方，确实出现了一批这样的"精神家园"的"守望者"，也就是我们这里所说的"喧闹街市中的思想者"。作家沈从文曾这样表达他们的志趣与追求：尽管也承受着生活的艰难，以至生存的威胁，但他们更坚信"人之所以为人，必需有一种或许多种抽象原则，方能满有兴趣的活下去"[1]，正是这种形而上的精神追求（信念），使他们醉心于文学艺术，希望通过对艺术的不倦探索，达到自我情感的陶冶、转化，自我精神的升华，以平衡、调整"目前的纷乱和不安"——尽管也会带来"更大的纷乱和不安"，即所谓"道高一尺，魔高一丈"[2]；同时也期待能够"用作品燃烧起这个民族更年青一辈的情感，增加他在忧患中的抵抗

---

[1] 沈从文：《续废邮存底·五》，收《沈从文文集》第11卷，香港三联书店、花城出版社，1984年，第350页。

[2] 同上，第351页。

力，增加一点活力"①。这大概就是这一代人之所以在那样艰难的物质条件、政治高压与精神困惑之下，仍能够坚持小说艺术的实验的基本动力所在吧。沈从文说他们是在怀着"写二十世纪新的'经典'的快乐和信心"来从事写作的，期待着"到二十世纪末还有读者"②。在这个意义上，可以说沈从文们当年正是为我们这些今天的读者写作的；因此，我们如何看待、评价这些40年代中后期实验性作品，本身就具有一种"史"的意义与价值。

而对于我们自身，大家聚集在这里研读当年小说家们的精神创造物，也同样是一种精神的转化与升华。记得前几年在给同学们讲"堂吉诃德与哈姆雷特的东移"时，我曾经说过，学术研究本质上就是一次"精神的对话"，是处于现在时空中的"我们"（研究者）超越时空限制，与"千载万仞"之外（内）的"思想者"（他们中的有些人是世界级的思想、文学大师、巨匠）进行心灵的交流，思想的撞击。仅这一点，就足以使我们的精神进入一个新的境界。

当时我是这样对同学们说的：请暂时远离那喧嚣的街市，到这里来，做一次无羁的精神漫游，天马行空般的思想驰骋。或许这漫游毫无结果，并不能解答你生命中的疑惑，但仍然是严肃的真实追求，你会感到精神的自由，心智的解放与生命的充实。尽管说到底这不过是以精神的短暂充裕来补偿现实的缺陷，是阿Q式的、堂吉诃德式的自我挣扎。但我们毕竟挣扎过了，就像当年40年代的小说家们一样挣扎了；但也就是这一代又一代的挣扎，构成了"精神火炬的传递与承接"——我们这一代人（不客气地说，或许也要包括你们这一代在内）已经不敢奢望有真正的创造，但我们至少也要做一个守成者吧，不要让文化的传接在我们这里中断，对后代不致欠账太多吧……

在更具体的层面上，我们这一次精神漫游，是一次学术的漫游。径直说，我要请同学们参预我的40年代小说研究。"参预"是我喜欢用的

① 沈从文：《续废邮存底·六》，收《沈从文文集》第11卷，第353页。
② 沈从文：《续废邮存底·七》，收《沈从文文集》第11卷，第357页。

概念，也可以说是我的学术追求。我从来认为，学术研究也和文学创作一样，它不是学者（作家）个人一次性创造完成的，而是需要同代及后代读者、研究者的不断参预，我把它称为"学术的延伸"。但对我来说，"参预"还另有一种意义。我曾在一篇文章里谈到，我自己的研究始终遵循着"教学相长"的原则："青年朋友（其中许多人是我的学生）既是我的著作的主要接受者，又是共同创造者，更准确地说，他们参预了我的研究工作的全过程。我的研究工作的起点往往不是独自的沉思默想，而是在书房的高谈阔论之中：我常从与青年朋友的交谈中获得灵感，产生最初的思想萌芽，以至原始的创作冲动；而每当我一旦孕育了某种想法，又总是迫不及待地向来访的年轻朋友（熟悉的与不熟悉的）倾诉，不厌其烦地一遍遍重复。正是在这重复叙述的过程中，自己的思想逐渐明晰起来，同时在谈话对象的不断补充中获得丰富与发展。因此，待到一切成竹在胸，奋笔直书时，我所写下的，早已不单纯是个人的创造。至于在讲课过程中，直接从学生那里获得反馈，更是常有的事。在将讲义整理成书时，我喜欢引用学生作业中的观点，这正是出于对学生劳动的尊重与感激之情。我常说，离开了青年学生朋友，我将一事无成，这绝非夸大之词。"现在回想起来，我的几部主要著作都是这样写成的：《心灵的探寻》《周作人传》《周作人论》都是我开设"鲁迅研究"与"周作人研究"课的整理稿，其中汲取了许多学生作业中的成果，这是很明显的。《丰富的痛苦》与《大小舞台之间》则是在客厅里神聊的产物。

而这一次，我想再做一个试验：请同学们在更大程度上参预我正在进行的 40 年代小说研究。这项研究工作其实在我 1989 年写完《周作人传》后就开始了，到今天已经断断续续进行了七个年头。之所以"断断续续"，一个很重要的原因是小说研究本非我的特长与兴趣。我习惯于从思想、文化、心理上去把握作家、作品，而对作品艺术形式的把握则相对弱一些，但"小说史"恰好又是偏重于"文体演变"的研究，这就使我多少有些发怵——坦白地说，对于"40 年代小说研究"我至今仍是信心不足：我曾经多次"预言"，最终总要写出的有关著作（也包括这本书），都是我的"露拙"之作，质量最多平平。这虽为戏言，但也是老实话。有时候也自我慰解：人都有弱点，学者也如此。当然，我们可以有意识地扬长避短，但有时回避不了，也只好"丑媳妇见公婆"了。

这几年就这样硬着头皮打外围战，说得好听一点，就是做了一些基础性的工作：编选了《二十世纪中国小说理论资料》（第4卷），对40年代的小说思潮进行了一次系统梳理；和部分老师与研究生一起编选了14卷本的《中国沦陷区文学大系》，发掘了一批40年代的作品（包括小说）。我自己则对40年代一些重要的小说家如路翎、师陀、废名、无名氏等的代表作做了单个的研究，但都偏重于思想、文化心理的把握，并在此基础上，对40年代作家"心理走向"做了总体性的研究。当然，还用了极大力量去阅读作品，从中做了初步的文学史的筛选——这其实是最见文学史家功力的一项基础工作。史家的眼光往往体现在对人们忽略或评价不足的作家作品的新发现，对得到公认的作品的独特价值的新开掘，同时也体现在对一些流行而并不具文学史价值的作家、作品的剔除上。当然，这种眼光有时也最能显示研究者的局限：特色与局限从来是并存的。

现在提供给同学们研读的作品就是筛选的部分成果。说是"部分"，自然是说，提供研讨的作品并不代表40年代小说的全部成就，也不一定是最优秀的，它们有的被忽略、甚至被埋没，有的虽是这几年研究的热门，但在我看来，还有新的开掘的可能，这些作品一般都属于"非主流"，带有很大的实验性，也是40年代小说研究的薄弱环节，因此，有必要提出来做专门的研读。坦白地说，对这些作品的价值，我也没有十分的把握，提出来讨论就是想请大家协助我再做一次鉴定。因此，我们对作家艺术实验中的"得"与"失"两方面都要进行实事求是的探讨，不要有什么先入之见。这是一次"文本细读"，即从个人的艺术感受出发，从作品的结构、叙事、语言等形式因素入手，去体味其内在的意蕴。我期待着通过这次我们师生的共同研读，为下一阶段"40年代小说史"的写作，做一些准备。同学们大多是研究生，这次研读也是为帮助大家尽快进入"研究者"角色，而提供的一次良好机会。

我们这个课，分三个阶段。先是"导读课"，由教师介绍前一阶段研究的主要成果："40年代小说思潮"与"40年代作家心理走向"，这是对影响40年代小说创作的重要因素的一个宏观扫描；然后是"讨论课"，进入具体的文本分析，每次由一两位同学主讲，大家讨论，这是一种微观的研究；最后"总结课"再转入宏观，把第二阶段研读的作品，放到与同时期其他倾向的小说的横向比较，及"五四"以来小说发展历史的纵向考察这两个方面中做历史的定位。这样宏观与微观研究的交叉往复，将有助于同学们熟悉学术研究的各个环节，得到一次参预式的训练。从另一方面说，我们这样上选修课，也是为"如何培养研究生的独立研究能力"，变教师"满堂灌"为"教师主导作用与学生的积极参预相结合"，做一次有益的尝试。——如果说我们这次的研究对象是40年代实验性的小说，那么，我们这个课程本身也是具有实验性的吧。

最后要说的一句话，也是我在讲《丰富的痛苦》时说过的老话："准备好了吗？请上路吧！"

二　漫话 40 年代小说思潮

（一）

严格地说，40 年代的小说理论与创作，并不具有独立的形态，它与 30 年代的小说理论与创作不能截然分开——尽管由于"时代"的不同，在某些方面也取得了某些新质。

因此，我们对 40 年代小说思潮的考察，必须建立在这一事实基础上：到了 30 年代，以刻画"人物"为中心的写实小说已经是小说创作中的"正格"，与此相适应，人物典型化的理论，环境与人物关系的理论，特别是恩格斯的"典型环境与典型性格"的理论也成为最有影响力的小说理论①。而在全面抗战初期，这种理论似乎受到了有力的挑战：随着社会急剧变动应运而生的报告文学的大量出现，报告文学对文学的渗透，小说与报告文学界限的模糊，由此而提出了"小说应注重写人还是写事"的问题，以及以"像不像真人真事"作为衡量小说成就的价值标准的观

---

① 吴福辉：《深化中的变异——三十年代中国小说理论及小说》，载《上海文论》1991 年第 5 期。

点①。——这种小说创作与理论的纪实倾向与新闻化倾向在整个 40 年代始终存在，在 40 年代末还有人提出了"实在的故事"的概念，颇有点类似几十年后在中国盛行一时的"纪实小说"，不过这是后话。到了 1938 年 8 月，战争刚进入第二个年头，这一时期最权威的小说家和小说理论家茅盾就可以坦然宣布："从'事'转到'人'，可说是最近半年来的一大趋势"，"新时代的各种典型已经在我们作家的笔下出现了"，"作家间开始有选择有计划地描写壮烈事件中最典型的事件"，他于是再一次确认，"创作的最高目标是写典型事件中的典型人物"②，这几乎是同时确认了恩格斯典型理论的权威地位。事实也是如此，只要翻阅这一时期的小说理论、评论，以及带有总结性与普及性的文学手册（如姚雪垠：《小说是怎样写成的》，商务印书馆，1943 年；艾芜：《文学手册》，桂林文化供应出版社，1941 年；孙犁：《文艺学习》，油印本，1942 年），都可以发现，其立论的基础都没有超出"情节、人物、背景"三分法以及"典型环境及典型性格"的理论框架。但如细细分辨，却也可以发现打上了时代烙印的新的着重点与新的特色。

郁达夫曾经写过一篇文章，讨论"战时的小说"，其中谈到这样一个观点："反侵略的战争小说，所描写的，大抵是战争的恐怖，与人类理性的灭亡。欧战后各作家所做的小说，自然以属于这一类的为最多。这种小说，好当然不能说它们是不好，但我还觉得是太消极一点。所以，我想，我们在这次战争之后，若不做小说则已，若要做小说，就非带有积极性的反战小说不可。"③ 这样的要求，对以文学作为唤醒与振奋民族精神的武器的大多数中国作家，几乎是无可争议的。正是这种历史乐观主义与理想主义的战争观，决定了作为主流派的中国小说的创作面貌及其理论形态。出于对人的理性力量及意识形态的夸大了的自信，人们坚信战争的一切都是按照人或某些集团所能驾驭的必然规律进行的；因此他

---

① 茅盾：《八月的感想》，收钱理群编：《二十世纪中国小说理论资料》第 4 卷，北京大学出版社，1997 年，第 24 页。

② 同上，第 26、27—28、30 页。

③ 郁达夫：《战时的小说》，收《二十世纪中国小说理论资料》第 4 卷，第 22—23 页。

们所理解的文学的真实性，就是文学如实地反映战争的这种必然规律，提供为意识形态照亮的明晰的文学图景，并由此而产生了他们的典型观："典型"即"本质"，即战争发展必然规律的体现，文学（事件、环境、人物性格）的典型化，就是"集中地有意识地抓住要害（本质），删除某些偶然的表面的现象"①。这样，"本质"就获得了与个别、偶然、现象相对立的特质，这是值得特别注意的。

而他们所理解的战争必然规律又是什么呢？概括地说来，就是"被侵略、压迫的国家和人民，经过长期的艰苦卓绝的斗争，必然战胜表面强大本质上软弱的侵略者"，茅盾在一篇文章里，将这里所说的"斗争"具体化："中国人民目前的斗争是三重的：抵抗外来的侵略，争取落后的分子到抗战阵线，断然消灭那些至死不悟的恶劣势力。抗战的高热，刺激了中国巨人的有活力的新细胞，在加速度滋生而健壮起来，他有足够的力量进行这三重的斗争，而且必须同时进行这三重的斗争，最后的胜利才有保证。这是我们时代的特征。这就是我们作者所必须把握到的'现实'。"②这样，权威理论家就用不容置疑的语言（这是这一时期理论在语言形态上的共同特征），不但对"时代""现实"，而且对作为时代、现实的反映的"文学"做出了明确规定。"时代""现实""文学"都应该是二元对立的：侵略（侵略者）与被侵略（被侵略者），正义与非正义，敌与我，两军对垒，阵线分明，不存在任何交叉与渗透，也不允许任何妥协和含糊。而茅盾所说的"三重（三分法）"则是二元对立的衍生物："敌"可再分为"外敌"与"内奸"；"我"也可再分为"先进""中间"与"落后"。

这一时期的典型理论尽管也强调马克思关于"人是社会关系的总和"的名言，但上述对社会关系理解上的简化与纯化（而按当时的流行观点，这种简化与纯化也就是典型化），就必然导致人物关系上的模式化（二元对立模式和三分模式）。批评家李健吾（笔名刘西渭）曾将一位小说家的

① 何其芳：《关于"客观主义"的通信》，载《萌芽》1946 年 11 月第 1 卷第 4 期。
② 茅盾：《八月的感想》，收《二十世纪中国小说理论资料》第 4 卷，第 26—27 页。

风格比喻为"黑白分明的铅画"①：不仅人物的关系黑白分明，不可调和，人物自身的感情以及作家的审美感情与审美判断也都处于爱憎分明的两个极端。人们很容易联想起中国传统戏剧中的脸谱：这种人物设置与情感处理，也是充分戏剧化的。

理论家们还进一步将这种战争中两军对垒的思维方式与斗争哲学运用到小说结构上。这一时期很有影响的小说家姚雪垠在传播很广的《小说是怎样写成的》一文中就明确指出："关于戏剧，有一句人所周知的老话头，就是'没有斗争，没有戏剧'。其实小说也离不开矛盾，离不开斗争"，"从这一点看，小说和戏剧在本质上原是一样的"。由此出发，他进一步规定："一个故事或小说，它本身就是一个矛盾的统一体"，所谓小说情节的展开，就是一连串的矛盾斗争的发展，小说情节的开头、展开、高潮、结束，就是矛盾斗争的发生、发展、激化与最后解决的过程。②这样，就不仅形成了一种固定的矛盾高度集中、充分尖锐化（这在当时就理解为典型化）的情节模式，而且造成了小说结构的封闭性：一篇小说就是一个（或一串）矛盾的解决，一个戏剧动作的完成，而且是按照某种人们可以预料、驾驭的必然性的完成。这样，就要设置一个体现时代本质，能够主宰矛盾发展、掌握人物命运、决定情节发展方向的人物，这就是这一时期人们谈论得最多的"英雄人物"。

在某种意义上，理论家、作家们对"典型环境典型人物"的呼唤，正是对"英雄人物"的呼唤，这构成了这一时期典型理论的核心内容。不仅大后方的重庆《新华日报》"发出一个号召：读者都来写我们同时代的英雄人物"③，华北抗日根据地作家孙犁大声疾呼要创造"战时的英雄文学"，塑造农民的战士的英雄形象④，就是在沦陷区的北平，也有评论家撰写文章，强调"新英雄主义、新浪漫主义"是"新文学之健康性的

---

① 李健吾：《叶紫论》，《大公报·文艺》（香港），1940年4月1日、3日、5日。

② 姚雪垠：《小说是怎样写成的》，收《二十世纪中国小说理论资料》第4卷，第224—225、226页。

③ 《新华日报》，1943年11月24日。

④ 孙犁：《论战时的英雄文学》，收《二十世纪中国小说理论资料》第4卷，第79页。

基础和依据"①，可见已经形成了一个时代文学思潮。这自然显示了人们对战争、战争与文学的关系、自己所处时代的精神的一种理解与把握。孙犁在他的文章里即明确指出："文学在本质上就是战争的东西，希腊最早的史诗和悲剧，都是表现战争和英雄事业的"，"人民喜欢英雄故事，他们对战士、对英雄表示特有的崇敬，在民间有大量的歌颂英雄的口头文学"，而反侵略的革命战争的时代，更是一个"战斗的时代，英雄的时代"，"生活本身就带有浓烈的浪漫主义色彩"，因此在他看来，塑造浪漫主义的典型，集体的、个人的英雄人物，完全是合规律的。他并因此而肯定（规定）了文学的"悲壮"风格：因为"悲哀的作品可以挫伤我们的斗志，但悲壮的作品却可以激发人们健康的战斗的感情"。这正是典型的战争浪漫主义、理想主义和战争英雄主义。

但是任何一个严肃的作家与理论家，都无法回避战争本身的严酷；孙犁在肯定"在文学中，表现我们的胜利当然是主要的"的同时，也承认"把胜利的取得写得太容易，则是不符合实际的，缺乏力量的"。但是，理论家仍然有着自己的逻辑：尽管现实生活中，黑暗是大量存在的，但英雄主义却显示了时代发展的方向和时代的本质，因此文学家应该善于发现并抓住这些新的萌芽，运用文学的"夸张"，创造出代表着"未来"的"第三种现实"，即所谓"一种历史的必然方向的认识"，这就又回到了"典型即本质即必然"的理论出发点。据说，这样，"才不会陷落到自然主义的悲观的泥沼里去"②。

值得注意的是，理论家们似乎并不回避：他们不仅要对新英雄人物进行文学的夸张，必要时也要将其"神话化或偶像化"③。这倒是一语道破了"本质"：建立在战争浪漫主义基础上的新理想主义、英雄主义的战争文学，正是通过"戏剧化"（矛盾冲突的高度集中，审美感情、审美判

---

① 上官筝：《新英雄主义、新浪漫主义和新文学之健康的要求》，收《二十世纪中国小说理论资料》第 4 卷，第 177 页。

② 石怀池：《东平小论》，收《二十世纪中国小说理论资料》第 4 卷，第 373 页。

③ 上管筝：《新英雄主义、新浪漫主义和新文学之健康的要求》，收《二十世纪中国小说理论资料》第 4 卷，第 176 页。

断的强化与纯化，封闭式的结构等）的手段，制造战争神话，信仰、信念（某种意识形态）神话，以及被英雄化了的人（个体与群体）自身的神话。制造神话的心理动因似乎是复杂而耐人寻味的，它甚至可能出于人的本性的需要，至少不能做简单的价值判断。

（二）

随着战争的日常生活化，战争逐渐失去了其特殊的光彩，一种逆向性思考开始悄悄产生。首先是对戏剧化小说模式的质疑。在一次"创作与批评"座谈会上，沦陷区作家关永吉如此发问：一篇小说为什么必须集中、单线地写一个人或一件事的发展，不允许散漫的结构呢？他说："我们是生活在这么复杂的社会里，我们为什么不能将许多有着关联的事件写在一起呢？那不是更能使一个故事'立体'么？"[①]芦焚是这一时期最有成就的小说家之一，他在《〈马兰〉成书后录》里，直言相告："我并不着意写典型人物"；在此之前的《〈江湖集〉编后记》里，他早就说过他所属意的，是"用旧说部的笔法写一本散文体的小说"。

类似的思考也发生在周作人与其弟子废名之间。周作人在一篇文章里发挥了废名来信中提出的观点，尖锐地批评戏剧化的小说对生活进行人为的结构，将社会人生波澜化，认为这无异于为读者设置骗局，"安排下好的西洋景来等我们去作呆鸟"[②]。周作人和废名因此主张要使小说不像小说，废名说要"将以前所写的小说都给还原，即是不装假，事实都恢复原状"，即展示生活的"本色"：无情节、无波澜、无结构的平凡人生，这就成了"散文"，或"散文化的小说"[③]。此时的废名正在中国偏远农村普通农民原生形态的生活方式中寻找中华民族和知识分子的出路；这与生活化、散文化的小说的追求之间，自然存在着内在的和谐。而周

---

① 《创作与批评（座谈会）》，收《二十世纪中国小说理论资料》第4卷，第267页。

② 周作人：《明治文学之追忆》，收《二十世纪中国小说理论资料》第4卷，第363页。

③ 废名：《莫须有先生坐飞机以后》第8章，收《二十世纪中国小说理论资料》第4卷，第473页。

作人将戏剧化的小说归为"按美国版的小说做法而做出的东西"，把他理想的小说称作"随笔风的小说"①，废名则反复强调要借鉴中国古典诗词的辞藻典故和意境，显示出目光转向中国散文传统、诗传统的趋向。有意思的是，著名小说家张天翼也从传统小说《儒林外史》中发现了"无意于讲求什么结构"的"自自然然的写法"，以为这是"更切合那实在的人生"，"老老实实映出了人生本相"②。

另一位强调要"保存原料意味"的小说理论家是沈从文。他以一种更深刻的生命体验和哲学思考作为小说观的基础。战争将作家放逐到远离战争的昆明乡间，使他有机会在与大自然和自然化的人生"单独默会"中体验与思索人事（按沈从文的解释，这包括现实与梦两种成分）、自然、宇宙，以及它们之间的微妙关系。这是一种有距离的关照，与前述处于时代旋涡中心的作家生命的直接投入与掷出不同，他所面对的是未经加工改造的原生形态的自然与人性，也就从根本上拒绝了将生活结构化、典型化的努力；而且他所关注的中心是"变"中之"常"，也即自然与人生命中神性的永恒、庄严与和谐，以及这种生命神性的表现形态（形式），与前述主流派作家从社会历史的变动中去把握、表现对象相比，俨然是两种不同的思维方式和审美方式。因此在沈从文这里，绝不可能有"戏剧"，只能有"散文"与"诗"。

具体地说，沈从文瞩目于两种类型的小说：他强调要打破"必如此如彼，才叫作小说，叫作散文，叫作诗歌"的定型格式，创造出一种"揉小说故事散文游记而为一"的"新的型式"，"带点'保存原料'意味"③。但他似乎又不满足于此。在他看来，小说最基本的功能是让读者在作品中接触另一种人生的生命境界，激发读者的生命"离开一个动物

---

① 周作人：《明治文学之追忆》，收《二十世纪中国小说理论资料》第 4 卷，第 362 页。
② 张天翼：《读〈儒林外史〉》，收《二十世纪中国小说理论资料》第 4 卷，第 167、170 页。张天翼是这一时期很值得注意的小说理论家，他所写的《论人物的描写》《答读者问》以及研究论文《且听下回分解及其他》《贾宝玉的出家》《读〈儒林外史〉》《论阿 Q》，都包含了许多真知灼见，而他这方面的理论贡献似乎还没有引起足够的重视。
③ 沈从文：《新废邮存底》，收《二十世纪中国小说理论资料》第 4 卷，第 457 页。

人生观，向抽象发展和进步"，达到形而上的超越，使在战乱中失去了性灵、动物化了的人性和民族精神得以拯救与再造。[①] 正是在这一点上，人们发现了沈从文和他的时代的联系，他也并非真正超然于世。他因此而期待向生命的深处探索，实现意义的新发现，摆脱对经验世界的描摹，达到对生命现象的升华、超越和抽象。他说"我看到一些符号，一片形，一把线，一种无色的音乐，无文字的诗歌，我看到生命中一种最完整的形式，这一切都在抽象中好好存在，在事实面前反而消失"，他表示要"用形式表现意象"[②]，据说这是一种"由无数造物空间时间综合而成之一种美的抽象"，后来他把这称作"抽象的抒情"。正是立足于对现象事实的超越和抽象，他再三告白："我不大明白真和不真在文学上的区别……文学艺术只有美或丑恶"[③]，沈从文对小说艺术的关照，越来越集中于形式本身；他反复强调："一切艺术都容许作者注入一种诗的抒情，短篇小说也不例外。由于对诗的认识，将使一个小说作者对于文字性能具特殊敏感，因之产生选择语言文字的耐心。"[④]

沈从文自己同时感到语言文字对他所要表达的美的抽象的限制，他说："表现一抽象美丽印象，文字不如绘画，绘画不如数学，数学似乎又不如音乐。因为大部分所谓'印象动人'，多近于从具体事实感官经验而得到。这印象用文字保存，虽困难尚不十分困难。但由幻想而来的形式流动不居的美，就只有音乐，或宏壮，或柔静，同样在抽象形式中流动，方可望能将它好好保存并重现。"[⑤] 沈从文深知："凡能著于文字的事事物物，不过一个人的幻想之糟粕而已"[⑥]，但他却不能不继续使用文字：他因此陷入永恒的矛盾与哀伤之中。

而且，沈从文注定是要寂寞的：对于他的时代，他的思索与追求实

---

① 沈从文：《小说作者和读者》，载《战国策》1940 年 8 月第 10 期。
② 沈从文：《潜渊》，收《二十世纪中国小说理论资料》第 4 卷，第 84 页。
③ 沈从文：《抽象的抒情》，收《长河流不尽》，湖南文艺出版社，1989 年。
④ 沈从文：《〈看虹摘星录〉后记》，收《沈从文文集》第 11 卷，第 48 页。
⑤ 沈从文：《烛虚》，收《沈从文文集》第 11 卷，第 278 页。
⑥ 同上，第 279 页。

在有些超前。类似沈从文这样与时尚的观念、趣味相距甚远，创作带有极大个人性的，还有张爱玲。一个偶然的机会——翻译家傅雷用 18、19 世纪的欧洲文学趣味、观念（如研究者所说，这正是 30 年代所形成的"正格"的中国现代小说的来源之一）批评张爱玲的小说，作家不得不起而辩解。于是，两种小说观（以及背后的历史观、人生观）得以产生了一次不大不小的撞击，人们也因此在比较中认识了几乎不可重复的张爱玲"这一个"。

在《自己的文章》里，张爱玲如此坦率地表达她的观念与追求："弄文学的人向来是注重人生飞扬的一面"，"注重人生的斗争"，而我却执意要从"安稳""和谐"方面去把握人生；"我不喜欢采取善与恶，灵与肉的斩钉截铁的冲突那种古典的写法"，"喜欢参差的对照的写法"；我的作品主题常欠分明，人物也常是"不彻底"的"软弱的凡人"，"不及英雄的有力"；人们瞩目于将来，我却"求助于古老的记忆"，从那里"抓住一点真实的，最基本的东西"；"我不喜欢壮烈，我是喜欢悲壮，更喜欢苍凉。壮烈只有力，没有美，似乎缺少人性"。——在这里，几乎处处与本文第一节描述的时代小说观念相对立。

如果你再读一读张爱玲的《烬余录》，或许会明白：在这背后，还隐藏着对于战争不同的生存体验。对张爱玲（以及她那一代人）来说，战争是现实、具体的；她说："围城的十八天里，谁都有那种清晨四点钟的难挨的感觉——寒噤的黎明，什么都是模糊，瑟缩，靠不住。回不了家，等回去了，也许家已经不存在了。房子可以毁掉，钱转眼间可以成废纸，人可以死，自己更是朝不保暮。"在这样的现实面前，一切乌托邦的神话都是无力的（张爱玲明确地说，她的时代绝不是"罗曼蒂克的时代"），注定要产生一种幻灭感，以至整个人类文明都受到"惘惘的威胁"的苍凉体验[①]。但人们毕竟仍在战争威胁中真实地活了下去；因此，也不会陷入彻底的虚无和绝望，正如张爱玲所说，人们"攀住了一点踏

---

① 张爱玲：《〈传奇〉再版的话》，收《传奇》，上海杂志出版社，1944 年。

实的东西"，例如结婚，"重新发现了'吃'的喜悦"，等等①；人们正是从人"最自然，最基本的功能"的再发现中，认识到了苍白、渺小的人，以及人的日常普通生活的价值和意义。

张爱玲正是在对此岸世俗生活审美的、人性的、生命的体验与关怀的基础上，建立起她的"凡人比英雄更能代表这时代的总量"②的历史观，以及与此相适应的对世界的认知、把握方式，思维、情感、审美方式。于是，40年代的中国文坛，在出现了大量战争浪漫主义理性之光照耀下的"悲壮"战争文学的同时，也收获了张爱玲这样以个体生命体验为背景的"苍凉"的文学。③

对前述时代小说观念提出大胆挑战，也还有深刻的国际文化背景。人们往往误认为战争使中国与世界文学（文化）发生了隔绝，但恰恰相反，中国的抗日战争无疑是世界反法西斯战争的有机组成部分。也许正是因为面临共同的战争威胁、文化毁灭的危机，中国知识分子强烈感受到他们与世界共命运，产生了对世界文明的关注。因此在整个战争期间，外国文学的输入始终没有中断。如茅盾在《近年来介绍的外国文学》一文中所说，在太平洋战争爆发之前，"主要是苏联的战前作品，以及世界的古典名著"，以后又把注意"普遍到英美的反法西斯文学了"。

需要补充的是，在第二次世界大战结束前后，以《时与潮文艺》《文艺复兴》与天津《大公报·星期文艺》副刊、《文艺》副刊等为中心，还系统介绍了第一次世界大战期间及战后的世界文学，在中国人民已经熟悉的海明威、罗曼·罗兰、斯坦贝克等人之外，着重介绍了纪德、毛姆、卡夫卡、普鲁斯特、伍尔芙、乔伊斯等人。萧乾在《小说艺术的止境》等文里，把这些作家的创作称为"试验"作品，说他们大胆地向传统以情节为中心的"戏剧的小说"挑战，尝试"以诗为形式，以心理透视为内容"，"着重点在艺术（或者说技巧），在美感，在获得以形式震撼

---

① 张爱玲：《烬余录》，载《天地月刊》1942年2月第5期。
② 张爱玲：《自己的文章》，载《苦竹》1944年12月第2期。
③ 以上分析采用了范智红的毕业论文《华北、上海沦陷区的新进小说家创作论》一文中的某些观点，特此说明并向作者致谢。

读者性灵的力量",甚至"以音乐入小说,着重的根本不是意义,而是旋律"。但他同时批评说,这些试验因此使小说"脱离了血肉的人生,而变为抽象,形式化,纯智巧的文字游戏"。

孙晋三在一篇文章里,这样介绍卡夫卡的小说:"象征之内另有象征","带我们进入人生宇宙最奥秘的境界,超出感官的世界"①。盛澄华在他的数万言长文《试论纪德》里,引入了纪德"纯小说"的概念:"取消小说中一切不特殊属于小说的成分,正像最近照相术已使绘画省去一部分求正确的挂虑,无疑留声机将来一定会肃清小说中带有叙述性的对话,而这些对话常是写实主义者自以为荣的。外在的事变,遇险,重伤,这一类全属于电影,小说中应该舍弃。即连人物的描写在我也不认为真正属于小说。……小说家普通都把他的读者的想象力估计得太低。"以上这些介绍在今天看来自不免粗疏,但在 40 年代确如清风袭来,大大启发了中国小说家们的思路。

四十年后成为中国短篇小说大师的汪曾祺,当时还是一个初试锋芒的年轻人,在沈从文主编的天津《益世报·文学周刊》上发表了题为《短篇小说的本质》的文章,抱怨"小说的保守性":"我们耳熟了'现代音乐''现代绘画''现代塑刻''现代建筑''现代服装''现代烹调术',可是,'现代小说'在我们这儿还是个不太流行的名词。"他大声疾呼:"多打开几面窗子吧:只要是吹的,不管是什么风。"谈到他所期待的小说变革,他也在那里呼吁"不像小说"的小说,他提到了戏剧、诗、散文、音乐与绘画,并且设想:"将来有一种新艺术,能够包融一切,但不变是一切本来形象,又与电影全然不同的,那东西的名字是短篇小说。"他也提到了纪德写"纯小说"的理想,强调"一个短篇小说家是一个语言艺术家","一个短篇小说,是一种思索方式,一种情感形态,是人类智慧的一种模样"②,这都可以视为这位终于出现的自觉的小说家寻找小说过程中的思索。

---

① 孙晋三:《从卡夫卡说起》,收《二十世纪中国小说理论资料》第 4 卷,第 282 页。
② 汪曾祺:《短篇小说的本质》,收《二十世纪中国小说理论资料》第 4 卷,第 439—440、442 页。

在这篇类似"宣言书"的文章之后，汪曾祺在与这一时期最出色的评论家唐湜私下讨论中，又谈到了伍尔芙、契诃夫对"人生本身的形式，或者说与人的心理恰巧相合的形式"的寻找，谈到了艾略特自我个性的逃避，表示自己叙事本领与戏剧性的缺少，而向往"随处是象征而没有一点象征'意味'"，"随处是自我的流连可又没有一点自我'意味'"那样一种小说"境界"。唐湜说，这正是"现代小说的理想"，并因此把汪曾祺归于"现代主义者群里"。但他同时强调，这一切是"通过纯粹中国的气派与风格来表现的"，"他的文体风格里少有西洋风的痕迹，有的也已是变成中国人所习见了的"[①]。这都意味着一种成熟，此时的汪曾祺正处于创作的起点上，这可以说是一种提前了的成熟，特别是对 40 年代整个小说而言。汪曾祺注定要在数十年后的新时期才被发现。

不仅是汪曾祺，连同我们前面提及的废名、师陀、沈从文、张爱玲，以及我们还没有提及的《伍子胥》的作者冯至，《呼兰河传》的作者萧红，《未央歌》的作者鹿桥，《无名书》的作者无名氏，《焚书》的作者李拓之等，他们不仅有创作，也有自己的理论设计，又都不合潮流，成为他们那个时代单个的、独特的存在。他们有的如汪曾祺一般，在历史中断以后重又获得后续（如萧红），有的至今仍默默无闻（如李拓之），有的则成了不可重复的绝唱（如冯至的《伍子胥》），但他们的追求与实践却正以这种独特、超前、个人性，而成为文学史中最具光彩的一页，这是毫无疑义的。

"凡是存在的都是合理的"，如果我们套用黑格尔的这句名言，来看待 40 年代的中国小说界，应该说，在浪漫主义、英雄主义的战争小说成为一种时代合唱的同时，又并存着前述作家的独特声调，这都可以视为文学发展的丰富性的一个证明。

如果说在"五四"时期，现代文学曾经出现过"多元探索"的势头，那么，到 40 年代，这就得到了进一步发展。关于这一点，我们将在"总

---

① 　唐湜：《虔诚的纳蕤思》，收《二十世纪中国小说理论资料》第 4 卷，第 490 页。

结课"上再作详尽讨论。这里需要特别指出的是，40 年代小说多元化格局所提供的多种发展的可能性，在以后的文学发展过程中，由于种种复杂的原因，并没有得到全面展开。可以说，仅仅是充满浪漫主义、英雄主义色彩的主流小说在"革命现实主义与革命浪漫主义相结合"的理论旗帜下，得到了较为充分的发展；而前述由逆向性思考所引发的实验性小说，则不但没有得到发展的可能，连自身的文学史地位也没有得到应有的承认，以致有些作家作品被强制"遗忘"。正因为如此，我们下面具体作品的研读，将主要集中于这批实验性小说，讨论它们在实验中的得与失。

三　且谈战争岁月作家心态

决定一个时代（比如我们这里讨论的 40 年代）文学创作面貌的因素是多元的：除了我们已经讨论过的文学思潮（"40 年代小说思潮"）外，还有创作主体作家的主观情感、心态等。

"40 年代作家的心理走向"，这是一个大题目，也很难把握。我们姑且从具体地阅读当时的作品入手，看看会有什么样的感觉。

（一）

翻开这一页页几乎已掩埋在历史封尘里的灰黄、易脆的纸片，扑面而来的，竟是绵绵无尽的苍凉的旷野，旷野上奔突着疲惫的"流亡者"——

三月，难忍的温暖的太阳炙热了黄沙的古河，古河是无尽长的荒野，矮树林和黄沙遮住了人们的视线，辽远的辽远的那里，才有一片黄柳围成的村庄和人烟。

现在在这黄沙的古河里，却聚集着无数的流民，马车，他们从自己肥美的田庄里逃了出来，像无家的野狗似的乱窜着。

"作孽，是谁前一辈子作的孽呀！"

老太婆在拧着流下来的清水鼻涕，有着深厚的皱纹的脸孔，被三月的风吹得紫青了，不停的咒骂着，仿佛有谁在耐性的听着。

……

这里那里用破布和席棚，干树枝搭起来的草屋，坏了轮子的马车；堆集的筐篮和竹篓……搭着孩子的尿布，和湿了的被窝，漏着棉絮的衣服……到处是走动着的人们，烧着炊烟，在空旷的三月的晴空里飘荡着。

"我们就死在这儿吗？叫老鹰啄去眼珠。"

"那么，到那儿去呢？回去吗？回去寻死吗？"……

"连老子的坟也顾不得了。"……

——尹雪曼:《硕鼠篇》（1939 年年末）[1]

烽火飞过黄河后，我和二三十个伙伴在匆忙中出走，那正是黄沙和雪花交替占有北国天空的时候。带着伤心的眼泪，带着无限的惆怅，带着一颗被抛别父母的悲哀窒息了的心，我们出走了！黄土路上，风沙道中，小身体背着大行囊，徒步奔波着。旅途中，有歌，有笑，也有衷心的惆怅，和对父母故乡无限依恋的情怀。就这样，横过了广漠的鲁西大平原，离别了黄河边上的家乡！

……

日升，

日落，

晨星，

晚霞，

寂寞的黄土路，

无边的大风沙；

---

[1] 载《抗战文艺》1940 年 2 月 20 日第 5 卷第 6 期，收《中国抗日战争时期大后方文学书系》第 11 卷，重庆出版社，1989 年，第 126、127 页。

茶店,

鸡声,

冷炕头,

菜油灯;

破庙里,

泥神是店东,

草铺上,

听微风摇曳殿角的小风铃!

睡眠是上好的葡萄酒,

又酸又甜一大缸,

醉里忘了奔波的劳累,

再不听犬吠柝声寂寞的响!

　　　　——公兰谷:《月夜投简——寄到遥远的黄河边》①

　　……这一望无涯的黄土,一望无涯的尘雾……

　　……车外的旷野毫无遮掩地裸露在我们面前:没有一根曾经生活过的枯草,没有一根还留着败叶的树;高的山峰像纯金的宝剑插入云霄,低的河床,纵横着车轮和马蹄的痕迹,你不能相信它什么时候滋润过,也不能相信什么时候再会滋润。驴,马,人,车子,恐怕从来不会显露过鲜明的样子;衣服永久是破旧的,毛色永久是灰暗的,面目永久是模糊的;白天里就在那黄色的尘雾里喘息,奔走,像鱼虾在泥塘里吃力地游泳,夜晚就走进那暗夜的寒冷的窑洞,人和畜生都缩紧在那坚硬的土炕上面或旁边,土炕上是永久扫不干净的灰土……

　　　　——绀弩:《风尘》(1939 年 5 月 25 日)②

　　这一群人,是破烂、狼狈、疲惫而狂热,扫过每一个村庄。那些村庄

---

① 载《时与潮文艺》1943 年 5 月 15 日第 1 卷第 2 期,收《中国抗日战争时期大后方文学书系》第 11 卷,第 45、46—47 页。

② 收《中国抗日战争时期大后方文学书系》第 6 卷,第 1618 页。

是荒凉了，房屋倒塌，街上和空场上有尸体，野狗在奔驰。……

……静静地，梦幻般地开始行走，大家走动，跨过尸体、弹穴和乱石，走到荒凉的、宽阔的沙滩上。在绝对的寂静中，大雪从灰暗的天幕飞落。……

旷野铺着积雪，庄严的白色直到天边。林木、庄院、村落都荒凉；在道路上，他们从雪中所踩出的足印，是最初的。旷野深处，积雪上印着野兽们底清晰的、精致的、花朵般的足印。林木覆盖着雪，显出斑驳的黑色来。彻夜严寒……

人们底脸孔和四肢都冻得发肿。脚上的冻疮和创痕是最大的痛苦。在恐惧和失望中所经过的那些沉默的村庄、丘陵、河流，人们永远记得。人们不再感到它们是村庄、丘陵、河流，人们觉得，它们是被天意安排在毁灭的道路上的可怕的符号。人们常觉得自己必会在这座村落、或在这条河流后面灭亡。……人们是带着各自底思想奔向他们所想象的那个终点。这个终点，是迫近来了；又迫近来了；于是人们可怕地希望它迫近来。旷野是庄严地覆盖着积雪。

——路翎：《财主底儿女们》（1944年5月）[1]

如果说，每一个时代的文学都有自己的"中心意象"与"中心人物"，那么，40年代战争中，中国文学的"中心意象"无疑是这气象阔大而又意蕴丰富的"旷野"，而"旷野"中的"流亡者"则是当然的"中心人物"。而且，正像前述引文中所显示，内含在这时代"中心意象"与"中心人物"里的"意味"，是多义的，或者说，寄寓着作家不同层次的思考与发现。

首先，这意味着一个"国家"和"民族"（它又以一个又一个的"家庭"或"家族"为单位）的"流亡"：这几乎是人们一眼就可以看出与感受到的。因此，当那位"有着深厚的皱纹的脸孔，被三月的风吹得紫青"的老母亲声嘶力竭地高喊"是谁前一辈子作的孽呀""连老子的坟也顾不

---

[1] 路翎：《财主底儿女们》（下），人民文学出版社，1985年，第697、722、723、724页。

得了"时，作者是在通过她，传达我们民族在面临"国破家亡"的劫难时，所感受到的撕心裂肺的屈辱、痛苦以及"愧对祖先"的负罪感。整个抗战时期，中国文学的"爱国主义""民族主义"的基调，正是建筑在作家们对"流亡"的国家、民族的群体心理、情感的真切体验与真实刻画基础上的。这其中的意义与价值，自是不言而喻。

其次，人们同样也很容易地注意到，40年代文学中的"流亡者"形象，大都是知识者；因此，我们可以说，"流亡"是作家对处于战争条件下的中国知识分子的历史命运、精神特征的一个艺术发现——自然，这也是作家的自我反省与自我发现。40年代走入文坛的小说家贾植芳，在80年代曾有过这样的历史回顾："大约自1937年抗战开始，中国的知识分子就进入了另一个时代，再也没有窗明几净的书斋，再也不能从容缜密地研究，甚至失去了万人崇拜的风光。'五四'时期知识分子以文化革命改造世界的豪气与理想早已破碎，哪怕是只留下一丝游魂，也如同不祥之物，伴随的总是摆脱不尽的灾难和恐怖。抗战以后成长起来的知识分子只能在污泥里滚爬，在浊水里挣扎，在硝烟与子弹下体味生命的意义"；并且贾植芳有了这样的自我体认："我只是个浪迹江湖，努力体现自我人生价值和尽到自己的社会责任，在'五四'精神培育下走上人生道路的知识分子"①。应该说，这是一个准确而重要的证明：鲁迅早就说过，"一要生存，二要温饱，三要发展"，这是20世纪中国的"当务之急"。而对于40年代的中国知识分子，他们正是面对着战争无情地毁灭了生存的前提与基础——不仅是民族（国家）的生命，更是他们自我个体生命存在的前提与基础：他们面临着真实的、具体的死亡与饥饿的威胁。

本来，"哭穷"与"悼亡"是知识分子最喜爱的文学题材，也是他们乐意塑造的"自我形象"。"五四"时期，郭沫若、郁达夫这批现代中国的"薄海民"，就在他们的作品里不止一次地写到了"饥饿"与"死亡"

---

① 贾植芳：《在这个复杂的世界里——生活回忆录》，载《新文学史料》1992年第1期，第43页。

040

的威胁。这其中自然也有他们的生活依据，但读者却很容易就觉察到，这是一种在想象中被夸大了的，也同时被诗意化了的生存威胁；而40年代作家（及读者）却无心领悟其中的"美"，他们切身体验的，进而在他们笔下展示出的"饥饿"与"死亡"，要世俗得多，更是赤裸裸与血淋淋的。读者恐怕很难忘记，诗人艾青笔下那位"用固执的眼／凝视着你／看你在吃任何食物／和你用指甲剔牙齿的样子"的"乞丐"的饥饿①。而饿得手发抖、眼睛昏花的老画家，"用尽残余的力量描画孩子的饥饿"的情景，也许更加触目惊心："他看到同样两只饥饿的眼睛，在他的画纸上瞪着，望着人间，望着人间的粮食，还有那粗粗勾出来的宽阔的有一点突出的大额头，该是丰满却凹陷下去的双颊，因之显得有一点尖的下巴"②。这样的文字，常给人以刻骨铭心之感，正是因为它注入了作者自身的生命体验。

这就是说，中国40年代的知识分子（作家）首先作为一个战乱中在饥饿与死亡线上挣扎的真实的（现实的）"流亡者"而存在，这不仅使他们自身的精神气质打上了"流亡者（流浪汉）"的烙印——如贾植芳自己所说，他是个"浪迹江湖"的知识分子，著名评论家李健吾（刘西渭）在40年代所写的《萧军论》里，也说"他有十足的资格做一个流浪人"；而且，他们对自身及外部世界的关注，也必然集中于战争中"人"的生命存在（境遇、形态、价值与意义）的体验与发掘。自然，这种体验与发掘，也具有不同层面。国家、民族的群体生命体验之外，更有着战争阴影笼罩下的个体生命体验与个体生命境遇的观照，也即"战争"与"人"（及"战争"与"文学"）的真实思考。

正是在这个意义上，路翎的《财主底儿女们》应该引起人们的特别重视。贾植芳在前述自叙里强调："路翎的不朽史诗《财主底儿女们》里主人公的苦难与经历，正是这一个时代的缩影。"小说最有力处，无疑是对主人公蒋纯祖，一位"流亡"的青年知识者的"旷野"情怀——路翎

① 艾青：《乞丐》，收《艾青全集》第1卷，花山文艺出版社，1991年，第193页。
② 靳以：《生存——献给忘年的好友S》，收《靳以选集》第4卷，四川人民出版社，1984年，第689—690页。

把它叫作"1937 年冬季流动在中国底旷野上的……感情"①——的深刻揭示："逃亡到这样的荒野里，他们这一群是和世界隔绝了——他们觉得是如此。他们是走在可怕的路程上了，不知道自己是从什么地方来，也不知道要到什么地方去。"战争毁灭了一切，人在战争中失去了一切，成了绝对孤独的个体存在：不再有"历史"与一切历史存在中的"联系"——"躺在旷野中……没有人知道他是谁，没有人知道他是曾经那样宝贵地生活过"②（贾植芳的一篇小说中主人公也这样说道："我是被我生活过的生活忘掉了，遗弃了"，"有时我真茫然不知我是否有过过去，我现在好像在一个完全陌生的世界上生活着，像婴孩一样"③），而且，"他们从那个遥远的世界上带来，并想着要把它们带回到那个遥远的世界上去的一切内心底东西，一切回忆、信仰、希望"，"一切曾经指导过他们的东西，因为无穷的荒野，现在成了无用的"④，而陡然失去："人们底回忆模糊了起来；回忆里的那一切，都好像是不可能的"⑤，于是，失去了记忆的"人"既没有了"过去"，同时也没有了"未来"，"唯一知道的，是他们必得生存"⑥，"人"终于成了绝对孤独的，几乎是"绝缘"（割断了一切"缘分"）状态下的生命存在，或者如路翎小说中一个人物所说，"人"成了"影子这样冷，这样落雨，这样荒凉呵！一个人，没有家，没有归宿，没有朋友，就像影子一样呵！"⑦，人们仿佛又看到了当年鲁迅的《影的告别》里那个"彷徨"于"无地"，"在黑暗里""独自远行"的"影子"。

---

① 　路翎：《财主底儿女们》（下），第 629 页。
② 　同上，第 697、698、678 页。
③ 　贾植芳：《人生赋》，收《贾植芳小说选》，江苏人民出版社，1983 年，第 48、49 页。《财主底儿女们》（下）第 691—692 页中一个人物也这样说："黑夜里面的冷雨，是听得多么清楚啊！一滴，又一滴，你觉得你是孤零零的，而你底朋友是飘零在天边，他们把你忘记了！……到今天为止，你仍旧是你父母送你到世上来的时候那样赤裸……"
④ 　路翎：《财主底儿女们》（下），第 698 页。
⑤ 　同上。
⑥ 　同上。
⑦ 　同上，第 691 页。

　　于是，处于"旷野"中的"人"又有了"虚无"的体验。作家路翎这样真切地写道："人们走在平原上，就有一种深沉的梦境。那样的广漠，那样的忧郁，使人类底生命显得渺小，使孤独的人们处在一种恍惚的状态中，而接触到虚无的梦境：人们感觉到他们祖先底生活，伟业与消亡；怎样英雄的生命，都在广漠中消失，如旅客在地平线上消失；留在飞翔的生命后面的，是破烂了的住所，从心灵底殿堂变成敲诈场所的庙宇，以及阴冷的，平凡的，麻木的子孙们"①，"蒙受了心灵底毁灭的人"②，发出了这样的吼叫："现在我才看得清楚，人，是要走一条血淋淋的路，是老天爷在冥冥中注定的啊！"③人终于正视了自己真实的生存境遇与价值："生活在黑夜里"，不过"是广漠的大地上的一个盲目的漂泊者"，不过是"被天意安排在毁灭的道路上的可怕的符号"④——"人"（"流亡者"）于是陷入了"绝望"的深渊，"旷野"也显露出它的哲学的全部"残酷"。

（二）

　　战争中的人（中国的知识者）的心灵史并没有从这"绝望"与"残酷"的生命体验深入下去，而突然地转了方向——

　　路翎写道，正是"那种对自己底命运的痛苦的焦灼"使他的人物走到"落雪的旷野"中去"寻求安慰"：中国知识者无力承受绝望，直面生命的沉重与残酷，必然要寻求心理的平衡与补偿，在确定自己"失去了那个湖泊，那个家庭，以及那些朋友们"，"在这个世界上只是一个被凌辱的飘零者"的同时，又"渴望回到那个湖泊里去"。

　　于是，旷野上响起了"归来"的呼唤，燃起了"希望"的火光。路

---

①　路翎：《财主底儿女们》（下），第652—653页。
②　同上，第632页。
③　同上，第691页。
④　同上，第723、709、709—710页。

翎的小说里也出现了这样的场面："大家抖索着拥到火旁"，人们"用沉静的，柔和的声音唱歌"——

"从各种危险里暂时解脱，人们宝贵这种休憩。在沉静中发出来的歌声保护了人们底安宁的梦境。人们觉得，严寒的黑夜是被火焰所焦躁，在周围低低地飞翔，发出轻微的、轻微的声音。歌声更柔弱，黑夜更轻微，而火焰更振奋。……

"……人类是孤独地生活在旷野中；在歌声中，孤独的人类企图找回失去了的、遥远了的、朦胧了的一切。年青的、瘪嘴的士兵是在沉迷中，他为大家找回了温柔、爱抚、感伤、悲凉、失望和希望，他要求相爱，像他曾经爱过，或者在想象中曾经爱过的那样。……朱谷良和蒋纯祖，尤其是蒋纯祖（他们都是路翎小说中的人物——引者注），是带着温暖的、感动的心情，听着那些他们在平常要觉得可笑的、在军队中流行的歌曲。他们觉得歌声是神圣的，他们觉得，在这种歌声里，他们底同胞，一切中国人——他们正在受苦、失望、悲愤、反抗——在生活。"①

"黑夜更轻微，而火焰更振奋"，这显然具有某种象征的意味，标示着十分重要的"心理转换"：在"黑夜"（"黑暗"）与"火焰"（"光明"）、"绝望"与"希望"、"残酷"与"温柔"、"憎恨"与"爱"、"孤独"与"沟通"、"悲凉"与"温暖"、"悲观"与"乐观"、"现实"与"梦"、"个体"与"群体"等之间，几乎是"本能"地（"避重趋轻"地）选择了后者。

而且这似乎无可非议，很难做出任何价值判断——它从根底上出自人的本性。但对于中国的知识者，这却是一个决定性的选择。"后果"要经过长时期的"时间"淘洗，才会逐渐显露出来，并为人们所认识。

"找回失去了的，遥远了的，朦胧了的一切"：理想、希望、爱、群体……归根结底，就是寻找软弱、孤独的个体赖以支撑自己的"归宿"。这确实是一种时代的心理欲求。作家李广田写过一篇题为《根》的散文，谈到在抗日战争的大后方一再地迁徙，心绪总不安宁，而突然领悟到自

---

① 路翎：《财主底儿女们》（下），第 700—701 页。

己的真正需要：在战争的风浪中寻找一块适于自己"生下去的土壤"，在属于自己的归宿之地"生根"，他觉得"'人'这种生物不生'根'是奇怪的"①。而在沦陷区官场中沉浮的周作人，也写过一篇《无生老母的信息》。据说，民间流行的红阳教传言无生老母是人类的始祖，日日召唤她的失乡迷路、流落在外的子女回到她的身边。周作人认为，这种"归根返乡还元"的呼唤是人类"母神崇拜"的遗留，根植于人的本性②。而同时期的孤岛作家芦焚也突然向自己发出了这样的疑问："你是想回家了吗？"③他笔下的人物"我"就这样回到"果园城"，去寻觅"失去的家园"④。生活在不同环境，有着不同政治选择的三位作家，不约而同地寻找"归宿"，这大概不是偶然的。

而且，这不仅是心灵的指归，也是文学的选择：在40年代的文学（特别是小说）里或显或隐，或正面或侧面地展现着"追寻"的主题模式。

我们在路翎的《财主底儿女们》之外，又读到了无名氏（卜乃夫）的《无名书》。其实，作者在他的试笔之作《北极风情画》与《塔里的女人》里，就已经写出了"从追寻到幻灭"的生命模式，但只是露出了他的主题模式的"前半截"⑤。无名氏主题的真正展开是在他倾注了全部心血的《无名书》里，这是一部七卷本的巨著，40年代仅出版了前三卷。小说的主人公印蒂，是一个真正的"流亡者"，也有评论家称他为"20世纪'荒原'里的浮士德"，他的行为、心理、性格的核心，就是永恒的焦灼和永恒的追寻，而他的追寻又明确地指向"最终的拯救与归宿"⑥。正是这两个侧面，构成了《无名书》最深刻的内在矛盾。一方面，

① 李广田：《根》，载《创作月刊》1942年10月5日第1卷第4、5期，收《中国抗日战争时期大后方文学书系》第11卷，第309、308页。
② 周作人：《知堂乙酉文编》，上海书店，1985年。
③ 芦焚：《看人集》题记，开明书店，1947年。
④ 芦焚：《失乐园》，收《芦焚散文选集》，江苏人民出版社，1981年。
⑤ 钱理群：《〈北极风情画〉〈塔里的女人〉研究》，载《中国现代文学研究丛刊》1990年第1期。
⑥ 丛甦：《印蒂的追寻——无名氏论》，收卜少夫编：《无名氏研究》，新闻天地社，1981年。

在《无名书》的每一部作品里，作家都在探讨"人"的生存方式和生存体验，如《野兽·野兽·野兽》里对"政治革命"的体验，《海蒂》里对"爱情"的体验，《金色的蛇夜》里对"罪恶"的体验，等等，并且把它推于极端，最后因追求的"彻底"和"偏执"而走向"幻灭"。但另一方面，全书的总体结构，却又在追求"合题"的全面，以及矛盾、危机的消解。作者写每一个片面的极端发展，正是为了推出最后的"归宿"，即作者自己所说的"整合的理性主义之路"①，创造出一个"调和儒、释、耶三教"的新宗教、新信仰。有人称无名氏的这种建立新宗教、新信仰的努力，为"40年代中国的典型"②，使我们联想起周作人所说的"无生老母的信息"，这确实是一个极好的暗示：当40年代的作家在自己的作品中寻求种种能一劳永逸地结束一切矛盾和苦难的"归宿"时，事实上，他们就是在制造一种新的宗教与信仰。

对于不同的作家，作为"归宿"的"信仰"（"崇拜物"）有着不同的内涵，由此而展现了40年代小说"追寻归宿"主题的丰富性。

人们首先视其为"归宿"的是"土地"。一篇题为《赞美》的文章的作者，叙述自己每当看到士兵们那么"从容而又那么安静"地"奔赴战争"时，总要想到"他们什么时候才回来呢"？又自己回答说"他们不回来了"，但"他们并没有走"，"他们已从自己的土地回到自己的土地"，找到了一个"宣示真理的美的地方。要去，他们要去，那本身就是全意义"③。——在这关于"战争哲学"的沉思里，"土地"显然被赋予了一种崇高、神圣的意义。这是一种自然的联想，在中国和外国的神话传说，也即人的原始记忆里，"土地"就与国家、民族、历史这些"永恒"的载体联结在一起，并因此给人以"归宿"感。

在面临"国土沦丧"威胁的抗战时期，"土地"对于人们，既是"现实"的，同时又是"象征"的。因此，当作家王西彦以"眷恋土地的人"称呼他的小说的主人公，并且写到这位庄稼汉在经历了一段离乡背

---

① 转引自侯立朝：《无名氏全书的整合观》，收《无名氏研究》。
② 司马长风：《主题情节不相称》，收《无名氏研究》。
③ 方敬：《赞美》，收《中国抗日战争时期大后方文学书系》第11卷，第65页。

井的流浪生涯，终于又不顾危险回到自己家乡时，所做的第一件事，就是"伏倒身子，在地上爬着，用手摸弄着每一块焦黑的泥土"，喃喃地祈祷，他的"凭吊"既是"对那死去的爹的，也是对脚下这受难的土地的"——作家这些极富象征性的描写，使他笔下的人物和行动都具有某种"宗教"的意味。而作家端木蕻良更是公开发表《土地的誓言》，声称"土地是我的母亲，我的每寸皮肤，都有着土粒，我的手掌一接近土地，我的心便平静。我是土地的族系，我不能离开她"①。在《我的创作经验》里，他又这样诉说"土地"与他的创作的关系："土地传给我一种生命的固执。土地的沉郁的忧郁性，猛烈地传染了我，使我爱好沉厚和真实，使我也像土地一样负载了许多东西。……土地使我有一种力量，也使我有一种悲伤。……我活着好像是专门为了写出土地的历史而来的。"而作家急于传达给读者的，正是土地"神话似的丰饶，不可信的美丽，异教徒的魅惑"②，可以说，作家是用宗教徒的感情去描写土地。因此，在作家笔下，"土地"不仅具有了独立的意义，而且被赋予了某种神圣性。当读者读到如下文字："来头（小说中的人物——引者注）急遽地从窗口跳出来，迎着（土地的）大海走去。他受了符咒的催促似的，毫不迟疑地向大海走去。大海以一种浑然的大力溶解了他。在一个小小的漩涡的转折中，他便沉落了，不见了。……来头已经失去了他的所在，看不出他在什么地方，大地就这样淹没了他们两代"③，是不能不感到一种神秘的震撼力的。

　　"土地"与"农民"的天然联系，使得当人们以宗教的圣洁的情感谈到"土地"的时候，也同样把崇敬的眼光投向与"土地"融为一体的"农民"。40 年代对"农民"的再发现，不仅是社会学、政治学以至民族学意义的——这种意义因为抗日战争特具的"以农民为主体的民族解放战争"性质而得到前所未有的强化，这是谁都可以看到的；而另一方面，当战争可于眨眼间毁灭一切的残酷性，使人们生活与观念中的一切都变

---

① 端木蕻良：《土地的誓言》，载《时代文学》（香港）1941 年第 5、6 期合刊。
② 同上。
③ 端木蕻良：《大地的海》，生活书店，1938 年。

得不稳定、不可靠，显示出生命的有限、短暂、脆弱时，"农民"就作为一个"永恒"的存在，被人们惊喜地发现。

一个偶然闯入中国抗日战争的美国医生曾经这样谈到他终生难忘的"瞬间印象"：这位医生乘着轮船穿过三峡时，陷入了两岸炮火的夹击，透过阵阵烟幕，突然看见堤岸后面的田野里，有一个年老的农夫，驱着一头水牛，正在执犁而耕。炮火轰响，子弹横飞，他竟毫无所动，依然有旋律地在同一片土地上走来走去，掘出的犁沟，和平时所掘出的，完全是一个样子，没有不同的地方。当战火停息，人们看见了一个被毁灭的"世界"："堤岸上散布着倒下的旗子和静躺着的弯曲的人体"，"平坦的田野上，被打出许多的洞穴，唯一的树丛——一个竹林——被削去了它的头顶"，而"只有那个农夫，那条水牛，那个耕犁，却丝毫没有改变，还是本来的样子"。船继续着被战火中断的航行，"那执犁的人，渐渐离远，在夕阳中画出了一个轮廓"，且在这位美国医生的感觉中，幻化成"有一种魔术在身"的神秘的"象征"①，一个"瞬间永恒"。

对生活在中国这块土地上，并与中国农民有着血肉联系的中国作家②来说，也许不会有这种神秘感，但他们在战争中对农民永恒生命价值的思考，却比这位外国医生更为深刻。作家废名在他的《莫须有先生坐飞机以后》里，就一再强调农民在大自然赐予的阳光雨露、土地之上，生活着，劳动着，"从容地各在那里尽着生命之理"，这就是"中国民族所以悠长之故"。侵略者入侵，又被赶走；统治者上台，又下台：这都是来去匆匆的历史过客，"农民—人民"（在中国作家心目中，"人民"与"农民"常常是一个概念）却永远是历史的永恒因素，只要人民，普通的

---

① ［美］贝西尔：《美国医生看旧重庆》，1946 年曾以《重庆杂谭》为题译为中文，引自重庆出版社重译本，1989 年，第 6、7、8 页。

② 抗战时期，中国作家总是自觉地意识到并且不断强调他们与农民的血肉关系。作家李广田在前引《根》里就反复申说："我大概还是住在城里的乡下人"，"我的'根'也许是最容易生在荒僻的地方"，"我大概只是一株野草，我始终还没有脱掉我的作为农人子孙的人生道"。另一位 40 年代重要的小说家芦焚（师陀）在这一时期写的小说集序言里也说："我是个乡下人。"

乡下人活着，中国就有希望①。——不仅是废名，差不多这一时期最有影响的小说家，如沈从文、师陀，以至路翎，都有着类似的思考与发现②。这样，他们笔下的"农民"形象，也就必然具有某种抽象的、形而上的象征意义，这有别于二三十年代中国现代作家对农民的认识与刻画③。更重要的是，作家在农民形象里所注入的那种类似宗教的圣洁、崇高的感情，使人们感觉到，这种"农民崇拜"（或曰"人民崇拜"）对许多中国现代作家来说，已经成为他们在战争中失落了一切后又寻找到的新的"信仰"，是被战争抛出了世界后又寻找到的新的"归宿"。

于是，又有了"女性崇拜"与"母亲崇拜"。"大地母亲"、"祖国母亲"、"农民母亲"（请回忆艾青的《大堰河——我的保姆》）……这类传统的意象（词语）组合已经道尽了"祖国""民族""大地""农民"意象与"母亲"意象之间的内在联系，它所强调的正是这些意象所特具的"归宿感"。前引周作人《无生老母的信息》将"归根返乡还无"的呼唤称为人类"母神崇拜"的遗留，自是一种深刻的揭示与说明。在这个意义上，我们可以承认，所有的"大地崇拜""农民崇拜""民族（国家）崇拜"……都应该看作广义的"母亲（母神）崇拜"。不过，这里所要强调的，却是40年代小说中狭义的"母亲"形象（意象）。

早有研究者注意到，40年代中国作家所关注与歌颂的女性形象，已不再是二三十年代的西方型"时代女性"（如茅盾的梅行素、章秋柳、孙舞阳，曹禺的繁漪，丁玲的梦珂、莎菲女士等），而是具有传统道德美的东方女性（经常举出的典型有：老舍《四世同堂》里的韵梅，孙犁笔下的水生嫂以及曹禺的愫方、瑞珏等）④。进一步考察，我们又发现，在

① 钱理群：《中国现代堂吉诃德的"归来"》，载《云梦学刊》1991年第1期。

② 这一时期对农民的思考与发现，另一类是以赵树理为代表的解放区作家，他们对农民的重视是更偏重于意识形态化的。

③ 正像赵园在她的《人与大地——中国现当代文学中的农民》中所说，40年代不少作品中出现了"农民形象的意义膨胀，'农民'是某种程度被作为'民族'的形象描绘的"，"乡村小说包含了更为丰富的原始意象，甚至有了某种后来被称为'文化小说'的特征"。

④ 参阅钱理群、吴福辉、温儒敏：《中国现代文学三十年》（修订本）第十章，北大出版社，1998年。

二三十年代，作家努力发掘的是女性形象中的"女人性"——鲁迅早就说过，中国传统中，只有"母性"而无"女人性"；因此，二三十年代作品中的女性形象对传统的反叛性是十分明显的 ①。而 40 年代的作家，却在努力发掘"母性"，这本身即反映了对传统的"皈依" ②。而在老舍的《四世同堂》里，女主人公韵梅的世界"由四面是墙的院子开展到山与大海"，她的母性的"爱"也由"家庭"，"放射"到"社会"和"国家" ③，这些描写显然带有很大的抽象性，其实是表达了作者的一种主观体验与意愿；"母性"（"女性"）不仅被当作"家庭"，更被当作"国家""民族"的支撑力量。

对"女性"作用的这种夸大，在社会学上自然是毫无意义的，但却反映了一种心理上甚至本能地对"女性"（"母性"）的依恋、皈依。难怪 40 年代作家写到"母亲""女性"时，常常不由自主地要将其"诗化"以致"圣洁化"。这是人们所熟知的孙犁小说《荷花淀》的片断："月亮升起来，院子里凉爽得很，干净得很，白天破好的苇眉子潮润润的，正好编席。女人坐在小院当中，手指上缠绞着柔滑修长的苇眉子。苇眉子又薄又细，在她的怀里跳跃着。……她像坐在一片洁白的雪地上，也像坐在一片洁白的云彩上。她有时望望淀里，淀里也是一片银白世界。水面笼起一层薄薄透明的雾，风吹起来，带着新鲜的荷叶荷花香。"如此纯净的女性形象（人们甚至忍不住要将她称为"圣女"）出现在纷乱的战火之中，简直是一个奇迹。这是典型的"战争浪漫主义" ④。作家孙犁后来说，他在敌后根据地的妇女身上发现了"美的极致"，而他的美学观是宁愿"省略"丑的极致，以表现纯化的美为追求。这样的追求也

---

① 曹禺的繁漪更公开表示对"母性"的拒绝，她对着自己的儿子高喊："我不是你的母亲……我是周萍的女人！"

② 郭沫若在 40 年代所写的新编历史剧《虎符》里，特地创造了"魏太妃"的形象，据说即根据周恩来的建议，要写出一个中国传统的"贤母"形象。

③ 老舍：《四世同堂》（下），百花文艺出版社，1979 年，第 1095、1089 页。

④ 孙犁曾在 1941 年著文提倡"战时的英雄文学"，强调"浪漫主义适合于战斗时代、英雄的时代。这种时代、生活本身就带有浓烈的浪漫主义色彩"（《论战时的英雄文学》）。

属于孙犁的同代人：40年代作为"流亡者"的中国作家，越是出入于战争的"地狱"①，越是神往于一个至善至美的精神"圣地"，以作为自己心灵的"归宿"。孙犁（及其同代人）笔下的"圣女"不过是这种"归宿"的"符号"。

对心灵"归宿"的追求，也使中国作家以新的眼光重新审视中国的"家庭"。"家庭"题材作品的大量出现，是40年代中国文学中的突出现象——仅长篇小说，就出现了诸如老舍的《四世同堂》、巴金的《寒夜》、林语堂的《京华烟云》、靳以的《前夕》、路翎的《财主底儿女们》这样的长篇巨制。当然，更引人注目的是价值观的变化。在巴金写于30年代的《家》里，"家"是罪恶的渊薮，是牢笼，"走出家庭"就是唯一的出路：这几乎是二三十年代中国作家的共同信念；人们应该记得，现代文学的第一篇作品《狂人日记》，如其作者鲁迅所说，就是"暴露大家庭的罪恶"的。40年代，巴金又写了《寒夜》，写的是"走"出了封建大家庭的"觉慧"们建立自己的小家庭后所面临的新的矛盾与困惑，但小说的女主人公曾树生却在"走"出家庭还是"留"在家中之间徘徊：不仅因为"走"出家庭又会落入金钱世界的陷阱，还因为"家庭"本身就拥有着一种难以摆脱的诱惑力。小说结尾，承受不了人世间风雨飘摇之苦的曾树生，怀着对家庭的温暖、安宁的渴求，重又"归来"：这是耐人寻味的。

老舍笔下"四世同堂"式的中国传统家庭，在战乱中也突然显示出一种魅力。同样是大家庭的家长，《四世同堂》中的祁老人却不像《家》里的高老太爷那样独断专制、面目狰狞，而是以他特有的经验、威望、和善与宽容，在大动荡的年代，艰难地维护着家庭的稳定。而在自称"中国通"的英国人富善先生眼里，这个"四世同堂"的家庭结构，既具有"凝聚力"，"使他们在变化中还不至于分裂涣散"，又富有弹性，各代人"各有各的文化，而又彼此宽容，彼此体谅"，在他看来，这样的家庭

---

① 路翎的《财主底儿女们》中这样描写"旷野"中的流亡者："好像他们是在地狱中盲目地游行，有着地狱的感情。"

能够承受侵略者的"暴力的扫荡，而屹然不动"①。——这里的"家庭理想主义"自然也属于作家自己。

不仅是传统家庭，整个中国传统文化也在同样的心理背景下，被理想化与浪漫化（诗化）。路翎的《财主底儿女们》中，另一位主人翁蒋少祖曾经是传统文化最激烈的反叛者，如今却在"那些布满斑渍的，散发着酸湿的气味"的古版书中，"嗅到了人间最温柔，最迷人的气息，感到这个民族底顽强的生命，它底平静的，悠远的呼吸"②。耐人寻味的是，蒋少祖这样的知识分子在传统文化中所要获取的，是类似"家庭"的"最温柔，最迷人的气息"和"平静的，悠远的呼吸"，可见，这仍然是一种"皈依"的心理欲求，而非理性的选择。

事实上，40年代的"流亡者文学"都充满了这类非理性的浪漫主义的诗意与激情，我们可以把它叫作"战争浪漫主义"——作家出于"寻找归宿"的本能的心理动因，通过"想象"（"幻想"），把作为"归宿"的国家、民族、家庭、土地、人民（农民）、传统（文化）等诗化（浪漫化）、抽象化与符号化，并赋予宗教的"神圣灵光"，从而制造出关于国家、民族、家庭、土地、人民（农民）、传统（文化）等的种种现代"神话"与现代"崇拜"。这就必然导致对"磨难"的"美化"，对"痛苦""牺牲"的"神圣化"（"道德化"）与对"自我"的"英雄化"，真实的"生存痛苦"在"想象"（"幻觉"）中转换成了虚幻的"精神崇高"。正像路翎在《财主底儿女们》中所描述的，在中国这块土地上，不可能产生鲁迅式"正视淋漓的鲜血""直面惨淡的人生"的勇士，从孤独、绝望的"旷野"里，走出的是一批又一批"使徒"。

著名文学史家勃兰兑斯曾谈到19世纪波兰文学的浪漫主义倾向，使得"文学中的人物，尽管他们遭到历史外部接踵而来的艰辛困厄，却终究不是大不幸的人。以外部世界为其舞台的灾难在这里屡见不鲜。然而最大的悲剧，以人的心灵为其战场，甚至无需噩运的特殊的播弄的悲剧，

---

① 老舍：《四世同堂》（下），第671页。
② 路翎：《财主底儿女们》（下），第884页。

却没有在同等程度上呈现在读者的眼前。这些诗人很自然地感到自己义不容辞，要向他们的读者说几句安慰人心引起希望的话，因而他们不去运用自己的想象力以探测苦难的最深处"①。这几乎说的就是20世纪40年代的中国文学。于是，正如一位研究者所说，"'苦难'终于没有引出更深刻的觉悟"，中国抗战时期的"流亡者文学"，"在'哲学'面前停住了"②。

（三）

我们的探讨还想再深入一步：40年代中国的"战争浪漫主义"会进一步将抗战时期的"流亡者文学"与中国知识分子引向怎样的"最后归宿"？

我们注意到了一篇题为《在甘泉宿店》的小说。小说描写了抗战时期"西北去的洪流"，全国各地不同阶层的青年如何争赴革命圣地陕北："在甘泉客店中，门外是北风怒号，黄沙如雨，门内是一灯如豆，一个热血的青年低诉他的身世：大哥牺牲在'清党'后的监牢里，二姊在抗战后加入救护队，被敌机炸死，现在他，——老年母亲的最后一子，跋涉万里来到陕北，要站上抗战的前哨！门外，远处传来雄壮的也带点荒凉的歌声，又传来行军似的步伐声，——这都是步行到延安的大队青年！在黑夜在风沙中行进呵！"③这篇小说尽管情节十分简单，却引起了人们的广泛关注；著名小说家、文艺评论家茅盾还专门写了书评。有意思的是，茅盾在评论中强调小说是作者"用他的热烈的感情与丰富的想象写出"④的，据说作者也确实没有这样的生活经验。——这篇小说的真正价

---

① ［丹麦］勃兰兑斯：《十九世纪波兰浪漫主义文学》，成时译，人民文学出版社，1980年，第138页。

② 赵园：《艰难的选择》，上海文艺出版社，1986年，第212页。

③ 茅盾评《大时代的插曲》（谷斯范著），载《文艺阵地》1938年第1卷第12期。

④ 同上。

值正在于它传达了某种"意愿"（现实的与心理的意愿），提供了一个重要的时代信息。

进一步考察，我们又发现，这一时期的"流亡者文学"里，有不少作品结尾都设置了一个"光明"与"希望"的前景目标。茅盾的《第一阶段的故事》里，"苦闷得受不住了"的青年何家琪宣布他"打算离开上海到——到那蓬勃紧张的地方，到——北方去"，引起周围人一片惊喜。郭沫若的《地下的笑声》中，主人公也如他的作者那般慷慨高呼："我们要想办法离开这儿，到那没有人吃人的地方去。……我们依然还是有出路的。"李广田的《引力》的情节、构思更带有象征性：女主人公梦华怀着对"理想"的希冀，千里迢迢从沦陷区向大后方"追寻"她的丈夫；追到目的地，却发现被称为"自由区"的大后方依然"到处是贫困，到处是疾病，到处是奴役，到处是榨取"①；在感到深切的失望时，又读到了丈夫的留信：他已经到"一个更新鲜的地方，到一个更多希望与更多进步的地方"②，于是，妻子又开始了新的追寻。在小说结尾，怀着全家团聚在"另一个天地里"的期待，她写下了自己的人生信念："希望总在前边。"③值得注意的是，对李广田这样的作家（包括茅盾、郭沫若在内的40年代越来越多的知识分子）来说，这"前边"的"希望"并非如同一时期不断呼唤"向天空凝眸"的沈从文那样，仅仅是"形而上"的可望不可即的"远景"④，而是一个现实的存在，一个政治、经济、军事、文化的实体——中国共产党所领导的、以延安为中心的抗日根据地里的人民军队与人民政权。

40年代，中国的知识分子、老百姓，把"希望"的目光投向"延安"，这样的历史选择，自然有着深刻的政治、经济、文化的原因；而本文仅想在选题的范围内，就这一选择的"心理动因"做一些探讨。

30年代曾以《预言》与《画梦录》震动了文坛的何其芳，曾有人问

---

① 李广田：《引力》，收《李广田文集》第2卷，山东文艺出版社，1984年，第406页。
② 同上。
③ 同上。
④ 沈从文：《昆明冬景》，收《沈从文文集》第10卷，第66页。

他："你是怎样来到延安的？"他这样回答：靠着"美，思索，为了爱的牺牲"这三个思想"走完了我的太长、太寂寞的道路，而在这道路的尽头就是延安"①。而在另一篇文章里，他又谈到人们来到延安就像"突然回到了久别的家中一样"②，这"归来"感自然也是属于诗人何其芳自己的。当何其芳宣布"延安"是他追寻"美，思索，为了爱的牺牲"的真理之路的"尽头"时，他就赋予了"延安"一种超现实的形而上的"终极"意义，而且正像"回到久别的家中"这一直观感觉所暗示的那样，这"终极目的地"也正是"人"的个体生命、心灵的"最后归宿"。

其实，这也是几乎所有奔向"延安"的知识分子（作家）共同的心理与感受。曾留学法国的老作家陈学昭这样写道："我们像逃犯一样的，奔向自由的土地，呼吸自由的空气；我们像暗夜迷途的小孩，找寻慈母的保护与扶持，投入了边区的胸怀"，"边区是我们的家！"③ 而一位年轻诗人徐放又如此描述自己"回到了延安"的感觉："像孩子，打远方归来，睡在妈妈的怀里；像种子，深深地 / 落进润湿的土地里……"④ 另一位诗人井岩盾更是一往情深地写道："流浪的时候……我感到孤单"，而现在睡在延安窑洞里，"听和我拥挤着的 / 同志们轻轻地呼吸"，"我感到了温暖和安宁"，"像在孩子时候，睡在祖母身边一样舒适"⑤……

人们不难注意到，几乎所有诗人（作家）写到"延安"时，都要联想到"母亲""土地""家"，这样的"意象叠合"正说明，从孤独、绝望的"旷野"里走出的中国的"流亡者"，曾到"国家""民族""家庭""土地""农民（人民）""大地"……中去寻找归宿，这一切"归宿"

---

① 何其芳：《从成都到延安》，收《中国抗日战争时期大后方文学书系》第 9 卷，第 858 页。

② 何其芳：《一个平常的故事》，收《何其芳文集》第 2 卷，人民文学出版社，1982 年，第 215 页。

③ 陈学昭：《边区是我们的家》，作于 1943 年 7 月 16 日。收《延安文艺丛书·诗歌卷》，湖南文艺出版社，1987 年，第 297、296 页。着重号为作者所加。

④ 徐放：《在归来的日子——我回到了延安》，作于 1946 年 7 月。收《延安文艺丛书·诗歌卷》，第 464 页。着重号为作者所加。

⑤ 井岩盾：《冬夜之歌》，作于 1940 年 11 月。收《延安文艺丛书·诗歌卷》，第 71 页。着重号为引者所加。

的象征物最后都外化为一个实体——"延安"。而"延安"本身又是一个
概念的集合体；"延安"即意味着（象征着）抗日根据地的军队、政权
以及它们的领导者中国共产党，和党的领袖毛泽东。于是，我们在40年
代的"流亡者文学"里，又听到了这样的颂歌："他生根于古老而庞大
的中国，把历史的重载驮在自己的身上"，"'人民的领袖'不是一句空
虚的颂词，他以对人民的爱博得人民的信仰"①；他"披一头长长的黑发，
似一个和善的妈妈"，他的讲话，"是慈母亲切的嘱语，还是老人神秘的
故事？"②而且，我们还读到了这样的印象记："他完全像一位来自乡野
的书生"③，这位"二十世纪四十年代的普洛美修斯"，"当跟他在一起谈
话的时候，会使人感到他像是一个最慈蔼的教师或保姆"，"他的讲演是
入情入理的，平白到连老百姓也听得懂"，"我觉得他是比孔夫子还强
一着"④。这里，又重复出现了"毛泽东"与"国家"、"历史"、"人民"、
"母亲"（"老人"、"保姆"）、"教师"、"乡野"（"土地"、"农民"）、"书
生"（"孔夫子"、"传统文化"）等意象的多重叠合。这意味着："延安"
（党、政权、军队以及领袖）在人们（知识者）的心理与意识上，终于成
了"祖国"（"民族"和"土地"）的化身，"人民"（"农民"）的代言人，
"母亲""传统""家"（"家长"）的象征，成了"流亡"中的国家、民
族、个体生命的最后归宿：战乱中的"流亡者"就这样经过"战争浪漫
主义"而达到了"精神的皈依"。

　　我们还要进一步思索：这"精神的皈依"又意味着什么？

　　这首先意味着将作为"皈依"的对象——"延安"与"领袖"——
由"实体"虚化为一种"精神象征"，并在这一抽象化过程中，赋予

① 艾青：《毛泽东》，作于1941年11月6日。收《延安文艺丛书·诗歌卷》，第129
　页。着重号为作者所加。
② 孙剑冰：《他和大众在一起——记毛泽东同志在一个大会上》，收《延安文艺丛
　书·诗歌卷》，第173页。着重号为作者所加。
③ 子冈：《毛泽东先生到重庆》，作于1945年8月。收《中国抗日战争时期大后方文
　学书系》第8卷，第56页。着重号为作者所加。
④ 白危：《毛泽东断片》，作于1939年4月20日。收《中国抗日战争时期大后方文
　学书系》第8卷，第422、423、426—427页。

"皈依对象"一种绝对的至善至美性和终极价值，从而将其诗化、浪漫化、圣洁化以致神化。于是，诗人们（40年代的中国作家大都具有一种诗人气质）以其特有的浪漫主义情调宣布：他们在"延安"（不是现实的"延安"，而是在诗人的想象中抽象化与净化了的"延安"）找到了在"童年的甜蜜的睡眠里"才出现的"黄金的王国"①，发现了一个真正的人间"乐园"②，"人间的'极乐世界'更何需天上找寻？"③小说家靳以也通过他的小说人物之口这样描绘他"发现"（自然是想象中的"发现"）的"新世界"："这里花开在人的脸上，万人相爱的温情使我也变得年轻了，歌声随时起伏，像海的波涛"，"一切社会上的丑恶都不存在了，人们简直是在理想中生活"④。何其芳甚至在他的散文里宣称，人们已经找到了从根本上消除一切"不幸"与"痛苦"的那把"最后的钥匙"⑤。以至于在以冷静的现实主义刻画著称于世的茅盾的笔下，也出现了这样一幅"圣徒图"，作家把它叫作"人类的高贵精神的辐射"——

……空气非常清冽，朝霞笼住了左面的山，我看见山峰上的小号兵了。霞光射注他，只觉得他的额角异常发亮，然而，使我惊叹叫出声来的，是离他不远有一位荷枪的战士，面向着东方，严肃地站在那里，犹如雕像一般。晨风吹着喇叭的红绸子，只这是动的，战士枪尖的刺刀闪着寒光，在粉红的霞色中，只这是刚性的。我看呆了。……

如果你也当它是"风景"，那便是真的风景，是伟大中之最伟大者！⑥

当然，这主要是一种"心理的真"：在茫茫旷野、沉沉黑夜里，盲目

---

① 冯牧：《当我走进人群——短歌四章》，收《延安文艺丛书·诗歌卷》，第115页。
② 丁玲：《七月的延安》，收《延安文艺丛书·诗歌卷》，第3页。
③ 舒湮：《西行的向往》，收《延安文艺丛书·散文卷》，第165页。
④ 靳以：《前夕》（下），收《靳以选集》第2卷，第350页。
⑤ 何其芳：《论快乐》，收《何其芳文集》第2卷，第229页。
⑥ 茅盾：《风景谈》，收《延安文艺丛书·散文卷》，第219页。

地奔突，寻求，跌倒，又爬起，"流亡者"终于发现天边闪现的一线"光明"，就免不了在因为持久的追寻而变得分外敏锐的头脑中，将这真实的一线"光明"想象成绝对的、因而也就虚幻化了的一片"光明"，即在量与质的夸张中，为自己创造出了纯粹、至美的"圣地""圣人"与"圣徒"，这里的真诚与善良，是绝对不应有丝毫怀疑的。延安的老作家周立波在1941年写过一首名为《一个早晨的歌者的希望》的诗，诗中说"要大声的反复我的歌，因为我相信我的歌是歌唱美丽"，歌唱"青春"时代的"纯真的梦境"；并且他预言，在未来的时代，"留在人间的他的记忆会很快的消亡，正如他的歌会很快的消亡一样"，但"他所歌唱的美丽和真诚，会永远生存"①。他的预言是有根据的：对"美丽（包括虚幻的美）和真诚"的追求，确实出于人的本性；在这个意义上，可以承认，一切对"美丽和真诚"的追寻、皈依与歌唱，都会"永远生存"。

但包括周立波在内的思想单纯的延安作家（追求"单纯"也是那个时代的风尚），却没有、也不可能看到（预见到）在他们"美丽和真诚"的追求中所内含的负面的悲剧内容。作为后来者，我们没有任何理由苛求前人，同样，也没有任何必要因此而回避历史本来具有的严峻性质。事实正是如此：当40年代的中国作家、诗人们"真诚"地将他们千辛万苦终于寻到的"光明"，在想象中夸大成没有任何矛盾、缺陷的绝对存在和终极归宿时，他们就将自己置于绝对地无条件地承认、满足，进而服从"现实"的地位，自动放弃了作为知识分子存在标志的独立思考与批判的权利。

本来，当绝望、孤独中的人们试图寻求皈依时，就已经表现出了人性的软弱：对绝望、孤独的现实的逃避，以及对作为归宿的强于自我的异己力量的依附。路翎在他的《财主底儿女们》里告诉我们，甚至在"旷野"里，尽管"不再遇到人们称为社会秩序"的强制，"所遇到的那些实际的、奇异的道德和冷淡的、强力的权威"（小说中的"石华贵"和"朱谷良"就是这类"旷野"中的"权威"），人（如青年知识分子蒋纯

---

① 周立波：《一个早晨的歌者的希望》，收《延安文艺丛书·诗歌卷》，第311、315页。

祖）也会常常表现出"软弱，恐惧，逃避"，"依赖和顺从"。而现在当人们走出"旷野"，躺在"延安"（"母亲""祖国大地"……）的怀里时，他们就事实上寻得了一个生命的避风港与精神的逃薮，而这种"逃避"必然以自我意志的丧失为代价。

勃兰兑斯说，"流亡者"的由浪漫主义的幻想所引起的"精神昂扬"是"危险的"，"这种精神的昂扬的致命伤在于性格的软弱"[①]，这是一个深刻的观察。我们在中国抗战时期的"流亡者文学"里，经常可以读到这样"精神昂扬"的文字。例如，在一篇题为《巨像》的散文里，作者宣称，他在群体生命中，找到了自我生命的归宿，于是，"我一时觉得我是如此地伟大，崇高；幻想我是一尊人类英雄的巨像，昂然地耸立云端，为万众所瞻仰"[②]。这种突发的"精神昂扬"看起来是颇为奇怪的，但也自有它的"真实"：当"个人"想象自己是某种强力的"群体"的代表（化身）时，就会产生这类"君临一切""为万众所瞻仰"的幻觉；但在这"英雄主义"的"自我膜拜"背后，正隐藏着对赋予自己"力量"与"英雄"地位的"群体"的强力（权力意志）的依附、顺从与膜拜，从而显露出本质的怯懦。而这种"怯懦"，常为人们（包括当事人）所不察，也就越具有悲剧性。

但在悲剧的"后果"远没有显露时，人们暂时还可以保持一种良好的自我感觉。在前引那篇题为《巨像》的散文里，作者在将"皈依"于群体的"现在的我"英雄化以后，又产生了一个幻觉："过去的我，匍伏在我的面前，用口唇吻我的脚趾，感激的热泪滴在我的脚背上。"[③]用"今日之我"否定"过去的我"，所谓"今是而昨非"，本是大变动时代常有的精神现象；在这背后隐藏着的价值判断才是真正值得注意的：绝对"皈依"于群体，"像一个小齿轮在一个巨大的机械里和其他无数的齿

---

①　［丹麦］勃兰兑斯：《十九世纪波兰浪漫主义文学》，第 69 页。

②　聂绀弩：《巨像》，作于 1938 年 12 月 3 日。收《中国抗日战争时期大后方文学书系》第 11 卷，第 647 页。

③　同上。

轮一样快活地规律地旋转",将"我""消失在它们里面"的知识者①,被认为已经经过了"脱胎换骨的改造",而得到承认,进而赐予"新人"的桂冠。在一篇颇有影响的小说里,彻底抛弃了个人感情,全身心投入集体战斗事业的女主人公甚至得到了这样的赞语:"仿佛她并不需要人的感情……只有魔鬼的意志在支持着她似的","我们不是她的匹配……她是魔鬼,是神,而不是人"②。尽管这样的描写有些夸张,但对人的"神性"的追求,确实已形成一种"时尚"。在这样的气氛下,在"群体"中仍保持一定独立性的努力,以及对个人情感、欲望的眷顾,都受到否定、谴责与拒绝,是必然的。孤独的精神个体被视为"没有改造好的",甚至是"可疑"与"危险"的,知识分子的"改造"就这样成为现实生活与文学的"主题",并且为渴求"光明"、寻找"归宿"的作家们自觉接受。在这些"改造"主题的作品里,充满了"原罪"感的知识分子往往与被"神化"(理想化"浪漫化")的农民相对比,以映照出前者的卑下、污浊、软弱,与后者的崇高、纯洁、有力。当人们在这类作品中读到这样的"自我忏悔"——"我们还不是照样有这么多往昔的依恋,寂寞,梦幻,真丢人……"③时,却不能不感到惊异:当年人们在"旷野"里所感到的孤独、绝望,所产生的梦幻中的依恋,这一切"旷野情怀"、生命体验,现在竟被视为"小资产阶级情调"而遭抛弃。历史再一次错过了机会,40年代"流亡者文学"经过"战争浪漫主义"转向了"改造"文学与"颂歌"文学——下一时期(五六十年代)的文学正悄悄孕育在这"转向"之中。

---

① 何其芳:《一个平常的故事》,收《何其芳文集》第2卷,第223页。
② 郁茹:《遥远的爱》,收《中国抗日战争时期大后方文学书系》第6卷,第1837页。小说女主人公对丈夫说:"我们的手既然负有推动时代的使命,我们的情感,也只好让它无情地倾轧在它锋利的齿轮下。"
③ 韦君宜:《三个朋友》,收《延安文艺丛书·小说卷》第2卷,第315页。

中　篇

众声喧哗

四 萧红《后花园》

萧 红
1911—1942

1933 年 5 月	萧红《王阿嫂的死》发表（《国际协报》）。
1933 年 10 月	萧军、萧红《跋涉》出版（五画印刷社）。
1935 年 8 月	萧军长篇小说《八月的乡村》出版（奴隶丛书之一，容光书局）。
1935 年 12 月	萧红长篇小说《生死场》出版（奴隶丛书之一，容光书局）。
1936 年 4 月	萧红《手》发表（《作家》创刊号）。
1936 年 10 月	萧红《牛车上》发表（《文季月刊》第 1 卷第 5 期）。
1937 年 2 月	萧军《第三代》（后改名《过去的时代》）出版（文化生活出版社）。
1940 年 3 月	萧红《旷野的呼喊》出版（上海杂志公司）。
1940 年 4 月	萧红《后花园》发表（《大公报》）。
1940 年 6 月	《萧红散文》出版（大时代书局）。
1940 年 7 月	萧红《回忆鲁迅先生》出版（妇女生活社）。
1940 年 9 月	萧红《呼兰河传》发表（《星岛日报》9 月 1 日至 12 月 27 日连载）。
1941 年 1 月	萧红中篇小说《马伯乐》（上部）出版（大时代书局）。
1941 年 5 月	萧红长篇小说《呼兰河传》出版（上海杂志公司）。

1940

林语堂《京华烟云》（中译本）出版

沙汀《在其香居茶馆里》发表

巴金《秋》完稿

后花园 *

萧红

　　后花园五月里就开花的，六月里就结果子，黄瓜、茄子、玉蜀黍、大芸豆、冬瓜、西瓜、西红柿，还有爬着蔓子的倭瓜。这倭瓜秧往往会爬到墙头上去，而后从墙头它出去了，出到院子外边去了。就向着大街，这倭瓜蔓上开了一朵大黄花。

　　正临着这热闹闹的后花园，有一座冷清清的黑洞洞的磨房，磨房的后窗子就向着花园。刚巧沿着窗外的一排种的是黄瓜。这黄瓜虽然不是倭瓜，但同样会爬蔓子的，于是就在磨房的窗棂上开了花，而且巧妙地结了果子。

　　在朝露里，那样嫩弱的须蔓的梢头，好像淡绿色的玻璃抽成的，不敢去触，一触非断不可的样子。同时一边结着果，一边攀着窗棂往高处伸张，好像它们彼此学着样，一个跟一个都爬上窗子来了。到六月，窗子就被封满了，而且就在窗棂上挂着滴滴嘟嘟的大黄瓜、小黄瓜；瘦黄瓜、胖黄瓜，还有最小的小黄瓜纽儿，头顶上还正在顶着一朵黄花还没有落呢。

　　于是随着磨房里打着铜筛罗的震抖，而这些黄瓜也就在窗子上摇摆起来了。铜罗在磨夫的脚下，东踏一下它就"咚"，西踏一下它就

---

　　*　按：本书所引作品原文，均以其早期发表的文本为底本，以保留作品的语言文字时代特色。

"咚"；这些黄瓜也就在窗子上滴滴嘟嘟地跟着东边"咚"，西边"咚"。

六月里，后花园更热闹起来了，蝴蝶飞，蜻蜓飞，螳螂跳，蚂蚱跳。大红的外国柿子都红了，茄子青的青、紫的紫，溜明湛亮，又肥又胖，每一棵茄秧上结着三、四个，四、五个。玉蜀黍的缨子刚刚才出芽，就各色不同，好比女人绣花的丝线夹子打开了，红的绿的，深的浅的，干净得过分了，简直不知道它为什么那样干净，不知怎样它才那样干净的，不知怎样才做到那样的，或者说它是刚刚用水洗过，或者说它是用膏油涂过。但是又都不像，那简直是干净得连手都没有上过。

然而这样漂亮的缨子并不发出什么香气，所以蜂子、蝴蝶永久不在它上边搔一搔，或是吮一吮。

却是那些蝴蝶乱纷纷地在那些正开着的花上闹着。

后花园沿着主人住房的一方面，种着一大片花草。因为这园主并非怎样精细的人，而是一位厚敦敦的老头。所以他的花园多半变成菜园了。其余种花的部分，也没有什么好花，比如马蛇菜、爬山虎、胭粉豆、小龙豆……这都是些草本植物，没有什么高贵的。到冬天就都埋在大雪里边，它们就都死去了。春天打扫干净了这个地盘，再重种起来。有的甚或不用下种，它就自己出来了，好比大菽茨，那就是每年也不用种，它就自己出来的。

它自己的种子，今年落在地上没有人去拾它，明年它就出来了；明年落了子，又没有人去采它，它就又自己出来了。

这样年年代代，这花园无处不长着大花。墙根上，花架边，人行道的两旁，有的竟长在倭瓜或者黄瓜一块去了。那讨厌的倭瓜的丝蔓竟缠绕在它的身上，缠得多了，把它拉倒了。

可是它就倒在地上仍旧开着花。

铲地的人一遇到它，总是把它拔了，可是越拔它越生得快，那第一班开过的花子落下，落在地上，不久它就生出新的来。所以铲也铲不尽，拔也拔不尽，简直成了一种讨厌的东西了。还有那些被倭瓜缠住了的，若想拔它，把倭瓜也拔掉了，所以只得让它横躺竖卧的在地上，也不能不开花。

长得非常之高，五、六尺高，和玉蜀黍差不多一般高，比人还高了一点，红辣辣地开满了一片。

人们并不把它当作花看待，要折就折，要断就断，要连根拔也都随便。到这园子里来玩的孩子随便折了一堆去，女人折了插满了一头。

这花园从园主一直到来游园的人，没有一个人是爱护这花的。这些花从来不浇水，任着风吹，任着太阳晒，可是却越开越红，越开越旺盛，把园子炫耀得闪眼，把六月夸奖得和水滚着那么热。

胭粉豆、金荷叶、马蛇菜都开得像火一般。

其中尤其是马蛇菜，红得鲜明晃眼，红得它自己随时要破裂流下红色汁液来。

从磨房看这园子，这园子更不知鲜明了多少倍，简直是金属的了，简直像在火里边烧着那么热烈。

可是磨房里的磨倌是寂寞的。

他终天没有朋友来访他，他也不去访别人，他记忆中的那些生活也模糊下去了，新的一样也没有。他三十多岁了，尚未结过婚，可是他的头发白了许多，牙齿脱落了好几个，看起来像是个青年的老头。阴天下雨，他不晓得；春夏秋冬，在他都是一样。和他同院的住些什么人，他不去留心；他的邻居和他住得很久了，他没有记得；住的是什么人，他没有记得。

他什么都忘了，他什么都记不得，因为他觉得没有一件事情是新鲜的。人间在他是全然呆板的了。他只知道他自己是个磨倌，磨倌就是拉磨，拉磨之外的事情都与他毫无关系。

所以邻家的女儿，他好像没有见过，见过是见过的，因为他没有印象，就像没见过差不多。

磨房里，一匹小驴子围着一盘青白的圆石转着。磨道下面，被驴子经年地踢踏，已经陷下去一圈小洼槽。小驴的眼睛是戴了眼罩的，所以它什么也看不见，只是绕着圈瞎走。嘴上也给戴上了笼头，怕它偷吃磨盘上的麦子。

小驴知道，一上了磨道就该开始转了，所以走起来一声不响，两个耳朵尖尖地竖得笔直。

磨倌坐在罗架上，身子有点向前探着。他的面前竖了一个木架，架上横着一个用木做成的乐器，那乐器的名字叫"梆子"。

每一个磨倌都用一个，也就是每一个磨房都有一个。旧的磨倌走了，新的磨倌来了，仍然打着原来的梆子。梆子渐渐变成了元宝的形状，两端高而中间陷下，所发出来的音响也就不好听了，不响亮，不脆快，而且"踏踏"的沉闷的调子。

冯二成子的梆子正是已经旧了的。他自己说：

"这梆子有什么用？打在这梆子上就像打在老牛身上一样。"

他尽管如此说，梆子他仍旧是打的。

磨眼上的麦子没有了，他去添一添。从磨漏下来的麦粉满了一磨盘，他过去扫了扫。小驴的眼罩松了，他替它紧一紧。若是麦粉磨得太多了，应该上风车子了，他就把风车添满，摇着风车的大手轮，吹了起来，把麦皮都从风车的后部吹了出去。那风车是很大的，好像大象那么大。尤其是当那手轮摇起来的时候，呼呼的作响，麦皮混着冷风从洞口喷出来。这风车摇起来是很好看的，同时很好听。可是风车并不常吹，一天或两天才吹一次。

除了这一点点工作，冯二成子多半是站在罗架上，身子向前探着，他的左脚踏一下，右脚踏一下，罗底盖着罗床，那力量是很大的，连地皮都抖动了，和盖新房子时打地基的工夫差不多，咚咚的，又沉重，又闷气，使人听了要睡觉的样子。

所有磨房里的设备都说过了，只不过还有一件东西没有说，那就是冯二成子的小炕了。那小炕没有什么好记载的。总之这磨房是简单、寂静、呆板。看那小驴竖着两个尖尖的耳朵，好像也不吃草也不喝水，只晓得拉磨的样子。

冯二成子一看就看到小驴那两个直竖竖的耳朵，再看就看到墙下跑出的耗子，那滴溜溜亮的眼睛好像两盏小油灯似的。再看也看不见别的，仍旧是小驴的耳朵。

所以他不能不打梆子，从午间打起，一打打个通宵。

　　花儿和鸟儿睡着了，太阳回去了。大地变得清凉了好些。从后花园透进来的热气，凉爽爽的，风也不吹了，树也不摇了。

　　窗外虫子的鸣叫，远处狗的夜吠，和冯二成子的梆子混在一起，好像三种乐器似的。

　　磨房的小油灯忽咧咧地燃着（那小灯是刻在墙壁中间的，好像古墓里边站的长明灯似的），和有风吹着它似的。这磨房只有一扇窗子，还被挂满了黄瓜，把窗子遮得风雨不透。可是从哪里来的风？小驴也在响着鼻子抖擞着毛，好像小驴也着了寒了。

　　每天是如此：东方快启明的时候，朝露就先下来了，伴随着朝露而来的，是一种阴森森的冷气，这冷气冒着白烟似的沉重重地压到地面上来了。

　　落到屋瓦上，屋瓦从浅灰变到深灰色，落到茅屋上，那本来是浅黄的草，就变成深黄的了。因为露珠把它们打湿了，它们吸收了露珠的缘故。

　　惟有落到花上、草上、叶子上，那露珠是原形不变，并且由小聚大。大叶子上聚着大露珠，小叶子上聚着小露珠。

　　玉蜀黍的缨穗挂上了霜似的，毛绒绒的。

　　倭瓜花的中心抱着一颗大水晶球。

　　剑形草是又细又长的一种野草，这野草顶不住太大的露珠，所以它的周身都是一点点的小粒。

　　等到太阳一出来时，那亮晶晶的后花园无异于昨天洒了银水了。

　　冯二成子看一看墙上的灯碗，在灯芯上结了一个红橙橙的大灯花。他又伸手去摸一摸那生长在窗棂上的黄瓜，黄瓜跟水洗的一样。

　　他知道天快亮了，露水已经下来了。

　　这时候，正是人们睡得正熟的时候，而冯二成子就像更唤发了起来。他的梆子就更响了，他拼命地打，他用了全身的力量，使那梆子响得爆豆似的。不但如此，那磨房唱了起来了，他大声急呼的。好像他是照着民间所流传的，他是招了鬼了。他有意要把远近的人家都惊动起来，他竟乱打起来，他不把梆子打断了，他不甘心停止似的。

有一天下雨了。

雨下得很大，青蛙跳进磨房来好几个。有些蛾子就不断地往小油灯上扑，扑了几下之后，被烧坏了翅膀就掉在油碗里溺死了，而且不久蛾子就把油灯碗给掉满了，所以油灯渐渐地不亮下去，几乎连小驴的耳朵都看不清楚。

冯二成子想要添些灯油，但是灯油在上房里，在主人的屋里。

他推开门一看，雨真是大得不得了，瓢泼的一样，而且上房里也怕是睡下了，灯光不很大，只是影影绰绰的。也许是因为下雨上了风窗的关系，才那样黑混混的。

——十步八步跑过去，拿了灯油就跑回来。——冯二成子想。

但雨也是太大了，衣裳非都湿了不可；湿了衣裳不要紧，湿了鞋子可得什么时候干。

他推开房门看了好几次，也都是把房门关上了，没有跑过去。

可是墙上的灯又一会一会地要灭了，小驴的耳朵简直看不见了。他又打开门向上房看看，上房灭了灯了，院子里什么也看不见，只有隔壁赵老太太那屋还亮通通的，窗里还有格格的笑声。

那笑的是赵老太太的女儿。冯二成子不知为什么心里好不平静，他赶快关了门，赶快去拨灯碗，赶快走到磨架上，开始很慌张地打动着筛罗。可是无论如何那窗里的笑声好像还在那儿笑。

冯二成子打起梆子来，打了不几下，很自然地就会停住，又好像很愿意再听到那笑声似的。

——这可奇怪了，怎么像第一天那边住着人。——他自己想。

第二天早晨，雨过天晴了。

冯二成子在院子里晒他的那双湿得透透的鞋子时，偶一抬头看见了赵老太太的女儿，跟他站了个对面。

冯二成子从来没和女人接近过，他赶快低下头去。

那邻家女儿是从井边来，提了满满的一桶水，走得非常慢。等她完全走过去了，冯二成子才抬起头来。

她那向日葵花似的大眼睛，似笑非笑的样子，冯二成子一想起来就无缘无故地心跳。

有一天，冯二成子用一个大盆在院子里洗他自己的衣裳，洗着洗着，一不小心，大盆从木凳滑落而打碎了。

赵老太太也在窗下缝着针线，连忙就喊她的女儿，把自家的大盆搬出来，借给他用。

冯二成子接过那大盆时，他连看都没看赵姑娘一眼，连抬头都没敢抬头，但是赵姑娘的眼睛像向日葵花那么大，在想象之中他比看见来得清晰。于是他的手好像抖着似的把大盆接过来了。他又重新打了点水，没有打很多的水，只打了一大盆底。

恍恍忽忽地衣裳也没有洗干净，他就晒起来了。

从那之后，他也并不常见赵姑娘，但他觉得好像天天见面的一样。尤其是到了深夜，他常常听到隔壁的笑声。

有一天，他打了一夜梆子。天亮了，他的全身都酸了。他把小驴子解下来，拉到下过朝露的潮湿的院子里，看着那小驴打了几个滚，而后把小驴拴到槽子上去吃草。他也该是睡觉的时候了。

他刚躺下，就听到隔壁女孩的笑声，他赶快抓住被边把耳朵掩盖起来。

但那笑声仍旧在笑。

他翻了一个身，把背脊向着墙壁，可是仍旧不能睡。

他和那女孩相邻地住了两年多了，好像他听到她的笑还是最近的事情。他自己也奇怪起来。

那边虽是笑声停止了，但是又有别的声音了：刷锅，劈柴发火的声音，件件样样都听得清清晰晰。而后，吃早饭的声音他都感觉到了。

这一天，他实在睡不着，他躺在那里心中十分悲哀，他把这两年来的生活都回想了一遍……

刚来的那年，母亲来看过他一次。从乡下给他带来一筐子黄米豆包。母亲临走的时候还流了眼泪说："孩儿，你在外边好好给东家做事，东家错待不了你的……你老娘这两年身子不大硬实。一旦有个一口气不来，只让你哥哥把老娘埋起来就算了事。人死如灯灭，你就是跑到家又能怎样！……可千万要听娘的话，人家拉磨，一天拉好多麦子，是一定的，耽误不得，可要记住老娘的话。……"

那时，冯二成子已经三十六岁了，他仍很小似的，听了那话就哭了。他抬起头看看母亲，母亲确是瘦得厉害，而且也咳嗽得厉害。

"不要这样傻气，你老娘说是这样说，哪就真会离开了你们的。你和你哥哥都是三十多岁了，还没成家，你老娘还要看到你们……"

冯二成子想到"成家"两个字，脸红了一阵。

母亲回到乡下去，不久就死了。

他没有照着母亲的话作，他回去了，他和哥哥亲自送的葬。

是八月里辣椒红了的时候，送葬回来，沿路还摘了许多红辣椒，炒着吃了。

以后再想一想，就想不起什么来了。拉磨的小驴子仍旧是原来的小驴子。磨房也一点没有改变，风车也是和他刚来时一样，黑洞洞地站在那里，连个方向也没改换。筛罗子一踏起来它就"咚咚"响。他向筛罗子看了一眼，宛如他不去踏它，它也在响的样子。

一切都习惯了，一切都照着老样子。他想来想去什么也没有变，什么也没有多，什么也没有少。这两年是怎样生活的呢？他自己也不知道，好像他没有活过的一样。他伸出自己的手来，看看也没有什么变化；捏一捏手指的骨节，骨节也是原来的样子，尖锐而突出。

他又回想到他更远的幼小的时候去，在沙滩上煎着小鱼，在河里脱光了衣裳洗澡；冬天堆了雪人，用绿豆给雪人做了眼睛，用红豆做了嘴唇；下雨的天气，妈妈打来了，就往水洼中跑……妈妈因此而打不着他。

再想又想不起什么来，这时候他昏昏沉沉地要睡了去。

刚要睡着，他又被惊醒了，好几次都是这样。也许是炕下的耗子，也许是院子里什么人说话。

但他每次睁开眼睛，都觉得是邻家女儿惊动了他。他在梦中羞怯怯地红了好几次脸。

从这以后，他早晨睡觉时，他先站在地中心听一听，邻家是否有了声音。若是有了声音，他就到院子里拿着一把马刷子刷那小驴。

但是巧得很，那女孩子一清早就到院子来走动，一会出来拿一捆柴，一会出来泼一瓢水。总之，他与她从这以后，好像天天相见。

这一天八月十五，冯二成子穿了崭新的衣裳，刚刚理过头发回来，上房就嚷着：

"喝酒了，喝酒啦……"

因为过节是和东家同桌吃的饭，什么腊肉，什么松花蛋，样样皆有。其中下酒最好的要算凉拌粉皮，粉皮里外加着一束黄瓜丝，还有辣椒油洒在上面。

冯二成子喝足了酒，退出来了，连饭也没有吃，他打算到磨房去睡一觉。常年也不喝酒，喝了酒头有些昏。他从上房走出来，走到院子里碰到了赵老太太，她手里拿着一包月饼，正要到亲戚家去。她一见了冯二成子，她连忙喊着女儿说：

"你快拿月饼给老冯吃。过节了，在外边的跑腿人，不要客气。"

说完了，赵老太太就走了。

冯二成子接过月饼在手里，他看那姑娘满身都穿了新衣裳，脸上涂着胭脂和香粉。因为他怕难为情，他想说一声谢谢也没说出来，回身就进了磨房。

磨房比平日更冷清了，小驴也没有拉磨，磨盘上供着一块黄色的牌位，上面写着"白虎神之位"，燃了两根红蜡烛，烧着三炷香。

冯二成子迷迷昏昏地吃完了月饼，靠着罗架站着，眼睛望着窗外的花园。他一无所思地往外看着，正这时又有了女人的笑声，并且这笑声是熟悉的，但不知这笑声是从哪方面来的，后花园还是隔壁？

他一回身，就看见了邻家的女儿站在大开着的门口。

她的嘴是红的，她的眼睛是黑的，她的周身发着光辉，带着吸力。

他怕了，低了头不敢再看。

那姑娘自言自语地说：

"这儿还供着白虎神呢！"

说着，她的一个小同伴招呼着她就跑了。

冯二成子几乎要昏倒了，他坚持着自己，他睁大了眼睛，看一看自己的周遭，看一看是否在做梦。

这哪里是在做梦，小驴站在院子里吃草，上房还没有喝完酒的划拳的吵闹声仍仍还没有完结。他站到磨房外边，向着远处都看了一遍。远处的人家，有的在树林中，有的在白云中露着屋角，而附近的人家，就是同院子住着的也都恬静地在节日里边升腾着一种看不见的欢喜，流荡着一种听不见的笑声。

但冯二成子看着什么都是空虚的。寂寞的秋空的游丝，飞了他满脸，挂住了他的鼻子，绕住了他的头发。他用手把游丝揉擦断了，他还是往前看去。

他的眼睛充满了亮晶晶的眼泪，他的心中起了一阵莫名其妙的悲哀。

他羡慕在他左右跳着的活泼的麻雀，他妒恨房脊上咕咕叫的悠闲的鸽子。

他的感情软弱得像要瘫了的蜡烛似的。他心里想：鸽子你为什么叫？叫得人心慌！你不能不叫吗？游丝你为什么绕了我满脸？你多可恨！

恍恍忽忽他又听到那女孩子的笑声。

而且和闪电一般，那女孩子来到他的面前了，从他面前跑过去了，一转眼跑得无影无踪的。

冯二成子仿佛被卷在旋风里似的，迷迷离离地被卷了半天，而后旋风把他丢弃了。旋风自己跑去了，他仍旧是站在磨房外边。

从这以后，可怜的冯二成子害了相思病，脸色灰白，眼圈发紫，茶也不想吃，饭也咽不下，他一心一意地想着那邻家的姑娘。

读者们，你们读到这里，一定以为那磨房里的磨倌必得要和邻家女儿发生一点关系。其实不然的。后来是另外的一位寡妇。

世界上竟有这样谦卑的人，他爱了她，他又怕自己的身份太低，怕毁坏了她。他偷着对她寄托一种心思，好像他在信仰一种宗教一样。邻家女儿根本不晓得有这么一回事。

不久，邻家女儿来了说媒的，不久那女儿就出嫁去了。

婆家来娶新媳妇的那天，抬着花轿子，打着锣鼓，吹着喇叭，就在磨房的窗外，连吹带打的热闹了起来。

冯二成子把头伏在梆子上，他闭了眼睛，他一动也不动。

那边姑娘穿了大红的衣裳，搽了胭脂粉，满手抓着铜钱，被人抱上了轿子。放了一阵炮仗，敲了一阵铜锣，抬起轿子来走了。

走得很远很远了，走出了街去，那打锣声只能丝丝拉拉听到一点。

冯二成子仍旧没有把头抬起，一直到那轿子走出几里路之外，就连被娶亲惊醒了的狗叫也都平静下去时，他才抬起头来。

那小驴蒙着眼罩静静地一圈一圈地在拉着空磨。

他看一看磨眼上一点麦子也没有了，白花花的麦粉流了满地。

那女儿出嫁以后，冯二成子常常和赵老太太攀谈，有的时候还到老太太的房里坐一坐。他不知为什么总把那老太太当作一位近亲来看待，早晚相见时，总是彼此笑笑。

这样也就算了，他觉得那女儿出嫁了反而随便了些。

可是这样过了没多久，赵老太太也要搬家了，搬到女儿家去。

冯二成子帮着去收拾东西。在他收拾着东西时，他看见针线簸里有一个细小的白骨顶针。他想：这可不是她的？那姑娘又活跃跃地来到他的眼前。他看见了好几样东西，都是那姑娘的。刺花的围裙卷放在小柜门里，一团扎过了的红头绳子洗得干干净净的，用一块纸包着。他在许多乱东西里拾到这纸包，他打开一看，他问赵老太太，这头绳要放在哪里？老太太说：

"放在小梳头匣子里吧，我好给她带去。"

冯二成子打开了小梳头匣，他看见几根扣发针和一个假烧蓝翠的戒指仍放在里边。他嗅到一种梳头油的香气。他想这一定是那姑娘的，他把梳头匣关了。

他帮着老太太把东西收拾好，装上了车，还牵着拉车的大黑骡子上前去送了一程。

送到郊外，迎面的菜花都开了，满野飘着香气。老太太催他回来，他说他再送一程。他好像对着旷野要高歌的样子，他的胸怀像飞鸟似的张着，他面向着前面，放着大步，好像他一去就不回来的样子。

可是冯二成子回来的时候，太阳还正晌午。虽然是秋天了，没有夏天那么鲜艳，但是到处飘着香气。高粱成熟了，大豆黄了秧子，野地上仍旧是红的红，绿的绿。冯二成子沿着原路往回走。走了一程，他还转回身去，向着赵老太太走去的远方望一望。但是连一点影子也看不见了。

蓝天凝结得那么严酷，连一些皱折也没有，简直像是用蓝色纸剪成的。他用了他所有的目力，探究着蓝色的天边处，是否还存在着一点点黑点，若是还有一个黑点，那就是赵老太太的车子了。可是连一个黑点也没有，实在是没有的，只有一条白亮亮的大路，向着蓝天那边爬去，爬到蓝天的尽头，这大路只剩了窄狭的一条。

赵老太太这一去什么时候再能够见到，没有和她约定时间，也没有和她约定地方。他想顺着大路跑去，跑到赵老太太的车子前面，拉住大黑骡子，他要向她说：

"不要忘记了你的邻居，上城里来的时候可来看我一次。"

但是车子一点影也没有了，追也追不上了。

他转回身来，仍走他的归途，他觉得这回来的路，比去的时候不知远了多少倍。

他不知为什么这次送赵老太太，比送他自己的亲娘还更难过。他想：人活着为什么要分别？既然永远分别，当初又何必认识！人与人之间又是谁给造了这个机会？既然造了机会，又是谁把机会给取消了？

他越走他的脚越沉重，他的心越空虚，就在一个有树荫的地方坐下来。他往四方左右望一望，他望到的，都是在劳动着的，都是在活着的，赶车的赶车，拉马的拉马，割高粱的人，满头流着大汗。还有的手被高粱秆扎破了，或是脚被扎破了，还浸浸地泌着血，而仍是不停地在割。他看了一看，他不能明白，这都是在做什么；他不明白，这都是为着什么。他想：你们那些手拿着的，脚踏着的，到了终归，你们是什么也没有的。你们没有了母亲，你们的父亲早早死了，你们该娶的时候，娶不到你们所想的；你们到老的时候，看不到你们的子女成人，你们就先累死了。

冯二成子看一看自己的鞋子掉底了，于是脱下鞋子用手提鞋子，站起来光着脚走。他越走越奇怪，本来是往回走，可是心越走越往远处飞。究竟飞到哪里去了，他自己也把捉不定。总之，他越往回走，他就越觉得空虚。路上他遇上一些推手车的，挑担的，他都用了奇怪的眼光看了他们一下：

你们是什么也不知道，你们只知道为你们的老婆孩子当一辈子牛马，你们都白活了，你们自己还不知道。你们要吃的吃不到嘴，要穿的穿不上身，你们为了什么活着，活得那么起劲！

他看见几个卖豆腐脑的，搭着白布篷，篷下站着好几个人在吃。有的争着要多加点酱油，而那卖豆腐脑的偏偏给他加上几粒盐。卖豆腐脑的说酱油太贵，多加要赔本的。于是为着点酱油争吵了起来。冯二成子老远地就听他们在嚷嚷。他用斜眼看了那卖豆腐脑的：

你这个小气人，你为什么那么苛刻？你都是为了老婆孩子！你要白白活这一辈子，你省吃俭用，到头你还不是个穷鬼！

冯二成子这一路上所看到的几乎完全是这一类人。

他用各种眼光批评了他们。

他走了一会，转回身去看看远方，并且站着等了一会，好像远方会有什么东西自动向他飞来，又好像远方有谁在招呼着他。他几次三番地这样停下来，好像他侧着耳朵细听。但只有雀子的叫声从他头上飞过，其余没有别的了。

他又转身向回走，但走得非常迟缓，像走在荆棘的草中。仿佛他走一步，被那荆棘拉住过一次。

终于他全然没有了气力，全身和头脑。他找到一片小树林，他在那里伏在地上哭了一袋烟的工夫。他的眼泪落了一满树根。

他回想着那姑娘束了花围裙的样子，那走路的全身愉快的样子。他再想那姑娘是什么时候搬来的，他连一点印象也没有记住，他后悔他为什么不早点发现她。她的眼睛看过他两三次，他虽不敢直视过去，但他感觉得到，那眼睛是深黑的，含着无限情意的。他想到了那天早晨他与她站了个对面，那眼睛是多么大！那眼光是直逼他而来的。他一想到这里，他恨不得站起来扑过去。但是现在都完了，都去得无声无息的那么远了，也一点痕迹没有留下，也永久不会重来了。

这样广茫茫的人间，让他走到哪方面去呢？是谁让人如此，把人生下来，并不领给他一条路子，就不管他了。

黄昏的时候，他从地面上抓了两把泥土，他昏昏沉沉地站起来，仍旧得走着他的归路。

他好像失了魂魄的样子，回到了磨房。

看一看罗架好好地在那儿站着，磨盘好好地在那儿放着，一切都没有变动。吹来的风依旧是很凉爽的。从风车吹出来的麦皮仍旧在大篓子里盛着，他抓起一把放在手心上擦了擦，这都是昨天磨的麦子，昨天和今天是一点也没有变。他拿了刷子刷了一下磨盘，残余的麦粉冒了一阵白烟。这一切都和昨天一样，什么也没有变。耗子的眼睛仍旧是很亮很亮地跑来跑去。后花园静静的和往日里一样的没有声音。上房里，东家的太太抱着孙儿和邻居讲话，讲得仍旧和往常一样热闹。担水的往来在井边，有谈有笑的放着大步往来地跑，绞着井绳的转车喀啦喀啦的大大方方地响着。一切都是快乐的，有意思的。就连站在槽子那里的小驴，一看冯二成子回来了，也表示欢迎似的张开大嘴来叫了几声。冯二成子走上前去，摸一摸小驴的耳朵，而后从草包取一点草散在槽子里，而后又领着那小驴到井边去饮水。

他打算再工作起来，把小驴仍旧架到磨上，而他自己还是愿意鼓动着勇气打起梆子来。但是他未能做到，他好像丢了什么似的，好像是被人家抢去了什么似的。

他没有拉磨，他走到街上来荡了半夜，二更之后，街上的人稀疏了，都回家去睡觉去了。

他经过靠着缝衣裳来过活的老王那里，看她的灯还未灭，他想进去歇一歇脚也是好的。

老王是一个三十多岁的寡妇，因为生活的忧心，头发白了一半了。

她听是冯二成子来叫门，就放下了手里的针线来给他开门了。

还没等他坐下，她就把缝好的冯二成子的蓝单衫取出来了，并且说着：

"我这两天就想要给你送去，为着这两天活计多，多做一件，多赚几个，还让你自家来拿……"

她抬头一看冯二成子的脸色是那么冷落，她忙着问：

"你是从街上来的吗？是从哪儿来的？"

一边说着一边就让冯二成子坐下。

他不肯坐下，打算立刻就要走，可是老王说：

"有什么不痛快的？跑腿子在外的人，要舒心坦意。"

冯二成子还是没有响。

老王跑出去给冯二成子买了些烧饼来，那烧饼还是又脆又热的，还买了酱肉。老王手里有钱时，常常自己喝一点酒，今天也买了酒来。

酒喝到三更，王寡妇说：

"人活着就是这么的，有孩子的为孩子忙，有老婆的为老婆忙，反正做一辈子牛马。年青的时候，谁还不是像一棵小树似的，盼着自己往大了长，好像有多少黄金在前边等着。可是没有几年，体力也消耗完了，头发黑的黑，白的白……"

她给他再斟一盅酒。

她斟酒时，冯二成子看她满手都是筋络，苍老得好像大麻的叶子一样。

但是她说的话，他觉得那是对的，于是他把那盅酒举起来就喝了。

冯二成子也把近日的心情告诉了她。他说他对什么都是烦躁的，对什么都没有耐性了。他所说的，她都理解得很好，接着他的话，她所发的议论也和他的一样。

喝过了三更以后，冯二成子也该回去了。他站起来，抖擞一下他的前襟，他的感情宁静多了，他也清晰得多了，和落过雨后又复见了太阳似的，他还拿起老王在缝着的衣裳看看，问她一件夹袄的手工多少钱。

老王说："那好说，那好说，有夹袄尽管拿来做吧。"

说着，她就拿起一个烧饼，把剩下的酱肉通通夹在烧饼里，让冯二成子带着：

“过了半夜，酒要往上返的，吃下去压一压酒。”

冯二成子百般地没有要，开了门，出来了，满天都是星光；中秋以后的风，也有些凉了。

“是个月黑头夜，可怎么走！我这儿也没有灯笼……”

冯二成子说：“不要，不要！”就走出来了。

在这时，有一条狗往屋里钻，老王骂着那狗：

“还没有到冬天，你就怕冷了，你就往屋里钻！”

因为是夜深了的缘故，这声音很响。

冯二成子看一看附近的人家都睡了。王寡妇也在他的背后闩上了门，适才从门口流出来的那道灯光，在闩门的声音里边，又被收了回去。

冯二成子一边看着天空的北斗星，一边来到了小土坡前。那小土坡上长着不少野草，脚踏在上边，绒绒乎乎的。于是他蹲了双腿，试着用指尖搔一搔，是否这地方可以坐一下。

他坐在那里非常宁静，前前后后的事情，他都忘得干干净净，他心里边没有什么骚扰，什么也没有想，好像什么也想不起来了。晌午他送赵老太太走的那回事，似乎是多少年前的事情。现在他觉得人间并没有许多人，所以彼此没有什么妨害，他的心境自由得多了，也宽舒得多了，任着夜风吹着他的衣襟和裤脚。

他看一看远近的人家，差不多都睡觉了，尤其是老王的那一排房子，通通睡了，只有王寡妇的窗子还透着灯光。他看了一会，他又把眼睛转到另外的方向去，有的透着灯光的窗子，眼睛看着看着，窗子忽然就黑了一个，忽然又黑了一个。屋子一灭掉了灯，竟好像沉到深渊里边去的样子，立刻消灭了。

而老王的窗子仍旧是亮的，她的四周都黑了，都不存在了，那就更显得她单独地停在那里。

“她还没有睡呢！”他想。

她怎么还不睡？他似乎这样想了一下。是否他还要回到她那边去，他心里很犹疑。

等他不自觉地又回到老王的窗下时，他终于敲了她的门。里边应着的声音并没有惊奇，开了门让他进去。

这夜，冯二成子就在王寡妇家里结了婚了。

他并不像世界上所有的人结婚那样：也不跳舞，也不招待宾客；也不到礼拜堂去。而也并不像邻家姑娘那样打着铜锣，敲着大鼓。但是他们庄严得很，因为百感交集，彼此哭了一遍。

第二年夏天，后花园里的花草又是那么热闹，倭瓜淘气地爬上了树了，向日葵开了大花，惹得蜂子成群地闹着，大菽茨、爬山虎、马蛇菜、胭粉豆，样样都开了花。耀眼的耀眼，散着香气的散着香气。年年爬到磨房窗棂上来的黄瓜，今年又照样地爬上来了；年年结果子的，今年又照样地结了果子。

惟有墙上的狗尾草比去年更为茂盛，因为今年雨水多而风少。

园子里虽然是花草鲜艳，而很少人到园子里来，是依然如故。

偶然园主的小孙女跑进来折一朵大菽茨花，听到屋里有人喊着：

"小春，小春……"

她转身就跑回屋去，而后把门又轻轻地闩上了。

算起来就要一年了，赵老太太的女儿就是从这靠着花园的厢房出嫁的。在街上，冯二成子碰到那出嫁的女儿一次，她的怀里抱着一个小孩。

可是冯二成子也有了小孩了。磨房里拉起了一张白布帘子来，帘子后边就藏着出生不久的婴孩和孩子的妈妈。

又过了两年，孩子的妈妈死了。

冯二成子坐在罗架上打筛罗时，就把孩子骑在梆子上。夏昼十分热了，冯二成子把头垂在孩子的腿上，打着瞌睡。

不久，那孩子也死了。

后花园里经过了几度繁华，经过了几次凋零，但那大菽茨花它好像世世代代要存在下去的样子，经冬复历春，年年照样的在园子里边开着。

园主人把后花园里的房子都翻了新了，只有这磨房连动也没动，说是磨房用不着好房子的，好房子也让筛罗"咚咚"地震坏了。

所以磨房的屋瓦，为着风吹，为着雨淋，一排一排地都脱了节。每刮一次大风，屋瓦就要随着风在半天空里飞走了几块。

夏昼，冯二成子伏在梆子上，每每要打瞌睡。他瞌睡醒来时，昏昏庸庸的他看见眼前跳跃着无数条光线，他揉一揉眼睛，再仔细看一看，原来是房顶露了天了。

以后两年三年，不知多少年，他仍旧在那磨房里平平静静地活着。

后花园的园主也老死了，后花园也拍卖了。这拍卖只不过给冯二成子换了个主人。这个主人并不是个老头，而是个年轻的、爱漂亮、爱说话的，常常穿了很干净的衣裳来在磨房的窗外，看那磨倌怎样打他的筛罗，怎样摇他的风车。

一九四〇年四月

（原载 1940 年 4 月 10 日—25 日香港《大公报》及《学生界》）

细读《后花园》

报告人：姚丹

时间：1995 年秋季学期
地点：北京大学中文系五院

《后花园》是萧红的晚期作品，写于 1940 年 4 月，刊载在 1940 年 4 月 15 日至 25 日香港《大公报》上，先是刊登在《文艺综合》副刊，后又改登在《学生界》副刊。我基本上认为这是一篇哀而不伤的散文化的小说。

先从小说的篇名说起。"后花园"代表的是置于边缘位置的生存空间。在传统中国大家庭里，中心人物活动的场所在正房，绝不会在后花园。传统中国文学中有关后花园的描绘，有很大一部分与人对自然、对自由生命的体认有关，例如《牡丹亭》中的杜丽娘，她的青春意识的生发，爱情的萌动，都是在后花园里完成的。萧红以"后花园"命名这篇小说，包含着人的生命意识觉醒的意思。但主要人物冯二成子的生命意识的觉醒，并没有给他带来幸福的生活，而是惨烈的结局，与"后花园"的浪漫色彩毫不相干。因此，我们读"后花园"这个篇名又读出作家的一点嘲弄意味。

就萧红个人而言，后花园在她的童年生活中又占据着极其重要的位置，是她与一生中最亲爱的人——祖父，共同生存的一个空间，是她童年时生命快乐的摇篮。这一点，在很多回忆萧红的文章中可以得到证明。当萧红以小说的形式来抒写她记忆中的后花园时，必然地会带上强烈的个人色彩。而同时，她的感受世界的方式又决定了她的写作方式。当需要大量借用童年经验来写作《后花园》时，儿童感受世界的方式——主要是依赖视觉和听觉——就决定了萧红的写作方式要采用大量的儿童视角。但《后花园》与《呼兰河传》等萧红晚期作品相比，在写法上又有很大不同。在《后花园》中，萧红尽力要摆出一副成人叙述者的姿态：在《呼兰河传》《小城三月》中现身的作为叙述者的一个小孩子，在《后花园》中被隐去，明确现身的是一位成人叙述者。因此，在《后花园》的写作中，成人视角和儿童视角的使用是交叉进行的。

下面进入具体文本的阅读。

《后花园》以中间部分出现的明显的叙事干预"读者们，你们读到这里，一定以为那磨房里的磨倌必得要和邻家女儿发生一点关系。其实不然的。后来是另外的一位寡妇"为分界，可分为前后两部分。前后两部分如上所述是儿童视角和成人视角交叉使用的，但前半部分主要采用儿童视角，后半部分主要采用全知的成人视角。

先谈前半部分的写作。这部分主要写颜色和声音，这对应于儿童以视觉和听觉来感受世界的方式。后花园里有颜色而没有声音，颜色处于主导地位。紧挨着后花园的磨房，有声音而没有颜色，颜色处于弱势。写后花园朝露里那些须蔓"好像淡绿色的玻璃抽成的"；"胭粉豆、金荷叶、马蛇菜都开得像火一般"。而磨房里基本上没有什么鲜明的东西，是冷清清的。只有一些会响的东西，如梆子和铜筛罗。

儿童是不与后花园中的动物、植物分彼此的。在采用儿童视角描写后花园时，叙述者和后花园中的植物处于平等的地位。后花园中的花草都不是他者，而是与自身统一的。这样写植物，也就对等地是在写人。后花园中的大菽茨花"每年也不用种，它就自己出来的"，大菽茨花自生自灭，无人关注，生命力顽强，这与小说后半部分描绘的冯二成子的性格与命运可以对应起来看。

《后花园》的散文化倾向很明显，但小说中的确还是有一个主要人物的，这就是磨房中的磨倌冯二成子。当小说开始叙述冯二成子的故事时，就开始采用成人视角，这从前半部分就开始了。冯二成子出场的时候，他的世界是封闭的，没有跟外界对话的世界。他从不留意自然，也不留意人间，"春夏秋冬，在他都是一样"；他的邻居都住着些什么人，他从来没去留心。他跟世界联系的唯一渠道是打梆子和踩铜筛罗。每个黎明，冯二成子就拼命敲梆子，好像要把梆子打断似的。这是萧红用笔独到处，成人叙述者将冯二成子自身都未意识到的，潜藏着的内心的紧张、恐惧、焦灼、压抑，通过敲梆子这个动作予以淋漓尽致的表现。

那么，冯二成子封闭的世界是如何被打开的呢？是被一个女孩子的笑声叩开的。在一个安静的雨夜，冯二成子忽然听到隔壁邻居赵老太太的女儿格格的笑声。他好像第一天感到那边住着人。这是听觉带来的效果。第二天，他在井边和赵大姑娘相遇，他看到"她那向日葵花似的大眼睛"，他就无缘无故地心跳，姑娘眼中内敛的光芒把冯二成子照痛了，他沉睡的内心被照醒了，这是视觉直接作用于人的精神世界的效果。

冯二成子十分喜欢这个姑娘，自然地就想到了母亲，想到了自己的一生。三十多岁的人了，还没有什么特别的经历。

八月十五在冯二成子这段爱情生活中是一个重要的日子。八月十五是中国人合家团圆的日子，冯二成子孤身一人，他更感觉到寂寞。对冯二成子的单相思毫无所知的这个女孩子跑到他面前来了，冯二成子看到她的黑的眼，红的嘴，几乎要昏倒了。冯二成子这个人物跟一般所谓愚昧的底层农民还是有所不同的，至少他不麻木，内蕴着激情。这也是萧红把"后花园"这个意象寄寓在冯二成子这个人物身上的一种原因吧。

故事叙述到此，成人全知叙述者忽然现身，萧红写道："读者们，你们读到这里，一定以为那磨房里的磨倌必得要和邻家女儿发生一点关系。其实不然的。后来是另外的一位寡妇。"作者有意识地告诉读者她在讲故事，这在节奏的转换上稍微起了一点作用。冯二成子热烈的单相思很快就结束了，赵大姑娘出嫁了，冯二成子"伏在梆子上"，"一动也不动"，让人感觉这个人的脊柱仿佛被抽掉了，趴下了。后来姑娘的母亲赵老太太也走了，这给冯二成子这场精神之恋以毁灭性的打击。他彻底地绝望，发出了一些比较突兀的带哲理性的感慨，这可能是叙述者在借人物之口发表自己的见解。

精神上比较浪漫的追求毁灭了，人自然地转向了现实，寻找现实安慰。冯二成子选择了老王寡妇，她是靠给人缝衣服为生的。冯二成子在

"满手都是筋络"的老王寡妇这里找到了皈依，平静、安稳地生活下去。如果故事到此结束，则是个皆大欢喜的结局。但萧红比较残酷，让他的妻子死了，孩子也死了，而他还独自一人活着。

下面谈谈我理解的萧红写作《后花园》的内在动因：

第一，冯二成子的命运与萧红的命运之间有一点隐秘的联系，有一点隐喻和象征的意味。冯二成子原来生活在一个封闭的世界里，他想突破，结果每次努力都归于失败，这使他注定最后还是孤身一人。而萧红一生，从东北流亡到上海，从上海去日本，回国后又颠簸到武汉、重庆，最后到了香港，四处漂泊也是为了突破某种既定的生活圈子，也面临着很多困苦和无助。她常说自己心中浸着毒汁。

第二，小说最后把冯二成子的命运写得很惨，妻亡子死，而他却活下来了。冯二成子继续活下去，是需要比较大的生存勇气的。这是小说的深邃意义所在。冯二成子生活的意义没有了，可是他还活着，也许一生都没有什么可追求的了，也许会有新的意义出现。

《后花园》试图回答这样一个问题：那些最普通的生命如何生存？他们不像英雄那样，可以有某种功业作为生存的召唤，他们只能活在现实的种种打击里，以内心为凭借。《后花园》昭示了另外一种骄傲的生存姿态：人民以柔弱但坚韧的生命力完成自己的一生。这是《后花园》试图提供的一种普通人民的生存姿态。

【现场】

X：萧红是凭直觉写作的作家，"后花园"未必有姚丹所说的那些隐喻、象征。后花园是她童年生活的环境，小屋、草、花，跟作家生活形成联系，回忆性写作时成为作家的心灵之物。《后花园》开头写后花园的景物，不是典型环境，是对生存空间的描写，人与生存空间冥合，作家呈现环境就是呈现她自己。

萧红的细部描写画面感很漂亮，如写："窗棂上挂着滴滴嘟嘟的大黄瓜、小黄瓜；瘦黄瓜、胖黄瓜……"

Q：这实际上是写一个儿童的发现。先看见大、小黄瓜，然后又看见"哦，还有胖黄瓜"，还有"黄瓜纽儿"呢。儿童发现的过程是动态的，读的时候要深入体会，否则就会觉得啰唆。

W：这部小说的艺术水准非常失衡，前后两个部分差距很大。前半部写得从容，场景交叉清晰，带着新鲜的回忆，又带着淡淡的哀愁，像一个了不起的小说家的写作状态。后半部分写得急躁，场景凑到一块写，给人的感觉是萧红在急匆匆地要把这个故事讲完。中间出现的过渡部分（"读者们，你们读到这里，一定以为那磨房里的磨倌必得要和邻家女儿发生一点关系。其实不然的。……"）是草率、不负责任的。这使我想起张爱玲的《金锁记》，前半部分写一个破落大家族一天一夜的生活场景，而后半部分成为七巧的传记，中间的过渡也是用类似的手法："……再定睛看时，翠竹帘子已经褪了色，金绿山水换为一张她丈夫的遗像，镜子里的人也老了十年。"也显得有点不负责任。

张爱玲、萧红这样的女作家，她们的艺术感觉非常好，在她们的感觉最好的时候，她们不必有意对整个小说进行结构，就能非常清楚地将小说层次写出——一种浑然天成的文笔。当她们的状态、感觉不好时，就会令人失望。

S：W 的意思是不是说，凭直觉写作的女性作家对结构有些控制不住？但我觉得在这篇小说中，萧红的结构意识还是比较强的。小说从热闹闹的后花园写起，写到冷清清的磨房，最后写冯二成子和王寡妇的结合，回到最自然、平静的生活中，表达的主题比较完整。后来的结构几乎是强加进去的，不如前面从容饱满。

W：首先，我要说明我不是说女作家的结构能力不行，而是说她进行完整叙事的能力不够强。她的场景描述能力很强，是罕见的。后半部分结构意识加强了，反而不如前面的直觉写作。

Y：我的看法和你不太一样。对冯二成子这个人物的命运，萧红有完整的设想。从某一状态经过某种变化，最后又回到某种状态，都是安排好的。一开始，人物的生活比较平静；后来，他陷入对女孩的追求，感情处于激荡之中；最后，他的这个追求破灭了，生活又归于平静。萧红是有意要结构一部小说的，但没有写好，或者说后半部有些突兀，这与她新的人生体验有关。萧红的童年生活既美好又痛苦，后来的生活颠沛流离。我不知道她对两种生活的提炼是不是达到了同样的高度。小说后半部分没有写好，可能有叙事能力的问题，也可能与对两种生活的提炼无法达到同一水准有关。

Y：说冯二成子的命运和萧红的命运有某种程度契合，我想有这种可能。冯二成子和女孩的关系，完全是弱和强的关系，其中可能放进了萧红个人女性的感受。她自己一直在社会上挣扎，力图摆脱男性的控制，并为此付出了沉重的代价。

W：我们两人讲的"结构"可能不是同一意义。你讲的结构是一个作家在创作之前对整个故事情节走向有总的把握，我讲的结构是指具体写作过程中严密的安排。

G：结构问题大家讨论得很多了，但有一点大家似乎没有注意到。这篇小说中作者直接跳出来的地方除了"读者们……"这一处外，还有一处："所有磨房里的设备都说过了，只不过还有一件东西没有说……"

这样的插入就像传统小说中的说话者直接跳出来跟读者说话，进行提示。

U：萧红想把《后花园》当作独立的小说来写，但她又很难将一篇小说的结构处理得非常完整、统一。我们把《后花园》落实到诗学层面或叙事层面来理解会更好。《后花园》有三种叙事成分：

1. 儿童视角的使用。这主要表现在描写后花园的部分，大家对此都有很高的评价。

2. 说书人的调子的使用。具体体现为两次叙事干预。一次是大家都说到的"读者们……"这有点类似于先锋叙事，将结果前置。另一次是刚才讲到的类似传统小说中说话者的插入："所有磨房里的设备都说过了……"这两次叙事干预反映了萧红在这篇小说的写作中，作为小说家的自我意识很强，强调叙事人的姿态，表明萧红想作为一个短篇小说家写一篇独立的短篇小说。

3. 人物视点的变化。《后花园》前后两部分视点不统一。前半部分是儿童视点，写后花园；到后半部分，所有的心理感觉和观念都借助于冯二成子这个人物来表达。这类似于《阿Q正传》，一开始鲁迅采取的是比较超脱的视角；但写到最后，作者的声音消失了，全知叙事者的视角不见了，是用阿Q的眼光来看世界。《后花园》中也一样，到最后，萧红的心理感受完全被冯二成子控制。由冯二成子传达的哲理和感悟，是萧红本人的感悟，这个人物可能负担不起萧红的心理负载。萧红想把哲理意识渗透到小说中，后半部分明显体现出了哲理气息。

这涉及如何对这篇小说做出美学判断。萧红最擅长的应是直觉性、回忆性的写作，她的结构意识不是很强，很难让一种统一的调子贯穿作品始终，《后花园》中就存在三种不统一的叙述调子。至于萧红为什么写作《后花园》，也要和《呼兰河传》联系起来考察。两者讲的都是人和生存境遇的关系，是"城和人"的关系。《后花园》是"城"的生存境遇的微观化。小说名字是"后花园"，而不是"冯二成子的故事"，说明萧红关注的重点在人的生存境遇，思考的是人的命运的问题。可以把她的后期写作或者说中年写作统一起来看，40 年代初直至逝世，萧红作品的调子相似，核心都是对人生境遇的感悟，在此层面上体现出她的哲理思考。

【讲评】[*]

报告人和同学们都谈得很好，但我觉得读得还不够细，"文本细读"应该是我们讨论的基础。今天是第一堂"研读课"，我想给同学们做一次"我的细读"——阅读与鉴赏都带有很大的个人性，因此，所谈的仅是"我"读作品时的感悟与思考。

这篇小说我读了四遍。读第一遍时，我要求自己尽量不带任何想法，以免先入为主，也避免做任何分析，只追求直观的"第一感"。读完第一遍，我只模模糊糊地觉得，这篇小说与萧红的《呼兰河传》有相似之处，但又明显感到不同。两者究竟有什么相似与不同？带着这个问题读第二遍，结果得出了这样的结论：小说开头写后花园那部分，采用儿童视角，可以看作是《呼兰河传》的延续，孤立地看，写得很精彩，甚至是得心应手，但并没有比《呼兰河传》提供更新的东西，而且在整篇小说里也只占很小的篇幅：显然这部分不是这篇小说的主要追求。于是作者跳出来直接发言的这一句"读者们，你们读到这里，一定以为……其实不然……"，引起了我的注意，它至少是在提醒我们读者：作家是在有意识地讲一个故事。如果说《呼兰河传》是直觉性的写作（即使有所追求也是模糊的、不明确的），《后花园》则是萧红"有意识地追求什么，探索什么"的写作。对作家的这种追求（探索）的得失，我们先不要忙于下结论，而应该通过细读，"设身处地"去弄清楚作家怎样具体操作——怎样想与写的。

首先是小说的结构：《后花园》结构很完整，分三大部分：楔子、本

* 按：本书"讲评"版块讲授人均为钱理群，特此说明。

事、尾声。

第一部分：楔子。从"后花园五月里就开花的……"到"……他不把梆子打断了，他不甘心停止似的"，"楔子"主要由两个场面组成，即热闹闹的后花园和冷清清的磨房。这一部分主要是"描写"，是萧红所擅长的。基本上采用儿童视角，因此有鲜明的细部记忆，有原初感觉的还原，于是我们读到了这样的文字：

> 到六月，窗子就被封满了，而且就在窗棂上挂着滴滴嘟嘟的大黄瓜、小黄瓜；瘦黄瓜、胖黄瓜，还有最小的小黄瓜纽儿，头顶上还正在顶着一朵黄花还没有落呢。
>
> ……铜罗在磨夫的脚下，东踏一下它就"咚"，西踏一下它就"咚"；这些黄瓜也就在窗子上滴滴嘟嘟地跟着东边"咚"，西边"咚"。

仿佛是回复到"儿童时代"（人类的原初状态），睁大着好奇的眼睛，处处都是新鲜的，充满了"发现"的喜悦：这是"色彩"的发现，"声音"的发现，更是"自由生命"的发现。

再看看这样的比喻与联想："在朝露里，那样嫩弱的须蔓的梢头，好像淡绿色的玻璃抽成的，不敢去触，一触非断不可的样子"，"这些花从来不浇水，任着风吹，任着太阳晒，可是却越开越红，越开越旺盛，把园子炫耀得闪眼，把六月夸奖得和水滚着那么热"，"胭粉豆、金荷叶、马蛇菜都开得像火一般"——全都是"以物喻物"，没有人的出现，"它自己的种子，今年落在地上没有人去拾它，明年它就出来了；明年落了子，又没有人去采它，它就又自己出来了"，这都是在暗示，后花园这个丰富的自然世界在人的干预之外，与人没有关系。

于是又出现了这样的分析性的叙述："人们并不把它当作花看待，要折就折，要断就断"，"这花园从园主一直到来游园的人，没有一个人是爱护这花的"，这样批判性的审视，显然不属于前述儿童的眼光：这是成年人的叙述对儿童视角的一种干预，让读者从身入其中，到出于其外，这"进（入）"与"出"，"内"与"外"之间就形成了一种张力。

"可是磨房里的磨倌是寂寞的"，这就转向了对"人"的观照。作者（她终于从儿童记忆的深处走了出来）首先告诉人们，"他"的"记忆"逐渐"模糊下去"，以至消失，"他什么都忘了，他什么都不记得，因为他觉得没有一件事情是新鲜的"。这使读者立刻联想起刚刚读过的那句话："今年……明年……这样年年代代，这花园无处不长着大花"，"太阳底下无新事"，自然与人的"时间"都是循环的，周而复始，没有变化，最后就失去记忆，也就没有了时间。作者又告诉我们，"和他同院的住些什么人，他不去留心；他的邻居和他住得很久了，他没有记得；住的是什么人，他没有记得"，对人视而不见，这位磨倌所关注的只是拉磨，他所看见的只是驴子和耗子：那"只晓得拉磨"的驴和有着"两盏小油灯似的"眼睛的耗子，与磨倌互为象征，甚至可以说已经融成一体。

小说的"楔子"提供给读者的，就是这样一个没有记忆，人与时间都消失了的世界。这部分的中心词是"黄瓜"与"驴子"。而使读者难以忘怀的是那"从午间打起，一打打个通宵"的梆子声，沉重、单调中更显出寂静，一如这里的生活。但突然间"爆豆似的"响了起来，连磨房也唱了起来，远近人家都惊动起来，好像"他是招了鬼了"——这都是在暗示：将要发生某些变动了，冯二成子（人们似乎已忘了这个名字，在此之前，都是以"他"与"磨倌"相称的）的"故事"（他原本是没有故事的）就要开始了。

第二部分：本事。从"有一天下雨了"到"帘子后边就藏着出生不久的婴孩和孩子的妈妈"。

第一句"有一天下雨了"，时间非常明确，在时间背景下开始讲故事。"本事"部分主要采取叙述与分析的方法，描写的成分较少。中心意象是"笑声"——姑娘的笑声。

冯二成子的故事可以分成几个部分：

1. 雨夜的故事。"他"听见了"格格的笑声"，"心里好不平静"，并且"第一天"注意到"那边住着人"：他恢复了对"人"的感觉。

2. 井边相遇。他"抬起头来"，看见了"她那向日葵花似的大眼睛"，冯二成子"一想起来就无缘无故地心跳"：他第一次感到了"女人"的存在。由头天晚上对抽象的"人"的感觉到对"女人"的感觉，冯二成子的感觉发展了。他的听觉也被唤起："刷锅，劈柴发火的声音，件件样样都听得清清晰晰。而后，吃早饭的声音他都感觉到了。"冯二成子回到了日常生活中，对日常生活有了感觉。

3. 回想两年来的生活：这意味着冯二成子恢复了"人"的记忆，他回到了"历史"中，回到了"时间"中。这背后暗示着人的存在与时间的关系，是意味深远的。冯二成子首先回想起的是"母亲"，这当然不是偶然的："母亲"的谈话中引出了"家"的意象，人必须有家、成家，"母亲"也象征着"家"。但母亲死了，记忆也就中断了：他"想不起什么来了"，生活又回到了"一点没有改变""连个方向也没改换"的原地。于是，"他又回想到他更远的幼小的时候去"：回到生命的原初状态去寻求，去恢复记忆。

4. 八月十五，这一天是冯二成子爱情苏醒的日子。"她的嘴是红的，她的眼睛是黑的，她的周身发着光辉，带着吸力"——这是"他"眼里的"她"，是这位女子的"光辉"使他第一次发现了女性的美，唤起了他的情欲，使他陷入相思之中。于是，他感到了"寂寞"，"空虚"，"心中起了一阵莫名其妙的悲哀"，他甚至"羡慕"与"妒恨"无知的麻雀与鸽子，感到自己的感情"软弱得像要瘫了的蜡烛似的"：可以说人的感情的全部丰富性都被唤醒，被激发了。在追求爱情的过程中，他获得了"宗教一样"的"信仰"。也许只有在这时候我们才可以说，冯二成子成了（复原成）人了。

小说如果写到这里为止，只是一个典型的启蒙主义的故事，即歌颂爱情的力量，爱情使人成为真正的人。但萧红想要告诉人们的不是这样的故事，或者说，她的创作主旨并不在于此。于是，写到这里，她必得以所谓"说书人的叙述"对读者的接受视线（心理）进行干预："读者们，你们读到这里，一定以为那磨房里的磨倌必得要和邻家女儿发生一点关系。其实不然。后来是另外的一位寡妇。"——这里，已经把小说结尾人物命运的结局提前告诉了读者。但要走到这结局还需要一个过程，特别是心理发展的过程。

5. 这段动人的爱情故事的结束简单而简明：邻家的女儿"根本不晓得有这么一回事"，不久就出嫁去了。冯二成子又在与她的母亲赵老太太（这是小说中的第二个"母亲"的形象）的交往中获得一种"随便"与自在。但作者并没有让它发展下去（这本来也可以写成一个动人的故事），而是安排赵老太太很快离去。这些都一笔带过。但在冯二成子送别赵老太太的路上，却突然浓笔重彩地写下了这样一段文字——

　　……他好像对着旷野要高歌的样子，他的胸怀像飞鸟似的张着，他面向着前面，放着大步，好像他一去就不回来的样子。
　　……冯二成子沿着原路往回走。走了一程，他还转回身去，向着赵老太太走去的远方望一望。……
　　蓝天凝结得那么严酷，连一点皱折也没有，简直像是用蓝色纸剪成的。他用了他所有的目力，探究着蓝色的天边处……只有一条白亮亮的大路，向着蓝天那边爬去，爬到蓝天的尽头……

这里出现了"旷野"和"远方（天边处）"的意象，出现了"离去（鸟一般飞去）"与"回来"的两难选择——这都是这篇小说没有出现过的新的意象，新的观念："远"为博大，"远"也为沉重，作者竟然采用了"严酷"与"蓝天"的组合。

而且，出现了不曾有过的新的心理与思绪。在回来的路上，"他望到的，都是在劳动着的，都是在活着的，赶车的赶车，拉马的拉马"，面对这普通人的日常生活，他突然"不能明白，这都是在做什么；他不明白，这都是为着什么"，他于是用"批评"的眼光，发出了这样的质疑——

　　你们只知道为你们的老婆孩子当一辈子牛马，你们都白活了，你们自己还不知道。……你们为了什么活着，活得那么起劲！

我们一再强调这里所出现的这些意象、心理、思绪，都是新的，是小说的前半部所不曾有的。敏感的读者不难注意到，小说叙述中所发生的变化：如果说小说前半部的叙述、描写，以至分析，都带有较大的客观性，是在讲单一的"磨倌的故事"；现在，隐含作者已经由隐至显，把越来越强烈的主观思绪与心理注入人物，"他"的故事，已不单单是冯二成子的故事，也同时暗含着"我"的故事。——这种叙述从客观向主观的转移，在鲁迅的《阿Q正传》里就已经出现过，许多研究者都注意到在小说结尾处，阿Q对看客们狼也似的眼睛"在那里咬他的灵魂"的感觉，以及"救命"那一声呐喊，都同时是属于隐含作者的。现在，萧红正是把她在战争中的生命体验注入到她的人物身上。读者也会注意到，在同一时期的不少作家的作品里，如路翎的《财主底儿女们》、师陀的短篇小说，都曾出现过"旷野"的意象，出现过凝望"远方（天边）"，永不停息地不断向前跋涉的"漂泊者"的形象，这类形象寄寓着人类不满足现状的变革冲动和探索精神。而另一些人，也即小说中冯二成子所看到的那些"都是在劳动着的，都是在活着的"普通人，他们"赶车的赶车，拉马的拉马"，是家园（大地）的守护（守望）者，他们也同样寄寓着人类回归生命家园的冲动和固守精神。小说中的"他"向大地上的普通劳动者所提出的"你们为什么活着"的质问，实质上是在探索这些生活家园固守者的生存价值与意义。看来这正是萧红自身所感到的困惑，从下文更可以知道，这也是这篇小说所要探索的主要问题。也就是说，萧红写作小说的主旨，她所追求的故事背后的"意义"，直到这时才开始显露出来。

小说中的"他"尽管不得不"转身向回走"，却怎么也不能摆脱"远方"的诱惑："好像远方会有什么东西自动向他飞来，又好像远方有谁在招呼着他。"这时候"她"（那姑娘）的形象再度出现，并且因为已属于"远方"而显得格外迷人，"他"为"永远不会再来"的失落而感到惆怅。——可以想见，这里远方的诱惑与失落的惆怅也是属于萧红的。

6. 正当冯二成子回到磨房，却无法回到原来的生活，"好像丢了什么似的"时候，小说的中心意象又发生了转移：出现了"窗"下的"灯"的意象，这是老王寡妇的。王寡妇"满手都是筋络，苍老得好像大麻的叶子一样"，这是小说中第三个母亲形象。她给冯二成子带来了温馨与关怀，她对他说的话意义更是至关重大："人活着就是这么的……"其中渗透着深深的命运感，却也包含着对普通人的日常生活的意义与价值的积极肯定。正是这些毫无色彩的，就像同一时期曹禺的《北京人》中，女主人公所说的那样"想想忍不住要哭，想想又忍不住要笑"的平凡人生，才构成了人类社会历史的真实基础。于是，这"窗"，这"灯"，连同王寡妇自己，都成了这真实的人生与生命的归宿的象征。"她说的话，他觉得那是对的"，王寡妇为冯二成子找回了失去的东西，帮助他回到了真实的人生。"他的感情宁静多了，他也清晰得多了"，"他心里边没有什么骚扰"，他重新回到大地上，心境变得"自由"，"宽舒"，纯净。冯二成子在王寡妇那里，找到了生活与心灵的双重皈依。他们的结合"庄严得很"——请注意，作者又用了一个分量很重的词。

第三部分：尾声。作者平静地叙述了冯二成子妻子的死亡、孩子的死亡。人和自然，"世世代代要存在下去"，这是最重要的：这里并没有悲剧感。冯二成子"平平静静地活着"，他已经进入历史，进入永恒。

小说结尾，冯二成子换了主人，一个"爱漂亮、爱说话"的年轻人，他"常常穿了很干净的衣裳来在磨房的窗外，看那磨倌怎样打他的筛罗，怎样摇他的风车"。这是小说新的人物，新的视点，代表着年轻的一代怎么"看"融入历史中的冯二成子。这也是萧红向自己及同代人提出的问题：后代人将怎么"看"我们？

小说读完了。现在可以做几点小结：

1.《后花园》讲的是一个人的存在的故事：人与时间的消失；人的存在意识的唤醒；唤醒后的困惑、探寻；找到归宿以后的平静与安宁。

2. 小说中人的存在与时间紧密相连。当人的存在意识处于蒙昧状态，他的世界里，没有记忆，也没有时间。当人的感觉被唤起，时间概念就非常明确。当人进入了历史，也就进入了永恒的时间之流。

3. 小说所要探讨的大地（生命）的"漂泊者"与"固守者"的价值、命运与选择，是现代文学、特别是40年代文学的一个重要主题，这自然与作家的战争体验有关。

4.《后花园》不能仅当作故事来读，它蕴含着象征的、哲理的意味。

这就是萧红在写了《呼兰河传》之后，还要在类似的素材基础上，再写《后花园》这篇小说的原因所在。当然，正像同学们在发言中所说，萧红的气质、才华似乎更适合于《呼兰河传》这类直觉写作，在追求故事后面的意义，表达某种人生（生命）哲理时，就显得有些生硬，这就造成了《后花园》这篇小说前后的不协调：当作家按《呼兰河传》的笔调写作时，她写得很顺；而一旦要转入意义的追寻与分析，就显出了笨拙。比如"意义"指向的过于单一与明确，即是其一，以致研究者可以很容易地做出种种分析，这恰恰是以作品内涵丰富性与多义性的失落为代价的。《后花园》显然比《呼兰河传》要单薄得多。尽管并不十分成功，作家不断突破自己、发展自己的努力，仍应得到充分的肯定。这里自然有一个如何处理"坚持（把握）自己（的艺术个性）"与"突破自己"两者的关系问题，应该结合作家的创作实践做进一步的总结与探讨。

5. 这篇小说在小说艺术（即萧红所说的"小说学"）上也进行了许多自觉的探讨，除上文已经提到的"写实与象征的结合"之外，也还有：叙述、描写、分析的交叉运用，儿童视角与成人叙述的灵活转换，说书人叙述的插入，隐含作者的隐显变换，中心意象的营造与转移，等等，结合创作实践，总结这些实验的得与失，对建立"中国现代小说诗学"有很大的意义。

【一点补充】

　　《后花园》讨论课结束以后，一位听课的进修教师写来了一篇文章，表示不同意我在"讲评"中对小说最后一部分的分析。他认为，"与其说《后花园》与《呼兰河传》可读作互文本，不如把它与《生死场》互读更能解出其内蕴"；它们都表现了一种"历史的轮回"，而《后花园》展示的是"一种更内在的麻木和昏聩"。这位进修教师这样评论小说主人公冯二成子——

　　他所有的生命状态都没有摆脱对既定生活的依顺、就范，他没有自觉地对人生进行选择的意识和能力。我们无法把他与王寡妇的结合看作对生活的选择，对真实现实的投入，那完全是对无形的却早已自然摄定的生活情境的进入。冯二成子的生命，就是一次次对情境的无意识进入。在后花园，有无数框定的情境，唯独没有引领人对该走的路的选择。

　　冯二成子送走赵老太太，他看见了旷野，看见了无比广阔的天空，内心涨满飞跃的冲动，然而，他注定走不出属于他生命一部分的磨房，走不出那条磨道。他面前没有供他选择的路，他也无力选择。他终于宿命般地退回到磨房，最后，连同赵姑娘引起他内心的那些骚乱都平息了。他偶然被一点年轻女性的笑声唤醒，而那偶然的笑声不过在他岁岁年年轮转的生命中激起一重波浪，随着笑声消逝，冯二成子又卷入那千百年如一日，没有时序，没有历史，没有年轮的磨道。生活之变只是漫长岁月中匆匆一瞬，赵姑娘的出嫁，赵老太太的迁出，带走了冯二成子的意识、记忆，他的生命再次凝固，人性复又退化，回到磨房，他重又感到磨房"一切都没有变动"，"昨天和今天是一点也没有变"，"后花园静静的和往日里一样的没有声音"，所有的"前前后后的事情，他都忘得干干净净，他心里边没有什么骚扰，什么也没有想，好像什么也想不起来了"。经冬历春，后花园仍然热热闹闹地繁衍生息，自然地枯萎凋零。冯二成子、赵姑娘也如后花园的花花草草，自然地生育繁衍，然后，孩子的妈妈和孩子也自然地相继死亡。对于冯二成子，生育和死亡都像是后花园的花草，不过是一种自然现象，无法构成他的欢乐和悲哀。妻死子亡，冯二成子都无动于衷，他仍旧在磨房里平平静静地活着，他已经再次丧失了人的特性。《老残游记·自序》有段话言："马与牛，终岁勤苦，食不过刍秣，与鞭策相终始，可谓辛苦矣，然不知哭泣，灵性缺也。"这牛马特性，不也正是冯二成子的特性吗？

到了40年代，萧红仍然以她冷静而坚忍的目光烛照到我们民族这座古老的磨盘，在漫长的轮回中，磨道已经被驴子经年踢踏，陷下一圈洼槽，任何进入磨房生存的人，都将如陷入巨大的磁场般，被纳入这个磨道，参加轮回。哪怕偶尔逸出，也会很快再度为磁力所吸，重新纳入轨道。这个磨房不打破，磨盘不砸碎，人就永远无法真正脱胎成为人。如果说在《呼兰河传》中，扼杀小团圆媳妇、王大姑娘们的无主名无意识杀人团还是可见的，那么，在《后花园》中，我们简直看不见是什么东西磨去了冯二成子的人性，以致把他被初步唤醒起来的意识、记忆、情感统统摄入磨盘碾碎，使他再次还原成没有思维、没有感觉、没有历史意识的非人。这个磨盘究竟是什么？后花园已经又换了新主人，而磨盘仍在转动着，冯二成子仍在打他的筛罗，摇他的风车，那个经常到磨房来看他的年轻主人能回答吗？读者能回答吗？这显然是萧红给同时代人留下的深沉的思考，今天，磨盘早已被粉碎了，而磨道真的彻底填平了吗？今人难道不也要对历史做些彻底的思考吗？

《后花园》与萧红的人生哲学

［韩］崔源俊

对萧红而言，"后花园"具有特别的意义。满载着萧红童年记忆形成的"后花园"反复出现在她的作品中，尤其在《后花园》《呼兰河传》与《小城三月》等萧红成熟期的创作中。《后花园》的空间设计与人物形象相当程度上和《呼兰河传》互相契合，尤其是对"后花园"的景物描写，萧红采用的透视视角与描写方式在两部作品中几乎一模一样。

可是除了景物描写之外，《后花园》与《呼兰河传》的主题及叙事方式都截然不同，因此相似的景物描写所产生的效果也不同。而理解《后花园》的关键因素，也正是萧红在景物描写中蕴涵了她的人生哲学的表达，小说的形式问题也要跟萧红的创作动机联系起来进行观照才会得到有效的结论。

尽管萧红的小说中也有像《马伯乐》一样故事性较强的小说，但她的大部分小说往往带有散文化的特征，故事性比较弱。在这类小说中，萧红善于以空间为媒介经营小说的结构，这也形成了她固有的艺术特色。在《生死场》《呼兰河传》与《北中国》等小说中，萧红将故事的空间背景作为小说的题目，空间性也成为小说叙事者主要叙述的中心内容。然而，与其说《后花园》的主人公冯二成子的主要生活空间是后花园，不如说是磨房，小说的大部分情节也都以磨房为中心。然而萧红为小说选择的题目既不是"磨房",也不是"冯二成子",而是"后花园",这意味着"后花园"具有超出空间背景的象征意义。

《后花园》是萧红到香港之后写就的第一篇短篇小说。从写给白朗和华岗的信中,可以感受到萧红写作《后花园》阶段时内心的寂寞与乡愁。身处战乱时代,尽管香港环境相对恬静幽美,却反而让她感到更深的孤独。而这种寂寞与孤独直接映现在《后花园》的主人公冯二成子身上。小说伊始,叙事者先描绘热闹的后花园,接着描写冷清清的磨房,在磨房里虽然可以看到后花园的美景,然而冯二成子却感到寂寞。他没有朋友,生活里也没有发生什么新鲜的事情,他只知道自己是磨倌,其余的什么都不记得,他看后花园的时候意识不到鲜艳的花草,见到邻家女儿也没有留下深刻印象。孤独而麻木的冯二成子,因此与孤立在香港的萧红的情绪之间,构成了内在关联。

冯二成子自从两年前搬到磨房之后,天天在磨房里拉着一头小驴子磨面粉,他自己也像不断围着磨盘打转的驴一样,盲目地活着,生活没有任何意义。冯二成子堪称是生活里的他者,小说叙事者正是通过在冷清清的磨房里观看热闹的后花园的画面与特写,来呈露作为他者的人物视线。充满生命力的后花园并不属于冯二成子,恰恰构成的是他与世界相互隔绝的象征,对这世界来说,冯二成子是个并无所谓的存在。然而有一天下雨的时候,冯二成子在黑暗中突然意识到邻家女儿的笑声,从此对邻家女儿开始了暗恋,从某种意义上说,这象征着冯二成子的"人的觉醒"。冯二成子终于有了渴望的对象,两个人渐渐有了相见的机会。如果遵循现代小说常见的"人的觉醒"模式的叙述结构,冯二成子的暗恋可能得到幸福的结局,也可能最终以悲剧结束,但无论结局是幸福还是悲剧,冯二成子与邻家女儿之间一定会发生一系列故事。可是正当读者期待两个人的故事有所发展时,叙事者突然出现,单刀直入地告诉读者两人之间并没有发生任何事情,故事还没有开始就被中断了。

小说的这种叙事干预首先让人联想到传统章回体小说的说书人,不过在《后花园》的叙事干预中,我们能发现和说书人的调子相当不同的层面。按照本雅明对布莱希特的史诗剧的分析，布莱希特往往通过中断的手法，来阻止观众对戏剧主人公的共鸣，使观众能保持一种批判的姿态来关注主人公的状况。[①]恰如布莱希特的史诗剧，《后花园》的叙事干预也使读者从故事里面跳脱出来，让读者冷静而客观地意识到围绕着冯二成子的现实。尽管表面上看人人平等，但实际上冯二成子和邻家女儿是不同世界的人，他的年龄、家庭环境、工作与财产等所有情况都与邻家女儿不相匹配，因此他无法鼓起勇气跟邻家女儿打交道，无法接近她，他觉得自己根本没有资格。小说接着讲述的故事是关于"另外的一位寡妇"的故事。但叙事者在开始讲述王寡妇的故事之前，用了较长的篇幅集中描写冯二成子的绝望心理，也将读者的注意力放在绝望背后所隐含的萧红的人生感悟上。

在冯二成子送赵老太太到郊外回来的路上，当映入眼帘的"都是在劳动着的，都是在活着的"人们，所见几乎完全是这一类人的时候，这种人生感悟达到高潮。在冯二成子看来，人们的辛苦劳作都是无意义的，再努力也无法企及他们所渴望的东西。然而读者会意识到，这些人其实就是无数的冯二成子自己。萧红通过冯二成子的内心困扰来向读者提问：在无法获得自己最渴望的对象的世界里，人生究竟有什么意义？

王寡妇的出现，同样印证着冯二成子的人生体悟。在某种意义上，王寡妇构成的恰是冯二成子的镜像："人活着就是这么的，有孩子的为孩子忙，有老婆的为老婆忙，反正做一辈子牛马。年青的时候，谁还不是像一棵小树似的，盼着自己往大了长，好像有多少黄金在前边等着。可是没有几年，体力也消耗完了，头发黑的黑，白的白……"这是王寡妇对人生的感悟，同时在某种意义上，也可以看作萧红对人生的感悟：哪怕人生中没有得到自己所渴望的东西，活着本身毕竟还有自己的价值。

小说令人印象最深刻之处或许正在冯二成子从王寡妇那里回家的途中。坐在小山坡上，在宁静的心绪中，冯二成子忘记了内心所有的苦

① ［德］本雅明：《什么是史诗剧？》，收［德］汉娜·阿伦特编：《启迪：本雅明文选》，张旭东、王斑译，生活·读书·新知三联书店，2014年，第157—165页。

闷；而后在黑暗中，他看到王寡妇的窗子仍旧亮着，终于鼓起勇气到王寡妇家，并与她结合。两人的婚礼并没有锣鼓声与喇叭声，"但是他们庄严得很，因为百感交集，彼此哭了一遍"。尽管王寡妇不是冯二成子真正渴望的对象，冯二成子也不是王寡妇渴望的人，可是两个寂寞的灵魂互相依靠着活了下去。

讲到这里，叙事者的笔墨转到第二年夏天的后花园，尽管描写方式与小说开头一样，但其修辞效果却略显不同。在结尾的描写中，很明显地呈现出了后花园与冯二成子的人生之间的隐喻关系。叙事者在小说的开头描写后花园的时候，将后花园与磨房描绘成对比的空间，生机勃勃的后花园好像生命的空间，貌似象征着光明的人生，和邻家女儿向日葵似的眼睛十分匹配，而冷清清的磨房里，作为他者的冯二成子只能在边缘徘徊。然而临近小说结尾，当读者了解冯二成子的经历与感悟之后，再次读到关于后花园的场景描写时，后花园里的花开花落就与冯二成子的人生开始重叠起来。对整个院子而言，后花园是边缘的空间，某种意义上可以说是他者的空间，后花园的花草并不是为了欣赏特意种出来的，它们只是在后花园里扎根生长而已，随着每年气象条件的变化，有旺盛了的，也有衰弱了的，有开花结果子的，也有还未结果子就被折断的。尽管没有人在乎它们的生死，但它们不管这些，只是忠实地活着。意识到这一点之后，读者就会明白"年年爬到磨房窗棂上来的黄瓜"的意义——后花园与磨房的区分不重要，重要的是"忠实地活着"。

重新理解了"后花园"的空间场景之后，我们也能够进一步理解《后花园》的形式结构。叙事者首先在小说的开头描写后花园里的景物，通过描写按照自然原理生长的花草来表达生命本身蕴含的价值，并由此暗示了萧红的人生哲学。其次描绘冯二成子从麻木的状态逐渐觉悟人生道理的过程，最后将他的人生与后花园的景物重叠起来，也奠定了小说的完整结构。值得注意的是，尽管"后花园"里的景物描写来自萧红的童年回忆，可是语言的修辞所产生的美感并不是叙事者想表达的核心，以景物的生长为象征的人生哲理本身才是核心。由此原因，尽管《后花园》里的景物描写在语言修辞上给读者带来了与《呼兰河传》相似的感觉，可是读完整部小说后，读者可以感受到《后花园》言近旨远，在景物描写背后蕴涵着更加丰富而深刻的哲理。

　　萧红的一辈子也堪称是作为他者活下去的，她的人生轨迹充满了无数艰难曲折，但萧红依旧可以说是按自己的设计完成了自己的圆满人生。她将自己的人生影射为"后花园"，《后花园》也由此在萧红文学生涯中具有与《呼兰河传》不同的价值，是一篇更深刻地体现出成熟期萧红思想的作品。

五 李拓之《文身》

李拓之
1914—1983

1946 年 11 月	李拓之作《文身》（收《焚书》）。
1948 年 9 月	李拓之《焚书》出版（上海南极出版社）。
1980 年 8 月	李拓之编著《散曲述略》（油印本，厦门大学中文系古典文学教研室）。
1987 年 12 月	郑朝宗选编《李拓之作品选》出版（海峡文艺出版社）。
1990 年 12 月	李拓之作品入选《中国新文学大系（1937—1949）》小说卷（上海文艺出版社）。
1999 年 8 月	钱理群主讲《对话与漫游——40 年代小说研读》出版（上海文艺出版社）。

1946

徐訏《阿剌伯海的女神》出版

艾芜《丰饶的原野》出版

师陀《果园城记》出版

文身

李拓之

北中原的季夏是炎酷的。六月杪的薰风到深夜子时以过，还不曾吹散蓼儿洼一带的滞热。虽则这周围八百里的水泊，堤岸边秋枫已经显出浅红，蟋蟀和蟪蛄也在深草丛中开始夕鸣了。白昼的暑蒸是可以想象的，因为山田里待收割的禾稻，一支一支头晕似的倒卧下来，连岩层石壁都在悄悄吐散太阳晒过的气息。而前后寨山凹里酒店的灯光，躲在树叶缝中闪闪如醉眸，这分明是小喽啰们为了排遣伏暑的烦躁，在那里买酒过夜呢。

大寨里忠义堂上众头领夜宴才罢。筵席上残剩着整大块的牛蹄和马肝，七零八落的山梨皮和野栗壳，高高的兕觥，矮矮的犀爵，大大小小的金罍、铜斗、壶卢瓠、铁砧俎、解腕尖刀……壁间插满乱晃晃的火把，几案上烛盘站着狠狠光焰的大蜡炬，它们挥发欢呼豪犷的余威，光波向四周有力地扩张、辐射，如锐利的箭矢奔驰在这一连串围隔着红锦幛的九座大厅堂的各角落。许多头领们都已起身回寨睡去了。在边数起第三座锦幛中，只剩下女头领一丈青扈三娘喝得两颊晕起朝霞，她偎倚在母大虫顾大嫂的肩膀上，一手端起醒酒汤，一手料理她蓬乱的云鬓。她的酒量怎及得顾大嫂呢——顾大嫂是满大碗的一口气喝了十几碗，才拍手狂笑，以至于将发髻上野秋葵抖落酒碗中。她笑扈三娘太怯弱了，喝酒的气力都不及男人，亏她练得一双好青鸾刀。但这时非帮她醒酒不可，于是，她用手指按住扈三娘的脖子，在雪蝤蛴似的后颈上，摸捏出两条发酵的砂痕，再在她眉心鼻梁之间，撮剪出一点媚红的痣，烛光下的一丈青简直像一位西域观音女模样，比起她和矮脚虎结婚仪典那一夜更为俏丽了。这种按摩手术是祖传秘诀，非有一身拳脚能耐的人轻易学不来的。一丈青展眸向顾大嫂一笑，仿佛回答她这流星般的眼珠子，连壁上半出鞘的刀光剑影都闪动起森寒娇艳的锋芒来。

她扶着顾大嫂走出围幛。喽啰们醉得东歪西倒地满地睡着，人静了，夜风冉冉吹过窗幔，冲散了一丈青眉间的杀气。她今晚显得很温文柔顺，掠起长袖，露出手尖，向壁间取下一柄火把，两个人穿花似的走过宴堂。她眼睛尖快，当走入当中一座围幛中时，忽见一只胖大肉团晃荡荡横在座角。她以为是未被吃掉的大祭牲呢，定睛一看，却是花和尚鲁智深，他脱得光溜溜醉倒沉檀交椅上，睡得十分浓饱。

"咦！这和尚。"一丈青不由吃一惊。

"别动他！不是好惹的。"顾大嫂拉她走开。

"怕什么？"一丈青生来拗癖气，她偏要停足看一看。反正花和尚是睡着的，况且她这时已经睨到这个白胖人体上，隐隐跳跃着绚烂璀璨的光采，如五色陆离的毛毛虫，在那里爬动。有一种诱惑的力，逼使她举起火把向花和尚全身上下照一照。

在火光下，花和尚的大脑袋包着花巾，掩过浓眉，在一只红糟隆鼻和一张血腥大口之畔，是刮得光鲜的一部络腮渗赖胡子的芽根。交椅上的长幅豹皮遮住他的下半身，袒褪了全部左肩膊和半爿胸脯。在臃肿而虬络的筋肉上，露出一帧极其工巧的刺绣图案。他的皮肤是古铜色的，肉素是属于丰足的脂肪质。肩部至肘部，刺绘着深蓝色铁线描的交结流云和间架对月，中间距隔着三枚朱红色的圆太极。胸膛正中一丛黑毛里隐约见一方泥金回文，周围旋绕着黯金色的连环、古钱、双斧、攀戟的滚边栏杆，这之外是黑檀色鸥吻形的水波浪，向腹部撒泼地泻去。这样把各个不同拼成相同，构成充满壮奇奔放气氛的画面，显然这是关西名手所雕饰，把花和尚这人的性格完全给摹刻出来了。一丈青看得发呆，她急于要细谛这鸥吻形的水波浪到底在腹部以下是描成怎样的脉纹？她颤巍巍伸出好奇的纤手去摸那脐眼上盖着的豹皮。不提防顾大嫂一把抓住她："要死的！当心秃驴……"话还未了，花和尚一转身鼻尖起了轻雷，又打起浓浊鼾声睡过去。吓得一丈青夹脖子涌起羞红，回过脸去，火把的焰穗散落满身。她俯首看自己时，这才发现在几张交椅纵横的缝隙，正挺卧着一个黑汉子，这人不是短命二郎阮小五是谁？他只穿一条红绸裤子，上半身是全裸的。当她们把交椅移开以后，吱吱发出叫声的火把，照见阮小五满身紫槟榔色的皮肉，筋络狞恶地缠结而又隆起，一疙瘩一疙瘩地看了教人牙齿发痒。一刹中一丈青的视线又给这奇异的男人肉体所吸住，她不由拉过顾大嫂并排蹲下去细看：一个塌鼻的阔面孔，铜钱般几颗大黑麻点，唇角向左右弓起，咬的紧紧的，显出凶狠和强毅。他的肉素是胆质的，肌体扎实坚韧，翘肩阔胛如一排铁墙。一丈青突而悟到他是个游泳健者，想起自己丈夫三寸丁的肢架，又短又小，简直是一副活动髑髅。她情不自禁地去抚摩阮小五毛毸毸的胸脯，审视时：胸前绣一只青面獠牙的豹头，刺纹凹陷深入，色泽浓泼沉淀，几乎全部是用青靛来髹漆。那豹子亮晶晶恶眼，像一匹噬人瘐狗！即使一丈青的柔润指尖化一阵春风抚拂过阮小五的胸膛，也不能慰解或抑平他那燃烧炽烈的满腔怒火，他的横膈膜是一座决了水的堤坝，使他心涛起落，胸腹波动，仿佛听见这个深山水怪在月黑风高中顿足不平挥刀狂叫！一丈青的手指灼伤了，那滚烫的胸脯使她触到熊熊红炭般的疼痛，登时阮小五全身蒸发的酒热就像一口熔冶的火炉，教她靠拢不得而满身出汗地站起来。

顾大嫂牵她走出围幕，几乎跌了一跤。原来脚上绊着的又是两个醉卧人体，那是九纹龙史进和浪子燕青。一丈青今晚的眼膜有些变态了吧，她格外被这深夜山堂的灯光酒彩所刺激，变得感受性特别强烈，眼皮上下跳着，面前翔舞着奇怪的线符，迷离的彩色，加以高亢的烦热和醇酣的气味，调和成一片惝恍幻惘。有如自己跨了白马在战阵上交锋，旗幡挥旋急卷，鸾刃交剪翻飞，两旁血雨喷射，喝采如潮。的确，她醉酒还没有全醒，不但口吻焦干，而且眼瞳也有点旱渴。她欲饿地要看，看一种色泽鲜浓的精巧图绘，教眼珠满足，看一种剽悍放浪的江湖色相，教情绪撒野。她这时想起：九纹龙史进是个美男子，而浪子燕青更是风流人物，都比矮脚虎强多了。他俩身上花绣是有名的，何不看个饱看个腻呢？这美丽雕刺无限蛊惑的男人的躯体呀。

一丈青捧过一支回风烛盘，用手护着红蜡炬的光波，投掷下剪刀般的眸子，随光波向人身倾泻：

靠上首是史进。他身材高大生得虎背熊腰，骨骼结构十分停匀。他面向下，倒覆着睡在地板上，裸的上半身从腰以上交错盘旋着九条砑龙。他的皮肤红润明洁，饱满活力，显然是多血质的。砑龙的分排位置，上峻下宽，如北斗星，又如宝塔。她细看这沥丹的九条龙，姿势各各不同，有的蜷缩如虾，有的回旋如蠖，有的迤伸如蚯蚓，有的蛰伏如蚕蛹，有的交缠如髻线，有的倒舒如半剪。其间睛、喙、角、须、鳞、爪，绣绘得针路分明，刺痕完整，一毫一芒，就像摹印在皮上，镌琢在肉里一般，这砑龙的结构夭矫劲健，给人以一种轻捷迅疾的感觉，看了视官灵活，意绪爽朗，无疑的是一个生命强旺毫无缺陷的壮美人体型。

靠下首是燕青。他仰卧着，略有些侧脸，满头柔黑的发，长眉、秀目和高鼻子。下身穿一条白绫裤子，扎着浅绛色的腰帕。上躯系一领玄绸无臂搭子、卸开襟纽，褪露出胸腹，是一身晶莹的白肉，他的皮层纤细、肌理腻弱，是神经质的。在这上面几乎刺满了花绣，自左肩至腕，绣着一只紫色的燕子和一对淡黄色的蝴蝶，夹着一朵一朵鲜翠绣球花，花瓣霏霏飘落，有残有整。胸前绣一枚朱线睡莲，下边一只青蛙，四围掩覆以圆圆的绿荷叶，弯弯的水鱼草。脐部附近，更绣着点点滴滴的野兰、夭菊、满天星之类，显得花雨缤纷，光彩繁缛。那针工真是精致已极，设色匀淡谐和，造型条缕绵密。这样神奇的手艺施之于这样皎美的人体，有如一个细笔的画工渲金染碧在一张无瑕的白绢。令人看了始而惊诧，继而叹惋，终而怜惜悲悯，眼波流荡，光景摇移，沉浸入凄迷惆怅的幻域，浮漾起绵属缱绻的遐思……

一丈青给迷惘住了。她想：浪子的名字并不虚传呢！他跑遍花街柳巷，走尽草泽水乡，会射雕弓、驰骏马、吹笙箫、踢蹴鞠、呼卢喝雉、走狗斗鸡。他这一身图绘更不知受过多少眼睛的赏鉴与多少手指的抚摩？他曾经炫耀夸张，顾盼自喜的吧，这狠心的针刺，这作孽的肌肤！

夜的蓼儿洼卷起大风涛，四山树木吹叫如笛子，而山堂中郁烈的酒氛依然飘散未尽。一丈青手里的灯盘倾欹，凝然落下温热的红泪，滴在自己拖地襟裾的边缘，教姣艳如桃李冷酷如冰霜的她，今晚的性格不得不有些变异了。

当她被顾大嫂牵扯回到自己房中以后，她开始厌弃沉睡在自己身畔的矮脚虎，这一无可取的丈夫！他既不浩荡莽苍如花和尚，又不猛鸷桀厉如短命二郎，更不劲挺雄伟如九纹龙，尤其不文雅白皙如浪子燕青呀。他的皮相是这样拙陋，状貌是这样猥琐，他不能归类入哪一种的人型，他是无品汇无属性的一匹庸碌牲口！一丈青呼一口气，立被吹熄了烛光，闭上眼眸：一闪一烁的刺纹，花花绿绿的图彩，各个不同的色调、线条、形象，交织成一座锦绣的山，把她压挤得如烟如梦。

在一架嵯峨的琥珀山屏旁边，横着长方幅的大理石凉榻。——这是劫生辰纲得来的宝物，分赠王英做婚礼的。在绿绢的灯光下，一丈青颦着眉毛坐在暗隙里。

"三娘！你不怕痛吗？"刺绣名工玉臂匠金大坚捧过一个大锦盒，笑着说。灯光照见他唇上细微的髭须。

"唔。不怕呢！"一丈青摇着头。

"实在也不痛呵。"圣手书生萧让在翻阅手中的图案册叶。

"唔……那么，请宽衣吧！"金大坚安静地说。他已经打开锦盒了。

一丈青有些不好意思。但终于背过脸，在灯波摇曳中，悉悉苏苏褪去了全身的服饰。她光洁的肢体裸坐在石榻上，如一堆寒玉。几只尖嘴蚊子在四旁幽幽唱逐起来。

"你当是蚊子叮好了，如果有点痛的话。"金大坚向锦盒中取出了画笔、染盘、吸色棉、止痛剂，最后检出一支蚊鼻蛾腿的细金针，在绢灯下剔视了一会。他脸转向萧让：

"先画上图样吧！"

萧让早已翻出昨天扈三娘自己选中的花式。他向图册凝视半晌，很快拿起画笔，走近一团冷冰冰的石榻上的女体，面对着，端详地在她两乳上各钩出一只猫头鹰，之后，在她胸腹中间钩出一只银面狐狸，它的长尾巴一直垂到小腹以下，弯过左腿边。

"好了，快些上针！"萧让一口气钩毕，连呼吸都屏窒着。这时他站在一旁看玉臂匠施展惊神泣鬼的奇技。

一丈青的眼睫毛阖成一线，她盘膝趺坐，两手垂围，状如妙尼打禅。她用耳朵去倾听：金大坚咬着牙第一针刺入她的右乳，那是猫头鹰的瞳孔。她眉峰蹙紧，肌肤收缩一下，可有些痛。但第二三针以后，便不感到怎样难受，只如千万匹蚂蚁在乳房上爬来爬去。而这蚂蚁，爬完右乳便爬到左乳，足足两个时辰才停住了。乳房如一对悬挂的鸟巢，猫头鹰凄瑟地栖止在上面。萧让递过染料，猫眼吸入晶蓝，钩喙点上暗红，翅膀和身是深灰色的。

"唔，休息一下吧。"一丈青忽而睁开眼，比猫头鹰的还大。

"不。这不能停的！"金大坚颤着手，鼻翼泌出汗粒。

"哦，我的腿酸哩。"

"不行。不要动！"

"我倒下来好不好？"一丈青悲苦地说。

"唔。好吧好吧，快一点！"金大坚十分焦躁。

一丈青仰面倒下，如雪人的溶解。金大坚半边腿跪在地袱上，他侧着头，细迷两眼：当前是一片柔润的长短弧线，随着金针轻刺的节拍，在灯光下眩惑流动，仿佛笔尖点在春湖的水波，滴滴落落飘漾向悠远而又悠远。梦幻般一只狐狸的影子浮映在湖波中，它恬静地蹲伏着，闪动妖异的眸子，告诉人以一幅人间最虚妄的凄美和最荒诞的哀愁。

剩下来的是狐狸的饰色了。它贴以银叶，饫以丹汞，糅涂以玛瑙和珊瑚的屑末，有如粉垩一座雪色的宫墙，又如雕镂一柱圆形的画栋。一丈青窒息地躺着，全身如僵冻的石膏。刺破的毛孔中迸涌出无数血斑点，颗颗凝结，就像苞吐的花蕊。

"好了吗？"一丈青说。声音有点凄惨，黑睫毛缝隙中泫着泪珠。

"好了好了。还有一忽儿！"金大坚掠一下头巾，一绺鬓发坠在前额边。

当金大坚俯伏着吮吸尽了一丈青身上的血斑点，他终于伸直了身，唾出口中的血水，颓然坐在地上。一丈青骨碌里坐起，用手去摸自己被针刺和涂漆的皮肤，已经麻木迟钝了似的。但她忽又一翻身扑倒石榻上，锁紧眉毛喊着：

"哎哟！痛哩痛哩。"她面向下，两腿挺直，足趾抵在榻上，躯体悬空，腰背如起伏的潮，全身痉挛地呻吟着。

掩映于绿绢旒苏之内的灯光，这时更收缩得紧小，风帘飕飕吹拂，灯彩便时而阴暗时而露明地舒卷不定。一丈青裸袒的背部和股部，如寒泉中沉浸着水晶，绿波里漾晃着玻璃一样，飘散着一层层摺叠摺叠的波浪向四周伸展开去。这样迷幻的轮廓与晕惑的光影，教刺花能手的玉臂匠倏又万分技痒起来，他抖一抖手臂，舒强筋骨毕剥作响，从地上迅速扒起，更不说话，抢过呆在那里的萧让手中的画笔，就在这光波摇闪波纹重叠的雪白帧幅上，狠狠地钩出一条缠绕弯曲的水蛇来。

"不要刺了哩！"一丈青哭泣地喊，但全身已没有了气力，仆下去，发颤地蠕动着。

这时金大坚的刺手，和以前大不相同了。他从轻描微写到浓划密钩，更从徐针慢刺到猛戮毒螫！他简直不当她是人是肉，开始暴戾地剔开肌路穿透皮层，一针像一条鞭，一刺像一把剑，仿佛要笞烂她剁碎她，连皮带骨把她吃下肚里去似的。甚至一丈青越是在下面痛楚地哀叫厉呼，他便越快活越高兴，而且越见精神抖擞充满腕力，咬牙切齿更顽强更残忍地刺去！汗颗从全身涌出，湿透了一领分襟的橙黄衫子。

一条水蛇蜿蜒在一丈青的背上。萧让向锦盒中取出满满的一盏熟沥青，金大坚检出半匙翡翠片和一勺琉璃粉，搅和得均匀，循缘着蛇头、蛇腹及蛇尾，浓浓地泼下，肌肤犹同受了蜜渍，吱吱地叫着吸尽了。登时肉层被颜色渗透，咬得发肿，绣针落脚的纹缕，鳞鳞凸出，状如纯绿浮雕。

"好看哪。真不愧叫一丈青呢！"萧让眽眽眼皮。

夜，深沉得死一样，远山幽涧中疏落地敲过五声的更柝，余响坠入深林。闷热的暑蒸分明已经消尽，房里空气渐渐凉冷下来。

一丈青自石榻上撑起。她走向靠窗的镜架，拉开镜幕，光一闪，这镂脂斫玉的躯体灼灼如繁星。一阵风吹过，她失去了烦热和旱渴，突而打一个寒噤！这千针万针的痛楚便很快地收拢聚集，教她忍不住发抖，全身的彩色旋卷旋卷旋卷，随着绿绢灯光的聚散明灭，光涛汹涌像青色的海水。仿佛人世的悲惨与恚怒，苦毒和冤屈，一齐在她身上集中。又仿佛梁山泊里许多英雄好汉被奴役被侮辱，被虐待被迫害的怨情闷气，所有贼官污吏豪强刁滑的忍心辣手倒行逆施，一齐在她身上吐泄和晕现一样。她忽然一声厉鬼似的绝叫！头发披散，如母夜叉，胸前的猫头鹰和腹部的狐狸以及背上的蛇蝎，连结成一片妖异、魅惑和毒蛊，她要跳出这窗槛，走入深篁丛莽中，化为一只叛逆去咬碎这当前的残酷和羞耻！

全身淫虐鞭挞的创痕在跳跃。一丈青疯狂地和痛楚搏斗着，她的牙齿震震发响，整个山寨整个北中原都被摇撼战栗起来似的。

萧让和金大坚吓倒地下。

天上黑云布得密密，蓼儿洼的风浪翻腾呼啸，满山树叶簌簌下坠。这是走近黎明的最后一刻。

一九四六年十一月

（收《焚书》，1948 年 9 月上海南极出版社初版）

《文身》的艺术

报告人：王少燕

时间：1995 年秋季学期

地点：北京大学中文系五院

　　这无疑是一篇心理分析小说。但作者却有意识地通过运作在小说结构、场景、氛围和意象上的匠心，给人物的心理过程营造了一个很精致的舞台，我们的分析也不妨从整篇小说时间和空间背景的选择入手。小说的空间形式集中单一，位于草莽水泽远离中心地带的梁山营寨是一个大的封闭圈，忠义堂和以琥珀山屏装饰的房间则是大封闭圈中的两个独立的小空间，它们之间缺乏沟通，社会因素、外界因素都仿佛与故事没有瓜葛。小说的时间是两个晚上，两大块既独立又血脉相连的时间段，每一个晚上都与小说的两大部分之一相互对应。如果我们从小说前后不同的阶段分割来看，两个晚上的时间分界线正好成为小说两个片断的分水岭，但从小说整体机制看，这其实又不过是一次性心理过程的两个方面，同一叙事的两个环节。时间之流并不是截然断开，而是连成一线的。作者在时间安排上运用了一个精细的策略，他只给出了第一晚的时间起始点"深夜子时已过"和第二晚的时间终结点"五声的更柝"，起始时间与终结时间并举，两个晚上因而在时间上圆融无缝，没有在文本中出现明确分割时间的提示使时间处于相对静止状态，文本获得了一气呵成的流畅。而时空的相对静止也给人物通过心理过程充沛淋漓地施展角色魅力提供了机会。

　　从主角扈三娘心理过程链条的四个环节——"压抑→复苏→冲突→转化"来考虑小说的两大部分，可以看出，前一部分写的是复苏，后一部分写的是转化，纳入到时空背景中则呈现为第一晚——忠义堂；第二晚——可以想象为扈三娘的房间。第一部分主要遵循扈三娘的视线（后面潜伏着无形的心理操纵之手），去观看灯光暑气中的男人文身，浓墨重彩地描画出的男性身体处于无知觉状态，成为瑰丽的静态景观。第二部分则以男性金大坚在为扈三娘文身过程中萌动的情欲为基调，以一个有施暴倾向的男性的原始眼光打量扈三娘的女性身体，动作性增强，女性身体在动态的展示中成为男性观看的对象，与前一部分的男女"看与被看"的关系易地而处，有知觉的施虐与有知觉的抗争哀求，暴露出男女位置的不合理，隐藏在文本深处的男女对立的暗线开始被拉扯出来，与明线交织在一起，支撑行文。作者省略掉扈三娘心理链条的其他两个环节，选取与文身有关的两个截面，使小说枝干利落，行文紧凑，前后结构工整而富有张力，心理空间因此拓展出了它最大的领域。我们不妨试着为作者有意忽略的地方稍加注脚，以便更清楚地梳理全文。

《水浒》作为《文身》的参照背景，提供了许多种解释的可能性，李拓之借用了其中一点合情合理的因由来敷演这篇小说，即扈三娘与王英的畸形婚姻。梁山泊强悍的男人气息几乎完全淹没了小说中寥寥无几的女性形象，除了作为荡妇形象出现的潘金莲、潘巧云、阎婆惜，以及男人化的女性形象——母大虫顾大嫂、母夜叉孙二娘。在叱咤风云的《水浒》豪杰群像中，扈三娘是唯一跻身入一百零八将并有女性娇媚的将领，这可怜的"万绿丛中一点红"却被包办婚姻配给了一无是处的矮脚虎，这种婚姻双方的不般配、不平衡，自然而然地埋下了阴影。扈三娘在这强大的阴影下，本能被压制，生命不能完满释放，而遭到被窒息被覆灭的危险，《文身》的故事由此成为可能。

为了激发扈三娘心理过程的实现，也为了更细腻入微地刻画她的心理，作者极大程度地支配了小说中的场景、氛围和细节等因素。选择夜晚，使欲望和冲动更合理真切，白天被遮蔽的焦灼燥热在夜里如岩熔流溢，带着不可挡的威力，夜使触觉和视觉都分外敏感，灯光促成的视觉效果惝恍迷离，神秘蛊惑，无疑对性意识是种刺激诱发。炎酷的六月季夏也成为心理流变的一个外在契机，热既是气候，也是生理，是灼热难耐的本真欲望。作者随时显露在文本中的细致匠心，巧妙地联气氛、意象、场景为一体，文句明丽又富于流动隐喻性，灵气很足。

小说开篇"季夏""滞热"的氛围在笔底出现时，酝酿了难以排解的郁热情绪。忠义堂夜宴方罢的豪犷壮烈、凌乱无章的场面描写，展示的是一个典型的男人世界。"筵席上残剩着整大块的牛蹄和马肝，七零八落的山梨皮和野栗壳，高高的兕觥，矮矮的犀爵，大大小小的金罍、铜斗、壶卢觚、铁砧俎、解腕尖刀……壁间插满乱晃晃的火把，几案上烛盘站着狠狠光焰的大蜡炬……"出现在男人世界布景前面的是两个女人的身影：顾大嫂是"满大碗的一口气喝了十几碗，才拍手狂笑，以至于将发髻上野秋葵抖落酒碗中"的纯男人味的豪蛮形象，而有着"雪螬蛴似的后颈"，"晕起朝霞"的扈三娘则在夜风酒后的这一时刻充分展示了女性的娇媚。作者选用了具有典型女性姿态特征的形容词来完成对扈三娘的女性形象叙述，如"温文柔顺""穿花似的走过"。这样，夜、酷暑和酒三者的合力将扈三娘掀带进了她久已遗失的女性情怀中，这种情怀如春江水涨，使扈三娘赢得了勇气并获得了希望去张望男人世界并抚摸男人身体。

对鲁智深、史进、阮小五、燕青的文身的工笔画一样富丽的描写，表现了作者的文学才华，将身体描写得如此之美而无淫荡之色是令人惊叹的。这一片男人身体的美妙风景使一丈青眼眸为之变态，也使读者为之神摇。正是男人身体的浩荡、开阔、丰厚和绮丽，才使之成为一扇窥视男人世界的窗户，才使扈三娘的心理切入成为具有强大感召力的彼岸，她因此渴望进入男人世界，成为幻美风光的一角。从鲁智深到燕青的推进是作者精心选择的：鲁智深以奔放的气势和丰足的脂肪质肉体出现，阮小五以壮实坚韧和野犷的男人气息出现，史进则在身体健美之余还有"生命强旺"这一生命力的凸现，燕青则俨然是肉体与精神完满结合的典范，以至于扈三娘"沉浸入凄迷惆怅的幻域，浮漾起绵属缱绻的遐思"。扈三娘欲望的复苏因此并不单纯体现在情欲上，而是个体生命意识的复苏，是人生理想希望得到彻底张扬。随着男性身体图景的展现，扈三娘也由好奇张望到用手抚摸，最后升腾起一种对男性的占有欲。燕青的文身被不少眼睛看过，被不少手指摸过，她对此表达出根于女性意识的嫉妒："这狠心的针刺，这作孽的肌肤。"

这一顿眼睛的盛筵使一丈青衷心向往男性世界，渴望摆脱与王英的畸形婚姻，进入她所认可的真正的男性天地，这样她就必须取得男性世界的认可。伦理道德规范和梁山泊强大男权秩序的力量，使一丈青的个性生命不可能自由选择任何一种方式去实现自己的理想。在这种矛盾尖锐的碰撞中，本我与超我采取了折中的方式来结束斗争，扈三娘最后想超越女性的自我特征，通过文身去获得进入男人世界的通行证，并曲折地以肉体疼痛来发泄欲望。

这张通行证是否有效，在第二部分可以得到验证。与前一部分的"滞热"相比较，后一部分的色调趋冷，形容词的色彩也开始由暖色向冷色转化，"深灰""暗红""雪色"等词浮现出来，在前一部分作者使用过的感觉具象化的修辞技巧又得到施展，凭借对虚设的具象的描写，将感觉传达得细微精确。较大地区别于前面的是动作幅度增强，对动作的描写详细而有力度，同时对女性身体采用的譬喻是"潮水""寒泉""水晶""玻璃""雪人的溶解"等一系列柔的、有光泽的物象，渗露出一种曲线的、妩媚的动人处，与前面对男性身体的描摹不一样，可以说这是一系列沾染着女性特征的物。

与扈三娘初衷相违的是，我们没有从文身过程中体会到她变态地转化欲望后的快感。相反，金大坚在施行针刺的过程中获得了巨大的快感，并由于情欲的驱使导致一种施暴倾向。他完全不顾及扈三娘的主观愿望，强制性地发泄自己的欲热。扈三娘仍处于男性强力的压迫下，并且由于自身选择的解欲方式给了男性一个可乘之机，从而使一个渴望超越的主旨演化为一个人格异化主题，扈三娘反而因此招致了屈辱的命运，身体和精神都被损害。

扈三娘企图以文身的方式与男性世界融合的愿望在金大坚暴虐的针刺下摧毁无遗，羞耻和愤怒随即唤醒了另一个主题：颠覆男性世界的女性解放主题。作者通过对男性女性两种不同解欲方式的描述，揭示男女对垒的局面。扈三娘是以一种损害自己身体的方式，去力图创造一种与男人世界和谐美好的关系，部分压制了欲望；金大坚则以施虐的方式来损害别人发泄冲动，这与施蛰存的《石秀》中，石秀肢解潘巧云及其婢女的场面惊人相似，男性强力的压迫与女性柔弱的妥协构成一组矛盾，从而揭示出女性生存状况，并呼唤反抗力量的诞生。

作者将反抗男性世界的力量寄托在他营造的扈三娘文身的三个意象上，即猫头鹰、狐和蛇。前两者是扈三娘自己选定的图案，是自身确认的结果。猫头鹰曾经"凄瑟"地栖止在鸟巢样的乳房上，暗含着对男性世界柔弱而无助的期待；狐狸曾经"恬静"地、"梦幻"样地蹲伏，"要告诉人以一幅人间最虚妄的凄美和最荒诞的哀愁"——这些对进入男性世界的憧憬虽虚幻却美好。当金大坚高举男性世界的宣判书处决了扈三娘最后残存的希望时，"猫头鹰""狐"和男性给一丈青指认的图案"水蛇"合在一起，"连结成一片妖异、魅惑和毒蛊"，"化为一只叛逆去咬碎这当前的残酷和羞耻"。扈三娘由前一部分"观音"一样芳香艳美的形象转变为母夜叉、厉鬼样的丑的妖异的形象，与她的文身一起，成为现存秩序的强大破坏性力量，也就是重建新秩序的力量。作者似乎以一句"萧让和金大坚吓倒地下"为女权主义树起了一面胜利的旗帜。

李拓之工于旧诗词，曾在厦门大学任古典文学教员，在铺排描写上很有天分，才气逼人，色彩感强，想象丰富瑰丽，这篇小说对身体的描写美得有个性，不雷同。但过多描写性词句的堆砌有时也使小说文字繁冗，华瞻而没有余韵。另外，作者心理分析性的旁叙分寸把握不够好，有时过于直露，不时有理性告白作祟于感性体验中，使文章显出生硬的痕迹。结尾将扈三娘与梁山泊合二为一，又加上一个"走近黎明"的光明尾巴，可能与当时时事有关，是对革命胜利的一种隐喻，但由于来得突兀，使小说前后文风不统一，是拙劣之笔。

总的说来，美感的丰富华丽，结构的巧妙工整，心理描写的细致深刻，使这篇小说不失为一篇可读之作。

【现场】

S：我有点稍微不同的看法。按报告人的说法，金大坚的进入使整体结构显得支离破碎，最后小说里写的"仿佛人世的悲惨与恚怒，苦毒和冤屈，一齐在她身上集中。又仿佛梁山泊里许多英雄好汉被奴役被侮辱……一齐在她身上吐泄和晕现一样"就无法放入整个作品进行很好地解释。我认为金大坚并非与扈三娘处在对立地位，如果文身不是发自金大坚整个感性生命力的针刺，一丈青就不能凤凰涅槃般诞生。文身是接受了梁山泊好汉所有敢于反抗一切的感性生命力的结果，40年代中国只有靠这种强大的生命力才能推动它发展，这篇小说可以说讲的是生命力的诞生，可以借用一本书的书名《痛苦与狂喜》来解释。

Z：我觉得《水浒》至少给《文身》提供了诠释的背景和丰富的可能性，应该把它看作《水浒》的翻案文章或移花接木的故事。在这方面，李拓之并非始创。像《潘金莲》就是腰斩了武松杀嫂一段敷演成的故事。我不想猜测作者意图，只是觉得将扈三娘的形象与水浒的英雄传奇世界联系在一起，是很有意思的。

A：我怀疑把40年代小说放在很深的哲学背景上考虑是否合适。40年代的战争使文化人处于一种生存困境，他们的谋生能力可能不如一个普通市民，他们只能对照现在的生活去回忆童年的美好，不可能去研究西方哲学。这样用某种西方理论去套这篇小说，可能是一种牵强附会。

W：文本细读可以不过多考虑作家因素，当时李拓之是否研究过西方哲学并不重要，重要的是可否用这种理论来解释它。就《文身》来说，用某种理论创作的迹象很明显。"五四"以来伴随着女性觉醒有一种批评方式，即以女性角色来剖析女性心理，这必然带点现代手法。我想金大坚不能被理解为扈三娘的助手，我基本同意报告人的解释走向。另外，结尾的生硬可能是作家情绪的失控。

Y：像这样生硬的结尾在李拓之其他作品中也有类似现象，这可能是当时进步作家的一种倾向，不能不在结尾来点革命性的东西。小说描写文身时使用的"多血质"等词来自巴甫洛夫的心理学，我想还是有一定知识背景的。同时我认为顾大嫂并非可有可无，她既是一丈青的同伴，又是保证她安全的闸门，代表了一种社会力量，提醒一丈青最后还是选择了文身的方式，不敢跨越。

A：我不是怀疑李拓之是否有哲学背景，我主要指李拓之用小说解释哲学，我们又用哲学解释小说，不同的文化背景不可能照搬哲学，而需要来自生命体验。

H：40年代存在一种中西融合倾向，冯至和沈从文都在避世的安静环境下开始运用弗洛伊德学说来进行写作的试验，战争年代可以给作家提供一种冷静反省的可能性。

U：我想应该从象征的含义来理解"文身"。文身的图案与人的性格相连，我们可以讨论一下一丈青自身指认的图案在传统文化中的意象，并从女性主义角度来理解。

H：这种文身图案是凄瑟的、哀愁的、柔韧的，金大坚最后添上的蛇的形象才使整个文身爆发出强悍的生命力，并几乎成为梁山泊的整体象征。这可能暴露了李拓之的一种倾向，他欣赏一种力度美，并有意将扈三娘放入整个山寨和北中原的背景下，有特定象征含义。

Q：作者对这三个形象有明确的文字解释，猫头鹰、狐狸、水蛇分开来各有含义，合起来则是"妖异、魅惑"，容易令人想起《聊斋志异》。

H：这是超越常规的、非常有破坏性的力量。

S：对正常秩序的反抗，不是通过比较崇高的手段，而是通过"妖异"的手段，更有力量。

L：《水浒》只是提供了人物的性格氛围，从《水浒》来谈女性悲剧似乎没太大必要。

W：这虽然是独立于《水浒》之外的创作，但考虑到背景并非附会。

"五四"以后这种创作本身就有颠覆水浒观念的针对性，如果只从作品内部结构谈，当然可以抛开《水浒》。

Q：按阅读直感谈，你们觉得这篇作品艺术水准如何？

H：小说非常巧妙地将人的身体描绘得非常美丽，而又不让人感到肉感。"新感觉派"以煽动人的想象来隐喻，有明显的欲望和冲动，沈从文则通过物化方式，李拓之却写出了美感和身体质感。

B：这是文言向白话过渡时不成熟的叙事语言，对话则使用纯口语，不谐调。

E：作家想描写的和实际描写的不统一，很硬，堆砌辞藻，而写生命的活的东西不多。

U：作家根据文章构思需要选择语言，很确切，结构上也工整、紧凑。

X：我们一直滞留在语义层面，讨论哲理，这可能导致美感判断力丧失。那么如何深入美感层面呢？似应把它归入某种类型，那么可以说这是一篇心理分析小说，所以重分析，重心理描写，喜欢凭直觉写作的人对此肯定是不欣赏的。与心理分析特征联系在一起，小说通篇贯穿着比喻，形容词用得最多，作者把人的身体写得那么美、那么细腻，在现代文学中是罕见的。从语词层面上看，小说一般分为两类，一类以动词为主导，是叙事性的，侧重描写事件的展开和完成的过程；这篇则属于另一类，即以形容词为主导，重色彩、场景、心理内涵和深层语义。形容词又分为女性色彩的和男性色彩的，后一种强调生命力，可以与抗战后对生命力的强调联系起来。

可以说这是一篇女权主义者可大做文章的小说，一个层面写了被压抑女性的意识复苏和变相宣泄，另一个层面则写扈三娘借助仿效男人文身来完成所谓的男人化过程，最终却由金大坚的施暴导致屈辱。结尾部分将生命本能、细腻人性纳入政治、社会层面，前后分裂，是一个败笔。

【讲评】

　　先谈谈李拓之和他的《焚书》是怎么被"发现"的。这位有才华、有成就的作家，长期被淹没在历史的尘埃里，没有一部文学史提到他的名字。我自己学了多年的现代文学，也根本不知道他的存在。直到80年代末研究无名氏时，看到无名氏写的一篇文章，提到李拓之，并且认为，他的《焚书》是40年代最好的小说之一，我当时确实大吃了一惊。且不论是否真的"最好"，无名氏这位有着敏锐艺术感的作家对李拓之如此推崇，总有他的道理。李拓之这一名字就这样留在我的记忆里了，但却始终没有见到他的《焚书》。

　　大概是1993年，在审读严家炎老师的博士生李惠彬关于"现代心理分析小说"的毕业论文时，我才第一次看到了关于李拓之创作的文学史的评述。这些年学术界比较重视施蛰存的《将军底头》《鸠摩罗什》《石秀》等小说，以为那是中国现代心理分析小说的成熟之作，并为历史小说的创作开拓了一条新路。但人们又认为，施蛰存的这些实验性创作，以后没有继续发展，几乎是中断了，直到八九十年代才又有了新的接续。李惠彬的论文明确提出，李拓之的《焚书》是施蛰存开创的心理分析的历史小说的继续与发展，并且具有鲜明的艺术个性，在中国现代心理分析小说与历史小说的发展中，作出了独特的贡献，可以说是一个不可缺少的环节；因而在40年代小说史，以至整个中国现代小说史上，应该有他的位置。李惠彬的这一结论建筑在他对李拓之的作品细致分析的基础上，因而是有说服力的。尽管由于种种原因，李惠彬的这篇论文未能发表，他的研究成果也未能为学术界了解与接受——这是十分遗憾的，但我自己确实是通过他的创造性劳动而进一步认识了李拓之，而且也是在李惠彬同学的帮助下，看到了《焚书》中的主要篇章。

通过李惠彬的介绍，我才知道，厦门大学的郑朝宗先生早在 1986 年即已编选了《李拓之作品选》（海峡出版社出版），并且在"序"里对他的心理分析的历史小说给予了高度评价，认为"这些都取材于中国历史，有根有据，却不胶柱鼓瑟，而是变化多端，有些地方作者的想象力大得可惊"，笔墨的精妙，风格的多样，也令人"钦佩不止"。可惜此书出版后，并没有引起学术界的普遍重视，粗疏如我竟没有看到。大概也是在李惠彬提交论文的前后，我在与严家炎老师的交谈中得知他也很重视李拓之的创作。在此前后，上海文艺出版社出版的《中国新文学大系（1937—1949）》小说卷也选了李拓之的作品。这样，李拓之的《焚书》在 1948 年 9 月由上海南极出版社初版，直到 90 年代初才进入文学史家的研究视野，这期间有 40 多年的时间。我们通常说作家的创作要经受时间的检验，这又是很好的一例。它说明，真正具有创造性的创作，总是会得到历史的承认，尽管可能"姗姗来迟"。而我之所以要在这里和同学们谈及这段研究史，是想强调一点：作为文学史家，基本任务之一，或者说基本功，就是要善于发现、识别作家，而这是很不容易的，有时需要有一个很长时间的认识过程，甚至会出现多次的反复。

根据前述郑朝宗的"序"的介绍，以及李拓之《半世纪的回忆》（1981 年作）的自述，李拓之出生在福州一个知识分子家庭，由于是庶母所生，从小受到压抑。父亲不幸早逝，念完中学后，就被迫自谋生计。那时正是大革命时期，他在地方报纸《朝报》主编《前夜》《明日》副刊，与朋友一起创办野火社，并开始写作诗歌、诗剧、小说与杂感。后因发表友人语含讥讽的文章，入狱三月。保释后飘然远行，在上海浦东中学任教。抗战时期在郭沫若领导的第三厅工作，皖南事变以后，被认为是"嫌疑分子"而送遣。在重庆、上海等地的流浪生活中写出了《焚书》。1949 年以后，先在北京新华社工作，后调厦门大学中文系，从事中国古典文学教学与研究，写有《〈红楼梦〉的瑕疵》《中国的舞蹈》等文章。1957 年被错划右派，1958 年被迫离校。二十年后返回，虽欲"补短添长尽献身"，已力不从心，于 1983 年病逝。——作家其人其书的命运都是曲折、坎坷的。

《焚书》内收 12 篇小说，计有：《听水》《招魂》《焚书》《变法》《文身》《束足》《埋香》《溺色》《惜死》《阳狂》《投暮》《摧哀》，我读了其中的大部分。印象也许不如期待的那样，每篇似乎都有可挑剔之处，但其特点是鲜明的，也很有创造性，处处显露出才气，后来中断了写作，十分可惜。我们这里讨论的《文身》就是很有特色的一篇。在刚才的议论中，同学们对小说的创作主旨有不同的理解。我最近读了范智红同学的毕业论文，她也有一种解释。她认为，作者的主观追求，是要表现一个女子如何通过"文身"，"化为一只叛逆去咬碎这当前的残酷和羞耻"，以"走近黎明的最后一刻"——这样，同学们感到突兀的结尾就是可以理解的了；这也与作者的整体追求相一致：《焚书》里的大部分作品都有比较强烈的现实针对性，具有借古讽今的明显特征。但由于这篇小说题材上的特异性，"'文身'这个事件，本身就有可能暗含着关于一个人的'成长'和被塑造的因素，因此故事在象征性方面也就有了与此相应的意义指向，这种含义显然超越了作者原来所设想的历史题材的'现实意义'"。我想，这样的解释是可以成立的。而且"象征意义"的指向也可以是多面的，于是出现了多义的理解。如报告人着眼于"女性"与"男性"的关系；在讨论中，S 同学提出小说"讲的是生命力的诞生"；范智红也有类似的分析，她认为小说描写的"文身图案象征的是生命和人格精神的各种极美形式"，"文身过程则显然象征了'受难对于精神的造就'"。这些都不妨聊备一说吧。

关于《文身》在艺术上的特点与得失，报告人与同学们都发表了很好的意见。我想就其中的一两点做一些补充与发挥。大家都谈到了小说对"人的肉体"的描写；我在阅读时，也首先注意到这点，并且联想起鲁迅在《野草》里的《复仇》（之一）关于两个裸体的男、女的描写，好像有一位日本的学者非常注意并强调鲁迅作品里的"肉体感"，这篇小说的肉体感也是很强烈的。在中国的传统观念中，人的肉体与性是被视为"不洁"的，"五四"思想解放运动在伦理学与美学上的一个很大的功绩，就是确认了"人类的身体和一切本能欲求，无一不美善洁净"（周作人：《爱的成年》）。这种"人体美"的发现与强调，在中国现代美术界多次引起的风波是人们所熟知的。相形之下，在文学作品中，对人的肉体美的展现是不够的。因此，《文身》在这方面的自觉尝试，是特别应该给予肯定的。

无独有偶，我们下面将要讨论的沈从文的《看虹录》，里面也有对女人的肉体相当精美的描写：这两篇小说都写于40年代的战争条件下，这也是很有意思的。而两篇小说对人的肉体的描写，如报告人所说，都做到了"美而无淫荡之色"，作者显然与企图给读者以感官刺激、唤起人的情欲的新感觉派的作家不同，他们追求的是肉体美背后的象征意义，所显示的精神力量，或者如范智红所说，小说中每一个男性的肉体上的文身图案都显示出一种独特的"生命类型（形态）"，而且都达到了美的极致，也即"灵"与"肉"的高度和谐：这也显示了"五四"（以及受"五四"影响的几代知识分子）的人性理想。但要坚持实现这样的理想是要付出代价的。沈从文的《看虹录》因为描摹了女性的肉体，从一发表，就被冠以"色情"的恶谥，以致招来政治上的打击（详见《看虹录》的有关报告与讨论）。这与前述美术界由模特素描引起的风波相比，是同样性质而又更为严重的。后果之一，便是文学中关于人（特别是女性）的肉体美的描写从此消失。记得1985年左右，当作家张贤亮在他的《男人的一半是女人》里，尝试描写女人的肉体美时，很引起一阵轰动；这其实是一个新文学的传统中断几十年后的接续，但就其思想艺术水准而言，却是降低了很多的：这就是"中断"的代价吧。

如果细加品味，同样是描写女性的肉体，沈从文的《看虹录》与李拓之的《文身》给读者的美感是不同的。前者典雅、和谐，后者狂放，充满力的美。但如果再与同时代追求力的美的作品相比较，李拓之的文笔又显然不同于《饥饿的郭素娥》的作者路翎，《大江》的作者端木蕻良。李拓之笔下的女性，在强悍的生命力背后，更有一种"妖异、魅惑和毒蛊"的美（是的，这也是一种美）。他的文字，更要繁复，华丽，仿佛是作者的想象力过于丰富，感受到的"声光采色太繁丽，太绚斓"（这是作者另一篇小说《惜死》里的话），排山倒海般从笔端冲决而出，给读者以逼人的压迫感。40 年代有类似文笔的作家，还有无名氏，因此他给李拓之的创造以格外高的评价并不奇怪。人们往往批评这类精力、想象力、创造力都过剩的作家，文字过于堆砌、雕琢、冗长、不知节制，这也许不无道理。但所谓缺陷，从另一面看或许正是一种特点：看似堆砌、雕琢，其实也是一种繁复、华丽的美。我们在对中国古典文学中的汉赋以至六朝文学的评价中，所遇到的正是这样的问题。应该说，在现代文学中，具有这种华丽、繁复（另一面说就是堆砌、雕琢）风格的作品是不多的，因而也就更加难能可贵。记得鲁迅曾有过这样的分析：在"五四"小品文中，"写法也有漂亮和缜密的，这是为了对于旧文学的示威，在表示旧文学之自以为特长者，白话文学也并非做不到"（鲁迅：《小品文的危机》）。人们常常引用鲁迅这段话来为写得"漂亮"（华丽）的散文（如朱自清、俞平伯的同题散文《桨声灯影里的秦淮河》等作品）辩护。我想，从鲁迅的这段话中，可以得到一个启示：这类华丽、繁复的风格与文体，在丰富现代文学语言的艺术表现力，使之能够在中国的文学土壤里立足、扎根方面，有着特别的意义。从文学美感的多元化的发展的角度来看，我们长期习惯于平实的，冲淡的，含蓄的，自然的，简洁的，节制的美，这本身是无可非议的；但如果将其推于极端，视为美的极致，并以此作为唯一的美学尺度，进而排斥与其对立的妖艳、怪异的，华丽的，雕琢的，繁复的美，那就会造成一种美学趣味上的偏狭。我已经说过，这里不妨再重复一遍：作为个人化的艺术鉴赏，美学选择尽可以具有排他性；但作为一个文学史家，审美趣味与眼光则应该具有更大的包容性。对于尚处于学习阶段的同学们，更有必要不断丰富与扩大自己的美学视野。这也是我们这次研读有意识地选择了不同美学风格的作品的原因——现在看来，仍是狭窄了一些，只有在以后的学习中弥补了。

《文身》与 40 年代历史小说中的主体转化

唐小林

1948 年 12 月 7 日，上海版《大公报》上刊载了李拓之小说集《焚书》的广告：

> 一本可看的短篇历史小说集。写法是细腻的，人物也刻画得深刻有力。作者的笔始终服从于历史，因而每个故事都力求真实，不肯作狂妄的渲染。这是和一般历史小说不很相同的。[①]

《焚书》由南极出版社于 1948 年 9 月出版，共收录了 12 篇小说，塑造了诸多特定历史背景下的人物形象。借用李拓之自己的话来说，其中很多人物形象可以概括为"杀人狂、淫虐狂、歇斯底里症和神经病患者……"[②]。正因此，小说多写暴虐、毁坏与死亡，对应着李拓之在 40年代所产生的"旧的历史将经结束，新的历史正即开端"[③] 的现实感受。在这部小说集中，《文身》一篇具有独特性。其中虽然也出现了暴虐场景，但小说最终写的并非是死亡，而是人物的新生。这篇小说分为前后两个

---

① 李玉：《〈焚书〉广告语》，《大公报》（上海），1948 年 12 月 7 日。

② 李拓之："自序"，收《焚书》，南极出版社，1948 年，第 3 页。

③ 同上。

128

部分，前半部分展示了作为视觉形象的"文身"图案，以及扈三娘自我意识的觉醒；后半部分则叙述了作为动作行为的"文身"过程，侧重呈现的是人物的主体转化。其中扈三娘的四次"看"是生成小说意义图景的关键性场景。尽管有着古代历史背景，但支撑小说形象的是现代观念和现代小说手法。因此，《文身》中的"看"不仅是推动情节发展的手段，同时也应该视为现代主体的一种特殊姿态。李拓之真正的着力之处不是呈现扈三娘从压抑到觉醒的生命意识，而是暴露这一过程中逐渐凸显的主体性危机，并将困境的解决诉诸视觉权力、心理机制和身体想象，这成为李拓之历史小说的结构性因素。小说结尾处"妖异、魅惑和毒蛊"等神秘力量的介入，虽然破坏了叙事艺术的统一性，却为扈三娘突破主体性困境提供了一种象征性的解决方式。这种"超越"和"升华"也常常在其他历史小说中出现，是 40 年代文学形式的重要内在方面。

李拓之的历史小说常常以特定的生活空间为叙事单元，其中的描写多于叙述，有研究者认为这是一种"自觉地把历史还原为日常的生活情态"① 的叙事方式。《文身》从"北中原的季夏是炎酷的"开始写起，先为读者描画出由"薰风""蟋蟀和螻蛄""待收割的禾稻"以及"酒店的灯光"等意象组合而成的"八百里的水泊"图景，营造出一种"滞热""烦躁"的整体性情绪氛围。李拓之善于使用密集的意象排列和比喻型修辞来带动叙述，为人物性格和心理活动的展开提供相应的背景环境。在对忠义堂的内景展开描述时，借助残剩的食物、各种器具的罗列，以及对火把和蜡炬发出的光的比喻，带来一种具有强烈刺激性的感官体验。其中"光波""辐射"等名词的使用，难免会使读者联想到现代都市空间的特性。在这种充满感受性的空间视景下，酒后的扈三娘更容易被唤起一种"诱惑的力"。《文身》的故事背景来源于《水浒传》中扈三娘和矮脚虎并不匹配的婚姻，因此为扈三娘"怨不平"便成为这篇小说潜在的创作主题，正如有研究者指出：《文身》中的扈三娘，显然并不是一个

① 林滨：《李拓之历史小说的现代形态》，载《福建师范大学学报》（哲学社会科学版）2002 年第 1 期。

'没面目'的器物，或至少是一个长久压抑之后生命意识重新觉醒的形象。"①"压抑—觉醒"也是 90 年代以来所生成的对《文身》的经典阐释模式②。

这篇小说确实是一个有关"看与被看"的视觉化文本，但更为重要的是"看"这个动作本身，其中隐藏着《文身》中自我的主体转化的关键线索。在小说前半部分，扈三娘有三次"看"的举动。在这里，女性和男性构成了两个二元化的世界，扈三娘的"看"是跨越和沟通二者的中介性行为。

扈三娘第一次看的是花和尚鲁智深的文身。这次"看"可以说是意外发生的，它萌发于一种反叛意识（"一丈青生来拗癖气，她偏要停足看一看"），并发掘出扈三娘对男性世界的窥探欲望。李拓之有意设置了一个非常态化的生活情境，其中一方是刚醒酒后的扈三娘，被夜风吹散了"眉间的杀气"，"显得很温文柔顺"，似乎恢复了作为女性的一般特征；另一方则是熟睡的男性，正是在"反正花和尚是睡着的"这种特殊情况下，"看"才得以发生。同时，小说中的顾大嫂也是一个功能性人物，她提醒着扈三娘僭越男性世界所可能产生的后果，如有论者认为顾大嫂是"保证她安全的阀门"③。但进一步来看，顾大嫂也可以看成是扈三娘的另一个镜像，一个清醒着的、具有日常理性的形象。因此，第二次看就显得格外重要。

第二次看的是短命二郎阮小五的文身，但这次顾大嫂也参与了"看"的行为："她不由拉过顾大嫂并排蹲下去细看。"这意味着顾大嫂所代表着的理性也被纳入扈三娘"看"的逻辑中，并进一步巩固了"看"的合法性。由此，扈三娘第二次的"看"也得以转为"细看""审视"，同时

---

① 杨新宇：《从汪曾祺诗论〈水浒〉到李拓之的〈文身〉》，载《现代中文学刊》2015 年第 3 期。

② 如李惠彬认为，李拓之的小说受到弗洛伊德和柏格森的深刻影响，《文身》表现的是从压抑中觉醒的"以性为基础的生命力"。参阅李惠彬：《论中国现代心理分析小说》，北京大学博士论文，1995 年，第 44—45 页。

③ 钱理群主讲：《对话与漫游——40 年代小说研读》，上海文艺出版社，1999 年，第 113 页。

发生了进一步行动："她情不自禁地去抚摩阮小五毛毵毵的胸脯。"伴随着"看"的是扈三娘一系列的心理活动，这种心理意识流的现代小说手法使人物的主体意识逐渐显现，并在第三次看时到达顶峰："投掷下剪刀般的眸子，随光波向人身倾泻。"

扈三娘在准备第三次"看"时的自我感觉、想象与体认稳固了"看"这个主体性姿态。这里的"看"不仅是对那个常态水浒世界的反叛，同时也是对现代文学如丁玲的《梦珂》中男性"凝视"制度的翻转[1]。值得注意的是这里的修辞，"投掷下剪刀般的眸子"意味着扈三娘的"看"也可以理解为对男性的一种施虐行为。很多研究者都注意到"这是一篇女权主义者可大做文章的小说"[2]，但这只是文本的一个层面。扈三娘的第三次"看"不仅宣告了个体意识的复苏，同时也进一步将"看"的行为本质化和空洞化。这体现在第三次看史进和燕青的文身过程中，叙事者更加着重描绘看后的感觉，使扈三娘与外部现实进一步隔绝，并将之局限在一种想象性的世界中，强调的是一种幻象性："沉浸入凄迷惆怅的幻域。"扈三娘所看到的这些男性文身非常具体、精美和繁复，但带给她的感受却是现代意义上的空洞和虚无。因此，这些文身在扈三娘的意识中被抽象为"色调、线条、形象"，她最终也被其所交织成的"山"压倒（"把她挤得如烟如梦"）。到这里，叙事者不仅发掘出扈三娘的个体意识，同时也揭示出"看"这个主体性姿态的虚幻性和抽象性。

尽管写的是历史小说，但扈三娘看到的身体都经过了现代文化符码的再转换，比如用"脂肪质""胆质""多血质""神经质"等术语来形容不同的肉体类型，便受到了巴甫洛夫生理学的影响。李拓之的历史小说注重心理分析，但文本的前景却是生理性的感觉。以往研究者多重视

---

[1] 看、凝视或偷看的场景在现代文学中无处不在，在有关女性叙事的小说中更是具有特别的性别政治含义。如罗岗认为丁玲的小说《梦珂》便是一个有关"凝视的政治"的文本，"在某个特定的方面激发出中国现代文学前所未有的视觉潜能"。参阅罗岗：《视觉"互文"、身体想象和凝视的政治——丁玲的〈梦珂〉与后五四的都市图景》，载《华东师范大学学报》（哲学社会科学版）2005 年第 5 期。

[2] 钱理群主讲：《对话与漫游——40 年代小说研读》，第 115 页。

《文身》中所展现的心理意识，这固然是支撑人物形象的一个方面，但展开身体想象与身体重塑也是李拓之小说中的重要内容，关联着 40 年代历史小说中现代性主体如何创生的问题。

扈三娘所"看"到的文身，不仅是不同人物性格、气质的反映，具有特殊的性别象征意味，同时也生成了一个审美化的、虚幻性的或超越性的世界。"文身"本身是重塑身体的方式或仪式，小说后半部分呈现的便是如何通过这一仪式来完成自我的主体转化，因此出现了较多对扈三娘身体的描写。其中，"如一堆寒玉""一团冷冰冰的石榻上的女体""如雪人的溶解""如寒泉中沉浸着水晶，绿波里漾晃着玻璃一样"等冷色调修辞，呈现的是一个较为清醒的客体状态，与描写扈三娘在感受男性身体时所使用的"像一口熔冶的火炉"等描述方式相呼应。李拓之善用第三人称叙事视角，但并不局限于特定的人物，而是根据文本需要进行灵活转换。在《文身》中，叙事者与人物的距离逐渐拉长，这也使得小说后半部分的扈三娘处于另一种总体性的凝视之下。事实上，后半部分中扈三娘由"变异"的性格恢复到了常态，对她在文身过程中的感觉和反应的叙述也更加写实。当叙事者不再主要依靠心理意识流来推动情节，如何在现实层面塑造出主体便成为一个更为关键的问题。

与此相关的是小说的结尾问题。研究者质疑《文身》有"用某种理论来创作的迹象"，因此造成了"结尾的生硬"[①]。由于将前半部分读成是"女性的意识复苏"的故事，那么便自然会期待后半部分写出女性主体的重建。然而，《文身》的结尾将扈三娘所受金大坚的"淫虐鞭挞"与梁山好汉"被虐待被迫害"结合在一起，似乎文身不仅没有凸显扈三娘的身体，反而进一步遮蔽了女性的自我特征，生硬感首先便来源于这种阅读预期的落差。值得辨析的是，李拓之并没有简单在性别对立的框架里展开叙事，扈三娘的自我转化并不仅仅基于性别的逻辑。金大坚施暴式的针刺后，小说写了扈三娘的第四次，也是最后一次"看"，正是这个有关自我的"凝视"才最终确认了主体的生成。施虐的场景在李拓之其他

---

① 钱理群主讲：《对话与漫游——40 年代小说研读》，第 113 页。

小说中也经常出现，既是人物情绪和精神失控所带来的后果，也是一种李拓之式的叙事手法。在这里，李拓之直接将这种身体性的痛苦扩大为"人世的悲惨与悲怒，苦毒和冤屈"，但由于缺乏有效的过渡而显得不够自然。从叙事连续性上来看，这样的结尾确实导致了小说情节在逻辑意义上的前后分裂，丧失了艺术上的统一性。但在水浒的世界里，扈三娘自我的转化不可能真正实现，最多只能获得小说前半部分所写出的充满抽象性与想象性的"看"的姿态，这也是李拓之所呈现的扈三娘的主体性困境。

后来的研究者认为，李拓之"是把施蛰存心理分析型历史小说提高到一个新的高度的重要的历史小说作家"[①]。事实上，李拓之自己也有非常自觉的文体意识，并明确地将《焚书》中的诸篇小说归为"历史小说"。他在小说集的"自序"中主要谈的便是有关历史小说的写法。半年后，李拓之将"自序"发表于上海版《益世报》时，还改题为《关于写历史小说的一点意见》。他以"画鬼魅"和"画犬马"的说法来描述历史小说在"虚妄"与"真实"之间的悖论，并强调自己多取路于"'发掘'历史"[②]。在《文身》中，李拓之发掘的不仅是扈三娘的"怨不平"或所谓的"人性"，也有更为广大的"历史的真实"。在小说后半部分的写法中，扈三娘在某种意义上成了一个可塑的历史肉身，是一种结构性历史意识的载体。由此我们才能理解扈三娘第四次"看"之后出现的不断扩展的突兀话语和鬼魅性的转化。酷暑的夏夜和魅惑的文身都具有高度象征性，指涉着历史暴力和超脱历史暴力的可能性。扈三娘身上的文身猫头鹰、狐狸和水蛇，在金大坚和萧让的眼中是审美化的，但在扈三娘生理性的痛楚中转化为"妖异、魅惑和毒蛊"，并具有毁坏性的力量。这代表了李拓之的历史观和现实关怀[③]，即只有突破审美性、想象性的"幻

---

① 王富仁、韩凤九：《中国现代历史小说论（五）》，载《鲁迅研究月刊》1998年第 7期。

② 李拓之："自序"，收《焚书》，第1—2页。

③ 李拓之对底层的现实和历史非常关注，曾在20世纪30年代以"李又曦"的笔名发表过《两宋农村经济状况与土地政策》《福建之农民问题》《农本局发展前途的估量》等文章。

域", 并在"和痛楚搏斗"中升华出来, 这样的现代主体才是有力的和有意义的。

唐湜指出李拓之的历史小说"既有意识流的幽深、玄秘, 又有浓郁的中国传奇的瑰丽色彩"[1]。在《文身》中, 带动叙事展开的是人物的心理意识和身体感觉, 李拓之通过艺术渲染技巧将"描写"推动为"叙述", 展示出较强的叙事控制能力, 但在生成小说独特美学效果的同时, 也使得部分情节显得生硬。李拓之认为历史小说具有"时代性", 写的是"历史小说", 而不是"历史"。或许正是因为过于追求"时代性", 李拓之的一些历史小说不可避免地带上了观念化的意味。金大坚的"施虐"是扈三娘主体生成的关键, 但同时也让文本结构变得充满裂隙, 最后只能通过神秘性的力量和叙事者的介入进行弥合。扈三娘在结尾时的自我转化通过叙事者的声音来呈现, 意味着李拓之有超越性的意识, 但被强加了太多叙事者赋予的历史意识和历史观念后, 小说人物也不堪重负, 并脱离了自我的逻辑, 最终难以升华为真正的历史主体。而如何实现自我的主体转化, 并进一步超越"历史"、赋予其"时代性", 也是李拓之和 40 年代历史小说家共同面临的创作难题。

---

[1] 唐湜:《汪曾祺在上海》, 收《翠羽集》, 山东友谊出版社, 1998 年, 第 20 页。

六　沈从文《看虹录》

沈从文
1902—1988

1924 年 12 月	沈从文《一封未曾付邮的信》发表（《晨报副镌》，署名休芸芸）。
1926 年 11 月	散文、小说、诗歌、戏剧合集《鸭子》出版（北新书局）。
1928 年 7 月	长篇小说《阿丽思中国游记》第 1 卷出版（新月书店）。
1928 年 12 月	《阿丽思中国游记》第 2 卷出版（新月书店）。
1930 年 6 月	短篇集《沈从文甲集》出版（神州国光社）。
1931 年 5 月	短篇集《沈从文子集》出版（新月书店）。
1931 年 8 月	短篇集《龙朱》出版（晓星书店）。
1932 年 1 月	短篇集《虎雏》出版（新中国书局）。
1932 年 11 月	短篇集《都市一妇人》出版（新中国书局）。
1933 年 3 月	中篇小说《阿黑小史》出版（新时代书局）。
1933 年 11 月	短篇集《月下小景》出版（现代书局）。
1934 年 7 月	《从文自传》出版（第一出版社）。
1934 年 10 月	中篇小说《边城》出版（生活书店）。
1935 年 12 月	短篇集《八骏图》出版（文化生活出版社）。
1936 年 1 月	短篇集《从文小说集》出版（大光书局）。
1936 年 3 月	散文集《湘行散记》出版（商务印书馆）。
1936 年 4 月	短篇集《沈从文选集》出版（万象书屋）。
1936 年 5 月	短篇集《从文小说习作选》出版（良友图书公司）。
1936 年 11 月	短篇集《新与旧》出版（良友图书公司）。
1939 年 8 月	散文集《湘西》出版（文史丛书编辑部）。
1945 年 1 月	长篇小说《长河》出版（文聚社）。

1943

赵树理《李有才板话》出版
孙犁《第一个洞》发表
沙汀《淘金记》出版

看虹录

沈从文

一个人二十四点钟内生命的一种形式

第一节

晚上十一点钟。

半点钟前我从另外一个地方归来，在离家不多远处，经过一个老式牌楼，见月光清莹，十分感动，因此在牌楼下站了那么一忽儿。那里大白天是个热闹菜市，夜中显得空阔而静寂。空阔似乎扩张了我的感情，寂静却把压缩在一堆时间中那个无形无质的"感情"变成为一种有分量的东西。忽闻嗅到梅花清香，引我向"空虚"凝眸。慢慢的走向那个"空虚"，于是我便进到了一个小小的庭院，一间素朴的房子中，傍近一个火炉旁。在那个素朴小小房子中，正散溢梅花芳馥。像是一个年夜，远近有各种火炮声在寒气中爆响。在绝对单独中，我开始阅读一本奇书。我谨谨慎慎翻开那本书的第一页，有个题词，写得明明白白：

神在我们生命里

第二节

炉火始炽，房中温暖如春天，使人想脱去一件较厚衣服，换上另外一件较薄的。橘红色灯罩下的灯光，把小房中的墙壁、地毯和一些触目可见的事事物物，全镀上一种与世隔绝的颜色，酿满一种与世隔绝的空气。

近窗边朱红漆条桌上，一个秋叶形建瓷碟子里，放了个小小的黄色柠檬，因此空气中还有些柠檬辛香。

窗帘已下垂，浅棕色的窗帘上绘有粉彩花马，仿佛奔跃于房中人眼下。客人来到这个地方，已完全陷入于一种离奇的孤寂境界。不过只那么一会儿，这境界即从客人心上消失了。原来主人不知何时轻轻悄悄走入房中，火炉对面大镜中，现出一个人影子。白脸长眉，微笑中带来了些春天的嘘息。发鬓边蓬蓬松松，几朵小蓝花聚成一小簇，贴在有式样的白耳后，俨若向人招手，"瞧，这个地位多得体，多美妙！"

手指长而柔，插入发际时，那张微笑的脸便略微倾侧，起始破坏了客人印象中另一个寂静。

"真对不起，害你等得多闷损！"

"不。我一点不。房中很暖和，很静，对于我，真正是一种享受！"

微笑的脸消失了。火炉边椅子经轻轻的移动，在银红缎子坐垫上睡着的一只白鼻白爪小黑猫儿，不能再享受炉边的温暖，跳下了地，伸个懒腰，表示被驱逐的不合理，难同意，慢慢的走开了。

案桌上小方钟达达响着，短针尖在八字上。晚上八点钟。

客人继续游目四瞩，重新看到窗帘上那个装饰用的一群小花马，用各种姿势驰骋。

"你这房里真暖和，简直是一个小温室。"

"你觉得热吗？衣穿得太厚。我打开一会儿窗子。"

客人本意只是赞美房中温暖舒适，并未嫌太热，这时节见推开窗子，不好意思作声。

窗外正飘降轻雪。窗开后，一片寒气和沙沙声从窗口通入。窗子重新关上了。

"我也觉得热起来了。换件衣服去。"

主人离开房中一会儿。

重新看那个窗帘上的花马。仿佛这些小小东西在奔跃，因为重新在单独中。梅花很香。

主人换了件绿罗夹衫，显得瘦了点。

"穿得太薄了，不怕冷吗？招凉可麻烦。药总是苦的，纵加上些糖，甜得不自然。"

"不冷的！这衣够厚了。还是七年前缝好，秋天从箱底里翻出，以为穿不得，想送给人。想想看，送谁？自己试穿穿看罢，末后还是送给了自己。"侧面向炉取暖，一双小小手伸出作向火姿势，风度异常优美。还来不及称赞，手已缩回翻翻衣角，"这个夹衣，还是我自己缝的！我欢喜这种软条子罗，重重的，有个分量。"

"是的，这个对于你特别相宜。材料分量重，和身体活泼轻盈对比，恰到好处。"要说的完全都溶解在一个微笑里了。主人明白，只报以微笑。

衣角向上翻转时，纤弱的双腿，被鼠灰色薄薄丝袜子裹着，如一双美丽的小白杨树，如一对光光的球杖，——不，恰如一双理想的腿。这是一条路，由此导人想象走近天堂。天堂中景象素朴而离奇，一片青草，芊绵绿芜，寂静无声。

什么话也不说，于是用目光轻轻抚着那个微凸的踝骨，敛小的足胫，半圆的膝盖，……一切都生长得恰到好处，看来令人异常舒服，而又稍稍纷乱。

仿佛已感觉到这种目光和遐想行旅的轻微亵渎，因此一面便把衣角放下，紧紧的裹着膝部，轻的吁了一口气。"你瞧我袜子好不好？颜色不大好，材料好。"瘦白的手在衣下抚着那袜子，似乎还接着说，"材料好，裹在脚上，脚也好看多了，是不是？"

"天气一热，你们就省事多了。"意思倒是"热天你不穿袜子，更好看。"

衣角复扬起一些，"天热真省事。"意思却在回答，"大家都说我脚好看，那里有什么好看。"

"天热，小姐们鞋子也简单。"（脚踵脚趾通好看。）

"年年换样子，费钱！"（你欢喜吗？）

"任何国家一年把钱用到顶愚蠢各种事情上去，总是万万千千的花。年青女孩子一年换两种皮鞋样子，费得了多少事！"（只要好看，怕什么费钱？一个皮鞋工厂的技师，对于人类幸福的贡献，并不比一个××厂的技师不如！）

"这个问题太深了，不是我能说话的。我倒像个野孩子，一到海边，就只想赤脚踢沙子玩。"（我不怕人看，不怕人吻，可是得看地方来。）

"今年新式浴衣肯定又和去年不同。"（你裸体比别的女人更好看。）

这种无声音的言语，彼此之间都似乎能够从所说及的话领会得出，意思毫无错误。到这时节，主人笑笑，沉默了。一个聪明女人的羞怯，照例是贞洁与情欲的混合。微笑与沉默，便包含了奖励和趋避两种成分。

主人轻轻的将脚尖举举。（你有多少傻想头，我全知道！可是傻得并不十分讨人厌。）

脚又稍稍向里移，如已被吻过后有所逃避。（够了，为什么老是这么傻。）

"你想不出你走路时美到什么程度。不拘在什么地方，都代表快乐和健康。"可是客人开口说的却是，"你欢喜爬山，还是在海滩边散步？"

"我当然欢喜海，它可以解放我，也可以满足你。"主人说的只是，"海边好玩得多。潮水退后沙上湿湿的，冷冷的，光着脚走去，无拘无束，极有意思。"

"我欢喜在沙子里发现那些美丽的蚌壳，美丽真是一种古怪东西。"（因为美，令人崇拜，见之低头。发现美接近美不仅仅使人愉快，并且使人严肃，因为俨然与神对面！）

"对于你，这世界有多少古怪东西！"（你说笑话，你崇拜，低头，不过是想想罢了。你并不当真会为我低头的。你就是个古怪东西，想起许多不端重的事，却从未做过一件失礼貌的事，很会保护你自己。）

"是的，我看到的都是别人疏忽了的，知道的好像都不是'真'的，居多且不同别人一样的。这可说是一种'悲剧'。"（譬如说，你需要我那么有礼貌的接待你吗？就我知道的说来，你是奖励我做一点别的事情的。）

"近来写了多少诗？"（语气中稍微有点嘲讽，你成天写诗，热情消失在文字里去了，所以活下来就完全同一个正经绅士一样的过日子。）

"我在写小说。情感荒唐而夸饰，文字艳佚而不庄。写一个荒唐而又浪漫的故事，独自在大雪中猎鹿，简直是奇迹，居然就捉住了一只鹿。正好像一篇童话，因为只有小孩子相信这是可能的一件真实事情，且将超越真实和虚饰这类名词，去欣赏故事中所提及的一切，分享那个故事中人物的悲欢心境。"（你看它就会明白。你生命并不缺少童话一般荒唐美丽的爱好，以及去接受生活中这种变故的准备。你无妨看看，不过也得小心！）

主人好像完全理解客人那个意思，因此带着微笑说，"你故事写成了，是不是？让我看看好。让我从你故事上测验一下我的童心。我自己还不知道是否尚有童心！"

客人说，"是的，我也想用你对于这个作品的态度和感想，测验一下我对于人性的理解能力。平时我对于这种能力总觉得怀疑，可是许多人却称赞我这一点，我还缺少自信。"

主人因此低下头（一朵百合花的低垂），来阅读那个"荒唐"故事。在起始阅读前，似乎还担心客人的沉闷，所以间不久又抬起头瞥客人一眼。眼中有春天的风和夏天的云，也好爱，也好看。客人于是说，"不要看我，看那个故事吧。不许无理由生气着恼！"

"我看你写的故事，要慢慢的看。"

"是的，这是一个故事，要慢慢的看，才看得懂。"

"你意思是说，因为故事写得太深——还是我为人太笨？"

"都不是。我意思是文字写得太晦，和一般习惯不大相合。你知道，大凡一种和习惯不大相合的思想行为，有时还被人看成十分危险，会出乱子的！"

"好，我试一试看，能不能从这个作品发现一点什么。"

于是主人静静的把那个故事看下去。客人也静静的看下去——看那个窗帘上的花马。马似乎奔跃于广漠无际一片青芜中消失了。

客人觉得需要那么一种对话，来填补时间上的空虚。

……太美丽了。一个长得美丽的人，照例不大想得到由于这点美观，引起人多少惆怅，也给人多少快乐！

……真的吗。你在说笑话罢了。你那么呆呆的看着我脚，是什么意思？你表面老实，心中放肆。我知道你另外一时，曾经用目光吻过我的一身，但是你说的却是"马画得很有趣味，好像要各处跑去"。跑去的是你的心！如今又正在作这种行旅的温习。说起这事时我为你有点羞惭，然而我并不怕什么。我早知道你不会做出什么真正吓人的行为。你能够做的就只是这种漫游，仿佛一个旅行家进到了另外一个种族宗教大庙里，无目的的游览，因此而彼，带着一点惶恐敬惧之忧，因为你同时还有犯罪不净感在心上占绝大势力。

……是的，你猜想的毫无错误。我要吻你的脚趾和脚掌，膝和腿，以及你那个说来害羞的地方。我要停顿在你一身这里或那里。你应当懂得我的期望，如何诚实，如何不自私。

……我什么都懂，只不懂你为什么只那么想，不那么作。

房中只两人，院外寂静，惟闻微雪飘窗。间或有松树上积雪下堕，声音也很轻。客人仿佛听到彼此的话语，其实听到的只是自己的心跳。

炉火已渐炽。

主人一面阅读故事，一面把脚尖微触地板，好像在指示客人，"请从这里开始。我不怕你。你不管如何胡闹也不怕你。我知道你要做些什么事，有多少傻处，慌慌张张处。"

主人发柔而黑，颈白如削玉刻脂，眉眼妩媚迎人，颊边带有一小小圆涡，胸部微凸，衣也许稍微厚了一点。

目光吻着发间，发光如鬈，柔如丝绸。吻着白额，秀眼微闭。吻着颊，一种不知名的芳香中人欲醉。吻着颈部，似乎吸取了一个小小红印。吻着胸脯，左边右边，衣的确稍厚了一点。因此说道：

"××，你那么近着炉子，不热吗？"

"我不怕热，我怕怜！"说着头也不抬，咕咕的笑起来。"我是个猫儿，一只好看不喜动的暹罗猫，一到火炉边就不大想走动。平日一个人常整天坐在这里，什么也不想，也不做。"说时又咕咕的笑着。

"文章看到什么地方？"

"我看到那只鹿站在那个风雪所不及的孤独高岩上，眼睛光光的望着另一方，自以为十分安全，想不到那个打猎的人，已经慢慢地向它走去。那猎人满以为伸一手就可捉住它那只瘦瘦的后脚，他还闭了一只眼睛去欣赏那鹿脚上的茸毛，正像十分从容。你描写得简直可笑，想象不真。美丽，可不真实。"

"请你看下去！看完后再批评。"

看下去，笑容逐渐收敛了。他知道她已看到另一个篇章。描写那母鹿身体另外一部分时，那温柔兽物如何近于一个人。那母鹿因新的爱情从目光中流出的温柔，更写得如何生动而富有人性。

她把那几页文章搁到膝盖上，轻轻吁了一口气。好像脚上的一只袜子已被客人用文字解去，白足如霜。好像听到客人低声的说，"你不以为亵渎，我喜欢看它，你不生气，我还将用嘴唇去吻它。我还要沿那个白杨路行去，到我应当到的地方歇憩。我要到那个有荫蔽处，转弯抹角处，小小井泉边，茂草芊绵，适宜白羊放牧处。总之，我将一切照那个猎人行径作去，虽然有点傻，有点痴，我还是要作去。"

她感觉地位不大妥当，赶忙把脚并拢一点，衣角拉下一点。不敢再把那个故事看下去，因此装着怕冷，伸手向火。但在非意识情形中，却拉开了火炉门，投了三块煤，用那个白铜火钳搅了一下炉中炽燃的炭火。"火是应当充分燃烧的！我就欢喜热。"

"看完了？"

摇摇头。头随即低下了，相互之间都觉得有点生疏而新的情感，起始混入生命中，使得人有些微恐怖。

第二回摇摇头时，用意已与第一回完全不同。不再把"否认"和"承认"相混，却表示唯恐窗外有人。事实上窗外别无所有，惟轻雪降落而已。

客人走近窗边，把窗帘拉开一小角，拂去了窗上的蒙雾，向外张望，但见一片皓白，单纯素净。窗帘垂下时，"一片白，把一切都遮盖了，消失了。象征……上帝！"

房中炉火旁其时也就同样有一片白，单纯而素净，象征道德的极致。

"说你的故事好。且说说你真的怎么捉那只鹿罢。"

"好，我们好好烤火，来说那个故事……我当时傍近了它，天知道我的心是个什么情形。我手指抚摸到它那脚上光滑的皮毛，我想，我是用手捉住了一只活生生的鹿，还是用生命中最纤细的神经捉住了一个美的印象？亟想知道，可决不许我知道。我想起古人形容女人手美如柔荑，如春葱，如玉笋，形容寒俭或富贵，总之可笑。不见过鹿莹莹如湿的眼光中所表示的母性温柔的人，一定希奇我为什么吻那个生物眼睛那么久，更觉得荒唐，自然是我用嘴去轻轻的接触那个美丽生物的四肢，且顺着背脊一直吻到它那微瘦而圆的尾边。我在那个地方发现一些微妙之漩涡，仿佛诗人说的藏吻的窝巢。它的额上，脸颊上，都被覆上纤细的毫毛。它的颈那么有式样，它的腰那么小，都是我从前梦想不到的。尤其梦想不到，是它哺小鹿的那一对奶子，那么柔软，那么美。那鹿在我身边竟丝毫无逃脱意思，它不惊，不惧。似乎完全知道我对于它的善意，一句话不必说就知道。倒是我反而有点惶恐不安，有点不知如何是好。我望着他的眼睛：我们怎么办？我要从它温柔目光中取得回答，好像听到它说：'这一切由你。'

"不，不，一点不是。它一定想逃脱，远远的走去，因为自由，这是它应有的一点自由。

"是的，它想逃走，可是并不走去。因为一离开那个洞穴，全是一片雪。天气真冷。而且……逃脱与危险感觉大有关系，目前有什么危险可言？……"

"你怎么知道它不想逃脱？如果这只鹿是聪明的，它一定要走去。"

"是的，它那么想过了。其所以那么想，就为的是它自以为这才像聪明，才像一只聪明的鹿应有的打算。可是我若让它那么作，那我就是个傻子了，我觉得我说的话它不大懂，就用手和嘴唇去作补充解释，抚慰它，安静它。凡是我能做到的我都去做。到后，我摸摸它的心，就知道我们已熟习了。这自然是一种奇迹，因为我起始听到它轻轻的叹息——一只鹿，为了理解爱而叹息。你不相信吗？"

"不会有的事！"

"是的，要照你那么说话，决不会有。因为那是一只鹿！至于一个人呢，譬如说——唉，上帝，不说好了。我话已经说得太多了！"

相互沉默了一会儿。

"不热吗？我知道你衣还穿得太多。"客人问时随即为作了些事。也想起了些事，什么都近于抽象。

不是诗人说的就是疯子说的：

"诗和火同样使生命会燃烧起来的。燃烧后，便将只剩下一个蓝焰的影子，一堆灰。"

二十分钟后客人低声的询问，"觉得冷吗？披上你那个……"并从一堆丝质物中，把那个细鼠灰披肩放到肩上去，"窗帘上那个图案古怪，我总觉得它在动。"事实上，他已觉得窗帘上花马完全沉静了。

主人一面搅动着炉火，一面轻轻的说，"我想起那只鹿，先前一时怎么不逃走？真是命运。"说的话有点近于解嘲，因为事情已经成为过去了。

沉默继续占领这个有橘红色灯光和熊熊炉火的房间。

第二天，主人独自坐在那个火炉边读一个信。

　　××：我好像还是在做梦，身心都虚飘飘的。还依然吻到你的眼睛和你的心。在那个梦境里，你是一切，而我却有了你，展露在我面前的，不是一个单纯的肉体，竟是一片光辉，一把花，一朵云。一切文字在此都失去了它的性能，因为诗歌本来只能作为次一等生命青春的装饰。白色本身即是一种最高的道德，你已经超乎这个道德名辞以上。

　　所罗门王雅歌说："我的妹子，我的鸽子，你脐圆如杯，永远不缺少调和的酒。"我第一次沾唇，并不担心醉倒。

葡萄园的果子成熟时，饱满而壮实，正象征生命待赠与，待扩张。不采摘它也会慢慢枯萎。

我欢喜精美的瓷器，温润而莹洁。我昨天所见到的，实强过我二十年来所见名瓷万千。

我欢喜看那幅元人画景，小阜平冈间有秀草丛生，作三角形，整齐而细柔，萦回迂徐，如云如丝，为我一生所仅见风景幽秀地方。我乐意终此一生，在这个处所隐居。

我仿佛还见过一个雕刻，材料非铜非玉，但觉珍贵华丽，希有少见。那雕刻品腿瘦而长，小腹微凸，随即下敛，一把极合理想之线，从两股接榫处展开，直到脚踝。式样完整处，如一古代希腊精美艺术的仿制品。艺术品应有雕刻家的生命与尊贵情感，在我面前那一个仿制物，却可看到神的意志与庄严的情感。

这艺术品的形色神奇处，也令人不敢相信。某一部分微带一片青渍，某一部分有两粒小小黑痣，某一部分并有若干美妙之漩涡，仿佛可从这些地方见出上帝手艺之巧。这些漩涡隐现于手足关节间，和脸颊颈肩与腰以下，真如诗人所谓"藏热吻的小杯"。在这些地方，不特使人只想用嘴唇轻轻的去接触，还幻想把自己整个生命都收藏到里边去。

百合花颈弱而秀，你的颈肩和它十分相似。长颈托着那个美丽头颅微向后仰。灯光照到那个白白的额部时，正如一朵百合花欲开未开。我手指发抖，不敢攀折，为的是我从这个花中见到了神。微笑时你是开放的百合花，有生命在活跃流动。你沉默，在沉默中更见出高贵。你长眉微蹙，无所自主时，在轻颦薄媚中所增加的鲜艳，恰恰如浅碧色百合花带上一个小小黄蕊，一片小黑斑。……这一切又只像是一个抽象。

第三节

这个记录看到后来，我眼睛眩瞀了。这本书成为一片蓝色火焰，在空虚中消失了。我不知什么时候离开了那个"房间"，重新站到这个老式牌楼下。保留在我生命中，似乎就只是那么一片蓝焰。保留到另外一个什么地方，应当是小小的一撮灰。一朵枯干的梅花，在想象的时间下失去了色和香的生命残余。我只记得那本书上第一句话：神在我们生命里。

我已经回到了住处。

晚上十一点半，菜油灯一片黄光铺在黑色台面上，散在小小的房间中。试游目四瞩，这里那里只是书，两千年前人写的，一万里外人写的，自己写的，不相识同时人写的；一个灰色小耗子在书堆旁灯光所不及处走来走去。那份从容处，正表示它也是个生物，可是和这些生命堆积，却全不相干。使我想起许多读书人，十年二十年在书旁走过，或坐在一个讲堂边读书讲书情形。我不禁自言自语的说，"唉，上帝，我活下来还应当读多少书，写多少书？"

我需要稍稍休息，不知怎么样一来就可得到休息。

我似乎很累，然而却依然活在一种有继续性的荒唐境界里。

灯头上结了一朵小花，在火焰中开放的花朵。我心想，"到火熄时，这花才会谢落，正是一种生命的象征。"我的心也似乎如焚如烧，不知道的是什么事情。

梅花香味虽已失去，尚想从这种香味所现出的境界搜寻一下，希望发现一点什么，好像这一切既然存在，我也值得好好存在。于是在一个"过去"影子里，我发现了一片黄和一点干枯焦黑的东西，它代表的是他人"生命"另一种形式，或者不过只是自己另一种"梦"的形式，都无关系。我静静的从这些干枯焦黑的残余，向虚空深处看，便见到另一个人在悦乐中疯狂中的种种行为。也依稀看到自己的影子，如何反映在他人悦乐疯狂中，和爱憎取予之际的徘徊游移中。

仿佛有一线阳光印在墙壁上。仿佛有青春的心在跳跃。仿佛一切都重新得到了位置和意义。

我推测另外必然还有一本书，记载的是在微阳凉秋间，一个女人对于自己美丽精致的肉体，乌黑柔软的毛发，薄薄嘴唇上一点红，白白丰颊间一缕香，配上手足颈肩素净与明润，还有那一种从莹然如泪的目光中流出的温柔歌呼。肢体如融时爱与怨无可奈何的对立，感到眩目的惊奇。唉，多美好神奇的生命，都消失在阳光中，遗忘在时间后！一切不见了，消失了，试去追寻时，剩余的同样是一点干枯焦黑东西，这是从自己鬓发间取下的一朵花，还是从路旁拾来的一点纸？说不清楚。

试来追究"生命"意义时，我重新看到一堆名词，情欲和爱，怨和恨，取和予，上帝和魔鬼，人和人，凑巧和相左。过半点钟后，一切名词又都失了它的位置和意义。

到天明前五点钟左右，我已把一切"过去"和"当前"的经验与抽象，都完全打散，再无从追究分析它的存在意义了。我从新用自己对于生命所理解的方式，凝结成为语言与形象，创造一个生命和灵魂新的范本。我脑子在旋转，为保留在印象中的造形，物质和精神两方面的完整造形，重新疯狂起来。到末了，"我"便消失在"故事"里了。在桌上稿本内，已写成了五千字。我知道这小东西寄到另外一处去，别人便把它当成"小说"，从故事中推究真伪。对于我呢，生命的残余，梦的残余而已。

我面对着这个记载，热爱那个"抽象"，向虚空凝眸来耗费这个时间。一种极端困惑的固执，以及这种固执的延长，算是我体会到"生存"唯一事情，此外一切"知识"与"事实"，都无助于当前。我完全活在一种观念中，并非活在实际世界中。我似乎在用抽象虐待自己肉体和灵魂，虽痛苦同时也是享受。时间便从生命中流过去了，什么都不留下而过去了。

试轻轻拉开房门时，天已大明，一片过去熟习的清晨阳光，随即进进了房里，斜斜的照射在白墙上。书架前几个缅式金漆盒子，在微阳光影中，反映出一种神奇光彩。一切都似乎极新。但想起"日光之下无新事"，真是又愁又喜。我等待那个"夜"所能带来的一切。梅花的香，和在这种淡淡香气中给我的一份离奇教育。

居然又到了晚上十点钟。月光清莹，楼廊间满是月光。因此把门打开，放月光进到房中来。

似乎有个人随同月光轻轻的进到房中，站在我身后边，"为什么这样自苦？究竟算什么？"

我勉强笑，眼睛湿了，并不回过头去，"我在写青凤，聊斋上那个青凤，要她在我笔下复活。"

从一个轻轻的叹息声中，我才觉得已过二十四点钟，还不曾吃过一杯水。

三十年七月作

三十二年三月重写

（原载 1943 年《新文学》第 1 卷第 1 期，署名上官碧）

《看虹录》的追求与命运

报告人：贺桂梅

时间：1995 年秋季学期

地点：北京大学中文系五院

《看虹录》是沈从文 40 年代寄居昆明时期的重要小说，也是长期以来引起很大争议的作品。作为沈从文 40 年代创作新追求的代表作品，它显示了与此前的《边城》《八骏图》等小说非常不同的风格。由于作家颇为艰涩的思想追求，更因其涉及敏感的写作对象，同时也因为当时和稍后战时政治氛围的紧缩和文化环境的渐趋一体化，这篇代表沈从文一个时期思想追求和创作实验的诗化小说，不仅给作家带来极大厄运，作品本身也长期被人遗忘。《看虹录》创作于 1941 年 7 月，经过重写后发表于 1943 年 7 月桂林《新文学》杂志的创刊号，1945 年收入沈从文小说集《看虹摘星录》。沈从文的朋友金隄曾将《看虹录》译成英文，名为《我们是火的精灵》。1951 年，沈从文的作品在大陆与台湾均遭销毁，《看虹录》几至散佚。80 年代后重版沈从文作品，收录较为全面的《沈从文文集》（花城出版社、香港三联书店 1982 年 1 月初版）和《沈从文别集》（岳麓书社 1992 年 12 月初版）均未选入这篇作品。1992 年 9 月，《吉首大学学报》（社会科学版）第 13 卷"旧作新发"栏中重新发表这篇作品，《看虹录》才得以重见天日，为愈来愈多的人注目。

《看虹录》分为三部分：第一部分写"我"在月下寂静牌楼下嗅到梅花清香，因而走向"空虚""素朴小小"的屋中，开始阅读一部"奇书"；第二部分以第三人称的客观手法描叙男客人与女主人所度过的一个美好而微妙的雪夜，并以同构隐喻的手法引入男客人所写的"我"

在雪中猎鹿的故事，极其精微地展示鹿的身体，最后是女主人阅读男客人写来的信，信中以极精致的笔法展示他对女人身体的感受；第三部分写现实中的"我"由夜而昼，由昼而夜感受到的焦灼心情。

小说发表之初便引起轰动，但读者多持批判态度。很多人以为作品"晦涩难懂"，认为沈从文的创作走上了弯路；更有人从沈从文的生活本事出发，以为这是一篇自传性的夫子自道小说；更严厉的批评则认为小说中"艳佚不庄"的身体描绘有"色情"之嫌。基本上都无法理解沈从文的创作意图。比较有代表性并见诸文字的看法有以下三种：一个是《新文学》编辑，他们在刊物编后记中指出："沈从文近来的作风，似乎都想用人生问题的讨论开头，而后装入他那一贯的肉欲追求，'生命的诗与火的赞美'来结束。这作兴就是他的人生态度人生观的基本的流露了吧！"另一个是许杰在《现代小说过眼录》中严厉指责《看虹录》是"色情文学"，"虽运用纯熟的心理分析和象征手法，鲜丽到了极点，但其实只是肉欲的赞美"，"姑不论这是抗战的年头，就是在平时、在太平年代，还不怕毒害了青年吗？"最为严厉的是郭沫若发表于1948年3月《大众文艺丛刊》的《斥反动文艺》一文，指斥沈从文的《看虹录》一类作品是"作文字的裸体画，甚至写文字上的春宫"，给沈从文冠以"桃红色"作家的称呼，并进而上升到政治身份定性："特别是沈从文，他一直是有意识地作为反动派而活动着"——这篇檄文几乎左右了沈从文整个后半生的命运。到目前为止，对《看虹录》的分析除了在传记书中做简单介绍，如金介甫的《沈从文传》（时事出版社1991年版）、吴立昌的《"人性的治疗者"·沈从文传》（上海文艺出版社1993年版）外，基本上没有什么详尽的分析与评价。今天重读这篇小说，我们将淡化文化环境、政治氛围、作家私人生活经历等方面的外在干扰，直接从文本出发，分析这篇小说从思想内容、文体形式到语言风格所做的努力及呈现的特质。

《看虹录》有一个醒目的题记："一个人二十四点钟内生命的一种形式"，而小说中的"奇书"亦有一反复提到的题词："神在我们生命里"。在整体结构上，第二部分是一个情爱故事的描叙，充满抽象意味的比喻和隐喻色彩的叙述以及扑朔迷离的意境的营造，作家以此暗示读者这决不是一个世俗层面上的两情相悦的情爱故事。第一、三部分则是有时间连续性的第一人称的抒发，一种无法从回忆与书写中把握神圣本质的焦虑充斥其间——以散漫、敞开的抒情包裹一个精致完整的故事，使故事变为充满诗意的情境，使小说上升为诗。作者在文体形式上所做的这些努力，显然是在力图传达一种超越故事本身的东西，深藏（也是作家力图突显）于故事蕴含之中的意义成为这篇作品的重心。

读解《看虹录》，必须与沈从文一个时期的创作追求相联系。由于抗日战争，1938 年至 1946 年，沈从文随西南联大南迁云南，在昆明郊区的呈贡县生活了八年时间。1946 年年底回北平后，沈从文在一篇回顾性长文《从现实学习》中，将这八年称为自己人生经历的"第四段"，"相当长，相当寂寞，相当苦辛"。1951 年在检讨性文章《我的学习》中他重复了这种看法。可以说，昆明八年，对沈从文而言，不仅仅是居住地、生活环境的变更，更是人生阅历、思想追求——相应地在创作上也有自觉追求和突破的特殊阶段。事实上，在逃亡南方的前一两年，在创作他前期风格最为成熟的《边城》等作品之后，沈从文经历了两年短暂的创作停顿。这一点在他的《沉默》《水云——我怎么创造故事，故事怎么创造我》等散文作品中有明确表露。思想上的危机和自我苛求驱使他寻求新的创作方法与风格。到昆明后他除了写作《长河》《湘西》等延续前期写实性风格的作品外，极大部分精力都花在思考、创作《看虹录》一类作品上。而后者便是他创作新追求的实践。这类作品的写作集中于 1940—1946 年间。1940—1943 年他创作了散文集《烛虚》、自传性长篇散文《水云——我怎么创造故事，故事怎么创造我》以及小说集《看虹摘星录》，这一段侧重的是生命本体的理解感悟和个体体验；1943—1946年主要写了散文集《七色魇》，侧重文化批判和社会思考。1946 年他发表小说《虹桥》，似乎得出一个总结性同时也是终结性的命题："真正的美只能产生宗教而不能产生艺术"，此后基本上中断了这类创作。从作品题目上也可看出这类作品的风格：《看虹录》《摘星录》《烛虚》等，皆以一个空灵、虚幻的喻体为题目，与写实性的《边城》《贵生》《如蕤》等比较，显然具有一种象征色彩。这类作品基本具有统一的思想主旨和共同的现代色彩。沈从文有意通过这些作品确立一种具有诗人气质的思想体系，在世界本体（生命本体）、审美主体、对社会的文化批判等方面都力图做出独特的具有感性体验的表述，从而使作品具有浓厚的哲理色彩和象征意味。同时，为了寻求合适的表达方式，他进行了多种文本实验，既有隐喻性语言模式的极致表达，转喻式多种故事结构方式的尝试，也有心理现实主义和弗洛伊德思想影响下的心理分析小说的实践。其创作多以个人体验为主，不同于前期创作的具象化色彩而趋于抽象化。但是，总的来说，在对思想的系统化、明确化和文字表达的精确化这一点上，他并没有获得满意的结果。

系统地阅读沈从文这一时期的作品，可以看出，早已确立北方文坛领袖地位的沈从文，在非常自觉地追求"大师"级的创作。首先他力图确立一种有个性的类似尼采风格的深厚庞博的思想与世界观。他提出了他的三个基本概念："生命""美""爱"，力图以此统一从个体生存到社会文化建构的宏大体系。悬置一切文化存在、社会现象，从个人体验出发，确立或发现一个抽象而永恒的"生命"本质，是沈从文这一时期全力以赴的总主题。《看虹录》对女性身体与鹿身体极端精微的凝视和呈现，正是出于表现生命本质的企图，他悬置了任何关于身体的"情欲""道德"等的理解，而仅将其看成"生命的形与线"的"形式"，"那本身的形与线即代表了最高德性"，即神性，人由此获得与上帝造物相通的处境。《看虹录》第三部分的焦虑不仅来自体验与书写语言之间的矛盾，更因为经验本身的偶发性、短暂性，因而感受到生命本体的无可捉摸。沈从文竭力从形形色色的生命现象中归纳出一种永远处于"燃烧状态"的至纯至美的生命本质。我们可以想见，个人生活经历与海天山水间的流连，的确产生了一种巨大的幸福体验，从而深深地打动了沈从文，他感悟到这其中隐含了一种神化的生命本质，从而启发他做形而上的终极追思。这个本质不仅成为个体生存的根本（"爱"就是生的一种方式），同时也是社会文化存在以及民族精神重铸的根本。因此，他以极为执着的庄严感，往返于近乎迷狂的体验与失语的焦虑之中。

形形色色的生命存在可以剥离出一种带神性的"形式"，它以"美"的方式存在并体现了"神"的意志——这一纵向思维方式决定了《看虹录》（尤其是第二部分）更像一首诗而不是一个故事。关于诗和小说的区分，形式主义和结构主义的研究最为精细与深入，他们认为小说的话语构成基本上是横组合的、水平向度的，而诗的话语构成则基本上是纵组合的、垂直向度的。如果转述罗曼·雅各布森的著名论断则是：小说是转喻的，而诗是隐喻。沈从文这篇小说第二部分显得十分扑朔迷离：身份不明的客人与主人，与世隔绝的炉火小屋，单纯素净的雪夜，雪中猎鹿的奇事，典雅诗化的书信以及众多抽象雅致的比喻——人物、环境、语词都抽象化了，氛围、情境、意象都在指向抽象的隐在的本质。一切具象都不再确定，而成为某种更内在东西的化身。与其说这是一个写实的故事，不如说它是充满暗示的隐喻。小说的诗化、哲理化是40年代小说的一种趋势，但表现形式各异。如冯至的《伍子胥》，全篇可凝结为一句或一段深刻的人生哲理或人生境遇；如萧红的《后花园》，主旨集中于一个中心意象；如汪曾祺的小说，则以写实的故事或人物营造一种雅致的氛围……《看虹录》则不同，它在如真似幻的类故事描绘中处处"引人向抽象凝眸"，具体经验与身份被淡化或模糊了，而抽象的本质被突显出来：没有身份的处于与世隔绝的小屋中的男人和女人，正是所有男人和女人的化身，他们的爱悦体现了"神"的意志，因为神使男女相爱；鹿与女人远不是作为欲望对象被凝视，典雅精致的语言使她们庄重，超常规的细部呈现使她们成为"美的化身"，一种物化了的"形式"和生命极美的造型。

总之，"神"的指向使第二部分仿佛一个有关"生命形式"的寓言故事。从文体上来看，第二部分是第三人称的叙事，第一、三部分是第一人称的抒情。叙事本应是小说的特色，然它传达的是诗的意义；抒情本是诗的特权，而在此传达的是小说化的以时间过程（"二十四点钟"）联结的一种追求而不得的心境。可以说，第二部分是叙事的诗化，第一、三部分是抒情的故事化；前者通过隐喻手法暗示抽象本质，后者则以对时间的明确标志达到叙事化——因此，在形式与内容之间存在张力。作者为何要使诗故事化，故事诗化？事实上，这正是为了对应小说开始时的那句题词"神在我们生命里"。一切故事都是具体的，它讲的是"我们"和"我"；而一切诗则是抽象的，它指示的是本质化的本体，是"神"。我们不妨说，第一、三部分的故事化的抒情正如"神在我（们）里"，第二部分诗化的故事则如"我们在神里"——形式与内容上的精致对应是这篇小说极其精巧的地方。

《看虹录》是一篇有非常大容量的作品。这不仅指沈从文在思想主旨上极富个性的宏大追求，更指叙述上的异常复杂的组合。除了上面分析的形式与内容之间的微妙张力关系，还有许多叙述技巧：第一部分将回忆心理与奇遇故事叠合，把心理过程外化为一个戏剧化动作；第二部分中的外物细节（如"炉火""奔马"等）对心理推进的暗示、潜对话、同构故事（男人／女人、"我"／鹿）、书信补叙等；第三部分回忆、向往、感叹、抒情、焦虑等复杂心态的准确表叙。而月下牌楼、炉火小屋与单人书房三个空间的转换与二十四点钟时间标志造成的叙事流向，以及两者共同造成的叙述情绪的流动和转换，将小说的三个部分糅合在一起，传达其主旨。与沈从文同类作品比，《看虹录》是将"抽象抒情"和小说叙事结合得最好也是最着力的一篇。

然而在反复阅读中，我们仍可感觉到这篇小说有不和谐的东西，有一种说不出的"生涩"。这种缺憾不仅是因为小说技巧使用得过于繁复而产生生硬、不自然之感，更多的原因来自作家过分明确的创作意图使得故事成了不堪其重负的寓言，抒情变成有些直露的告白。作家纯熟、华丽的语词和老到的叙述手笔在很大程度上弥补、遮掩了这一缺憾。无法获得适当的形式来传达复杂的思想内涵始终是沈从文昆明时期的一大焦虑。一方面，宏大的思想建构极其困难，而且很难达到完备的程度；另一方面，叙事与抒情越来越不平衡，抒情得到了极大限度的膨胀，而叙事则极其萎缩。这也正是沈从文昆明时期创作以散文和诗为主而小说减少的原因。与沈从文其他作品相比，《边城》是在"小说／诗"和"故事

/象征"之间获得最为自然天成的效果的作品，《长河》愈来愈明显地倾
向后者，而《看虹录》则基本丧失了大故事的布局，仅保留故事的原型
或元素。与其说《看虹录》有一般意义上的故事，不如说它有的是一些
抽象出来的叙事元素。猎鹿故事仅仅保存了外壳，鹿的形体占据了故事
的全部光辉；男女相悦多少带有经验性叙述，然而人物来历不明，并且
具有与世俗经验很不相同的神圣动机和节制神态……而到底是什么使小
说三个部分如此紧张地组合在一起？从何处寻找人物"我"的动机？这
是小说所无法告诉读者的。一种不属于这篇小说的极其焦灼的情绪附着
于《看虹录》。这种焦灼不是《看虹录》的，而是沈从文的，他不能完全
摆脱这种情绪投入小说创作，或将这种情绪很好地组织到小说中，因而
打破了小说自身的完整，使意义大于故事，使小说表现出来的跟不上试
图表达的。可以说，是思想的巨大压力破坏了以"小说家"著称的沈从
文的叙事能力。但是从另一方面说，对叙事的压制和对抒情的追求，也
许正是沈从文这一时期的自觉选择。

　　应该说《看虹录》是一篇并不成熟的作品。它因过于驳杂而不成熟，
带有一种实验色彩。然而《看虹录》又是一篇非常有特色的小说，它的
驳杂中包融了现当代小说发展的众多"资源"性因素：它首先将思想的
叙事提上了日程。理念化小说从 1949 年（甚至更早如 20 年代的"革命
文学"）开始主宰当代文坛 30 多年，尽管所要表述的，是另一种与沈从
文所追求的理念性质全然相反的"理念"；身体语言的呈现与写"性题
材"所带来的厄运，《看虹录》为许多作品做了前车之鉴，然而沈从文的
思想追求又使之显示了很大的气魄；小说的诗化和诗的小说化，正出于
对"怎么写"的自觉，而这一点在沈从文 40 年代停笔后，当代小说 80
年代才得以重提……更值得重视的是，沈从文在这篇小说中所努力呈现
的思想。历来的评论都认为这种思想是沈从文为自己的经历做辩护，或
为自己写"性"打掩护——这不能不说是过于简单化和道德化的判断。
沈从文 40 年代的思想追求固然会受到个人生活经历的启发和影响，但作
为一个已具有成熟风格并且忠诚于写作的中国现代小说的代表作家，他
的追求不应当被简单化地理解。他希望由个体体验和思索出发，达到一

种中西交融的、世界观化的宏大思想境界，这对于新小说摆脱政治理念、西化文化理念的笼罩，摆脱单薄化而获得深厚、宏大的思想底蕴，应该说不无启发。至少，作为如此成熟的小说家而来追求小说的思想厚度和现代风格，沈从文迄今也是第一人。因而《看虹录》的思想主旨不应被看轻。

【现场】

一 关于性问题的思想来源

W：《看虹录》以两性题材作为表现对象，刚才报告人在发言中指出沈从文对性问题的态度与他 40 年代受弗洛伊德影响有关。我觉得性是沈从文一贯的创作主题，而在《〈看虹摘星录〉后记》中，他说"对于两性关系所抱有的原人恐怖感，以及由恐怖感变质产生的诃欲不净观，即与社会上某种不健康习惯相结合……滞塞人性作正当发展"。他将两性关系与道德并提，我想是否受周作人的影响？他的这种说法很类似周作人关于性问题的谈论，何况周作人是沈从文最推崇的作家之一。

Q：我看他对性问题的态度也与他的少数民族血缘有关。"猎人逐鹿"的故事很像《月下小史》《龙朱集》等作品中表现的情调。我想沈从文的性态度除了外在文化影响，也与少数民族原始道德有关。

L：《看虹录》是否与基督教有关？他对身体的描写很像《圣经》，而且他明确引用了《圣经·雅歌》。我认为，基督教将两性关系神圣化的态度也影响了沈从文。

H：这种情况是很可能存在的。沈从文非常喜欢阅读《圣经》，1922年他只身来北京时，身边只带两本书：一本《圣经》，一本《史记》。而40 年代他的书单中，仍有与基督教文化有关的书。

Y：我读小说时觉得沈从文对鹿，是一种完全崇拜的态度。这使我联想到沈从文的异族文化血统中，是否有鹿崇拜的原始宗教。

二　与音乐性的关系

Q：《〈看虹摘星录〉后记》中，沈从文认为小说最好的读者应是"批评家刘西渭先生和音乐家马思聪先生"，并提出"用人心人事作曲"的大胆尝试。我们可以看看作曲的方式如何体现于小说，在结构、语言上有没有音乐性。

U：沈从文的"用人心人事作曲"，与米兰·昆德拉把音乐赋格体直接应用于小说结构不同，我认为并无直接对应，而只是一种比喻性的说法，接近音乐性和抽象性。

X：我想音乐本身是情绪，《看虹录》只是要获取一种音乐性的效果，如小说中从"炉火始炽"到"炉火渐炽"，再到"炉中炽燃的炭火"，这其中酝酿着情绪流动。我觉得《看虹录》很像象征派的诗作，象征派只讲究诗的音乐性、情绪性，很难做语言上的实证。正如"虹"本身是虚无、缥缈的东西，它传达的是一种空灵的音乐般的效果。

N：音乐性主要体现于意境与情韵上，情绪和心理的时间性流动正如音乐。

A：我认为《看虹录》结构上很有音乐性，很像德彪西《牧神的午后》，先是主题提示（第一部分），然后是"梦"的详尽呈现（第二部分），第三部分是第一部分的再现，有所添加也有所减弱。

K：音乐纯粹是形式的，与沈从文追求的抽象有很大关系，具备一种抽象形式上的乐感。

三　关于欲望与审美升华

Z：我比较关心小说是如何将一种欲望客体转化为审美客体的。刚才报告人谈到诗与小说，隐喻与转喻的关系，这是从文体形式与语词构成上谈的。那么，在作品中如何具体地完成这种艺术升华呢？

S：我读这篇小说觉得它很难让人感觉是在写美，写神性，而不是写肉体。我觉得作家的意图与文本效果上有矛盾。

U：小说的那句题词"神在我们生命里"是很重要的提示，不仅表明客体具有趋神性的美，同时也有将人的本能升华，将欲望神化的意图。小说表层与深层的区分，一直都在指向抽象性、神性，不仅有结构上的，如第二部分被客观化，第一、三部分是超叙述，给人以超越的想象，而且也有语言上的，如"梅花"对应"空虚"，"女人的腿"对应"天堂"，"美"是"与神对面"。沈从文将欲望升华，把神化过程引申出来，我认为在表达上是相当成功的。

【讲评】

　　首先，我想谈谈我正在读的一本书：《从文家书》，这本书由沈从文的儿子沈虎雏编选，上海远东出版社印行，其中收集了几个时期二哥（沈从文）与三姐（张兆和）的通信。人们感兴趣的大概是 1949 年沈从文自杀前后的"呓语狂言"；而我觉得更有价值的可能是 1949 年以后的《川行书简》（1951—1952）、《南行通信》（1956—1957）、《跛者通信》（1957、1960—1961）这几部分。人们经常为沈从文的文学生命过早结束（即所谓"提前死亡"）而感到遗憾，现在多少可以得到一点弥补：这些书信不仅真实地记录了沈从文的生活、思想、情绪，而且本身都是极好的散文或小说雏形，具有很高的文学价值。以后我或许会专门写文章来讨论，这里略说几句，是为了和同学们分享我读这本书受到的启示，大家若有兴趣，不妨找来一读。

　　这是沈从文研究中的重要文献，似乎还没有引起足够的重视。不过我现在想说的，是在书的"后记"中，沈夫人的一段话："我不理解他，不完全理解他。后来逐渐有了些理解，但是，真正懂得他的为人，懂得他一生承受的重压，是在整理编选他遗稿的现在"，"太晚了！为什么在他的有生之年，不能发掘他，理解他，从各方面去帮助他，反而有那么多的矛盾得不到解决！悔之晚矣"。这段话，深深地打动了我，让我想了很多，很久。每一个沈从文的读者、研究者，都理解他了吗？号称"文学史研究者"的我们，理解我们的研究对象吗？（理解鲁迅吗？理解周作人吗？……）在这个看似简单，而又十分严肃的问题面前，我们能做到无悔无愧吗？文学研究是干什么的？不就是研究"人"（研究作家其人，又通过作家的作品，研究社会、历史上的人）吗？不理解，又算得了什么研究呢？而且，我们要研究的是这样特殊的人：他们的思想、感情、心理，都更复杂，更敏感，也更脆弱，更需要小心地、细心地去体察、理解；他们是民族的思想者，永远的文学的、精神的探索者，具有更丰富的、自由无羁的想象力，他们中的最杰出者的思考（与文学追求）常常是超前的，他们的真正思想风貌，近距离的观察是看不清楚的，需要长时段的耐心考察，才能达到有限度的理解。而我们又是何等粗心地，性急地，却又大胆地去评论、批判（美其名曰"研究"）他们啊，多少作家就这样被误解，被捧杀，被骂杀了！

郁达夫在悼念鲁迅时，曾经说过："没有伟大的人物出现的民族，是世界上最可怜的生物之群；有了伟大的人物，而不知拥护，爱戴，崇仰的国家，是没有希望的奴隶之邦。"而我们这里连最起码的理解都没有。这样说或许稍嫌笼统，就具体地说说沈从文写于40年代的《看虹录》这篇小说吧。我们理解40年代沈从文的创作思想、心理吗？我们理解他在写作《看虹录》时的苦心追求吗？人们总在说这些年有一个"沈从文热"，有的人还迫不及待地扬言要"降温"，其实，这不过是一种似是而非的传闻。"似是"是因为确有一些研究课题人们一拥而上，炒得很热闹；但还有大量沈从文的研究领域，很少有人问津，实在冷落得很。而且就整体而言，还是"冷"多于"热"。必须承认（正视）：还有相当部分的"沈从文世界"我们还是陌生的，甚至未知的，远谈不上"理解"。在我看来，"40年代的沈从文"就是这样一个领域。

正像报告人初步勘探所查明的那样，正是在40年代，沈从文的思想、艺术上都酝酿（准备）着一个新的重大突破，他实际上在自觉地积蓄力量，向"世界级的文学大师"这一目标冲击。40年代中后期，他多次在不同场合，充满自信地宣称，他要"好好写三十年"，"写个一二十本（书）"，要向俄国的托尔斯泰看齐，创造"20世纪新的'经典'"①。这都不是随意说的：他是胸有成竹的。他在许多文章、书信（如《水云》

---

① 详见钱理群：《1948：天地玄黄》第10章"北方教授的抉择"，生活·读书·新知三联书店，2015年。

《从现实学习》《短篇小说》《小说与社会》《〈看虹摘星录〉后记》《续废邮存底》等）里，都提出了一些新的理论设想；在散文创作上，他写了《烛虚》《七色魇》，小说方面则写了《看虹摘星录》，尽管这样一些实验性的作品，今天看来，都有不成熟之处，但正如报告人所说，如此成熟的作家"来追求小说的思想厚度和现代风格，沈从文迄今也是第一人"。他的一些追求，如报告人所指出的，"包融了现当代小说发展的众多'资源'性因素"，有些甚至直到 80 年代才在当代小说实验中得到呼应（而且是不自觉的）与实现。因此，沈从文在 40 年代的小说实验对于他的时代显然是超前的（这种"超前现象"在中国与世界文学史上屡见不鲜），那个时代的大多数读者、研究者不能理解、接受，也是自然的。失误并不在于"不理解、不接受"，而在于人们常常把自己（或者这个时代的大多数人）的不理解、不接受，作为一种价值尺度（标准），将不理解（或不能接受）的作品轻率地加以否定，如果缺乏民主精神，把文学上的否定进一步上升为政治上的否定以至裁决，那就会造成灾难性的后果。正像报告人所介绍的那样，根本看不懂（不能理解）《看虹录》的批评家们却以审判者自居，不惜置作者于死地。所谓"死地"并非文学上的形容，而是残酷的事实：先逼得作家自杀，而后作家又被迫停笔（这也是慢性自杀）。而"沈从文的停笔"，对我们的现代文学，对我们民族，对我们的子孙后代，又意味着什么啊！我们认真地、严肃地想过了吗？我们有勇气正视这个苦果吗？我们有起码的良知（与智慧），愿意（并且能够）从中吸取教训吗？正是这样一些尖锐的问题，摆在每一个沈从文的研究者，每一个现代文学研究者的面前。这是不能回避的：因为历史是有可能重演的。

即使排除政治性因素，从认识论的角度，也有许多问题值得认真思考与总结。应该客观地说，大多数人对作家、作品的理解，都要受到所处时代思想水平的影响与制约，能够超越的仅是少数人；因此由于不理解而对作家、作品（特别是那些以后实践证明是超前性的作品）做出错误的判断、评价是难免的。但如果对这样的误读出现的可能性有清醒的认识，我们至少可以做到两点：一，对自己读不懂、不理解的作品，做判断、评价时，要特别谨慎，有时候不妨放一放，看一看，不要急于表态；二，对自己所做的每一个评价、判断（尤其是对自己看不甚懂的作品的评价），都应在提出、坚持自己见解的同时，又要有所质疑，也就是将自己的判断、评价相对化，避免绝对化。这其实是（我所理解的）鲁迅的思维方法：他总是"从人们习惯性思维命题（或既成观念）相反的方向去提出（发现）'反命题'，并予以同等的观照"，即以"怀疑主义的眼光"去照亮"他所提出（揭示）的两个（或两个以上）的命题，进行多方位、多角度的质疑、诘难，在肯定与否定之间不断地往复，使问题（思想）得到深化"①。我以为，鲁迅的这种逆向性思维，对所提出的命题在"肯定（坚持）"与"否定（质疑）"间不断往返旋进的思考方式，对我们的文学史研究方法，是有启示性的。这至少可以减少一些"不理解"造成的失误吧。

以上算是一番"虚"的议论，下面谈点"实"的。我想就中国现代抒情小说发展的角度，来谈谈沈从文在《看虹录》里所做实验的意义——这也是贺桂梅同学的报告中已经涉及的，我不过再做一点发挥而已。记得在一次闲聊里，我和吴晓东聊出了一个"发现"：在现代文学作品里，艺术水准最高的作品往往（当然不是"全部是"）带有抒情性，或者说具有某种诗性特征：抒情诗的成就远远高于叙事诗自不待说；戏剧中的精品，无论是曹禺的《原野》《北京人》《家》，夏衍的《上海屋檐下》，以至郭沫若的《屈原》，无不具有浓郁的诗意。《家》里"新婚之夜"那场戏，更是按"诗剧"的写法来创作的；《屈原》里的"雷电颂"，径直就是一首长诗；散文中的名篇，从朱自清的《荷塘月色》，到何其芳的《画梦录》，沈从文的《湘行散记》，也全都是"诗化"的；而中国现代散文的经典之作，鲁迅的《野草》，研究者就干脆称之为"散文诗"了。现在来看小说。从鲁迅的《故乡》《社戏》《在酒楼上》《伤逝》，郁达夫的《春风沉醉的晚上》《迟桂花》，到沈从文的《边城》，废名的《桥》，以至40年代萧红的《呼兰河传》、冯至的《伍子胥》、孙犁

---

① 钱理群：《鲁迅"多疑"的思维方式》，载《语文学习》1994年第8期。

的《荷花淀》，等等，显然构成了一个"现代抒情小说"（或称"诗化小说"）的谱系，并且达到了现代小说的最高水平：这些，恐怕已经成为学术界的共识了。把以上文体的分别考察综合起来，我们是否可以做这样的"提升"，或者说提出这样的"假设"（说"假设"是因为还需做更深入的论证，甚至提出各种颠覆性的"反证"）：抒情性（诗性）是中国现代文学的一个基本特征。对这一命题自然是可以（而且必须）从各个方面来展开论述与论证的。人们很容易就会联想起中国作为一个"古老的诗国"的传统的巨大影响，人们也会注意到西方象征主义的诗学的影响。我与吴晓东在讨论中据此而设想，或许正是这样传统的与外来的文化精粹的汇合，成为中国现代文学中的诗性特征能够得到比较充分发展（发挥）的资源性的原因。当然，这些都还有待于更深入的研究与论证。

我在这里想讨论的是，中国现代抒情小说（诗化小说）的抒情方式的变化发展。在"五四"的起始时期，这类小说的抒情常常通过叙述者（与隐含作者常有很大程度的叠合）的直接抒发来表现，与同一时期新诗里直抒胸臆的抒情方式十分接近，因此有些研究者把这一时期诗化小说的代表作家郁达夫的小说称为"主观抒情小说"。在以后的发展中，作家越来越注重抒情（诗化）形象的塑造，如沈从文《边城》里的翠翠；诗意氛围的营造（从鲁迅的《在酒楼上》即已开始）；而废名的《桥》更是自觉地把中国传统诗歌中的意象与诗的思维方式（跳跃、变形、通感……）运用于小说叙事，即他所说的"用唐人写绝句的方法写小说"，他的这些尝试对以后中国现代抒情小说的发展有很大影响。这就说到了我们现在要讨论的沈从文和他的同代作家的实验。

从诗化小说的抒情方式这一角度看，我认为，沈从文的《看虹录》至少做了两个方面的尝试。正像报告人所分析，小说的第一、三部分，本来是第一人称的抒情，但作者却讲了一个有着明确时间起始的故事。报告人说，这是"抒情的故事化"，是不是也可以说是"抒情的客观化"呢？而小说的第二部分，本是第三人称的叙事，但作者却通过大量的隐喻暗示一种神化的生命本质，报告人因此称其为"叙事的诗化"，我想，这也可以看作一种"抒情的抽象化"，后来作者自己把它概括为"抽象的抒情"。正是这种"抒情的客观化与抽象化",使整个小说成为一个象征性的文本:这也是 40 年代实验性小说的一个共同追求,也可以看作现代抒情(诗化)小说的一个发展。

　　值得注意的是,"抒情的客观化与抽象化"也是同一时期一部分与沈从文关系比较密切的诗人(即新诗史上所说的西南联大的青年诗人,后来的"中国新诗派"诗人)在诗歌艺术上的追求。"新诗戏剧化"与将"象征"与"玄学"引入诗学的理论提倡与实践,都在一定程度上体现了这样的倾向。沈从文自己在谈到他的诗歌观时,也强调"诗应当是一种情绪与思想的综合,一种出于思想情绪重铸重范原则的表现",主张把诗人"带入宗教信徒和思想家领域去"。可以说,对"思想性(意义)"的追求,对形而上的、超验的、抽象的生命命题的关注,构成了 40 年代相当一部分诗人、小说家的鲜明的精神与创作特质。这就出现了小说(与诗)的哲理化,语言的具象性与抽象性的融合的努力。我们所讨论的这篇《看虹录》,以及冯至的《伍子胥》,以及某种程度上萧红的《后花园》,都可以看作这方面的代表作。这其实反映了作家对时代的回应与文学观念的一种变化。沈从文曾在好几封通信中都谈到,处于战乱造成的政治、经济危机中,人"必需有一种或许多种抽象原则,方能满有兴趣的活下去";他认为,小说的基本功能就是把"机智的说教,梦幻的抒情,一切有关人类向上的抽象原则学说","综合到一个故事发展中",从而把人的"生命引导到一个崇高理想上去",进而影响"国民心理"(沈从文:《短篇小说》)。于是,我们又发现,在用"抽象的原则学说"影响(升华)人(民族)精神这一点上,沈从文们与同时期的左翼作家(甚至延安作家)都惊人地相通,以后(包括 1949 年后)文学的抽象化、哲理化(也即报告人所说的"思想的叙事"),成为一个主导的潮流,大概也不是偶然的吧?

生命·形式·"一个人"

——读《看虹录》

孙慈姗

1941 年 7 月，沈从文创作了小说《看虹录》。修改重写后，1943 年 7 月发表于《新文学》杂志。而在沈从文的创作序列中，写作于《看虹录》之后，并稍早于《看虹录》发表的作品《水云》①或可在主题意涵、文体形式等层面与《看虹录》形成参照互动。解读《看虹录》，也不妨从《水云》一文切入。

《水云》初刊本有题记"我怎么创造故事，故事怎么创造我"，而文本整体部分便是讲述生命中出现的一次次"偶然"如何一步步形塑了"我"对生命形态的认知，进而是对生命本质的追寻，它们又如何在"我"这里转化为一篇篇文学作品。结合文本语境的提示，这里所谓"偶然"几乎都与"我"的爱欲经验密切相关。在这个意义上，《水云》既可视为一部"私人情感（情事）日记"，或是以此为素材加工而成的小说，又可以作为抒情散文，同时亦可以被当作一部风格独特的创作谈——这里所涉及的不仅仅是某几篇作品的生成缘由、过程与具体的创作手法，

---

① 《水云》发表于 1943 年 1 月与 2 月的《文学创作》第 1 卷第 4、5 期，沈从文并未标明其创作时段。从《水云》中提及《看虹录》的创作过程来看，这部文本的写作应当晚于《看虹录》初稿的创作时间。

更是对文学之产生及其作用机理本身的辨析与思索。

《水云》中明确提及了《看虹录》的创作经过，与之相关的乃是在"我"的生命中出现的"第三个偶然"。在"我"的描述中，这是一次"毫无情欲，只有艺术"的体验，在似乎完全超越了"利害得失"的"鉴赏家"心态下，"我"看出"自然所给予一个年青肉体完美处和精细处"，进而"从一个人的肉体上认识了神"。在类似的体验中，"我"总是希望涤除欲望的因素，于"情感—艺术—宗教"间建立牢不可破的联结。"我"甚至认为，"普通文字"的"叙述"其实无法承担这样的追求，甚至可能"破坏这种神的印象"。如果一定要诉诸形象寄托，那么这种"认识神"的经验最好被表现为"一本完全图画的"和"无一个文字"的"传奇"，或是"第一等音乐"。然而综合来看，《水云》整部文本恰恰透露出"我"用以因应、处理各方"偶然"力量的方式始终离不开"文字叙述"——否则，"故事"将不复存在，"我"也将是"另一个我"了。用欲望的宣泄与"梦"式的变形呈现解释文学之缘起，这显然受到了弗洛伊德精神分析理论的影响。然而，如何离析"情"与"欲"的关系？个体在各种层面的身份属性及其所处位置、情境是否影响了情欲之文学表现的方式？情欲究竟能否以文学的形式实现升华？如果可以，"升华"了的情欲又将以怎样的形态模式在文学文本中存在？这些问题都尚待在具体的文学实践中得到进一步呈现。可以说，弗洛伊德所面临的歧路或终点，也正是"我"，或是作家沈从文探索的起点。

在《水云》中，"我"之所以将爱欲经验形诸文字，便是要在"神之解体"的时代，在"充满古典庄雅的诗歌失去价值和意义时，来谨谨慎慎写最后一首抒情诗"。这是不无悲壮色彩的宣言，同时预示着所有这些"故事"都将以"抒情诗"为理想形态。而在"我""故事"与"抒情诗"辩证关系的生长变化中，爱欲、写作、个体经验的升华以及对"文学"既肯定又否定、既倚重又试图超越的心态构成了几组关键环节。这些方面为读解《看虹录》提供了核心线索，而某种程度上，《看虹录》正是运用了小说结构与叙述手法，对这些环节的相互关系及作用机制做出了更为细腻也更具症候性的呈现。

《看虹录》在正文前亦有题记："一个人二十四点钟内生命的一种形式"。其中，"一个人""生命"与"形式"也提供了解读文本的关键词。结合文本，这里的"生命"同样指的是构成生命之源泉，同时也是生命经验重要维度的爱欲体验，而"一个人"则暗示了这一经验的个体性、独特性。最后，将生命经验凝定为某种"形式"，所凭借的仍然是文学性的书写。《水云》与《看虹录》的同构性，也正在于它们同是着眼于以文学的方式处理个体爱欲经验的途径，以及经验主体、创作主体在这一过程中的期待与困惑。如果将《水云》视作一篇别样的创作谈，那么某种程度上，《看虹录》也具备着"以小说的方式探讨小说创作"的元小说性质。

《看虹录》文本分为三节。其中，一、三两节采用第一人称叙述，聚焦于"我"的内心世界，第二节则采取第三人称叙述，讲述了冬夜一间客厅中"主人"与"客人"间发生的故事。文本第一节最为简短，基本交代了某晚十一点钟时"我"的行止与心迹。在心理状态层面，空阔静寂的环境与梅花的清香促使"我"向"空虚"凝眸，在接近"空虚"的过程中，它似乎逐渐化为实体——一个小小的庭院，一间素朴的房子，一个火炉。这于是引发出"我"的行为轨迹——走进庭院与小屋，走到火炉旁，开始"阅读一本奇书"——在这里，"我"的身份是读者。而这本"奇书"依然有题词："神在我们生命里"。如上所言，可以认为这同时也道出了《看虹录》乃至沈从文一系列与爱欲有关的文学书写的主旨。

从篇幅来看，第二节或许是整个文本的核心，是有关"神"的"抒情诗"的主要内容，也是最具"故事"性的部分。故事情节围绕主客在雪夜小屋中的"对话"展开。从客人注意到主人如"美丽的小白杨树"一般的双腿开始，这样的对话逐渐向着"口是心非""表里不一"的方面发展。不断出现的"意思倒／却是"与直接插入的括号，注明着在表面的客套礼节之下，客人与主人围绕女性身体与欲望发生的真正交流——一种"无声音的言语"。这样一种言在此而意在彼的表达方式似乎也可见诸日常交际，且某些过于直露的欲望表述多少带有几分亵渎的色彩。但接下来，主客对话中某种"文学性"的因素却愈发突显。双方暗地里交流的内容，逐渐从衣着、躯体转变为海、蚌壳、"美"与"悲剧"。这样一来，由言语表里分歧带来的多义性表述的隐喻意味就不断加强。读者也许会逐渐意识到，主客这种对话形式所依据的是一定的文学修辞手法，而非仅仅出于性言说的禁忌规约或含蓄的表达习惯。

终于，主人与客人的交流直接触及了"文学"的话题。主人询问客人"近来写了多少诗"，而括号中出现的言外之意却是主人认为客人将热情全部倾之于"文字"，所以反倒在现实生活中失去了灵性与热力，变成"一个正经绅士"。而客人的回答则是"我在写小说……写一个荒唐而又浪漫的故事"。如果主人所谓"诗"是寄托、宣泄、消耗生命之热情的所在，那么客人的"小说"则似乎具备让人在生活中重新发现、激活生命力的效用，即括号中所言发掘生命中的"童话"。从这里可以看出，比起主人，客人对文学的态度或许更为积极。而个中出现的"诗"与"小说"的微妙辨析也许可以回应在《水云》中，以"抒情诗"为展现"神"之理想文学形态的"我"，为何还屡屡需要采用小说这一文体形式。对沈从文而言，"小说"在整个文学体系中占据着最为重要的位置，而这样一种文体的可能性，也有待于以不同形式的文体试验为方式持续发掘。

自此，文本中欲望的直白表述几乎完全转化为以象征、比喻等修辞手法为核心的文学性呈现。接下来的情节主体是客人邀请主人阅读他所写的雪夜猎鹿的故事，这一嵌套的文本本身可以视为主客情爱体验的象征。也正是在象征的意义上，"故事"内外的世界、"客人—创作者—猎鹿者"与"主人—阅读者—被捕之鹿"之间才具备了某种本质性的联系。在这个其实并不复在的象征体系中，占有"文学"之思维与表达方式的一方似乎也总是在爱欲经验中占据主动性。正如猎人将鹿的神情及肢体动作解读为"为了理解爱而叹息"，而客人也仿佛能够"用文字解去"主人的丝袜，露出"白足如霜"。文本对猎鹿情景的描述极为细腻，这或许浸透着作家本人的经历感受，也是人间情事的隐喻，但最为关键的是，这里的所有描写最终是为了服务"爱"与"美"的主旨：猎人"用手捉住了一只活生生的鹿"，也象征着客人用文字捕获了美丽主人的芳心，同时亦是写作者"用生命中最纤细的神经捉住了一个美的印象"。最终，故事里的鹿没有逃走，故事外的主人也在读完小说后接受了客人"随即为作了些事"。在象征的贯穿下，几个世界、几重身份的糅合可谓严丝合缝，体现出叙事者的精巧设计。在第二节的最后，主人再度成为读者，读着业已离开的客人留下的信。而写信也是客人在文本中的第二次书写行为。在这封信件中，比喻成为主要的修辞方式。写作者由所罗门《雅歌》的修辞形态引入，依次运用了葡萄、瓷器、元人素景、雕刻、百合花等多组喻体，亦是从各方面贴近着主客之间的爱欲经验，与对对方身体的审美性观照。这些比喻多非本体与喻体之间的简单对应，而是呈现出较为丰富的层次与某种生长互动的趋势。如在雕刻品的比喻中，雕刻物的各部位细节一一呈现，并指向艺术品与雕刻家的生命和情感。而在"百合花"这里，弱而秀的百合花颈映衬的是"我"发抖的手指，预示着两个生命在遇合时的谨慎、欢欣与相互怜惜。几乎在每个喻体生长的最终阶段，"庄严的情感"与"神的意志"就会出现。从带有象征意味的捕猎故事到信中的一系列比喻，经由一次次文学式的转码，"神性"终于被从以爱欲为依托的个体生命经历中提纯萃取出来。由是，"一切的抽象"超越、统合了具体的"故事"、欲望、经验与情感。

文本第三节回到了"我"一人独处的时空情境中。在这里，周围的环境（"这里那里只是书，两千年前人写的，一万里外人写的，自己写的，不相识同时人写的；一个灰色小耗子在书堆旁灯光所不及处走来走去"）延续了对文学之存在意义的探寻。举目所见的"书"全都是"生命的堆积"，而"读书、写书"则是为了得到"生命的象征"。如同烛焰熄灭时结在灯头的小花，涌动的情欲也期待着在文学的形式中生成某种静态的、带有永恒意味的结晶。在"我"看来，它是"他人'生命'另一种形式"，也是"自己另一种'梦'的形式"。可以注意到，第三节中的"我"已然变为写作者，在桌上稿本内留下了"五千字"的"小东西"。当阅读变为创作，"我"也就成为"奇书"的塑造者，"我"的文学书写使一切词语、经验和思绪"重新得到了位置和意义"。在这里，文学的主体似乎体验到造物者的崇高与骄傲。

然而，重新回顾"我"的体认，则疑问仍从中产生：在爱欲经验的文学化表达中，所收获的究竟是"他人生命的形式"还是"自己另一种梦的形式"？这二者能否兼得？是此是彼，又果真"都无关系"吗？从文本各种形式特征来看，封闭式的章节设计（如题记"二十四点钟"所示，第一节与第三节的时间跨度是整整一天，时针走过两个完整的圆，而整个故事也被闭合在"三一律"式的时空结构与"我"的冥思遐想、阅读和写作活动中）、题记中"一个人"的指称与大量独白式的表述（第一节与第三节显然贯穿着"我"的独语，而第二节中所谓主客的"对话"亦在很大程度上具备想象性，甚至可以理解为是客人一方的情绪和遐想所主导的，正如文本的提示："客人觉得需要那么一种对话，来填补时间上的空虚"），无不在暗示文本外的读者，这部作品的确只是属于创作者"自己"的"梦"，而很难真正通达"他人"的世界。所有叙事性的故事与抒情性的升华最终都是对个体爱欲经验的独白性演绎，虽则可以在文本世界中自足，却仍可能是狭窄的，也有其难以逾越的局限。其实，文本第三节已然在此表现出诸多症候。比如，"我"隐隐预见到自己的创作难有理想读者，别人大约更倾向于"从故事中推究真伪"，而无法领会"我"于写作过程中建构的超越性审美与情感体验。比起对"读者"的疑虑，更为重要的是"我"意识到对于这"故事"或许还有另外的"作者"存在——"我推测另外必然还有一本书"，它所记载的是"一个女人"在情欲经验中的"温柔歌呼"。对应第二节的内容，则它或许是某种程度上始终作为文学客体而存在的"主人"的自我表达。推而广之，这便是真正属于"他人"的生命形式的呈现。推及此，则"一切名词又都失了它的位置和意义"。"我"之体验毕竟具有片面性，又如何能断言"我"之文学表述所确立的"位置"和"意义"的绝对性呢？由此，作为文学者的"我"不仅为"抽象"所折磨，更为这种种"抽象"能否具备普遍性而犹疑困惑。

"生命具神性，生活在人间。"散文《潜渊》中的这句话庶几成为概括沈从文一生创作动机与思路的对仗性表述，同时亦透露着其文学实践的愿景与困境。而在其中，《看虹录》《水云》一类作品基本是对前半句的集中呈现。通过象征、隐喻等修辞形式，文本在各方生命体验间建立了联结（比如爱欲与捕猎、艺术创造与风景欣赏），并以不断抽象化的方式实现着对"生命"之"神性"的把握。然而，更为复杂的"人间"之"生活"的缺失，又意味着这注定是一个不平衡、不完整的文学体系。对此，沈从文亦有自觉意识。

在看虹摘星般"抽象"的情欲表现之外，同一时期居于抗战"大后方"的沈从文也尝试着如《长河》《芸庐纪事》这类"从深处认识"的文学创作，企图以文学的方式，对战时地方社会种种图景做出全面且别具深度的认知理解，以把握人间的具体生活。这两条创作脉络或许最终汇聚成了《雪晴》这样集抽象抒情、传奇故事、图画艺术、社会观察、思想辩论于一体的"综合"①性文学体式。然而对沈从文来说，文学的表现形式终究有其难以超越的限度——为作家的敏锐神经所捕捉到的丰富经验细节总迫不及待地通向某种"本质直观"式的升华，并消融于这种抽象的升华中，而创作者对自我感性经验与思维路径的耽溺、重复，又使其难以真正触及更为广阔意义上"他者"的生命经验与情感世界。这样的局限或许也内在导致着沈从文在 40 年代至 50 年代期间所进行的一系列不乏新锐创造性、也很可能具备更为长远的影响力的文学试验，总面临着左支右绌、难以维系的困境。

而在更晚些时候，沈从文对抒情不过是"知识分子"的"梦呓"，"对外实起不了什么作用"（沈从文：《抽象的抒情》，作于 1961 年）的体认，一方面可以视为其 40 年代以抒情为核心建构包容万有、左右社会人心发展的文学体系这一宏大远景的塌缩，另一方面或许也呈现着时势变化下，作家对自身文学方式之局限性的再度体认。而更进一步，沈从文由文学创作向文物研究的转向，也就不仅源于外界环境的变化及其艺术观的延续性，同时也构成了弥补文学之感受与表达方式局限性的有效途径。在《中国古代服饰研究》这样"物质文化史"式的研究中，沈从文通过大量图像与文献资料，勾勒不同时空、不同类型人物的衣着饰物以及起居用具，由此逐渐描画出各类人群的生产生活方

---

① 路杨：《新的综合：沈从文 40 年代中后期的形式理想与实践——以〈雪晴〉系列小说为中心》，载《现代中国文化与文学》2015 年第 1 期。

式、审美取向与精神样貌，乃至某一时代的整体社会结构。对沈从文而言，这样一种新的工作形态和抒情方式也为他打开了新的天地。在"我"与"物"相对的时刻，在对历史文献与古代日用品、艺术品的考察研究中，沈从文或许真正走近了广阔时空中更多"他人"的生命形式，而抽象与具象、神性与人世、美学与情感、生命与生活，也有望在这一志业中生长出新的合题。

七 端木蕻良《初吻》

端木蕻良
1912—1996

1936 年 8 月	端木蕻良《鹭鸶湖的忧郁》发表（《文学》第 7 卷第 2 号）。
1937 年 4 月	《〈大地的海〉后记》发表（《中流》第 2 卷第 3 期）。
1937 年 6 月	《憎恨》出版（文化生活出版社）。
1938 年 5 月	《大地的海》出版（生活书店）。
1939 年 5 月	《科尔沁旗草原》出版（开明书店）。
1939 年 12 月	《风陵渡》出版（上海杂志公司）。
1940 年 5 月	《江南风景》出版（大时代书局）。
1942 年 9 月	《初吻》发表（《文学创作》创刊号）。
1946 年 5 月	《新都花絮》出版（知识出版社）。
1947 年 7 月	《大江》出版（晨光出版公司）。

1942

张天翼《金鸭帝国》连载发表
无名氏《北极风情画》出版
骆宾基《边陲线上》出版

初吻

端木蕻良

鸟何萃兮蘋中，罾何为兮木上——

我父亲的静室是很宽大的，但他不常在里边，他常在的地方是会客室和书房。

他虽然不在静室里边，但这里的东西，每天都由专人来擦抹揩拭。香炉里的檀香每刻都不息，神龛里的长明灯也永远点着。这静室的南面是一面大炕，炕上铺着三寸厚白羊毛的炕毡，毡上铺着蓝哈拉全镶沿黑大云子卷的炕蒙子，炕蒙子上边铺着一层香黄色的西藏驼衬绒。绒毡上摆着成对的云龙献寿黄缎靠枕，下边还铺着两块瓦合叶的千针行的厚褥垫，也都是清一色黄丝绒夹丝的百幅宫缎做的。炕的中间横放着一张琴桌，桌子是花梨木的，两边铺着黄绸的桌衬倒垂下来。桌上放着木函的经卷，《楞严经》《妙法莲华经》《大悲贤忏》《地藏菩萨真经》《金刚经》《达道图》《随坛经》《太阳经》。还有《堪舆指归》、秘本《龙山虎势全图》，《地学发微》，还有一些手抄本的诗集。桌上放的都是这一类的书。还有一本叫作《醒世恒言》，是我父亲最宝贵的一本书，凡是有母鸡打鸣了，或是街西头老王家的芦花灰鸡下了个软皮蛋，或者天上出了个三环套日，或者月亮旁边有了个双晕，我父亲就打开了这本《醒世恒言》，在上边用朱笔勾了双圈，越重要的灵异圈的就越多。然后又用墨笔写上，

"某年某月某日验于壬癸方"，或者某年某月某日某地怎样了，后多少日果验等等的字样。

我父亲的静室靠北边是三个佛龛，正中的高些，两旁的矮一点，都是描金的透珑的佛橱，橱前静悄悄地悬着日月光明百宝法幢旗，飞龙舞狮祥云结彩幡。橱里画着一排紫竹林，冲着一串珠子在飞着的金翅鸟。坐在九节莲花上的观音大士像，全是用赤金叶子铸了的。橱前还有一个白玉的玉观音，腰肢向一边扭转着，差不多是除了些珍珠缨络之外，身上是裸着的。佛橱上边有我父亲用竹子刻的自制的对联："观入空潭，云彩花光都是幻，音出虚谷，玉台明镜本来空"。横在上边的四个字，是"得自在天"。

我常常到静室里去，都是等着我父亲不在里边的时候，我才走进去。我去静室里边的次数一定比我父亲多，但他都不知道这些。这静室里的每一件法器，每一张佛像，或是每一枝香花，都是我所熟习的，差不多我都闭着眼睛就可以找到它们。每样东西都用手摸过，凡是可以掀开来看的，我就看到里边去，看看里边还有什么。我知道好些事物，譬如那个古铜的法铃里的小锤也是一个小铃铛。西藏传来的披着紫甲的瓷金刚，背后的火焰是活动的，拿下来也可以的，波斯门香是香面子，用来熏着点的，焚香的铜炉是宣德年间造的。插杨柳枝的花瓶的鹦哥绿，釉子的光采是像水浇了似的。那白玉的半裸的观音上边，还题着两句词："登欢喜地，现自在身"。下边刻一个蛛丝篆的小红印章"玄石"两个小字。还有父亲的大铜仿键子，拼起来是个长键子，拆开来是个仿圈，笔洗旁边是两只螃蟹，放水放得正合式的时候，螃蟹的眼睛里就透出两粒小水珠儿来，像是活了的。

但是这些我都不大注意，我的心专注意在一张画像上。这张画像会使我迷离恍惚了，我常常做颠倒了事，都是为了她，常常如醉如痴的也都是为了她，常常听不见母亲在房里喊我的声音也都是为她。我那时已经会在爸爸的藏书室里偷偷看过许多奇奇怪怪的书了，而且非常的懂，非常的明白，但是却还不能知道这张画画的是谁的像。那画上边只题着："戊辰年桂月熏沐敬绘"，下边小印，是鸟虫书，我不能认识，我也不能找人去问。在我爸爸的静室里，只有这张画是我没有用手摸过的。我仿佛用眼睛看还来不及，已经想不起用手去摸了，我仿佛被什么炫迷了，仿佛有千奇百怪的珍珠宝贝，摆在我的面前，使我不知道先触摸哪一件是好了，我常常怔在那儿用眼睛看她。我觉得这张画我很愿意看。我虽然很小，但是已经很会看女人了。那时我的哥哥正在闹婚姻潮，全城好看的姑娘的庚帖都往我母亲手里送，灶君爷板儿上的八字帖子，都压满了。我二哥来信告诉我母亲，说让我去看，我看中了就行。我母亲常常带我偷着去相看人家的姑娘去，那些姑娘们总是预先被她的妈爹或者姨娘娣妹们装饰得典雅而不露痕迹，差不多每次都是由她们的亲属寻找出一个理由，或者一个以上的理由，让姑娘出来给我母亲装烟倒茶，或者劝我们吃点心，假设再熟了一点儿的，或者论起来还沾着一点儿亲眷儿的，那些姑娘们还要赶着向我母亲叫二姑，或者经她娘家来论亲就叫二姨，还得陪在一起谈些好听的话儿。大概总是把最好听的讲完了之后，她的母亲就给她一个眼色，让她去了，免得再求好，反落个不是。有的聪明的母亲，事先总使自己的女儿稍稍知道一点儿，使她知道这事对于她是过分的重要，这事才是她生命的开端。所以早早就暗示给她，让她答对得好一点儿。有的姑娘们虽然知道了，还得装出不能脸红，因为要是脸红了，便是说她已知道这是相看她的来了，知道了而还出来装烟，不是太脸儿大了吗？所以就不能脸红。但是当我母亲有时拉着人家的手要看的时候，她才可以显示脸红。但红到什么程度，这要看拉手时说的什么话了，要是母亲说，"这手生得真巧，一定是镶啦沿啦的都会做！"这时那个被相看的姑娘的脸上可以微微一红，但这得站在一旁侍候着。要是母亲稍稍大意一点儿地说："这手真是能干儿，一定是个里里外外都打点得到的。"这时这个姑娘脸得相当的红，但还得表示尊重在这里的客人，勉强地站在旁边侍候着，不过等不了多久，便可以掀开帘子回到自己房去了，倘使她不脸红，便是她太不机灵了，倘使她不走开，便是她太中意要嫁了。倘使这家的姑娘，是和我们家有过交往的，或者是厮熟了的，这些姑娘们有时便拉着我的手去到她们自己的房里去吃果子，或者谈闲磕儿，问长问短，总是把最温柔的事物询问出来。但是这些都是极含蓄的，极微细，极不容易听出马脚来的。因为她们知道我母亲回到家里要询问我，问她们问我的到底是些什么话儿，她们都知道这一遭，所以都准备了许多的话，好使我母亲顺我嘴里听来对她有好印象，或者她们做出很细微很优美的事物，使我记起来好告诉我的母亲。每次相看了一个姑娘的时候，要是有几分中意了，我母亲便让我给二哥写信，信写得很详细，尤其是对那姑娘的长相，身段和家世，都是由我母亲叮咛又叮咛了，嘱咐又嘱咐了，写得满满的。

我差不多统统知道了女人们的秘密了，因为我天生日长在女人堆里，她们有什么事我都知道了。她们有什么都不避讳我，我从她们的话里知道多少平常想象不到的，我从她们的动作里，看见许多别的动物所从来没有过的动作。我知道她们在帘子外面说的话和在帘子里面说的话怎么两样，我知道她们嘴里说的话和心里说的话怎么两样，我知道她们眼里看的和手里做的怎么两样，我又知道她们想要做的和故意做的怎么两样，我知道她们虽然做了和还要做的怎么两样，我知道她们嘴里喜欢的和心里喜欢的怎么两样，我知道她们敢喜欢的和不敢喜欢的怎么两样，我知道她们想喜欢的和要喜欢的怎么两样，我知道她们装出来的喜欢和装出来的不喜欢，怎么两样……

但是这些女人都没有画上的那个女人使我惊奇。我简直奇怪了，我像是走进了一种魅道，我不能战胜那种魅道，而且我也不能说清楚了那魅道是什么，或者我简直也不知道那魅道到底是些什么，对我要发生些什么，甚至已经发生了些什么，我都不能够理解或者知道，总之，我是着了迷了。我那时正随着我姑姑们的国学老师作诗，我虽然是个很小的小孩子，但是已经会作绮情诗。我作的诗是"谁家玉笛暗飞声，坐弄飞音惹恨潮，调寄同情应沾臆，同情最是海天遥，银镫共照人不共，余音坐涌心花焦……"五十多岁的老师，会打扬琴会弹筝，对我非常器重，常常在我父亲面前称道我，所以我小时候差不多有了神童之誉。又能画画，又能吟诗，又能写酬拜的信，我父亲写回信，有时都找我代笔。我的哥哥们的才华都不如我，有许多人求我画画，有许多人见着我的父亲都说"虎门无犬子"，"雏凤清于老凤声"，所以我父亲最喜欢我，常常对我讲一些超过我年龄所能理解的心里话。但是自从我作了那首诗之后，我姑姑们的老师，有一次（我做好了诗都给他去批改的）便对我的姑姑们说："他还是一个小孩子，最不应该发哀凉之音……这话应该对他说明。"他大概下边还要说："在这样小小的年纪，便作哀怨之思，长此以往，当非福寿之辈……"但是他不好意思说出口来。所以，我最小的姑姑偏问他："他诗作得好吗？"老先生点点头："诗作得绝顶的好……"我的最小的姑姑便回来傻着告诉我说："老先生说你的诗好得透顶，你好好地多多地作罢！"我听了便喜欢。从那之后，我便作两种诗，一种是给先生看的，一种是给我自己看的。我那时到处去翻我父亲的诗来看，我想看更多的诗，我知道人家七岁就能作诗，我现在已经太晚了，我想做得更多更好成为一个真正的神童。我到处去找诗。忽然有一次，我在父亲的抽屉里找出一些没头没脑的诗来，也不知道是谁作的，也不知道什么年代的本子，也不知道是写些什么的诗，那诗是这样的：

暂到瑶台病客忙，梦中重改旧诗章。

月明露冷群仙散，惟有飞琼爱许郎。

宝髻蓬松裙袖斜，寻芳暂驻紫云车。

九华妃子尘心动，掇尽人间碧奈花。

眉娘新试道家装，不愿金环赐凤凰。

海上紫云齐拥护，月宫同待舞霓裳。

玉虚同宴遇仙姑，赐我灵飞六甲符。

火枣冰桃都不食，殷勤只欲觅羊珠。

我压根儿不懂这诗里是什么意思，但是我看了诗之后，便有几分不快之感。连忙把诗合上，便走开了，走开之后，我又回转来，把诗详详细细地又看了一遍，这才决定再也不来看了，便默默地走开了，走得很凄凉，很沉重，很有心事的样子。

那一天我觉得有点儿头痛，我的母亲问我怎么了，我说没有什么，晚饭我吃得很少，我母亲摸摸我的头很热，便拉着手一定问我到哪儿去了，她想知道是不是遇见了"撞尅"。我有几分生气，便说："我作诗作累了。"我母亲听了，便骂我父亲。"什么神童玉女的，天天胡扯，听你父亲放任你们，哪里有这样小小的孩子，天天就会吟诗作画的，人家放牛的孩子，在这样大小，还只会打滚儿呢，哪有这样大的孩子，就要知道天下事呢？"于是就让我五姑姥姥的女儿灵姨，领我出去玩去。"你领兰柱到花园里去玩去，他一定是关在屋里闷得慌了……哪有这个道理的，明儿个我把你的诗本子画册儿叫人都拿去烧了。"

我完全忘了诗的事，我和我的灵姨玩得很好。我们到后花园的水池子去弄水玩，因为水已经给落下来的花瓣儿盖满了，我们用草把水面上的花瓣儿拨开，再向水里照。我们两个约定谁也不看谁，只是在水里看着彼此的脸，我在水里向她笑笑，她也在水里向我笑笑，我向她皱鼻，她也向我皱鼻，我向她作鬼脸，她也向我作鬼脸，总之我们两个都彼此不真的来看谁，只看水里映出来的影子，我们作了许多花样，玩腻了，我们便去采杏花。我爬到最高的枝子上，想剪一枝开得最爆的下来。但灵姨一定要我剪下那枝苞儿最多的花枝来，她说那个插瓶不容易谢，可以开几天呢，我说反正花枝多得很，谁还等她慢慢地开，今天插了最繁枝明天谢了不会再剪一枝最繁枝儿来吗，天天开得火爆爆的该多好，但是她说："不要糟蹋那花儿吧，那花儿一年开一次，也不容易呀，谁能让你抢着空儿来糟蹋呀！"

我骑在树干上，一声不响，还是去剪我自己选的那一枝。灵姨一看我去剪那最繁枝，便和颜悦色地跟我说："好孩子，你剪那一枝带骨朵的给我，我抱你下来。"我鼓着腮帮子说："我才不希罕你抱呢！"我顶能爬树，极细的树，我也能爬到尖顶上去，直到树顶都摇晃了。但是我想了一下，便说："你真的抱我呀！""不骗你，我一直把你抱到妈妈的炕头上，放在妈妈的怀里，叫妈妈拍着你睡觉玩。"我便再向前边爬，去剪骨朵儿最多的那曼枝去了。我剪了下来，便招她在下面等我。当我爬下来要落地的时候，灵姨便跑过来接我，我一只手勾在她的脖子上，她从树上把我抱下来。

我还有点儿生气，便把杏花向她身上一推说："你的花，给你吧！"

我的手正碰在她的胸部。我觉得有什么又软又滑的感觉，我有些奇怪了，向她的胸部注视了一下。灵姨脸微微地红了。小声地对我说："好孩子，下来自己走吧！"本来她答应的话是把我抱到妈妈那里的，但是现在她变卦了，本来我还可以纠缠她的，一定要她去抱我到妈妈那里去，到了妈妈那儿我好告她，说出我的道理怎样怎样，好让妈妈评评理，但是我也好像有了罪了似的，我也好像严肃了一会儿似的，迷惘惘地从她怀里落下地来。但她马上就活泼起来了，和我商量着插哪个花瓶里好看，瓶里要放池子里的水，不放井水，把哪一些茸枝剪下来……拉着我的手我们两个一边谈着一边向正房里走。快到正房了，她问我是不是我的头不痛了。我早已忘记了这回事，便回她："是我方才头疼了吗？"她用尖尖的手指画在脸上羞我道："不是你疼，难道说是我疼吗？"我把她拉着我的手使劲地摆了下说："都是我妈妈说的，我没有说疼。"灵姨说："二姑以为你画画儿画多了。"我拉住她的手停在那儿问她："灵姨，明儿个我给你画一个像，好不好？"灵姨用手端起我的下颏，深深地看了我一下，笑着说一声好。

我很高兴，一直跳到妈妈那儿去要花瓶，去要大剪刀，去要池子里的水，和灵姨一直忙了大半天，把花儿供在妈妈房里，妈妈在那儿弄麝香丸，不大搭理我们，我们只弄花，也不搭理她。我很疲倦，很早就睡了。

夜里我做了一个很奇怪的梦，醒了时一五一十地对妈妈讲，但一些又记不起来了，于是又睡着了。我似乎觉着身上向下沉落，一会儿比一会儿地沉落下去。我似乎觉得我陷落在软绵绵的什么里边，我睁开眼睛看着，眼前白茫茫的一片，全是白的，我用手指轻轻地去触一下，又都是有些儿香有些儿腻。花，是花，桃花，杏花，梨花，是一片花的海。我家住在杏树园子胡同，前边，后边，左边右边到处都是杏花，还有李子花，梨花，樱桃花。杏花最多，杏花有洋巴旦杏，桃核大杏，白杏……梨花有香水梨，白梨，凤梨，马蹄黄，红绡梨……最多的是香水梨……这些花都约定了在一天开，开得像雪盆似的，杏花的干子像蓝色的烟雾似的。蓝苍苍的，花朵便从这上浮出来，越浮越多，像肥皂的泡沫似的突然地淹没了蓝色的海，眼前什么都看不见了，只是一片白，桃花也是白的了，樱桃花也是白的了，杏花也是白的了，李子花也是白的了，白的烟雾喷上来。就像一团浪花，怦然地碰在礁石上，就这样地擎立在天空上，忘记了落下来。白色的花朵毫不吝惜地绽开来，毫不吝惜地落下来，一阵风丝儿吹过，一只小鸟儿弹腿，花瓣儿便哗哗地落下来，像洒粉似的落下来，池塘的青色便不见了，都盖满了花瓣。小道上的足迹都盖满了，人们便践踏着花儿走过，觉得脚上有点儿烦腻腻的。

在我的窗子上，我什么都看不见，只看见白色的什么压下来，一直捕到我的脸上，眼上，手上，心上，团团地围绕着我的都是白，我几乎不能动一动了。我似乎被一些什么软绵绵的东西缠住了，我似乎闻不到什么香气，我只觉得有几分凉爽，又有几分烦躁，像埋在春天的雪地上的小虫子似的。我想翻出去透一下气，又觉得这柔软的土，是这样的温暖，舍不得出去，我迷惘地没有思想地躺着。云彩向我飞来，天空向我飞来，云彩从我的胸部腹部走过，天空从我的胸部腹部走过，水流从我的耳畔，哗哗地响着，把我带到很远的远方。白色的冰的花朵开向着我，白色的柔软的绒毛擦摩着我，很快地，我向下沉落下去，我大声地喊了起来，便醒转来了，我把头拼命地向被里边缩进去，我蜷侧在被子里，轻轻地发着娇声喊妈妈。在清早起不管我是叫谁，但是第一声总是叫妈妈的，而且不管是谁来服侍我，都不好，只有妈妈来服侍我才是最好，但是妈妈来看我的时候，是很少的，通常都是保姆来看。这就是我一天不快的根源，倘要在被缝里看见是保姆来了，我就发脾气想找碴儿，不是这儿不对了，便是那儿不对了，而且我捡着什么就扔什么，一点儿也不听说。倘要是我在被缝里看见是妈妈过来了，我便撒娇和妈妈歪缠，在被里打滚儿，很难得起来，冬天便说要烤衣服，夏天便说要洗澡，妈妈很愉快地来亲我，抱我，我在妈妈的怀里揉来揉去，不肯马上起来，像有一团热雾似的妈妈的脸向着我，我把脸贴在妈妈的胸上，竟说一些个怪话，告诉我昨天梦见什么了，今天要吃什么了，妈妈很快地就要停止我的胡闹了。她把眼睛放得正经起来，告诉我昨天什么什么不对了，今天应该怎样怎样才是对了。因为我父亲放任我们，所以妈妈觉得管教我们是她的责任。妈妈的眼睛一放得正经，我就生气。而且不希望她再来了，我就埋怨她，妈妈便再好好地周旋我，之后，去料理正事去了。我总是因为妈妈不好好和我玩而生气，妈妈的忙和妈妈的道理对我都没有用处的，但是妈妈总以为她的对，父亲该多好，一切都随我们的便，父亲要是妈妈该多好。而且妈妈的颜色要是不会变该多好……我醒转来，我就叫妈妈，一声连一声地叫，把头缩在被里不出来，我的决定是一定得妈妈走来我才答应把头从被子里伸出来。我迷糊糊地滚在软松松的被褥里，觉着有些热，又有些急，忽然我觉得妈妈坐在我的旁边了。我真开心极了，我闭着眼睛去亲妈妈的嘴唇，把脸埋在妈妈的乳房里，我说："妈妈，我做了一个梦，我梦见和灵姨……"忽然有一只手推开我，悄声地对我说："谁是你的妈妈……"我睁开眼一看，我看果然不是，我就更歪缠地扑过去，"是我妈，你就是……"我看见灵姨撇撇嘴，啐了一口道："谁稀罕！"然后脸上现出机灵的笑，眼睛深深地看进我的眼睛里。她看出来我不懂她的话，她便顺着我的视线看过我这边来，把头顶门儿顶着我的头顶门儿，然后匀出手来给我穿衣裳。我和她打了，闹了，揉搓了，腻够了，听见妈妈喊我们了，妈妈埋怨我们为什么穿得这样久，灵姨用眼睛瞪了我一下，我们才算穿好了衣服。

我很久不进爸爸的静室里去了，那一天黄昏的时候，我偷偷地走进去，外边的院子好像昏暗了，但南园子的花光还是明亮的，照过来仿佛这屋子里也是亮的。当我不知道为什么又走进父亲的静室来的时候，我突然看见了那幅画像，那画用淡淡的杏色的绢裱的，画又细又长，下边用檀香木做画轴，画的顶上边还垂下来一串珠珞的穗子来。

我脸上发烧起来，心也卜卜地跳，手好像不好使了，我好像第一次看到这张画。那像相当的高，我站在下边就觉得更高了，我把她前边的小香炉搬下去，我立在那小紫檀凳上，站上去细细地看。

我第一次站得这样高，第一次站得和那画像里边的人的脸一边儿高。那是一张古装的妇女的画像，下边好像是烟雾，好像是水……仿佛她是走在水上，仿佛她是含着轻愁，仿佛她又是在微笑……我不知为了什么轻轻地和她亲嘴……迷迷惘惘的我走出了那座宽大的静室，我回头看了它一下，我觉得更高大了，我觉得它和我有一点儿陌生了，可是它又和我有一种秘密的联系，一种说不出的迷惑，我痴痴地不能讲出，也不能想出……就在那一天我生病了，我发了很高的热，而且常常说着呓语……

在我清醒的时候，非得妈妈来侍候我不可，我的大嫂为了要减轻妈妈的疲劳，要替代妈妈来看护我，我便把东西掷过去，不要她进来。亲戚邻舍来看我的很多，但是我都不见，我那个屋子不许任何人进来，只许我母亲和我在那里。保姆送东西，都送在外屋。我把豹皮铺在炕上，太师椅子放在炕上，炕上也是床上，也是地下，我要坐起来就坐在大椅上，我从窗子里向外看着白云似的杏花……母亲侍候我吃药……灵姨有时候在窗外看我……大夫不知道我到底闹的什么病，他告诉我母亲，说这是叫"苦春"，我母亲慌了，问他怎样治才能好，大夫说："立了夏就好了，你看鹅毛飞不起来的时候，小少爷的病就好了。"

到了夏天，我病好了之后，我的二哥便一定要我去天津念书去，我母亲虽然舍不得我走得那么远，但是怕不依着我，我再生一次病，于是就答应下来了。

……

三年之后，我又生病了，我的哥哥叫我停学回家去休养。那时我已踢得一脚好足球，盘得一手好杠子了。我回到家里正是大秋天，我和我的大表哥——大祥哥天天到大地里去玩。我从来没有接近这大地，现在真是心花怒放……觉得什么都是好的，什么都是新奇的。十四岁的男孩子愿意骑马就骑马，愿意打枪就打枪，坐在拉粮车上放飞似的跑，躺在黄金的禾秆上晒太阳，拿起青脆的大萝卜，摔在地上裂开了来吃，在地头上摊开"铺子"烧毛豆吃，捉住小鸡放在火上烤……站在小山岗上从这头向地那头儿来喊，打着小鞭子咔咔地响，骑着不备鞍子的马在斜坡上径下放……

我的家在我眼前都变了。从前我所能看见的所能想到的现在很少能看见很少能想到了，我现在看的想的都是从前我所看不到想不到的……这是一个新世界……

有一天，我一个人打着脆轻轻的鞭梢，在田里跑，看见那梭头青的大蚂蚱在我的面前小鸢鹰似的飞旋着，我一定要捉它下来，我捉下了蚂蚱之后，我便把它的翅子拉下来，外边那层硬翅不要，我要里边那层新绿色的透明的薄翅儿，我拉下了很多，我把秫秸里边的瓤儿用指甲掏空了，便把透明的翅子放在里边留下来。

我在草棵子里蹚出一只呱呱青的大蚂蚱来，它飞起来真像只漂亮的绿燕子，可是骄傲得又像一只小飞鹰。我跟踪着它，把方才收集的那些各色各样的珍贵奇异的翅子，费了我多大的机智，敏捷手段和心血而捕获来的，放在太阳底下放光、放在月亮底下发亮的翅子，都抛到九霄云外了。我就要那一个，最好的那一个，没有那一个那一切的好都是多余的，都是对我没有丝毫价值的。我跟踪那骄傲的蚂蚱儿，它是多么骄纵，多么快活，多么得意，它刚落下来就又飞起，飞了一个抹斜的半圆，又飘飘地飞起来，往上折，往上折，又跌下来，下来再兜一个圈子，翻上去，我看得清清楚楚的。这翅子等一会儿便是我的，我要轻轻地折下那透明的闪耀着欢喜的光芒的翅子了……那蚂蚱飞得怎快，转眼已经飞过壕沟去了。秋天的田虽然割了，但垄上还是不好走的，因为每条垄都没有破坏，都长得很高。我拔着红色的靴子在一望无际的大野上追逐着，我把白绒的短上衣放在手上，我就是预备用这件衣服夹捕它的。那蚂蚱飞翔得更美，圈子兜得更圆，一会儿便飞到我的身边来了，我站起了，抖起衣服，一下子扑过去，扑着了。我慢慢地掀开我铺在地上的短上衣，怕它突然地得着机会飞走了，我把衣服都掀起来的时候，什么都没有，什么都不见了，我抬头一看，白色的一动不动地停着，太阳懒洋洋晒在我的身上。各色各样的蚱蜢，在田野里飞。紫色的、土色的、黄色的、苍绿色的、花的、蛇色的穿梭似的飞，但是我一眼就看见了我的那一个。

我绕过田垄去，它向一个草垛上边飞去，我绕过草地，它落在地窖的一棵特别长的青草上。我又一扑没有扑着，这回它落在个小草堆的尖头上，我毫不犹疑地向尖顶上一身纵去，我把全身都投在小草堆上，草堆立刻陷落下去，我的头已经探过草堆的这边来了，我看见了一个姑娘，有点儿像画上的像，又有点儿像灵姨的模样，把她吓了一跳。她本来坐着在编织一些什么呢，现在连忙想站了起来，但一看出是我来便又坐下了。她又惊又喜地睁大了眼睛看住我，但是眼睛马上变小了，脸上画出一种顽皮的笑：

"你没有捉住蚂蚱，你捉住我了。"

我一个鹞子翻身翻过去，偎在她的旁边急急地说："灵姨，怎么会是你呢？"

她带着几分怨忧的样子说："为什么会不是我呢？"

我一连串地问她："为什么不去看我去呢，你住在哪儿，为什么一点儿也没有听见你的风声呢，你为什么不知道我回来呢？"

我问她："你为什么不去看我妈去呢？"

提起我妈妈，她脸上现出自嘲的笑容来，然后还是用马莲仔仔细细地编织小东西，我说：

"灵姨，你为什么不搭理我，难道你不跟我好了吗？"灵姨正把一段狗尾草放在嘴里咬着呢，听了我的话，便捧过我的脸儿来，把眼秀媚地眯缝了一下，用牙把草秆使劲地咬了一下，便说：

"你长大了，你长得好高，我几乎不认识你了。就你一个人来的吗？谁跟着你呢？"我说：

"就我自己来的，我特意找你来的，我早知道你一个人在这儿。"但我心里真难过，假如我真的知道她一个人在这儿而我是特意来看她的该多好，灵姨意味深长地一笑，妩媚地看我一眼，等了一会儿才说：

"你不知道的还多呢！你太小了啊！"然后又对自己嘲讽地笑了一下。我有点惶惑，急急地在她的脸上身上看着，想看出一些什么不同来。灵姨比从前更漂亮了，脸上的红潮更涌了，她的上唇的中部尖得特别分明，她的嘴唇在动的时候，像是活了似的。她的唇在翕合的时候最好看，像一粒滚动着的红樱桃。她的胸部，比从前更突出了，仿佛有一种温柔的风吹进在衣袂里，把衣服胀满起来了。她把她做的一个小马莲垛儿，放在我手心里，然后把我的手指按下去，叫我握住。我觉得有点儿不好，她一定是要走了，我就拉住她的手，问她：

"你在哪儿住？"她指着地头上那座白房子给我看。我又犯了我的老毛病，和她纠缠起来，我说："不行，你一定得告诉我怎么一回事！"

灵姨喷了一口气，看着我眼里透出愉快的光辉，然后用两手抱了一下膝头，把头放在两膝中间，将脸向上翻着，把膝头轻轻地摇了两下，眼睛向上看着我，嘴儿仍旧紧紧地闭着。等了一会子，才幽幽地说："我早就知道你回来了。"我听了就跳起来，叫着："灵姨，是我妈妈欺负你了吗？我去问她去，你为什么不在我们家了呢？一定是我妈妈的主意！"她摇摇头，然后说：

"小孩子，你什么都不懂得，吃完晚饭你到那白房里来吧！"说完她并不站起身来，她反而把身子平铺在草地上，在地上折下一个草秆儿来，一段一段地用指甲儿折着，然后回眸对我问道：

"好孩子告诉我，灵姨好不好？"我爬到她的跟前，还像我从前和她在一起的时候一样说：

"灵姨顶好，我就喜欢灵姨！"我因过于痛苦，止不住热泪迸出来，呜呜嗬嗬地大哭起来，她把她的头偎在我的怀里，她自言自语地说：

"灵姨不好了！"用手抚弄着我的头发。她忽地抱着我的头，找着我的脸，来和我贴脸，她亲得很使劲，好像在咬我一样。等我抬起头来看时，我看见她两颗大的眼泪含在眼里，然后她用一个轻淡的笑把眼泪抹去。她的眼像似在说："你太小了，你什么都不懂呀！"

我真着急，我真想说："我什么都懂呀，为了你，我死了都可以，什么事我都可以做！"但是因为我还太小，我只知道，害怕和惶惑，而且贪着看她一切，我完全陷在一个大的迷惘里，我自己觉得为什么这样不足轻重呢？为什么许多事大人都不告诉我呢？为什么他们都背着我来进行一些奇奇怪怪的事物呢？……

她说："你回去吧，可是不要告诉妈妈！"我完全受伤了，小小的心完全裂开了，我在别人眼前是个小孩子，我恨透了我的妈妈，一定是她欺负了灵姨……小小的心完全开向着灵姨。我像她的保护人似的，我一定给她复仇，不管欺负她的是谁，我都打死他……我还站在那儿不走，灵姨看见我还站着不走，便转过脸儿来，回到我的跟前，深深地静静地和我的嘴亲了又亲。

我觉得我的嘴唇上停留着一种新剥的莲子的那颗小绿心子似的苦味，可是又带着几分凉丝的甜味。那软的带着点甜的感觉还停留在我的嘴唇上，可是我的眼睛里流下来的泪把它冲咸了……那沉沉的咸味刺醒了我的神经，我才记起应该回家。灵姨回过头来向我作手势，招呼我，叫我赶快回家，我痴痴地走，她为什么不送我回家，一定是和妈妈打仗了，我去质问妈妈去，但是后来我想还是在去了那白房子之后再说，我带着抑郁的惆怅回家去了。

在吃饭的时候，妈妈问我今天都做什么玩了，碰到什么人了，我都支支吾吾地混过去。在我的手心里我还热烈地握着那颗编织得小小的马莲垛儿，就是在吃饭的时候我也能闻出它扩散出的清香来。

母亲说我一定玩累了，晚饭后在院子里玩一会儿，就可以了，不要出去了。我都答应下来，潦潦草草地吃完了晚饭，我便向老门倌赚开了大门向北地里跑去，我走得很快，好像后边便有千军万马要追上来将我拉回去似的。

远远地我便看见了那白房子。我觉得它是那样的远，离我这样远……我看看路上也没有行人，也没阻碍，我很高兴……但是不大一会儿，一个拉草车往岔道上转过来，走在我的前头，我想赶过它去，将他落在后边，但是因为我太小，将它落下了一会儿，它就又赶上我来了。它差不多和我并齐了走，草装得很多，两边都扫在地上了，它遮在我前边，使我有时看不见那白房，心里感到十足的气闷。

快到那白房子前边了，我的心热热地跳起，而且我记起我自己的嘴唇，一直到现在也还有点儿异样，它还有着馥郁郁的热和甜丝丝的凉。我用上牙咬着嘴唇，加快地走着，忽然我看见我的父亲骑着那匹新买的快马从那白房子的院子里冲出来了，他的眼凶赳赳地向着草车这儿瞟了一眼，他的脸上满脸的怒气。那马一扭脖，被我父亲重重地打了一马鞭，便向北去了，远远地还听那烈马咴咴地叫……

我的全身都战栗了，我不知道为什么，我身子要倒向地下去。我竭力镇定，我站稳了，我看住了那白房子，拉草车的车夫说：

"小少爷，你累了吧，上车顶来吧，你爬不上来我抱你上去！"

他的最后的一句话激怒了我！我顶不愿人家说我是小孩子，我气得连他理都没有理，我拔开脚跑了似的跑到那白房子……

灵姨正当着门坐着嘤嘤地摇纺锤子，看见我，她便跳起来，拉着我的手向外跑。

那时那个草车正走到她的门前，赶车的崔老爷儿是个聋子，灵姨用手和他比画了半天，便把我拉到车顶上去，我们两个坐在车顶上的草堆里一摇三晃地走着。

这时暮色从四面儿上来，远远的村落都变成苍黑色了，灰色的光像雾似的一会儿比一会儿浓了，我心里重压着什么都说不出来。灵姨轻轻地说：“你的爹爹用马鞭打了我。”

“他为什么欺负你呢！”但我想到他是我父亲，更愤怒的话就在舌头上结住了。

她淡淡地说：“因为他又喜欢了别人！”

我一头栽到她的怀里，就大哭起来，我伤心极了。灵姨的头发，不知道什么时候散开了，暖苏苏地覆在我的头上。车摇晃着，我哭得不能自已，后来就昏沉沉地睡在她的怀里了，我感到有一种红色的热雾笼罩着我，在暗中我好像看见灵姨的红热的嘴唇招呼着我，我仿佛又听见妈妈爱抚的声音轻轻地呼着我……

三十一年七月十五日穷一日之力写成于桂林

（原载 1942 年 9 月《文学创作》第 1 卷第 1 期）

《初吻》的创新

报告人：李宪瑜

时间：1995 年秋季学期

地点：北京大学中文系五院

端木蕻良这部中篇小说，写于 1942 年的桂林。那时香港已沦陷，而萧红也已去世了。

《初吻》和萧红的《呼兰河传》有相似之处，均是回忆性的、散文化的小说，其中蕴含的细腻感伤的感情色彩，使之与其早期作品如《科尔沁旗草原》等区别开来。

这篇作品是一部心灵成长史，一个儿童走向少年、走向青春期的成长史。这一过程悲喜交加，因变化而显得凌乱。一个从小被娇惯、纵容、赞美养育大的孩子，在成长过程中，不得不一点一点抛掉他的骄傲、他的自信、他的自以为是的价值观念和判断力，到最后忽然发现真相，他不过是一名无足轻重的小孩子，一切都失衡了，他的自视甚高原来如此荒谬可悲……在 40 年代的许多作家那里，这是一个相似的寓言。

作者在文末注明这篇小说是"穷一日之力写成"，其叙述语调及其包含的急促感情都可以证实这的确是一篇一鼓作气而成的作品，但就其构思而言，则可能是经过深思熟虑的。整个谋篇布局、起承转合均颇具心机，以至隐约可见斧凿痕迹。但这样的结构无疑给阅读分析带来了操作的方便。

作品很明显地分为两部分，而且是鲜明的时间分期，但这种保守的分割却衔接起两种不同的叙事。

前半部分分量略重，其叙述节奏不和谐，带给读者一种阅读上的紧张。作者致力于营造两种氛围、两种语境，而且两者之间仿佛有种微妙的关系，使得情节、人物都带有一种模糊性、不确定性，为整个作品的发展留下了余地，这些都是通过叙述的跳跃来实现的。比如小说伊始，以几乎冗长的笔调来描写父亲的静室，用灰暗色调的语句摹写出一个压抑的、庙宇般沉闷的成人生活环境；继而笔锋一转，作者换了轻快的调子又对此加以消解，"我知道好些事物"，知道那些严肃器皿的小秘密，这些秘密使庄严的静室在孩子的眼中，不啻于一间玩具室，这是一个聪敏有趣的孩童世界。而父亲的形象也模棱两可地出现了。一方面是自制对联中表现出来的超凡脱俗，一方面是风水书，"芦花灰鸡"带来的世俗面目。

作者不停地使用这种转换手段。有两次提到画像，但并不铺开来写，只寥寥数语，点染其神秘，就似乎迫不及待地转向自我夸耀的兴奋的叙述状态："我"很懂得看女人，"我差不多统统知道了女人们的秘密了"；"我"才华横溢，擅长作诗，甚至使父亲也"常常对我讲一些超过我年龄所能理解的心里话"——这又是两个世界：一个令人压抑、迷惑的神秘世界（画像），一个可以充分把握的自我世界。如果在前文所构成的两个世界中，孩童世界尚能对抗、消解成人世界（发现静室的小秘密；作两种诗，"一种是给先生看的，一种是给我自己看的"），那么这里的自我世界却难于参透那个神秘世界了。在作品以相当大的篇幅描述梦及画像的部分中，这一点被证实。关于花的梦是"我"无意中触到灵姨的胸部并产生奇怪的感觉和负罪感之后做的，在梦中，花朵构成了让人压抑又留恋的温柔乡；而在做梦之后，"我"才第一次有了资格似的去面对面地与画像对视，并深深地为其震慑。这两个环节的隐喻比较明显，"我"从一个不怜惜鲜花、不怜惜生命的懵懂顽童，走向青春意识的萌生，以及随之而来的哀愁的萌生。

前半部分的叙述策略正是这样此起彼伏，充满张力。当一切均未果的时候，作者轻易地设计了一个离家求学的情节，使之戛然而止了。

后半部一开始，作者采用的是一种游离的叙述姿态："三年之后"，并且用解说式的语言控制了叙述："我的家在我眼前都变了，从前我所能看见的所能想到的现在很少能看见很少能想到了，我现在看的想的都是从前我所看不到想不到的……这是一个新世界……"这段话明白地提示读者，变故就要发生了。

"我"通过捉蚂蚱"捉"住了灵姨——充满象征意义与戏剧性，这时的灵姨在"我"眼中，已不再是以前的玩伴。文中第一次集中描写灵姨的神情：她"把眼秀媚地眯缝了一下""灵姨意味深长地一笑，妩媚地看我一眼"等等，而"我"的眼光更是注意在她"脸上的红潮"、她的嘴唇、她的胸部……这些描写透露出"我"的青春期意识，"我"真正长大了。但灵姨却不这么看，她一再强调"我"是一个小孩子，什么都不懂得，这使"我"感到无能为力的痛苦，"我完全陷在一个大的迷惘里，我自己觉得为什么这样不足轻重呢？为什么许多事大人都不告诉我呢？为什么他们都背着我来进行一些奇奇怪怪的事物呢？……"，这又使"我"感到自己的尊严受到伤害，决定"我一定给她复仇，不管欺负她的是谁，我都打死他"。

后半部分的叙述不同于前半部分，一直是有序的，不枝不蔓，时间的进展，地点的变化，都一直比较平缓地把读者引向最后的变故：直到要进房子，并看见"父亲骑着那匹新买的快马从那白房子的院子里冲出来了"，叙述语气才猛然一变，显得急促、紧张，虽然"我"并未明白发生了什么事，但"我的全身都战栗了"。在这一刻，父亲的形象与小说开端静室所暗示的父亲形象截然不同，而"我"的长大、"我"对自己清醒的认识，也同样在这一刻发生了，因此这时车夫说"我"是小孩子，比以前父母亲、灵姨说"我"是小孩子，更有着极大的使"我""激怒"的力量。这是全篇的高潮，作者的叙述与小说中人物的情感也贴得最近。

"这时暮色从四面儿上来，远远的村落都变成苍黑色了，灰色的光像雾似的一会儿比一会儿浓了，我心里重压着什么都说不出来。"

从这里，语势一下子放松，变得忧郁、悠扬。灵姨告诉"我"的话并没有令人震惊的效果，而"我"的反应则是"但我想到他是我父亲，更愤怒的话就在舌头上结住了"——如此平淡的表述，却是一个巨大的变化。对比于上文的"不管欺负她的是谁，我都打死他"，这个时候，顾忌、犹豫、自控、隐忍都产生了，甚至连"我"的伤心，不能自已的大哭，也都消失在朦胧的、不能明辨的梦里。

但是这篇小说清晰的结构脉络，并不妨碍它本身可供分析、阅读的多种可能性。正如它的摘自《湘夫人》的题记："鸟何萃兮蘋中，罾何为兮木上。"结合正文，可以有不同的阐释。在端木蕻良的写作构想中，这无疑是一句大有深意的题记。

【现场】

S：我觉得小说写的还是一种俄狄浦斯情结下美的毁灭。表面看来，这是一个始乱终弃的故事，但随着父亲形象从背景走向前台，我们看到的是一个男性世界对完满自足的女性世界及儿童世界的粗暴破坏。题记也是这个意思。

W：题记就是指正常秩序的被打破。鸟栖息水中，而渔网到了树上，这是一种位置的混乱。出现这种混乱的症结呢？

L：我还是觉得这里包含了一个俄狄浦斯情结。小说题目是"初吻"，儿子侵入了父亲的世界，通过初吻，他反抗了父亲，从而确认自己的位置。

Y：我注意到小说里的女性形象。首先，画像，女性的画像，这本身就是被观赏、被把玩的；被相亲的那些姑娘更不必说，处于被选择的地位；就连灵姨这样一个半仆半主的女性，也始终是受异性投注的对象。

S：大家有没有注意兰柱和灵姨在后花园玩的游戏，水中看人，镜像的欺骗性。我觉得这有《红楼梦》的意味。

Q：而且还有兰柱做的梦：水和花的意象。这篇小说的确是精心构作的，大量的对比、暗示，并且追求最后的戏剧性急转。

U：从叙述技巧讲，我觉得前半部分的叙述类似于《红楼梦》前五回的超叙述。叙述手法的问题在40年代大量出现的追忆体小说中，是个很有意思的现象。40年代的文学思潮，对超验、对潜意识的发掘都有更多的重视。在这种情况下，如何调整作品的叙述姿态？尤其是回忆与当下的讲述，距离如何控制？我们读萧红的《呼兰河传》《后花园》，端木蕻良的《初吻》《早春》，还有骆宾基的《混沌初开》等，都遇到类似问题。对40年代小说的研究，我认为这是个很重要的方面。

【讲评】

　　先谈谈为什么要选读这篇《初吻》。提起端木蕻良，人们首先想起的，自然都是《科尔沁旗草原》《大江》《大地的海》这样写"土地与人"的长篇小说，以及《鹭鹭湖的忧郁》《浑河的急流》这类如杨义所说的写"关东风物"的短篇小说。而这两类小说都充溢着磅礴的雄浑之气，表现着黑土地上强悍、粗犷的民魂世风。因此，小说史家们称端木蕻良为"土地与人的行吟诗人"①，并这样概括："端木小说的风格雄放中和着一缕忧郁，辽阔中渗着一点哀愁。"② 这几乎已经成为端木蕻良研究中的"定论"。——记得端木木蕻良在《大地的海》里，曾写到"北国的旷野"里的"一棵独生的秃了皮的大松树"，据说就可以把这棵树称作小说的主人公"艾老爹"，他们有着共同的"哲学"："重的就比轻的好，粗的就比细的好，大的就比小的好，方的就比圆的好，长的就比短的好。小鸟是不会落在它身上的，因为它不懂得温柔。在它整个的生命里，似乎只有望一下这草原，就够了。除了空阔，它再不需要任何其他的东西。"我们读到这里，不免产生这样的联想：作家端木蕻良的创作，是否也像他笔下的这棵"独生的秃了皮的"大松树（以及他的人物艾老爹）一样，只有"重""粗""大"，"任何其他的东西"（"轻"的、"细"的、"小"的……）都不存在，甚至不能相容呢？也就是说，端木蕻良的艺术究竟是单一的，还是多元的？此外，这块黑土地，是否只需要孕育出"重""粗""大"的艺术"就够了"，其他风格的艺术就不能产生、也

---

① 杨义：《中国现代小说史》第 3 卷，人民文学出版社，1986 年。

② 赵园：《端木蕻良笔下的大地与人》，收《论小说十家》，浙江文艺出版社，1987 年。

"不需要"了呢？这旷野中光秃的松树的哲学能运用于文学艺术上吗？

赵园在她的文章中已经提到了端木在作品中提供了"多方面的可能性"，但她并没有做具体的论证，并且认为"这些可能性却仅仅部分的变为现实"。也有些文学史家（如王瑶、杨义）注意到了端木写于40年代的《新都花絮》《江南风景》所显示的嘲讽、冷隽的新风格。倒是《新文学史话》的作者司马长风别具眼光，他认为："《科尔沁旗草原》的魅力，在于粗犷与温馨的对衬与交织，它一方面写大草原的野性，写杀人越货、奸淫掳掠的土匪，写心如冷钢的大山，写粗鲁愚昧的农民；另一方面又写《红楼梦》式的、仆婢成群的府邸，写那些风月男女的旖旎缠绵，写眼似儿童、心如老人、思想如巨人、行动似侏儒的丁宁，写小姐、丫鬟们的燕语莺啼……从粗犷的荒野，进入温馨的闺阁，又以荡漾的春光，进入萧索的秋煞；像从现实进入梦境，又从梦境回到现实，《科尔沁旗草原》正具有这种勾魂的美。"司马长风先生注意到作家的两副笔墨，从"粗犷"与"温馨"两种对立的美学因素的"对衬与交织"中把握端木蕻良的美学风格；强调端木的创作与《红楼梦》的联系；指出端木创作中"梦境"与"现实"的自由出入：这都抓住了"要害"，能给我们启发。

但同时也要看到，尽管《科尔沁旗草原》确如司马长风所说，包含了温馨、缠绵的描写因素，但其主导性的描写风格仍然是粗犷、阔大的，这也是作家所要表达的"土地与人"的主旨所决定的。这就是说，作家"轻、细、小"的这副笔墨，必须在另一种题材、主题的作品中，才得以充分发挥。应该说，这样的作品是有的，这就是端木蕻良于1942、1943年间在桂林写的一批作品：一部分是对童年生活的回忆，除这里所选的《初吻》①外，还有《早春》②；另一部分是所谓"故事新编"，计有《蝴蝶梦》③、《雕鹗堡》（发表情况不详）、《女神》④、《琴》⑤等。遗憾的是，这

---

① 载桂林《文学创作》1942 年第 1 卷第 1 期。
② 载桂林《文学创作》1942 年第 1 卷第 2、3 期。
③ 载桂林《文学创作》1943 年第 1 卷第 4 期。
④ 载桂林《文学创作》1943 年第 2 卷第 1 期。
⑤ 载桂林《文学创作》1943 年第 2 卷第 3 期。

批作品尽管在艺术上有许多新的创造，也达到了相当的水平，突出地显示了端木创作风格的另一面及其巨大潜力，但却始终为文坛所冷落，甚至没有进入文学史家的视野。我查了一下，几乎所有文学史著作，不仅过去的王瑶本、唐弢本只字未提，近十多年来出版的黄修己本，我们的《中国现代文学三十年》，以及搜罗作品最多的小说史专著，杨义的《中国现代小说史》（第3卷）也都阙如。这样的"遗忘"是怎样产生的呢？最初大概是因为这些作品都"与抗战无关"（至少没有直接、正面反映抗战），不为那个时代所重视；以后就成为"惯性"，人们只知《科尔沁旗草原》《大地的海》这类代表作（代表性风格），而不顾以至不知其他了。

其实，有这样命运的，不只端木一人，还可以举出路翎。他也是有两副笔墨的：除了人们所熟知的投入、狂躁、酷烈（如他的代表作《财主底儿女们》《饥饿的郭素娥》所显示的那样）之外，也还有客观、节制、冷峻、深厚之作（主要收在《求爱》集子中）。审美的丰富性与复杂性（从而提供了多种发展可能性），正是40年代小说艺术总体上趋于成熟的重要标志（其具体表现形态又常常是不成熟的）。而我们研究者自身审美趣味（标准）的单一性，却常常使我们只能接受（关注）某一类型的美，结果是阉割了作家的作品。作家丰富的艺术创造，在我们的视野里，全成了旷野中那株光秃秃的大树。这是不应该的：作为个人的艺术鉴赏，是可以、而且应该允许从个人的审美趣味出发，做出排他性的选择，例如只接受端木的《大地的海》，而拒绝《初吻》这样的作品；但作为一种文学史的研究，就要求研究者能够兼容不同的美学趣味与风格，要如实地反映作家创造的多样性（多种可能性）。

其实，端木蕻良的两副笔墨，是由他的生活经历、教养所决定的。如作家自己所说，他的生命"是降落在伟大的关东草原上的"，那"奇异的怪诞的草原的构图，在儿时，常常在深夜的梦寐里闯进我幼小的灵魂"（端木蕻良：《大地的海》后记）；另一面，作为科尔沁旗草原上拥有一二千垧土地的豪门巨室曹家的公子，端木更是在仆婢成群的温馨的女儿国里长大的，他对《红楼梦》的终生迷恋，首先建立在自己亲身的生活与生命体验上，从小就有的贵族生活经历与教养，形成了他精美的艺术趣味与感觉，这与前述阔大瑰奇的旷野情怀几乎同样深刻地融入了他的灵魂与生命之中。以后在大学的学习中，他又接受了革命的理论，用以"分析"他所熟悉的"草原上所有的社会的结构"，并得出结论："构成科尔沁旗草原大地上的三大动脉，就是：一，土地资本；二，商业资本；三，高利贷资本"，其中最崇高的、支配一切的是土地，土地的握有者，特别是大粮户，"便做了这社会的重心"（端木蕻良：《科尔沁旗草原》后记）。用这样的理性把握调动他原有的生活积累，就产生了《科尔沁旗草原》等作品。小说的中心题旨是"知识分子与土地"，描写的重点是贵族知识分子丁宁与土地的主宰丁氏家族。现代文学的两大主题——"土地与人"和"家族与人"，就在端木蕻良的这些作品里合为一体，司马长风所感觉到的"粗犷与温馨的对衬与交织"也与这两个主题的交织联系在一起，同时调动了端木前述两种生活体验。

可以看出，作家在写作《科尔沁旗草原》时，对"土地"的认识与把握主要是一种政治经济学、历史学的把握与发现，渗透着明确的阶级意识。这里同样存在着对生活的理性分析与实际感受之间的矛盾，不能避免赵园所说的"并不总能把构思的宏伟性与结实的生活血肉统一起来"的缺憾，作品的形象往往"不堪承受"作者理性思考所赋予的意义。写于《科尔沁旗草原》之后的《大地的海》，对"土地与人"的观照，就转入了人类学的视角："土地"从背景里走出，成为小说的真正主人公。而小说中最迷人、最和谐的部分正是对"土地"的描写；土地上的"人"的故事，只有小说开头写到与土地浑然一体的"老人"（郝老爷）时，有一种浑厚的力量，小说后半部写到"人的觉醒"的故事，就纳入了时代公式之中，没有多少艺术感染力了。到了《大江》，作者自觉地要写"一个民族战斗员的成长史"，小说开头、结尾对"大江"（仍属于"土地"的意象系列）的描写，就只是一个外在的"框架"了。看来，端木所擅长的始终是对"自然生命"（大自然，以及与大自然浑为一体的"人"）的诗意的感受，他不善于敷演故事，特别是按照某种理念去编写故事，他就更显得笨拙；他所真正熟悉的，仍是童年时代以贵族家庭生活为中心的种种生活经验（对此他有着十分精细、鲜明的"记忆"），对于他在几个作品中都着意要写的"农民",他的理性认识显然多于感性的体验。作家的才能与艺术、生活上的积累的长与短,与作家的主观追求之间,形成了十分复杂的关系,这就造成了端木这些长篇小说在艺术上既生气勃勃,才华毕露,又处处可见生硬的败笔,如研究者所说"多半像是未完成的艺术品"。

1943年前后,刚刚经历了萧红的早逝,蛰居在桂林,处于孤独中的端木,在回味、反省自己的爱情生活的同时,大概也在反思创作的得失,他回到了真正属于自己的(同代作家中少有的)贵族童年生活的记忆,反观自然生命,回到了最能展示自己才情的诗性追求,出入于现实与梦境之中。也正是在这一时期,他开始了《红楼梦》的研究,写出了《向〈红楼梦〉学习描写人物》这样有着精辟艺术见解的论文[①],并尝试写作以《红楼梦》人物为题材的戏剧,如《林黛玉》[②]、《晴雯》[③]。据说他还曾有过自己续写《红楼梦》的计划。可以想见,对童年生命的回忆与再度体验,对《红楼梦》艺术的反复品味与研究,在这一时期作家端木蕻良的精神生活中,是浑然一体,互融互生的,其"结果"就产生了我们现在所要讨论的这篇《初吻》,还有《早春》。

如果《初吻》也有个故事,那就是同学们在发言中所说的古老的"始乱终弃"的故事,或者说,写的是科尔沁旗草原上的恶俗:掌握了土地、也即人的生命权的地主老爷,可以随意与佃户的女儿发生两性关系(这显然是古老的"初夜权"的遗留)。对端木个人来说,这更是一段充满屈辱的记忆:他的生母就是这被凌辱者中的一员。因此,在《科尔沁旗草原》第二节里,在正面描写地主丁三爷与姑娘幽会,调戏佃户女儿时,作者满怀着憎恨,并且以明确的阶级观点,将其视为阶级压迫的一种表现。但在《初吻》里,尽管作者的批判立场、憎恶态度并没有变,却采用了另一种视角:将其置于"男人的世界"与"女人的世界"的对立中,这或许可以称为《红楼梦》的眼光吧。小说的叙述者"我"

① 载桂林《文学报》1942年第1卷第1期。
② 载桂林《文学创作》1943年第1卷第6期。
③ 载桂林《文学创作》1943年第2卷第2期。

即一个贾宝玉似的人物，并且显然有作家个人的鲜明记忆：虽然也是男性，但他"天生日长在女人堆里"，"她们有什么都不避讳我，我从她们的话里知道多少平常想象不到的"；他虽然能吟诗画画，却只是感到沉重，只有在与灵姨这样的女性的玩闹中，才能感受到生命的自由与欢乐，并且只有在母亲的爱抚中才能获得安宁。而那画像上的女人，更使他"如醉如痴"，为了她常常做颠倒了事，甚至像走进了魅道。小说是以这样一个女性的"依恋者"的眼光来"看女人（世界）"与"看男人（世界）"的。

"我"眼中的"女人世界"由两类女人组成：一类是画像上的女人、母亲与灵姨。"我"在"看"她们时，有两个特点，很值得注意，也很有意思。一是"我"常常产生种种幻觉：在"迷糊糊"的梦中，"忽然我觉得妈妈坐在我的旁边了……闭着眼睛去亲妈妈的嘴唇……"，睁眼一看，却变成了灵姨；"我"正追逐一只蚂蚱，明明看见"它"向一个草垛上边飞去，突然变成了"她"，落在一棵特别长的青草上，"我"扑过去，"它"又落在小草堆上，"我"纵身跃去，却出现了"她"，一个小姑娘，但又辨认不清："有点儿像画上的像，又有点儿像灵姨的模样"，最后才看出确是灵姨；直到小说结尾，躺在灵姨的怀里，"在暗中我好像看见灵姨的红热的嘴唇招呼着我，我仿佛又听见妈妈爱抚的声音轻轻地唤着我……"。这样的人物的互相幻化，暗示着她们其实是"三位一体"的，尽管处于不同时空（画上的古人与现实中的母亲、灵姨），彼此身份不同（母亲与灵姨），但其"本质"（天性、气质）则一：都是一种自然生命（因此，"她们"又与大自然的"它"合一），高贵，纯洁，而又"和我有一种秘密的联系"：大概是生命本原上的联系吧。

这种"人物互幻"的写法，使我联想起端木蕻良在前述《向〈红楼梦〉学习描写人物》里所说的"曹雪芹写人物技巧高明的一着"："他写的黛玉、晴雯，便是不同身份下的同一性格，倘若剥下了这份儿'身份'，显示出她们原来那份儿'气质'来，'此皆易地则同之人也'。"端木的《初吻》在处理画上的女人、母亲、灵姨三者关系时，是否对此有所借鉴呢？可能会有的。同学们在发言中谈到了"我"和灵姨在后花园玩游戏时的那段描写："我们两个都彼此不真的来看谁，只看水里映出来的影子"，认为这里强调镜像的欺骗性，有着《红楼梦》的意味"，这样的分析是有道理的。其实不只是"我"看灵姨（另一方面则是灵姨看"我"）如此，小说中"我"看画中女人时，也出现了"水"的意象："那是一张古装的妇女的画像，下边好像是烟雾，好像是水……仿佛她是走在水上。"小说中那段梦的描写，也是先出现白的花，慢慢幻化为"白的烟雾"，又好像一团浪花、云彩、天空向"我"飞来，"水流从我的耳畔，哗哗地响着，把我带到很远的远方"，这时候"我"醒过来，轻声地"喊妈妈"。这就是说，小说中的"我"是透过"水"（"烟雾"）去"看"画中人、灵姨与母亲这一类女人的；用小说中的说法，"不真的来看谁，只看水里映出来的影子"，所看的并非真身，而只是镜像。这样，"我"所看见的灵姨们的自然生命的高贵、纯洁，也都如同"梦中花，水上烟"，不过是一种"幻美"。这里《红楼梦》的意味确实是相当浓的。

另一方面，"我"所看见的另一类女人却是真切的，这就是那些现实生活中世俗的"被相看的姑娘"。小说中的"我"自诩"很会看（这类）女人"，他在看的时候，用的是与其年龄不相称的深谙世故的成年人的眼光，读者甚至会觉得是作者自己在"看"：作者仿佛离开了原先选定的"回忆"的姿态，而进入现实之中，于是出现了与前述梦幻的调子相对立的嘲讽与批判，无情地揭示这些小市民女性的虚伪、虚荣，以及对金钱、权势的依附，甚至说"从她们的动作里，看见许多别的动物所从来没有过的动作"。这里的严峻看似不协调，其实正暗含着小说一种更内在的调子，我们读完全文就会知道，端木曾说他喜欢在作品的"后面"有一个"潜流"（见《端木蕻良小说选》自序），这大概就是吧。

小说中"我"看的"男人世界"里的"男人"，就只有父亲一个人。虽然是小说中与"女人世界"对立的另一极，而且是起支配作用的一极（读完全篇就会知道），但父亲（男人）却一直不出场，直到最后才突然显露。这种"避重就轻"的写法，自然是一种自觉的追求（与设计）。于是，在小说的开头，出现了父亲（男人）不出场而在场的描写：对静室陈设的精细而略嫌沉闷的铺述（这是充分显示了作者的童年贵族生活、教养，及其惊人的细节观察与记忆能力），其所暗示的父亲形象，正如报告人所分析，是模棱两可的：似乎是超凡脱俗的，又好像相当的俗气，有一种印象的不确定性，就给读者的期待留下了余地，其中至少有两种可能性。但"我"读了父亲抽屉里的诗以后，产生的莫名的沉重感又似乎在暗示着某种结局（这也可视为前面所说的"潜流"有意无意的偶尔显露）。这种暗示在"我"与灵姨相隔三年再度相见时，随着灵姨的形象逐渐现实化（仿佛从"梦的，花的，水的世界"里走了出来），也就有了更多的痕迹。对此报告人有详尽的分析，我也不多说了。

小说的结尾，骑着快马冲出来的，满脸怒气的父亲"重重地打了一马鞭"，显示出"男人世界"暴虐、残酷的本来面目，而灵姨的形象也与神秘而圣洁的画中女人分离，而与那些世俗的"被相看"的女人相合一：她也是男人的依附者与施虐（玩弄）对象，这才是她的真实（本来）面目。这样就把前面苦心营造的"女人世界"的幻美，全部颠覆，粉碎，不仅"我"，连同我们读者"全身都战栗了"，小说严峻的潜流终于冲决而出。（但在小说的结尾，在"我"的睡梦里，灵姨又与母亲合一了。）端木曾说，曹雪芹写人物的高明，"全在他体会到了那人物心里的最深处，而在适当的场合把这点揪出来给人看"。那么，这最后的一笔，就抓住了最适当的时机，把"男人（父亲）"的灵魂（连同现实中的，而非"我"在似梦非梦中"看"到的灵姨的真实形象）"揪出来给人看"了。

《红楼梦》对作家创作《初吻》（也许还有《早春》等作品）的影响是明显的。弄清这一点，就可以理出端木蕻良创作发展的一条线索：从《科尔沁旗草原》里对"红楼梦式的，仆婢成群的府邸"的描写，到这一时期对《红楼梦》的研究，《初吻》等作品的自觉借鉴，以及《红楼梦》题材剧本的创作尝试，直到晚年长篇小说《曹雪芹》的创作，这都是顺理成章的。中国古典文学经典《红楼梦》对现代文学的影响，这是一个重大的研究课题——这里，我们又找到了一个具体的例证。

当然，《初吻》接受《红楼梦》的影响也是有限度的：它要受时代与作家创作追求的制约。因此，在《初吻》里，不仅有《红楼梦》式的"女人世界"与"男人世界"的对立，更有"儿童世界"与"成人世界"

的对立，其中也包含了同学们所说的"俄狄浦斯情结"。小说的叙述者"我"不是一般的"女性依恋者"，而是一个儿童，小说采取的是"儿童视角"，这在40年代有着特殊意义。30年代也出现过萧乾《篱下》这样儿童视角的作品，那是以农村儿童的眼光对城市文明所提出的质疑。40年代小说发展中一个相当引人注目的现象，就是出现了一批"童年回忆"的小说，除了我们这里讨论的端木的《初吻》《早春》以外，还有萧红的《呼兰河传》、骆宾基的《幼年》（又名《混沌》）、《少年》等，而且不难看出，这些作品在艺术上都属于上乘之作。正是战争生活中大大强化了的生命意识，更加深刻化的生命体验，唤起了作家对人类及自身生命的起始——"童年"的回忆。所谓"回忆"，即流逝了的生命与现实存在的生命的互融与互生；"童年回忆"则是过去的"童年世界"与现在的"成年世界"之间的出与入。"入"，就是要重新进入童年的存在方式，激活（再现）童年的思维、心理、情感，以至语言（"童年视角"的本质即在于此）；"出"，就是在童年生活的再现中暗示（显现）现时成年人的身份，对童年视角的叙述形成一种干预。

以这篇《初吻》为例，小说开头"我"的叙述，如报告人所分析，实际上存在着两种叙述调子：一开始对父亲静室陈设的精细铺述，作为成年人的隐含作者的身影相当浓重，我们甚至可以把它视为成年人的叙述；直到叙述到"我"把静室的陈设游戏化，"我"才开始进入角色，出现了儿童的叙述调子。但一写到"相看姑娘"的场面，那成年人对现实嘲讽的声音与姿态又掩饰不住地显现在"我"的叙述中。恐怕只有到灵姨出现，"我"（以及我们读者）才真正进入"儿童世界"。"我们两个约定谁也不看谁，只是在水里看着彼此的脸"的那段描写，不仅活生生地展现出儿童的心理、神态，而且显现了儿童特有的将一切（自我，以及外部世界）"梦幻化"的思维特点。在这似真似幻的游戏中，达到的心灵的自由、本真状态，正是作为成年人的隐含作者（与读者）所神往的。同样迷人的是那段"我"在田野里捉蚂蚱的描写。在"我"的眼里，那"骄傲的蚂蚱儿"，它是"多么快活，多么得意"，连"透明的"翅子也"闪耀着欢喜的光芒"；还有，在"我"的视角（更是感觉）中的那

"各色各样的蚱蜢，在田野里飞。紫色的、土色的、黄色的、苍绿色的、花的、蛇色的穿梭似的飞"，这都是自我精神的一种外化，"我"与"自然"的合一，同样是属于儿童的。当然，儿童世界并不总是这般自由，无忧无虑；据儿童心理学家的研究，儿童期其实是一个充满压抑感、焦虑感的困惑时期。因此小说前半部"我"在父亲静室里，特别是在古装的女人像面前的压抑感，小说后半部与灵姨的谈话中，因成年人世界对自己的轻视、封锁、拒绝而产生的"迷惘"感，以至结尾"我"因被车夫的话"激怒"而显示的"儿童反儿童化"的强烈倾向，也都相当真切地展示了"儿童世界"的另一面。尽管这是人的生命的原始阶段的压抑、困惑，与成熟期的精神痛苦并不同质，但毕竟是人的精神长河的源头，自有内在的贯通。人正是通过这样的"童年回忆"，更深刻地认清了现实的生存困境。我们前面所说端木作品中的严峻的潜流，也就在于此。

从这里，或许可以多少看到，"童年回忆"与"儿童视角"在揭示人的精神世界方面的特殊作用，它提供了人认识自身的新的视角，也提供了表现人的精神现象的新的艺术手段。我由此而想到一个重要问题。开创了现代文学的"五四"新文化运动，是一个"人的发现"的运动，而所谓"人的发现"包括"妇女的发现""以农民为主体的下层人民的发现"，以及"儿童的发现"这样一些具体内容。前两个发现所引起的文学内容与形式的深刻变革，已经得到了普遍的体认，也有了许多重要的研究成果；但"儿童的发现"对现代文学的意义，却很少有人关注。事实上，"儿童的发现"，不仅直接引发了"中国现代儿童文学"的诞生（这是人们比较容易注意到的），而且对现代文学的观念、思维方式、艺术表现都有着深刻影响。在这方面的研究，有相当广阔的理论前景，也有相当的理论难度。我自己对此也无具体的深入研究，只是从40年代的小说研究中，多少意识到这一课题的意义与价值，在这里作为一个"题目"提出来，希望引起同学们以及学术界同行的关注。这也是由端木蕻良的《初吻》等创作引出的题外话吧。

【一点补充】

上课结束后，参加讨论的青年教师吴晓东意犹未尽，又送来他的一篇短文，算是他的补充发言，如下——

回溯性叙事中的"儿童视角"

这次讨论课已经分析过的几篇 40 年代小说如端木蕻良的《初吻》、骆宾基的《幼年》以及萧红的《呼兰河传》都涉及了一个"儿童视角"的问题。一般意义上的"儿童视角"指的是借助儿童的眼光或口吻来讲述故事，故事的呈现过程具有鲜明的儿童思维的特征，小说的调子、姿态、心理和价值准则，诸种文本结构、美感及意识因素都受制于作者所选定的儿童的叙事角度。30 年代萧乾的小说《篱下》及吴组缃的《官官的补品》等均可以视为"儿童视角"的代表性文本。到了 40 年代，采用了"儿童视角"的小说创作更成为一种带有共性特征的小说史倾向，《初吻》《幼年》《呼兰河传》是其中最重要的部分。然而，与 30 年代的《篱下》《官官的补品》有所不同的是，40 年代这三篇小说均为成年人回溯往事的童年回忆体小说，其叙事视角均由一个在场或不在场的成年叙事者构成，也就是说，小说中的童年往事是在成年叙事者的追忆过程中呈示的，这就使文本中的儿童视角成为回溯性叙事中的儿童视角。

回溯性叙事在叙述层面最突出的特征，是存在着一个或隐或显的成年叙事者的声音。尽管这个叙事者并不一定在小说中直接露面，但读者完全可以感受到他的存在。从叙事策略上讲，小说家如何控制这一成年叙事者的姿态，成年叙事者如何干预他所回忆的故事，便成为一个首要的诗学问题。从这一角度分析端木的《初吻》，可以看出小说中的成年叙事者基本上是隐身的，他绝少站出来干预他的故事，小说中只有后半部分中出现的"三年以后"以及"那时"的时间性符码，暗示这是叙事者在讲他的童年往事。除此之外，我们大体可以感受到一个单纯而自足的儿童视角在展示一个封闭性的童年天地。表面上看，这种相对自足的儿童视角取决于成年叙事者的不在场，我们无法从叙事中获得关于他的任何信息。但仔细感受小说的叙事流程，童年世界的自足性却根源于叙事者保持了与孩童之"我"的眼光的基本认同，回避了从当下的成人的立场出发进行价值判断与叙事干预。这使《初吻》中孩童的"我"的视域得以贯穿小说始终。而与儿童视域构成同构关系的，是儿童的感受力和判断力，这种感受与判断并未受到成年叙事者左右，从而保持了相对原生的儿童形态。譬如小说开篇部分叙述"我"在父亲书桌的抽屉里"找出一些没头没脑的诗来，也不知道是谁作的，也不知道什么年代的本子，也不知道是写些什么的诗"。叙事者接下来做出的判断是："我压根儿不懂这诗里是什么意思。"那么，成年叙事者是否早已知晓了这些诗的来龙去脉并且已懂得了诗里的意思呢？叙述者最终并没有做出说明。再如父亲的静室中那幅使"我"坠入魅道的女人的画像，最终童年的"我"也未能知道画的是谁："那画上边只题着：'戊辰年桂月熏沐敬绘'，下边小印，是鸟虫书，我不能认识，我也不能找人去问。"这一切都表明了小说的叙事没有超越童年之"我"的认知域和判断力的局限，或者说没有介入成熟的成年叙事者可能达到的经验与能力。

比较容易引起争论的或许是"我"议论"全城好看的姑娘"的部分。作为孩童的"我"对此表现出了一种似乎超越年龄的洞彻的眼光和观察力："我差不多统统知道了女人们的秘密了，因为我天生日长在女人堆里，她们有什么事我都知道了。她们有什么都不避讳我，我从她们的话里知道多少平常想象不到的，我从她们的动作里，看见许多别的动物所从来没有过的动作。"这种洞察很容易令读者怀疑是成年的叙事者的洞察。那么，是不是成年叙事者僭越了儿童视角在抒发自己的成人的观感呢？我们的困难在于无法确凿地判定究竟哪些是出自儿童本真的感受与观察，哪些更明显带有叙事者当下主观的痕迹。这涉及了回溯性叙事中的儿童视角在诗学上的一个基本性难题。但就《初吻》而言，作为"天生日长在女人堆里"的儿童的"我"对"女人们的秘密"的获知，应该没有超出他童年的认知范畴。这种洞察力完全可以看作一个孩童所固有的。张爱玲不就曾感叹过"孩子的眼睛的可怕"，"像末日审判的时候，天使的眼睛"吗？更重要的是，笔者倾向于认为《初吻》中的"我"在抒发对"全城好看的姑娘"的观感时，并没有渗入道德判断，毋宁说他的出发点是带有几分掺杂着理解的善意的。而抒发这些观感的直接目的，更是为了衬托画像上女人特殊的魅力："但是这些女人都没有画上的那个女人使我惊奇。"

可以认为，《初吻》中的儿童视角获得了相对的自足性。同《呼兰河传》与《幼年》相对照，《初吻》中成年叙事者干预的成分甚少。在骆宾基的《幼年》中，可以看到成年叙事者经常在某些章节的开头直接显身："这一切我都记得很清楚，仿佛昨天一样"；"我在这只能把记忆中最清楚的一片断一片断连系起来"；"在这里把我的父亲介绍一下"。这一切都表明了有一个当下的叙事者的存在，是这个叙事者在回忆，在选择，在操纵着叙事进程，并显现他的叙事技巧。《呼兰河传》中也有一个当下的回忆者，读者首先直接面对的正是这个成年的讲故事人，并时时感受到讲故事人的心绪起伏与情感波动。小说中经常贯穿着"荒凉"的调子："我家是荒凉的"；"我家的院子是很荒凉的"；"每到秋天，在蒿草的当中，也往往开了蓼花，所以引来了不少的蜻蜓和蝴蝶在那荒凉的一片蒿草上闹着。这样一来，不但不觉得繁华，反而更显得荒凉寂寞"。如果把《呼兰河传》看成自传体小说，那么这种作为生命体验的"荒凉"的判断只能出于成年的侨寓香港的萧红。也正是这种幼年的"我"无法意识的荒凉体验昭示着现时态中叙事者的生存境遇与心灵状态，在这里，成年叙事者构成了一个缺席的在场。

随之而来的问题是，成年叙事者对回溯性叙事中儿童视角的介入程度的不同似乎可以引发出不同的审美判断：到底是自足性的儿童视角更具有艺术价值，还是叙事者的干预更符合美感原则？恐怕结论是很难得出的。单纯从叙事角度出发，大概并不能直接推衍出美学性的判断。这正是小说叙事学无法替代小说诗学的根本原因所在。但是，具体就端木的《初吻》而言，虽然不能说它的自足性的儿童视角一定优于《幼年》与《呼兰河传》的成年叙事者的干预，我们却可以认为它的儿童视角的相对自足有助于小说存留更具原生性和神秘性的儿童经历与体验。小说中最精彩的部分或许是描写画像上的女人给"我"带来的无法说清的"魅道"，以及"我"在灵姨怀抱中最初体验了"有了罪似的"感受之后所做的那个奇怪的梦，还有随后亲吻画像上的女人所感到的"一种秘密的联系，一种说不出的迷惑"。这些文本细部描写都指涉了孩童在最初性意识觉醒过程中的内在体验，尤其是那段神奇的梦境，"软绵绵"的触觉与具有象征性的"花的海"的视觉感受交织在一起，呈现了一种人类认知心理学迄今难以探究清楚的儿童潜意识的黑暗域。这是一种感性的觉醒，尤其因为在孩童那里还没有上升到一种自觉意识，就更带有生命体验的原发性。当然，这种原发性在很大程度上取决于儿童视角的自足性以及成年叙事者声音的消隐。叙事者并没有站在成人的立场把孩童之"我"的梦中体验提升到意识层面，从而拒斥了分析性。这一切使叙事者对童年梦境的追忆完整地保留了一种梅洛·庞蒂意义上的"身体性"。《初吻》中这段梦幻传达的正是对身体感受的记忆，这种记忆深刻地烙印在一个儿童身体的感受中，以至叙事者直到成年仍能无比清晰地记起："我似乎觉着身上向下沉落，一会儿比一会儿地沉落下去。我似乎觉得我陷落在软绵绵的什么里边……小道上的足迹都盖满了，人们便践踏着花儿走过，觉得脚上有点烦腻腻的。在我的窗子上，我什么都看不见，只看见白色的什么压下来，一直捕到我的脸上，眼上，手上，心上，团团地围绕着我的都是白。我几乎不能动一动了，我似乎被一些什么软绵绵的东西缠住了……云彩从我的胸部腹部走过，天空从我的胸部腹部走过，流水从我的耳畔，哗哗地响着，把我带到很远的地方。白色的冰的花朵开向着我，白色的柔软的绒毛擦摩着我，很快地，我向下沉落下去。"这些直接作用于身体的感受细致而清晰地记录在记忆深处，有时甚至比人们对事件、情感、思想的记忆更为持久而明晰，正像普鲁斯特凭借小玛德莱娜点心的味道与童年建立了无法摧毁的联系一样。正是身体的记忆本身拒斥着分析与智性判断，这或许是《初吻》中的成年叙事者回避了对梦境的理性分析的更内在的原因。也正是在这个意义上，我们说《初吻》对童年之梦的记忆大体上保留了一种童年的原生形态。尽管大多数读者都倾向于认为这是一篇可以纳入精神与心理分析类型的小说，而且这部小说完全经得起弗洛伊德的释梦学说抑或俄狄浦斯情结理论的诠释，但我们所得出的心理分析的结论乃基于小说的母题特征，而非基于成年叙事者主观上刻意追求的效果。

真正构成问题的是，童年梦境中身体性的记忆只有当它出现在成年叙事者的回忆中才真正呈显出意义。毕竟这种梦幻是叙事者回溯中的再现。这使我们联想到梅洛·庞蒂的论断："只有在记忆不是过去的构成性意识，而是根据现在的蕴涵而重新打开时间的一种努力，并只有在身体成为我们与时间（就像与空间）进行交流的手段的情况下，身体在记忆中的作用才被人理解。"那么，是否可以说，《初吻》中成年叙事者在对童年往事的回溯过程中已经在关于"过去的构成性意识"之外赋予了它"现在的蕴涵"？当叙事者穿越了时间的隧道复制童年梦境的时候，是否已经隐含了一种超越原生态的梦境之上的新的语义的生成？叙事者能够如此清晰地还原童年梦境是否意味着它所标志着的感性觉醒，构成了叙事者人生启悟的一个象征？对这些问题叙事者并没有回答。但毕竟是回忆者在回忆，回溯叙事的当下性特征本身已经准确无误地提醒了我们去关注它的"现在的蕴涵"。叙事者的回忆在叙事层面指向的是过去的儿童天地，而在本质上则指向"此在"，回溯性叙事由此构成了"与时间进行交流"的一种方式。这启发了我们重新审视所谓的自足的儿童视角本身固有的悖谬性。在回溯性叙事中出现的再纯粹的儿童视角也无法彻底摒弃成人经验与判断的渗入。回溯性的姿态本身已经先天地预示了成年世界超越审视的存在。尽管儿童时代的记忆在细部上可以是充满童趣的、真切的、原生的，但由于成人叙事者的存在以及叙述的当下性，都决定了儿童视角是一种有限度的视角，它的自足性只能是相对的，纯粹的儿童视角或许像保罗·瓦雷里界定"纯诗"那样，只是一种虚拟化的理想存在状态。只要存在成人世界与儿童所象征的"蒙昧"世界之间的价值分裂，成人视角与儿童视角就永远不可能彻底合一。

回溯性叙事中"儿童视角"的丰富的诗学蕴涵正表现在这里，即在叙事者当下的时空与过去的时空中存在着一个时间跨度，诸多意味都生成于这个跨度之中。由此"时间性"被引入到回溯性叙事的情境之中，叙事的流程变为"根据现在的蕴涵而重新打开时间的一种努力"，在时间流的两端连结着当下与过去，从而关于童年的讲述便构成了遥指当下的讲述。它最终暗含了两个时空、两个世界、两种生存的遭遇与参照，如《呼兰河传》所突出展现的那样，是两个世界在互相诠释，最终指向的是人的生存的永恒境遇。我们的论题也由此可能超越小说的叙事维度，进入对人类普遍性的回忆行为中固有的生命与审美机制的探讨。从这个意义上说，回溯性叙事中的儿童视角本身潜藏着一种有待进一步发掘的理论生成性，它是一个内涵丰富的诗学范畴。

其实，在《呼兰河传》中，当成年叙事者完全沉浸于童年往事的缅想之中的时候，小说的儿童视角所呈现的生命情境的原生态丝毫不逊色于《初吻》，甚至有过之而无不及。萧红笔下童年之"我"那天真无邪的目光所展示的儿童情趣几乎不受任何文化与意识形态的浸染，从而使《呼兰河传》中的儿童世界表现出更具有普泛的人类学意义的生命原初体验，并构成小说中更有生命和美学认知价值的一部分。然而，小说却在总体上贯穿着一个成年叙事者，正是这个叙事者为小说设定了一个看似更重大的主题，即为一个代表着老中国的乡土生存形态的小城在文化学、民俗学乃至人类学层面立传。这一预期的主题当然在很大程度上实现了。但从叙事学意义上考察，小说的回溯性叙事却预示着一个更深层的母题的生成，即回忆中固有的生命与存在的本质。在这一点上，《呼兰河传》堪与奠定了回忆美学的大师普鲁斯特的巨著《追忆逝水年华》相媲美。从《呼兰河传》中，我们深刻地感受到了一个人过去的生命境遇如何向此在生成，现时态的生存如何在损毁一切价值的战争年代，依靠向往昔的回溯而获得一种真正的支撑，一个柔弱的女性如何借助童年的记忆与生存的虚无抗争。在这个意义上，童年往事不再是一个只滞留在过去的时空中而不与当下发生任何关联的自足的世界，回忆本身照亮了过去，使个体生命的发源地显得如此炫目，并进而使过去的生命融入此在的生命而获得一种连续性。所谓"生命的流程"的字眼从而超越了其比喻性内涵而获得了一种历史的具体性与生存的本体性。《呼兰河传》由此讲述了一个生命本身的故事，它构成了人类生存方式以及人类集体性大记忆的历史的一个缩影。小说的儿童视角在呈示儿童世界的单纯的美感之外，汇入了"回忆"这一更大的诗学范畴。它讲述的是永恒的关于复乐园与失乐园的母题。

以上的分析启示我们叙事视角的问题不仅仅是纯叙事学所能专门解决的课题，它更是一个诗学的问题。而儿童视角运用的程度也不完全取决于作者对这一视角的自觉程度，有时则受制于小说的主题策略。骆宾基的《幼年》比较充分地印证了这一点。这是一部更耐分析的文本。之所以更耐分析并不由于它艺术上的完满，而更由于它叙述上的缝隙。与《初吻》不同之处在于，《幼年》试图以儿童视角涵容长篇小说所可能拥有的地域民俗与社会历史容量，以儿童有限的经历和视域以及单纯的思维能力去再现尽可能广阔而复杂的外部世界，以个体的童年成长史去展示"家史"。这种相对宏大的追求显然是儿童视角所不可能完全胜任的。因此，小说的叙事便呈现出一种内在的矛盾，具体表现为时时以成年叙事者分析性的语言和判断去弥补童年理解力之不足，不断让叙事者的声音穿越当下与童年的时空。但相对于《呼兰河传》，《幼年》在叙事调子上却更为统一。如果说《呼兰河传》的结构是三种叙事形态的并置（即前两章对小城的文化学与民俗学的呈现；接下来的"我"与祖父的故事；结尾部分讲述小团圆媳妇和有二伯等其他人的故事），而《幼年》中叙事者回忆的调子则一以贯之。在某种意义上说，这种贯穿性的回忆的姿态和语调甚至比回忆中的对象和内容更为生动鲜明，读者可以从中深切地感受到叙事者是如何带着一种深深的眷恋和柔情沉浸在往昔的追怀之中。而《幼年》的诗学特征也在很大程度上取决于这种回溯性的叙事：虽然小说力图把握更为壮阔的历史与社会图景，但这种图景的呈现方式却是断片式的，正如叙事者交代的那样："我在这只能把记忆中最清楚的一片断一片断连系起来。"这是对小说叙事方式的总体提示，这种断片的连缀显然受制于回溯性叙事中的童年视角的非连贯性，受制于追溯性叙事本身的固有的机制：以记忆中的碎片去弥漫和填充整体。这是一种断片式的美学，它吻合着人类记忆的方式，并在客观上以一个孩童的无法纳入人类理性正史的边缘记忆，去替代决定论式的有确定因果机制的历史记忆。于是我们最终发现，40 年代的回忆体小说创作相对于 30 年代茅盾式的阶级与社会史观，提供了另一种历史观照的方式。

《初吻》：一则 40 年代的"草原"故事

刘东

　　《初吻》称得上是端木蕻良逃亡桂林之后的第一篇力作。杜门谢客数月之久，端木终于在 7 月 15 日"穷一天之力"完成了《初吻》，又在 9 月 5 日的凌晨写完了堪称姊妹篇的《早春》[①]，这贴合了马思聪对端木的观感："端木为人样子似乎懒懒散散，但必要时他能在短时间内写出很有分量的东西。"[②]

　　小说家行为举动的乖僻与作品风格的大变，给予了这两篇小说丰富的阐释空间。赞许者认同端木小说技艺精熟，回溯性叙事与儿童视角的使用帮助作者控制了习于喷薄的情感，语言风格也摆脱了早年作品的夸饰，更为含蕴；否定者则对作家的"落后"深表不满。事实上，与前后相比，端木的桂林时段尤显特别。作家中断了政论文的写作，而即使是在文学创作上，他的产出也以神话故事改编、《红楼梦》戏曲改编为主，长篇小说浅尝辄止，古典诗词创作更为频繁。站在"新文学"的视野来看，确实是一个十足的"退步"姿态。"丧妻之痛"（按：萧红是端木蕻

---

① 　此阶段作家的状态可参考曹革成：《端木蕻良年谱》，春风文艺出版社，2020 年，第 133—136 页。
② 　《马思聪致夏志清信（1975 年 9 月 6 日）》，收马思聪：《居高声自远》，百花文艺出版社，2000 年，第 153—154 页。

良的第一任妻子，在日军攻占香港不久后病逝）适时进入，成为解释作家心理状态、创作风格乃至政治立场变化的关键证据。

作家生命经验的带入给《初吻》提供了心理分析的读法，小说中父子关系的着墨可视为作家借助个人经验对"俄狄浦斯情结"的重写。这种读法的好处在于，我们得以挖掘小说的潜意识层面，解释小说里的超验元素，甚至句法层面充满张力的一些表达（如《初吻》中多次重复的"怎么两样"以及《早春》结尾连续 18 次出现的"为什么"），也能够在这一维度上予以妥帖理解。

但填充进来的作家的个人经历与隐秘感情也似乎抽空了小说的现实语境，除了一次对"俄狄浦斯情结"不甚高明的文本操演，我们未必能说出更多。这刚好从反面佐证了杰姆逊"民族寓言"说的有效性。在杰姆逊的描述中，对本国文学史既有技巧的拙劣模仿，是"第一世界"读者对"第三世界"文本的主要理解方式①。

"民族寓言"说的生命力在于：假如秉持如上理解的中国现代文学批评家们在读完《初吻》后还有一点遗憾和不甘，他们便会重读文本，唤回"第三世界"文学文本固有的"政治性强度"。而我们也得以拉开一个更大的参照系，而不仅依靠作家这一条轨迹来评价其文学表现的"进步"与"落后"。而唤回政治性并不意味着取消"私"的维度，我希望在接下来的解读中呈现一种更为综合的读法，这是一则家族故事，也是一则欲望故事。某种程度上，两种话语的叠合与纠葛，才构成了《初吻》这部小说全部的修辞面向。

我父亲的静室是很宽大的，但他不常在里边，他常在的地方是会客室和书房。

他虽然不在静室里边，但这里的东西，每天都由专人来擦抹揩拭。香

---

① ［美］杰姆逊：《处于跨国资本主义时代中的第三世界文学》，收《晚期资本主义的文化逻辑（第 2 版）》，生活·读书·新知三联书店，2013 年，第 423—447 页。

炉里的檀香每刻都不息，神龛里的长明灯也永远点着。①

　　小说开篇勾勒了"静室"这样一个相当独特的叙事空间。静室本属于父亲，父亲却不常出现。另一方面，父亲虽然不在静室里边，檀香和长明灯却时刻提示着他的"在场"。这是一个"在而不在"的空间，叙事者似乎可以无限度地穿透和占有，却又充分意识到禁忌的所在。两个"但"字是在写静室，其实曲曲折折地呈现了父亲和"我"的关系。

　　这也正是这篇小说中父亲的存在形态。"他的眼凶纠纠地向着草车这儿瞟了一眼"，这是全篇父亲唯一的直接出场。父亲和"我"之间本隔着草车，一明一暗，父亲其实并不一定看到了"我"，却让"我"结结实实地感受到了压迫。强大的父权相当隐蔽，却又无所不在，这里的一"瞟"和静室里长燃的檀香和灯火一样，它们是父权的"马脚"，"我"凝视于此，得以发现"新世界"。

　　带着上述意识回看小说的开篇，我们能够明显地发现反讽的语调。静室本是居士修行之所，父亲虽然把静室修得"宽大"却不常造访，修行的虚伪性可知。静室内杂陈着《金刚经》等佛门正典，又有《达道图》《随坛经》《太阳经》等杂牌书，信佛修道的父亲，原来最讲堪舆。如同古文评点一般在堪舆书上画圈，不免沾染了一丝谐趣。反讽最为突出的地方莫过于父亲所作的四首游仙诗。四首诗名为游仙，实为绮情，对仙姑的思慕渗透在字里行间，不禁让人怀疑起他收藏的扭身半裸白玉观音的真实动机。意识到反讽是解读这篇小说的关键，叙事者其实早就清楚画像与灵姨的现实归属与命运，选用儿童的视角，不过是延宕、丰富读者的阅读感受，让读者和幼年兰柱一起，感受草原世界"真相"的到来。

---

① 以下引文皆选自端木蕻良：《初吻》，载《文学创作》1942年第1卷第1期。《早春》则选自《文学创作》1942年第2期、3期。《端木蕻良文集》第3卷所收录版本与原刊有具体文字上的出入。以下引文不注出处。

我的家在我眼前都变了。从前我所能看见的所能想到的现在很少能看见很少能想到了，我现在看的想的都是从前我所看不到想不到的……这是一个新世界……

研究者都意识到了这段文字对这篇小说的重要性。作者有意识设置了"我"出门上学的情节，不无强硬地打断了此前的诗意氛围。十四岁兰柱的声音仍然不脱童稚，"所能看见""所能想到""所看不到""所想不到"，这些"所"字结构并置在一起形成了长主语，还是在模仿儿童的"无知"，但"新世界"的意识正伴随着游学后的兰柱一同归来。这与《科尔沁旗草原》中归来的丁宁分享着相同的视觉结构。归来的丁宁借助政治经济学的视野看到草原的历史地层，《初吻》正可看作《草原》展开的"前史"。正是十四岁的"我"发现了父权的弥散性，儿时的草原因此决裂，而《草原》中的视野也才得以展开。在这个意义上，《初吻》《早春》仍然隶属于广义的"草原"序列故事，不过十年后的端木蕻良调整了自己的写作方式。

如何理解写作方式调整背后作家心态的改变？我们需要再度回到对静室的诠释。小说中的空间搭建并非真的要还原物理空间，而是要塑造人物和人物之间的关系。静室是作者勾勒的一个相当独特的叙事空间，这个空间最为明确地点出了"我"与父亲之间的纠结与复杂。叙事者似乎可以无限度地穿透和占有，却又充分意识到了禁忌。如果父亲对于静室而言是"在而不在"，"我"则是"不在而在"。"我"既在静室中感受到了父权的强大，但也同时在静室中获得了学习和成长。这正是为什么"想到他是我父亲，更愤怒的话就在舌头上结住了"。《早春》中的"我"在遇到情感危机时更是直接喊出"我只盼望爹早早回来，爹回来好带着我骑马在原野上疯狂地奔驰"。《科尔沁旗草原》中那个背叛的"父"，在这里再次成为了拯救性的力量，作者变得没有那么容易与父权做切割，他开始重新意识到自身上父权的血脉，而静室就构成了这种关系的隐喻。

作家的纠葛态度最明显地呈现在儿童视角的选取上。在兰柱遇到灵姨，开始获知她的悲剧性命运的时候，小说借兰柱的口吻写道："我完全陷在一个大的迷惘里，我自己觉得为什么这样不足轻重呢？为什么许多事大人都不告诉我呢？为什么他们都背着我来进行一些奇奇怪怪的事物呢？……"如果说剧情中的兰柱不知晓自己为什么"迷惘"，藏在儿童视角背后的成年叙事者则相当清楚"迷惘"的原因。而借助儿童视角，"我"似乎得以非常清白地旁观这场悲剧的发生，既同情灵姨的命运，又得以对父亲维持一种不甚明确的立场。

但作为儿童视角的"兰柱"同样是小说反讽的对象。无论是《初吻》还是《早春》中，"我"都是一个相当任性的形象。"我"爱发少爷脾气，习惯性要最好的，想要的就一定要得到。这种任性让跟妈（按：即保姆，原文如此）和母亲无可奈何，在《早春》里则制造出了相当大的悲剧。在小说描写"我"纠缠灵姨，一定要探得消息的段落，成年叙事者突然跳出来评价了一句——"我又犯了我的老毛病"——最为明显地呈现出成年叙事者与儿童视角之间存在的距离。换言之，这篇小说中的反讽是"总体性"的，作为儿童的兰柱大可说自己在大人的故事里"不足轻重"，但成人叙事者"我"却已意识到，女人的悲剧里未必没有自己所扮演的角色。正是兰柱身上的少爷脾气，最为明确地显示了"我"身上的父权痕迹。用《早春》里母亲的话就是："随你们曹家的那个根种……""他们爷们儿什么都是对的，这个从小就是这样的，长大了比他爸爸还要豪哪！"这正是《初吻》《早春》流露出作者深刻的忏悔姿态的原因，儿童时代的兰柱似乎还得以清楚地切割这种"原罪"，历经世事的成人叙事者则终于难以逃脱这份罪愆，若在这里稍稍联系作家的生平，指向也似乎是相当明确的。

在《初吻》里，端木蕻良没有放弃对草原上阶级关系以及苦难压迫的揭示，这说明作家并未丧失对根本问题的思考。但另一方面，作家的关注点确实发生了明显转移，对比两个时段的创作我们就能看得分明："这年头正是马蹄乱的年头"，金枝一家也最后被迫上了"北荒"。"北荒"在《科尔沁旗草原》中是一个重要的符码，这是大山等佃农们推佃不成的唯一出路。《早春》的写法则大大淡化了其中的阶级意涵，仿佛是一个即将转动起来的"年盘",但小说结尾沉浸在哭声里的叙事者无力推动它。

《初吻》由是构成了一种两重话语交叠的表达。一方面,"草原"上权力秩序的深固得以借助性别维度再度凸显,作者反思意识仍然鲜明;但另一方面,作者的反思意识从外部拉回了自身,通过回忆自己性意识初萌的人生段落,洞悉自己身上的男权原罪,因而难以同父亲拉开鲜明的批判距离,这种纠葛鲜明地体现在小说总体反讽的语调与儿童视角的选择当中。端木蕻良在十年后重新关注科尔沁旗草原的世界,相较于以往作品中清晰的阶级视野,40年代的表达则沾染上明显的个人色彩。相类似的现象也出现在了萧红的《呼兰河传》,骆宾基的《姜步畏家史》系列作品当中,40年代东北作家关于东北的书写既多元又多歧,这是时代语境与作家处境一同作用的结果,端木蕻良的创作选择,正是症候之一。

吴晓东在思考骆宾基《姜步畏家史》系列作品时认为,东北作家40年代的回忆体小说创作或许具有某种总体性,这种创作"相对于30年代茅盾式的阶级与社会史观,提供了另一种历史观照的方式"[1]。这一结论仅仅借助了小说诗学分析的手段,不得不承认其洞察力。本文通过对端木蕻良《初吻》的文本细读,希望推进这一判断。这种总体性与东北作家的身份位置以及40年代的总体格局密切相关,40年代文学东北的多元与多歧,既是历史困顿期的结果,也是个人困顿期的症候,二者都在小说《初吻》里得到了相当突出的显现。

---

[1] 吴晓东:《回溯性叙事中的"儿童视角"》,收《对话与漫游——40年代小说研读》,第199页。

八 路翎《求爱》

路 翎
1923—1994

1943 年 3 月	路翎中篇小说《饥饿的郭素娥》出版（希望社）。
1944 年 5 月	《蜗牛在荆棘上》发表（《文艺创作》第 3 卷第 1 期）。
1945 年 7 月	《青春的祝福》出版（希望社）。
1945 年 11 月	长篇小说《财主底儿女们》（上）出版（希望社）。
1946 年 12 月	《求爱》出版（海燕书店）。
1948 年 2 月	长篇小说《财主底儿女们》（下）出版（希望社）。
1948 年 11 月	四幕剧《云雀》出版（希望社）。
1949 年 8 月	《在铁链中》出版（海燕书店）。

1946

马烽、西戎《吕梁英雄传》出版

老舍《四世同堂·惶惑》出版

孙犁《荷花淀》出版

求爱

路翎

　　男教师胡吉文，恋爱着女教师林凤山了。乡下的生活是苦闷的，学生们是愚笨而顽劣，教师们贫穷、孤独，无论在哪一方面都得不到安慰，容易发生这种猛烈的爱情。据人们说，胡吉文是一个老实人，他是从师范学校毕业回来，立志献身给家乡底小学教育的；单从这一点看，就足够证明他是一个老实人了。他长得很胖大，行动很不灵活，因此，虽然年纪不怎么大，却已经有了一种威严的神情，使得孩子们很是害怕他。他穿得很坏，平常总是一件灰布的长衫；他是很孝顺的，他自己也激动于这一点：他所有的一点钱都拿回家去供养他底母亲了。他是体育教员，但他实在不是一个高明的体育教员，因为他底身体很笨重；他承认他底身体很笨重，因此他相信他底头脑一定是很聪明的。因为他已经献身给小学教育了，所以他憎恨学生们。这种仇恨是不可解的，他一站在学生们底面前，一接触到他们底畏惧的、沉默的，然而又是狡猾的眼光时，他就要憎恨得发着抖。他相信他们都是在心里看不起他，在背后咒骂他的，他相信他们都是阳奉阴违的。阳奉阴违这几个字特别使他欣赏，他一想到这几个倒楣的字，就要对学生们咆哮、吼叫起来。"你们都是阳奉阴违的！阳奉阴违！你们再要是阳奉阴违，我就要罚你们全体的跪！"他觉得这几个字一定是一个非常有学问的人想出来的，这几个字对他是有着如此之大的压力和魅力，因为，只有这几个字，能够给他描述出他面前的使他快要疯狂的现实来。学生们于是给他取了绰号，叫他做"阳奉阴违"。

但是，对于校长和同事们，他却是非常恭敬、和蔼；什么事情都没有意见。和同事们在黄昏的时候出去散步，他底神情是特别庄重的；有什么话要说，总是用着一种严肃的、恭敬的小声。他意识着这是在和别人交际，对于他底一生是很重要的。像这样，大家就叫他做老实人。

他不幸心里有着这样的爱情，爱着他底同事，音乐教员林凤山了。事实上恐怕林凤山一点都不知道这个，恐怕她是连做梦都不会想到这个的。她是一个活泼的、聪明的女子，时时地欢喜用洁白的小牙齿咬着上唇，唱歌唱得很好。尤其使胡吉文感动、崇拜的，是她读过那么多的书，每天都在读着一些厚大的书，谈起高深的话来是那么自然，简直好像家常便饭一样。想到这一点，胡吉文就觉得很惭愧：他只是学体育，从来没有读过什么厚大的书。一天早上，他下了决心，红着脸到她底房里去了，他说他想要借几本书看看。

"这里没有什么书了，都让别人拿去了，你自己找吧！"林凤山说。

"我想，我看看有没有啥子哲学书。"胡吉文说，红着脸，贪婪地看着她，惊异着她底态度这么简单而自然。她底房里有一种神秘的香气，胡吉文不知道它究竟是从哪里来的，被它迷住了。他呆呆地看着她底额角上的一个小小的、发亮的疤。

"你不找么？"她说，"这里一本《新哲学大纲》，还不错；不过要先读哲学史读起来才容易。"她说，觉得自己有卖弄的嫌疑，红了脸。

"那是，那是！"胡吉文说，"我就想，一个人怎么能不懂得哲学，"他说，大胆地向她底整洁的床铺看了一眼，"要是不懂哲学，就不知道人生底意义……我请林先生以后多指教我，我这个人笨得很！"

"哪里！"林凤山笑着回答，用洁白的小牙齿咬着上唇。于是胡吉文拿着那一本厚书走出去了。林凤山摇摇头，觉得很好笑，又坐下来看书。不过心里总是不能安静了，她忽然觉得这早晨是这样的美丽，这样的美丽，她怎么能够老埋藏在这里！她在窗前站了一下，唱起一支歌来，在房里跳了两步，挟着皮包走出去了。

这边，胡吉文是把房门关了起来，开始读哲学书。他马上就完全绝望了。他并不绝望他读不懂这可怕的书，他是绝望着，从这本可怕的书看来，他在林凤山那里是再无希望了。不久之后，他就愤怒地推开了书，躺到床上去。渐渐地他想到了他底孤苦的母亲，想到了他底死去了的父亲和姐姐，想到了他姐姐从前是多么爱他，而现在没有人爱他，他已经是三十岁的人了。是星期天，所有的人都出去了，周围静悄悄的，可以听见外面的阳光下的麻雀底叫声。"这又是一个春天了啊！"他说，伤心地哭了起来。

可是他突然地跳了起来，带着一种疯狂的神情，抱起了床下的一个篮球，打开门冲出去了。他奔到操场上，脱去了长衫，疯狂地一个人打起篮球来，打了有两个钟点之久。

第二天上午，他在教学生们叠罗汉的时候，生气了。孩子们老是不专心，做不好。后来，他们害怕着他，更做不好了。他非常地着急，因为这叠罗汉是要在儿童节的时候拿出去表演的，现在离儿童节只有三天了。他弄得满头大汗。他刚一转过脸去，就猜疑孩子们是在他底后面做鬼脸，于是他立刻转过头来。孩子们在有些炎热的阳光下静静地站着。但他相信他们是一定是做了鬼脸的，觉得非常愤怒。

"你们这些，又是阳奉阴违！又是阳奉阴违！"他高声叫。于是一阵笑声好像一阵风似的从孩子们底队伍里吹了出来，立刻又寂静了。他愤怒地又叫了一声，发觉孩子们都朝他底背后看着。他回过头来，看见了披着灰色的外衣的，新鲜、美丽的林凤山。她站在课室底屋檐下朝这边望着。

他觉得羞辱。他愤恨地想，你林凤山，一个婆娘，根本是什么东西，配在这里讥笑我？可是他的心里又感到甜蜜。他突然地向学生们大吼一声，要他们重新来过。但他们刚刚开始排列，他就抓着一根棍子向一个穿着破烂的黄军衣的少年跑去了，因为他在那里用胳肘捣着他底同学做鬼脸。他举起棍子来在这少年底肩上猛击了一下，在这少年底痛叫声里，感到了强大的复仇的快乐。

"不要打人！"左边有一个学生尖锐地喊。

"哪个？哪个？站出来！"他吼。但学生们无表情地、静静地站着。他转过头来，看见林凤山仍然站在那里，他气得要发疯了，可是他又想，她这样站着，莫非真的对他有点意思吧！那么，他一定要使她看见他是怎样的一个有为的人，他要叫她看见他在学生们面前是多么威严！

人们在求爱的时候，总是不觉地要把特殊的才能表现给他们底爱人看的。胡吉文又向那个穿黄衣服的少年奔去，并且用棍子打在他底肩头、手臂上，显然地是一种求爱的举动。这少年痛叫着，哀求着了，但他仍然打下去，觉得甜蜜，快乐。

"不要打人！"这次是右边有一个尖锐的声音叫。

"是哪个？是你，一定是你！"他说，用棍子指着一个瘦小的、生得很丑的少年。

"不是我！"

"我说是你就是你！"他叫，跑上去打起来了。但左边又有一个声音叫不要打人。

"全体跟我罚跪！"他跳了起来大声叫，"全体罚跪！不然全体开除！"

学生们望着前面，静静地站着不动。那个瘦小的、难看的少年，在寂静中呜呜地哭起来了。

"不跪是不是？"他威胁地说，"老实告诉你们，你们这批东西长大了做不得上等人，只配下力，拉车子！你们只配打！黄至云！出来！"

站在左边排尾的一个肮脏的孩子，走了出来。

"一个打五下！"他说。这肮脏的孩子恐怖地伸出手来，他就开始打；他打一下，这孩子喊叫一声。然后，他喊第二、第三个。挨了打的，有的哭了，有的在咬着牙齿擦着手心。没有挨打的，脸上一律是恐怖的神色，站在阳光下静静地等待着。

他每打了一个，就回头看看林凤山是否还站在那里。她一直静静地站在那里。于是他觉得甜蜜、威严、光荣。他这个奇怪的求爱的举动就继续下去了。现在，有十几个孩子挨了打，在那里哭着了。

"林，林老师，"一个快要挨打的稚弱的孩子恐怖地喊，同时哭起来了，"你，你帮我们说说呀！"

于是林凤山讽刺地笑着走上来了。她客气地替孩子们求情，要胡吉文不要再打。

"是！是！"胡吉文奴顺地、甜蜜地笑着回答，"你林老师的话，没得问题，是！好！"于是他向学生们喊："今天是林老师替你们说情！不然就是天王老子来求情都不行的！你们要晓得，林老师人又好，又有学问，我平常顶听她底话的，她是我们大家底模范！"他热情地叫，兴奋得满脸都是汗水了，"林老师这个人，她不像你们，她比我好，她整天都用功，研究哲学，你们晓得哲学是啥子吗？就是，人生底意义！我是为了你们好，这就是人生底意义！我自己已经发过誓，从今以后，要跟林老师一道研究学问……"

他回过头来，林凤山已经在不知什么时候走掉了。于是他底演说也就结束。他突然地又异常、异常地憎恨着孩子们了，他紧捏着手中的棍子，凶恶地看着他们。

"好，下课！"他愤怒地叫，"你们这些阳奉阴违的东西！"

他在操场上转了一个圈子之后，走进了林凤山底房间。

"那些学生，我告诉你，非打不可！你心肠太慈悲了！"他粗鲁地坐了下来，喘着气说。

林凤山简单地笑了一笑。

"真的你心肠太好了！我还不是心肠软，不过我要狠心，这是替他们前途着想！"他说。

但林凤山沉默着，低着头向着一本书。他觉得痛苦，困窘，他站了起来预备走出去，但突然他又站下了。

"我这个人就是说老实话——我爱你，真的我爱你。"他说，变得灰白了，全身都发着颤。

"笑话！"林凤山轻蔑地说，抛下书，"请你出去！"

"你，你晓得，我是一个可怜的人呀！"

"出去！"

"我情愿为你牺牲一切，牺牲我这条命！我是一个老实人！"

"出去！"她愤怒地叫。

"好！我出去！"他昏乱地说，四面看了一下，懂得真的是没有希望了，这才走了出去。

几分钟以后，他脱得只剩一条短裤，抱着一个篮球，向场子上跑去了。就在林凤山底窗子外面，他一个人狂热地打起球来，一直到吃午饭的时候。

一九四六年四月三日

（原载 1946 年 6 月《中原·文艺杂志·希望·文哨联合特刊》第 1 卷第 6 期）

《求爱》: 另一种风格

报告人 :〔韩〕朴贞姬

时间 : 1995 年秋季学期

地点 : 北京大学中文系五院

一 《求爱》代表了路翎创作风格的另一种倾向

由于历史可怕的"玩笑",路翎成为中国现代文学史上处于高峰期和成熟期却突然被迫中断创作的重要作家之一。我们在阅读他的作品时,常常感到一种深深的遗憾与忧愤:尽管被许多论者论及的路翎创作的独特风格足以使我们看到这个作家的不朽,但是我们隐约地感到,他在 40 年代中后期的一些创作倾向,已经显示出他有克服前阶段创作过于"主观化"的弱点,而走向深厚、冷峻、丰富的可能。赵园在《路翎小说的形象与美感》[①] 中,曾谈到路翎的"长篇沉郁滞重,短篇中却很有构思别致,笔致轻松而富于风趣的精巧之作","这些'袖珍型'的,街头即景式的,契诃夫风的短篇,单纯、没有文字的铺张,没有感情的奢侈"。

《求爱》可以说具备上述特点,但同时,《求爱》这个文本又继承着路翎一贯追求的揭示人的灵魂与精神奥秘的写作基点。因此读罢《求爱》,既能使我们感到作家对胡吉文这个形象的微讽之意,更使我们在胡吉文的精神与感情的内在变动过程中,感到不能克服与摆脱的苦闷与忧伤。

---

① 赵园 :《路翎小说的形象与美感》,收《论小说十家》,浙江文艺出版社,1987 年。

二 胡吉文"奇怪的求爱举动"解析

《求爱》一开始直接交代胡吉文爱上了林凤山，这是小说故事的主要构成因素（即事件）。接下来作家便用了较长篇幅向我们介绍了胡吉文生活与成长的环境背景，他的特征个性，他在学生面前与在同事面前的不同态度。这些介绍，与其说是为了现实主义小说中典型性格的刻画，不如说是为文本提供了主要人物胡吉文的精神背景和精神特征，这些背景和特征为下文中他的一系列奇怪举动提供了依据。这些交代看上去有些直接而琐碎，但也不是可有可无的。

本文的情节展开包括三个过程：借哲学书；打学生；"求爱"。作家显然认定"打学生"才是真正的求爱行动，"借哲学书"仅是试探性的接触，而打完学生后的"求爱"事实上是一次绝望的确证或是一种对爱的告别。"打学生"作为求爱举动也使文本成为精神分析的一个范本。一些评论者曾指出过《求爱》中胡吉文的心理与行为的关系。唐湜说："胡吉文的求爱的心理变化清晰地表现在对孩子们的态度上。一种错综的报复心理与移置作用表现在胡吉文对林凤山，孩子们与篮球之间的态度上。"[1] 但是，胡吉文不可理解的求爱行动的力量是什么呢？他所表现的"移置作用"的心理基础是什么呢？唐湜比较了路翎与沈从文、契诃夫的短篇小说，他说："沈从文多松散，契诃夫的忧郁是近乎悲泣与呜咽的，路翎的笔却有更多凝练的流质的华质与飞扬着的从无意识的深渊里突发出来的生命的呼喊与神采。"

用"无意识"深渊来解释胡吉文的举动与行为是可行的，但是这里的"无意识深渊"不能简单地等同于弗洛伊德的力比多学说，虽然胡吉文对林凤山明显带有被压抑而隐伏于心灵底层的性欲。但在胡吉文那里，致命的压抑、狂躁与自卑心理呈现出各种力比多力量的流动状态。一方面使他降落于生活的满足之中，另一方面又使他有精神飞升的焦躁。这

---

[1] 唐湜：《路翎与他的〈求爱〉》，收《路翎研究资料》，北京十月文艺出版社，1993年。

种精神飞升，或严格地讲是一种精神幻想，体现在他所谓的"立志献身给家乡的教育"，对"阳奉阴违"之类有学问的词语的迷恋，更体现在他追求林凤山的过程中，借哲学书，关于人生意义的演说等，都折射出这种焦虑。然而这种焦虑是脆弱且模糊的，它很快被清醒的自我意识以及现实生存的处境击垮。对这种被击垮的无力的抗争与发泄，只能体现在"打学生"与"打篮球"的举动上了。

"胡吉文又向那个穿黄衣服的少年奔去，并且用棍子打在他底肩头、手臂上，显然地是一种求爱的举动。这少年痛叫着，哀求着了，但他仍然打下去，觉得甜蜜，快乐。"在这场混乱而恐怖的施虐般的转换式的"求爱"场景中，我们看到了胡吉文与林凤山之间互为镜像的人物关系。在镜像之中确认自我是个人寻求自我主体意识的重要方式。胡吉文在操场上与林凤山的空间关系，巧妙地成了一种照镜式的自我观赏与自我表现的行为。他要试图清晰地在林凤山眼中看到一个被映照的"自我"，为了这一目的，人在真实的镜子面前的静观与审视，便象征性地变为在现实生活之中的行动与言说。哲学书、篮球、学生们成了行动与言说的对象，也成为胡吉文通向自我实现之路的媒介和新的镜像。在"看"与"被看"的关系中，林凤山是被作家有意削弱其主体性的人物，虽然事实上，她内心的激情与力量也被胡吉文唤醒，她在操场边的观看事实上也是一种心甘情愿的"被看"。在这个过程中，她的自我主体的确认，是使胡吉文走向彻底绝望的决定力量。通过这种力量，本文中强调的是主要人物胡吉文的内心变化与自我克服的过程。

三 自我意识与客观化的写作：《求爱》的叙述口吻

《求爱》中值得注意的是，路翎给予了胡吉文这个人物以充分的自我意识，和本文相对客观化的叙述口吻。这两者的结合使《求爱》获得了比路翎早期作品《青春的祝福》更自然而具有实感的进步与提高。胡吉文的自我意识可以说是路翎提供给文本的最有意义的部分。从这一点上，我们可以看到陀思妥耶夫斯基对作家的潜在影响。

胡吉文是一个"老实人"，这不仅是"据人们说"的，也是他自我认定的；他激动于自己的孝顺；相信学生们对他是阳奉阴违的；在读了哲学书后，他意识到了"绝望"，在绝望之中，"渐渐地他想到了他底孤苦的母亲"，等等，他分明地认识到，"现在没有人爱他"。在接触林凤山的整个过程中，他谨慎地、热情地并且哀怨地不断表达着他对自我的强调。正因为他在现实之中不断地、敏感地回到自身，企图看清自己，所以他才可能绝望，并且绝望地试图冲破这种绝望。

路翎的叙述是相对客观的，文本开头说："男教师胡吉文，恋爱着女教师林凤山了。"这种口吻显得客观、冷静，文本中叙述者的冷静，正在于他对主人公自我意识呈现的突出上。胡吉文合理自然的自我意识，使得叙述者与主人公之间产生了一定的距离，也使文本获得了揭示人物内心的复杂与深度。

四 短篇小说的本质特征与《求爱》

胡吉文在求爱过程中内心动荡的复杂性与强烈性，使得直接进入文本阅读过程的双方获得了一种张力。短篇小说的文体特征使这种张力成为一种强烈的情绪，感染着阅读者。根据伊恩·里德在《短篇小说》中归纳的短篇小说的三种"本质特征"[1]，我认为其中的"危急时刻"[2]（"Moment of Crisis"）这一点非常有意思。可以说《求爱》文本具有这种"危急时刻"，这种时刻被理解为"人物在这一刻经历了态度上或理解上的某种决定性的变化"[3]。这种变化可以表现为使"叙事者导致了自我意识的痛苦闪现"，或者对读者来说仅仅是一种揭示，而主要人物仍然可能是茫然无知的。或者，"更有甚者，使得一些故事在我们心目中萦回不

① ［美］伊恩·里德：《短篇小说》，肖遥、陈依译，昆仑出版社，1993年，第84页。
② 同上，第85页。
③ 同上，第87页。

去的是，我们对于揭示的程度和本质，对于一个人物明显地经历了的意识的最高点乃是处于一种没有把握的状态"①。胡吉文自我意识的痛苦闪现，以及他对意识最高点的苦闷的反应，使我们处于解说与不可解说之中。文本以胡吉文狂热的打篮球为结尾，也意味深长地提醒我们：胡吉文对自我面临的决定性的变化仍处于"一种没有把握的状态"，它使我们的解读成为有多种可能的富有激情的冒险。

五　外国文学影响下的路翎和他的小说追求

路翎自称"我的《求爱》……有着契诃夫的影响"②。但是我们不可能从具体文本的对比中去寻找路翎借鉴了契诃夫的哪些创作因素。如果说是对小人物命运的关注，或是平平常常的人生的表现等，也都是不够的。

契诃夫是无奈的人生的辩护者。在契诃夫笔下，人物接受他们失败和孤独的宿命。陀思妥耶夫斯基更早地书写无奈的人生，但他的人物并不甘心承受失败与孤独的命运。到了契诃夫，他表现人与人之间隔膜的体验，但并不填充他们之间最终的分裂。契诃夫把这种体验当作他小说的主题。契诃夫的作品中，人物具有绝对的无奈感和绝望感，又是搏斗着的，甚至没有明确的人生目标。这种现实人生的体验影响到了契诃夫小说的形式。

契诃夫的小说故事多采取片断式的、插话式的，他的人物性格是非核心的、非典型的，他在结构上无视固定的框架，通过无中心的作品形态，表现它。他的作品在一开始发端的时候就结束了。作品给人的不是完整的印象，而只是中断的感觉。从小说的内容到形式都体现了一种偶然性，在无事件、无希望的日常性中，人物和他们的命运自生自灭。在

---

① ［美］伊恩·里德：《短篇小说》，肖遥、陈依译，昆仑出版社，1993年，第87页。
② 路翎：《我与外国文学》，载《外国文学研究》1985年第2期。

命运的自生自灭的积累中，人生发挥着生命的威力。

以上谈到的契诃夫小说的特点，和路翎这个时期的小说追求有着惊人的相似。《求爱》和《平原》等短篇小说截取的是凡俗人生中的偶然，表现不像故事的故事，不像斗争的斗争。"这些小说里所写的都是攀住历史底车轮的葛藤，但既然人类是在生活着，这里面是也有着历史力量底本身的。这固然是一个平庸的世界，没有英雄主义底实现也没有那种高贵而神奇的情操，但就在这个平庸的世界底各种现象和碎片之下，是有着一股强大的激荡的，恰如在破船之下是有着海洋底激荡一般。在中国是一切秩序都被粉碎了，暴虐的阶级是藏在霓虹底光华之中，人民是呻吟在黑暗的重轭之下，但事实却并不这么简单，因为，无论怎样，人们终是在生活着，生活终是在前进着。对于各样的角落、各样的斗争、各样的人生的检讨，是我们今天应做的工作之一……""在这个平庸的世界中所展开的各样的人生斗争，其实也正是我们时代底诗！"[①]

我认为路翎是一个吸收外来影响最奇特的中国作家。他曾说："所有外国著名的文学作品我差不多全读了，有几个阶段我读书很多，而且作着用这些文学形象来比喻中国现实的思维。人们问我，哪些外国文学作品对我影响最深，我常回答，统统翻译过来的著名的文学作品。因为实在是这样的，哪一种我都注意。我也爱各种的体裁。但古典外国文学也时常使我走到云雾霓虹与黑暗混合的人物与旧的时代的阵容里去了，苏联文学便使我有时落到地面上来。"[②] 这一段话给人感觉似乎路翎在创作中太过分凭借于外国文学的启发与作用了，这也使得一些研究者批评他缺乏对中国现实生活的体验。

从路翎所创造的文学世界来看，我觉得他吸收外来的影响并化解为自己的文学现实与文学理想是比较成功的。

---

① 路翎：《〈求爱〉后记》，收《求爱》，新文艺出版社，1954年，第203、204页。
② 路翎：《我与外国文学》，载《外国文学研究》1985年第2期。

六　路翎中后期的创作倾向与 40 年代小说

路翎 40 年代中后期在重庆、南京等地的生活，使他对现实人生有了更为深刻、丰富的认识。有意思的是，这时期路翎笔下的现实有了平平常常的人生，作家使这些人生中的无奈与凡庸得到表现，但又不同于认同现实无奈的实用人生观的追求，如张爱玲、路翎的小说更重于精神的展示与暴露，在这种展示与暴露背后是"灵魂底坚强"。

不同于 40 年代其他一些在时间之中寻求自我，在追忆童年生活与经验中获得对现实的抗拒的作家，路翎从现实的人生之中发掘并保持了自我精神的发展与成长。这可能是路翎的小说在 40 年代文学中的独特姿态。

殉道者的精神苦役

报告人：于威

时间：1995 年秋季学期

地点：北京大学中文系五院

《求爱》这部短篇小说集写作于 1944 年至 1946 年间，这一时期是路翎创作进入高潮后的成熟阶段和收获时期。除了《求爱》，他还完成了 79 万字的《财主底儿女们》的写作及《平原》集中的短篇。《青春的祝福》《蜗牛在荆棘上》等重要作品也在这时期出版。路翎以其坚实、有力的创作实绩被七月派视为创作主将。

但这一时期作家的心境并没有随着创作的丰收而趋于明朗，抗战的胜利除了瞬间的欢欣，并未驱除重压在作者心中的忧愤。在《求爱》的后记里，作家这样描绘自己的处境："在这一段时期里，我所接触到的东西大半非常沉闷，带着一种黯淡的性质；巨大的思想内容被浓烟遮盖着而窒息了，旋转在我底四周的却是一个花样繁复的世界。在我逐渐地认识这个世界的时候，我底精神常常被迫着退却……"；"在我们所生活的这一片土地上，不仅单纯的梦想常常受到挫伤，即使老练的战术有时也难得跨越的。"

在给陈守梅的一封信里，他写道："我现在正堕在一个坑中，什么样的坑，还不明了。长久的寒冷和阴雨，漫长的冬季让人厌倦了，就有些怀念什么似的。希望有阳光破云而照耀出来，希望有新鲜的、温暖的风。"

我们可以把这些叙述看作一个年轻的知识分子所感应到的时代苦闷，这是经历了战争的残酷、理想的受挫、生活的困顿、人性的挣扎的知识分子们共有的感受。但在路翎这里，这种苦闷以一种内在的精神苦役的形式表现出来。我们在路翎身上几乎找不到感伤的东西，外部的苦难向内转化为对自我灵魂的拷打。

走入路翎光怪陆离、奇异乖张的小说世界，你无法回避一种血淋淋的感受，你无法和不同作品中的人物、和作者一起忍受灵魂的煎熬。评论者们大多注意到了作家直面苦难、切入灵魂的功力，并把此归因于作家社会批判的深刻，而把作品中屡屡出现的近乎嚣张的心理自白、近乎变态的人格分裂视为作者不成熟的表现，或者仅仅将其作为小资产阶级特有的狂热作态。

抒写苦难是现代文学自诞生以来挥之不去的母题，关怀苦难是中国知识分子与生俱来的文学品质。作家们或以悲天悯人的心态俯视受苦受难的芸芸众生，或为个人的命途多舛而呼天抢地。但在路翎，他超越了对苦难外部形态的铺陈，而是用残忍的激情，突入到苦难的核心，在被苦难噬咬得遍体鳞伤的同时，也大撕大攫地把苦难剥离开来，让人强烈地感受到匍匐在血泊中的作家有着怎样的勇气，心甘情愿地让自己和小说中的人们一道，担当起受难者的角色。也正是由于此，我们不能不提出这样的问题：作家为什么要采取这种自伤甚至是自虐式的写作方式？作家如此突出地介入作品会产生什么样的后果？

作家在写作时，无论他隶属于何种派别，持有何种文艺思想，在进入创作状态后，均不能让主体和作品截然分开，但必须始终保持一定的距离，以艺术的眼光观照作品。路翎给人的感觉是写作与生命浑然一体，写作成为他生命运动的形式。研究他的作品，实质上是在探求作家的心灵世界。

路翎历来被视为七月派的典型作家，谁也不能否认他的创作风格的形成同七月派的文学理论有着密切的关联。但路翎鲜明的主体特征又很大程度地超越了七月派的理论框架。

发轫于1937年9月创办的《七月》周刊的七月派，是抗战时期一个有自己的理论、创作，风格独异的文学流派。胡风是该流派当之无愧的旗手。他是鲁迅"为人生"的现实主义文学传统的忠实继承者，也是鲁迅之后的重要的文艺理论家。他在反对左翼文艺思想的"机械论"和艺术教条主义的倾向中，建构了以主观战斗精神为核心的现实主义理论体系，在文艺创作和文学批评中追求人生和艺术的统一、政治与艺术的统一。更有意义的是，他力排众议，再次把描写人民群众"精神奴役的创伤"作为文学创作的重要内容。这对 40 年代文学创作向纵深发展，摆脱肤浅的理想主义和文学上的功利主义起到了切实的作用。

路翎创作小说《要塞退出以后》时，只有十七岁，但这部作品已经显露出了与众不同的创作质素。胡风独具慧眼地发现了这位虽然稚嫩，但前途不可限量的作者，并在《七月》上发表了这篇小说。自此以后，路翎通过向《七月》投稿和通信结识了胡风，在胡风的鼓励下开始了一系列的创作。路翎不是一个擅长总结创作理论的作家，所以他留下来的关于自己创作的文字并不多。但在这有限的材料里，我们还是可以得出他自觉地接受了胡风理论，并在创作中予以表现的结论。这一点在短篇小说集《青春的祝福》里体现得最为明显。

路翎接受胡风影响主要体现在两个方面：一个方面是，他赞同胡风"文艺创作并不是社会问题的图解或是通俗演义，它底对象是活的人，活人底生理状态，活人底精神斗争"，以及"作家的主观的战斗意志和人格力量要突入到客观对象"，从对象的复杂性和激烈性上去把握它的观点。路翎作品中如火如荼的生命律动，动人心魄的灵魂纠结，高潮迭起的主体突入带着鲜明的流派风格。《求爱》后记里有一段话："人们应该以自己底血肉的感受来说明客观世界，而不应该沾沾自喜或随波逐流。"这可以看作路翎在理性上对胡风理论的认同。

路翎受胡风影响的第二个显著的特征，是他用坚实的作品响应了胡风描写"精神奴役的创伤"的号召。而这一主题，在七月派其他小说家那里并没有得到充分展开。我想，这也是胡风对路翎格外赏识的理由之一。路翎的几部重要作品，如《财主底儿女们》《饥饿的郭素娥》等都是胡风亲自作的序，他还为路翎的作品写了多篇评介文章。作为理论家的胡风，以其敏锐的艺术感受力，把握住了路翎创作的基本特色。他抓住了路翎"透过社会结构的表皮去发掘人物性格的根苗"的努力，他看到了"在路翎君这里，新文学里面原已存在了的某些人物得到了不同的面貌，而现实人生早已向新文学要求分配座位的另一些人物，终于带着活的意欲登场了"，他透视出"路翎所要的并不是历史事变的记录，而是历史事变下面的精神世界的汹涌的波澜和它们的来根去向，是那些火辣辣的心灵在历史命运这个无情的审判者面前搏斗的经验"。胡风还准确地捕捉到路翎创作方法的特点，他说，"他不能用只够现出故事经过的绣像画的线条，也不能用只把主要特征的神气透出的炭画的线条，而是追求油画式的，复杂的色彩和复杂的线条融合在一起的，能够表现出每一条筋肉的表情，每一个动作的潜力的深度和立体"。

这些精当的评论当然包含着胡风对自己理论的阐发，在某种意义上，胡风已把路翎的作品当作了遵从自己文艺思想的理想范本。但在今天，我们不能不遗憾地看到，沉浸在发现的喜悦中的胡风，在对路翎主体创作精神的理解上，有些过于自信了，由此发生了一定程度的偏离。而这种偏离，即使是路翎本人也是不愿公开承认的。我们只有通过对文本反复阅读，去感受隐匿在路翎内心深处的"别一样的世界"，这还是有线索可循的。我们可以先来对照一下路翎《财主底儿女们》的题记与胡风为此写的序。路翎在题记中写道："我特别觉得苦恼的是：当我走进某一个我所追求的世界的时候，由于对这某一个世界所怀的思想要求和热情的缘故，我就奋力地突击，而结果弄得好像夸张、错乱、迷惑而阴暗了：结果暴露了我的弱点。但这些弱点，是可以作为一种痛苦的努力而拿出来的：它们的企图，仅仅是企图，是没有什么可以羞愧的。我一直不愿放弃这种企图，所以，也由于事实上的困难，就没有再改掉它们。""我所追求的，是光明、斗争的交响和青春世界的强烈的欢乐。在有些地方，如前面所说的，这是失败了。"这一段话，在胡风以及后来的评论者那里，多被当作作者的自谦而被忽视了。胡风在序里对路翎所说的"弱点"及"失败"是这样理解的："人如果能够看出这灼人的青春火焰的对于我们的人生、我们的文艺有着怎样的寄兴，人就能够把作者自己所说的'失败'和'弱点'只当作青春的热情所应有的特点来理解的罢。"显而易见，胡风更多关注的还是作品在"寄兴"上的意义，而对路翎在隐约之间透露出的犹疑，做了可以理解的淡化处理。但胡风有一点是高明的，他看出了路翎所说的"弱点"恰恰是他的"特点",而且是一个不可忽视的特点。如果用现实主义,即便是妥协了的"主观现实主义"的理论来衡量路翎的小说,作品中不是好像而是确实存在的"夸张、错乱、迷惑、阴暗"应该视为弱点,但作为一个自觉程度很高的作家,路翎在清楚地感受到这些"弱点"之后,为什么还要执着于此,"一直不愿放弃"呢?他为自己开脱的理由是"这些弱点,是可以作为一种痛苦的努力而拿出来的:它们的企图,仅仅是企图,是没有什么可以羞愧的"。作者又有着怎样的企图呢?作者所追求的又是什么样的世界呢?是单纯地像他所表示的"追求的,是光明、斗争的交响和青春的世界的强烈的欢乐"吗?带着这些问题,我再一次走近路翎,我总觉得在作者笔下出现的大量带着显明病态的人物,是理解路翎的一把钥匙。

如果把这些病态心理和畸形人格的产生归因于病态的社会,这也不失为一个解释,我们可以用这一因果关系解释张天翼,解释沙汀,但解释不了路翎。我们再来看一段作者的自白:"郭素娥,不是内在地压碎在旧社会里的女人,我企图'浪费'地寻找的,是人民的原始的强力,个性的积极解放。但我也许迷惑于强悍,蒙住了古国的根本的一面,像在鲁迅先生的作品里所显现的。我只是竭力扰动,想在作品里'革'生活的'命'。事实并不如此——'郭素娥'会沉下去,暂时地又转成卖淫的麻木、自私的昏倦。"这其中出现了几个关键的词语:"浪费""迷惑""蒙住""事实并不如此"。这些词语透露出了作者深刻的犹豫、怀疑和绝望。我们可以由此探出在作者的心灵深处,贮藏着浓重的悲哀。

对强悍的迷惑,对原始强力的仰仗,实际导源于对现实和人生的绝望。路翎一直被这种绝望所带来的恐惧追逐。置身在鲁迅揭示出来的"几千年来精神奴役的创伤"面前,作为一个渺小的个体,诚实的作家只有悲悯和绝望,并在绝望中痛苦地挣扎。他吟诵不出欢乐的篇章,更无法"革"生活的"命"。《饥饿的郭素娥》中有一段描写:"城市在安详地错堕地睡眠,带着它的淫荡和凶残。它不可动摇地在江岸蹲伏着。对于它,年轻的张振山,是显得如何的渺小!他能够移动它的一根脚指么?"这实际上是路翎自己的心灵写照。在这种情绪下,他只有把目光投向原始，回到人类未曾遭受精神奴役的自为状态，用原始的强力来冲撞现实的叠嶂。但作家又痛苦地意识到，这种冲撞撼动不了什么。所以在他的作品里，原始的强力在释放出来的同时，也无一例外地被扭曲，反而成为一种伤及自身的破坏力量。从中折射出作者惨重的心理。看一下《求爱》中的胡吉文，爱是人类的本能，对一个人怀有爱情本是件美好的事情。但胡吉文却用向比他更弱小的对象施虐的方式表达自己的爱，将爱转化为丑恶和刻毒。怀抱着中国知识分子的忧患情怀，在心灵的绝境，在精神的死地，不甘于默默无语地淹没在创伤中的作家，只有像蒋纯祖那样举起自己整个的生命呼唤、呐喊，在笼罩心身的巨大的孤独中杀入重围，与几千年蒙昧扭曲的人性进行殊死搏斗，撕开蒙在伤口上的破布，让伤口重新开裂、流血。与此同时，也把自己撕成碎片，让人们看到作家的心。这时，作者体味到战斗后毁灭的丰富快感和崇高感。一个灵魂殉道者的惨烈形象出现在我们眼前，这是掩藏在社会批判、讴歌理想等外部形态下面的真实的路翎。

我们可以寻觅到支撑作家生命和写作的根本取向：悲剧性的人生理念和自蹈死地的殉道者。正是在这一点上，年轻的路翎和鲁迅在个体精神世界里遥相呼应。作家对蒋纯祖的评价是："他是因忠实和勇敢而致悲惨，并且是高贵的。"类似的话还出现在作家对《云雀》里李立人的分析之中，作家写道："李立人是这样一种男性的形象：他们负荷着现实人生的斗争，和沉重的旧的精神负担作着惨烈的格斗，渴望着庄严地去实践自己。这庄严的要求和热望在现实的压迫下受着挫折，就使得他带着一种渴望牺牲、渴望最后地试炼自己，甚至渴望毁灭的色彩了。压迫太重、创痕太深的时候，由于戒备并征服自己的弱点的需要，就发生着这种孤注一掷的昂扬的冷酷心情。他的道路明显地是很艰难的。要求过高，有时候就不是孤独的个人的能力所能达到的了。"这些评论都可以看作路翎对自己的人生定位。

在蒋纯祖、李立人、何意冰等知识分子形象里，不难发现字里行间跃跃欲出的作家本人。反映在写作上，路翎的小说基本上有两种形态：一种是激情洋溢、困兽犹斗式的，如《财主底儿女们》《谷》《饥饿的郭素娥》等类型；一种是冷静残忍，旨在撕开伤口让人看个清楚的作品，如《求爱》《草鞋》《罗大斗的一生》等。

　　在进入路翎的内心世界后，路翎小说中用七月派的理论无法解释、只能被当作弱点批评的许多现象都可以获得新的发现。最明显的是作品中很多人物都具有的，从残酷与痛苦中感到快乐、幸福和自我的崇高，如作家写罗大斗："……他震动了一下，觉得他被当胸刺杀了，他感到无上的甜蜜。"写程登富看到自己心爱的线铺姑娘被别人占有，"一个痛苦的浪潮在他的心里掀起来……他爱憎这痛苦，变得严厉，并且觉得自己是高贵的"。这种对立心理的急转，已经成为作家人生理念的象征。还有就是作品中众多的流浪者形象系列。这些流浪者中有知识分子，如《谷》中的林伟奇；有工人，如《饥饿的郭素娥》中的张振山；有士兵，如《悲惨的生涯》中的王青顺；甚至有地主，如《燃烧的荒地》中的郭子龙……这些不同阶层、不同身份、不同性格的形象所共有的流浪者气质，如果用生活的真实标准来衡量，与上述病态心理一样，只能得出相反的答案。但我们试着从另一个角度来分析，这些一面咀嚼着远离人群的悲哀，一面又只能舐拭着伤口继续漂泊的流浪者，身上都带着"原始的强力"的因子，实际上是作家想要摆脱扭曲，寻觅真的人性的代言人，所以他们必得一次一次地偏离主流，背弃社会的规定性，实现求真的可能。这些流浪者形象形成了路翎小说中一个重要的自我放逐的意象。在此，我又一次感受到路翎与鲁迅在精神上的相通之处。路翎的小说是《野草》的延伸，尤其是象征性意象的出现。区别在于，鲁迅的形象构筑是自觉的，而路翎是在无意识中对现实主义进行了超越。当然，我无意将路翎的创作归入现代派，但路翎的作品在有些地方确实已不受七月派理论的约束。他的创作为理论诠释提供了一个多元化的文本，其中还有大量的意蕴需要我们发掘。

【现场】

A：作者的主观精神只有与所描写人物的内心世界完美契合，才能真实地展示人物的心理过程。如果作者的主观精神无限制地介入作品当中，即当作者沉溺于人物的内心世界而不能自拔时，就会损害作品的真实性。路翎的小说在现实空间与心理空间上有不一致性。他常不能与外部世界结合，破坏了事件的整合性，造成人物观念化倾向。对人物的心理透视无节制地、无差别地出现在对人物的日常生活的描写中，就破坏了现实主义的真实性。导致人物的非理性，甚至表现为歪曲的面貌。路翎作品中人物的生命力与沈从文、废名作品中人物的生命力的表现形式不一样。沈从文与废名作品中人物的生命力是自然的、健康的。路翎的则是歪曲的、野蛮的、本能的形式。

L：小说创作有两种方法，一种是细致、完整地展示主人公的心理过程；另一种是跳跃式的，只留下不精致的黑暗部分。路翎的创作属于后一种，他只选取几个心理片断，暗示操纵主人公的现实的黑暗力量。基于此，路翎的小说中主人公的精神变化才表现出突发性和非逻辑性。

B：路翎追求的是人物在生活的某一事件中突然发现生命动量，这就够了。因此，作家不必在作品中解释什么，而是读者可以从作品中发现什么。

Y：短篇小说有没有文体特征？50年代有人提出中国的短篇小说往往是中篇的浓缩。短篇应有自己的特点。路翎看待世界与他人不同，应与他所采用的短篇小说这一形式有关，是否应与形式结合起来谈。

H：这篇小说写得并不太好，因为太观念化，如胡吉文的生命强力不能正常表现出来，只能通过打篮球、打学生来表现，就有点儿夸张。

这篇是典型化的路翎式文本。另外，再比如《草鞋》，两个人的关系突然变化，暗示人物心理突然变化，仅用生命强力来解释是不够的。

Y：路翎的这种夸张和突变性到底是什么原因？

G：原始时期野蛮人的求爱与文明时代的求爱是不同的。但路翎借助了某一场合，突然使主人公的原始性爆发出来。求爱本身，从原始角度讲，就是征服的力量。这种力量长期受压抑，然后通过胡吉文在这一特定时间和地点爆发出来，很奇怪，也很变态。虽然这种表达形式不能令人接受，但却包含着生命力。而林老师却只能接受文明的方式。

D：现代作家都对女性恋人有一种圣洁的、崇拜的情感，如巴金、老舍。但爱情又以动物式的本能为基础。在无法表达与发泄的时候，就产生胡吉文那种方式。小说表现了人与人间的冷漠感。路翎与现代派有沟通，对灵魂本体的关注应引起我们的注意。另外，契诃夫对男主人公的讽刺是辛辣的，毫无同情，而路翎却是多重性的，既同情又嘲讽，既爱又恨。

O：《求爱》与其他作品确实很不同，有走向成熟的感觉。以前路翎的作品，如《财主底儿女们》，作者同作品合二为一。但《求爱》，作者面含幽默，躲在作品背后嘲笑主人公。采用冷静的写作方法，但不妨碍心理过程的展示。他与契诃夫共同的一点是写小人物，这是否可以看成是作者尝试着从主观状态里突破出来？

C：我想《求爱》可拍成一部电视短剧，作品开头可以看作题眼，展示了小人物的生活背景。在那种生活状况下，只有爱才有意义，只有抓住机会爱一回才像生活。胡吉文想活得有意义，他要抓住这种东西，把它当作摆脱空虚、无聊的救命稻草。

Q：《求爱》确实让我联想到契诃夫的小说。它不是在表现生命的强力，主要还是表现了毒化的社会，这个社会毒化人与人之间的关系，毒化人的性格。冷酷、内在的痛苦的东西是小说的核心。

D：人物存在于阶级社会之外，只是从精神上去揭示人物，没有阶级概念。人物没有固定的位置，处于游离状态，只描写精神世界、精神关系。

J：作品的开头就暗示着作品的主题："男教师胡吉文，恋爱着女教师林凤山了。乡下的生活是苦闷的，学生们是愚笨而顽劣，教师们贫穷、孤独，无论在哪一方面都得不到安慰，容易发生这种猛烈的爱情。"在我看来这是小说的前提部分：它为我们提供了对整个作品理解的方便，同时也给胡的感情性质做了一个界定，剥夺了我们从多方面去把握胡的爱情心理的机会。可以说，读者的想象力在一定程度上被作家抑制住了。我总觉得前半部分作家的说明偏多，而且作家选择的词语过于直截了当，如：苦闷、感动、孤独、绝望、伤心……这些词语都削弱了整个作品的"形象化"。我认为所谓的"形象化"不仅仅表现在人物的塑造方面，作品的主题、思想也应通过"具体的形象"来表现。可以说，小说尤其是短篇小说，成败之关键就在于是否做到"形象化"。成功的文学作品应该为读者提供很多不同的思考路向。我以为这部作品在这一点上做得不够。

另外，我想谈谈我个人对作品的主人公胡吉文形象的理解。我觉得胡这样的人物就是现代社会里最容易找到的一个典型。有的人为了得到成功、金钱，就骗自己的良心。可是他们还是认识到自己的不对，这样一种复杂而又虚弱的心理一直被压抑着，在生活中偶尔就会以猜疑别人的方式表达出来。胡的潜在意识就在学生的面前表达出来。"他相信他们都是在心里看不起他，在背后咒骂他的，他相信他们都是阳奉阴违的。"虽然作者极端地表现出主人公的心理状态，但是每个人都不能否认，自己被别人观察的时候常会不由地感到不安，生怕别人会看透自己的弱点。而现代人总想隐藏自己的弱点。

作品里写到胡殴打学生被林看到的时候，他感到已经被林看透了自己的自卑感，只好把自己的劣根性转成自我的优越感，"把（自己的）特殊的才能表现给"林凤山看——这场面是这篇小说的最高峰。读到这里，我突然发现自己不由地对他产生了同情。有可能是我通过胡吉文——只是学过体育、没读过哲学书，所以不懂人生的意义的一个人，看到了自己的劣根性。路翎在《求爱》集的后记里说过："这些小说里所写的都是攀住历史底车轮的葛藤，但既然人类是在生活着，这里面是也有着历史力量底本身的。这固然是一个平庸的世界，没有英雄主义的实现，也没有某种高贵而神奇的情操，但就在这个平庸的世界底各种现象和碎片之下，是有着一股强大的激荡的，恰如在破船之下是有着海洋底激荡一般。"我觉得胡吉文也是"平庸的世界"里"生活着"的一个人，尽管他抱着好多自相矛盾的心理，但这样的心理状况也是一般人常有的。所以，在一定程度上，我不能接受作家对胡的嘲讽态度，因为我觉得对这样的心理状态的谴责不应该仅仅加在胡吉文一个人身上，而是应该进一步将研究的眼光投向促使其产生的巨大的社会背景。

【讲评】

关于《求爱》这篇小说，同学们做了很好的分析，我就不多说了。朴贞姬在发言中谈到了"路翎的小说在40年代文学中的独特姿态"；同学们在讨论中发生的一些意见分歧，其实也都跟对路翎"独特姿态"的认识与评价有关。所以，我想就这个问题谈谈我的一些思考。

最近，我正好读了两份过去没有注意到的有关路翎的材料，一个是1994年出版的《胡风路翎文学书简》（以下简称《书简》），另一个是收在《我和胡风》（宁夏人民出版社1993年版）一书里的路翎的回忆文章《一起共患难的友人与导师——我与胡风》（这篇文章也作为"代序"收入了《书简》一书中），这两份材料提供的路翎创作的大量信息，是很值得注意的。

这里想谈两点。我首先注意到的是，据路翎回忆，胡风刚看到《财主底儿女们》的原稿时，只"带着沉重的缓慢，忧郁似的沉默了一下"，并没有多说话。直到两个月以后，他才这样说道，小说提出了"美学上的新课题"，"这是一场沉重的战争，意识形态的和文学形象的战争"。——这些话分量很重，颇耐寻味：路翎在小说美学上，以及在意识形态上，究竟提出了什么样的挑战性的"新课题"？应该说，这不仅是胡风的分析（预言、期待），更是路翎本人的自觉追求。他在给胡风的《书简》里，一再提到，他写出的"也许并不像一篇小说"，他甚至说自己"简直越来越不懂什么是'小说'了，或者说，我从来不曾懂得它"（《书简》第6页）。他显然意识到自己的创作同传统的"小说"在观念与美学上的"异质性"，并且是以此为目的的。从路翎和他的"友人与导师"胡风的讨论中，可以看出，他所要进行的是以下几个方面的突破性的试验。

首先是希望"提出当代知识分子的精神内容与精神动向的问题"。——对精神现象的这种关注，最能显示路翎的特点：他同时兼备鲁迅所说的"精神界战士"与小说家两种品格，这样的作家并不多见。为此，他要求自己摆脱所谓的"小说作法"的束缚，"应该直写人生；花巧越少越好"（第113页）。而"直写人生"，就是要无拘无忌地写出精神现象的全部复杂性，包括"在重压下带着所谓'歇斯底里'的痉挛、心脏抽搐的思想与精神的反抗、渴望未来的萌芽"；发掘出隐藏在自己不很知道的深度，有时候还是自己否认的心理状态（第10页）；写出"激烈的心灵纠葛"（第9页），等等。而这每一点追求都是与"传统"和"习惯"对立的。胡风一再向路翎发出警告："对不习惯于这种心理描写或不愿看到这种心理的隐蔽状况的人来说，就会说是'狂热的个人主义的'，'唯心论'的"（第10页）；整个民族心理都是"崇尚理智、冷静"，美学上也是要求"'素淡'与心理描写的撙节"，"把内心的热烈视为不合理的事物，是中国孔夫子遗留下来的麻木"（第9、10页）。胡风还说了这样一段意味深长的话："你说过，你在南京上小学的时候，有一次见到笼子里的老虎饿了，就将大饼给它吃。不是有许多人责备你并要打你么。人是不可以作特异的行动的。人们说你买大饼给老虎吃，扰乱了民族精神。"（第9页）路翎自己当然明白，他在小说创作中，自觉地揭示精神现象的复杂、强烈、丰富，挖掘隐蔽的、病态的、阴暗沉重的心理，追求强力的、繁复的美，不仅是对中国的传统美学，更是对民族精神（民族思维、心理、情感）的公开挑战。

在《书简》里，他们还对公认的美学观念，例如"小说的描写，作者的见解愈隐蔽愈好"，提出了质疑。胡风问："愈隐蔽愈好可能是美学功能的一种，是不是美学的基本功能呢？"（第19页）路翎也认为，正是"要尊重读者底想象力，作者不需多说话"这类似是而非的观念，导致了小说中"叙述底摒弃"，"作者底较深沉的感情由所谓含蓄而逃亡"，从而"使所表现的一般化"。路翎表示，他要做出自己的"反抗"（第68—70页），即恢复"叙述"在小说中的地位。人们经常批评路翎小说中的"热情的形容词与突出的热烈情节",其实这都是他的一种自觉的追求与尝试。

路翎小说的语言也常常受到批评。在路翎的回忆中,他与胡风之间,曾有过一次颇有意思的讨论。胡风谈到,路翎"小说采取的语言是欧化的形态","人物的对话也缺少一般的土语、群众语言","大众语言的优美性就被你摒弃了"。路翎则回答,"不应该从外表与外表的多来量取典型,是要从内容和其中的尖锐性来看。工农劳动者,他们的内心里面是有着各种各样的知识语言,不土语的","他们是闷在心里,用这思想的,而且有时也说出来的。我曾偷听两矿工的谈话,与一对矿工夫妇谈话,激昂起来,不回避的时候,他们有这些词汇的。有'灵魂''心灵''愉快''苦恼'等词汇,而且还会冒出'事实性质'等词汇","我想,精神奴役创伤,也有语言奴役创伤,反抗便是趋向知识的语言"(第5页)。路翎所提出的"语言奴役创伤"这个命题很值得注意。他在书信里回答胡风对他的语言的批评时,还说过这样一段话:"文句上的毛病,那起源是由于对熟悉的字句的暧昧的反感:常常觉得它们不适合情绪"(第68页)。这里,对"语言奴役"即语言对思想(情绪)的束缚的敏感,以及反抗,都表现了路翎对"精神(与表达)自由"的一种自觉追求,这也很能显示他的"精神界战士"与"小说家"的统一。从这样的角度去分析、评价路翎小说的语言实验,可能会对作家的精神创造有更深的理解。

路翎在回忆里还谈到胡风提出的一个观点:诗应该是在"抓住现实的一瞬间"触发的真情,并且是跳跃的(第3页)。这或许可以帮助我们去理解路翎小说中经常出现的"心理突变"(这也是常常受到批评的):其实,人常常是在某一"突发的瞬间"感觉自身的本质;真正的小说家也正是抓住这一"瞬间"来展示人的灵魂的赤裸状态,也即人的"真"相与"真"情。这"瞬间展现"对于短篇小说也许是尤其重要的;我们是不是可以把这看作短篇小说的一种"时间观"呢?

当然,以上所说,都是根据作家的自述,说到底,不过是作家的主观追求。对于实践的结果,其间的得与失,都是可以(而且应该)讨论与研究的。因此，同学们提出的各种意见（包括批评性的意见）都是有价值的。但是，我们在批评之前，首先还是要理解。

我们已经一再谈到了路翎创作的"特异性"，但我们还要把它放到40年代整个文学（小说）思潮中去考察，这也许能更清晰地显示路翎的"独特姿态"。大家知道，40年代占主流地位的是民族化、大众化的文学思潮，这自然反映了以农民为主体的全民族的救亡运动的时代要求。胡风和他的朋友并不根本反对文学的民族化与大众化，但他们从逆向性思维出发，提出了一个反命题，即仍然要坚持对传统文学的变革，坚持与世界进步文学的联系：他们认为这是"五四"新文学的两个基本立足点，不能因为强调文学的民族化与大众化，而动摇了自己的根基。

路翎在给胡风的信中，曾明确表示对胡风观点的支持："对于五四传统和现实主义底肯定，对于民间形式拜物情绪的批判，这是绝对需要的。"（第9页）因此，他的前述对抗传统（习惯）的变革实验，也是对现实主流文学思潮的一种逆向选择。（在整理这篇讲稿时，读到了孔庆东同学的博士论文，其中也谈到了以路翎为代表的七月派小说家的"死不媚俗"的姿态："在民族化的声音铺天盖地之时，七月派小说从主题、人物到风格、语音，都逆流而动，大张旗鼓地加强了欧化色彩，表现了'死不媚俗'的决绝。"作者并做了这样的评价："七月派小说的大踏步探索是以牺牲大面积可读性为代价的，而追求可读性并不等于媚俗"；"在艺术格调上那般卓然不群，几乎排除了与他们眼中的'世俗'进行对话的可能性，这恐怕是最易导致自我'毁灭'的'玉碎'行为"，"即使在后来的政治运动中，作家自身得以幸免于政治迫害，但这种断然不与世俗沟通的艺术，也难以继续容于时代。在高雅小说的通俗化移动过程中，七月派的坚守与牺牲既反映出某种艺术上的必然，也令人感到十分惋惜"。——这些意见都有助于我们的进一步思考。）

我想谈的第二点，于威同学在发言中已经谈到，我只是做一点补充与发挥，这就是"路翎的创作与胡风的理论的关系"问题。人们通常把路翎看作胡风文艺思想的实践者，这是有根据的；但却忽视了问题的另一方面，就是胡风自己说的："别人都说路翎受我的文艺理论的影响，岂不知我的文艺理论，正有不少地方受路翎创作的影响呢，正是从他的创作中，形成了我的一些理论观点。"（《我与胡风》，第803页）路翎在回忆中也谈到，"他认为，我赞成他的理论；而他，在遇到我（而我一直在努力从事创作）之后，就找到了创作实践上的依据，我也支持了他"（第10页）。在这个意义上，路翎（以及被称为"胡风派"的作家）都参与了"胡风文艺思想"的创造，我们应该从"（胡风的）理论与（路翎等的）创作实践"的互动关系中去把握"胡风文艺思想体系"。而且要辩证地把握这种关系，不仅要看到其基本的一致，互相影响与补充，同时也要注意彼此的差异，以至矛盾。如果看不到后者，把路翎的创作简单地看作胡风理论的"体现"，机械地用胡风的理论去解读路翎的作品，就有可能产生误读，或者会忽略路翎创作中一些更有独创性的东西。因此，我认为，于威同学在发言中注意到了对路翎的作品，胡风的阐释与路翎本人的反省间的差异，这是特别有意思的。

路翎关于《饥饿的郭素娥》的这段自我分析的确值得反复琢磨："我企图'浪漫地'寻求的，是人民底原始的强力，个性底积极解放。但我也许迷惑于强悍，蒙蔽了古国底根本的一面，像在鲁迅先生底作品里所显现的。我只是竭力搅动，想在作品里'革'生活底'命'。事实也许并不如此——'郭素娥'会沉下去，暂时地又转成卖淫的麻木，自私的昏倦……"（第37页）人们通常引用寻求"人民底原始的强力"及"'革'生活的'命'"这两句话来说明路翎的创作追求，却有意无意忽略了"下文"，即路翎同时提出的对前述命题的质疑（"我也许迷惑于强悍……""事实也许并不如此……"）。路翎创作的旨意恐怕就隐藏在这样的正、反题的相互质疑所形成的张力之中，那"'浪漫地'寻求"的希望的热潮，与"事实"的绝望的冷流两者的相互激荡，构成了他的小说内在的心理内容。

值得注意的是，胡风恰恰对路翎所提出的反题，绝望的冷流方面，表示了他的异议。他在为《饥饿的郭素娥》所写的序里，在引述了路翎的前述表白以后，接着就说："但我看，事实也许并不'并不如此'的。郭素娥……不但不能从祖传的礼教良方得到麻痹，倒是产生了更强的精神的饥饿。"显然，胡风比路翎要乐观得多：他更多地看到了（或者说更加注重）"明天"的希望。据路翎回忆，胡风总是不断地提醒他："要强调人物的正面内容"（第 4 页），希望"描写实际生活里的'蠢动'着的事物"，写出"正面表现民主要求的主人公"（第 11 页），"要减少你的忧郁的心情，文学形象的负担也会压得人忧郁"（第 7 页），"要减少一点阴暗的内容，而加强正面的事物"（第 11 页），等等。路翎通常会接受胡风的意见进行修改（第 4 页），但有时他却是犹豫的：由于正面的主人公"一时想不起来"而不知怎么写法（第 11 页）。这当然不只是一个"写法"问题，至少是反映了他们在对生活的观察、体验，以至追求上的某些差异。

仔细读路翎与胡风的文学书简，就更可以看出他们在精神气质上的差异。路翎经常这样谈到自己："我底童年是在压抑、神经质、对世界不可解的爱和憎恨里度过的，匆匆地度过的。我的心理和生理上都很早熟，悲哀是那么不可解地压着我底少年时代，压着我的恋爱"（第 34 页），"我的魂魄，是在夜里漂流而踌躇的"（第 35 页），"我底内心状态有些险恶"（第 88 页），"对于身边的一切，我是憎恶而且嘲弄的"（第 120 页），"我总提防着会有坏的事情要来，因此常常不安"（第 105 页）。胡风则一再说自己是"一个在对他人的信任里面自欺自的理想主义者"（第 34页），甚至欣赏理想主义里的"宗教气息"（第 61 页）。路翎比他的友人与导师胡风更为悲观与绝望。我赞同于威同学的这一判断：支撑路翎生命与写作的"根本取向"，是"悲剧性的人生理念（按：或许说"人生体验"更为准确？）和自蹈死地的殉道（精神）"。路翎作品里也有浪漫主义的，以至英雄主义的成分（在这些方面更多地受到了胡风的影响，也常常得到胡风的肯定），但究其根本，仍是对他内心深处绝望的一种反抗。正是在这一基本点上，路翎其实更接近鲁迅。于威感到了《财主底儿女们》与《野草》的相通，认为路翎的作品"在无意识中对现实主义进行了超越"，这是有道理的。

我读路翎的作品，包括我们这回着重讨论的《求爱》，总是强烈地感受到弥漫在字里行间的绝望和挣扎：想想看，即使是人类最美好的感情——对"爱"的追"求",竟也变得如此畸形,充满了如许怨毒,这其间的"残酷"是令人战栗的;但人们毕竟还在追求、抗争……这同样也有一种震撼人心的力量。(在整理这篇讲稿时,无意中读到了王富仁发表在《天津社会科学》的《中国现代主义文学论》,文章提出"必须把'中国现代主义文学'当作一个独立的概念,一个不完全等同于西方现代主义的独立的创作方法",并这样概括以鲁迅为代表的中国现代主义:"在绝望中反抗绝望,在相对中体验绝对,在迷惘中寻求明确,在无意义中把握意义,在荒诞中看取真实,通过死亡意识生命。"王富仁的这些意见对如何认识路翎和他的作品也是有启发性的。)

主体的辨识

——路翎《求爱》再解读

刘祎家

　　韩国前辈朴贞姬在多年前的"40 年代小说研读"课上对路翎短篇小说《求爱》所做的课程报告，提供了许多丰富和富有敏锐辨识力的观察，穿透了这篇小说隐藏在其情节和叙事背后的重重困难，揭示了内含在这篇小说文本里几乎最深的秘密。报告对《求爱》如何在主人公胡吉文和林凤山之间建立某种互为镜像的投射性关系，而这一投射性关系又如何在相互的撕扯、竞争与拉锯中确认一种现代个体的自我意识，这种自我意识的深度和它的生成过程，又如何在小说的叙事进程中形式化为"借哲学书""打学生""打篮球"等有意味的核心动作，主体的能量又如何在这些叙事动作内最后被徒劳地耗损，诸如此类的观点，的确打开了《求爱》这一文本内部的核心机密，今日读来仍旧给人以相当的启发。

　　朴贞姬的研读证明，借助精微的精神分析工具，的确能够开掘出这篇小说重要的释读面相。主人公胡吉文向林凤山"借哲学书"以及"打学生"和"打篮球"的动作，构成了胡吉文的一种心灵形式，这些集中化为叙事动作的心灵形式，均辅助于构建胡吉文纠缠复杂的自我意识，而这些动作都不是出自独在个体的单独行为，而是仰赖一个他者的观看。"借哲学书"是胡吉文追求林凤山的第一步，胡吉文被林凤山知识分子化的文雅和知性打动，虽然叙事人对这样略嫌矫揉的小知识分子形象略带嘲讽，但这样的特质恰恰是"从来没有读过什么厚大的书"，"老实"而"长得很胖大"的体育教师胡吉文所缺乏的，因而，胡吉文向林凤山的"求爱"中包含了自我贬损的、压抑的成分，它的初始动机乃是主体所感受到的内外交织的强烈匮乏，恰恰是这强烈的匮乏和试图弥补此种匮乏的渴望，使得胡吉文对林凤山"发生这种猛烈的爱情"。而"打学生"，朴贞姬敏锐地看到，这才是作家所认定的"真正的求爱行动"，乃一种"施虐般的转换式"的"求爱"场景①，也呼应了唐湜早年在评论《求爱》时提出的精当观点："胡吉文的求爱的心理变化清晰地表现在对孩子们的态度上。一种错综的报复心理与移置作用表现在胡吉文对林凤山，孩子们与篮球之间的态度上。"② "打学生"是为了让林凤山看到，而林凤山的确"站在课室底屋檐下朝这边望着"，"学生"成了胡吉文和林凤山之间的一个镜像，胡吉文通过"打学生"，想象性地、以一种萨德式的欲望辩证法，完成了向他者展示自我力量的步骤，朴贞姬由此分析道："在镜像之中确认自我是个人寻求自我主体意识的重要方式。胡吉文在操场上与林凤山的空间关系巧妙地成了一种照镜式的自我观赏与自我表现的行为。"③ 同样，小说中两次出现了"打篮球"的动作，在叙事上都出现在胡吉文"求爱"受挫之后。一次是在胡吉文向林凤山借来哲学书，发现自己无法接近和理解这作为林凤山本人之象喻的"可怕的书"而感到绝望之后，在此胡吉文失败地意识到哲学书与林凤山之间象征性的连结关系于自己而言是难以企及的，而感受到"现在没有人爱他"，"被爱"的受挫深深地击打了胡吉文，使他做出神经质的打篮球动作。"打篮球"的第二次出现，是在小说的末尾，当他向林凤山表白失败后，胡吉文以一种近乎赤裸生命的状态，奔驰在空荡荡的篮球场上（"他脱得只剩一条短

---

① ［韩］朴贞姬：《〈求爱〉：另一种风格》，收《对话与漫游——40 年代小说研读》，第 220—222 页。

② 唐湜：《路翎与他的〈求爱〉》，载《文艺复兴》1947 年第 4 卷第 2 期。

③ ［韩］朴贞姬：《〈求爱〉：另一种风格》，收《对话与漫游——40 年代小说研读》，第 222 页。

裤"），以耗散他因求爱挫败而郁积在心里的痛苦情感。有意思的是，两次"打篮球"的动作都指向一个他者的观看，是为了让林凤山看到而做出的，但这种来自他者的观看又是镜像式的、虚设的投影，林凤山并没有真正地看胡吉文打篮球，因而胡吉文每一次"打篮球"都不是更接近而是更疏远了林凤山，反而一次又一次地加深了胡吉文对一种独在的自我境况的体会和理解，他者在一种镜像式、意向性的位置上存在，但并不出场。

颇有意味的是，胡吉文在小说中的两次"打篮球"，叙事者都意在强调这是"一个人"的行为，是在一种绝对孤独的境况中完成的，而又在一个空无一人的、空荡荡的操场上加以演绎。因而，"打篮球"最终指向一个空空的"我"之躯壳，在"打篮球"的动作中，没有一个真正的肉身性的他人在场，而只存在一个绝对的"我"，一个希图被他人观看，却又不被他人观看的、独在的"我"，因而构造了一种绝对自我的深度意识。在《求爱》中，"哲学书、篮球、学生们成了行动与言说的对象"，"也成为胡吉文通向自我实现之路的媒介和新的镜像"[1]。《求爱》中的林凤山，作为胡吉文的自我的他者，来自一种镜像式的投射，但又并不真正以作为实体的肉身介入胡吉文自我意识的生成过程之中，乃以一种无内容的、意向性的方式，把胡吉文的自我意识向一个独在的心灵境况推得更深，却又始终存在，既在场又不在场，既对胡吉文原有的意识、态度、价值和立场构成牵引和挑战，同时也成为填补胡吉文之匮乏的主体状态的一个想象性的理想自我。

那么，我们如何理解这种自我与他者之间的镜像式关系呢？林凤山在何种构造上成为胡吉文之自我的一个镜像呢？也便是胡吉文在"求爱"行为中的自我展演，究竟为何失败，这其中又嵌合着路翎的何种文学观念呢？

不同于把"小说的本质"规定为"行为的场面"的通行理解，路翎

---

[1] ［韩］朴贞姬：《〈求爱〉：另一种风格》，收《对话与漫游——40年代小说研读》，第222页。

认为人物"行为的根源、过程",才是小说的"本质部分"[1]。路翎40年代的中短篇小说,也并不特别注重于刻画典型、立体的人物形象,抑或经营丰满的故事情节,而更多在小说里展示各种不同的声音和纷繁的意识是如何被构造和生产出来的,这些声音和意识只是附着于特定人物的身上,使人物成为一个汇集了一定声音和意识的装置和场所,而与经典现实主义乃至社会主义现实主义所着力追求的英雄式典型性格拉开距离。在这个意义上,《求爱》中,无论是胡吉文还是林凤山,都并非一种真实的 character(性格,角色),而是携带了诸种未完成的混杂的声音和意识、价值和立场的肉身化的场所,有待小说叙事对这些声音和意识进行择取和检验。

《求爱》侧重于展示作为一种心理过程的叙事的可能性,由此把人物"行为的根源"勾勒出来,这"行为的根源"恰恰由不同的意识互相碰撞而交织着呈现。而特别地,林凤山这一人物,在小说叙事中被建构为话语,脱离了她可能委身于一种性格的肉身。如果说胡吉文是一个容纳着自我意识被生产出来的装置和构造,那么林凤山的动作、声音和姿态,便构成了填补胡吉文意识构造的种种话语,充当了填补原先自我意识之空无的种种内容物。林凤山成为胡吉文匆匆一瞥中留下的视觉上磨灭不掉的印痕,一些姿态上的幻影和影像,她的存在和她的动作,在胡吉文这里都不再是实体化可触碰的具体对象,而是转化成对胡吉文原有自我和主体状态构成挑战的话语。也便是说,林凤山的肉身话语化了,变成了在人的意识内部流动的种种意见和声音,而林凤山作为一个他者,以异于胡吉文的逻辑对胡吉文先前的意识构成挑战,小说便呈现了两种声音和意识在叙事上的互相撕扯、竞争和拉锯。

"借哲学书"的动作本来应该是胡吉文对林凤山加以亲近的举动,而林凤山借给他了,表示了一种向胡吉文敞开的可能性,但胡吉文很快在象征性的阅读哲学书的过程中,感受到"被爱"的受阻,甚至产生一种

---

[1] 路翎致逯登泰信(1947年12月24日),收张以英编:《路翎书信集》,漓江出版社,1989年,第92页。

朦胧的阶级意识。而当胡吉文同样象征性地开始"打学生"的表演时，他发现"新鲜、美丽的林凤山"在观看他的表演，却又马上生出"羞辱""愤恨"的感情，并生发一段对林凤山厌女症式的贬损（"你林凤山，一个婆娘，根本是什么东西，配在这里讥笑我？"），随之产生"复仇的快乐"。当小说最后，胡吉文向林凤山终于表白心意被拒后，胡吉文又产生"我是一个可怜的人"的自我意识，更固着于对一个自我的感知上，之前那种兴奋、高昂的"复仇的快乐"又迅速转变成自我怜悯和自我憎恶。这一叙事过程的变化，都是由林凤山的动作和态度加以推进的，即便林凤山仍然构成小说中一个形式意义上的人物，但叙事者对林凤山的处理更聚焦于她的声音，即便是她的姿态和动作也被处理成一种声音性的质素，一种立场和态度的表达，也便不是一个血肉分明的性格和角色，而是充分被话语化的他者的场所。

《求爱》呈现了一个具体的肉身化的个人是如何在叙事中被话语化的，这种话语化仰赖一个拉康式镜像自我的完成，而其中他人话语对一个匮乏和焦灼之"我"造成的种种竞争性压力，使得胡吉文一直处于一种自我贬损的神经质压抑状态，而其为缓释此种由他人话语带来的压力而做出的"打学生""打篮球"的核心动作，也便具有了萨德式"施虐—受虐"的象征性自我满足感。欲望的空位由来自他者的话语所填补，话语组合成现实的镜像，而现代人恰恰是在隔着透镜的种种话语里认识现实和处理现实，并且把镜像本身看作是真实的、现实的。自从爱上林凤山，胡吉文便在林凤山的话语里认识自我和辨识现实，仰赖于林凤山话语化的肉身所制造的透镜。虽然胡吉文原有的辨识自我和现实的机制偶尔还会发生作用，但基本上胡吉文的自我意识乃至主体状态已经被林凤山的话语所包裹，作为话语的林凤山重塑了胡吉文感受现实和自身处境的种种方式。

由此，我们可以把《求爱》的主题，从对一个现代自我的意识如何形成和构造的展示，推进到主体的生成过程之中。事实上，由自我转变成主体，仰赖一种观照和介入现实的愿景和机制，自我必须成为其所置身的历史现实中的一个历史的内容物，才可能成为主体，不然只是试图投身和把握历史现实的一种倾向或意向性，停留于内部的自我意识。《求爱》中的胡吉文真正所求的"爱"，乃是一个伦理上的空位，是一些为了确认胡吉文"被爱"感受之达成及自我存在之意义的话语，而非一个真正有血有肉的伦理实体。胡吉文的自我认同是被林凤山之话语、他人之话语、历史现实中的种种观念和意见所照亮，而非被"实生活"和真实的历史内容所支持。林凤山作为一个辅助于胡吉文自我之生成的镜像式投射，最后变成无内容的空空的幻影，表征为一些意见、态度和价值，以至于她的动作和眼神也只是为了确认这些话语，而从一个拥有血肉的具体伦理实体中脱落、遗散了（"林凤山已经在不知什么时候走掉了"）。在这一过程之中，胡吉文一开始紧紧把握在自己肉身之内的，那些焦灼的、内生于"实生活"的始源性感受，在他人话语的挟持下逐渐消磨和耗损了。胡吉文最后追求的，只是一些话语的影子，他依靠话语的力量来实现对"真实"（真实的生活和真实的历史）的理解，毕竟是隔着多重透镜的。而话语是容易耗损、容易更改也阴晴不定的，胡吉文的"爱"最后被小说叙事证明是对虚妄的一次徒劳的跋涉和努力，因为抽离了肉身化的真实，胡吉文也便脱离了"实感"。因而，小说里反复出现的核心动作"打篮球"，才会成为一个叙事上绵延无尽的形式，不仅对胡吉文辨认现实的努力和追求构成反讽，也意味着建立在话语上的现实是不可信任的，只会对追逐话语的主体造成内部持续的耗损，而无法引导和生产出一种健康的建设性力量。

鲁迅曾经在寓言的意义上讨论过"现代史"之作为碎片式话语史的虚伪，认为现代史不过是街头艺人"变戏法"般获取钱财的展览方式，而"Huazaa"着吆喝看客将钱财撒入自家腰包的举动，也便像极了充斥于动荡时局中种种打着"真实"之名号而掩人耳目的话语和意见。"现代史"正是一部话语泡沫史，只是有着零碎而纷纭的种种价值、立场、意见和声音，而离具体的现实世界相距甚远，无法去伪存真的话，话语只会对主体的生长和跋涉构成阻滞。[①]在40年代，路翎同样强调"写真实"，强调一个作家投入"实生活"和咀嚼"实感"的重要性[②]，强调主体如何发挥他积极的动能介入和改造其所置身的现实生活，充分调度和运用充沛的"主观战斗精神"，"竭力扰动""在作品里'革'生活底'命'"[③]。

路翎之所以持续对国统区文坛上的主观公式主义和教条主义创作倾向加以严厉批判，便是识别出此种倾向下的文学只会生产和历史及现实隔着多重透镜的话语，是对现实几经消化和处理后的抽象转义，并且已经是完成式的理念，既无法迫近历史的实相，也无法抓取现实生活的那个动态而切身的"实感"。在小说叙事的最后，胡吉文终究不能勘破话语堆叠制造的重重迷障，由此构造了胡吉文的绝望，而"打篮球"这一动作以一种悲哀的赤裸生命的状态，在叙事中止后仍在阅读的惯性中绝望地绵延着。但或许，如果胡吉文识别出了他人之作为话语的虚设性和伪善性，辨认出种种观念和意见不过是对现实镜像式的投射和构造，他便能够抓取历史的本真，能够从空荡荡的操场上"一个人"走出去，达成自我向身外的突围。

---

① 有关鲁迅杂文《现代史》的讨论，从李国华老师的文章《鲁迅论"现代史"》中获益颇多，但也有所提取和引申。文章未刊。

② 散见冰菱（路翎）:《对于大众化的理解》，载《蚂蚁小集·预言》1948年5月第2期；余林（路翎）:《论文艺创作底几个基本问题》，载《泥土》1948年7月第6期；胡风:《论现实主义的路》，收《胡风全集》第3卷，湖北人民出版社，1999年，第471—577页，等。

③ 路翎致胡风信（1942年5月12日自重庆），收徐绍羽整理:《致胡风书信全编》，大象出版社，2004年，第45页。

九　冯至《伍子胥》

冯　至
1905—1993

1925 年 10 月	陈翔鹤、陈炜谟、杨晦、冯至等在北京成立沉钟社。
1926 年 8 月	沉钟社《沉钟》半月刊创刊。
1927 年 4 月	冯至《昨日之歌》出版（沉钟社丛刊之二，北新书局）。
1929 年 8 月	冯至《北游及其他》出版（沉钟社）。
1936 年 10 月	《新诗》月刊创办，卞之琳、孙大雨、梁宗岱、冯至、戴望舒等为编委。
1940 年	卞之琳《慰劳信集》出版（明日社）。
1942 年 5 月	卞之琳《十年诗草》出版（明日社）。
1942 年 5 月	冯至《十四行集》出版（明日社）。
1943 年 6 月	朱光潜《诗论》出版（国民图书出版社）。
1943 年 9 月	冯至《山水》出版（国民图书出版社）。
1943 年 9 月左右	卞之琳长篇小说《山山水水》草稿写成（香港山边社 1983 年出版部分）。
1943 年 12 月	李广田《诗的艺术》出版（开明书店）。
1943 年	冯至中篇小说《伍子胥》写成。
1945 年 2 月	何其芳《预言》出版（文化生活出版社）。
1945 年 5 月	何其芳《夜歌》出版（诗文学社）。
1946 年 2 月	李广田长篇小说《引力》发表（《文艺复兴》第 1 卷第 2—6 期、第 2 卷第 1—2 期连载）
1946 年 9 月	冯至《伍子胥》出版（文化生活出版社）。
1949 年 1 月	王了一（王力）《龙虫并雕斋琐语》出版（上海观察社）。

1943

骆宾基《乡亲——康天刚》发表

茅盾《霜叶红似二月花》出版

张天翼《速写三篇》出版

伍子胥（节选）

冯至

溧水

吴国，从泰伯到现在，是一个长夜，五六百年，谁知道这个长夜是怎样过去的呢？如今人人的脸上浮漾着阳光，都像从一个长久的充足的睡眠里醒过来似的。在这些刚刚睡醒了的人们中间，有一个溧水旁浣衣的女子，她过去的二十年也是一个长夜，有如吴国五六百年的历史；但唤醒她的，却是一个从远方来的、不知名的行人。

身边的眼前的一切，她早已熟悉了，熟悉得有如自己的身体。风吹动水边的草，不是同时也吹动她的头发吗，云映在水里，不是同时也映在她的眼里吗。她和她的周围，不知应该怎样区分，她不知道除了"我"以外还有一个"你"。

江村里的一切，一年如一日地过着。只有传说，没有记载，传说也是那样朦胧，不知从什么时候开的端，也不知传到第几代儿孙的口里就不往下传述了。一座山、一条水，就是这里人的知识的界限，山那边，水那边，人们都觉得不可捉摸，仿佛在世界以外。这里的路，只通到田野里去，通到树林的边沿去，绝不会通到什么更远的地方。但是近年来，常常听人提到西方有一个楚国了，间或听说楚国也有人到这里来；这不过只是听着人说，这寂寞的江村，就是邻村的人都不常经过，哪里会有看到楚人的机会呢？

寂静的潭水，多少年只映着无语的天空，现在忽然远远飞来一只异乡的鸟，恰巧在潭里投下一个鸟影，转眼间又飞去了：潭水应该怎样爱惜这生疏的鸟影呢。——这只鸟正是那挟弓郑、楚之间满身都是风尘的子胥。

子胥脚踏着吴国的土地，眼看着异乡的服装，听着异乡的方言，心情异样地孤单。在楚国境内，自己是个夜行昼伏的流亡人，经过无数的艰险，但无论怎样奇异的情景，如今回想起来，究竟都是自己生命内应有的事物；无论遇见怎样奇异的人，楚狂也好，昭关唱招魂曲的兵士也好，甚至那江上的渔夫，都好像是多年的老友，故意在他面前戴上了一套揭不下来的面具。如今到了吴国，一切新鲜而生疏。时节正是暮秋，但原野里的花草，仍不减春日的妩媚；所谓秋，不过是使天空更晴朗些，使眼界更旷远些，让人更清明地享受这些永久不会衰老的宇宙。这境界和他紧张的心情怎么也配合不起来。他明明知道，他距离他的目的地已经近了许多，同时他的心里却也感到几分失望。

他精神涣散，身体疲乏，腹内只有饥饿，袋里的干粮尽了，昨天在树林里过了一夜，今天沿着河边走了这么久，多半天，不曾遇见过一个人，到何处能够讨得一钵饭呢？他空虚的瘦长的身体柔韧得像风里的芦管一般，但是这身体负担着一个沉重的事物，也正如河边的芦苇负担着一片阴云、一场即将来到的暴风雨。他这样感觉时，他的精神又凝集起来，两眼放出炯炯的光芒。一个这样的身体，映在那个水边浣衣的女子的眼里，像一棵细长的树在阳光里闪烁着。他越走越近，她抬起头来忽然望见他，立即又把头低下了。

她见惯田里的农夫、水上的渔夫，却从不曾见过一个这样的形体，她并没有注意到他从远方走来，只觉得他忽然在她面前出现了，她有些惊愕，有些仓惶失措……

子胥本不想停住他的脚步，但一瞬间看见柳树下绿草上放着一只箪笥，里面的米饭还在冒着热气，这时他腹中的饥饿再也不能忍耐了。他立在水边，望着这浣衣的女子，仿佛忽然有所感触，他想：

　　——这景象，好像在儿时，母亲还少女样地年轻，在眼前晃过一次似的。

　　那少女也在沉思：

　　——这样的形体，是从哪里来的呢？在儿时听父亲谈泰伯的故事，远离家乡的泰伯的样子和他有些相像。

　　他低着头看河水，他心里在说：

　　——水流得有多么柔和。

　　她心里继续想：

　　——这人一定走过长的途程，多么疲倦。

　　——这里的杨柳还没有衰老。

　　——这人的头发真像是一堆蓬草。

　　——衣服在水里漂浮着，被这双手洗得多么清洁。

　　——这人满身都是灰尘，他的衣服不定有多少天没有洗涤呢。

　　——我这一身真龌龊啊。

　　——洗衣是我的习惯。

　　——穿着这身沉重的脏衣服是我的命运。

　　——我也愿意给他洗一洗呢。

　　——箪笥里的米饭真香呀。

　　——这人一定很饿了。

　　一个人在洗衣，一个人伫立在水边，谁也不知道谁的心里想的是什么，但是他们所想的，又好像穿梭似的彼此感到了。最后她想，“这人一定很饿了，”他止芦苇一般弯下腰，向那无意中抬起头来的女子说：

　　“箪笥里的米饭能够分出一些施舍给一个从远方来的行人吗？”

　　她忽然感到，她心里所想的碰到一个有声的反应。她眼前的宇宙好像静息了几千年，这一刻忽然来了一个远方的人，冲破了这里的静寂，远远近近都发出和谐的乐声——刹那间，她似乎知道了许多事体。她不知怎样问答，只回转身把箪笥打开，盛了一钵饭，跪在地上，双手捧在子胥的面前。

　　这是一幅万古常新的画图：在原野的中央，一个女性的身体像是从草绿里生长出来的一般，聚精会神地捧着一钵雪白的米饭，跪在一个生疏的男子的面前。这男子是一个什么样的人呢？她不知道。也许是一个战士，也许是一个圣者。这钵饭吃入他的身内，正如一粒粒的种子种在土地里了，将来会生长成凌空的树木。这画图一转瞬就消逝了，——它却永久留在人类的原野里，成为人类史上重要的一章。

她把饭放在那生疏的行人的手里，两方面都感到，这是一个沉重的馈赠。她在这中间骤然明了，什么是"取"，什么是"与"，在取与之间，"你"和"我"也划然分开了。随着分开的是眼前的形形色色。她正如一间紧紧闭住的房屋，清晨来了一个远行的人，一叩门，门开了。

她望着子胥在吃那钵盛得满满的米饭，才觉得时光在随着水流。子胥慢慢吃着，全身浴在微风里，这真是长途跋涉中的一个小的休息，但这休息随着这钵饭不久就过去了。等到他吃完饭，把空钵不得不交还那女子时，感谢的话不知如何说出。他也无从问她的姓名，他想，一个这样的人在这样的原野里，"溧水女子"这个称呼不是已经在他的记忆里会发生永久的作用吗，又何必用姓名给她一层限制呢。他更不知道用什么来报答她。他交还她的钵时，交还得那样缓慢，好像整个的下午都是在这时间内消逝的一般。

果然，她把钵收拾起来后，已经快到傍晚的时刻了。她望着子胥拖着他的细长的身影一步步又走上路途，终于在远远的疏林中消逝。

这不是一个梦境吗？在这梦境前她有过一个漫长的无语的睡眠，这梦境不过是临醒时最后的一个梦，梦中的一切都记在脑里，这梦以前也许还有过许多的梦，但都在睡眠中忘却了。如今她醒了，面对着一个新鲜的世界，这世界真像是那个梦境给遗留下来的。

她回到家门，夕阳正照映着她的茅屋，她走进屋内，看见些日用器具的轮廓格外分明，仿佛是刚刚制造出来的。这时她的老父也从田地里回来，她望他望了许久，不知怎么想起一句问话：

"从前泰伯是不是从西方来的？"

"是的，是从西方。"

"来的时候是不是一个人？"

"最初是一个人——后来还有他的弟弟仲雍。"

这时暮色已经朦胧了她眼前一度分明的世界。她想,她远古的祖母一定也曾像她今天这样,把一钵米饭捧给一个从西方来的饥饿的行人。

（节选自《伍子胥》,收巴金主编《文学丛刊》第 8 集,1946 年 9 月上海文化生活出版社初版）

《伍子胥》的思想资源与文本解读

报告人：谢茂松

时间：1995 年秋季学期

地点：北京大学中文系五院

30 年代，冯至基本上停止了诗的写作，进入了一个长期的停滞期，经历着如他本人在 1943 年所写的《工作而等待》一文中所谈到的，与诗人里尔克的慕佐等待相类似的生命的"等待"。诗人日后把他的停滞归于根底的单薄，对人世了解的浮浅[①]，这是真诚、自知之言。抗战全面爆发后，冯至流离转徙于中国内地的几个城市，对现实生活有了些新的感受，由青春的浪漫、梦幻、感伤转向对艰难时代的承受。同样重要的是这时期他对后期歌德的研究与接受，他在《立斜阳集》里谈到："自从 20 年代中期我和克服了维特烦恼的歌德告别后，有十多年没有读歌德的书，到了 30 年代后半期，尤其是在抗日战争时期，我又逐渐和歌德接近。"[②]生活、生命的自然流程使诗人能够自然地感通、接受歌德，诗人从歌德那里吸取了许多精神的营养，歌德给予诗人以思想的源泉、力量，并对诗人新的创作的发生起了近乎决定性影响。

1942 年，冯至继《山水》《十四行集》的创作后，又写出了《伍子胥》，为中国新文学提供了一种运思式的诗化小说。《伍子胥》是古老、美丽的故事与歌德化的观念思想及其所开启的成长小说的遇合。其遇合的美丽动人如同冯至早期诗作所显示出的那种情调。《伍子胥》后记中，

---

① 冯至：《立斜阳集》，工人出版社，1989 年，第 189 页。

② 同上，第 194 页。

冯至谈到了写作经过。十六年前，他第一次读到里尔克的《旗手里尔克的爱与死之歌》，为其中的色彩与音调所感动，当时就想，对于伍子胥的逃亡也正好用这样的体裁写一遍，"但那时的想象里多少含有一些浪漫的原委，所神往的无非是江上的渔夫与溧水边的浣纱女"，虽然，"昭关的夜色、江上的黄昏、深水的阳光"都曾经音乐似的在诗人脑中闪过许多遍，但诗人"并没有把它们把住"[①]。从诗人自叙中可看出，青春时的诗人还无法找到合适的形式、观念来表现这一题材，对诗人而言是等待机缘。冯至留学德国时忽闻友人逝世，望海鸥飞没，曾又动念写伍子胥，"逝世"与"飞没"让诗人联想到了与之内在共通的"逃亡"。抗战初期，冯至在内地流离，有时仰望飞机，又思量写伍子胥。可是伍子胥在冯至的意象中"逐渐脱去了浪漫的衣裳，而成为一个在现实中真实地被磨炼着的人"[②]。1942年冬，卞之琳将其旧译的《旗手》送请冯至校看，由于这是青年时爱过的一本书，冯至又因此想起了伍子胥，一时兴会，写出其中七章。似乎是偶然的契机，把一切召唤而出。过去、当下与预感一同聚涌，凝定为一首乐曲。"一时兴会"，其实是十年的等待，一切自然而然，可遇不可求。十年间，个体的生命无时不在转变，诗人寻找着表达，寻找着诗，诗也在走向诗人。战争、山水、个体生命流程自身转变着诗人，诗人同时再度走向歌德。正是由于歌德，冯至最终能够把住、确定了《伍子胥》这一文本，或者说，使文本确定成现在所看到的模样。一件作品如同一个孩子一样被送到了这个世界上，无法分清是主动或被动。这是篇运思式小说，正是由于渗透于文本各个角落的歌德化的思想、观念，文本最终能够被把住、成形，而文本所要最终穿越、抵达的，正是观念。离开了歌德，离开了冯至对歌德的研究，就无法真正彻底、全面地定位、揭示文本之核心。

---

① 冯至：《冯至选集》第1卷，四川文艺出版社，1985年，第370页。
② 同上。

一

30 年代后半期开始，冯至对歌德后期作品进行了整体性的投入式研究。可以说，冯至是新文学作家中最歌德化的，几乎成了歌德某一方面的化身。

冯至在 1941 年所写的《歌德的晚年》这篇文章中说："歌德在 1782 年写过一封信，安慰一个性格忧郁的朋友，里边有这样的话：'人有许多皮要脱去，直到他有几分把握住他自己和世界上的事物为止。你经验很多，愿你能够遇到一个休息地点，得到一个工作范围。我能确实告诉你们说，我在幸福中间是在不住的断念里生活着。我天天在一切的努力和工作时，只看见那不是我的意志，却是一个更高的力的意志，这个力的思想并不是我的思想。'这信隐藏在歌德许多美好的信札中，并不显得怎样重要，但如果有人问我歌德是怎样的一个人，我却愿用这几句话来回答他。"① 文章着重阐述了歌德一生及作品中的"断念"思想。《书斋》中说"你应该割舍"，歌德自传中说"我们应该断念"。小说《维廉·麦斯特漫游年代》的另一标题就是"断念者"。歌德一生在几次重病里得到一次次新生，他在七十多岁高龄时经受了一生中最后一次的断念，割舍了与一个少女的爱，"因为绝望最深，所以克制后的生活态度也就最为积极，从此只看见一个孜孜不息的老人在寂寞中不住地工作"② 小说《浮士德》写到浮士德失去了爱人海伦娜，感到"把我内心里最好的事物随身带走"，这是美的死亡，爱的消逝，他内心里最好的事物都随着过去的爱消逝了，但剩余下的并不是空虚，而是经过爱的考验后一个更纯洁的生命。以上这一切可归结为：对最美好事物的断念、克制、割舍，克服绝望，获得新的生命，得到一个工作范围，实现一个更高的力的意志。

写于 1944 年的《从〈浮士德〉里的"人造人"略论歌德的自然哲

---

① 冯至：《歌德的晚年》，收《冯至学术精华录》，北京师范学院出版社，1988 年，第 282 页。

② 同上，第 289 页。

学》里，冯至还谈到了歌德思想中关于自然及人的蜕变论，歌德认为一个人的一生也不可凝滞，必须有变化："在一个人的中年每每发生一个转变，他在青年时一切都有利于他，他事事成功，现在忽然一切都完全改变了，灾难和不幸都一个跟着一个地堆积起来。……人必须再被毁灭！每个非常的人都有某一种使命，他的职责是完成这个使命。一旦他完成了这个使命，他在世上这个形象就不继续是必要的了，天命又运用他去做一些旁的事。"① 歌德一再地向他的秘书爱克曼说："神性在生活者的身内活动，但不在死者的身内；它在成就者与变化者身内，但不在已成就者与凝固者身内。"② 冯至本人提到："在变化多端的战争年代，我经常感到有抛弃旧我迎来新吾的迫切需求，所以我每逢读到歌德反映蜕变论思想的作品，无论是名篇巨著或是短小的诗句，都颇有同感。"③ 歌德的某些核心思想经过自身的体验、消化，已被冯至内在化地接受了，在这个意义上，也可以说"冯至是歌德"。

《维廉·麦斯特的学习时代》中文译本序言（1944）里，冯至论及了歌德的修养小说或发展小说。它们不是描绘出一幅广大的社会图像，或是单纯的故事叙述，而多半是表达一个人在内心的发展与外界的遭遇中间所演化出来的历史，"修养"是指个人和社会的关系，外边的社会怎样阻碍或助长个人的发展。作者尽量把他自己在生活中的体验与观察写到这类小说里，读者从这里边所能得到的，一部分好像是作者本人的经历，一部分是作者的理想。《维廉·麦斯特的学习时代》里的主人公维廉遇到了三种人物，还有一个"美的心灵"（"美的心灵"在 18 世纪德国是一个比较普遍的名称，人们用它称呼一个和谐的、善与美相结合的女性）。迷途对于修养具有重要意义，"我们所遭遇的一切都会留下痕迹，一切

---

① 冯至：《从〈浮士德〉里的"人造人"略论歌德的自然哲学》，收《冯至学术精华录》，第 327 页。

② 同上。

③ 冯至：《〈论歌德〉的回顾、说明与补充》，收《冯至学术精华录》，第 378 页。

都不知不觉地助成我们的修养……永远是只做我们面前最切身的事"①。维廉走了许多迷途，一路得到种种暗示、诱导，"修养自己"，成了一个完整的人。维廉信任命运，他随时都看到"引导着人们的命运在向他招手"，"他确信那段命运的严酷考验对他有莫大的好处"，他深深感到："这些将来的命运的图像在少年时不就在睡梦里一样萦绕着我们吗？……命运的手不是已经预先散播了我们将来所要遭逢的事体的种子吗？"②主人公的发展经历了一个个阶段，必须要用前一阶段痛苦的死亡换取后一阶段愉快的新的生命，也即"蜕变"，《浮士德》写的也是浮士德的"蜕变"。

《幸福的渴望》一诗为冯至深深体认并一再引用，全诗如下：

别告人说，只告诉智者，
因为众人爱信口雌黄；
我要赞美那生存者，
它渴望在火焰中死亡。

在爱的深夜的清凉里，
创造了你，你也在创造，
有生疏的感觉侵袭你，
如果寂静的蜡烛照耀。

你再也不长此拥抱
在黑暗的荫下停留，
新的向往把你引到
更高一级的交媾。

---

① 冯至：《〈维廉·麦斯特的学习时代〉中文译本序言》，收《冯至学术精华录》，第368—369页。
② 同上，第371—372页。

没有远方你感到艰难，

你飞来了，一往情深，

飞蛾，你追求着光明，

最后在火烟里殉身。

只有你还不曾有过

这个经验：死和变！

你只是个忧郁的旅客

在这阴暗的尘寰。

这首短诗触及了歌德思想中一些最根本的东西；死和变；远方、飞、殉身；从阴暗、忧郁到光明、新生。

冯至言道："死和变亦即对生命的认识，这是诗人（歌德）对生命的最深的领悟。"以上种种论述其实都只是对"死和变"这一核心思想的具体、深入的展开，这些论述本身对正要解读的《伍子胥》整个文本具有弥漫性的影响，渗透于各个角落。两方面对照读，许多东西就不言自明了。

二

《伍子胥》后记中写道："我们常常看见有人拾起一个有分量的东西，一块石片或是一个球，无所谓地向远方一抛，那东西从抛出到落下，在空中便画出一个美丽的弧。……若是用这个弧表示一个有弹性的人生，一件完美的事的开端与结束，确是一个很恰当的图像。因为一段美的生活，不管为了爱或为了恨，不管为了生或是为了死，都无异于这样的一个抛掷：在停留中有坚持，在陨落中有克服。我这里写的这个故事里的主人公为了父兄的仇恨，不得不离开熟识的家乡，投入一个辽远的、生疏的国土，从城父到吴市，中间有许多意义的遭逢，有的使他坚持，有的使他克服，是他一生中最有意义的一段。"①

在写于 1983 年的《诗文自选琐记》里，冯至说《伍子胥》一书的"主调仍然是伍子胥为了决心倾覆楚国腐朽的王朝不得不走的艰苦的途程"②。

冯至的这两段自述是对文本主题的最好阐释。文本中的伍子胥与莎士比亚的哈姆雷特为同一原型。冯至本人也在《论歌德》一书中专门谈到哈姆雷特。他引述《维廉·麦斯特的学习时代》对莎士比亚和哈姆雷特的评价。一个"极端情境"，即"父亲之死"改变了哈姆雷特，文中写到"这个有趣的青年曾经是什么样子，他若是没有遇到这些事，会成为什么样的人"。哈姆雷特在父亲死之前是个感觉纯洁的人，但这一切成了"一个消逝了的梦境"，悲惨的事件、恐怖的变故袭向这位王子，世界在改变，"父亲死去以后"的哈姆雷特在改变，他命定要去完成复仇这一使命。伍子胥亦然，亦如歌德所言，"在一个人的中年每每发生一个转变，他在青年时一切都有利于他，他事事成功，现在忽然一切都完全改变了，灾难和不幸都一个跟着一个地堆积起来。……人必须再被毁灭！每个非常的人都有某一种使命，他的职责是完成这个使命"。父兄的死转变了伍子胥，伍子胥被复仇的使命驱使，复仇成了他生命存在的方式。他离开了熟悉的故乡，投向生疏、辽远的远方，在这一段逃亡过程中，经历了种种遭遇，内心不断矛盾着，他自身也不断修养、发展着，为着把住、完成那复仇的使命，坚持、发展、成就自己。在这个过程中，有坚持，有克服；为了完成使命，成就自己，他必须不断地克制、割舍、断念生命中最美好的东西，坚持、爱惜自己艰苦的命运，以一次次的断念、牺牲、蜕皮达到新生，获得完成，成长为一个复仇者。种种的遭遇启示着他，他人、他物也是他自己生命内部的一部分，两者是相通的。他领受着启示，并观照自己，强化、坚持、发展着自己。

文本中无处不充满"变"，一切都在"变"。"变"如魂般附于各个

① 冯至：《冯至选集》第 1 卷，第 370 页。

② 冯至：《立斜阳集》，第 20 页。

人物身上，究其实，乃是伍子胥这一生命象征体的投影。伍子胥转变着。伍氏兄弟二人也分成两个：一个要回到生他的地方去，一个要走到远方；一个去寻找死，一个去求生。不同的遭遇把伍子胥、申包胥两个朋友分在两个不同的世界里，两人回想少年时一切的景况，还亲切得像一个人，若是瞻望面前茫茫的夜色，就好像比路人还生疏许多。专诸变着，楚狂变为专诸的日子也不远了。浣衣女也被唤醒了，如紧闭的房门被叩开，她面对着一个新鲜的世界，世界被区分，变得分明。时代在变化着，如溪水的永恒起着变化。一个个梦境幻散着，遭遇着现实。复仇之前的伍子胥是生于梦境里。楚狂的逃遁，伍子胥觉得只是个梦，很快就要幻散。浣衣女做了临醒时最后一个梦。这三个梦其实只是伍子胥一人之梦，从更深层次上看，又是作者冯至的梦，也是世世代代所有人的梦。伍子胥遭遇着丑恶的人生；楚狂只是预感着将来的危机；而浣衣女虽醒来了，其实一切对她仍是美好的，这三人或许内在地表现着作者的矛盾以及将要到来的转变，《伍子胥》之后的杂文创作就是冯至生命的转变。三人对于现实经历之程度虽有别，似乎唯有伍子胥在真实地经历着丑恶的人生，但其实这只是作者本人之幻觉、梦境而已。从文本整个基调看，伍子胥为着复仇的逃亡也只是一个美丽、浪漫的梦。作者意欲驱散、克服青年时空幻的梦境，但最终仍是梦中之梦，这也是如冯至一样的学院派作家始料不及的。伍子胥与他人是相通的，而这点也具有结构、形式层面的意义。为着运思，在本文中为着表现"变"，众多人物都被统摄于"变"之下，成为某种符号，成为一个投影，作者对原有历史故事的改写服务于"运思"的需要，是为着达到表现人物成长之目的。

于是，我们看到，文本中每一个人都负有自己的使命。伍子胥是复仇，伍尚是赴死，"不能不去"，为着父亲之召，为着看一看死前的父亲，也为着引长子胥的道路，加重子胥的责任；伍尚夫人在伍氏兄弟走后唯一的生活方法就是守着织机，一直等到弟弟将来回来的一天，以此度过她漫长的岁月，虽然伍尚夫人并不理解这是怎么一回事；伍子胥、申包胥两个朋友在默默中彼此领悟了，他们将要各自分头去做两件不同的大工作，一个是推翻，一个是恢复；洗衣是浣衣女的习惯，正如穿一身沉重的脏衣服是伍子胥的命运；江水给了渔夫一个范围。伍子胥是为着复仇而存在的，复仇是最高、最真实的。伍子胥这一生命个体在复仇中完成自己个体的命运，成为一个生存者，与众人生存的迷离相对。文本中人物所谓的工作、使命、范围、界限都很自然地使人想到歌德。跟前面说的一样，伍子胥与他人是相通的，他人启示着他，所谓"他"是"我"的影子，或者说"我"是他人的影子，在"他"中发现、照见并坚持自己。人物的设置服从于运思、成长小说体式的双重需要，一方面是朝着共同的"思"，另一方面是为着遭遇、启示、成长，伍子胥与他人共同组织了文本图景，"一切"都只是"一"而已，外在的异之下是内里的同。

伍子胥一路上经历着种种考验，有时迷途，但迷途也助成了他的修养、成长。伍子胥一方面感到永远丧失、分裂的剧痛、绝望。他羡慕楚狂这对青年夫妇平凡、圣洁、隽永的生活。溪水的和谐令他怀念和平的往日，没有被污辱的故乡，美丽的少年时代。江水的温柔，渔夫摇橹的姿态，使他享受到一些从来不曾体验过的柔情。季札纯洁、高贵的生命令他钦佩、向往。一路上，伍子胥一次次地感受着这些美好的东西，又一次次地经历着内心的矛盾。为着使命的完成，他必须割舍、克制、断念这一切。他还是爱惜着自己艰苦的命运，要为复仇用尽他一生的生命。林泽中的茅屋，江上的晚渡，溧水的一饭，对于子胥只是暂时的休息、停留。子胥在延陵完成了他生命里一件最宝贵的事物的断念，心里承受着巨大的苦痛，这一切都只为着使命的完成。子胥在一次次的内心矛盾里，修养、发展着自己。从城父到吴市，中间有许多意外的遭遇，有的使他坚持，有的使他克服。生命于他既是一个目的，又是整个过程，他修养着，最终获得完成。

子胥一路上经历种种遭遇，并不断受到启示。这里有人：城父人、郑人、陈人，他们都处于生存的漂浮状态，迷失、寻找着方向，子胥与他们是相通、共感的。太子建与子产是一对比，后者的"死"是一个伟大的死，子胥失望于太子建内部的死。他对太子建的幻想破灭后，觉得人世间孤零零只剩他一人，必须自己决定走向。楚狂、渔夫、浣衣女、季札，分明也是他自己生命内部的一部分。季札不由让人想到歌德的"和谐"心灵，其他人物如陈国读书人、司巫、楚兵都助成了子胥的修养。这里还有自然、山水：有时静若平湖，有时动若大海的夜渐渐起了变化，好像预示给他，他的夜行将要告一个结束；林中和谐的溪水引他回到和平的往日、没有被污辱的故乡，溪水声让人感到一种永恒的美，但这个永恒渐渐起了变化。独自在昭关深夜林中的荒诞境界里，一切都远了，只有不间断的溪水声还依稀地引他回到和平的往日，他不要往下想了，他感到无法支持的寂寞，只希望把往日的一切脱去，以一个再生的身体走出昭关；渐近吴市，在远方的晨光中一会儿闪出一角湖水，一会儿又不见了，走过一程，湖水又在另一个远远的地方出现，子胥觉得自己像是一条经过许多迁途的河水，如今他知道，离他所要注入的湖已经不远了；从宛丘平凡的山水里，他体验到宇宙中蕴藏了几千万年的秘密，子胥一路上窄狭而放不开的心又被宛丘的两块石碑给扩大了，他又思念起一切创始的艰难和这艰难里所含有的深切的意义。历史也加入了启示的行列：神农氏、伏羲氏、泰伯，远古与今天感应、相通。平凡生活、思念中的故乡也启示着子胥。所有这一切助成了子胥的修养。

子胥奔走于无数的夜——宛丘的夜，昭关的夜，以及在楚国东北角的那些无数的夜。他有时甚至起了奇想，他的生命就这样在黑夜里走下去吗？夜是一个象征，是心灵黑暗世界的象征，子胥守候、等待着，一种无法支持的寂寞侵袭着他，多么大的远方的心好像也飞腾不起来了，"子胥的心境与死者已经化合为一，到了最阴沉最阴沉的深处"，在死与绝望中，他迅速获得了新生，脱去了最后的皮，"第二天的阳光有如一条长缳把他从深处汲起"。子胥在溧水走入了人类的"早晨"。而最后的箫声是存在之歌，一切最终融于和谐之中，阴暗、忧郁亦化入了和谐，进入一个高的境界。这其中的思想、精神逼近歌德的《幸福的渴望》。作者自身在写作过程中也经历了一场自我教育，从过去的忧郁、浪漫、感伤，蜕变而出获得新生，进入和谐、明朗，《伍子胥》这一生命文本与作者冯至本人日后的转变是完全一体化的。这种转变也该不是个别的，应该说是群体性的。由飘忽不定、迷离、复杂、琐碎、内向、敏感、病态转向简单、坚定的生存，自由主义作家与左翼作家在这一点上获得了惊人的一致，最后的明朗色调可以说是 50 年代的先声。当然这里并不存在一个简单的价值判断，对那种生命色调的评价及对 50 年代文本的评价都该是更为复杂的吧，因为所有这一切都植根于人的内在生命需求，是生命冲动的种种投影。

隐寓性的战争主题

报告人：孙永丽

时间：1995 年秋季学期

地点：北京大学中文系五院

在《伍子胥》的阅读中，"复仇"的主题一直被延宕。我们很容易产生这样一个感觉：作者有意识地淡化了这一历史题材中最为人熟知的情节，转而注重伍子胥这一人物的内在体验。结论自然是，作品更凸显了这个人物，而削弱了"复仇"性因素。

但我一直有另一种感觉，即"复仇"才是这篇小说真正的主题。如果按照作者在其《诗文自选琐记》中所说的"受鲁迅《故事新编》的启发"[1]，我们把"复仇"作为那场"战争"的隐寓性符号，应该是顺理成章的。从某种意义上说，先秦时代的那种个人、家族、民族乃至国家之间的"仇怨"，莫不是一场真正的战争。迄今又有什么战争例外于"仇怨"呢？

如果从作者的经验层面来考虑，把"复仇"处理成一个悬置性的背景命题是极其合理的。因为虽然亲身感受到战争的环境与氛围，但作为大学教授的冯至毕竟没有亲沐枪林弹雨的实际体验。从这个意义上说，作者是战争氛围的体验者和实际战斗的边缘人。而作品中的主人公无疑也正处于这样一个双重境地。

伍子胥在小说中始终处于紧张的逃亡过程，他没有那种手刃仇雠的酣畅淋漓，有的却是对自身命运和现实道路的反复思考。既有拒绝复仇

---

① 　冯至：《冯至选集》，第 20 页。

的高洁理想，却又有不愿卸却复仇使命的执着追求，既憎恨战争带来的流离与荒芜，却又需要战争来实现自我复仇的意志，内心的蠢蠢欲动与行动上无能为力的压抑的逃亡状态，无不凝结着人物对"复仇"这一命题的矛盾思考。这种矛盾心态在作品中表现为人物所呈现的生命状态与对关键的命题的思考形式。

一　静态的对立

作者在后记中说，人生像一个"美丽的弧"，在这中间有"无数的刹那"，"每一刹那都有停留，每一刹那都有陨落"①。《伍子胥》的九个章节正是这样一段弧的九个"刹那"。而在这些"刹那"中，除了"说""走""跑"等很少的一些表示明显动作性的动词外，大多数是静态的形象描绘和静态化的动作处理，如"想""怀念""听""沉思""感到"……在作者笔下，那个"武可定天下"的全才英雄几乎成为一个"思想者"，他不停地在沉思，在漫想，在回忆，在憧憬。在他的历程中，作者避免了几乎所有的正面对抗，如费无忌传话于伍氏兄弟，伍子胥与太子建的矛盾等，前者直接跳过对话而写伍氏兄弟"面前对着一个严肃的问题，要他们决断"②，而后者也是通过伍子胥的"想象"和"感觉"以至后来的推测，从而完成了伍子胥对太子建的"鄙弃"。没有愤怒、斥责和规劝的激烈之举，仿佛这一切都只是在心中完成的。内心化、感觉化的处理，使伍子胥的形象沉静下来，浑厚起来。

同时，转述性话语和诗意化描写也帮助完成了作品对激烈的对抗性场面的逃避。在"城父"中，伍氏兄弟面对着生与死的选择，终于"决定"了："祖先的坟墓，他不想再见，父亲的面貌，他不想再见。他要走出去，远远地走去，为了将来有回来的那一天；而且走得越远，才能

① 冯至：《冯至选集》，第 369 页。
② 同上，第 313 页。

回来得越快。"① 就在生命的决断关头，没有眉间尺"便举手向肩头抽取青色的剑，顺手向后项窝向前一削，头颅坠在地面的青苔上，一面将剑交给黑色人"② 这样果断的动作性强化，有的是诗意的抒情。这种抒情虚化了动作性，化解了激烈的对抗性氛围，把情绪引向高远的未来。而在子胥出逃的关键性一幕，作者没有正面描绘，而是由对伍尚夫人的转述性话语道出她"泪眼模糊地只看见子胥从壁上取下来他的弓……"③，从另一个生命眼中，看出了伍子胥择取的生命的负担。这种转述，在作品的许多地方都采用了，如"洧滨"中众人对子产的转述，"宛丘"中浣衣的中年妇女对搜查的情形的转述，等等。这种转述性话语在推动情节的同时，使作者将更多的笔墨深入到伍子胥的内心世界，将外部的激烈性对抗深化为内心的剧烈冲击，从而使作品在整体上呈现一种静态化的审美趋向。

二　永恒的追求

《伍子胥》中，主人公对短暂的眼前显得多少有些不耐烦，而在每一个可能的机会里都要把这一刻永恒化。他不是从未来的畅想中获得新的力量，就是从过去的怀想中汲得更大的勇气。他说"他觉得三年的日出日落都聚集在这一决定的瞬间，他不能把这瞬间放过，他要把他化为永恒"④；在"林泽"里他"仿佛""走来走去已经走了许多年"⑤，在"宛丘"的平凡山水中他想到"也许只有在这平凡的山水里才容易体验到宇宙中蕴藏了几千万年的秘密"⑥，在"昭关"的夜里，他这样发问："谁在这溪水中不感到一种永恒的美呢？"⑦ 而作者这样赞叹溧水

---

① 冯至：《冯至选集》，第313页。
② 鲁迅：《铸剑》，收《鲁迅全集》第2卷，人民文学出版社，1991年，第426页。
③ 冯至：《冯至选集》，第315页。
④ 同上，第313页。
⑤ 同上，第316页。
⑥ 同上，第332页。
⑦ 同上，第342页。

女子赐饭的一幕："这是一幅万古常新的画图"，"这画图一转瞬就消逝了，——它却永久留在人类的原野里，成为人类史上重要的一章"①。这种"永恒"在最后的"吴市"里化为那高远而丰富的箫声，把一切都升华到空灵而无限的想象中。

作者在不断企图将一瞬间永恒化的同时，这种企图也时时被暂时性的现实场景打破。在"昭关"的溪水旁，他感到了"永恒的美"，但他立刻又觉得："这个永恒渐渐起了变化：人们认为一向不会改变的事物，不料三五年间竟不知不觉地改换成当初怎么也想象不到的样子"，"这变化最初不过是涓涓的细流，在人们还不大注意时，已经泛滥成一片汪洋"，他想回答这个"变"，但"他无从解答这个问题"，他"只希望把旧日的一切脱去，以一个再生的身体走出昭关"②。在永恒的遐思与瞬息变换的现实之间，他渴望的是摆脱，是新生，他焦躁于暂时的现实处境，渴想获得永久的宁静。于是在他心灵里出现的人物系列中，过去的、现在的、未来的人物交替闪烁着诱惑的光彩。他一次次地神游于他所景仰的生活与人物活动的场景中，在子产的墓前，在季札的门前。在现实的境遇中，在楚狂、渔夫、溧水女子、专诸母亲的身上，他发掘的总是那种"万古常新"的永恒性精神。对于人物的现实境地，他却常有反问，认为"眼前""终于会幻灭"③。在瞬间中追求永恒，由现实追想过去和未来，作者试图将伍子胥的生命之弧托上历史的高空，使之闪烁群星的光彩。

三 凡人的理想

《吴越春秋》载："市吏于是与子胥俱入见王，王僚怪其状伟：身长一丈，腰十围，眉间一尺。"伍子胥的父亲这样形容伍子胥："胥为人少

---

① 冯至：《冯至选集》，第 355 页。
② 同上，第 342 页。
③ 同上，第 321 页。

好于文，长习于武，文治邦国，武定天下，执纲守戾，蒙垢受耻，虽冤不争，能成大事。此前知之士，安可致耶？"

据史籍所述，伍子胥的形象是"状伟"而颇令人怪异的。但是，在冯至的《伍子胥》中，英雄的形象还俗了。作者甚至完全避开他的正面形象描写，出昭关时他是"混在那些褴褛不堪的民伕队伍中间，缓缓地、沉沉地"① 走出的，他已经在平凡的人们中立稳了跟脚。一路上伍子胥关注的是平凡人身上的美，他从渔夫自足的生活中看到了平凡人的价值："渔夫的生活是有限的，江水给他的生活划了一个界限"，但他却给那些受山水阻碍的人以"博大"的"恩惠"② ；他从溧水女子蒙昧未开的生命中看到了平凡蕴蓄的美："这是一幅万古常新的画图：在原野的中央，一个女性的身体像是从草绿里生长出来的一般，聚精会神地捧着一钵雪白的米饭，跪在一个生疏的男子的面前……"③ 平凡的人在这里已经成为平凡得无名的人。平凡人的身边围绕着的也是无名的山水，而这所有的无名中都蕴含着生命，蕴含着美和意义。

与平凡相反的是伟大。作者在不断使主人公沉浸于平凡的无名的享受的同时，又写了一种"伟大之死"。在"洧滨"的子产墓前，伍子胥听着郑人的忏悔，感到一种幻灭："子产死了，郑国的人都无所适从，如今他也由于身边一切事物的幻灭，孤零零地只剩下一个人，不知应该往哪里去"，"子产的死，是个伟大的死，死在人们的心里……"④ 因为伟大的贤人已经死去，原本"内心里还是声息相通的"列国之界，只剩下了"你打我，我打你"，伍子胥感到巨大的失落，"远远近近感受不到一点关情"⑤ ，因为"复仇"的使命已经加身，因为战争的环境挣脱不了，他感到"伟大"已经"死"去；而没有死去的英雄呢？季札在"保持他的

---

① 冯至：《冯至选集》，第 345 页。
② 同上，第 351 页。
③ 同上，第 355 页。
④ 同上，第 328—329 页。
⑤ 同上，第 328—329 页。

高洁"①，在一个"快乐而新鲜的世界"②里享受美好的音乐和舞蹈。可是，这个世界与背负着"复仇"使命的伍子胥无缘，与充塞了许多"沉重的事物"的战争环境完全不相容，伍子胥不属于这个伟大的圣洁之地，他对此必须"断念"，让这样的高洁在他的生命意念中死去，而去拥抱那血泥混涌的仇恨。

伟大之死与凡人之美同构了伍子胥必须承接的现实情境，复仇是其唯一的担负。在没有伟人拯救之力的混战中，平凡的人物身上蕴蓄着最大的力量。

《伍子胥》中所描写的战争，不是血肉模糊的拼杀，而是刻意于表现战争的环境和战争对普通人心灵的影响。追求宁静、永恒与平凡，是对战争中那种生命瞬间死生的突兀的生命形式的反抗。宁静是从喧嚣走向平和的心理皈依，平凡是"英雄辈出"的战争年代里普通人的心声。这些心态的揭示，表面上与战争环境格格不入，实质却是从更深的层次上刻画了战争给予人的影响。

就这种总体风格来说，冯至《伍子胥》的创作手法虽是受《故事新编》启发而来，却与《故事新编》的"古今杂糅"效果大不一样。《故事新编》至少是作者心态上更为超脱的写作，在古今杂糅中显得自信而从容。古事今例，信手拈来，随意点染，皆成文章。冯至在这里显得要憨直一些，他关注现实的方式是投入式的，李广田在他的《伍子胥》中看到的是"处处都与现实相呼应"③，他对现实的几段批评是激于义愤的正面嘲讽，是暴露与揭露式的，这与他深受杜甫影响有关。但这些"现实"的插入，并没有与作者处心积虑所揣摩的伍子胥这个人物的总体精神面貌：沉静的、思索的，在压抑中感悟着的个体取得有机的连接和转化，所以在古与今的嫁接上就显得不够自然和平滑——我想说这一点的真正意思是，在这个缝隙中我们可以感受到作品中存在着的那种战争的复杂性因素，那种凌驾于作者所习惯的沉思凝重的诗意风格之上的丰富

①　冯至：《冯至选集》，第 347 页。
②　同上，第 359 页。
③　参阅《世界文学季刊》1945 年第 1 卷第 1 期"编者前言"。

性。而《伍子胥》试图于此有所突破。

写作《伍子胥》和《十四行集》时期，是冯至创作的第二高峰期。在这一时期，想清晰地分辨他所受到的具体的外来影响，几乎是不可能的。这一时期，他研究歌德，研究杜甫，这些占去他的大部分时间，但他同时又说，里尔克是他"十年来随时都要打开来读的一个诗人"①，《伍子胥》是因为他读了里尔克的散文诗《旗手里尔克的爱与死之歌》，而"一时兴会"，屡有创意。另外，40 年代初，冯至还写作了《一个对于时代的批评》②，介绍存在主义哲学的先驱基尔克郭尔，在文章结尾他这样写道：

要克服一切内外的考虑，勇于"决断"，又拾起那些已经失落的严肃的冲突、沉重的问题——这是基尔克郭尔对于他的时代、他的后世的呼吁。我们在百年后，万里外的中国若是听得到一点这个呼吁的余音，应该作何感想呢？……

在《伍子胥》中，我们可以感到这许多不同国家、不同流派的影响，在静默的山水中融合了，在悠扬激越的箫声中升华了。40 年代的冯至已从对色彩、音乐等浪漫的文学元素的关注中走向人生境遇与知识境遇的结合，由人生的关注点融入一切有益人生的精神与品格。里尔克的体验，歌德的浮士德精神——积极的、永不止息的追求、向上，基尔克郭尔的决断，杜甫的投入式的关注现实……这些都给伍子胥打上了深刻的烙印。但在这个融合期里，真正使他产生抒写《伍子胥》的冲动的，应当直接来自于那个战争的氛围、对战时生活的体验和思考。而作为学者的他，无法从整个社会层面、从直接的力的冲突中，写出一个即时性的战争文本。他所能做的，就是从个体的内心角度，对战争的永久性影响予以描绘。从这个意义上说，《伍子胥》是一个独

---

① 冯至：《工作而等待》，收《冯至学术论著自选集》，北京师范学院出版社，1987 年，第 487 页。

② 收《冯至学术论著自选集》。

特的战争文本，它没有直接描写战争，却最好地揭示了战争状态和战争中人的状态。如果说有什么因素真正促使冯至写作，那就是：战争。如果要问什么是《伍子胥》真正的主题，那就是：复仇。从这个角度说，伍子胥不是作品中唯一的主人公，作品中每一个人与每一件物都具有与伍子胥同等的象征性和表现力。

【现场】

Z：《伍子胥》改变了我对中国现代小说的看法，我认为它的含金量比较足，我特别欣赏它。我想就自己的阅读体会，谈三点看法。

1. 后记中提到的"弧"，与小说的结构、小说在时间上的选择很有关系。作品选择"子胥出奔"到"吴市吹箫"这一段，是一个有时间跨度的截取。此前此后在史籍中都还有其他故事，在此都被省略了。这种省略使读者产生阅读期待，但冯至没有写下去，这样做的好处是至少保持了小说的精致性和时间结构的完整性。即使再写下去或如作家所设计的那样再写"第二次出亡"，都是另外的小说了。

2.《伍子胥》有哲理性的追求，这在冯至的散文《山水》和诗《十四行集》中都有体现。《伍子胥》是一部精致的成功的哲理小说。小说本是一个复仇主题，有很强的戏剧性，蕴含的小说因素也很多。作品虽然表面上贯穿了复仇主题，但深层写的是一个人的生存状态，特别是伍子胥心态的展示。最典型的例子是江上渔夫和溧水女子，史籍记载都是有冲突、有很强的戏剧性情节的，但冯至都将它们淡化了，突出的只是伍子胥一个人。淡化戏剧性情节是作品从复仇主题转为关注人的生存主题的重要手段。

3. 历史故事怎样转换成哲理小说？伍子胥出亡及其后的吴越争霸是中国历史上可以大做文章的历史题材。《吴越春秋》中也有很多传奇的记载，如关于伍子胥的外貌描写、伍奢对两个儿子的定位等，都突出了伍子胥这个人物的传奇性。从传奇性历史到现实人的故事到小说，《伍子胥》增加了现实关注，把传奇纳入了平凡朴实的故事。虽说受《故事新编》的启发，但《伍子胥》与《故事新编》差别太大，可以看作两类不同的历史新编。

X：第一遍的阅读感受很好。但读到后来，觉得这部作品表面上很深刻，但内里空空如也，有种贫乏感。作品对历史过程进行了改写，原来的故事只是新故事的躯壳，里面的人已不再是原来历史中的人，而成了哲理的符号，如申包胥是为阐释哲理的需要而设置的，其本身已成为观念的东西。整个作品都在表现"死和变"，人物置于"变"之下，具有符号性。伍子胥与其他人物的关系都具有一种形式层面的关系，成为某一观念的载体。

再谈一点对《伍子胥》的批判。

《伍子胥》是歌德化观念的直接产物，里尔克只是更外在的影响。表面上作品显得很深刻，但从内在资源上看，它没有自己的思想，有的只是歌德的思想，观念很明确，很理性，单一化。在语言上也表现出同样的缺憾。它的语言有诗化、幻象化特点，同时跟单一、明确的语气相结合，像梦，轻飘飘的，本身不具备重量感，没有生命的质感，从语言到语言。语言只是载体，是瓶子，与生命相区分，如果只将观念装进去，与生命状态是不融合的。这可能是学院派运思式小说的一大特点吧。我想这与作者所受的教育有关系。学院派作家无意识间生命的感受受到剥夺，导致作品中大多有种"血性的空缺"，他们尽管说"永恒"和"存在"，其实与世界本真处于隔离状态，这是很可怕的，我不太欣赏。

S：那么学院派作家是否具有他们的生命感悟方式，是否与那类具有自然生命感悟力的作家一样，具有另一种形式的感悟生命本真形态的可能？

X：我感到他们的感悟很难具有本真性。

S：可是，当一个学院派作家试图以自己的生命去感悟这个世界的时候，你不能排除他有可能按照他自己的方式进行心灵的接近，对他来说，也是本真和自然的。不能说因为他的学识，他便无法感悟生命的自然状态。

X：这种感悟也许是有可能的，但我觉得很难达到最深层。一流作家是应当深入生命最深层，没有任何隔绝的。

S：你说冯至可能是受到了哲理的限制，限制他直接进入生命自然态，中间隔着哲理性前提，这可能是存在的。

M：与纪德《伪币制造者》比较，我觉得此篇的不足可能就是哲理化太强。但我还是很喜欢，因为有一种行云流水般的动感，有一种特别明确的"人在旅途"的主题，所以单线发展也很自然。人物设置上的二人对立，严格地说，不是对立，是遇合后的撞击。如季札、渔夫与伍子胥相比，在很大程度上是一样的。申包胥也是，只不过选择的道路不一样，本质意义上并不对立。这着重写的是人在旅途上的感觉，心理的不断冲突，我觉得不能认为是成长体。另外，其复仇性因素也有受《野草》影响的痕迹。

X：其实这就是成长。虽然开始时就写伍子胥出亡，结尾还是在出亡途中，但经过遇合一些人，经历一些事情之后，他将复仇另一面的东西"断念"了，他"把定"了复仇，完成了一个复仇者的心理转变，当然应该说是成长。

L：冯至很早就有写伍子胥的故事的冲动，可是他一直没写。我以为冯至与此故事和人物在精神气质上有契合之处，每当他遇到现实生活中的悲伤和痛苦等带有悲剧色彩的情形时，他就想到要写作《伍子胥》。可他直到40年代才写《伍子胥》，为什么？我认为，《昨日之歌》《十四行集》《十年诗抄》代表了他三个时期的思想历程。《十四行集》中他写了五个人物，除较近的鲁迅、蔡元培外，还写了杜甫、歌德、凡·高。对于歌德的思想他着重写了"死和变"，凡·高是一个为艺术而癫狂的才华横溢的画家，杜甫则是关注现实的古代作家。这三个人物与他40年代的个人体验，他年轻时的自我设计与后来实际情形的反差以及由此产生的心理感觉，都是有契合关系的，而这些与伍子胥这个形象又有很多相通之处。我想最能表现这种精神气质的内在契合的，应该是作品中冯至自认为是"老树新芽"的自己凭空增添的两章。这两章更具有冯至的个人性。

W：同学们的发言有两点把握住了这篇小说的核心，一是成长体小说，一是学院派文本。

关于第一点，刚才争论的观点其实是并不矛盾的。M 同学强调了出亡的过程，这过程并不一定体现伍子胥的成长。但文章一开始写的伍子胥，可以认为是一个观念思想上还空白的人物，经过这一过程后，他变成了经过很多遇合的，经验很丰富的，有过人生经历的一个人。这过程虽然限定在出亡这一段时间，但可以认为是成长。有同学提到"弧"，弧线是成熟、成长的过程象征。弧线与故事结构是很有关系的。成长体小说，首先涉及的是线索和结构，即成长过程作为小说的线索，从小写到大，成长本身构成了框架和线索。但是，成长体小说在西方是由两部分构成的，除强调框架性、故事性、情节性之外，成长过程背后还有一个启悟性主题。《伍子胥》在这一点上表现很明显。表面上写的是成长，在背后更深刻的是启悟，启悟就是哲理性问题，就是刚才所涉及的学院化文本的一个关键问题。应当从分析伍子胥在每一个地方与山水、人物遇合后发生的变化入手，思想冲突和观念变化是写作核心。哲理性内涵构成真正的核心。只有学院派的冯至才写得出这样的文本，而学院派也标识了《伍子胥》的哲理性内涵。

第二，关于哲理与诗化及小说的评价。X 同学比较喜欢萧红一类直觉感悟型作家，对这种观念感悟型作家不太喜欢，这是趣味问题，无可争议。他的观点有他的道理，但纯粹从哲理方面考虑，冯至的哲理观念并不是一般哲理，是诗化哲理。它并不是很单一，很简单化的，他的哲理观念是有其丰富性和多义性的。如有关溧水女子的语言、场景描写，"人类史上""万古常新的画图"，这些细节本身很难说是哲理，是一种境遇、状态。这篇小说的核心元素是境遇，人生遭际中的境遇问题。我的观点与 X 同学不一样，认为小说本身有它的多义性和丰富性，很难用一种单纯的观念来解释。

第三，语言是这部作品更核心的问题。冯至的语言类似于一种意象的延宕、故事的延宕。这篇小说与历史故事、现实环境关系并不大，在这一过程中真正起作用的是对语言的把握，对语言、词汇延宕本身的把握。

冯至语言的特点是具象中的抽象，两者结合得非常好。纯粹哲理的小说词汇非常抽象，很难理解，但如果作品纯粹用具象性词汇，譬如只有衣服、凳子、桌子一类的词，就更没法理解了。都用抽象性词汇，就是哲学和哲理问题了，不会是小说了。《伍子胥》成功之处在于它把语言的具象性与抽象性结合得比较好，不是纯粹的哲理，是诗化哲理，具有多义性和丰富性，属于诗化哲学范畴。

Q：下面我们就开始细读最后一章的最后一部分，主要研究其语言。

不久，吴市里便出现了一个畸人：披着头发，面貌黧黑，赤裸着脚，高高的身体立在来来往往的人们中间，他双手捧着一个十六管编成的排箫，吹一段，止住了，止住一些时，又重新吹起：这样从早晨吹到中午，从中午又吹到傍晚。这吹箫人好像在尽最大的努力要从这十六支长长短短的竹管里吹出悲壮而感人的声音。这声音在听者的耳中时而呈现出一条日夜不息的江水，多少只战船在江中逆流而上，这艰难的航行需要无数人的撑持，时而在一望无边的原野，有万马奔驰，中间参杂着轧轧的车声，有人在弯着弓，有人在勒着马，在最紧张的时刻，忽然万箭齐发，向远远的天空射去。水上也好，陆地也好，使听者都引领西望，望着西方的丰富的楚国……

略评：起调自然，"畸人"立刻突兀起伍子胥的形象，揭出他与人们的关系："立"在中间。"捧"的动作将之神圣化，"吹""止""止""吹"的顶真修辞格，既是诗意的抒写，又巧妙托出了时间的连贯不间断。接着是声音的摹写，写出悲壮感人的氛围，以极具动感的画面突出声音的激越昂扬。

Q：这里可分成几个过程。从"不久"到"从中午吹到傍晚"，是叙事；从"好像"开始加入了作者的观念、体会和看法。接着转到写听觉，用一系列场面描写，将声音具象化、画面化，变成具有极大动感的视觉感受。"水上也好……丰富的楚国"，这里"丰富"是偏于抽象的词语，在一系列具象中又有这样抽象的提升。从叙事到感受到描写，从听觉到视觉，从具象到抽象，这里有几个转换，作者调度得很自如，流畅，不觉得突兀。

H：这里是第一次出现伍子胥的外部形象，加上这一段试图对整个故事进行另一种方式的表达，通过音乐、听觉视觉化的方式对前面的由内往外写的方式作新的补充和改写。

W：H说的我也注意到了。前面的叙述是从伍子胥的视角出发，到了这一章，我们好像不认识他了，这一段场景把伍子胥陌生化了，突出了一个新人形象。经过遇合，伍子胥成为一个新的人了。作品借助于他人眼光——吴市人的眼光，达到陌生化效果。

对于文本的语言，我同意Q的抽象具象结合的看法。如"艰难的航行需要无数人的撑持"，"撑持"是冯至的固有词汇。（Q：有抽象的东西包含在里面，"撑"有具象性，"持"就有抽象性了，包括了一种对生命存在的理解。这是很巧妙的结合，很有典型性。）

Z："吴市行乞"和"吴市吹箫"两个情节分载于不同的史籍，在"历史文本"转变为小说过程中，我们可以看到作者的择取眼光和方式。

再吹下去，吹出一座周围八九百里的湖泽，这比吴市之南的广大的震泽要丰富得多，那里有取之不尽、用之不竭的水产，灵龟时时从水中出现，如果千百只战船从江水驶入大泽，每只船都会在其中得到适宜停泊的处所；还有浓郁的森林，下面走着勇猛的野兽，上边飞着珍奇的禽鸟，如果那些战车开到森林的旁边，战士的每只箭都可能射中一个美丽的生物。湖泽也好，森林也好，使听者都引领西望，望着西方的丰富的楚国……

略评：音乐调子一转，变成了静的描写。"取之不尽，用之不竭""适宜""浓郁""勇猛""珍奇""美丽"等一长串的形容词，描摹了一种静态的诗意。文字与上一段也有承接。

Q：我同意这样的说法：前面是写动，这里写静。而且句式上也有了变化，前面句式短，这里拉长句式，语调舒缓，同时还加以想象，使用"如果……"，这是不同于前面的描写，是想象拓展描写，将文章再次延宕、拉缓。与前面相对急促的调子也不一样，这里是"神秘"的。都是对箫声的描写，都是听觉视觉化，但在句式选择上，语气的舒缓急促，语调变换上，都是高度自觉的，极其精致的。我认为，这种语言的精致设计，是学院派的一种自觉的追求。

　　Y：音乐可以唤起人们的视觉感受，也可以唤起人们的旋律感，感受到内在旋律可能是更高明的音乐。读这一段，我感受到的是语言、画面，还有音乐的旋律。读作品时，应该像听音乐一样，第一段有气势，第二段舒缓，应该能产生像音乐一样的高潮。作者这样的写作，我认为不仅出于语言的精致性需要，还出于他所感受到的音乐的需要，为了表现伍子胥所吹出的乐曲的内在灵魂。

　　Q：也就是说，他使语言节奏与音乐节奏取得一种和谐。

　　再吹下去，是些奇兀的山峰，这在吴人是怎么也想象不到的，每一步都会遇到阻碍，每一望都会感到艰难，岩石峭壁对于人拒绝的力量比吸引的力量要大得多，但是谁若克服了那拒绝的力量，便会发现它更大的吸引力：在山的深处有铜脉，有铁脉，都血脉似的在里面分布，还有红色的、蓝色的、绿色的宝石，在里面隐藏……吴人听到这里，要用很大的努力才能听下去，好像登山一样艰难。

　　略评：这段感觉是高而险的颤音，略带艰涩，舒缓沉重。

　　Q：这里语言有一点抽象的分析，"阻碍""艰难""拒绝""克服"都是冯至的基本词汇，对生命把握的基本词语。这里好像在发议论，用了一些抽象概念。但没有离开具体的形象，有色彩，有过程，只是相对抽象些。

　　S：前面画面感强，这里心理感受、感觉性强。

　　W：这段画面有很大程度的假设性和虚拟性，是想象不到的。整个文本中这种"幻象"特征也是很核心的，当初唐湜就曾说过："这部小说只有美的幻象……"

　　但是谁也舍不开这雄壮的箫声了，日当中天，箫声也达最高峰，人人仰望着这座高峰，像是中了魔一般，脚再也舍不开他们踩着的地面。

略评：这里是一个音乐的暂停，重与前面叙述相连，是音乐高潮前的间歇。

Q：但也是一个转折。在音乐效果上有转换作用。这时"畸人"与吴人的关系发生了变化，已成为他们的引导。另外，我们刚开始朗读这段文字时将"舍不开"误读为"离不开"，从这些小地方可以感觉到冯至语言的特别之处，异于一般习惯，很别致精心。

午后，这畸人又走到市心，四围的情调和上午的又迥然不同，他用哀婉的低音引导着听者越过那些山峰，人们走着黄昏时崎岖的窄路，箫声婉婉转转地随着游离的鬼火去寻索死者的灵魂，人人的心里都感到几分懔栗。但箫声一转，仿佛有平静的明月悬在天空，银光照映着一条江水穿过平畴，一个白发的渔夫在船上打桨，桨声缓缓地、缓缓地在箫声里延续了许久，人们艰苦的恐惧的心情都化为光风霁月，箫声温柔地抚弄着听众，整个的吴市都在这声音里入睡了……

略评：这里先复映前面"昭关"故事里"武士祭鬼"那种幽深神秘的气氛，像"二泉映月"般凄苦，然而一个转换，变成了宁静的江上，舒展美好，如"化蝶"的超脱升华。

Q：注意这些词语："婉婉转转""缓缓"，这种叠词的组合，本身即富有音乐感。再看，"平静的明月"，"平""明""静""映"……都是复韵的，"温柔""抚弄""入睡"，这些精心的词语设置变成了自然的契合，说明冯至的语言感觉力很强，富有乐感，这其实是"五四"以来的传统。朱自清就强调，"用笔如舌"，要听，要朗读，对词要选择，音韵的选择、词性的选择，词与词组合上的选择。这种精心选择同时又显得自然，语言就达到一定功力了。

忽然又是百鸟齐鸣，大家醒过来，箫声里是一个早晨，这时一个女性的心，花一般地慢慢展开，它对着一个陌生的男子领悟了许多事物。——箫声渐渐化为平凡，平凡中含有隽永的意味，有如一对夫妇，在他们的炉灶旁升火煮饭。

略评：复映溧水女子与楚狂夫妇。词语上也有复现之处，如"醒过来""女性的心，花一般地慢慢展开""早晨""平凡"，都暗合前文的描写。

Q：这里确是回顾历史。前面是由内到外的描写，现在又在音乐中呼应，呼应整个生命的旅程。这里语言也很有特点。"人类的早晨"，"花一般地慢慢展开"，这里所有的语言都是最平常最普通的字眼，"早晨""女性""花""展开"等，一点不同于李拓之等作家那种华丽、繁复的语言风格。用日常语的组合，表达得非常纯净、宁静。我认为40年代很多作家作品的语言都达到了这种程度，即"俗白"，在日常语中写出韵味，包括孙犁的语言、赵树理小说的某些段落描写。

抽象、具象语言的结合这里表现得也很明显。"早晨"提升为"人类的早晨"，"箫声化为平凡"，既点题，又有抽象的提升。这时音乐从悲壮到神秘到奇兀到艰难到哀婉到平凡，这些词的抽象概括，不仅是对音乐，同时也是对伍子胥的生活道路、人生旅途的概括。

问题是，从另一方面说，这样是不是太直白了？太清晰，就如 X 同学所说的有些"苍白"了？

X：刚才我们分析了"不由自主的音乐复现"和"撑持"这一类具象性抽象性结合起来的词，确实有丰富性的一面，但同时我们还是能比较明确化地分析出它具象、抽象两个层面的意思，太明确了就有点苍白，缺少力度，像《诗经》中"桃之夭夭"这样的语言，能这样分析吗？翻译甚至都很难，意义确实很丰富。冯至的语言很直，缺少一种"拗"的东西，缺少深度。

听者在上午感到极度的兴奋，神经无法松弛，到这时却都融解在一种平凡圣洁的空气里了：人人都抱着得了安慰的心情转回家去。

略评：这里写音乐效果，写人们从被引导而走向安慰、融解。
Q：再次点出伍子胥与吴市人的关系，由神圣回到了平凡。

第二天这畸人又出现了，人们都潮水似的向他涌来，把他围在市中心。箫声与昨天的有些不同，可是依然使人兴奋，使人沉醉。这事传入司市的耳中，司市想，前些天那个研究历史的人，在这里演讲，为的是贝壳；今天又有人在这里吹箫，听说他既不要贝壳，也不要金银，可是为什么呢？他必定是另有作用，要在这里蛊惑人民，作什么不法的事。但当他也混在听众中，一段一段地听下去时，他也不能摆脱箫声的魔力了，一直听到傍晚。他本来计划着要把这吹箫人执入牢狱里定罪，但他被箫声感化了，他不能这样做。

他没有旁的方法，只有把这事禀告给吴王。

略评：这里从反面写音乐的效果，箫声的魔力使司市被感化。好像落幕之际剧场的掌声。

Q：他为什么要用这样的结尾呢？

H：司市的出现有两种效果，一是强调箫声究竟怎么样，产生什么作用，二是推动情节的发展，伍子胥最终找到了晋见吴王的机会，但是是以这样一种方式。

Q：我读到这里感到一种回到现实的略带嘲讽的意味，这就是作家强调现实感的地方。"不要贝壳，不要……蛊惑……没有旁的方法"一段文字，与国统区的现实联系了起来，跟前面那么美的故事的情绪、语调都是不一样的，有嘲讽的口吻，略带调侃味儿。

Z：引入司市这个人物，有两个意义。一是使小说保持开放的结构，给读者一种阅读的期待，故意悬置故事最后的结果；二是突出伍子胥。在作品中与伍子胥遭遇的人物都成了伍子胥的背景，从而达到把伍子胥偶像化的效果。司市本是要抓伍子胥入狱的，最后却帮助实现了伍子胥的愿望，从而反衬出伍子胥吹箫的魔力。

M：我觉得这最后一段有三个声音，一个是冯至或者说上帝的声音，一个是叙事者的声音，一个是伍子胥的声音。一开始是叙事，然后进入伍子胥的世界，在伍子胥的音乐世界里还有上帝的声音。伍子胥本身也带有叙事功能。如他吹的箫声中有"为吴国带来丰富的楚国"，有这样一种叙事的暗示。冯至的声音有时夹杂在听者的声音中，三者合一有时不大调和，所以最后就听出了嘲讽。

S：这种口气在《宛丘》等篇章中也有。

Q：《伍子胥》刚问世时的评论，都特别强调了它的现实讽刺性。40年代的中国现代作家都很难排除对现实的关注，很难抑制把作品拉回到现实来的那种冲动。像李拓之的历史小说，结尾也有这样的处理。

关于冯至对音乐的描写手段，跟《老残游记》、里尔克《旗手》等作品的关系，我们还可以继续讨论。

【讲评】

　　我们已经对《伍子胥》做了部分的细读，对冯至的语言功力有了很深的印象。我同意这样的说法：“语言”是这篇小说在艺术创造上的核心问题。今天同学们在讨论中所发生的意见分歧，其实也是集中在对作家自觉的语言实验（追求）的评价上。由此而涉及的对学院派写作与直觉写作的得失的评价，我想另找一个机会来发表我的意见。这里，我还是想继续评析这篇小说的语言——或许是意犹未尽吧。

　　我再请大家一起来读这一段文字——

　　这是一幅万古常新的画图：在原野的中央，一个女性的身体像是从草绿里生长出来的一般，聚精会神地捧着一钵雪白的米饭，跪在一个生疏的男子面前。这男子是一个什么样的人呢？她不知道。也许是一个战士，也许是一个圣者。这钵饭吃入他的身内，正如一粒粒的种子种在土地里了，将来会生长成凌空的树木。这画图一转瞬就消逝了，——它却永远留在人类的原野里，成为人类史上重要的一章。

——《溧水》

　　正像同学们所分析的，这是典型的“具象”与“抽象”的结合（转换，提升），即所谓“诗化哲理”。但我要请同学们注意另一方面。在构成这段文字中心的“画图”中，只有四个中心词：“原野”“女性（的身体）”“男子”“米饭”。对前两个中心词构成的中心意象，作者没有用任何修饰语。这是着意给读者让出想象的空间——可以想见，这“原野”，这“女性的身体”，将会引出多少意味无穷的遐想啊：这正是一个远未丰富的"空白"。对"男子",作者仅用了一个修饰语:"生疏的",却交代了这位"女性"与"男子"的关系,暗示这不相识的"个体"生命就因为同是"人类"而产生了如许博大的同情、心的沟通与神性的融合:这同样会引出无尽的沉思。在"米饭"上作者也只以"雪白的"这一日常用词加以形容,"米饭"一词在文本中本是有某种象征意味的,现在"雪白的米饭"的词语组合却给人以实感,意蕴更见丰盛。而"雪白"与前面已经出现的"草绿"相映对,不仅照人眼亮,而且自有一种朴素、庄严,反过来成为对画图中的"人(女性与男子)"及整体氛围的暗示。"像是从草绿里生长出来的",这也是一个常见的普通联想(比喻),但与"女性的身体"相组合,就产生了奇异的效果:通常以"花红"比喻女性,现在反用"草绿",这自会带来新奇的喜悦。而"草绿里生长"引起的关于生命的联想,把浓重的生命意识灌注于"女性的身体",以至整个画图之中,更是意味深长。下面"正如一粒粒的种子种在土地里了,将来会生长成凌空的树木",本也是再普通不过的、来自人们日常生活的比喻,但用来描写吃饭的消化功能,初看是荒诞的,但如果联想到"吃饭"本身的喻意,这比喻就十分深刻,可以称得上"神来之笔"了。

从以上分析,可以看出,作者在自觉地进行两个方面的语言实验。作者着意选择日常的、普通的语言材料,通过精心的组合、调动,以达到新奇而丰厚的语言效果:作者所要开掘的,正是平凡人生的生活语言内蕴着的巨大的艺术表现力;他所做的,是"在俗白中追求精致的美"的语言实验,也即日常用语的雅化;他要探讨的,是中国的白话语言在表现现代人的思维上究竟具有多大的可能性(潜力)。另一方面,作者又着意洗尽铅华,精简一切不必要的修饰,留下尽可能多的空白,以追求语言与意象的单纯美。作家的这一努力,贯穿于他这一时期的全部创作活动中:《伍子胥》(中篇小说)之外,更有《十四行集》(诗歌)与《山水》(散文)。可以说,在生命的沉思里,冯至提供了与他人不同的战争体验以及明澈而纯净的语言艺术。

而且致力于前述语言实验(追求)的,并不止冯至一人。

正是在冯至发表《伍子胥》的前几年，即 1943 年，周作人为老舍《骆驼祥子》日译本写序，谈到新文学中"小说与随笔之发达较快"，其原因"并不在于内容上有传统可守"，"它们的便宜乃是由于从前的文字语言可以利用，不像诗歌戏曲之须要更多的改造"。周作人指出，"中国用白话写小说已有四五百年的历史，由言文一致渐进而为纯净的语体，在清朝后半成功的两部大作可为代表，即《红楼梦》与《儿女英雄传》。现代的小说意思尽管翻新，用语有可凭借，仍向着这一路进行，至老舍出，更加重北京话的分子，故其著作正可与《红楼》《儿女》相比，其情形正同，非是偶然也"。人们自然注意到周作人提出了中国"纯净的语体（文）"的概念，并在其发展历史的叙述中，特别注重老舍的贡献，这是有充分理由的。老舍自称他的语言追求，是"把顶平凡的话调动得生动有力"，烧出白话的"原味儿"来；他还表示要"始终保持着我的'俗'与'白'"——研究者解释说："俗"即"一般人心中口中所有的"日常用语；"白"就是彻底的白话（参阅赵园：《论小说十家》）。请读老舍小说里的这段文字——

他的腿长步大，腰里非常的稳，跑起来没有多少响声，步步都有些伸缩，车把不动，使座儿觉到安全，舒服。说站住，不论在跑得多么快的时候，大脚在地上轻蹭两蹭，就站住了：他的力气似乎能达到车的各部分：脊背微俯，双手松松拢住车把，他活动，利落，准确；看不出急促而跑得很快，快而没有危险。就是在拉包车的里面，也得算很名贵的。

——《骆驼祥子》

用的大多是北京市民俗白浅易的口语，却又俗而能雅，清浅中有韵味。40 年代，又有一批作家加入这一语言实验的队伍。

请读萧红的《呼兰河传》——

太阳在园子里是特大的，天空是特别高的。……是凡在太阳下的，都是健康的、漂亮的，拍一拍连大树都会发响的，叫一叫就是站在对面的土墙上都会回答似的。

花开了，就像花睡醒了似的。鸟飞了，就像鸟上了天似的。虫子叫了，就像虫子在说话似的。一切都活了，都有无限的本领，要做什么，就做什么。要怎么样，就怎么样。都是自由的。倭瓜愿意爬上架就爬上架，愿意爬上房就爬上房。黄瓜愿意开一个谎花，就开一个谎花，愿意结一个黄瓜，就结一个黄瓜。……

这里充溢着生命（大自然的生命，人的原始生命）的流动，这是儿童的眼睛所发现的世界。一切都是"本色"的，连同它的语言：五官感触到什么，心里想什么，口头上就怎么说，笔下也就怎么写，全是天然的流露。因此这是充满直觉、质感的语言，这是极其单纯的语言，也是生机勃勃的，自由无羁的语言。同时，这是艺术的语言，明丽的色彩，天籁般的韵律，使你直逼"美"的本身。

同样写儿童眼里的世界，作家骆宾基的笔下，却有另一套语言——

我抓住母亲的衣襟，觉得母亲也是高大的。我必得伸高手掌，才能抓住她的衣襟。等到走下土崖的功夫，我就抓住母亲的裤腿。

"哪！抓住我的手指头！好好走路呀！"

于是我握住母亲的一只手指。这时候，只能看见一根一根顺序躺在脚下的木排。觉得一根方木和一根方木的距离，都是我的步度跨不过去的，实际上它们用粗藤束在一起，方木与方木之间，至多闪着一两分的空隙而已。不过我望着空隙间的水沟，总是惧怕，尤其是这里的水和家里的水不同，这里出水是会动的，而且活动得是那样快，只要大人的脚步从这棵踏在那棵方木上的时候，它们之间的水就会跳起来，做着向人攫扑的威吓姿态。

——《幼年》

这诚然是儿童的眼光，儿童的心理；但读者仍然从字里行间隐隐约约看到了成年人的眼神以至微笑。如果说在萧红那里，"童年"的"我"

的描述几乎占据了整个画面，那么在这里，回忆中暗含着分析，"童年"的"我"与"成人"的"作者"达到了一种叠合。但这仍然是本色的，虽褪去了原生形态的"剑拔弩张"，却获得了水一般的纯净、透明，又有几分幽默与柔和。

说到纯净，我们不能不想起生活在另一个天地里的孙犁，40年代又一位短篇小说艺术家。他的《荷花淀》开头的那段描写，我们那代人都是能够背诵的——

月亮升起来，院子里凉爽得很，干净得很，白天破好的苇眉子潮润润的，正好编席。女人坐在小院当中，手指上缠绞着柔滑修长的苇眉子。苇眉子又薄又细，在她的怀里跳跃着。……她像坐在一片洁白的云彩上。她有时望望淀里，淀里也是一片银白世界。水里笼起一层薄薄透明的雾，风吹起来，带着新鲜的荷叶荷花香。

还有一段描写也是中学读书时念过，至今也不忘的——

孩子睡着了，睡的是那么安静，那呼吸就像泉水在春天的阳光里冒起的小水泡，愉快地升起，又幸福地降落。

——《嘱咐》

这同样是俗白的雅化，同样追求单纯的美，却有着更多的泥土气息，这是径直从农民生活中升华出来的诗。

还有赵树理。关于他的那些从民间艺术中吸取养料的说书体的语言，人们已经谈得很多。其实，赵树理的语言是远为丰富的，还有一些方面并未引起注意。这里仅举一例——

孟祥英在地里做活，回来天黑了，婆婆不让她吃饭，丈夫不让回家。院门关了，丈夫把自己的屋门也关了，孟祥英独自站在院里。邻家媳妇常贞来看她，姐姐也来看她，在院门外说了几句悄悄话，她不敢开门。常贞和姐姐在门外低声哭，她在门里低声哭，后来她坐在屋檐下，哭着哭着就瞌睡了。一觉醒来，婆婆睡得呼啦啦的，丈夫睡得呼拉呼拉的，院里静静的，一天星斗明明的，衣服潮得湿湿的。

——《孟祥英翻身》

写出这充满诗意的纯净的精致的美的文字的，也是赵树理。但仍有别于孙犁：赵树理的语言是更加口语化的。

这显然是一群环境、背景、文化修养、风格等都很不同的作家。尽管有着不同的语言资源：有来自"童年（自然）生命"回忆的（萧红、骆宾基等），有来自市民文化的（老舍等），有来自农村民间文化的（赵树理、孙犁等）。相形之下，冯至是学院背景，更多是从书本中获取资源，是较为特殊的。但这些作家在日常生活中的白话口语基础上，创造富有艺术表现力的纯净的现代文学语言的目标与努力，却是惊人的一致。

而且还不限于小说家。

我在《大小舞台之间》一书中曾详尽分析过戏剧家曹禺40年代写的《家》的语言，其中鸣凤有一句著名的台词："这脸只有母亲亲过，再有——再有就是太阳晒过，月亮照过，风吹过了"，也是全用口语，精简了一切外加成分，显出纯净本色。

还有40年代最杰出的青年诗人穆旦，人们也是首先注意到在他的诗歌里，几乎不带丝毫文言字词、句法，全是用白话口语来表达唯现代中国人才有的现代诗绪与现代诗境。

当然，也还存在着另外的努力：更注意吸收外来词语、句法中有用的成分，以改造（与丰富、发展）中国传统的思维与语言，或从古代文言文中吸取营养，创造更为繁复，也更为曲折的语言表达方式，同样是为了现代文学语言的创造与发展，与我们在这里着重讨论的前述努力是相辅相成的。

于是，我们又想起了"五四"时期的那场著名论战。新文化运动的反对派们不是断言，以白话文代替文言文，特别是以"都下引车卖浆之徒所操之语"作文，必将带来民族文化的灾难吗？现在，经过近30年的努力，到了 40 年代，白话文的写作已经产生了如此精美、富有表现力的文学语言，这是一个历史性的成绩，不应低估。——尽管也还存在着这样、那样的缺陷与不足。

"诗意"意味着什么?

——重读冯至的《伍子胥》

罗雅琳

一　在两种普遍观点之外

在抗战时期,通过重写历史故事来表达现实思考与吁求者所在多有,其中的主旨思想大多较为清晰易懂。无论是郭沫若笔下希望"把一切沉睡在黑暗怀里的东西"全部毁灭的屈原(《屈原》),还是阳翰笙笔下喊出"大敌当前,我们不能自相残杀"的洪宣娇(《天国春秋》),作者的意图都直接见之于人物语言和作品叙述。这一点,与大部分"重写"希望达成普及、宣传、动员的目的有关。然而,冯至在抗战时期的昆明写就的《伍子胥》显得有些特殊。小说讲述的是人们耳熟能详的伍子胥故事,其中也不乏各种影射大后方现实之处,如战争时期的征兵与搜查、囤积居奇、缺医少药与流言四起,贪官污吏、贫苦却勇敢的士兵、为侵略军服务的卖国者、民间调查者等。不过,在历史本事和影射时事之外,《伍子胥》中还有大量充满诗性想象的"多余"描写。这些"多余",不仅游离于伍子胥的复仇故事主线,更难以迅速找到现实对应物。人们常以"诗意"笼统地指称这些"多余",但这毕竟只是一个权宜之计。尝试理解《伍子胥》的"诗意"到底意味着什么,应该是一件需要费力去完成的任务。

在《伍子胥》的解读史中，有两种普遍观点。第一，认为小说中的诗意成分与现实成分互相割裂，小说中的诗意既是作者的长处，也是对现实的回避，而现实则是硬插入诗意描写之中的。在 40 年代，许多人赞美《伍子胥》对历史故事的诗意书写方式有别于当时流行的影射作品，但同时也批评《伍子胥》中的现实成分有损诗意。唐湜认为作为"抒情歌诗"的《伍子胥》与复仇的主题"不调和"[①]，吕丁也指出《伍子胥》中的时事讽刺与"散文诗"的基调不协调[②]。在 1999 年版《对话与漫游》中，孙永丽认为小说中"现实"的插入，并未与伍子胥作为"沉静的、思索的，在压抑中感悟着的个体"的整体精神面貌"取得有机的连接和转化"，表达的正是类似态度。

第二种普遍观点，认为《伍子胥》反映的是冯至对歌德思想（如成长小说、"死与变"等）的吸纳。冯至不仅在写作《伍子胥》的同时翻译了歌德的《维廉·麦斯特的学习时代》，而且写过大量研究歌德的文章。《山水》和十四行诗都明显有歌德的影响痕迹，伍子胥在逃亡中获得心灵成长的历程也类似于维廉·麦斯特的漫游。蒋勤国的《冯至评传》便将《伍子胥》与存在主义哲学和歌德的思想联系在一起。在 1999 年版《对话与漫游》中，谢茂松也提出："正是由于歌德，才使冯至最终能够把住、确定了《伍子胥》这一文本……正是由于渗透于文本各个角落的歌德化的思想、观念，使文本最终能够把住、成形。"

这两种解读方式既点出了某些特色也留下了大量谜团。一方面，现实而非诗意才是冯至在 40 年代写作伍子胥故事的根本动机。在小说后记中，冯至讲述了伍子胥故事在自己心中从"浪漫"转为"现实"的过程。或许他更擅长的诗意成分使人印象更深，但其中的现实书写是研究者不该轻易放过的。另一方面，仅以歌德思想无法囊括《伍子胥》中的大量观念。冯至曾表示《伍子胥》确实受存在主义影响，但称其受歌德

---

① 唐湜：《〈伍子胥〉》（书评），载《文艺复兴》1947 年 3 月第 3 卷第 1 期。

② 吕丁：《冯至的"伍子胥"——现代创作略读指导之一》，载《国文月刊》1949 年 6 月第 80 期。

和《维廉·麦斯特的学习时代》的影响则有些牵强附会①。更何况，以歌德的思想固然能够解释漫游、蜕变、成长等主题，却无法解释小说中的那些"多余"。比如，为何小说中常出现"故乡"字眼？为何伍子胥将自己离开楚国的逃亡理解为"返乡"？为何小说如此重视音乐？冯至在后记中表示完美的人生如"弧"，伍子胥的故事如"虹彩"和"长桥"（这也是"弧"）。这些词语与意象突如其来，该作何解？

《伍子胥》的"诗意"与其修辞方式相关。小说有不少词句并非写实，也非来自历史故事，因此显得晦涩难解。然而，我们或许不应该以"诗意"之名笼统概括这些词句，也不应该将小说中时隐时现的现实暗示视为冯至在构造诗意世界时力有不逮的结果，而应该寻找小说连接现实与观念的特殊方式。在大量前人研究的基础上，对《伍子胥》的重读，或许当从理解"诗意"到底意味着什么做起。

二　从歌德到诺瓦利斯

根据冯至日记，他在 1942 年 11 月 18 日下午"至沈有鼎处借诺瓦利斯一册"②，这差不多是写作《伍子胥》的时间。冯至的博士论文以诺瓦利斯为题，他在此时重读诺瓦利斯，暗示着《伍子胥》与德国浪漫派思想存在联系的可能。

小说开始于伍子胥的"仇恨"。第一章"城父"的前三段结尾句中都出现了"仇恨"二字，但并非指向传统故事中的杀父之仇，而是对于时代与环境的"仇恨"——一种存在主义式的生存苦闷与精神危机。有意思的是，这三处"仇恨"都关联着过去和故乡的失落，这一点不见于伍子胥的历史本事。第一段中，城父里"人人都在思念故乡"，伍氏兄弟在怀念幼年；第二段中，"新发迹的人们"已经忘记了祖先、放弃了"有山

---

① 冯至：《致蒋勤国 19910530》，收《冯至全集》第 12 卷，河北教育出版社，1999 年，第 503 页。

② 冯至：《昆明日记》，载《新文学史料》2001 年第 4 期。

有水、美丽丰饶的故乡"；第三段中，那些在郓城"劳疲死转"的人们决定离开郓城回到"西方山岳地带的老家"。一种对于过去和故乡的乡愁被放置在"仇恨"的对立面，成为对于伍子胥之存在主义精神困境的解毒剂。在此章最后，伍尚选择回郓城见父亲，伍子胥选择逃亡复仇，两人眼前出现了"家乡的景色"：

> 九百里的云梦泽、昼夜不息的江水，水上有凌波漫步、含睇宜笑的水神；云雾从西方的山岳里飘来，从云师雨师的拥戴中显露出披荷衣、系蕙带、张孔雀盖、翡翠旗的司命。①

这里的"家乡景色"是一个众神狂欢的场景，当下则被描述为众神消隐的时代：水神"敛了笑容"，司命"久已不在云中显示"。在这番对比后，冯至将伍尚和伍子胥的不同行动阐释为两种返回"故乡"的方式：

> 他们怀念着故乡的景色，故乡的神祇，伍尚要回到那里去，随着它们一起收敛起来，子胥却要走到远方，为了再回来，好把那幅已经卷起来的美丽的画图又重新展开。

选择回郓城的伍尚确实是要回到故乡，但为何在冯至笔下，以逃亡和漫游取代返回楚国的伍子胥也被认为是为了"再回来"，为了"重新展开""已经卷起来的美丽的画图"——也即，为了再度还乡？

还乡是德国浪漫派思想中的重要主题，强调人类在启蒙理性和现代技术的操纵下已经堕入庸俗无聊的散文化世界，唯有诗歌才能带领人们重返诗意的家园。诺瓦利斯曾学习歌德的《维廉·麦斯特的学习时代》，后来却视之为"诗"的最大敌人②。诺瓦利斯看到，《维廉·麦斯特的学

---

① 本文所引的冯至《伍子胥》，均出自《冯至全集》第 3 卷，第 369—427 页。
② 冯至：《自然与精神的类比——诺瓦利斯的文体原则》，收《冯至全集》第 7 卷，第 20 页。

习时代》的核心主题是"经济对诗的征服"、实用理性的胜利、浪漫与自然之诗的毁灭。作为反驳，诺瓦利斯写作了《奥夫特尔丁根》，以中世纪的亨利希·奥夫特尔丁根如何完成"诗之神化"的故事取代了启蒙时代的维廉·麦斯特的成长故事①。冯至否认了《伍子胥》与维廉·麦斯特的关联，但这个故事对于还乡的呼唤，暗中接续着诺瓦利斯笔下以"诗"为目的的漫游。

小说中的故乡元素揭示出，《伍子胥》讲述的不仅是报仇雪耻的故事，更是一个人如何摆脱平庸无聊的现实世界和存在主义式的无家可归状态，返回已经失落的、充满诗性的精神故乡。正如"家乡的景色"一段所显示的那样，《伍子胥》中的故乡和过去并不是实指，而是隐喻着一个充满神性与亲和性的理想世界——即人类生存的诗意家园。

对以诺瓦利斯为代表的德国浪漫派思想的吸收，也使音乐成为《伍子胥》中的关键元素。《伍子胥》中有两处情节与音乐相关，一处是对伍子胥吴市吹箫之内容的详细描写，另一处则出现在伍子胥过昭关时。在小说对过昭关的描写中，"伍子胥一夜白头"的著名情节仅被一笔带过，并且不是作为过关的手段，而是被视为"奇迹"，使伍子胥感到自己"获得了真实的生命"。所谓奇迹和新生，都指向平庸无聊的现实世界如何得以"诗化"，这再度让人想起诺瓦利斯。用冯至自己以诺瓦利斯为主题的博士论文中的话说："创造一个奇迹的世界即浪漫化的世界是诺瓦利斯的最大使命。"②促成伍子胥新生的契机，是历史传说中没有的、楚国士兵以音乐展开的招魂。音乐的魔力正是德国浪漫派反复书写的对象。荷尔德林、尼采、施莱格尔和霍夫曼等人都曾赞美音乐的超越性意义。诺瓦利斯的《奥夫特尔丁根》也充满了以唱歌和演奏乐器带来全新启示的情节。在"昭关"一章中，楚国士兵的歌声给伍子胥"施魔"，使之"诗化"，回到故乡。至此，冯至为伍子胥离开故国、报仇雪耻的故事注入了

① 伍尔灵斯：《〈奥夫特尔丁根〉解析》，林克译，收刘小枫编：《大革命与诗化小说——诺瓦利斯选集》第 2 卷，华夏出版社，2008 年，第 189—193 页。

② 冯至：《自然与精神的类比——诺瓦利斯的文体原则》，收《冯至全集》第 7 卷，第 19 页。

新的内涵，将其改写成返回精神故乡、追求诗性的故事。

通过发掘小说中隐秘的德国浪漫派思想资源，可知《伍子胥》的"诗意"不仅体现为优美精致的文字描写，更包含着精神层面的探索。"诗意"使小说中的成长历程有别于歌德笔下维廉·麦斯特式的理性成长史，而是呈现为诗人在一个动荡时代的探险与"诗化"漫游。

三 从纳蕤思到超人

还是在过昭关的这个段落中，冯至如此描写获得新生的伍子胥：

> （他）在一池死水中看见了违离了许久的自己的面貌，长途的劳苦，一夜哀凉的招魂曲，在他的鬓角上染了浓厚的秋霜。

这个伍子胥临水自照的场景，让人想起普遍存在于 30 年代现代派诗歌中的艺术母题：临水的纳蕤思。希腊神话中的美少年纳蕤思迷恋自己水中的倒影不愿离去，最终憔悴而死的故事，经由纪德的重新阐释，影响了 30 年代卞之琳、戴望舒、何其芳等一批现代派诗人。吴晓东指出，临水的纳蕤思构成了这批诗人的一个象征性的原型，包含着自恋的心态、沉思的倾向、深刻的孤独感、拒绝外部世界等多种内涵[1]。30 年代的冯至诗作也具有这种内向沉思的纳蕤思式倾向，尽管在沉思深度上要超过其他现代派诗人。不过，在《伍子胥》的这个段落中，伍子胥虽然看到的是一个憔悴的自我形象，却并非如纳蕤思那样逐渐丧失生命力，反而就此开启新生，成为新人。在获得新生的伍子胥与因自恋而生命力消亡的纳蕤思之间，显示出冯至与 30 年代现代派诗歌的艺术姿态的鲜明差异。《伍子胥》虽然充满"诗意"，但此"诗意"并非向内封闭的，而是包含

---

[1] 参阅吴晓东：《临水的纳蕤思——中国现代派诗歌的艺术母题》，北京大学出版社，2015 年。

着向外部现实、向政治不断靠拢转化的内在动力。

伍子胥转变成了什么样的新人？小说并未明言，却留下了一些可以捕捉的痕迹：如称"弓弩的作用是'逐害'"，称山林里的隐士楚狂变为刺客专诸的日子一定不远，这些语句都暗示着伍子胥将走向直接的政治行动。此外，值得注意的是，《伍子胥》的后记中出现了一系列与"弧"有关的意象：冯至表示，一块石片或者一个球从抛出到落下所构成的"弧"，可以用来表示"一个有弹性的人生，一件完美的事的开端与结束"，伍子胥的故事则"有如天空中的一道虹彩"，又似"地上的一架长桥"。在尼采的《扎拉图斯特拉如是说》中，"弧"也反复出现。"论面貌和迷"一节，侏儒嘲笑扎拉图斯特拉：

> 哦，扎拉图斯特拉，你，智慧之石，投掷之石，星辰的毁灭者！你把自己抛得那么天高——但，凡高抛之石——必定下落！[1]

"凡高抛之石必定下落"是关系着尼采"永恒复归"思想的关键意象。从高抛到下落的一条弧线，正与冯至笔下的"弧"对应。《扎拉图斯特拉如是说》也常使用彩虹和桥作为过渡性的意象。在批判国家作为"新的偶像"对人的压抑之后，尼采给出期待：

> 国家消亡的地方，——你们朝那里看呀，我的弟兄们！你们没有看见那彩虹和超人的桥梁吗？[2]

可以说，《伍子胥》中的"弧"与尼采有着密不可分的关系。

类似的痕迹还有不少。《伍子胥》的"城父"一章写到了伍子胥"仇恨的果实"渐渐成熟的过程，而在《扎拉图斯特拉如是说》第二部的最后，当"无声"让扎拉图斯特拉重新回到山上，它说的就是：

---

[1] 尼采：《扎拉图斯特拉如是说》，黄明嘉、娄林译，华东师范大学出版社，2009年，第264页。

[2] 同上，第95页。

哦，扎拉图斯特拉，你的果实业已成熟，然而，要收获你的果实，你却还不成熟啊！

伍子胥在漫游中首先遇到林泽中的隐士楚狂，扎拉图斯特拉刚下山时也首先在半山遇到了林中的老圣人；伍子胥在吴市碰见兜售"礼乐"和"历史"的同乡，则让人想起扎拉图斯特拉刚下山时在市场上见到的索上舞者。尼采以索上舞者身处的"市场"隐喻充满末人精神的现代社会，熙熙攘攘的吴市中同样弥漫着类似的氛围。事实上，冯至将吴市吹箫的伍子胥称为"畸人"，而这一名称曾被他用以称呼尼采①。在昆明时期发表的《谈读尼采》（1939）、《〈萨拉图斯特拉〉的文体》（1939）、《一个对于时代的批评》（1942）和《尼采对于将来的推测》（1945）等一系列散文中，冯至确实频繁提到对尼采主张的认同。

这些痕迹揭示出小说的某些隐秘内涵。《扎拉图斯特拉如是说》中的彩虹、桥和"弧"与超人理想相关。超人有两重意味：第一，尼采以超人批判基督教和西方哲学中对现世的否定，提出"超人是大地的意义"，忠于大地而拒绝天上世界。正如扎拉图斯特拉的选择不同于林中老圣人，伍子胥虽羡慕楚狂的隐士生涯，但仍积极走向政治行动。这对应着身为哲学家的冯至为包括自己在内的知识分子做出的选择：走出书斋、战斗于现实世界。第二，强调超人，还意味着批判作为"新的偶像"的国家对于个人的压抑。在"五四"时期，《扎拉图斯特拉如是说》中的超人学说曾对鲁迅、郭沫若等人产生强烈影响。然而，在 20 年代末，中国思想界对尼采的接受，从强调价值重估与打倒偶像的启蒙主义，转向强调权力意志与政治介入的国家主义，《扎拉图斯特拉如是说》的热度逐渐降低，抗战时期更是如此②。冯至留学德国时期的好友陈铨，在抗战时期正是国家主义与权力意志的大力推崇者。此时的冯至选择在《伍子胥》中融入《扎拉图斯特拉如是说》的思想，并不强调尼采的权力意志和国家

---

① 冯至：《一个对于时代的批评》，收《冯至全集》第 8 卷，第 242 页。

② 参阅张钊贻：《鲁迅：中国"温和"的尼采》，北京大学出版社，2011 年。

主义方面，体现出他依然坚持"五四"式的启蒙立场，与流行的国家主义保持距离。

不过，相比于超人，冯至笔下的伍子胥更亲近民众。扎拉图斯特拉在索上舞者旁的生硬宣教并未得到听众的理解，这象征着启蒙的失败。相比之下，伍子胥以变化多端的箫声吸引了来往的行人，则成功地实现了启蒙者与民众的贴近。同样，侏儒以永恒复返式的"凡高抛之石必定下落"恐吓扎拉图斯特拉，但冯至却将抛掷之"弧"视为一个"有弹性的人生"和"一件完美的事的开端与结束"，则削弱了永恒复返的悲观氛围。和尼采的"超人"相比，冯至的伍子胥更与普通民众相亲和，也成为 20 世纪 40 年代进步知识分子的写照。《伍子胥》虽然是一个充满"诗意"的文本，但其"诗"通往政治，而非如纳蕤思那般沉浸于对自我与内在世界的迷恋之中。

十　废名《五祖寺》

废　名
1901—1967

1925 年 10 月	废名《竹林的故事》出版（新潮社）。
1928 年 2 月	《桃园》出版（古城书社）。
1931 年 10 月	《枣》出版（开明书店）。
1932 年 4 月	《桥》出版（开明书店）。
1932 年 12 月	《莫须有先生传》出版（开明书店）。
1944 年 4 月	废名、开元《水边》出版（新民印书馆）。
1944 年 11 月	《谈新诗》出版（新民印书馆）。
1947 年 6 月	《莫须有先生坐飞机以后》发表（《文学杂志》第 2 卷第 1 期至第 3 卷第 6 期连载）。

1947

赵树理《小二黑结婚》等小说译成英文
黄谷柳《虾球传》发表
巴金《寒夜》出版

五祖寺（节选）

废名

　　二十九年春季，黄梅初级中学恢复开学，因为缺乏教英语的，莫须有先生乃由小学教员改为中学教员，教英语功课。起初就以金家寨为中学校址，原来金家寨的小学迁到停前周家祠堂去。但为时不久，县中学移到东山五祖寺去了，这是一个重大的事情，因为五祖寺是黄梅县重大的地方，山高，庙大，历史久长，向来佛地不作别用了，而今拿来办学校，连一般种田人都认为是大事，见面当作新闻谈，说道："五祖寺办中学了！"他们仿佛这是很自然的事情，不，是必然的事情。真的，莫须有先生体察一般中国人的心理，一切事的发生都是必然的，要成为事实的时候便成为事实了，毫没有一点反抗的事实了。那么认为自然，认为必然，是同承认疾病，承认死亡一样，并不是抱一个欢迎态度，而是抱一个批评态度。总而言之，中国的事情都是趋势。说是"趋势"，可见事情的发生不是没有具备发生的条件的，比如"五祖寺办中学"这一件事，"五祖寺"与"黄梅县中学"确实可以联得起来，若小学决不办到五祖寺山上去了。但天下为什么一定非发生许多事实不可呢？守着一个一定的原因，不有新的事实发生不好吗？还是就五祖寺办中学这件事说，大家都守着信教自由的原则，决不侵犯它，不侵犯僧伽蓝，正如遵守法律不侵犯别人的权益一样，那便不会想到把五祖寺拿来办中学了，天下便少了这一个事实了。少了这一个事实，事情并没有损失，反而增加社会的建设性，因为黄梅县必有别的办法恢复中学了。这时社会便相安于无事。中国则是多事。多事是因为缺乏建设性，是因为不尊重对方，是因为生活态度不严肃，换一句话说中国没有一个共同的"信"字，一切都凭着少数人的意思去做便是了。还是就五祖寺办中学这件事说，五祖寺的房屋多，有现成的房屋可用，改作校舍不是现成的吗？这是缺乏建设性。僧人是没有势力的，县政府一纸命令去不会反抗的，这是不尊重对方。至于什么叫做"宗教"，什么叫做"历史"（五祖寺有长久的历史！），什么叫做国家社会（不尊重历史便是不尊重国家社会！），甚至于什么叫做法律，全不在中国读书人的意中了。中国多事都是读书人多事，因为事情都是官做的，官是读书人。不做官的读书人也是官，因为他此刻没有官做罢了，他将来是要做官的。他们多事，是他们爱发脾气罢了。所谓"一朝权在手，便把令来行"。那么莫须有先生是不赞成拿五祖寺的房子来改作校舍的。那么，莫须有先生是有说话的资格的，无论向社会，无论向县政府，而莫须有先生何以不把他的意思说出去，不向社会向县政府作建议呢？这或者因为莫须有先生也是中国人的原故，是中国人的另一个毛病，遇事怕麻烦，以为说出去没有效，多一事不如少一事，不说话了。或者真是说出去没有效，不如不说，所谓"不可与言而与之言，失言"。上面我们说到"趋势"二字，凡属趋势，都非人力所能挽回，正同春夏秋冬季候一样，要冷就只有冷，要热就只有热，老年人经验多，气变悟时易，但没有法子告诉青年人的，青年人急躁，告诉他他也不听，他血气正盛，挥汗而不怕热，呵冻而不怕冷了。

*

莫须有先生又总是有童心的，本着他的童心，他听说他将要到五祖寺去上学，他喜而不寐了。小时他同五祖寺简直是有一种神交的，我们先说一说五祖在黄梅的历史。要说五祖在黄梅的历史，除了一些传说而外，又实在没有历史可说的，只同一般书上所记载的一样。但有两个历史的证据，一是五祖真身，另一证据是有两个庙，其不濒于毁坏者几稀，县城附近的东禅寺，与距城二十五里现在预备办中学的东山五祖寺。有名的五祖传道六祖的故事，很可能是五祖在东禅寺的时候，书上也都是这样说。至于五祖是不是晚年自己移居东山，则不得而知，民间则总说五祖在东山。东山原来是一个私人的地方，地主姓冯，所以山叫冯茂山，五祖向他借"一袈裟之地"，这虽也是传说，很有是历史的可能，考证家胡适之博士有一回问莫须有先生："你们黄梅五祖到底是在冯茂山，还是冯墓山？我在法国图书馆看见敦煌石室发现的唐人写经作冯墓山。"莫须有先生不能回答，（现在五祖寺山后面有姓冯的坟墓，姓冯的有一部分人常去祭祖，坟的历史恐不能久。）但听之甚喜，唐朝人已如此说，不管是冯茂山是冯墓山，山主姓冯总是真的了，即是五祖寺是历史是真的。另外五祖的真身是真的。那么五祖寺从唐以来为黄梅伽蓝了。此外都是传说，有地方名濯港，就是五祖的母把五祖，一个婴孩，扔到水里去又拾起来在那里洗濯的。就在濯港有庙之所在名离母墩，说是五祖在那里离母出家的。离母墩的庙现在已经不存在了，给日本兵毁了。传说当然也可能是历史，然而我们只能当作故事看的。莫须有先生关于此事甚惆怅，他总觉得中国人不爱国，不爱乡，不爱历史，对于本乡一位有价值的人物，什么也不能保存了，其所侥幸而保存者是受了佛教的影响，这个宗教的根基本不固，故终于又破坏了。人生如果不爱历史，人生是决无意义的，人生也决不能有幸福的。历史又决不是动物的历史，是世道人心的历史，现代的进化论是一时的意见罢了，毫没有真理的根据的，简直是邪说，这一层莫须有先生是知之为知之，尚无法同世人说。孔子曰，"吾犹及史之阙文也，有马者借人乘之，今亡已夫"。又曰，"齐景公有马千驷，死之日民无得而称焉。伯夷叔齐饿于首阳之下，民到于今称之"。这是孔子读历史的情怀，莫须有先生也正是这个情怀，甚爱好《论语》这两章书。莫须有先生很小很小的时候不知道五祖，但知道五祖寺，家在县城，天气晴朗，站在城上玩，望见五祖寺的房子，仿佛看画一样，远远的山上可以有房子了，可望而不可即。他从没有意思到五祖寺去玩的，因为那不可能，相隔二十五里，莫须有先生六岁以前没有离家到五里以外的经验了。有一回父亲从五祖寺回来，父亲因为是绅士，五祖寺传戒被请去观礼的，回来带了许多小木鱼小喇叭给小孩子，莫须有先生真是喜得不得了，小喇叭以前还玩过，小木鱼则是第一遭了，他最喜欢

这个东西，平常在庙里常常羡慕佛案前摆的木鱼，他与它可谓鱼相忘于
江湖，又仿佛切切私语，这么一个神交，他从不能伸他的小指头去同它
接触一下了。他知道那样空间便有一个声音，不免令人大惊小怪了。而
且那样也便叫做犯规矩，世间犯规矩的事情虽然多得很，但没有人做这
样犯规矩的事了，不是和尚而替和尚敲木鱼。所以莫须有先生看了佛案
上的木鱼总是寂寞得很，不知道他是喜欢木鱼的声音，还是喜欢木鱼？
总之有一日他能自己有一个木鱼，那便好了，木鱼归他所有了，木鱼的
声音自然也归他所有了，可以由他响了，不知手之舞之足之蹈之了。他
知道这是一个不可能的事，因为木鱼是和尚的东西，莫须有先生小时有
许多欲望，做圣贤，做豪杰，甚至于做戏台上唱戏的戏子，但从没有想
到做和尚了。（莫须有先生在现在倒深知做和尚就做圣贤，救世界，首先
破进化论。）现在爸爸给他带了木鱼，他一看知道这个木鱼是小孩子的，
真是小得好玩，完全不是和尚的那个守规矩的木鱼了，那个守规矩的木
鱼现在看起来一点意思也没有了，于是他真喜欢这个小东西，他拿起来
乱敲，一面敲一面小小的声音诵着"阿弥陀佛！阿弥陀佛！"这是不知
不觉地学起做和尚来了。小孩子喜欢小东西，而这个小木鱼可以算做小
东西的代表了。在若干年之后莫须有先生在北平一个大庙里看见一个大
木鱼有一张桌子那么大，蹲在那里像一个大虾蟆，莫须有先生这时虽然
是文学家，又像一个小孩子喜欢大东西了。爸爸从五祖寺带木鱼给他，
天下事已尽在怀抱，再也没有别的思想，不去推敲木鱼是从五祖寺来的，
只是觉得爸爸之为爸爸高不可攀，能带这么一个好东西给他，谁说山中
白云只"可自怡悦，不堪持寄君"呢？莫须有先生六七岁时大病一次，
上学读书读下论到"子张曰书云高宗谅阴三年不言何谓也"便没有上学
了，留下一个阴影，或者因为从此病了，或者因为这章书难读，空气很
是黑暗。这一病有一年余的时间，病好了，尚不能好好地走路，几乎近
于残废，两腿不能直立，有一天被决定随着外祖母，母亲，姐姐以及其
他人一路到五祖寺烧香去。这件事对于莫须有先生等于坐一回监狱。大
家是坐车去的。是一种单轮手推车，照例是坐两个人的，但如有小孩子，
则小孩子绑在后面车把上，与前面坐的大人背靠着，谓之"坐车把"。莫

须有先生便是坐车把随着大人到五祖寺烧香了。烧香的目的大约便是为莫须有先生求福。我们在本书第二章说莫须有先生小时到过土桥铺，便是这回到五祖寺去经过土桥铺了。小孩子有许多不满意的事情，坐车把是其一。既曰坐车，当然是出门，出门当然是欢天喜地的，然而坐车把，美中不足了，美中不足又无奈何，不能表示反抗的。若反抗则你将不去乎？是如何可！故只有闷着气安心坐车把。所以不喜欢坐车把的原故，并不因为坐着不舒服，坐着确不舒服，等于曲肱而枕之，等于书房里坐着动也不动一动，然而人的身子总在野外了，再也没有什么叫做野心了。不喜欢坐车把乃是因为坐车把表示你不大不小，大不足以独当一面坐车，小不足以坐在母亲的怀抱里，于是坐在那里寂寞极了，徒徒显得自己没有主权而已，身份太小而已。小孩子也不喜欢被认为居于附属的地位的。莫须有先生坐车把不只一次，他能代表一般小朋友的心理，但这回到五祖寺去，虽然是坐车把，完全没有坐车把的心理，大概因为在病榻蜷曲惯了，身体久已不活动了，不在乎这个地位了。而且莫须有先生小时任何事情不居于重要地位的。他是第二的儿子，大家庭里头凡属第二的儿子都没有体面，所以他在委屈之中常能悠然自得了，也因为惯了。总之莫须有先生坐在车把上，到五祖寺去的路上，赏玩一路的自然风景与人工建设，如桥，如庙，如沙滩，如河坝，不一而足，车轮滚地的声音总在耳边响，推车人的眼睛总是不动总有光线总是望着人生的路，他觉得他最同情于他了。沿路歇了两站，十里一站，乃至到了一天门，车子到了，而五祖寺没有到，要上五里山路。一天门便等于莫须有先生的监狱，他在这里完全不自由了。此事却是有益于莫须有先生的性格不小。莫须有先生之家是中产阶级，换一句话说是坐车阶级不是坐轿阶级，故无法使得小孩子上五里山路了，小孩子就只好在车把上坐着，依然是系着，无须乎解放，等候大人往返五里山路烧香回头了。莫须有先生心知其意，绝不对大人表示反抗，心里的寂寞是不可耐的，慢慢的苦闷之至，仿佛世间最无理之事正是最有理之事，令人没有话说了。最无理之事者，因为大人不了解小孩子，束缚小孩子；最有理之事，大人是爱小孩子了。束缚小孩子，而莫须有先生又因此自由，他学得忍耐了，他常常想将这个功课教给慈同纯。他想，慈尚不得而知，若纯则决无此忍耐力的。他非大哭不可。他非反抗不可。而莫须有先生沉默不则一声。他后来常常觉得有趣，他明明坐车到五祖寺去了一遭，而他没有到五祖寺，过门而不入，就在门外了。朝菌不知晦朔，蟪蛄不知春秋，其实是完全而自然的宇宙，毫无不足之处了。莫须有先生的传记有那一点缺陷呢？五祖寺还是五祖寺，令他心向往之。到五祖寺去的路上，如桥，如庙，如沙滩，如河坝，再加归途中的落日，所谓疾似下坡车。在一天门的不自由的时光也因重见外祖母母亲姐姐而格外显得我心则喜了。我的忍耐准备我的精进，我将来有许多百折不回的功课哩。你不忍耐有什么好处，大哭有什么好处，反抗有什么好处。然而莫须有先生亦不十分坚持他的教训，还是随各人性之所近。莫须有先生且因自己的经验而体贴小孩子，慈同纯都没有坐过车把了，他看着小儿女常独当一面坐车，他自己好笑，仿佛故意送他们以骄傲了。莫须有先生受了几年私塾教育，等于住国民学校，后来还是住了三年高小的，在住高小的时候，则因团体旅行而游五祖寺，在五祖寺山上住宿一夜。所以五祖寺他终于是到了。这回的游五祖寺，与那回的系于一天门，完全是两件事，各有各的优点了，后者不为前者之补偿，都是独立自由。人的生活应如流水，前水后水没有重复的。我们再说莫须有先生一个高小学生游五祖寺。从一天门到五祖寺，五里山路，本来有许多好玩的，但小孩子不给注意，志在高山，一鼓作气登上山，只注意山上了。一走到山上就看见松鼠，地下跑到树上，这个树上跑到那个树上，与这一群小学生满山乱跑恰恰旗鼓相当。莫须有先生却是想捉得松鼠一只，如果捉得松鼠一只，虽南面王不与易也。他仿佛松鼠在他的手上，是天下最大的自由，即是意志自由。小小的松鼠却在那里讽刺他，小小的松鼠有小小的松鼠的最大的本领，即是活动自由，五祖寺的庙之大，由走进门的天王殿已充分表示之，小学生们仰之弥高了。天王殿有四大天王，有一大罗汉，一大罗汉有一大肚子，四大天王脚下各踏着小鬼，最有趣的这脚下的小鬼都各得其所，仿佛不在四大天王的脚下便不成其为小鬼了，小鬼便没有小鬼的各自面目了。各自面目正符了这一句话："人心不同各如其面。"即是说许多小鬼各有各的滑稽样儿了。这是艺术。艺术所表现的正是人生。所以小朋友们很喜欢了。而这个人生的艺术又正是从宗教来的。除了天王殿而外，其余的亭台楼阁都不足以使这一群野心家系恋，他们都在自然中游戏，都在爬山，由最低一层到最高一层，谁不敢上山谁便最没出息了。刚经五里路的山他们丢到九霄云外去了，那要从黄梅县城的眼光之中才有山的地位，此刻则是足履平地，一点也不显得自己高了。关于上山，莫须有先生是狷者，不敢大胆，上的是最低的两层，第一层是到了竹林，五祖寺的竹林是莫须有先生第一次看见大竹子了，他才知道家里用的竹器，如小孩子吃饭的竹碗，量米的升筒，原来都是这山上大竹林里的竹子做的。他以前在街上卖竹器店里看见过竹子，他仿佛那便是竹子的生成的形状，不是经过削伐的了。原来竹子是竹林里砍下来的，它不是像一管笔没有枝叶，它同县城外小河边作钓竿的竹子一样，在林子里面有许多叶子了。是的，街上扫街的人拿的大扫帚正是这些枝子做的，于是他大喜，因为他平常总喜欢那个大帚子了。竹林的竹子有给人划了有字的，他不知道这是什么意思，他不知道这都是游人求不朽的，他如果知道，他一定把他的名字也写在上面了。或者他惆怅，他不能把他的名字写在上面，因为他不会刻字，在学校里不会做手工功课是他最大的缺点了。竹林旁是泉水，泉水除有泉水的相貌而外，又有泉水的声音，莫须有先生自然而然地看它好半晌了。再上一层是讲经台，莫须有先生上到讲经台便不敢再往上去了，于是他掉转身来站在讲经台上把下面的风景望它一下，使得他最喜欢的，五祖寺的庙这时都在他的足下很低很低，房子也很小很小，竹林也像画上的竹林了，只有神采，没有血肉。总之从高上看来，世界都不是实用的了，只有莫须有先生小孩子的心灵存在。莫须有先生这样便下来了。五祖寺的最高峰名叫白莲峰，关于那上面有好些传说，说那上面有水，说那水上从前有花，同来者上白莲峰者亦大有人在，当然都是勇敢的，莫须有先生很羡慕他们，把他们的名字都记在心里，但现在这些人都忘记了，好像没有一个是知名之士。在家中大哥常教仲弟莫须有先生读诗，有一回读湖南罗泽南的诗，是大哥自己抄录的，有两句旁边加了许多圈点，"莫怪同游人不到，此峰原是最孤高"，当然是最好的句子了，真的，仲弟莫须有先生很喜欢大哥的圈点，而且以大哥的意见为意见，只是有时不懂，现在这两句却懂得了，便是记起曾游五祖寺未上白莲峰的事，仿佛自己有经验了，大喜。时至今日莫须有先生也常想起这件事，关于诗文，他的意见是可靠的，而像罗泽南那样的诗是很不好的诗了，可见诗文是一件难事，世间的狂生者流其意见十九不足凭了。小朋友们的精神最初集中在天王庙，其次是爬山，爬山下来之后集中在五祖寺的街上了，此事又使得莫须有先生欢喜，因为他是街上的人，向来一出门见街，想不到五祖寺山上也有街，这太出乎他的意外了，于是仿佛生平第一次看见街了。街上乃尽是卖喇叭的卖木鱼的！更大喜，向来有一个疑团今天解决了，以前爸爸带给他的喇叭同木鱼原来是这里买的。于是他在街上乱跑一阵，反而一无所得了。其一无所得的原因大约是莫须有先生的盘费不够，莫须有先生生平不得意的事，便是家里大人给钱他总是给得少，出来买东西一点也不能敌旁人了。结果莫须有先生寂寞地在五祖寺街上买吃的东西。吃的东西别的许多同学也比他买得多了。不知是另外一个朋友吃一个什么东西，站在高高的石阶上吃，莫须有先生也站在石阶上玩，问朋友道：

"你是那里买的？"

"买卖街。"

"什么？"

"买卖街，——你刚才不也在那里买东西吃吗？"

莫须有先生闻之大喜，原来这街叫买卖街，五祖寺的街还有名字！莫须有先生生平读书不求甚解，于此可见一斑，他得了买卖街的快乐，不以为买卖街还有名字了。名字有时也是很要紧的，好比我们可以开口说话，莫须有先生却总是神交的时候多了。

黄昏时五祖寺花桥的鼓吹与歌唱也可以写一页的，那都是体操站队向右看齐右方的几个标准人物的事，如我们以前所说的停前骆君便是，都是昂昂七尺之躯了，有已结婚而仍住小学的，他们不知在那里招来几个卖唱的女儿，于是就在五祖寺山门外花桥前草坡上唱歌弹琴打鼓，同时花桥下水流淙淙，青草与黄昏与照黄昏之月，人在画图中，声音亦不在山水外了。莫须有先生也喜得不亦乐乎，几位小英雄另外是一个集团，诸事看不起向右看齐的那几个右方标准人物，独于此事，不能赞一辞，很佩服他们了。小朋友当然不出钱，坐在那里白听，莫须有先生把五祖寺花桥的印象留得非常之深。尤其是松树上的月亮，是他第一次见，大家坐地交谈，浅草之幽，明月之清，徒徒显得松树之高，一点也不知道山的高了。莫须有先生对于花桥的桥字又那么思索着，他觉得花桥像城门，不像桥，大约他最少过桥，记得是第一回过桥，是过一个小木桥，即是黄梅县城外的桥，所以他以为桥总是空倚傍的，令人有喜于过去之意，有畏意，决不像一条路，更不是堆砌而成像一段城池了。而就城的洞门说则花桥下面是最美丽的建筑了，美丽便因为伟大，远出乎小孩子的尺度，而失却了莫须有先生小桥流水的意义了，故他对着花桥思索着。他不知道桥者过渡之意，凡由这边渡到那边去都叫做桥，不在乎形式。

因为有上面的许多因缘，民国二十八年夏初莫须有先生寄居于多云山姑母家，距五祖寺十里许，曾与数人作五祖之游了，从前种种譬如昨日生，五祖寺他曾经过门不入，他在一天门一天不自由，都记起来了，此一事也；他到五祖寺游玩一次，活泼泼的小学生的旅行，此亦一事也。此二事不相冲突，都有趣，莫须有先生都喜欢，徒徒对于老杜的诗不喜欢，什么"寺忆曾游处，桥怜再渡时"，是什么意思呢？一点也不懂得了。倒是"老年花似雾中看"有趣，莫须有先生记起小儿事情，每每是一个近视眼，不以目观，而用同情心去看了，别是一般滋味在心头。二十八年游五祖，欢喜由一天门上五祖寺的五里石路，半途有二天门，一间小白屋，上写"二天门"三个字，仿佛莫须有先生他一生的著作都不是笔写的字，只有这三个字是笔写的字了，新奇之至。出乎他的意外，他不记得这里有个二天门，天下有这三个字了。在二天门内休息了半晌，大家都不像乱世的人了。到得山上，则毫无可看，太荒凉了，首先是天王殿完全是一间空废的房子了，从前的四大天王尚有所谓泥塑的菩萨的"泥"存着，莫须有先生见之却喜，仿佛打开提婆的百论了，因为莫须有先生喜读百论，本只有泥，无所谓瓶，瓶是假名，无所谓生，故瓶破而还是泥，故偶像破而泥在也。

　　去年到金家寨小学，也到五祖寺去了一次，金家寨距五祖寺更近，山路险不到五里，是打水磨冲上山，从右而上也。一天门则是山前而上。关于水磨冲我们以后还有记载了。莫须有先生破进化论而著的《阿赖耶识论》是民国三十一年冬在水磨冲拿一间牛栏作住室而动手写的了。那时敌兵进据县城，炮击五祖寺。

　　莫须有先生常常想，国家的教育都是无益的教育，非徒无益，而又害之，即如在五祖寺办的中学，教物理化学，不但没有仪器，而且没有教本，所谓教本是黄冈翻印的，实验插图印不出来便不印了，而印了说明，如图一图二字样。抗战愈久物理化学愈成了八股了。就教育说，这个中学教育抵得当年五祖寺具有教育的意义吗？那是宗教，是艺术，是历史，影响于此乡的莫须有先生甚巨，于今莫须有先生在此校当教员，不久因为校舍四散学生聚赌而已。

（收《莫须有先生坐飞机以后》，原载 1947—1948 年《文学杂志》

第 2 卷第 1 期至第 3 卷第 6 期）

《五祖寺》里的佛教色彩

报告人：[韩] 吉贞杏

时间：1995 年秋季学期

地点：北京大学中文系五院

抗战时期在黄梅故乡过着避难生活的废名，抗战结束后回到北平，写了以莫须有先生为主人公的长篇小说《莫须有先生坐飞机以后》。这篇小说由 17 个篇章构成，从 1947 年 6 月到 1948 年 11 月在《文学杂志》上连载。我们这里所讨论的第 15 章《五祖寺》，也是在 1948 年 9 月的《文学杂志》上发表过的。

这部作品在内容和形式两方面都具有佛教色彩。先看形式方面。这篇小说的叙述方式很独特，完全是靠联想的方式写下来的。叙述者说到哪儿，联想到什么问题，再随便讲到另一个问题。以《五祖寺》为例：先讲了抗战时期五祖寺改办学校的问题，然后联想到了官员和老百姓不严肃的生活态度以及遇事怕麻烦的弊病，再讲到五祖在黄梅的历史和传说，然后联想到了主人公自己做小孩时，到五祖寺的体验，对人生的种种感悟，又从自己做小孩时在自然中的自由感和宇宙万物同体的合一感出发，批判了抗战时期的教育现实。从头到尾，内容很多，且叙述不是向一个方向发展，而是像流水那样有曲折的发展过程。作家这种"流水账"般的叙述方式和他的佛教人生观有一定的联系。在写《五祖寺》这一章之前，从 1942 年到 1945 年，他写了佛教论著《阿赖耶识论》，从而建立了完整的佛教思想体系和人生观。他站在传统的唯识学立场，主张"唯识无境"，以人的内心的"识"的变化，来说明世界万物的变化无常与不真实性，从而否认了客观事物独立于人的意识之外。在《五祖寺》

当中，他说，"人的生活应如流水，前水后水没有重复的"。由于人的内心的"识"不断变化，人的生活像流水那样变化无常，没有重复。这就是佛教所说的"诸行无常，诸法无我，诸受皆苦"。佛教认为，人们的各种欢乐，不是永恒的，而是不断变化，并终归要坏灭的；人们所依的色、受、想、行、识五蕴，人们所住的世界，都是无常的，世间的一切都处于变化的过程中。众生如果能洞察无常、无我的真谛，就能超脱痛苦和生死，获得解脱，进入涅槃境界。在本文里，叙述者洞察到了这些真理，强调了人生"应如"流水的道理。可见，叙述者是悟道者，是解脱者。废名通过这种写作形式，要向读者传达这些真谛。

其次，在形式方面还要考察的是废名的"似自传而又似非自传"的写作考虑所隐含的意图。这篇小说写的是他在故乡过的避难生活，都以他自己接触过的真人真事为题材，甚至可以说是完全写实。废名自己也在第一章"开场白"里，把《莫须有先生坐飞机以后》称作"传记文学"，并且跟小说《莫须有先生传》做比较：《莫须有先生传》可以说是小说，……其实那里面的事实也都是假的"，而"《莫须有先生坐飞机以后》完全是事实"，叙述者甚至用真人真名、真地名（如熊十力、胡适之、黄梅县、五祖寺等）叙述，使得读者容易接受"开场白"里叙述者的主张。但是作者还用"莫须有"这个名字来进行第三人称叙述，替代"我"的第一人称叙述，从而产生了怀疑，使读者又不能完全把它看作传记。作者用第三人称叙述，可以描写其他人物的心理活动，这是在第一人称叙述里做不到的。设置"莫须有"这个人物贯穿全篇，也强化了读者把这部作品看作小说的阅读心理。显然，"似自传又似非自传"的阅读效果是作者有意造成的。我们分析一下"莫须有"这个词的出典，就更能明确地知道作者隐含的意图。宋朝奸臣秦桧诬陷岳飞谋反，韩世忠不平，去质问他有没有证据，秦桧回答说"莫须有"，意思是"也许有吧"。后来人们用这个词汇表示"凭空捏造"的意思。那么，"莫须有先生"不也就是"凭空捏造"，原来并不存在的吗？在这里，我们可以发现作者的佛教思想以及对读者的启发意图。前边我已经讲过佛教所说的"诸行无常，诸法无我"的意义，由于世间的一切不断变化，造成无我，而人们不知道这些真谛，执着"有我"，产生人生的种种痛苦。"莫须有先生"究竟是存在的呢？还是不存在的呢？按照佛教哲学，原来像这"莫须有"一词所包含的意义那样，是并不存在的。而人们却执着"有我"，认为是存在的。由此可见，作者设置这一人物，给读者"似自传又似非自传"，"似真又似假"的阅读效果的意图，在于让读者在自己的思考当中得到一些这样的佛教启示。既然本文所叙述的一切都属"莫须有"，对第一章"传记文学"的说法，本文就具有了"反讽"的意义，而我们也可以知道，作者在形式技巧上面"苦思"的现代性意义。

从内容方面看，本文的佛教色彩更明显。首先，莫须有先生做小孩儿时感到的与自然的"神交"，也就是说关于莫须有先生的"童心"的描写当中，可以发现佛教所说的"人当做自然同体"的思想。小说中写到莫须有先生非常喜欢佛案前摆着的木鱼，他跟这木鱼可以说是"鱼相忘于江湖，又仿佛切切私语"，是"神交"。做小孩儿的他，对木鱼感到畏意，从来不敢动它一动。对做小孩儿的他来说，木鱼并不是像科学家所说的绝对对象，却是相反有"言外之意"的，"神秘"的，把自己的感情融入它里面的，自己生命的一部分。于是木鱼声音响的时候，他感到了与"对象"的合一感，欢喜得"不知手之舞之足之蹈之了"。做小孩时，莫须有先生没有自我与对象之间的分别之心，他在自然当中游戏的时候，不分对象而与一切事物神交。所以他一听到五祖寺山上的街原来有"买卖街"的名字时，不免感到惊讶。这种不分自我与对象之心，也就是"无分别之心"，可以比拟为佛教所说的"真如"。其次，莫须有先生到山上后，感到的世界的"荒凉"感，可以联系到佛教所说的"无常"。再次，在描写从山上看下去的风景和从平地望山上风景的不同时，也呈现出一种类似佛教的相对主义思想。从黄梅县城往上去时，山显得很高，但是到得山上看则是如履平地，一点也不高了。在山上的讲经台看下面的风景，"五祖寺的庙在他的足下很低很低，房子也很小很小"。世间的一切东西没有固定的特征（"无自性"），只是在相对条件之下有长短和大小的分别，而宇宙万物又在不断变化之中，所以人们不应该执着于这些长短大小的分别。

　　总之，废名的这篇《五祖寺》，内容和形式两方面都具有相当浓重的佛教色彩。废名开始文学创作生涯以来，一直把自己儿时的体验作为材料写文章。1939 年他写了散文《五祖寺》（与这篇 1948 年写的《五祖寺》同题的另一篇文章），如果我们把这两篇作品做一个比较，可以发现 1939 年他对自己儿时体验的认识与 1948 年一致，都写到了和自然的"神交"。"儿时的五祖寺"并不是大人眼中的、像西方哲学家所说的那种"绝对的对象"，从这一点看，他的"儿时的五祖寺其实乃与五祖寺毫不相干的"；而到了 1948 年写《五祖寺》时，还增添了对现实的关注：开头写他对五祖寺改办中学时所目睹到的一般老百姓不严肃的生活态度，作者对遇事怕麻烦的国民性，进行了批判，并且在结尾，还写到了当时中学学生的赌博现象，以及国家的教育只有形式没有内容的情况，在与莫须有先生做小孩儿时的自然给他的教育的对比中，作者感到了失望。作者在《莫须有先生坐飞机以后》的第一章"开场白"里边，就已经通过自己坐飞机时得到的体验，批判过人和自然的隔膜感。飞机这一机械，这一现代文明的象征，给人们带来的只不过是"催眠"般的感觉，人们不能有思想，"人与人漠不相关，连路人都说不上了，大家都是机器中人"，人们失掉了"地之子"的意义。于是他提出了要"渐近自然"的主张。显然，他是从自己做小孩时体验到的"人和自然的合一感"当中得到的喜悦出发，反思当时的物质文明带来的人和人之间的隔膜及弊害，主张人性的恢复。他在文化上的这种反思，很接近京派作家对工业文明带来的正常人性的歪曲和人的异化现象的揭露。

【现场】

J：我第一次读到这篇文章的时候，觉得像没有章法的"流水账"。从第 681 页至 688 页，全部内容就是很长的一段，没有分段，像流水那样讲下去。内容也很多，并且不是按逻辑的安排写下来的。先说五祖寺的历史，还有莫须有先生童年的病，又谈到进化论，还有几次到五祖寺的不同经验，等等，除此之外还有很多小细节。废名采取这种形式写作的原因是什么呢？我读到第 685 页的一句话："人的生活应如是流水"，我开始怀疑这可能与他的生活观、写作观、文学观有一点类似。我想，他通过这种"流水"的形式要做到"人生的形式"和"文学的形式"两个不同层面的合一。后来我又发现，可能跟他的教育观也有一定的关系。他好像主张宽松的教育，让孩子乱跑，在自然中让孩子自由地玩耍，否定那种科学的教育方法。在本文最后一段他说："抗战愈久物理化学愈成了八股了"，八股，就是只有形式，没有内容的东西，很硬化，与流水完全相反。另外，在这篇小说里"喜"字一再出现，"大喜"，"欢喜"，我不知道这跟佛教有没有一定的联系。

S：40 年代以后，随着对文学和人生的总体感悟上的改变，废名的语言自然化、生活化了。在这一点上，我理解废名说他不喜欢写小说，而喜欢写散文的意义了。小说强调虚构性，而散文呢，更贴近事实。散文式的方式，实际上就是更贴近现实的一种方式。他对现实的关注，就是这种转向的主要原因。但是，这篇《莫须有先生坐飞机以后》从整体上来讲，还是一个小说的架构，有人物贯串始终，也有简单的情节。我感觉与冯至写《伍子胥》有一些共同的地方。冯至写《伍子胥》，实际上有一个更大的追求。虽然在他的诗歌和小说里面，我们都能体验到他对自然的一种感悟，但是他觉得那种片断性的、点状性的东西还不足于表达他对人生的一种整体性的感悟，一种真实性是需要时间的流程来体现出来的。废名在超越他写的《桥》《竹林的故事》那种片断似的、幽美散文似的写法之后，有了更大的追求，就是要把对生命的感悟，对现实的理性剖析，都融入一个时间的框架，这就产生了《莫须有先生坐飞机以后》这样特殊形态的小说。

A：废名取这个笔名是有来由的，这篇小说的题目，也很有趣。这篇小说是他第一次真正坐飞机以后写的，他在南京探望了在监狱里面的周作人之后，坐飞机到北平。题目叫"莫须有先生坐飞机以后"，但是小说的内容是讲坐飞机以前的事情，写黄梅县避难生活的经历。那么，他为什么给这篇小说起一个与内容相反的题目呢？也许是有意为之，我觉得很有意思。我觉得这里面也许有他人生的转折。废名早期倾向于悟道，但是40年代他所悟到的可能跟前一段时期有所区别，以致他选择这种写作方式。他写这篇小说，当时是应朱光潜之约，但他好像没有强烈的创作欲望，而他的这篇小说却写得非常流畅，非常连贯。它是回忆性的，写得这么连贯，这么丰富是不容易的。到这个时候，废名的人生经验与悟道，很特别，很值得研究。

W：莫须有先生很大程度上就是废名自己。我发现，莫须有先生在这里担任的角色，是一个非常奇怪的角色，他是被情节叙述出来的——作者本来可以直接说话，但是他设置这个人物来替他说话。我觉得莫须有先生所担任的这种角色，很值得研究。

X：这里面有两种语言。废名的《桥》的语言，写得很流利，才子气很重，但是似乎有些"空"，缺乏原创性。但是到了40年代的《莫须有先生坐飞机以后》，它的语言变化了。非常曲折，有力度感，质感（即所谓"骨力"），能感觉到废名在语言上的功夫。他到了民间，接触了下层生活，语言上有变化了，语言的包容性扩大了。也许这跟他学术的积累和人生经验的丰富有关系吧。我们研究的时候要注意这一点。

W：我想，这部作品所呈现的"调侃"里面，会有更深的背景，我们细读的时候，不能忽略这些特色。

A：废名说过这部作品是传记文学，写的几乎都是真人真事，胡适之啊，熊十力啊，但他还用了"莫须有"这个名字，这里面有点调侃的意思。

【讲评】

　　《莫须有先生坐飞机以后》确实是一篇相当特别的小说。特别就特别在这篇小说不像我们一般所说的小说，或者说是"不是小说的小说"。这种"非小说化"的倾向，与前面讨论过的路翎式的对传统小说观念、模式、写法的"反叛"，似乎又有所不同。废名在写《莫须有先生坐飞机以后》的同时，还写过一篇文章，叫作《散文》，不知道大家读过没有。文章一开头，他就说："我现在只喜欢事实，不喜欢想象。如果真要我写文章，我只能写散文，决不会再写小说。所以有朋友要我写小说，可谓不知我者了，虽然我心里很感激他的诚意。"他在这里其实是在交代《莫须有先生坐飞机以后》的写作背景：所说的"朋友"即时为《文学杂志》的主编朱光潜，他曾撰文高度赞扬废名的《桥》"表面似有旧文学的气息，而中国以前实未曾有过这种文章"，他邀废名为杂志写小说是情理中的事。尽管朱光潜早已看出废名"在心理原型上是一个极端的内倾者"，因而"不能成为一个循规蹈矩的小说家"，但他并不知其时废名的观念（包括文学观、小说观）已经发生了变化，故仍有约请之举。而废名又出于"感激"之情，终于写了这部似小说、非小说的作品，而且是随写随发表，1948 年 11 月刊物停刊，小说也就中止了，而且至今也没有出过单行本。《散文》这篇文章接着还说了这样一番话："在《竹林的故事》里有一篇《浣衣母》，有一篇《河上柳》，都那么写得不值再看，换一句话说把事实都糟蹋了。我现在很想做简短的笔记，把那些事实都追记下来。其实就现实说，我所谓的事实都已经是沧海桑田，我小时的环境现在完全变了，因为经历过许多大乱。"这段话颇值得琢磨。

　　废名反复强调，他"现在只喜欢事实，不喜欢想象"，并把这种人生哲学与文学观的变化与所经历的"大乱""沧桑"联系在一起，这本身就耐人寻味。应该说，强调如实地写"事实"，而贬低（以至否定、排斥）艺术的"想象"，并非废名一个人的心血来潮，这在40年代（以至50年代、70年代）的中国形成了一种时代文艺思潮。就在废名写作并发表《莫须有先生坐飞机以后》的同时，香港出版的《大众文艺丛刊》也在提倡用"实录的形式"写"实在的故事"，"把人民斗争和生活中具有典型意义的事实，用说故事的方法朴实地记录下来，不加渲染，不加铺张"。强调"实录事实"，拒绝"渲染""铺张"，自然也有排斥艺术想象的意思。而倡导者又指明"实在的故事"与中国旧时的"笔记小说""属于同类的性质"，更与废名的追求有相通之处。但两者的区别也是明显的：《大众文艺丛刊》编者的倡导，显然有强烈的意识形态性，并且有明确的政治功利目的，这至少是此时的废名所不具有的（但也并不是绝对不能接受的）。更重要的是，尽管同样强调"事实"，但理解上的差异却相当大：《大众文艺丛刊》编者注重的是"人民斗争和生活中具有典型意义的事实"，这是一种把"人民"理想化，并且把他们的生活革命化、英雄化的眼光（到了50年代、60年代、70年代更有了"人民群众创造的英雄业绩远远超过诗人的想象"这类说法），这与废名对普通人平凡人生的意义的发现与强调相比，表现了不同的人生观。而废名则一再提醒人们注意，他的发现是经历了"战乱"以后的思想的升华。《莫须有先生坐飞机以后》写作的中心，就是主人公在避难生活中，怎样逐渐体认到，一个国家、一个民族的真正力量正是蕴藏在老百姓（首先是农民）的日常生活里的"人情风俗"之中。

正是这样的历尽沧桑而获得的新的历史观，导致了废名文学观与写作追求上的三个方面的重大变化。其一，以"恢复原状"为创作的最高追求。他认为"小说"的想象、虚构，对情节、结构的注重，都有"装假"之嫌；自己过去的那些作品对"事实（人情风俗）"进行的"小说化"处理，其实是失其本来面目，因此他想重写而"还（其）原"（《莫须有先生坐飞机以后》第8章）。其二，废名还对"小说"（主要是他自己原来写的诗化小说）做了这样的反省："可以见作者理想，是诗，是心理，不是人情风俗。"不是说废名原来的小说没有人情风俗的描写，周作人甚至认为，写"平凡人的平凡生活"正是废名创作的一大特色，但周作人又同时强调，废名所写的是"他所见的人生"，"不是实录，乃是一个梦"（《竹林的故事》序）。这就是说，废名原来的小说里，平凡的人情风俗都是经过作家主观（心理、情感等）过滤的，是由"内"向"外"投射的，因而是"诗"的，而现在废名正是要抛弃"诗"的"梦"的主观色彩，变成客观"实录"。其三，如仔细分析，就不难注意到，废名的发现，既是对原生态"事实（人情风俗）"的特意关注，更是对"事实（人情风俗）"的"意义"的重新认识。我们在分析沈从文这一时期的实验小说时，已经谈到了 40 年代对"意义"的重视，这也是一个时代的文艺思潮，与此相联系的是，对文艺的"启蒙"功能的重新强调，也是对"五四"传统的一个呼应。废名说"现在所喜欢的文学要具有教育的意义"，"读之可以兴观，可以群，能够多识鸟兽草木之名更好"（《莫须有先生坐飞机以后》），表达的也是类似的意思。也正是出于对世道人心的关注，出于"启蒙（教育）"的动机，或者说，为了更充分、自由地阐释"意义"，发表自己的意见，废名把"议论（分析）"引入小说，并把它提高到了与"描写"和"叙述"同等的地位。——人们都知道，"五四"时期创造的"杂文"（最初叫"杂感"）使"议论"成为文学的因素（手段），以后鲁迅又曾提出过这样的设想：长篇小说也可以"带叙带议论，自由说话"，"变成为社会批评的直剖明示的尖利的武器"（冯雪峰：《鲁迅计划而未完成的著作》）。鲁迅的这一设想只在他的《故事新编》里得到了部分实现（很多研究者都注意到了"杂文"因素对《故事新编》的渗入），但应该说，自觉而全面地试验将议论引入长篇小说写作的，废名的《莫须有先生坐飞机以后》当属第一部。（或许还应加上同一时期钱锺书的《围城》，但《围城》随时插入的议论大体还是围绕着小说的情节与人物塑造，而废名小说的议论要散漫得多。）

　　以上三个方面文学观念（追求）的变化，引起了废名创作文体上的极大变化。可以这么说，对"实录（复原）"的强调，对"议论（分析）"的注重，都必然导致"非小说（甚至非文学）"的倾向；对"梦"

的驱逐，则意味着"非诗化"：这两个方面都趋向于"散文"。但另一方面，对"客观叙述"的追求，又对这种"散文化"的倾向起到了制约的作用，因此《莫须有先生坐飞机以后》仍然保留了"莫须有先生"这个"人物"，保留了第三人称叙述，保留了同学们所说的"非自传"的某些成分，再加上对"议论"的加重，并没有造成对"描写"与"叙述"的损害，三者获得了相对和谐的统一。也就是说，它仍然具有"小说"的形态，尽管已经发生了相当大的变异，很大程度上"散文化"了。因此，我们完全可以称之为"散文化的小说"。——本来，小说散文化的尝试，很多作家一直在进行，但小说情节淡化以后，都偏于走"诗化"这一路；像废名这样同时拒绝"诗化"，而追求"议论""描写"与"叙述"的结合的，并不多见，也可以说，废名是在试图建立一种散文化小说的新模式吧。当然，废名小说的散文化特征，主要还是表现在有一种整体的自然流动感：无论是议论、叙述、描写的对象，还是结构，都是如此。这思想与行文的"自由"与"自然"也正是废名的主要追求。在这方面，同学们的讨论中，都有所涉及，报告人还特别探讨了这种自由、自然与废名佛教思想的关系，都很有启发性，我就不再多说了。

需要补充说明的是，废名小说在40年代末发生的这种文体的变化，是有得有失的。同学们都谈到了废名的《莫须有先生坐飞机以后》里的"童年回忆"，这本是40年代许多小说家的共同追求；如果把废名这篇作品里的"童年回忆"，与我们已经讨论过的萧红、端木蕻良的作品比较，可以发现，萧红、端木的回忆是力图实现"个人与人类童年生命"的部分"还原"，作家总是希望在某一瞬间能够"进入"（当然，同时也要"出来"，作家的追求即在这"进出"之间）；而在废名这里，却是把童年经验推到一定的距离之外，进行客观的分析（议论）——大约在1939年，废名曾写过一篇散文《五祖寺》，与小说《五祖寺》比较，可以看出，两篇回忆的内容相差不大，而小说则有更为客观，远为细致的分析，如写到主人公小时候第一次去五祖寺，坐在车把上，在散文里，只说他"心里确是有点孤寂"，小说中就发展为一段心理分析："不喜欢坐车把乃是因为坐车把表示你不大不小，大不足以独当一面坐车，小不足以坐在母亲的怀抱里，于是坐在那里寂寞极了，徒徒显得自己没有主权而已，身份太小而已。小孩子也不喜欢被认为居于附属的地位的。"这段分析，自然造成了距离，读者与作者同样不会"进入"，但却多了几分理解，又忍不住发出微笑，别有一番意蕴。容易引起争议的，是废名放弃了他"用唐人写绝句的办法写小说"的实验，不再追求诗的跳跃、空白，这固然使废名的这篇小说变得好懂（与《莫须有先生传》相比较，尤其明显），但却似乎又使读者若有所失。总的感觉是废名变得太快了。——在40年代，有很多作家都在（或者酝酿着）"变"，所谓"变"，就是对自己原有创作模式不同程度的突破（或开拓），我们讨论过的沈从文就是如此。"变"是正常的，废名的问题可能出在"变"得太大、太快，对自己原有的追求放弃得太彻底，这多少反映了作家思想方法上有些好走极端。我们已经说过，废名文学观的某些变化，如对"实录"的强调，对艺术想象的拒绝，对"意义"的突出，等等，后来都成为时代文学思潮。在这个意义上，废名40年代末的变，包括变的方式，都预告着时代文学一个巨变的到来。

从"议论性杂文"到"回忆性传记"

——《五祖寺》解读

钟灵瑶

　　废名曾经在《散文》中写道："我现在只喜欢事实，不喜欢想象。如果要我写文章，我只能写散文，决不会再写小说。"[1] 这话一般被用作注解废名后期小说出现的散文化倾向。但需要分辨的是，虽然废名称自己"喜欢事实"，小说写得像散文，但废名的"散文化"和沈从文在"诗的抒情"中加入"现世的成分"又显得不尽相同。需要追问的是，废名如何组织自己近似散文的小说？在文体杂糅之中，近似散文的写法是否还保有小说文体的特征？如果文体近似散文，那为什么还要保留莫须有先生这一虚拟角色？

　　《五祖寺》的结构在小说《莫须有先生坐飞机以后》中是比较特别的。前半部分，莫须有先生就"五祖寺办中学"这件事情发表了自己的看法，文体近似"议论性杂文"；后半部分，莫须有先生回忆起小时候在五祖寺的种种经历，更像一篇"回忆性传记"。

　　如何组织起一篇"议论性杂文"？反思，就构成了叙事的主要推进动力，也成为小说的主要情节，类似于《论语》的"即事言理"。如果

---

① 　王风编：《废名集》第 3 卷，北京大学出版社，2009 年，第 1453 页。

说，废名的《桥》的组织方式是叙述与抒情的交杂，《莫须有先生传》接近于叙述和辩难的交替，那么《五祖寺》乃至《莫须有先生坐飞机以后》，则更倚重于叙述和哲思性议论的交迭，对生活中习以为常的事件进行哲思性的解读与联想。废名通常从质疑现代理性的合法性问题入手，借助中国古代思想资源，对进化论、启蒙等现代性重大问题进行反思。比如，莫须有先生由五祖寺房屋很多即被用来办校舍，联想到中国人做事缺乏建设性，再推出中国缺乏共有的"信"，由五祖真身被杀掉的历史，说明打倒偶像破除迷信这件事的荒谬性，进而引出农人对一切事情的旁观姿态，以及中国知识分子的特点及在乡村政治中扮演的角色等话题。

但要注意到的是，诸种联想一旦过于信马由缰，便会被叙事人拉回主题。前半部分的"议论性杂文"中，叙事的"焦虑"依然会不时闪现。虽然作者自嘲为"以上的话好像说得很没有条理"，但文中反复出现"还是就五祖寺办中学这件事情说""我们还是就五祖寺说""我们不要把话说远了，还是就五祖寺说"，依旧把散漫的长篇大论拉回五祖寺这一主题上。事实上，这种说书人式的口吻在《莫须有先生坐飞机以后》中时刻闪现。比如第 8 章的标题"上回的事情没有讲完"，第 12 章的标题"这一章说到写春联"，第 9 章的开头"我们今天讲莫须有先生在停前看会的事情"，都显示出传统话本的说书人痕迹。

这种机锋还可以在小说结尾略窥一二。结尾提及五祖寺办学的下场"因为校舍四散学生聚赌而已"，但实际上，五祖寺的办学失败自有其客观因素。1942 年冬，日军占领黄梅县城，炮击东山五祖寺，县立初中暂时解散。[①] 对于五祖寺办学的失败命运，叙事人并没有直接提及战争这一"外患"，而将之归因成现实政权不懂教育，导致校内"聚赌"事件滋生"内忧"。

这一判断当然和废名的观念有关。在废名看来，代表农民诉求的是中国古代圣人及其学说，即尧舜孔孟一脉的政治和学说，这也是"中国

---

① 陈建军编：《废名年谱》，华中师范大学出版社，2003 年，第 227 页。

的民族精神"。依据民众的生存诉求，废名对抗战时期的现实进行了批判。农民要的是生存，顺民之性施行仁政，便是实行尧舜禹汤文武的政治，无为而治，遵孔子老子孟子的主张，行仁政，申孝悌。而现实政权却是多事，而非顺民之性无为而治，把五祖寺作为中学是一种破坏，而非建设。因此废名倾向认为，中国社会外患源于内忧。

然而从结构的意义上来说，从结尾的短短一句中，还是可以窥见小说的暗影。散文，通常被认为更加注重对细节的白描和事实的阐释，小说则更依赖于情节结构和抒情。《五祖寺》的叙事人依然重视事件的起因与结果，它们在情节上的调度依然是不可或缺的。这种时时闪现的扣回主题的焦虑也许恰好揭示了这篇小说的独特性：它的形式并不真正如同散文一般散漫无边、随物赋形，揭露故事的"因果"仍然是小说的重要任务。

揭露这种种"因果"的叙事人形象无疑是高蹈式的，不仅如说书人一样掌控着行文的节奏，也如上帝一般审视着莫须有先生的种种言行。虽然莫须有先生是接近废名的自传式人物，但我们依然可以发现，叙事人与莫须有先生仍拉开了一定的距离。对"五祖寺办中学"这件事，莫须有先生从社会建设、国人心理、历史掌故等种种角度发表阔论，但叙事人其实无时无刻不在注视着这高谈阔论的主人公，与莫须有先生保持了一定的距离感。

这种距离感，在审视莫须有先生身上的"想得多做得少"的特点时显得尤为突出。小说首先写道"莫须有先生是不赞成拿五祖寺的房子来改做校舍的"，而且莫须有先生作为知识分子，其实有向县政府进言的资格，那为什么他不向政府提建议呢？叙事人以一种调侃的口吻反讽："这或者因为莫须有先生也是中国人的缘故"，因为中国人的毛病恰恰在于"多一事不如少一事"。

我们不禁要问，莫须有先生的宏阔言论是否也是其行动力缺乏的表现？如果将莫须有先生视为彼时的废名，那么废名本人真的是一个思辨胜过行动的中国知识分子形象吗？

据废名的学生石记胜回忆，"冯二先生最了解农民的疾苦"。当时黄梅征兵，有背景的人家则可以免于抽兵，当废名知晓一个叫冯三记的穷苦人被抽兵，家中妻子与母亲无人照料时，"十分气愤，立即亲自写信给乡长说：'国民有委屈，社会不公平。'冯二先生'惹火上身'，悲叹农民真可怜，惹得政府官员很不高兴。后来乡长知道冯二先生是北京大学的教授，有名的文学家，也就不了了之。"这件事的结局是，因为废名的据理力争，冯三记没被抽兵，还由废名介绍当了县中学校的工友。① 还有学生回忆，1941 年黄梅县中在五祖寺办学时，国民党伪县长派一百多名自卫队员冲进县中，扬言中学里有所谓"共党分子"活动，师生们必须先听训话后交入党申请书，而废名态度十分坚决，"既不参加会议，也不填表"②。

废名既能亲自写信给乡长抗诉征兵一事，也会在县长带兵冲进中学时拒不配合，与小说中呈现的"莫须有先生是中国人"，"中国人多一事不如少一事"的状态显得并不完全契合。这种对莫须有先生行为处事的反思，显然和废名写作时的后设视域有关。如果说避难于故乡黄梅的莫须有先生对战时环境仍有惶惑之感，写作时的废名则已经超脱了"故事发生的时间"，不仅能借中国古代思想资源超克"五四"现代性，还能借战争已经取得胜利的后设视角超克战时不安的自己，因此叙事人站在了比莫须有先生更高的位置，对彼时不安的自我有了内部超越性的审视，超越的叙事人是后设视角下理想型的自我，不仅在反思"莫须有先生"类型的中国知识分子，也蕴含着后设视角下自我省察的意味。

前半部分的叙事人拉开了与莫须有先生的距离，到了回忆童年经历的后半部分，叙事人的声音和莫须有先生之间又渐渐含混不清，前半部分批判性的调子渐渐隐去，对乡土记忆的脉脉温情翻涌上来，笔致显得缠绵许多，叙事人和莫须有先生的视点常常合二为一，前半部分高蹈的

---

① 石记胜：《冯二先生在腊树窠》，收《黄梅文史资料》第 11 辑《废名先生》，2003年，第 160—162 页。按：石记胜系《莫须有先生坐飞机以后》第 3 章"无题"中石老的三儿子季的原型。

② 陈超平：《纪念冯文炳先生诞辰 100 周年》，收《黄梅文史资料》第 11 辑《废名先生》，第 124 页。

审视者形象淡去："五祖寺的庙这时在他的足下都很低很低，房子也很小很小，竹林也像画上的竹林了。"叙事人似乎又渐渐落回莫须有先生的身体里，借着他的目光打量着五祖寺的一切。

而莫须有先生打量故乡的眼光又显得有些与众不同，虽然是回忆式的目光，但"儿童时期"的莫须有先生却似乎离我们更远了。不妨对比一下这篇与散文《五祖寺》的区别。废名曾写过一篇散文《五祖寺》（1939），与小说《五祖寺》后半部分比较，可以看出，尽管两篇都写的是回忆性内容，但小说有更为客观和细致的分析，如写到父亲从五祖寺给他带回木鱼一事，在散文里，只说木鱼让我对"五祖寺心向往之"，小说中就发展为一段心理分析："现在爸爸给他带了木鱼，他一看就知道这个木鱼是小孩子的，真是小得好玩，完全不是和尚那个守规矩的木鱼了，那个守规矩的木鱼现在看起来一点意思也没有了，于是他真喜欢这个小东西……小孩子喜欢小东西，而这个小木鱼可以算做小东西的代表了。"废名越是如此分析，越是会将读者推到莫须有先生的经验之外，无法进入儿童视角的"心灵美文"之中。这种详尽的分析一扫从前跳跃式的写法，行文透露着逻辑和严谨，这集中体现在废名的"还原式发现"之中。

早期的废名喜欢用"绝句的手法写小说"，意象之间的跳跃性很大，而在《五祖寺》后半部分，莫须有先生写完木鱼之后，并未让"木鱼"这条线索断开，而是接着写自己上街后，看到了木鱼的来源："更大喜，向来有一个疑团今天解决了，以前爸爸带给他的喇叭同木鱼原来是这里买的。"弄清木鱼的原委对莫须有先生来说是大喜之事。再比如莫须有先生回忆起自己第一次看见五祖寺竹林里的大竹子时，"才知道家里用的竹器，如小孩子吃饭的竹碗，量米的升筒，原来都是这山上大竹林里的竹子做的"。这种还原式的领悟中有一种破除旧我认知的升华感：从前自己认为竹器店里的竹子"便是竹子生成的形状"，现在才领悟了"竹子是从竹林里砍下来的"。

这种溯源式联想，其实就是探求已知物的原初状态，反映出莫须有先生探求事物"原点"的欲望。这种写法与彼时废名创作《阿赖耶识论》，讨论"明心见性"等佛学思想资源不无关系，但归根结底，这种写法和废名下乡后的认知是一致的：知识分子回到故乡，发现国家的救赎不在启蒙理性，溯源而论，真正的力量藏在农民的人情风俗之中。在这个意义上，废名所谓的"避难记"，避的就不仅仅是"战争"这一难，还衍生出了哲学上的抽象意味，即对现代"理智"的避难，这也就反哺了废名式的带有历史眼光和哲学思辨的小说笔法。

废名曾在第一章开头反思小说与历史，虚构与事实的关系："外国书上说，'历史都是假的，除了名字；小说都是真的，除了名字。'可见我们就是用了一个假名字，仍不害其为真的事实。……《莫须有先生传》可以说是小说，即是说那里面的名字都是假的，——其实那里面的事实也都是假的，等于莫须有先生做了一场梦，……若就事实说，则《莫须有先生坐飞机以后》完全是事实，其中五伦俱全，莫须有先生不是过着孤独的生活了，牠可以说是历史，牠简直还是一部哲学。……我们还是从俗，把《莫须有先生坐飞机以后》当作一部传记文学。"[1] 这使人联想到海登·怀特的观点："历史学家首先是讲故事的人，历史感性表现在根据各种未加工的毫无意义的'事实'编造看似真实的故事的能力。"[2] 这番话可以为废名的小说—历史观做注脚。废名意识到了历史的虚构性，他推崇的历史，不是官修的大历史，而是建立在个人经验上的，倚重于事实的历史，在这个意义上，近似散文的传记小说与历史就拥有了同等的力量，也就是废名所说的"假名字不害其为真事实"。

废名还写道："莫须有先生现在喜欢的文学要具有教育的意义，即是喜欢散文，不喜欢小说，散文注重事实，注重生活，不求安排布置，只求写得有趣，读之可以兴观，可以群，能够多识于鸟兽草木之名更好，小说注重情节，注重结构，因之不自然，可以见作者个人的理想，是诗，是心理，不是人情风俗。必于人情风俗方面有所记录乃多有教育的意义。最要紧的是写得自然，不在乎结构，此莫须有先生喜欢散文。"在文体观念上，与其说是废名不喜欢小说了，不如说废名返回到了孔子那里，对

---

① 王风编：《废名集》第 2 卷，第 809 页。

② ［美］海登·怀特：《后现代历史叙事学》，陈永国、张万娟译，中国社会科学出版社，2003 年，第 175 页。

小说提出了"兴观群怨"的要求，对文学这一体式本身，抱有更大的期待。废名追求的，并不是完全意义上的摒弃小说，而是将文学的表达、历史的眼光和哲学的思维熔于一炉，不依赖故事的诱惑，而将文章写得朴实明白。他认为"小说"的想象、虚构，对情节、结构的注重，都有"装假"之嫌；自己过去的那些作品对"事实（人情风俗）"进行的"小说化"处理，其实是有失其本来面目的，因此他想重写而"还原"。

在这个意义上，我们才能更好理解，为什么1939年的散文《五祖寺》并未提到有关五祖寺历史的来龙去脉，而在小说中写"小时同五祖寺简直是有一种神交"，读者以为此处要接续儿时记忆时，叙事人突然插入有关五祖真身和五祖寺的历史考证，正是因为五祖寺的历史承载"世道人心"的变迁。五祖寺不仅是一种精神的寄托，是废名念兹在兹的乡土记忆，还是融宗教艺术哲学于一炉的实体，带有废名理想中"原点"一般的色彩。

十一　卞之琳《海与泡沫》

卞之琳
1910—2000

1930 年 11 月	卞之琳译作《冬天》［作者约翰·沁孤（John Millington Synge）］首次发表（《华北日报·副刊》，署名林子）。
1931 年 1 月	卞之琳诗作《夜心里的街心》首次发表（《华北日报·副刊》）。
1934 年 10 月	《水星》月刊在北平创刊，卞之琳、巴金、沈从文、李健吾、靳以、郑振铎等主编，次年 6 月停刊，共 6 期。
1935 年 12 月	卞之琳《鱼目集》出版（文化生活出版社）。
1936 年 3 月	卞之琳、何其芳、李广田的合集《汉园集》出版（商务印书馆），内收何其芳《燕泥集》、李广田《行云集》、卞之琳《数行集》。
1936 年 10 月	《新诗》月刊创办，卞之琳、孙大雨、梁宗岱、冯至、戴望舒等为编委。
1936 年	卞之琳诗 14 首入选英国哈罗尔德·艾克敦（Harold Acton）、陈世骧合译《中国现代诗选》（共 96 首诗），伦敦出版。
1936 年	卞之琳诗 3 首由日本矢原礼太郎翻译发表（《面包》第 5 卷第 10 号）。
1940 年	卞之琳《慰劳信集》出版（明日社）。
1942 年 5 月	卞之琳《十年诗草》出版（明日社）。
1943 年 9 月左右	卞之琳长篇小说《山山水水》草稿写成（香港山边社 1983 年出版部分）。
1944 年	卞之琳诗 16 首入选英国白英（Robert Payne）编译《当代中国诗选》，1947 年伦敦出版。

1942

张恨水《八十一梦》出版

丁玲《在医院中》发表

秦瘦鸥《秋海棠》出版

海与泡沫

卞之琳

　　就像鸟叫，就像破晓时分第一只醒来的小鸟的弄舌，这一串声音，颤动在睡眠以外，颤动在黑夜里，给夜的玻璃杯划起了一条裂缝。不像第一声鸟啼以后紧接上来有百鸟的和鸣——夜的粉碎。黄土高原上的黎明原是寂寞的，也难怪。可是这一串声音近来了，近来了，伴随着另一种声音，不是鼓翼的轻响，是沉闷的重击，布底鞋踏过泥土的声音。是吹了哨子！窑洞口的门窗上两块灰白；哨子和沉重的脚步从这一排窑洞的那一头回来了，又经过了前面那两块灰白。响应它们的就有一扇两扇门的开动，三个四个人的哈欠，说话。梅纶年从铺位上滑了下来，穿衣服。灰白里表面上标明了五点差十分。正是昨夜临睡的时候，这些窑洞里的居住者各自负担在心上的时间：五点差十分起床，五点正出发开荒到十点钟为止。大家同意，因为十点以后山头上将是不可忍受的炎热。

　　现在又那么冷。天色还朦胧呢。是眼睛朦胧吧？纶年拿了面盆和漱洗的东西走到厨房前边去。他跟一些人影朦胧的点头招呼，朦胧地看人影向人影招呼以及说些像影子似的话语。手脚是乱纷纷的。好冷啊，纶年的脸已经浸到冰冷的盆水里。用手巾擦干了，眼睛就一亮。该就是刚才吹了哨子吧，他看见管总务的那个矮胖子同志，像早就洗好了脸，站在一边和大家说笑，手里晃着那个白亮的金属物。对面那个女孩子的满月似的白圆脸低到盆里去，一会儿盆里就升起了一轮朝日，红红的，以微笑回答纶年忽然禁不住就让浮到脸上去的微笑，该也是红了脸的，既然迎来了这轮初升的朝阳。哨子再到矮胖子嘴上的时候，靠在土壁上的那一堆短柄的锄头当中就有好几把立刻到了几个人的手里，甚至于肩上。纶年赶回住处去放掉东西再来的时候，就拿了最后的那一把。再后来的只好空手。空手的，拿锄头的一样出发了。窑洞尽头的转角处就迎来了一股刺人的山风，像一把刷子。

从高处望去，四边是一片灰蒙蒙的阴海。无数的山头从阴影里站起来，像群岛。山头是热闹的，这群人却像一支孤军，佝偻着上坡，踩着像终古长存的一层灰暗的荒草。这些草莱似乎从没有吻过人的脚底。可是这些山头当不是从古就如此光秃秃的，而是由人，唯有人这种怪物，给它们一律剃短了头发。别看人的手小，他却摸过了所有的这些山头，就像此刻早晨冷峭的寒风，从这一个摸到那一个。于是河对面，西边，一个山头戴上了金顶。太阳光已经射到了那里。可是人也已经爬到了那里，看那些黑点子不是人吗？他们在蠕蠕地移动着，争着从阴处，从看不见处，投身到一圈金黄里做黑点子。

"看他们比我们更早，"有人说，"已经爬到了那里，马列学院的开荒队。"

于是，虽然看不见锄头，那些黑点子就像这边这些人的远影了，遥遥相对。

"他们还看不见我们。"又有人说。

而从看不见处，突然像回应他的话似的，响起了一阵女孩子的歌声：

二月里来好春光，
家家户户种田忙……

这一支从当年春天流行起来的歌曲随风送来了一个开头，随即像一点葡萄酒一样地扩散了，于是好像到处都弥漫了这种歌声。

"女子大学的，"有人说，"一定是女子大学的！"

"看不见，"又有人说，"大概在我们旁边那一个山沟里。"

"我们也来一个。"第三个人说。

于是四五个人一齐唱起了：

二月里来好春光——

哨子响了！

"大家得种田忙呀。"管总务的矮胖子喊起来了。

锄头有九把，人有十六个，怎样安排呢。人分两班，每班八个人，二十分钟轮流劳动与休息，锄头留一把，以备不时的补充。十六个里边唯一的女孩子，那个圆脸的俱乐部主任，早已首先拿起了一把锄头，跑到指定的那个地带的底线上站住了招呼大家。纶年也就用自己一直没有放过手的那一把参加了上去。组成八个人的一个横列，像准备赛跑。不等哨子响，谁的一把锄头就起了步，扎的一声落到枯草地上，就捣翻了过来一大块黄土。

灰色的草皮上随即错落着翻过了七块土，棕黄得显明，就像衣服前面的一排大小不一的扣子。

八颗扣子早就连起来成了一条直带子。

锄头继续向前，向左右起落。

草和荆棘的根交织得全然是一张网，罩住了黄土，像是一种秘密的勾结，被翻过来的黄土揭发了。而每一块黄土的翻身，就像鱼的突网而去似的欢欣。正如鱼跳出了网就不见了，隐入了水中，每一块黄土一翻身也就混入了黄土的波浪里。这一片松土正是波浪起伏的海啊！而海又向陆地卷去，一块一块地吞噬着海岸。不，这是一片潮，用一道皱边向灰色的沙滩上卷上去，卷上去……

这一道潮头的皱边是弯弯曲曲的。尽管有些锄头尽量向左右发展，中间的一片大陆终于形成了非洲的南部，伸在海里。向好望角正面进攻的正是那个圆脸的女同志。

"大家先解决这个非洲啊！"一位男同志吆喝了。

七把锄头就一齐包抄过来，向非洲的东西岸夹攻。有两把锄头更向非洲的后路断去，不一会儿完成了四面包围的形势。好望角也早已坍陷，非洲成了澳大利亚。

"你们上前去，"女孩子喘着气说，十分娇媚地用左手向前一挥，趁势歇到圆脸的前额上擦汗，"让我一个人解决这个孤岛。"

七把锄头就上前去分担了一线。

一会儿这条线就大致齐平了，像海里掉下了一块大石头。尽管石头还是整块地横在水里，还没有消磨掉，水平面重新可以用一条直线表出了。

可是一会儿忽然有人从外边笑着喊出来：

"不行，老任，你这个个人主义者，你一个人开了一条河了！"

"河？"纶年想，有点愕然，"我们要的是海啊。"

抬起头来看，他看见果然不错，那个管记者分会的高个儿同志在边上孤军深入，向前挖成了一条注入大海的河，看起来非常别扭。

解决了孤岛的女孩子刚走过来动手在老任的河口开杭州湾，各人就接过了锄头，一边说：

"时间到了。"

纶年再举起一下锄头，觉得有人在后边碰了他一下，随即伸过手来接了他刚落到地上还没有掀起土来的锄头。

哨子也就响了。

斜坡上已经有一部分照了太阳。太阳光正从后尾赶上了那块两丈宽，五六丈长的松土，仿佛正检看一下成绩似的。而有人也就像替它作了评语：

"还不坏。"

说话的就是老任，他走到纶年的旁边坐下了。

想不到话是对自己说的，纶年仓促间不知道怎样回答，只是漫应了一个"唔"。

底下却叫起了一个洪亮的大声音：

"看我跟小周两分钟里消灭老任这条个人主义的尾巴！"

向声音的来处望去，纶年认出讲话的是新文字研究会的负责人高雷。他正沿着老任的那条河的源头，迎着正面的海岸线捣土，像正在决堤叫河水泛滥。小周当然就是据在河口旁边海岸线上，斜向高雷迎上去的世界语研究会的负责同志了。

"看他们两个争地盘。"老任大声地开了头，却低声地说了，最后三个字变得专对纶年说了。

"唔，"纶年还是漫应着，虽然心里却想着："好一个比喻！真像蓝净的海里忽然翻滚出来一些没有淘尽的废铜烂铁！"

"你看见他们两个昨晚上怎么样。"老任又逼进了一步。

昨晚生活检讨会上的一幕就不由不立刻重现在纶年的眼前了：

在那个用作俱乐部，与图书室毗连的大窑洞里，在那张平常用以打乒乓球的长桌口，在十四五个住会人中间，在检讨过两三件生活上的问题以后，高雷忽然挺起他那个马脸而提出一点来要求大家"批评"：

"今天轮到我和周西同志下山驮水。结果我一个人驮足了两驮。并不是我自告奋勇，要独力担当，只是屡次找他，他连影子都不见。现在一天的事情都完了，他就坐到这里——这里。"

纶年愕然照他指点的方向看过去，认出了那个大家叫"小周"的同志。他在众目的集射中，并不窘红了脸，只是把脸色一沉。

的确对面那个马脸上也并没有一丝笑意啊！完全不是开玩笑。可是大家都不是小孩子了，为了这一点琐屑而居然吵起来也实在令人不易了然，那不是笑话吗？

"吓，老高装得多严肃，"当主席的俱乐部主任，就是住在纶年隔壁的那个女孩子，显然开着玩笑说，"难怪那么会演戏。"

"我知道两驮水以外，"小周站起来说，"另有原因，不那么简单！"

"确是不那么简单，"高雷立即还嘴，"我不在乎两驮水的琐屑，我却不能放松原则。我着想在大家生活的纪律。要不然我们干什么开这个生活检讨会！"

"得了，我们还是讨论重要的问题，"小主席乖觉地居然像母亲排解小孩子一样地微笑着说了，"我们就给周西同志的账上记下两驮水。下次轮到的时候就由他一个人担当。如果不轮到星期天也就不去苛求了，虽然星期天是重要的日子。"

说到最后这一句话，她向小周，又向大家笑了，似乎含了什么深意。问题就算解决了。

"他们昨晚上吵架的原因，"现在老任告诉了纶年，真不愧为新闻记者，像一个新闻记者对人报告不上报的一种政治内幕，"哪会是两驮水呀？当真是争地盘。高雷先跟《抗战日报》接洽出一个新文字的开荒专刊，小周去建议出一个世界语的开荒专刊。给这一顶，连新文字的专刊都叫日报的负责人觉得太不切实际了。"

"哈，"纶年插进来说了，轻微地笑了一声，"新文字，世界语，价值就全在实用啊！"

"所以叫我们的木刻研究会出了一个木刻的开荒专刊，昨天已经出来，你不是已经看见了吗？"

"在报上辟这么一栏也值得那么争吗？"

"可是你难道不知道，"老任好像笑他太不懂似的解释了，挤着眼睛，"在这边也是一块跳板，从之出发……"

"一匹马，后边跟着一个勤务员？"

"咦，"老任摇摇头，似乎觉得纶年又说得太具体了，也就太露了，不像话了。

"新文字，世界语，"纶年想，"目的就在把复杂、艰深的改为简单、容易。现在他们这种钩心斗角，岂是这种文字写得明白的，岂是这种语言说得清楚的，这才怪！"可是他只说了："可是我总觉得他们两个都天真得可爱，既然这样的明争。讨厌的是面上都笑嘻嘻的暗斗。"

"暗斗也不是没有，"老任说，摆起知道得很多而不说出来的样子，随即补充了一下，"我们这些知识分子心眼太多。"

"大家都来多用些体力就好了，我想，"纶年说，厌听了这一套，转移了话题，"你看他们两个不是在那边通力合作地出了一个很好的开荒版吗？"

那两位同志早已把老任开的那条河与另外全体人开的那片海之间的

那个"地盘"完全开发了，现在并肩着一团高兴地席卷一大角草地。

"谁的《私有财产的起源》？我把它捣了！"底下响起了一个威胁的声音，是矮总务的声音。

"我的，我的。"老任说，站起来向声音的来处奔过去。

那本《家族、国家和私有财产的起源》原是像一只羊在那一片草原的中心，现在竟然在那一片海的边缘上，而且到了像从海里涉水而来的渔人的手里。它向老任的方向迎飞了过来，像一只白鹭。

庆幸老任的走开，纶年正向地上舒服地伸躺下来。忽然从一边的几个人的笑语声里跑来了小圆脸，拖着草鞋，一只手里提着一只袜子，一边笑着说：

"他们说我这是圣诞老人的袜子，梅同志，我也分你一点礼物。"

她就把袜子扔在了纶年的身边，一边靠近他坐下了系鞋子，那是棉线编织的草鞋式鞋子，由赤脚穿了的，一边解释着：

"刚才捣土到一半，忽然一只鞋子掉了，我就光穿着这只袜子。"

纶年顺手提起了那只袜子的尖头，把它倒提起来，倒空了里边的东西：一小堆土末和土块。

"咦，"纶年简直像失望了似的感叹说，"我以为从海里捞起来总该是些珊瑚啊，光润的贝壳啊，甚至于珍珠……可是不，那些东西长不起壳子，土才是宝贝，不错，不错。"

他就用手指轻轻地研着那些小土块。

"那我这次就赤脚踩在土里去。"女同志撒娇地对他说，一边就要动手脱鞋子。

"不，不，"纶年却阻止她，反而促她系紧点鞋子，仿佛怕它们摔到粗糙的海里去翻腾，随即自己觉得有点好笑地想了："你这是什么心理！"

可是也是人情啊，他立即在心里反驳。他觉得自己今天很健康。而昨晚生活检讨会上另一个小波浪又接踵而浮现了一下：

"可是星期六更重要啊！"

谁喃喃地来了一句，当他听了这个女孩子，昨晚的主席，排解那一场争吵而说的"星期日很重要"。

大家知道，连纶年也知道，这句话是针对谁，可是女孩子却得体地微微红一下脸，以一笑了之。

"还有乒乓球是否应该让大家打，尤其是会里人？"

这次纶年看清楚发言的就是老任。

"你总是私有观念那么重，"木刻研究会的果丁从旁批评说，"总是会里会外。"

可是俱乐部主任感觉很灵敏，马上理直气壮，同时也用抚慰小孩子的语气说了：

"你们自己不来打呀。刚才梅同志还不是在这里跟我们一起打了吗？"

"他们"是她和马列学院的那个小伙子。纶年这才悟到晚饭过后，天黑以前，他们连他自己三个打乒乓而大家不来参加的道理。他想起高尔基的短篇小说《二十六男与一女》。

一切都遗忘在集体操作的大海里了。刚才大家围起来帮女孩子化非洲为澳大利亚的时候，热烈的情形且甚于做任何游戏，而老任也就是最起劲的一个。

纶年赶快站起来，那一股潮水不知不觉间已经涌到脚跟前来了，同时听到了哨子的长鸣，从身边那个女同志的嘴边，她手里已经拿起了一只表。

大家像下海游泳似的一拥而下去接替锄头。

这一次纶年前面刚翻开的黄土上滴了汗水。

这才是开荒的正文了，也就是至文无文。还有什么呢，除了锄头的起落，土块的翻动。唯一的事故：谁的锄头从柄上脱下了，从外边换来了一把。一条弯曲的分线移前去，移前去。太阳底下，一片细长的交错的阴影让位给一片栉比的阴影，这是锄头在这一片单调与平板上所作的唯一的描写。不，锄头的目的也不在于描写，也不在于像一个网球拍展示接球、发球的优美动作，不，目的就在于翻土，翻过来一块又一块，翻过来一块又一块……是的，这不是游戏，更不是逢场作戏。这一片单调与平板要持久下去的，今天，明天，后天……

不，另外还有一点事故：纶年这一次碰到跟老任比肩，相形之下，不得不落后，只好赞叹着后者的体力强与工夫熟练——看他一马当先地赶前去了！可是这条分线又开始不整齐了。仿佛出于好整齐的洁癖，纶年加紧捣开自己这一面与老任那边毗连处的棱角，可是徒然。而他也随即发现老任只开了那么窄的一面，三四锄头宽！他简直生气了，要不是他忽然想起了去年初到而还没有去前方以前，在一个场合对一些搞文艺的学生随便讲话中曾经说过的一点：完整的作品是普遍性与永久性兼及的，因而用线条画起来，假设永久性是一条竖线而普遍性是一条横线，就是一个方正的十字，可以作一个整圆；畸形的作品不是一个扁圆就是一个长圆，不是胖了，就是瘦了。这个不管自己是外行而信口开河的比喻，他没有再考虑比得是否恰切，又移来比喻眼前的事情，就在好玩的感觉里消失了不愉快。

对啊，海统一着一切。

直到哨子又响了，让锄头给别人接过去了，自己在草上舒服地躺下了，纶年才捉摸到了海是什么，像海岸会捉摸到海，像面见于两条线，线见于四边的空白，像书法里有所谓"烘云托月"。可见比喻，不错，也只有靠比喻才形容得出那一片没有字的劳动，那片海。对了，是海的本体，而不是上面的浪花。浪花是字，是的，他忽然了悟了《圣经》里的"泰初有字"。这是建筑的本身，不是门楣上标的名称，甚至于号数。最艰巨是它，最基本是它，也是它最平凡，最没有颜色。至文无文，他想，他这些思想，这些意象，可不就是漂浮在海面上的浪花吗？不，他不要这些，不要这些……

"老任这家伙真可恶！"底下有人嚷了，"他总是想一个人做劳动英雄！"

"这里又不是木板，"老任的声音，看来是回答木刻家果丁了，"开荒也用得着刻版画一样要好看吗？"

这些话，不管有无意义，也就是浪花，也就是泡沫。可是海不就是以浪花，以泡沫表现吗？或者以几点帆影，像在未匀画的山水里——不，不，他抑住了心的一个快乐的跳跃，收去了那几点帆影的一现，而代之以眼前的东西：表现蓝天的白云。或者还是回到泡沫，回到浪花。浪花还是消失于海。言还是消失于行。可不是底下没有声音了吗？除了锄头和土，和草根的撞击的声音，土块的翻动的声音，除了谁的一声咳嗽，谁的一句哼唱，没有意义的哼唱，或者咒骂，不存恶意的咒骂。好的，这正是文化人拿锄头开荒的意义：从行里出来的言又淹没在行里，从不自觉里起来的自觉淹没在不自觉里，而哨子又起来给时间画下了一条界线。

"又该我们了。"纶年想，他的"我"也就消失于他们的"我们"。

到他这一班第二次休息下来的时候，大家决定先去招呼送稀饭，等第二班休息下来的时候正好一齐吃稀饭。

俱乐部主任，纶年想就叫她"小圆"，跳跃着跑去，可是她是向崖边跑去，并且一跑到崖边就向前喊了：

"稀饭！稀饭！"

"稀饭！稀饭！"山谷里好像有人模仿她的清脆的声音。

"呵，你的声音尽管高也喊不到那里吧。"纶年想，一边好奇地跟了过去。

可是再经过两声的叫喊，伏在崖头的"小圆"回过头来，看见纶年就对他说了：

"他们已经听见了。"

"他们已经听见了？"纶年问，愕然地，"这才是奇迹了。"

"小圆"茫然，不明白有什么"奇迹"。

纶年到崖头向下一望也就立即明白了实在没有什么奇迹：他们绕了许久才到的地方，原来就是在他们的窑洞上边。那边的一个棚子不就给那头毛驴住的？斜过来一点的厨房前的缺口也看见了。

"他们刚才出来过，""小圆"解释着，"又回到窑洞里去了。你有什么东西要先送回去，让它从这里落下去，一定就落在你那个窑洞门口。"

"原来就是在我们自己的头顶上开荒。"纶年感叹其有趣，没有想是什么意思。

送稀饭和碗筷来的是炊事员，小通讯员和管图书的那位女同志。大家就在一块儿吃，就像一个人手众多的农家。没有菜，稀饭是加了盐煮的小米稀饭。大家狼吞虎咽，似乎都吃得很有味，虽然还是老任开玩笑说了：

"从大米饭和面食吃到小米饭，又从小米饭吃到自己种的小米饭，进步了，进步了！"

纶年听了，立即恍然，倒并非恍然于眼前的情况向坏处的"进步"（也许倒就是进步），而是恍然于在这个山头上开荒是为了种小米。并不对数目字感兴趣，听他们一边吃一边谈论到今年开荒的数目字，文化协会已经开和还要开的数目字，他随便问了种小米的程序。

"现在先把土都捣翻开，"矮总务简单地给他说明了，"然后一边让一个人播种子，一边大家从后边把土块打碎，掩住壳子，然后等下雨了就来拔草，到秋天就是收割。"

"你看这多么原始。"老任插进来说。

"可是你要离开现实吗？"矮总务反问。

"我们是来做一个象征。"纶年想说，可是他现在连象征都不要，只是等着哨子再吹起来，好和大家一起再投身于劳动，没有字的劳动。

十点多钟，大家提着或者扛着锄头绕下山坡来的时候，斜对面山脚边突然呈现了一片新鲜的棕黄，向那边的山沟里隐去。

"这就是女子大学开的，"有人嚷着，"她们大概开到山沟里边去了。"

"难怪这一片就像旗袍开叉里微露出来的一角鲜明的衬袍。"

这一闪奇想掠过纶年的心上，没有出口，他为此庆幸，因为太没来由了，太不伦，而这边的女子又都是穿的军服！

"那些像山药蛋剥去了皮。"他随即说了，对走在旁边的俱乐部主任，用手指指远近山头上的一块块棕黄。

"他们说山头都变了颜色，""小圆"回答，十分骄傲，"下次日本飞机来叫它们完全不认识地方，像你这样打扮了，外边老朋友也一定不认识你。"她看看纶年的模样，一笑。

纶年也看看"小圆"掩到耳际的乌发，笑着说："可不要弄得更秃了，还是多长点头发，多长点树木好看为长远计。"

"河边现在那一片荒地，"果丁在旁边插进来指点着告诉纶年说，"是划给我们的菜地，还没有开，过些时你再到这里望去，也会不认识。你认不出吧，我昨天给你看的那块木刻就是刻的这一角地方，只是先给刻上了菜畦的图案。"

这一切都很好，都太令纶年兴奋了，只是自己，特别到后来，也许是因为累了，不时冒出来的一点想入非非，不伦不类，令自己生厌。像要有所摆脱，他在午饭前也下到河里去洗掉一身的泥土。他在阴凉的窑洞里，歇去一身的疲劳，待不住，到下午四点钟光景，过河一口气跑到文艺学院去找了亘青。

他在那一排教员住的窑洞底下的坡路上碰见了正要下来的亘青，他在那里停步，显得无可奈何地忍耐着听两位女同志（纶年认识是两位教员的家属）对他唠叨着什么。

"她们吵什么？"纶年跟他单独在一起了就问他。

"还不是那些鸡长鸡短，"亘青回答，显得十分厌烦，"谁把鸡吓飞了，谁把蛋拿走了，诸如此类。"

纶年这才注意到那一排窑洞底下差不多正好另是一排宿舍，鸡的位置。

"你跟我去看他们开荒好吗？"亘青撇开了那种无聊的闲话，征求纶年的同意。

"你们这里下午也开荒？"纶年问了。

"因为要完成预定计划，突击一下。下午是三点钟开始。我右臂还没有好，暂免开荒，派定监督一部分女同学送水，现在该是送水的时候了。"

纶年很乐意去看看这里的开荒，他们就一同下到了那一排厨房前面。

一个女学生，一只手里拿着一碗小米饭，一只手里拿了一条小树枝，打着一头大黑猪，轻轻地打一下，那一团皮肉就发出一声"唔"，像打着玩。

"干什么？"亘青和那个女孩子招呼了就问她。

"这个蠢东西真该死，"女学生回答，"给它饭吃还不吃。"

恰好厨房里走出来了一个伙夫，挑了木桶，像要去打水，就笑她说：

"你拿热饭给它吃，它怎么吃！"

"噢。"大家明白了，可是女孩子还打了猪一下，发了她最后的一点小姐脾气。

"得，我们去送水吧。"亘青说。

"她们正在厨房里打开水。"女孩子一边说一边回转厨房，那里正传来一片女孩子的笑声。

纶年觉得很好玩地帮着亘青合抬一煤油桶开水，和另外十几个女孩子合抬的四桶水一块儿出发。五桶水沿山坡上去，荡漾着天上的云影。

山坡上高高低低的尽是人，不像人，像放草的羊群。他们纷纷跑过来，一听到女孩子里有几个高声嚷了："开水来了！"

一个男青年跑过来给一个正在挣扎着上最后一级的女孩子拉一把。这就像捏一个橡皮的玩具一样地引起了一声尖叫：

"噢，那么狠！我这个胳臂不是锄头把呀！"

大家都笑了。

有几个男同学反而"慰劳"了送水人一些他们翻土得来的甘草根。

亘青和纶年也分到了一些。

"好得很，苦里带甜。"亘青一边嚼一边说。

"富有象征的意味。"纶年就回答，爱惜地玩弄着手里的一大块。

"你才真是象征派。"亘青笑了他。

纶年立即感触到了什么。唔，他想起了去年在成都跟未匀谈起了在她到成都以前他所看到的那一套汉口春耕运动的新闻片。她说她亲眼看了那一次预备照电影的表现。她说参加那次"春耕"的一些女子就像"黛玉葬花"，就取笑了她们一句"象征派"。她后来告诉了亘青，因此有了他今天的这句话。这又提醒了他今天早已经想说过一次象征了。

"同样的象征，"纶年说，"我们在这里做它却用了那么大的气力。

你看我的手掌。"

他的两只手掌里指根处都起了泡，有一处已经破了，出了血。

"你今天也参加过开荒了？"亘青说，"这些泡，他们说，再过几天就变成了老茧。"

纶年很得意地觉得自己今天很强壮。

一九四二年六月五日至十四日

（原载 1943 年 11 月《明日文艺》第 2 期）

《海与泡沫》：诗人的小说

报告人：周亚琴

时间：1995 年秋季学期

地点：北京大学中文系五院

一　诗人卞之琳的小说写作

卞之琳，作为诗人、翻译家为新文学作出了突出贡献，在中国现当代文学史上确立了他的重要地位，虽然对卞之琳诗歌创作与理论探索的研究，在中国仍然没有达到应有的深入程度。

事实上，卞之琳最初走上文学道路时，就不是单纯从新诗写作起步的。1929 年，当他还是一个十九岁的中学生时，就写出了伤感动人的、关怀底层不幸劳苦人生的短篇小说《夜正深》，于 1931 年发表在《华北日报副刊》第 588 号上。而他诗歌创作的第一个高潮期是 1930 年秋冬之际，那时他已是北京大学英文系的学生了。从 1930 年至 1937 年全面抗战爆发，这期间卞之琳主要从事诗歌写作，并译介西方现代主义（主要是法国象征主义）诗歌。由他译介的西方现代诗人有波德莱尔、瓦雷里、艾吕雅、里尔克、艾略特等，同时他还写作散文并翻译了阿左林、纪德等外国作家的小说。这个时期卞之琳在诗歌技艺的探索实践上，实际已达到了他的成熟阶段。

全面抗战爆发后，卞之琳从浙江辗转经过上海、南京、汉口到达成都，并于 1938 年 8 月底抵达延安，9 月初在周扬的安排下，与何其芳、沙汀等一起受到了毛泽东的接见，得到毛泽东的鼓励。这时期他响应毛泽东的号召，至 1939 年年底，写成了诗集《慰劳信集》。在根据地流转期间，卞之琳有过与游击队及八路军七七二团的随军生活，写了不少反映当时见闻生活的散文和通讯。长篇报告文学《第七七二团在太行山一带》和一篇反映山村抗日游击故事的短篇小说《红裤子》，都在这期间写成。他创作的战斗故事大多取材角度巧妙，叙述口吻轻快，战争的惨烈与恐怖隐含在貌似轻松、幽默的叙述之下。这时期也可说是卞之琳创作的过渡时期，并且这种过渡在一定程度上含有普遍的意义。

1992 年年底，卞之琳在他完成的对冯至的历史小说《伍子胥》的评论《诗与小说——读冯至创作〈伍子胥〉》中，他谈到了一种作家创作的文体变化规律。他说："时代前进，人类的思想感情也随之复杂微妙化，在文学体裁中已不宜用本来单纯也单薄的诗体作为表达工具，易于单线贯串的长篇叙事诗体在高手或巨匠手中也不宜操作自如以适应现代的要求。""从青少年时代以写诗起家的文人，到了一定的成熟年龄（一般说是中年前后），见识了一些世面，经受了一些风雨，有的往往转而向往写小说（因为小说体可以容纳多样诗意，诗体难于包含小说体所可能承载的繁冗）。他们既不满足于 19 世纪拜伦和普希金那样写诗体'小说'，进而也不满足于 20 世纪初年诗风正在转变的里尔克写《旗手克利斯托弗·里尔克的爱与死之歌》那样的散文叙事诗。他们真想要所谓'屏除丝竹'就用散文体写小说，其中也不乏写出了成功的长篇小说的实例（虽然写出的还不一定像小说家的小说）。"① 这种变化规律的阐释，可以说也是卞之琳对自己的创作道路的总结。

不可忽视的另一方面是，卞之琳诗歌创作的内在发展方向也使他的写作兴趣的转移成为可能。闻一多曾经夸赞卞之琳是当时年轻人中间不写情诗的诗人。但在 1933 年至 1937 年间，卞之琳经历了他年轻时期一次重要的感情生活体验。由于诗人矜持、内秀的气质，这场感情的波澜得到了有力的自我克制，化为诗作的《无题》五首也相当深挚、含蕴。这些诗作的克制之风被认为是"非个人化"的，卞之琳自己后来总结

---

① 卞之琳:《诗与小说——读冯至创作〈伍子胥〉》，载《中国现代文学研究丛刊》1994 年第 2 期。

说："虽然这番私生活以后还有几年的折腾长梦，还会多少影响我的思想再走一大段弯路，这种抒情诗创作上小说化，'非个人化'，也有利于我自己在倾向上比较能跳出小我，开拓视野，由内向到外向，由片面到全面……"① 个人感情生活的内在变化与时代社会风云的突转相契合，使30年代已经在诗歌创作上进入高峰期的诗人卞之琳将自己的文学视野调整而开阔起来。在根据地一带的随军生活使他接触了各样的人事现实，奔波动荡的生活使他获得了许多人生的新经验。这时期卞之琳写作的通讯、散文等在文字上相当朴实，叙述的风格也倾向于轻快而明朗。《第七七二团在太行山一带》虽是记述抗日游击战争的故事，却几乎没有可怖的自然主义描写，也没有夸饰的歌颂英雄主义的笔墨。

1941年暑假，当时卞之琳已是昆明西南联大外文系讲师，他开始创作长篇小说《山山水水》。在这之前的1940年12月，他写成短篇小说《一、二、三》。1943年中秋，《山山水水》全部初稿完成。这个时期，卞之琳的研究兴趣也转移到了小说上。可以说，作为诗人的卞之琳的创作生涯至此告一段落，这以后他中断诗歌创作长达十一年之久。可以推想，卞之琳作为诗人的角色在这个时期是可能被作为小说家的卞之琳代替的。《山山水水》在创作修订过程中，只发表过《雁字：人》《海与泡沫：一个象征》《桃林：几何画》《山水·人物·艺术》《山野行记》《春回即景》等片断章节。1947年7月至1948年12月，卞之琳获得英国文化协会"旅英研究奖"，在英国度过一年多的时间。这期间他埋头修订《山山水水》，并将它全部译成了英文。在那里，他与英国作家里德、福斯特、衣修午德等交往密切，并将《山山水水》英文译稿上编交给衣修午德，请他过目，受到衣修午德的赞赏。

就在卞之琳忙于译改他的小说时，淮海战役的炮声将他从异国宁静小村的索居里震醒，他决定回国。在香港研究者张曼仪所编的"卞之琳年表简编"中，1948年条目后附有一段括有括弧的话："回国初期，热心工作学习，偶见原存国内的小说中文稿上编，因感内容主要写抗战初

---

① 卞之琳："自序"，收《雕虫纪历》，人民文学出版社，1984年，第7页。

期前后方知识分子的不同反应与介入，不符合写工农兵的文艺政策，即连同带回国的中文稿下编，自行毁废。英文译改稿则在'文化大革命'初期散失。"① 初读这段话，人们的感受可能不会仅仅是遗憾吧！

在《雕虫纪历》的自序中，卞之琳比较详细地谈到过《山山水水》的创作动机与思想背景。他说："特别是在昆明听说了'皖南事变'，我连思想上也感受到一大打击。我就从 1941 年暑假开始，当真一心埋头写起一部终归失败的长篇小说来了。我当时思想上糊涂到以为当前大事是我实际上误解的统一战线的破裂，以后就是行动问题，干就是了，没有什么好谈，想不到这种想法正表明我当时还不能摆脱也不自觉的'调和论'的破产，反而进一步妄想写一部'大作'，用形象表现，在文化上，精神上，竖贯古今，横贯中西，沟通了解，挽救'世道人心'，妄以为我只有这样才会对人民和国家有点用处。"② 从这一段自我声讨的极端话语的表达中，我们至少可以感到作家政治意识的单纯，对意识形态主流话语的坦率的信任与对自我的轻率的鄙薄。当然也未尝不可以说这乃是体现了作家对自身要求的严格。

中华人民共和国成立之后，卞之琳仍在诗歌及小说创作上有新的努力。1954 年拟写一部反映江浙农业生产合作化运动的长篇小说《一年四季》，并在一个月内拟出全部 40 章提纲。后因政治运动搁笔。1955 年写成农村题材短篇小说《野猪田》。卞之琳在 1949 年以后的创作努力一直被时代的条条框框约束、压抑着，作家的探索总要付出艰巨的代价。

我们现在无从看到《山山水水》的整体面貌，只能从卞之琳的自我批评以及现存的残章片断中发现：这部长篇涉及了对三四十年代之交的一批中国知识分子的生活、思想面貌的描绘，触及了他们的内在精神世界，也表现出了他们在时代激流面前的人生选择与精神追求。

---

① 张曼仪编：《中国现代作家选集·卞之琳》，香港三联书店、人民文学出版社，1995 年，第 271 页。

② 卞之琳："自序"，收《雕虫纪历》，第 8、9 页。

二 《海与泡沫》：一个象征性文本

1. 主旨象征与诗性的渗透

《海与泡沫》于 1943 年发表于桂林的《明日文艺》第 11 月号第 2 期上的时候，标题全称是：《海与泡沫：一个象征》。如果用我们今天的某种激进的观点来衡量它，就会认为这实在是一个夫子自道的点题表述，不怎么高明。

作为叙事文本的《海与泡沫》，它的主旨提炼通过主要人物宁纶年在集体开荒的劳动过程中的思考而实现。宁纶年被刻画为一个敏感多思、具有诗人气质的年轻知识分子。集体开荒在纶年的眼中，不仅仅是一场火热的劳动和政治运动，也是一场深刻地影响知识分子劳动者的思想，重新整合知识分子队伍的精神受洗仪式。垦荒劳动的集体形式是使纶年获得"海、泡沫"意象的重要契机，生活检讨会上为了个人目的钩心斗角、集体开荒过程中的自私欲念和出风头行为等，都被纶年用一种更加超越的领悟击退。在纶年的心里升起了一个庄严的比喻："海统一着一切。"这个比喻被纶年升华到哲学本体性的高度，他心里想到的是："可见比喻，不错，也只有靠比喻才形容得出那一片没有字的劳动，那片海。对了，是海的本体，而不是上面的浪花。浪花是字，是的，他忽然了悟了《圣经》里的'泰初有字'。这是建筑的本身，不是门楣上标的名称，甚至于号数。最艰巨是它，最基本是它，也是它最平凡，最没有颜色。至文无文，他想，他这些思想，这些意象，可不就是漂浮在海面上的浪花吗？不，他不要这些，不要这些……"这种诗人兼哲学家式的沉思感悟，使文本中纶年所呈现的内心活动不再是某种响应革命政治号召式的革命激情的洋溢，而更是一种体悟了新鲜、朴实的农耕生活与主体创造活动的生命体验。正是在这一点上，文本确立了其主旨的象征性。冯至的《伍子胥》也是在同时期的《明日文艺》上发表的。如果说冯至的历史小说多少是根据了作家的某些哲学沉思经验去结构作品，刻画形象，有些观念化的痕迹，那么卞之琳笔下的纶年则希求踏实地从生活与现实的土地上获取观念的升华与抽象。

作为小说家的卞之琳，一方面将抽象的、理趣的追求与表达巧妙地赋予到人物纶年身上，另一方面又使用了一种诗化的叙述语言。这种诗性渗透下的语言传达是卞之琳诗歌技艺的高超表现之一。文本一开头，就是一段相当富有感受性的晨景描绘，作家使用了贴切的比喻意象和富有诗意的通感手法，调动着人们的听觉、视觉、触觉、内心的感觉等。这种在卞之琳的诗歌创作中被称为"官感性"的语言技艺，于《海与泡沫》的创作中得到了充分的体现。从纯粹的语言技艺分析方面讲，传达富含官感性的体验，通感的手法往往是行之有效的，但小说的语言是散文性的，并不刻意追求诗歌语言形式的跳跃与空白，而在小说中使用了诗性的技艺，就会面临表达的明晰要求的限制。卞之琳的处理是成功的，他将这一切极富诗性的体验注入了纶年的感觉路线之中。开头的晨景正是纶年感受之中的晨景，一切听觉、视觉、触觉的延伸与展开，都以纶年为感受点、联结点，这就使得诗性成为一种极强烈的主观气氛渗入了文本之中。

这种具体化的手段，也用在了纶年关于海与泡沫的沉思上。"海与泡沫"的象征意象并非由纶年凭空苦思冥想而来，而是由纶年对开荒的实际印象引发的。在开荒翻土的过程中，这个舞文弄墨、三句话不离本行的知识分子，就拿地理知识来比喻、谈论他们的劳动。在这样的触动之下，纶年获得了他的"海"与"泡沫"等意象。

但是《海与泡沫》仍是一种写实的文本，象征性也只是一种局部手段。现实主义小说写作的寓言性意义只有从故事的结构中去寻找。《海与泡沫》相对来说是比较完整的，但作为整个长篇《山山水水》的一部分，它又有不完整性。单从文本《海与泡沫》来看，象征性的主旨提炼与文本中的诗性渗透仍不是水乳交融的。

2. 知识分子视点与叙事

作为一部描绘知识分子在抗战期间的生活、精神状态的长篇，《山山水水》还可以与钱锺书的《围城》相比照。在《围城》中，我们能时刻感觉到作家对他笔下的人物所抱持的态度多是客观、冷静的，甚至那些冷眼旁观的讽刺语调就代表了作家的叙事风格。而《山山水水》的叙事则比较复杂。这种复杂性就表现在《山山水水》中的人物观点与叙事视点往往是交叉混杂在一起的。在有些断章中，我们可以充分感受到这个故事中的人物被作家冷眼静观着，像《春回即景·云集章》；而另有一些片段，像《山野行记》是以一个人物的四则日记直接呈现，作家的叙事视点基本上与它重合，也可以说是完全隐蔽在日记背后的。《海与泡沫》却给人一种视点的混杂感。作为人物视点的纶年的心理、感受过程的呈现，与作为故事叙事视点展开的作家叙述既分离又重叠，这也就使文本的深层表意趋于复杂。

文本借重于纶年的感受视点，展现了集体开荒的场面。管总务的矮胖子、圆脸的俱乐部主任、老任等，凭借他们在开荒场景中的行为、言语活动，成为文本中个性特征比较鲜明的人物。这几个比较突出的人物以及其他一些没有名姓的人物，都处在纶年的感受视域之中，成为纶年借以获得生命新体验的基本要素。纶年以一颗至纯至美的心触摸着这个芜杂的现实世界，希望从中领悟"普遍性与永远性兼及"的完整的创造。纶年以认同和理解对待那个唯一的女同志"圆脸的俱乐部主任"，对她心存好感，而碰到老任那样的自私者们，纶年则在"不愉快"之中，冷淡、沉默，领悟了普遍性与永久性的深刻内在关系，从而又消解了他的"不愉快"。开荒过程及知识分子的生存态度，在纶年的内心激起了更新鲜也更深沉的感受与体悟，他因之获得了某种超越性的认识。这种认识体现了作家对历史必然性与人类永久性、普遍性的本体思考。在这一点上，作家的叙事视点部分地与人物视点重合。

同时，作家的叙述又通过人物的沉思反省而获得了另一重反讽意味。纶年的体悟和发现中夹杂着许多使他自己也不禁有所察觉的潜意识。在纶年哲理与诗意的启悟中，也会出现矛盾与裂隙。面对女子大学开出的一片"新鲜的棕黄"，纶年头脑中冒出的第一个比喻竟是"难怪这一片就像旗袍开叉里微露出来的一角鲜明的衬袍"，而他随即说出口的则是另一个比喻——"那些像山药蛋剥去了皮"。这种心口不一的表达，使得作家在文本中提炼的诗性主旨产生微妙的复杂性。文本的叙事也提供了反讽的意味，这种反讽在一定程度上消解了支配文本进程的关于海与泡沫的象征题旨，使之不致导向主流意识形态所规定的个人与集体关系的政治层面的阐释与书写，人物性格也因而相应地复杂化。

集体开荒中的知识分子群体语言游戏，是文本重要的话语症候点之一，也可说是极富隐喻性的构成要素。挪用地理知识与哲学概念谈论他们所进行的集体开荒，在这群人中间获得了一种默契效果。这种默契于心的语言游戏不能仅仅理解为某种趣味，更重要的是它们具有着自我解释与主体定位的性质。知识分子的身份是占有知识（地理知识、哲学知识）的群体，是科学、民主的立言者。这本身与其生存的现实空间（开荒垦地）是相悖的。游戏性语言背后透露出他们内心深潜的内在焦虑。生活检讨会上的冲突、开荒劳动中的微妙矛盾都被叙事的修辞淡化、削弱、遮蔽了，代之以某种历史性的方向及其整合各种社会话语的意识形态写作姿态。在这个文本中，我们一方面看到作家顺应了这种意识形态整合努力的潮流，另一方面又极其坦诚地书写了个人话语的曲折的抗争姿态。关于"工农兵的文艺政策"可以简洁地理解为两点，即写工农兵和以工农兵的话语来写。显然，卞之琳的《山山水水》以其坦诚、复杂而偏离了这个主流意识形态话语准则。

【现场】

一 关于文本中着重表现的"知识分子改造"这一主要内容

W：我认为卞之琳借助文本所理解的"改造"不是或不仅是指外在的政治意识形态改造，而是指内在的、自我的改造。纶年一方面有着强烈的压抑个人性（包括他自身流露的）的倾向，另一方面又将这种个人改造，引向了一种反省的自觉、升华的渴望。

X：我同意这一看法。记得卞之琳曾提到过纪德的"福音"，认为"放弃自己的人反而获得自己"。我们不应该从知识分子思想改造的后果来否定改造，改造是需要的。何其芳需要走出《画梦录》，往灵魂的更深处去。改造是人的灵魂的本性。卞之琳这篇小说，正反映了他自己的也是像何其芳、沈从文等一些学院派作家的文学观念，即认为文学写作是为了"挽救世道人心"。

二 关于文本叙事和隐含叙事人的争论

H：我觉得这个文本存在两个问题。其一是文本中人的活动与叙事的语言不太协调，刻意追求诗性的叙事语言与小说中描述人物活动的质朴的语言之间有一种反差，读来使人感到很牵强。另外，虽然文本叙事人的潜意识表现出个人性的话语方式，但他的主观意图是要汇入"大海"中去的，所以他一直压抑着向个人话语的靠拢。我们甚至很难从作品本身分辨出叙事过程中作者的态度。

V：我认为作者屡次用比喻、象征的目的是要升华主题，这是卞之琳诗人气质的表现，他是在借助诗化倾向美化延安生活。从文本看，纶年的心态是比较复杂的。隐含作者与人物的心理，比喻的行为与心理的矛盾，这两组关系是很微妙的。文本中的人物视点（纶年的态度）与隐含视点（作家的态度）是有区别的。人物视点应代表人物的想法，而不代表作者的想法。是作者投射到人物身上的观点态度更多，还是人物纶年就代表了作者的态度呢？在纶年的心里，他是自觉地压抑个人化的，而作者到底是要表现这种个人话语，还是想抑制它，这可能跟卞之琳在延安的生活有联系。

Q：可以比较一下何其芳与卞之琳在延安时不同的心态。何其芳在延安时，主要是摒弃个人性而自觉响应改造号召，卞之琳可能就要复杂些。从这个文本看，纶年自身是矛盾的。一方面他以泡沫汇入大海来象征并肯定这种改造，另一方面纶年自己也时时流露出潜意识的个人性一面，而这一面在作品中可以看到是被作者讽刺地写出的。

三 关于诗人小说写作的意见

V：卞之琳自己曾谈到诗人写小说这个话题。在40年代，另一个写小说的诗人的特殊代表是冯至。诗人写小说不同于小说家写诗化倾向的小说，如萧红、端木蕻良、沈从文等人的创作。那么，诗人写小说有何特点呢？这是一个很有意思的问题。何其芳在1936年曾写过小说《浮世绘》，并发表了片断。诗人何其芳的这部小说在结构上是散文化的，可能是诗人无力结构完成长篇。废名在写《桥》的下篇时，曾以增加人物、时间的方式，使小说长篇化。诗人写小说一方面体现为结构的散文化倾向，另一方面在文体上大量使用比喻、象征手法，在语言层面上呈现一种诗味。

L：是否可将卞之琳等诗人小说的写作，以及一些小说家像沈从文等的小说诗化倾向，归纳为40年代的一种学院派写作趋势呢？

【讲评】

卞之琳的这篇小说也是有些特别的。报告人已经介绍过：这是诗人写的小说。不过，现代文学史上也不乏先例：20年代有诗人郭沫若、徐志摩，以后又有何其芳，同时期（40年代）则有冯至（他20年代也写过小说，并被鲁迅选入《中国新文学大系》）。诗人写小说，自然要把一些"诗"的因素带入小说。大体上说来，20年代郭、徐二诗人小说里的"诗性"主要是浓郁的"抒情"；而40年代冯、卞二位的小说，却更注重"象征"的融入。这大概也反映了中国现代诗歌自身的发展趋向，很有点意思。不过，关于这篇小说中的"象征"，报告人已经谈得很详细，同学们的讨论也有所涉及，我就不多说了。

这里，我还想介绍一下背景。大家知道，1938年，卞之琳与何其芳、沙汀结伴去延安，当时是很轰动的。卞、何原是《汉园集》诗人，创作中有明显的现代主义倾向，就更加引人注目。他们三人后来的选择并不尽相同。何其芳以延安为最后的归宿，"改造"得最为彻底，成了党的批评家。沙汀是中共党员，为了坚持写自己熟悉的生活，又回到了四川老家，利用敌后根据地的这段生活体验，写有中篇小说《闯关》，正面写到了知识分子与工农干部的冲突，虽也批评了知识分子的弱点，但仍强调了与工农干部的"互补"，并未纳入"知识分子必须彻底改造"的时代主题。卞之琳后来也离开延安，回到大后方，他的《山山水水》(《海与泡沫》即为其中一章）自然融入了他在根据地的生活体验与精神历程，倒是正面接触到知识分子改造的时代主题。因此，如果从"知识分子改造"的角度来分析小说文本中的种种因素及其矛盾，也许是一个有趣而又有意义的题目。

　　我关心的是文本中采用的各种话语，而且这些话语都是在小说主人公所见所闻，以及他的现场感受（联想）与回忆中逐渐呈现的，也就包含着某种主观评价：这都是很有意思的。

　　我想打乱本文的顺序，按照我在阅读中的关注次序来说——这一点也是有意思的。

　　小说中有一段描写我很欣赏："……天色还朦胧呢。是眼睛朦胧吧？纶年拿了面盆和漱洗的东西走到厨房前边去。他跟一些人影朦胧的点头招呼，朦胧地看人影向人影招呼以及说些像影子似的话语。……"这其实也是我在读这篇小说时的感受。特别是小说的主体部分：主人公在开荒过程中种种"象征意义"的思考，总是朦朦胧胧的，"像影子似的话语"。给人鲜明印象的倒是另一些描写，例如关于生活检讨会的回忆。我的分析就从这里开始吧。

　　其实也不单是回忆，作者的叙述远要复杂：他在让小说主人公回忆的同时，还着意安排了一个人物（老任）在一边做注释。这样，就出现了两套话语：一套是大家（当然包括小说主人公）都听见的："我不在乎两驮水的琐屑，我却不能放松原则。我着想在大家生活的纪律"，确实是义正词严，就像我们自己也经常在各种公开集会（以及在报纸上）听到（和看到）的那样。另一套话语（或者说是前一套话语的真实意义）是要靠有人（例如老任这样的消息灵通人士）做注释才能让人明白的："哪会是两驮水呀？当真是争地盘"（报纸版面的），而且还有更远大的目标：要由此出发，去争取"一匹马，后面跟着一个勤务员"之类的高官厚禄。据说这相当于"新闻记者对人报告不上报的一种政治内幕"，而后者（"一匹马"之类）更是只能心领神会，不能"说得太具体""太露"，那就"不像话了"：这是不能言说的话语。——毕竟是敏感的诗人，他从能够（公开）言说与不能言说的话语缝隙中，直觉地把握住了边区文化、政治生活中一些当时尚处于萌芽状态、以后却影响深远的矛盾。但他又缺乏思想家的敏锐与深邃（我们本也不能这样要求作者），因此，他只能按时代流行的观念，将这种矛盾归于"知识分子心眼太多"，并将其纳入"改造"的时代主题，据此开出了"大家都来多用些体力就好了"的药方。——而这开错了的（至少是不对症的）"药方"，以后所产生的种种严重后果，当然是不能由诗人负责的。

不管怎样，作为前者的"反题"，作品中出现了"开荒（知识分子参加体力劳动）"的场面。于是，我们又听到了一套话语。这是报告人已经注意到的，并称之为"集体开荒中的知识分子群体游戏语言"，这是一个相当准确与精彩的概括。我在这里且做一点发挥。在这样的"语言游戏"里，人们使用什么样的词语呢？我们注意到至少有三套语汇。一是"战争语汇"——"包抄""夹攻""断路""包围""进攻"等；一是"政治（思想）斗争语汇"——"勾结""揭发""翻身""解决"，还有这样的"喊（叫）"："不行，老任，你这个个人主义者！""看我跟小周两分钟里消灭老任这条个人主义的尾巴！""谁的《私有财产的起源》？我把它捣了！"，等等；还出现了不少地理名词，如"非洲""好望角""澳大利亚"之类。报告人认为，这是一种"地理知识"，是这些开荒的知识分子无意中流露出的。这恐怕不太准确，因为这些地理概念不是孤立的呈现，而是与前述"包围""进攻"的战争行动（当然是想象的，戏谑化的）联系在一起的，因此，就其性质而言，应属"地理政治语汇"。这样一些严肃的，甚至可以说是严重的（就其一旦"现实化"所可能产生的"后果"而言）语汇，现在竟然成为一种"语言游戏"，这究竟意味着什么，是应该认真对待、好好想想的。有的人可能会从中读出一种"反讽"的味道，作者也可能有这样的意思。但我却感到了"恐惧"：如果有一天，这些"想象的，戏谑化"的语言，突然变成了真实的行动（真的"把它捣了！消灭了！"），而且仍然保持这种"游戏"的态度，那将是怎样的可怖啊！

报告人强调这种"语言游戏"的"群体性"，也是很深刻的。这意味着知识者"个体话语"的彻底丧失（连游戏时都如此，可见其彻底），只剩下了"群体话语"，这大概就是"改造"的目标（之一）与真谛：要做到"海统一着一切"，"一切都遗忘在集体操作的大海里"，"我"消失于"我们"之中，首先要做的就是个体话语的遗忘与消失，对知识分子尤其是如此：因为正是"个性化的语言（及作为语言内质的思想）"是知识分子生命存在的形态与价值体现。但真要做到"话语统一"也不容易，小说中就写到了一个颇为有趣的细节：休息时在"几个人的笑语声里跑来了小圆脸"（这个"小圆脸"在小说中的地位也很耐寻味，我们在下文还会有机会谈到她），她拖着草鞋，一只手里提着一只袜子，一边笑着说："他们说我这是圣诞老人的袜子，梅同志，我也分你一点礼物。""圣诞老人"这一词语（形象、比喻、联想）的出现，显然是突兀而不和谐的：且不说它是一个外来的（西方帝国主义的）词语（形象），它的含义——"圣诞老人的礼物"所象征的友善、温馨，也与前述战斗气氛格格不入。尽管这不过是这批特殊的垦荒者——深受西方文化影响的知识分子的知识结构与兴趣的无意流露，却构成了与战争、政治话语的对峙，是对"话语统一"的无意识破坏。特别有意思的是，当这位"小圆脸"决心脱鞋赤脚踩在泥土里去（这大概也有点象征意味吧？）时，小说主人公却脱口而出喊了声"不"，"仿佛怕它们摔到粗糙的海里去翻腾"，但随即又"自己觉得有点好笑的想了：'你这是什么心理！'"——这或许也是人们通常所说的"下意识"的逆向心理吧？

但就这位主人公的主观愿望而言，他是愿意接受改造，进入主流话语的，因此才有了构成小说主导部分的主人公的种种富于哲理的思考。而小说的这种形而上的思考是从"意象"的诗意感受基础上升华的。因此，在进入小说的"哲理性"话语之前，我们先要关注小说的"诗性"话语——这其实是小说最有魅力的部分。小说的中心意象无疑是"海"。但在"海"出现之前，却出现了两个与"海"有关的意象："鸟"与"太阳"。"鸟"——这是睡梦中隐约听见了"睡眠以外"的"颤动"而产生的幻觉：那哨子声竟转换成"破晓时分第一只醒来的小鸟的弄舌"的诗。然后是"太阳"——这更是关于人，关于女人的美丽的诗的幻觉："对面那个女孩子的满月似的白圆脸低到盆里去，一会儿盆里就升起了一轮朝日，红红的"。应该说，这些诗意的发现都属于诗人卞之琳，这是完全个性化的诗性话语。而这"鸟"，这"太阳"，都是对"海"的诗意的暗示，于是"海"终于出现。但这又是怎样的出现："从高处望去，四边是一片灰蒙蒙的阴海。无数的山头从阴影里站起来，像群岛。山头是热闹的，这群人却像一支孤军，佝偻着上坡，踩着像终古长存的一层灰暗的荒草。"海"是"阴海"，"人"是"孤军"，完全出人意料，也与整篇小说乐观、明朗的战斗基调形成强烈的反差。但这也是诗人一种诗意的发现，是诗人心灵某一方面的折射。当然，这只是一片"阴影"，太阳终于照到山顶，人也"投身到一圈金黄里做黑点子"。一切终要归属到时代主题上，于是出现了另一个"海"。请看这段描写：

> 草和荆棘的根交织得全然是一张网，罩住了黄土……而每一块黄土的翻身，就像鱼的突网而去似的欢欣。正如鱼跳出了网就不见了，隐入了水中。每一块黄土一翻身也就混入了黄土的波浪里。这一片黄土曾是波浪起伏的海啊！

这是一个连绵不绝的跳跃的想象（比喻）：由"（草和荆棘的）根"想及"网"，由"网"想及"鱼"，由"鱼"想及"水"，由"水"想及"波浪"，由"波浪"想及"海"。这由远及近的取喻是典型的诗的思维、诗的发现，诗人卞之琳自是运用得十分自如。可以看出，当诗人将这类诗的艺术引入小说的描写，加强了小说的艺术表现力与感染力。

而且细心的读者还会注意到，在前引这段描写中，有"（鱼）隐入了水中"一语，这暗示了某种关系，也就包含着某种程度上由"具象"向"抽象"的提升。

我们终于可以讨论小说的核心：关于"海与泡沫"的象征意义的思考（与阐释）了。

报告人已经注意到，这篇小说的哲理性话语的关键句子是："海统一着一切。"这是一个非同小可的观念，差不多影响了半个世纪的中国。"海"的象征意义是多义的，有一定的弹性。有一首流传很广的歌是这样唱的："我们是山，我们是海"，这里的"我们"，是指人民、阶级等群体的力量，与本文的意思比较接近。小说一则说："一切都遗忘在集体操作的大海里了"，二则点明："也只有靠比喻才形容得出那一片没有字的劳动，那片海"，这就再清楚不过地说明，在作者看来，"海"象征着"集体操作的，没有字的劳动"，也即人们通常所说的"集体体力劳动"（当然也可以把作为群体的体力劳动者算在内）。而所谓"海统一着一切"也就具有两个方面的含义。

一方面，是"个体"的"一切"都"遗忘"（淹没、取消、否定）在"集体（群体）"里，或者如小说主人公所想的，"他的'我'消失于他们的'我们'"中。小说的主人公还提出了一个相关的命题："完整的作品是普遍性与永久性兼及的。"而这种"普遍性与永久性"是只存在于具有"抽象性"的"集体"（"群体"）之中的，"个体"作为"具体"的存在，因而总是"个别（非普遍）"的，"短暂（非永久）"的，当然也是有"缺憾（非完整）"的。这样，当人们陷入对"完整（完美）""普遍""永久"的乌托邦梦想中时，也就必然趋向对"集体（群体）"的理想化与膜拜（及对"个体"的漠视与压制）：二者之间存在着深刻的联系。小说中（与生活中的）知识分子正是出于对自我与社会的绝对完整（完善，完美）、普遍、永久性的理想追求，而自愿地放弃了个人的"一切"，不惜自我"消失"，而"消失"与"消灭"本也只有一步之遥。

另一方面，"海统一着一切"这一命题所引出的结论（后果）也同样惊心动魄。据小说主人公的思考，"没有字的劳动"才是"海的本体"，尽管这种"没有字的劳动"也即"体力劳动"，是"单调与平板"的，但却是真正具有"永久性"的，"最艰巨的是它，最基本的是它，也是它最平凡，最没有颜色"。

小说主人公（或许还有包括作者在内的生活中的许多知识分子）将这种思考推到极端，就由上述事实推出一个同样是非同小可的结论："至文无文"，"至文"（真正的知识、文化）就是"无文"（无知识，无文化）。于是，小说中就合乎逻辑地出现了一个与"大海"相对立的意象："浪花（泡沫）"。"他想，他这些思想，这些意象，可不就是漂浮在海面上的浪花吗？"这意思也是非常明白的："浪花（泡沫）"象征着知识分子（脑力劳动者）的"思想（意象）"，在小说主人公看来，是与"大海"（体力劳动）对立而不相容的，二者必取其一。于是这样的选择就是必然的："不，他不要这些，不要这些（思想、知识、文化）。"结论是："浪花还是消失于海。言还是消失于行。"

前面的分析已经说明，当要求知识分子放弃个性化的话语（思想）出现时，就已经否认了知识分子的存在意义与价值；现在则更加彻底，从根底上否认言语与思想的存在必要，否认"文（知识、文化）"的意义与价值，这才是"釜底抽薪"：知识分子已经失去了存在的前提。于是，小说中出现了这样一段描写："可不是底下没有声音了吗？除了锄头和土，和草根的撞击的声音，土块的翻动的声音，除了谁的一声咳嗽，谁的一句哼唱，没有意义的哼唱，或者咒骂，不存恶意的咒骂。"这个"没有声音"，也"没有意义"（当然也没有思想）的世界（秩序），在作为知识者的小说主人公的主观感受里，却是"好的，这正是文化人拿锄头开荒的意义"。后人（读者）可能会觉得这里含有某种悲剧性，甚至不乏荒诞，但作品中却并无这样的意味，作者及其人物都是十分严肃的，甚至怀有某种庄严感。——当然也还是有对这种庄严感的无意识的破坏。这是报告人已经注意到的，当小说的主人公准备和大家一起再一次投入"没有字的劳动"的时候，看到对面的山脚边出现了一片新土，有人介绍这是女子大学开垦的荒地，这位虔诚的知识者竟闪过一个"奇想"："难怪这一片就像旗袍开叉里微露出来的一角鲜明的衬袍。"这自然是极不恭敬的，连自己都觉得"太没来由，太不伦"。这也算是前述严肃与严重的哲学思考与哲理话语里的一个小插曲吧。

但在小说结尾，作者又确实对整篇小说的"象征的意味"提出了某种怀疑，甚至调侃：是不是也像那些"黛玉葬花"似的女子一样在那里表演"春耕"呢？作者某种程度上的自我怀疑并非毫无来由。因为小说尽管最终强调了"至文无文"，强调了"言"必须"消失"于"行"，但毕竟还是在"作文"，而且是如此地沉湎于"诗性话语""哲理话语"，以至政治的、思想文化斗争的话语之中，这本身就构成了一个难以自解的矛盾。在更"彻底"的观点看来，包括"大海"呀，"浪花"呀，"泡沫"呀这一类的联想、比喻，以至那些深奥的哲理，都是知识分子的胡思乱想，故作多情，概属于知识分子的"自我表现"。作者的老友何其芳早就已经认识到，这些高悬于空中的美丽而抽象的比喻、象征等，与

"劳动人民的思想感情"是根本不相合的，"有什么了不得的事情值得那样缠绵悱恻，一唱三叹啊，现在自己读起来不但不大同情，而且有些厌烦与可羞了"（何其芳：《夜歌与白天的歌》初版后记）。应该说，卞之琳"觉悟"得晚得多，但他后来亲手将自己的心血付之一炬时，大概也是怀着类似的"厌烦与羞愧"，而且是虔诚的。不管后人如何评说，这些（包括我们现在讨论的这篇《海与泡沫》）都是历史留下的痕迹，是"现代中国知识分子精神史"中的一页。这大概也是这篇作品于小说史之外的另一种价值吧。

知识分子与劳动
——重读《海与泡沫》

李超宇

中国自古以来就有"劳心者"与"劳力者"之别，而被"劳力者"供养着的"劳心者"又往往是一副"文弱书生"的形象。因此，如果让"知识分子"去参加"劳动"，不少人可能会感到有点不伦不类。即使真的读到了《海与泡沫》这种反映知识分子劳动的文本，很多研究者也是从二者之间的疏离来展开分析，如路杨所言："纶年既疏离于劳动本身，又疏离于劳动的集体。"[①]

这样的结论自有其道理，而且在前边研究所举的那些例证之外，我们在小说中还可以找到更多的证据，比如梅纶年和一些知识分子看到："那个管记者分会的高个儿同志在边上孤军深入，向前挖成了一条注入大海的河，看起来非常别扭。"当知识分子以审美的眼光看待众人的劳动成果之时，劳动效率最高的反而成了最"别扭"的，这意味着知识分子的头脑中还有不少不务实的思想。

即使是非常熟悉农业生产的作家柳青，在启动审美机制时也偶有脱

---

① 路杨：《"劳动"的诗学——解放区的文艺生产与形式实践》，北京大学博士论文，2017年，第40页。

离实际的情况：

> 春耕时因为活杂：耕地的耕地，纳粪的纳粪，碎土的碎土，所以十来个人一组，人还是乱散在地里；而现在一组一组连同点籽娃娃都有十几二十个人，排成队安种谷子了，锄头的一起一落，手脚的活动，使人想到自卫军的操练。人们将以一种完全新的劳动姿态来点缀那些黄秃秃的山头。①

"春耕"与"安种谷子"本来只是不同的劳动程序，但在柳青追求整齐划一的审美眼光之下却有了高下之分，似乎只有"安种谷子"才配称作"全新的劳动姿态"。柳青忘记了春耕时节的"乱"同样是必要的："耕地的耕地，纳粪的纳粪，碎土的碎土"并不意味着劳动姿态的落后，而恰恰表明了劳动分工的明确与合理。

这样的问题不仅出现在作家身上，当研究者以审美的眼光阐释这类表现劳动的作品时，也经常出现偏差。《海与泡沫》开头有一段风景描写：

> 从高处望去，四边是一片灰蒙蒙的阴海。无数的山头从阴影里站起来，像群岛。山头是热闹的，这群人却像一支孤军，佝偻着上坡，踩着像终古长存的一层灰暗的荒草。……可是这些山头当不是从古就如此光秃秃的，而是由人，唯有人这种怪物，给它们一律剃短了头发。……他们在蠕蠕地移动着，争着从阴处，从看不见处，投身到一圈金黄里做黑点子。

对这段话，钱理群老师的解读是："'海'是'阴海'，'人'是'孤军'，完全出人意料，也与整篇小说乐观、明朗的战斗基调形成强烈的反差。"路杨也认为这段风景描写是"荒凉怪异"的："人与自然的对立，不再对应于'顺自然丰美了自然'的和谐与美，而代之以'怪物''蠕蠕地''做黑点子'这类不自然的修辞。至少在审美体验上，这种带有

---

① 柳青：《种谷记》，光华书店，1947年，第217—218页。

现代主义色彩的写法已经与'慰劳信'拉开了距离。"①事实上，这段话描写的是凌晨五点左右人们出发开荒的场景，当时的天色本身就是阴暗的，尚未开垦的荒地显然也不可能鲜艳明朗，笔者在阅读时并没有感到有什么"出人意料"的"怪异"之处。尽管《海与泡沫》原先的副标题叫"一个象征"，但小说并非处处是象征，处处有深意，如本书中周亚琴的报告所言："《海与泡沫》仍是一种写实的文本。""灰蒙蒙的阴海"和"黑点子"只是照实描写，与小说的整体基调、氛围乃至现代主义并无太多关联。

由此看来，当知识分子以"美"的标准来要求劳动时，对劳动的把握总是会出现这样那样的偏移，正如小说中那位"高个儿"的老任同志反驳的那样："开荒也用得着刻版画一样要好看吗？"对此，小说的主人公梅纶年也有所察觉，尽管他一度相信"只有靠比喻才形容得出那一片没有字的劳动"，但当他用"接球""发球""烘云托月"等一连串的比喻形容翻土时，都发现不是那么的恰切，于是又用一连串的"不"字将其否定："……他想，他这些思想，这些意象，可不就是漂浮在海面上的浪花吗？不，他不要这些，不要这些。"应该说，纶年的自我否定是非常务实的，这类缺乏生产性和实效性的思考确实没必要在劳动中出现。但钱理群老师却坚定地认为纶年的自我否定等于否定了一切的"思想、知识、文化"："'浪花（泡沫）'象征着知识分子（脑力劳动者）的'思想（意象）'，在小说主人公看来，是与'大海'（体力劳动）对立而不相容的，二者必取其一。……当要求知识分子放弃个性化的话语（思想）出现时，就已经否认了知识分子的存在意义与价值；现在则更加彻底，从根底上否认言语与思想的存在必要，否认'文（知识、文化）'的意义与价值，这才是'釜底抽薪'：知识分子已经失去了存在的前提。"这段推论或许带有某种特定的时代烙印，但却严重偏离了原始文本表达的意思。梅纶年否定的只是他自己的一些无聊的比喻，从来没有说过要否定所有的思想、知识、文化；从延安到新中国的政治要求，也从来没有把"脑力劳

---

① 路杨：《"劳动"的诗学——解放区的文艺生产与形式实践》，第40—41页。

动"与"体力劳动"置于一种水火不容的境地。恰恰相反，政策要求的是二者的相互交融：与"知识分子劳动化"相对应的是"劳动人民知识化"，共产主义理想要消灭的是脑力劳动与体力劳动的"差别"，并非要消灭思想、知识、文化本身。

具体到《海与泡沫》反映的历史时段，"知识分子劳动化"正是当时的客观需要。1939 年国民党颁布《限制异党活动办法》，加强了对陕甘宁边区的军事封锁，最后发展到停发一切军费。针对边区物资严重短缺，财政负担异常沉重的情况，毛泽东提出了"自己动手，丰衣足食"的解决方案，号召广大干部、群众、知识分子投身生产劳动。据作家马烽回忆，在毛泽东提出这一号召之前，延安的知识分子们很"爱活动"，夏天"常到延河里游泳，冬天则在河边上溜冰"[1]，有非常多的空闲时间和剩余精力。当形势困难之时，将这些剩余精力转化为生产力，其实是一种非常必要且明智的做法。

从《海与泡沫》我们可以看出，知识分子参加生产劳动之后，仍有大量时间去阅读和思考。虽然纶年的比喻大多缺乏生产性，但知识分子们在劳动中冒出的想法并不都是没有价值的。有研究者认为："梅纶年在延安开荒的时候，他总是用'非洲''好望角'以及'澳大利亚'等地理概念来象征他所开垦出的土地。让读者觉得他似乎并没有全身心地投身到劳动中，而是不断地以某种抽象的、知识性的概念去比附他所从事的生产活动。"[2] 但如果回到文本的原始语境中，我们会发现"比附"并非情节的终点——

"大家先解决这个非洲啊！"一位男同志吆喝了。

七把锄头就一齐包抄过来，向非洲的东西岸夹攻。有两把锄头更向非洲的后路断去，不一会儿完成了四面包围的形势。好望角也早已坍陷，非洲成了澳大利亚。

---

[1] 马烽：《延安学艺》，收《马烽文集》第 7 卷，大众文艺出版社，2000 年，第 75 页。

[2] 李松睿：《政治意识与小说形式——论卞之琳的〈山山水水〉》，载《中国现代文学研究丛刊》2012 年第 4 期。

地理知识的比附，唤起的是知识分子们共同"解决"问题的热情，无形中提高了他们的生产效率。就连梅纶年也"出于好整齐的洁癖"，"加紧捣开自己这一面与老任那边毗连处的棱角"。不管知识分子们的出发点是知识还是审美，只要落脚到了实实在在的劳动成果上，就是值得肯定的。

与间接作用于劳动的地理知识相比，生产知识对劳动的作用无疑更加直接。小说中矮总务讲解的种小米的程序其实就是一种生产知识："现在先把土都捣翻开"，"然后一边让一个人播种子，一边大家从后边把土块打碎，掩住壳子，然后等下雨了就来拔草，到秋天就是收割。"体力劳动者从不排斥这类知识，相反倒是有不少脑力劳动者不屑于把它当作知识，小说中的纶年不过是"随便问了种小米的程序"，可见知识分子对待生产知识的态度并不端正。在后来的某个历史阶段，很多知识分子对亩产数字陷入了"浮夸"的迷狂之中，原因并不在于集体劳动造成了"个体话语的遗忘与消失"（钱理群语），恰恰在于他们没有利用集体劳动的机会认真学习和对待基本的生产知识。

生产劳动需要知识和知识分子，反过来，知识分子也有参加一定体力劳动的需要。这不仅是因为参加劳动可以锻炼身体、磨炼意志，更是因为集体劳动能够化解知识分子由于"心眼太多"引发的不快和纠纷。小说中新文字研究会的负责人高雷和世界语研究会的负责人周西因为争夺《抗战日报》上的版面而在生活检讨会上闹得不可开交，但投入开荒之后，两人都把之前的矛盾丢在脑后："那两位同志早已把老任开的那条河与另外全体人开的那片海之间的那个'地盘'完全开发了，现在并肩着一团高兴地席卷一大角草地。"纶年对此评价道："你看他们两个不是在那边通力合作地出了一个很好的开荒版吗？"生产劳动对互助合作的需要，使知识分子更容易体会到他人的不可或缺，从而丢掉"他人即地狱"的错误想法。这可以有效地帮助知识分子们克服文人相轻、矜才使气、明争暗斗之类的老毛病。也许有读者会认为，高雷和周西只是在体力劳动中暂时忘掉了恩怨纠葛，并不意味着两人矛盾被彻底解决。这种推测不无道理，因为在卞之琳描写的抗战时期，个人名利的基石——私有制，还未受到动摇。等到了新中国真正废除私有制之时，集体劳动或许就可以永久性地消泯这类个人恩怨了，柳青在《创业史》中就写到了这样的场景：

王生茂和铁锁王三两人一块往二丈四尺的杨木檩上，用葛条绑交岔的椽子哩。他们面对面做活哩，一个人拃住葛条的一头，咬紧牙，使劲哩。看！绑紧以后，他们又互相笑哩。看来，他们对集体劳动中的协作精神，彼此都相当地满意。但就是这两个人，就是生茂和铁锁，去年秋播时，为了地界争执，分头把全村村干部请到田地里头，两人吵得面红耳赤，谁也说不倒，只得让他们到乡政府评了一回理。他们走后，当时作为评理人之一的梁生宝，指着他们的背影说道："唉唉！生茂和铁锁！你们两个这回算结下冤仇疙瘩了！分下些田地，倒把咱们相好的贫雇农也为成仇人了！这土地私有权是祸根子！庄稼人不管有啥毛病，全吃一个'私'字的亏！"但事隔几月，梁生宝却在这里看见生茂和铁锁，竟然非常相好，在集体劳动中表现出整党时所说的城市工人阶级的那种美德。①

　　这段话描述了私有制废除之后，农民参加集体劳动的理想状态。知识分子如果能够把一部分精力放在这种团结互助的集体劳动上，不仅可以提高自身的道德修养，收获脑力劳动所不具备的意义感和满足感，也能让文坛上少一些无谓的争斗和内耗，多一些积极而务实的成果。也许这才是《海与泡沫》带给当下读者的启示。

---

①　柳青：《创业史》，中国青年出版社，2009 年，第 312 页。

十二 张爱玲《封锁》

张爱玲
1920—1995

1938 年 5 月	《杂志》创刊。
1941 年 7 月	《万象》创刊。
1943 年 4 月	《紫罗兰》复刊。
1943 年 5 月	张爱玲《沉香屑·第一炉香》发表(《紫罗兰》第 2—4 期连载)。
1943 年 8 月	《沉香屑·第二炉香》发表(《紫罗兰》第 5—6 期连载)。
1943 年 8 月	《心经》发表(《万象》第 2—3 期连载)。
1943 年 9 月	《倾城之恋》发表(《杂志》第 11 卷第 6 期至第 12 卷第 1 期连载)。
1943 年 10 月	《天地》创刊。
1943 年 11 月	《金锁记》发表(《杂志》第 12 卷第 2—3 期连载)。
1943 年 11 月	《封锁》发表(《天地》第 2 期)。
1944 年 5 月	《红玫瑰与白玫瑰》发表(《杂志》第 13 卷第 2—4 期连载)。
1944 年 7 月	苏青《结婚十年》出版(天地出版社)。
1944 年 8 月	《传奇》出版(杂志社)。
1944 年 12 月	张爱玲《流言》出版(五洲书报社)。
1945 年	白鸥编《苏青与张爱玲》出版(沙漠书店)。
1946 年 11 月	张爱玲《传奇》(增订本)出版(山河图书公司)。

1943

孙了红《侠盗鲁平奇案》出版

徐訏《风萧萧》连载发表

张恨水《丹凤街》出版

封锁（存目）

张爱玲

（原载 1943 年《天地》第 2 期）

《封锁》解读

报告人：萨支山

时间：1995 年秋季学期
地点：北京大学中文系五院

一

《封锁》是一个男人和一个女人在遭遇到封锁时发生的短暂的爱情故事。封锁结束后，爱情也结束了，一切又都复原了。

从故事层面上看，这是一个"艳遇"的故事，它具备"艳遇"故事要求的一些元素，比如"旅行"。人物可以暂时从秩序化的日常生活中解脱出来，进入能够产生爱情的特定的时间和空间。他们可以暂时忘掉他们的妻子或丈夫——产生爱情的最大障碍；并且他们可以有时间闲得无聊，这使得爱情的欲望能够产生。两者——障碍的消除和欲望的产生——是"艳遇"故事在逻辑上能够成立的前提，"旅行"是实现这个前提的标准化模式。我们可以把电车看作一个封闭的空间，它隔离了正常的生活空间，人和人之间许多不利于爱情发展的关系被排除了，只剩下比较单纯的乘客关系，并且具有了向爱情关系发展的可能性。当然，还有时间因素，市内交通毕竟不同于长途旅行，所以张爱玲必须把时间封锁起来，人为地让时间停滞或延长。

此外，《封锁》中的人物也符合一般"艳遇"故事的要求——孤男寡女（当然在不同的文本中有不同的变体）。他们都存在某些"缺乏"，在意识或潜意识中存在着欲望。翠远的缺乏是"好人"的缺乏，她"像一教会派的少奶奶"，"脸上一切都是淡淡的，松弛的，没有轮廓"，"很有点讣闻的风味"。真实的生命对她就像从希伯莱文到上海话那么遥远，她的欲望就是要背叛自己，渴望刺激，渴望听到"红嘴唇的卖淫妇……大世界……下等舞场与酒吧间"充满肉欲的感官诱惑。

宗桢的缺乏是一个"老实人"的缺乏。他是"菠菜包子"，"一个个雪白的，喷出淡淡的麻油气味"，是像"讣告……申请……华股动态……隆重登场候教……"那些得用的字眼儿。正因为他的琐屑和平庸，他甚至都不能觉察出自己的缺乏与欲望。他向翠远的调情是被动的、迫不得已的，甚至要借助张爱玲在这里设置的一个因果关系——要逃离董培芝和向他太太报复。但我们还是觉察到了宗桢的欲望，只不过他自己一开始忘记了。后来，他的欲望才苏醒："他现在记得了，他瞧见她上车的——非常戏剧化的一刹那，但是那戏剧效果是碰巧得到的，并不能归功于她。他低声道：'你知道么？我看见你上车。前头的玻璃上贴的广告，撕破了一块，从这破的地方我看见你的侧面，就只一点下巴。'是乃络维奶粉的广告，画着一个胖孩子，孩子的耳朵底下突然出现了这女人的下巴，仔细想起来是有点吓人的。'后来你低下头去从皮包里拿钱，我才看见你的眼睛，眉毛，头发。'拆开来一部分一部分地看，她未尝没有她的一种风韵。"

接下来是短暂的爱情，这是欲望的完成过程和欲望完成。它是"艳遇"故事必备的核心元素。最后"艳遇"故事的结构元素常常是封闭式的，起点和终点的合一，就像一颗石子投入水中泛起漂亮的波纹而终将归于平静，在《封锁》中前后两次"叮玲玲玲……"的冷冷的铃声就把切断的时间和空间给修复上了。"封锁期间的一切，等于没有发生，整个上海打了个盹，做了个不近情理的梦。"

二

从小说类型的元素分析，我们可以把《封锁》看成普通意义上的"艳遇"故事。张爱玲对市民文化的兴趣可能会为此提供一些佐证。但这样的判断可能隐藏着几个危险。第一，从文本中有意地剥离出一些元素的分析方法可能会使文本的丰富性和诸多可能性受到破坏，会把分析引向"艳遇"故事而不是张爱玲的《封锁》；第二，将《封锁》归类于"艳遇"故事之后，我们还能得出什么其他的结论呢？对文本的分析来说，虽然有时命名是必要的，但我们仅能将此作为进一步分析的开始，而不是结论。

的确，在《封锁》中，我们会发现有许多丰富的意蕴不能为"艳遇"这个故事框架所容纳，而它们对文本的解读来说，是至关重要的，可以使我们穿越文本的故事层面进入更高一级的隐喻层面。

我们的分析可以从小说的题目入手。"封锁"应该不仅仅是提示宗桢和翠远遭遇爱情的特殊的时间段，也不仅仅是像开始分析"艳遇"故事的元素那样，仅是人为地把时间停滞或延长而使用的叙事技巧，它应该具有另一层的隐喻意义。小说的第一段冗长、平庸和沉寂，几乎没有任何动感的日常生活的喻示。这一段的人物行动线只有两句话——"开电车的人开电车……开电车的人眼睛盯住了这两条蠕蠕的车轨，然而他不发疯"。"开电车的人开电车"是小说的第一句话，叙述语言给我们带来的语感是冷漠、笨拙、贫乏而毫无生气。"车轨""曲蟮"的比喻意象显示出生命的冗长乏味，它是"柔滑"的，没有任何的尖锐力度同时又把握不住转瞬即逝，是"抽长了，又缩短了，就这么样往前移"，单调的，毫无美感的"蠕蠕"的机械运动，并且还是"老长老长"没个尽头。这种生存状态几乎会让人发疯，然而所有人都像开电车的人一样不发疯。

封锁的隐喻意义在这里呈现为贫乏冗长的日常生存状态对人们的封锁。接下来情节的发展使这个隐喻意义又向前推进了一步。这是由封锁后的宗桢和翠远的短暂爱情来完成的。这一层的隐喻意义我们可以理解为封锁中的爱情遭遇导致激情的突然迸发，从而构成对日常生活的封锁。"如果不碰到封锁，电车的进行是永远不会断的。封锁了。摇铃了。……切断了时间与空间。"封锁成为一个与日常生活失去关联的突然凸现出来的真空状态。激情的突然发现，在文本中有一段精彩的描写。

街上一阵乱，轰隆轰隆来了两辆卡车，载满了兵……出其不意地，两人的面庞异常接近。在极短的距离内，任何人的脸都和寻常不同，像银幕上特写镜头一般地紧张。宗桢和翠远突然觉得他们俩还是第一次见面。在宗桢眼中，她的脸像一朵淡淡几笔的白描牡丹花，额角上两三根吹乱的短发便是风中的花蕊。

这个场景，像《倾城之恋》中范柳原和白流苏在战乱之后的断墙下的突然发现。陌生化的文学效果，通过扭曲、变形和紧张，他们才会从陌生中第一次互相发现对方，发现对方和自己的激情。而这之前，在宗桢的眼中，翠远像挤出来的牙膏，没有激情。但现在，宗桢成为一个单纯的男子，而翠远则成为"会脸红"的"白描牡丹"样娇羞可爱的女人。对比本文的开始段落，一个是冗长和贫乏，一个是激情和想象，它们相互对立，后者否定了前者，激情封锁了平庸，这构成文本中封锁的第二个隐喻。

事实上，对《封锁》叙述角度的分析可能有助于我们理解上述对立及封锁的隐喻。在分析之前有一点需要说明的是，叙述角度的绝对划分和区别，更多是为了理论阐述的方便，而对具体文本来说，则很难那么纯粹。即使像海明威《白象似的群山》那样纯粹的旁观视角，我们也可以在第一段的景物描写中看到全知的视角。所以一些叙事学的研究干脆不用"视角"而用"聚焦"，即在叙述语言中除了叙述者的语言之外还夹杂有人物的意识、观点等。对于《封锁》，视角的使用也是混杂的，所以我们此处的分析只是不太精确的粗括的分析。

《封锁》的视角运用，主要有两类。一类是旁观视角，一类是全知视角（兼杂着人物的聚焦）。旁观视角用于宗桢和翠远之外的场景描写，像小说开始时遭遇封锁马路上的慌乱的场景，以及电车上各色人等和山东乞丐等。这些场景是并置的，更多的是空间的排列而非时间的顺序，是展示而非进入。旁观的视角并不介入人物的内心，和人物保持着距离。它的冷漠，有时又带有些机智的、嘲讽的叙述态度，为我们展现了日常生活场景的冗长、混乱、死寂、单调、平庸和无聊。全知视角用于宗桢和翠远，它在本文中具体表现为两个方面，一是人物的对话，一是人物的内心描述和分析。人物进入了具体的情境，对话和内心活动不断推动情节的进展，叙述者不再是冷漠的旁观者，它直接切入人物和情节，成为故事本身。叙述者对人物的了然于心，使人物依赖于叙事者。宗桢和翠远产生的激情同时也体现为叙述者的激情。激情和冗长的对立，也就是两种叙述、两个叙述者的对立。这构成了充满激情的叙述者对暗淡、冷漠的叙述者的封锁。对于后者，人物是死亡的，意识、生命和活力消退在一个个的场景中，仅仅成为场景的一个部分和摆设，场景压倒了人物。对于前者，人物则从场景中凸现出来，空间的并列变为时间的纵深，具有了意识，最终瞬间产生激情，冲破、超越了冗长沉闷的场景。对人物的压抑和封锁，反而封锁了场景。

这是封锁的第二层隐喻。但我们还可以发现第三层的隐喻意义，它主要是由本文的结构带来的，它造成本文的悲剧意味；激情瞬间产生又瞬间消失。"封锁期间的一切，等于没有发生"，只不过是上海"做了个不近情理的梦"。这种封闭式的结构，两声冷冷的铃声把时间和空间切断了。第一次切断产生了激情，第二次切断是切断激情。生活重新恢复了常态，冗长和单调又重新封锁了激情，在翠远的眼中，人物死亡了，时间又换成了空间，人物重新又成了场景。

一阵欢呼的风刮过这大城市。电车当当当往前开了。……黄昏的人行道上，卖臭豆腐干的歇下了担子，一个人捧着文王神卦的匣子，闭着眼霍霍地摇。一个大个子的金发女人，背上背着大草帽，露出大牙齿来向一个意大利水兵一笑，说了句玩笑话。翠远的眼睛看到了他们，他们就活了，只活那么一刹那。车往前当当当地跑，他们一个个地死去了。

通过对"封锁"的三个隐喻意义的分析，我们似乎可以认为，《封锁》这篇小说在故事层面上是"艳遇"故事，但它的丰富的意蕴又超出了其承载。因此我们可以说它并不是个"艳遇"故事，或者说它仅仅是借用了"艳遇"故事的外壳。"旅行"元素的功能原来仅仅是艳遇发生的前提，但"封锁"，正像我们分析的那样，它不仅作为前提存在，作为提供人物活动的时空存在，它是从日常生活的冗长中凸现出来的真空状态，是激情存在的方式；"邂逅""调情"也不是或不仅是感官欲望的表现，而是活的生命的发现；封闭的结构也突破了模式化的意义而获得了更深的隐喻意义。

但上述解读还不能说对《封锁》的分析已经完成，还有一些更重要的、有趣的发现。它们可能会对上述分析的结论构成颠覆，但同时也是对结论的一种丰富。

三

《封锁》中最精彩、最出色的艺术表现是反讽。在文本中，这是通过宗桢和翠远的相互错位来完成的，他们的激情只不过是没有对象的想象中的独语，他们成为不可靠的叙述者，隐含的作者和叙述者之间出现裂隙并相互背离，从而构成对激情的消解。也许，这才是"封锁"这个题目最大的隐喻意义。

上文说过翠远是个极度缺乏的女人。小资产阶级、基督教的装腔作势、温文尔雅的家庭教育，使她觉得真实的生命对她来说无比的遥远，她对生命的敏感和渴望是如此强烈，甚至小孩坚硬鞋底的触及都使她感到真实。而宗桢却是像木头一样毫无生命的东西。渴望和渴望的对象在一开始就是错位的，滑稽的。第一部分的分析中曾提到，张爱玲设计了一个因果关系让宗桢和翠远坐在一起。这里真实的逻辑是因为宗桢害怕培芝的纠缠，另一个逻辑关涉情节的向前发展，是为了让宗桢能够"调戏"翠远。这个因果关系设计得既笨拙又聪明。笨拙在于这个因果关系在文本中显得突兀，不惜浪费笔墨设计培芝这样一个和情节进展几乎没什么关联的人物，他的功能仅仅是一个局部因果关系中的因子；但同时这个设计又是聪明的，聪明就在于它的突兀和笨拙，以致让宗桢调戏翠远显得生硬和不可信，最终导致对后面产生的激情的消解。

在涉及宗桢和翠远的爱情时，张爱玲更多地运用全知和人物视角。在描述对话和内心活动时，这种运用使人物间的错位成为可能。具体地分析这些错位，是很有趣的。

宗桢迫于培芝而向翠远发出调情的信息，但对于发送者，它却仅是言语的、能指的滑动，并无具体的所指，所以他随口就"早忘了他说了些什么"。但接受者翠远却错误地接收了信息，"翠远笑了。看不出这人倒也会花言巧语……一个真的人！不很诚实，也不很聪明，但是一个真的人！她突然觉得炽热，快乐。她背过脸去，细声道：'这种话，少说些罢！'"

"'申光大学……您在申光读书！'"这是宗桢吓退董培芝后的无话找话，亦不含具体的所指，而翠远又接收错了，以为是在奉承她的年轻，"她笑了，没做声。"

这是他们的第一个错位：翠远的自作多情和宗桢的心不在焉。

宗桢现在真正开始调情了，这个老实人，开始变坏了，这是因为他看到翠远颈子上的像指甲印子的"棕色的痣"，他"咳嗽"了一声，表明他对欲望想象的稍微压制，回到现实，也表明调情的真正开始。但是翠远又理解错了，她恰恰以为他是由坏人变成老实人。"翠远注意到他的手臂不在那儿了，以为他态度的转变是由于她端凝的人格，潜移默化所致。"翠远渴望爱情，但宗桢却渴望调情，这是他们的第二个错位。

宗桢要调情，就要把自己扮成可怜的、没人同情的角色。"'你不知道——我家里——咳，别提了！'……宗桢迟疑了一会，方才吞吞吐吐，万分为难地说道：'我太太——一点都不同情我。'"翠远"皱着眉毛望着他，表示充分了解"。他们两人同时进入了"调情"的标准化情境。爱情似乎与真假无关。但我们还是可以从文本中宗桢的"迟疑""吞吞吐吐""万分为难"，翠远的"皱着眉毛"，以及三个破折号，产生对这个故事的叙述者的怀疑。我们有理由相信这是一个不可靠的叙述者。隐含的作者和叙述者分离了，文本外出现了第三只眼睛，这让人想起张爱玲的《传奇》的封面来。因此，文本获得了一种反讽的意味。现在我们可以怀疑此文第二部分对文本隐喻意义的分析了，它不是一个激情瞬间突破冗长贫乏的封锁而又瞬间消失的悲剧故事，而是对激情的颠覆和消解。因而，当宗桢和翠远在卡车隆隆驶过互相第一次发现对方时，当翠远在宗桢的眼里成为一朵风中美丽的牡丹花时，当宗桢想象自己成为单纯的男子时，我们的确会感到其中具有滑稽和喜剧色彩的反讽意味。因而当我们读到"他们恋爱着了。他告诉她许多……无休无歇的话，可是她并不嫌烦"时，我们可以将它们看成是对爱情戏剧的滑稽摹仿。

但是这些"戏"中的人物对此并不知晓。他们沉浸在自己激情的想象中，他们"苦楚""温柔""慷慨激昂""痛哭"的爱情表白实际上是没有实指对象的。在这里，他们的语言功能不在于交流，而在于为自己提供一个讲话的场所，是能指的无限蔓延，他们愿望的满足是没有对象的，仅在自己的想象中完成。愿望、激情纯粹变成了语言组织的结果。小说文本非常明确地指出了这一点。宗桢回到家，"他还记得电车上那一回事，可是翠远的脸已经有点模糊——那是天生使人忘记的脸。他不记得她说了些什么，可是他自己的话他记得很清楚——温柔地：'你——几岁？'慷慨激昂地：'我不能让你牺牲了你的前程！'"这是一出可笑的爱情戏。

上述这些：宗桢和翠远的错位，不可靠的叙述者——作者和叙述者的距离，激情的表白只不过是能指的滑动，最终构成了文本的反讽力量。

文本最后"乌壳虫"的意象饶有趣味。整个人类、整个生命过程就像乌壳虫一样，它会思考么，思考是痛苦的，并且"人类一思考，上帝就发笑"，我们还是回窠去吧。现在让我们也回到此文的第一部分"艳遇"故事上来，我们可能又会发现，《封锁》和"艳遇"故事，除了故事表层的相同，还有另一些更重要的相同。"艳遇"故事不需要太多的思想，而《封锁》也不需要。因为"思想毕竟是痛苦的"。

我看《封锁》

报告人：李隆明

时间：1995 年秋季学期

地点：北京大学中文系五院

才华泛滥始终是张爱玲写作必须面对的最大威胁，这部作品表明了她在运用自己才华时的自信与严谨的风范，她从容地赋予它与其他深湛作品相似的品质。

与张爱玲的其他许多作品相仿，《封锁》开篇时就被形形色色的感觉压倒了。

"开电车的人……"在一个由死一般寂静的时间以及在这种静止的时间中快速转换的空间组成的情境中，人的感觉延伸到了幻觉的边缘，触觉、嗅觉、视觉的混乱使人被迫做出不适的反应，用这种反应，作者控制了全篇的基调，并顺利地切出一块被剥夺了正常形态的封锁的空间，阻止了它不断运动变化的特征：

"封锁了……"

这种主动分割空间的有力手段显示了张爱玲与乔伊斯开创的"尤利西斯"世界的现代主义之间的关系，被她封锁起来的这个车厢同样恰好具有相反的意义：人性的激情得以呈现，而不是被关闭封锁。作品的最后结果是把车厢看作绮梦的境遇：整个上海"做了个不近情理的梦"。封闭起来的时空使一个正感到自己被人歧视的女教师对男人产生了幻想，与此对照的是封锁开放之后她反而恢复了原状，而且是一种没有任何反抗，不动声色的回复。在这种貌似严肃的品质中，张爱玲嘲弄了人性的表里不一，或者说嘲弄了生活强大的力量对人欲望的覆盖。车厢由此设在人性与处境悖逆的隐喻基础之上，连接着现代小说的结构特征。

"冷冷的一小点"的修辞，是用一种奇特的冷漠感，来暗示暧昧的生活中情感的不可靠性及其令人难以忍受的程度，它最后再度响起，意味着庸常的冷漠最终不会得到改善的结局。张爱玲为取得凸显庸常的普遍性的效果，并支持被割裂的时间意识，采用的方法是运用平行叙述，即一种完全空间化的处理方式。这种方式依靠知觉上的同时性，将注意力分布在车厢的各个方位，赋予其中的每一个人物相同的时间片断，这样，张爱玲把历时与共时之间的区分横向切断，既包括了空间又包括了时间，各种成分被看作连锁关系的一部分，各个对象依靠自身的差异性显示出来：

> 一个人撒喇一声抖开了扇子，下了结论道……
> 一对长得颇像兄妹的中年夫妇把手吊在皮圈上……
> 只有吕宗桢对面坐着的一个老头子，手心里骨碌碌骨碌碌搓着两只油光水滑的核桃……

具体地说，描述对象失去了稳固性，人物时间的纵向指涉功能随时会被中断，而被另一个对象取代。结构的意义，也不再由这些对象与即将展开的主要叙事结构之间构成的契约关系形成，而是由这些人物杂乱构成的小场景的并置反应的交互作用所赋予。我们恰好看到场面的全部意味，即庸常意义的普遍化，正是在各种人物不断生成的各种意义的链条中诞生。这种描写破坏了叙述中的目的论而接近于现代的写作观念。同时并置结构指明了主人公与他人的相同之处不可避免的原因：

"坐在角落里的吕宗桢……菠菜包子。"

在渐次空间化的描述过程中，借助于熏鱼的联系，作品暂时恢复了被叙述者与时间意识的有效联系，这种手法使人马上想起伍尔芙的艺术创新。

买菠菜包子的行为显然并不比买熏鱼更为高尚，吕宗桢于是被冷漠地置于与其他次要人物相同的精神状态之下，成为环境中毫无特权的组成部分。他的这种品质跟张爱玲笔下大多数人物一贯的平庸性是一致的，这几乎是一种有意识地为实现写作终极愿望而设置的平庸性，张爱玲比当时大多数作家更关心人们对眼前世界的反应，非理想化的兴趣决定了这一特征。她一方面使人类的道德与精神的某种先天性的缺陷相连，另一方面却无意于拯救它，甚而乐于视其为精神的正常形态而泰然处之。她在1944年《自己的文章》中声明了对英雄主义由衷的反感。吕宗桢认为"思想是痛苦的一件事"。对待充满世界的这些人，张爱玲的构想似乎在嘲讽和悲悯之间而非在批判的基础上寻找到了适切的态度。

随后的叙述继续在互为参照的空间形式中进行，因为所描述的小场景随时可能产生或消失，作为并置描写的特点，它继续开拓着庸常意义更为广阔的现实可能性范围。

> 隔壁坐着个奶妈，怀里躺着小孩……
> 电车里，一位医科学生拿出一本图画簿……

张爱玲拥有特别的空间连缀能力，保证散乱的场景不致影响内部结构的和谐，而且在面临人物需要复回时间中时保持机智："老头子右首坐着吴翠远……还没有结婚。"作者让吴翠远在吕宗桢正为妻子的托付感到有伤面子时陷入恍惚的回忆。表面上两人互为不同的生活目的所困扰，实际上他们并未有太大的不同，并置的结构深化了所有人在生活平庸性方面的相似性。

董培芝的出现推动了主要故事结构由空间化向时间叙述的还原，以男主人公的身份，吕宗桢率先进入了时间的流程，吴翠远随之卷入了这个流程之中，而其他人包括被迫退出这个主体叙事结构的董培芝，则仍在这一小块暧昧不清的空间里与他们的进程并列。

吕宗桢对董培芝的过敏反应，使故事在讽喻性的基石上很快建立起来："他匆匆收拾起公事皮包和包子，一阵风奔到对面一排座位上，坐了下来。"张的小说总是力图实现中国古典小说人物的描写方式与现代心理主义妥协可能达到的极度。《封锁》毫不例外地运用了中国人物的特性，并预感到了成千上万类似吕宗桢这样平平无奇的人物在现代社会中的心理活动能力。他在看到一个陌生女子的瞬间就清楚地意识到了自己面临的突如其来的新关系，从而显示了这个生活被压抑的男性的内在活力："糟了！这女人准是以为他无缘无故换了一个座位，不怀好意。"这个句子处于作者从外界向内在视线的转动中，依靠它制造出的某种关键性的误会把故事引往戏剧性方向。这个句子另一点值得注意的是，运用强有力的语气提示出人物心理在封锁中包含更深的激情，这种激情与其后大胆的回想有着特别深刻的联系。

到了这里，作者在促使吕宗桢、吴翠远接触的动机考虑上，吕宗桢憎恶董培芝的情绪具有直接的力量，同时，被割离的空间里，日常道德压力有可能被纾解一部分。但这两个原因在解释吕宗桢作为一个道德保守的男人突然产生调情冲动，以及吴翠远何以成为他调情对象这两个有关心理动因的问题上，存在着裂缝。

张爱玲的答案是展示一个强大的无意识动机。她借助了吕的自白："你知道么？我看见你上车……一种风韵。"这种思路与《金锁记》如出一辙，但成功地解决了上面遇到的那些困惑之处：作为处境单调卑琐、欲望受阻而又具备充分心理活力的男人，吴翠远的风韵微妙地唤醒了他追新逐异的潜能。因而在真正的推动力中，董培芝不过是他的欲望受到鼓励而转变成行动的一个诱因而已：这样，吕宗桢真正进入了张爱玲的世界，在潜能的涌现与最终的寂灭中，像七巧一样建立了他的心理深度。

吴翠远随即面临着作为一个女人的品德的考验。她对自己人格感召力的误会（又是误会）是使故作矜持的态度得到改变的理由。小说察觉这种细微变化的能力几乎无与伦比：

翠远注意到他的手臂……不能不答话了。

下面开始一场含蓄而看上去毫无意义的对话。翠远本来可以左右这一局面，但她逐渐退到受欺骗和被动反应的地位上去，因为她过于严肃地对待吕宗桢的即兴发挥。由于作者对吴翠远的心态完全开放，从她的角度来说，这场对话慢慢演变成一个莫名其妙的希望的产生及破灭的可观过程，如：

> 翠远连忙做出惊慌的神气，叫道："你要离婚？那……恐怕不行罢？"

虽然吴在一种极不自然的心态下扮演她的角色，但这种心态恰恰很有趣，也很明显，人物的行止作为一种经验或生活惯性的延伸而非内在意图的呈现的秘密被揭穿了。这种秘密不仅包含在一个人对另一个人的态度误解之中，同时也在她的直觉与行动的分裂中存在：

> 向他解释有什么用？如果一个女人必须……太可怜了。

试图在吕宗桢身上找到类似清晰性的希望很快就会落空，因为隐蔽了过多关键性的描绘，同时混合着过于复杂的细节，过于细微的心理暗示，以及弥漫着过剩的比喻的模糊所指，吕宗桢终于变成了一个迷宫式的难解的人物。为了便于表述，我想把吕宗桢试图与吴翠远建立关系的过程称为"主体场面"中的事件，吕宗桢与家庭恢复关系的场面称为"延续场面"，最后我将论述到后一个场面对另一场面不可或缺的意义补充。

理解吕宗桢封锁期间毫无意义行为的最大困难之处，在于主体场面揭示的文本外部与内部之间存在一种深刻的对立，即文本的语义层面无比清晰，同时，主体人物的话语意义却因失去了与其心理指向的对应性联系而变得极不可靠。这种心理指向的流失现象，与作者对这个人物半封闭半开放的处理方式直接相关，它最后导致不得不将吕宗桢的潜意识上浮之后的话语意义置入一个难分难解的三角关系中进行考察：话语（行动）—欲望—生存实况。

这个三角中也许只有一项关系能够被勉强确认：吕宗桢前期对吴翠远的真实欲望，被不可察觉地编织在他的话语形式中了。但追索这种编织的痕迹，最后发现欲望已不知不觉中被置换成另一种形式。如上述分析所言，吕宗桢一开始产生的激情，表现在灵敏的反应、行为与交谈中，证明他的欲望存在一个直接的目的，即吴翠远的风韵。这时，我们甚至可以认为"他们恋爱着了"，吕宗桢还有可能幻想吴翠远能把他从生活秘密的悲哀中解放出来；但当对话进入高潮时，却出现了一句分解吕宗桢欲望的话，这句酝酿良久的话是一个有预谋的转折，并成为他的激情最后消散的暗示之一：

> 宗桢沉默了一会，忽然说道："我打算重新结婚。"

"沉默"是这篇小说中最为关键的一个状态，这里它导引出了吕宗桢隐秘的气质，即在他的话语中隐藏着一种未成熟的、耽于幻想的和带有自恋倾向的气质。这里也许是这部小说极为神秘与不可思议的地方。令人感兴趣的是，一个生理上接近中年的男子，对着陌生年轻女子述说心中的悲哀，然后表示出重新结婚的冲动究竟意味着什么？首先，也许他的态度并不是伪装的，在一个不知道底细的女人面前，他不必为自己无歇无休的冲动的述说感到威胁；其次，证明那些困扰他的烦恼日积月累成为他的生活特征的一部分后，已引起了他无意识的担忧。他厌倦现实的各种身份，疑心董培芝把他看成老头子，表明他对自己的变化过程的确存在一种潜在的敏感。如作品中揭示，他秘密地渴望自己还原成一个单纯的男子。吴翠远顺从的反应则最终鼓励他把这种渴望说出来了，因为男子的身份只有在婚前是单纯的。由此可见，宗桢的内心一直秘密保留着非成年时对婚姻生活的美好幻觉，从而可以推想他可能时常耽于把自己置于新的婚姻中的幻想。当吴翠远被他中产阶级男子的忧郁气质迷惑，他的意图即将实现时，这种自恋的心理倾向反而使他感到急躁不安，且他迅速地摆脱了她。故事的戏剧性高潮就在这里，他们在背道而驰的方向上发展到了各自的顶点："宗桢一急……你告诉我你的电话。"在这里，封锁开放迫使吕宗桢逃离他刚才的角色，因为解禁之后重新浮现道德的压力——意味着生活恢复常态，这种压力令这个毫无主见的男人觉得自己有点堕落，从而惊慌失措。另一方面，他既然证实了自己依然具有一个单纯男子的魅力，那么，在自恋的欲望得到满足之后就不再需要什么了。

这种欲望—话语/行为的分析试图比较清楚地阐明吕宗桢反常的原因，但其中一部分分析建立在对吕宗桢生存实况的揣测基础之上。三角的第二种关系，即话语—生存实况的关系，是这部作品中最富有诗学启示也是最可怕的一部分。通过吕宗桢"无休无歇"的话语，对人类语言真实性的深刻怀疑被呈现出来：吕宗桢对自身生存状况的描述的可靠性，除了"我大女儿今年十三岁……"之外，他关于其学历、家庭以及"他们银行里……志愿"的所有言论都缺少旁证，例如"她后来变成了这么样的一个人……都没毕业"，这些话潜在地表明，吕宗桢正在为自己向面前这个女人大献殷勤的冲动辩护，甚至也可以表明这与他对妻子平庸的失望态度之间存有一条"移位转化"的弗洛伊德式的原因。但对这句话本身，我们却无法从文本中稽查它是否属实。话语本身作为意识表现的功能与它的真实性之间的同一关系，因无从求证而实际上中断了。具体地说，作者允许这些话语在拽向当下心理动机的过程中生成其意义，但拒绝让它们与历史状况之间进行有效的对接与验证，致使它们飘散在空中，身世可疑。于是产生灾难性的倒置现象：由于吕宗桢必要的生存实况无从推断，他的历史事实上部分地变成了一个模糊、残缺而空洞的能指背景，看上去来历不明的那些话语的意义便堆积在文本中无所归属，由此出现了本该赋予话语的能指与所指对应关系的倒置，并出现了一个两者关系破裂的后现代情景。作品无意识地暗示了人类追索他人真实意义的企图时面临的绝望与失落。身处其中的吴翠远难以辨别吕宗桢所言的真伪，同样也没有一个读者能够完全做到这件事。这是一个残酷无比的情景，在他者眼中激情陷入了空态，真实陷于无处可寻，生存历史的阙如使吕宗桢看上去像淹没在话语的流动之中，最终只能成为吴翠远的一个幻象：

上海打了个盹，做了个不近情理的梦。

作为张爱玲作品的主人公，这时，吴翠远发现自己受到欺骗而产生的烦恼，肯定会通过生活的庸俗性而减弱随之而来的羞辱感。也许这同时隐含着一个女性受辱的寓言，而吕宗桢在她眼里，以他荒唐的激情突然消散为象征，必然地联系着与那个时代相关的男人世界的无能与平庸。但这并不是在她们身上发生的这个故事的全部意义。

作品延续场面，即结尾包含着一种灵巧而极妙地保持平衡的技巧："吕宗桢到家正赶上吃晚饭。他一面吃一面阅读他女儿的成绩报告单，刚寄来的。"这种平淡是特意设计出来的，是人物回到正轨的一个步骤，在意味着梦幻式的封锁彻底结束的同时，也意味着生活的庸常性对激情的封杀，由此完成了三角中最后一组"欲望—生存实况"的关系。张爱玲通过一个象征的方式使自己退出作品，而又使人物行动的无意义性继续延伸：

一只乌壳虫从房这头爬到房那头……一动也不动。

与开篇相互对照，这个麻木的意象作为对整个世界尤其是男人世界的讽刺结束了作品，它同时贯注着精神与欲望"空缺"的内容，与精神的卑琐同步而来的是欲望／活力的隐匿，正如这个可怜的小虫回到窠里去了一样，吕宗桢退缩到无以凸显他存在的平庸性中去了。

我想顺便说一下吴翠远的这个三角反应。她的话语基本上是敞开的，无论哪一组关系的配合，都是透明的，稳固的。尤其显著的是话语—欲望的关系，通过作者的权威叙事，我们总能确定她的话语在当时情境中的真伪性质。因为她的欲望已经转化成单一的、具有明确指向的心理运动被揭示出来。吕宗桢的情形则相反，作者抽离了对他心理反应的肯定，也不出示有关他过去历史的完整的实况，而采用了听任他的欲望在情境中涌现的深不可测的态度。在这个特定有限的意义上进行区分，吴翠远属于传统的现实主义文本，作者介入她的心理，向读者预告了她的言语、欲望与生存实况的分裂，吕宗桢则进入不可知状态，用巴尔特的观念来说，他是唯一健康的表现。

电车上的造反

报告人：[美] 江克平

时间：1995 年秋季学期
地点：北京大学中文系五院

我曾经说过，创造性虽然给每一个人分配得均匀，但是只能够在某些特殊的场合下直接地、自发地表现出来。这些场合是革命前的时刻，也就是改变生活、改造世界的诗料（第 196—197 页）。①

一般来讲，编写中国现代文学史的人不会把张爱玲列入"先进作家"的行列中去，因为爱情、小市民和日常生活的鸡毛蒜皮往往被抛在先进事业之外。但是，假使我们能够把常规的政治思想暂且放在一边，重新思考"先进"的意义，或许可以从一个新的角度去领会在现代社会中什么叫"解放"。更具体地说，在解读张爱玲的短篇小说《封锁》时，是否能够读得出一种日常生活革命的模范？是否可以在叙事中觉察出一种隐藏在身边小事和潜伏在个人意识里的革命性创造力？能不能在两个普普通通的小市民的行动言语中找出颠覆性的本质来？以下我想给这几个问题提供一个肯定的答案。为了进行这种解读，我想运用"角色""游戏"和"爱"这三个概念来衬托出两个小老百姓创造的微型革命诗篇。

---

① 本文所有引文均摘自 Raoul Vaneigem, *The Revolution of Everyday Life*（London: Left Bank Books and Rebel Press, 1994 ）, Donald Nicholson-Smith 译，原版为 *Traité de savoir-vivre à l'usage des jeunes générations*（Paris: Gallimard, 1967 ）。以下引文只标页码，不再注书名。

角色是生命意志的吸血鬼（第 131 页）。为了"做人"，每一个个人都被迫为"物"付出代价，也必须把自己的种种角色梳理得清清楚楚，擦得亮光光，然后一次又一次投入里面，以便能够渐渐地在视场①中累积升级的资格（第 142 页）。不管一种角色在公众眼里有没有威望，它的主要功能无一例外都是适应社会生活，是把人融入"物"所严密管制的宇宙（第 134 页）。

"开电车的人开电车。"《封锁》的第一句话是不容忽视的，因为它在极为紧凑、封闭而重复的字眼里意味着一个"人"是怎么样紧凑地、封闭地、重复地被"开电车"这个规范的角色所钳制。正如电车的行程，在夜以继日的生活过程中扮演一连串现成角色的人"就这么样往前移"，就这样为无形而无所不在的现代生产、消费的视场把生命意志给牺牲在直线性的生活路途上。尽管如此，人们"不发疯"，因为早已适应了，适应了所以想不到别有选择。结果是"如果不碰到封锁，电车"——角色——"的进行是永远不会断的"。

"封锁了。"日常生活紧密的时空组合破了个洞，而身边小事开始逼近：谈话的碎片，扇子撒喇一声打开了，熏鱼、裤子的价钱，包子的麻油气味……"物"的宇宙活动起来了。可是，车上的人只意识到一片空虚，一种"不能不填满"的"可怕的空虚"。为了逃避这股无法承受的压力，他们各自躲进印刷物的安全地带，看报纸、发票、章程、名片、市招，这样就把差一点脱了轨的思想纳入文字的无头无脑的正轨。

异化的作用已经扩展到人们的一切活动，从而把这些活动分离到极点。当那些使日常生活变苍白的因素开始衰弱时，生命的意志力就有了征服角色的时机（第 149 页）。

---

① "视场"指英文的"spectacle"。这个翻译包含了"spectacle"的三种意义："视"指现代商品社会中以视觉为主的感官诱惑；"场"是"力场"，意味着"spectacle"无所不在、无孔不入的高度影响力；"视场"与"市场"的同音标志着"spectacle"与市场经济、交换价值和商品形式的密切关系。

　　吕宗桢和吴翠远，这两名由普普通通的角色所构成的人物，前者为会计师、孩子的父亲、家长、车上的搭客、店里的主顾、市民；后者为申光大学的青年英文教师、模范家庭的好女儿和好学生、车上的搭客、市民。从故事的叙述中我们不难发现他们俩在生活过程中都被一整套现成的、享受社会认可的角色所钳制。可是，从叙述中还能看出一个很重要的提示，就是吕、吴两人都隐隐约约对这一连串似乎脱离不了的角色感到不满，而且不满的情绪都产生于各种角色对个人内在欲望的无情镇压。吕宗桢认为，"穿着西装戴着玳瑁边眼镜提着公事皮包"的一个堂堂正正的会计师"抱着报纸里的热腾腾的包子满街跑"是一件太矛盾，太损害个人自尊心的荒唐事情。可见，这"妻管严"的丈夫濒临着中年的危机，或别种危机。同时，邻座的吴翠远在批改学生卷子的时候，很吃惊地发觉自己对某一个男学生产生了作为一位老师、一个模范家庭出来的小姐不应该发生的感情冲动。还不只如此，她趁着封锁的特殊时空从这个小小的觉悟追溯到一个启示：她领悟到当一个好女儿和好学生，天天按照日常生活的固定规律洗澡、看报、听无线电的"好人"是一个侵蚀掉人的"真"的成分的恶劣过程。说"世界上的好人比真人多"倒是一个真理，因为人的真正生命力正如吴翠远想象中的《圣经》，早已被隔绝在一层一层越来越偏离本质的"翻译"后面。

　　很重要的一点是，封锁的到来提供了一个能让这些潜在矛盾成为具体行动的时机，这是因为，角色的强行规范跟现代线性时间观有着密切的互动关系。各个角色的分配都取决于线性时流的安排，线性时流也得力于角色的组织。不管是上班还是休闲的时间，青年或是老年的时间，什么时间都要求人来扮演一个"适当"的角色；无论是工作岗位上还是空闲消遣时人们所扮演的各种角色，青春期或是上了年纪的角色，什么角色都是由线性时流的安排所支配的。"因为从外部受线性时流的控制，而从内部受角色的时间性的统治，所以人的主体性不能不变为'物'"（第228页）。然而，在"封锁"这个时空"绿洲"里，正常的规律已经开始减弱，新的时机应运而生。

> 为了从角色中脱身而出，我们必须回到游戏的领域去（第 131 页）。

引导吕宗桢和吴翠远发生恋爱关系的一系列举动无疑是偶然的，是无心的，是滑稽的，甚至是虚假的，但是最后还是揭露了双方生活的真实——被各种各样角色所埋没后——的强烈渴求。他们之间的这一段沟通可以说是一种辩证的错觉，一场日常生活中的游戏。

游戏的进行出于角色的快速转变；游戏的效果实现于不断地对人和生活建立重新认识。对吕宗桢来讲，吴翠远本来是个极其不起眼的、上海街头上视而不见的小道具。同样地，吕宗桢对吴翠远来说，原来只不过是一个不出色的、千篇一律的上班族。可是，经过一个接一个的偶然行动，他们两人之间认识上的各个障碍都被破除了。

破除这些障碍的关键在于人与人关系之间高度的"流性变化"。在封锁的特殊时空之下，规范的角色变得异常容易错乱，人际关系能够自发地蜕变。在这方面，吕宗桢和吴翠远关系的曲折进展就是最鲜明的例子。宗桢因为想吃菠菜包子，视线偶然地落到董培芝身上；为了防范被董培芝看见，就移身到素不相识的翠远旁边；因为培芝的逼近，宗桢胡乱地对翠远发起无所目的的调情行动。奇妙的是，这一连串漫不经心的、带着虚伪色彩的行动，很快就引发了一番真切的感情交流，使得表里不一成为心有灵犀。

更值得注意的是，吕吴关系的蜕变来自一次日常生活游戏的错觉，也就是吕宗桢透过撕破了的奶粉广告看见吴翠远上电车的滑稽镜头。这件偶然的小事触发了宗桢的想象力，从而使其变成一个日常生活的即兴之作，一个对双方都起着重整主观认识的小创举。吕宗桢正是在把这个视觉感受转换成言语的那个时刻，获得了一个新的发现："拆开来一部分一部分地看"，这原先"像挤出来的牙膏，没有款式"的女人一刹那间就"未尝没有她的一种风韵"了。通过一次既平凡又微妙的效应，就是最最通俗的都市日常生活的视觉垃圾——电车上的商业广告——和市民自发创造力的结合，麻雀就变凤凰了。而且，这次认识上的变化是双向的，因为与此同时，吴翠远对她身旁的搭客也突然重新做了评估，发现这个原来长得颇像"靠得住的生意人",竟然在她眼皮底下改变成能让她炽热和快乐的"一个真的人"。虽然这次小插曲马上就被吕宗桢忘记了,也尽管他看见董培芝退走后就恢复了以往的"正经"角色,可是他与她的交流已经发生了料想不到的改变。

"爱"是从日常生存的阴影中所窥见的一个改造了的宇宙。爱的激情、即时性、肉体的兴奋、情绪上的变化多端和对危险与变化的热切接受,都标志着爱将成为重新创造世界的关键因素。我们毫无情感的生存急需多维的激情。情人由梦境和彼此的肉身所建造的宇宙是一个透明的宇宙(第248页)……

爱的时机在于真实生活感受的时空(第252页)。

"他们恋爱着了。"小说里的这一时刻可以算是吕宗桢和吴翠远日常生活诗篇中的"眼儿",是层层角色在日常游戏的进攻下勉强让出来的感受。正是在这句话之前,吕宗桢从习以为常的各种角色——会计师、父亲、家长等——中得到了一刹那的解脱,突然感到自己是个长久被压抑着的"单纯男子"。而在这句话不久之后,吴翠远也一时把家人灌输给她的"好人"角色弃置不顾,开始认真考虑不顾一切地随心所欲,做吕宗桢的妾。当然,必须承认这份爱只不过是三分钟热情,很难在"正常"的情况下维持下去。但是,也不能否认这极为脆弱、短暂的小机遇构成了一个充满了激情、梦想和反抗的一刻。

不过,在封锁时空即将结束时,这梦般的一刻已经飘散了。一旦"封锁行将解放"的谣言在街头上流传起来,吕宗桢又开始意识到层出不穷的现实障碍的来临,就退缩不前,对刚才的"快乐"提出了抗议,而把他和吴翠远几分钟的激情交流永远埋葬,回到了日常生活的"生存"状态中,躲入了"好人"的角色里头。相对来说,还是吴翠远对这个丧失更清楚、更珍惜。当吕宗桢不假思索地把封锁时的事置之不理时,这位感情丰富而受长久压抑的女市民,却还能够领略出封锁时空的特殊性质。她知道吕宗桢的话,那几句听凭现实的有关钱的话,是太有"理"

的，也知道封锁时空内的暂时解放无法承受这种常规的、日常的道理，但更重要的是，她得到了一次启发：她看出来了"封锁中的电车上的人……一切再也不会像这样自然"，就是说，日常生活的自然之外——或更确切说，在日常生活的充分把握之内——还存在着能超脱成规"自然"的另一种自然。

两个世界的对立

报告人：[日] 滨田麻矢

时间：1995 年秋季学期

地点：北京大学中文系五院

《封锁》的形象造型在张爱玲作品中是很普遍的，可是从时空的布置来说，这篇小说是很有特点的。我想以两位主角，尤其是吴翠远的两层心理世界为中心来讨论。在此所说的两层世界无非是日常的"好的"世界，与以宗桢的出现为开端的"真的"世界，这跟小说的时空布置有非常密切的关系。以下将对时空的变换跟主角所属的心理世界进行分析，其间也将参考张爱玲的其他作品。

"'叮玲玲玲玲玲'，每一个'玲'字是冷冷的一小点，一点一点连成了一条虚线，切断了时间与空间。"故事的时间是封锁期间，空间是封闭的电车里。时空既然被切断了，那就应该存在"内"与"外"的关系，可这并不是"封锁＝非常"而"封锁前后＝日常"这样单纯的两项对立。虽然作者在小说中并没有提及，但是拿取缔政治活动做借口而任意实施封锁，令市民烦恼的正是日本占领军。无论封锁与否，在当时的上海，侵略已经是既成事实而且日常化了。那么，用"庞大的城市盹着""思想是痛苦的"这样的表达方式描写封锁时空内的电车，可以说是当时上海的一个缩影。车外是一个混乱的世界，但在车里至少有座位可坐。

对乘客来说，情形"还是略胜一筹"的。我们完全可以把这"车"字换成"上海"。张爱玲一直没有直接提及战争的悲惨，而执拗地描写战时还继续着的日常生活，揭示其中的矛盾，这辆电车里发生的一切就是一个例子。在没人知道几时能出去的电车里，乘客挂念干洗的价钱，提醒保持熏鱼和裤子的距离，修改人体骨骼简图，搓着油光水滑的核桃。这些行为本身与封锁以前没有什么两样。"他们不能不填满这可怕的空虚——不然，他们的脑子也许会活动起来。思想是痛苦的一件事。"在这一背景下，只有一个女主角吴翠远，在别的乘客都始终避免使脑子"活动起来"的时候，开始考虑为什么把"A"的评分给了一个作业中写了一大堆猥亵话的男生。随后在吕宗桢出现的一刹那，她离开了日常的"好的"世界而体验了"真的"自己。对吴翠远来说，如果日常的生活算是"好的"世界，那么切断了的时空中的车厢内部则是一个"真的"世界。

说到"好的"世界与"真的"世界的对立，我们可以联想到同是张爱玲作品的《红玫瑰与白玫瑰》里的男主角——佟振保。他的"好的"世界是在巴黎妓院里过了屈辱的一刻之后，下决心要创造的、随身带着的世界。"在那袖珍世界里，他是绝对的主人。"后来，他想要返回"真的自己"，"好的自己"也已经不容许了。"是和美的春天的下午，振保看着他手造的世界，他没有法子毁了它。"如果说振保的悲剧来自他自己手造的"好的世界"，那么吴翠远却无意识地选择了"好的"世界。或是在家庭，或是在学校，她只不过听从她所从属的别人（男性）为她选择的"好的（对的）"世界。（作品中反复出现吴翠远印象模糊的描写，表明她的温顺和意志薄弱。）可是在车内突然调戏她的会计师吕宗桢，全然不知坐电车以前的翠远过着怎样"好的"生活，他也无须过问。也就是说，因为宗桢对翠远所属的"好的世界"毫无兴趣，所以他才能够成为翠远的"真的人"。

"他们恋爱着了。"在封闭电车里发生恋爱的过程中，他们两人异口同声地对封锁之前自己所属的"好的"世界暗道："气，活该气！"这是值得注意的。这场恋爱是两人对外面的"好 = 对"的世界采取的一种报复行动，"真的自己"发动了一时性的叛乱。

下面，我想分析一下吕宗桢、吴翠远怎样对待封锁中的这场恋爱。

在吕宗桢看来，吴翠远只不过是身边"不怎么喜欢"的女人而已，在他心目中，她留下的印象是"像挤出来的牙膏"那样"没有款式"的白色。促使他们会面的是宗桢恨透了的表侄的出现。车内坐着的董培芝是宗桢与外面的世界相牵连的一条导管，虽说董培芝露面很少，但是从小说的构造来说，他扮演的角色非常重要（见后图）。托他的福，宗桢决不会忘记日常的烦忧和责任。进而言之，宗桢的"真"与"好"之间，没有吴翠远那么深刻的差距。他在内心反叛妻子，骂了一句："气，活该气！"可是他的反叛也就到此结束了。跟翠远谈话的时候，他说了一大堆妻子的坏话，可是与其说这是他真的讨厌妻子，不如说是为了引诱吴翠远而随口说的话，且没有什么创造性（翠远刚暗道"来了！他太太一点都不同情他！"之后，宗桢就万分为难地说道："我太太——一点都不同情我。"）；他们两人的对话，忠实地描绘着已婚男子的典型苦恼。宗桢的苦恼确实存在，可是这苦恼已经没有他跟翠远谈的那样尖锐，是一种已经磨耗的、日常化的烦恼而已。虽然吴翠远在他的心目中从"挤出来的牙膏"发迹到"风中的白描牡丹花"，但她毕竟是"不要了以后，就悄悄地飘散"的很方便而印象模糊的存在。确实那天回家以后，宗桢只能想起自己说过什么话，至于她，不只是说了什么，连脸孔是什么样子都忘得一干二净（这个结尾在单行本《传奇》中删掉了）。这场恋爱，对他来说，无非是"能够使一个女人脸红"的自我（"一个单纯的男子"）的发现。作为"一个单纯的男子"，他对翠远略微表示婚外的结合的意愿，预约了给她正太太以上的爱和待遇。虽然他话里的欲望是"真的"东西，但他到底不缺常识，他显然不能胜任"一个单纯的男子"的角色。吴翠远在众人面前大哭，他一急，连忙采取临时对策——问了她的电话号码。之后听到封锁开放了的电铃，就恢复了平时作为会计师、作为搭客，作为"齐齐整整穿着西装戴着玳瑁边眼镜提着公事皮包的人"的形象。对他来说，"封锁期间的一切，等于没有发生"，"整个的上海打了个盹，做了个不近情理的梦"。在小说初次发表的原版里，准备睡觉的宗桢又对自己说"思想是痛苦的一件事"，他把一瞬间显现的作为"单纯的男子"的自己（也许这是"真的"自己）作为梦而忘记，拒绝再陷入"思想"；这样他就完全恢复到封锁之外的日常世界中。（这个结尾明显是多余的说明，破坏了《封锁》这个作品时空的完整性，单行本《传奇》出

版时，张爱玲删掉这个部分是理所当然的。可是至少在《天地》上登载
这篇小说的时候，作者描写的只有"醒过来的"宗桢，而没有翠远的
"醒后"，我想这个值得注意。）

那么，吴翠远怎么样？穿着"有点讣闻的风味"的蓝与白，"脸上
一切都是淡淡的……没有轮廓的"，总之张爱玲以没有个性的白色来描写
她，而她面前出现的宗桢，具有相当强烈的色彩："太阳红红地晒穿他
鼻尖下的软骨……黄色的，敏感的—— 一个真的人！"翠远把宗桢看为
"真"的理由只有一个——他对她表示了性的关心。好歹是直接对作为女
人的自己表示兴趣的男人，是不礼貌地伸出手臂来搁在自己背后并低声
笑的男人，他跟写了一大堆猥亵话的男生同样"看得起"翠远。这个关
心，跟她的家庭好、教养高等的"好世界"毫不相关，只因为她是个女
人（而对宗桢来说是为了要表演给表侄看）。在翠远看来，这样的关心才
是"真的"。宗桢摘下眼镜的时候翠远觉得猥亵，可能这也跟她的欲望不
无关系。

我们不能忘记，吴翠远清楚她自己想要的是宗桢的"谁也不稀罕
的一部分"，他的钱她不要，他的聪明她也不要，连他的诚实她也不必
要。比如她对宗桢发的牢骚随口应道"我知道"，其实她知道"他们夫妇
不和，决不能单怪他太太"。翠远冷静地认为宗桢是"一个思想简单的
人"，而自己要成为"一个原谅他，包涵他的女人"，具体地说，她采取
了始终专心听他说话的被动立场。可是这并不等于翠远没有可谈的苦恼。
对教育自己的"好的家庭"的陌生感，从事脑力劳动的空虚，不能进
入生命的不安……这样复杂的感情她都说不出，只藏在自己心里。她
不说自己的事情，"因为下意识地她知道：男人彻底懂得了一个女人之
后，是不会爱她的"。换言之，翠远"被爱"的欲望比"被理解"的欲
望更强烈。封锁中她经验的"真的"世界本来藏在"好的"世界下面的
性的领域里，而且她想要的爱是直接的性的关心，她没有必要跟作为
"真的人"的宗桢解释自己的"好的"世界。既然翠远想要的不是"理
解"而是"欲望"，那么，两个人不能互相理解与谈"真的"恋爱并没有
什么矛盾。

在散文《烬余录》里，张爱玲写了她在香港体验的战争，她用车的比喻终结了她的作品：

> 时代的车轰轰地往前开。我们坐在车上，经过的也许不过是几条熟悉的街衢。可是在漫天的火光中也自惊心动魄。就可惜我们只顾忙着在一瞥即逝的店铺的橱窗里找寻我们自己的影子——我们只看见自己的脸，苍白、渺小；我们的自私与空虚、我们恬不知耻的愚蠢——谁都像我们一样，然而我们每一个人都是孤独的。

坐在疾驰的时代的车里，从车窗看外面应该很熟悉的风景，不知为什么，有一点异常，大家都拼命地找坚固的东西，自己的影子……这些现象是张爱玲在刚陷落的香港发现的。这个母题可能和《封锁》里面出现的电车是共同的。封锁开放，宗桢走了之后，吴翠远从车窗眺望外面。街上往来的人，"翠远的眼睛看到了他们，他们就活了，只活那么一刹那。车往前当当地跑，他们一个个地死去了"。1943 年发表的《金锁记》女主角曹七巧，在与季泽分开的时候也从玻璃窗凝视着他走远。"都是些鬼，多年前的鬼，多年后的没投胎的鬼……什么是真的，什么是假的？"两个女子之间的共同点是：感到能满足自己的"真的"欲望的"单纯的男子"丧失了。（虽然七巧是自愿放弃他，但仍可以说是一种丧失。）吴翠远受不了宗桢的突然背叛，他竟然这么快变成一个"好人"，此时翠远忘记了"斯斯文文的""好的"自己，而压不住"真的"自我，"简直把她的眼泪唾到他脸上"。曹七巧发现了季泽求爱的真正目的是她的钱的时候，虽然"她很明白她这举动太蠢"，仍然把扇子向季泽的头上掷过去，探身过去打他。

她们为留住快要失去的"真的"世界而发生这样的歇斯底里，可是这样的反抗也无法挽回她们的爱。一时的冲动平静下来后，她们看着一如原样的世界时，不能不觉得生疏。

"什么是真的，什么是假的？"刚才谈过的恋爱是真的，还是失去了爱之后面对的窗外风景是真的？以抹杀"真的"欲望为前提而成立的日常世界，对吴翠远来说，这是"好的""对的"世界，即使她们要回到那里，也没有男子那么简单。

吴翠远跟曹七巧（七巧是张爱玲自己承认的特殊形象）不一样，她到底是"好女儿"而且是"好学生"，是始终很懂事的女孩子。她望见宗桢仍没有下车时就明白了他的意思。"封锁期间的一切，等于没有发生"，"整个的上海打了个盹，做了个不近情理的梦"。宗桢的期待毕竟不会落空，他离开她以后，翠远如冬天的吐气一样悄悄地飘散，决不会纠缠不休。封锁时翠远发现的无非是藏在"好的"自己下面的"真的"自己，可是她好不容易找到的"真的"欲望，被宗桢作为"不近情理的梦"而拒绝了。但即使她服从"真的"自己而成功跟宗桢恋爱，她的快乐恐怕也无法持续下去。如上所述，吴翠远连"他们恋爱着了"的时候也不愿让他理解自己，始终专心用作为"原谅他，包涵他的女人"的办法来使宗桢的欲望持续、增大。

"真的"吴翠远发动的小小的叛乱是从"质问自己"开始，由宗桢的背叛而干脆地结束了。也可以这么说，在她本来的叛乱里含有被"好世界"镇压的必然性。吴翠远的悲剧并不是在叛乱的没劲终局本身，她母亲世代所渴望的高等教育和脑力劳动，都使她不快乐。在电车上发生的感情虽然是地地道道的自由恋爱，也毫不解放她的自我。实际上，对她来说，"真的"世界也跟"好的"世界一样，不让她恢复主体性。这既是

《封锁》的两个世界的关系

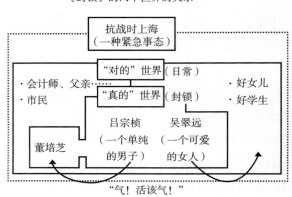

"气！活该气！"

吴翠远的悲哀，也是张爱玲的小说里出现的女性共同经验的悲剧。

　　上面提到，小说最初在杂志上登载的原版里只出现醒过来的宗桢，作者没写封锁解除后的吴翠远。可是早在坐车的时候，翠远已经预料到多半会嫁给"不会像一个萍水相逢的人一般的可爱"的人。从"不近情理的梦"里醒过来以后，翠远可能回到原来的"好"世界。那里确是不快乐，但是它的安稳是实实在在的。淡淡的喜悦，淡淡的悲哀——这正是作者张爱玲在《自己的文章》里所提倡的"葱绿配桃红"的参差对照，所以才能够成为"较近事实"，不受时代限制的故事了。

【现场】

A：我阅读张爱玲的一些作品产生了对现代文学史的怀疑，很多东西都被整合掉了。读她的小说可以用生命去体味，却难用理性思维去分析。在中国现代小说界，白话文的兴起使得古典意象（作为一种文化积淀）少了，而张作则大量运用，她对大量古典意象（符号）的成功运用使她的作品具有独特的品性。对人性冲突的刻画较充分，悲剧性的东西写得很多。张将两种道德、伦理的冲突相融合。

W：文本中翠远、宗桢的互相错位，造成了一个不可靠的叙事者的出现，造成旁本。隐含的作者与叙述者有了一种背离。人物间的互相错位：张爱玲用了"菠菜包子"比喻宗桢，而翠远是一个欲望很强的人，这两人间展开爱情是不大可能的，所以作者设置了一个因果关系——董培芝的出现，以此推动吕调戏吴的情节出现。这作为小说写作的设计是很笨拙的，也因此才会让人觉得这种爱情是可笑的。人物与人物间爱情的表白是没有对象的。翠远、宗桢都仅仅是为了得到欲望的满足而不管对象是谁。宗桢的表白毫无对象，没有实指。这种爱情的表白纯属一种能指在文本中的无限滑动，这种能指和所指的割裂也造成文本中旁本的意义。

S：张爱玲小说与米兰·昆德拉小说，如《生命中不能承受之轻》，有相似之处。都是写爱情破裂，但在描写人与人的不能理解，人与人交往的错位上，处理方式是不同的。吕与吴之间还是有一点沟通的。小说结尾后来被张爱玲删掉了，这是有不同的。这毕竟不仅仅是女性受辱的寓言，所以全文是以吕结尾的，写了这个人物的心理发展全过程。

L：开头与结尾是一种结构，结尾不能删掉。"开电车的人开电车"

开头，"然而他不发疯"有意思。结尾写出爬虫，这与开头电车像曲蟮是有关的。《封锁》中有一种冷气，这是距离造成的。写翠远时，总是写她在想着，吕则是没有心理的。大太阳下人有一种荒凉感、无奈感。张爱玲在追求一种炽热的真的东西。上海这个城市把人变了，人在大背景下空虚着。

M：结尾的设置是有深意的。董培芝作为背景出现，连接了背景上的故事，能指与所指的游离。董这个人物的设置很笨拙，只是一个道具的作用。董培芝这个人物是一个败笔。

H：这部小说不是一个女人的苦难史，而是作家对这个世界的女人的绝望。女人需要人感知她是女人，但这个世界是这样麻木。只有在上海打了个盹时才会有感知彼此的机会，然而，究竟是一个不近情理的梦。在张爱玲笔下，男人与女人的机遇乃至婚姻，都不是感知性的，不是发自感情的，所以张爱玲对这种男女间的情形感到绝望。

X：这一篇小说写得较笨拙，少韵味。太白了，告诉的东西太多了。特别像一个话剧，结构性强。一向含蓄的张爱玲何以在结尾那么明显地跳出来把吕宗桢比作虫子？它的主题是写男人在面对现实生活时，在人生特别短的一个瞬间，想追寻自己的真实性，通过对别人的一种把握来追寻。

Z：小说的哲理：在城市中，每个人都按照自己的轨道生活（开头"开电车的人开电车"），在"封锁"这一小段时间里，这种生活暂时被切断了，男女主人公进行着一种越轨的行为，开始反叛日常生活派给他们的角色。两个人的意识交合、错位，吴最后以"上海做了个不近情理的梦"来做理解，吕则以小爬虫来做理解。

人性与人的处境（现实的生存境况）的背离。文末的小虫描写近似卡夫卡的小说，写了物质力量对人的异化。

【讲评】

　　我们的讨论是一次很有意思的阅读实验：记得张爱玲有一本散文集，叫作《张看》，现在我们是在"看张"，而且是这样一些不同的人——两位中国的硕士生，两位来自美国与日本的高级进修生，还有在座的这一大群人，大家一起"看"张的一部作品：《封锁》，而且还"看"出了这么多不同又相通的意义，"品"出了各式各样而又统一在一个门面下的味道。这真是很有意思，蛮有兴味的。我似乎也说不出更多的意思，只想谈一点我在"看"的时候的感觉（猜想）。这部小说大概是出于张爱玲一时的奇思异想：这热热闹闹的大上海如果突然打一个盹，会是什么样子？于是她想出了几个句子："开电车的人开电车。""封锁了。""他们恋爱着了。""封锁开放了。""整个的上海打了个盹，做了个不近情理的梦。"然后在句子之间的空隙里，塞进了人物、故事，以及各种各样的细节——作为一个充满儿童般好奇心的女作家，她最感兴趣，并且喜欢玩味其意义的，正是这些细节。于是，人物（及人物之间的关系），故事（以及结构），特别是每一个细节，都有一种（或多种）意义，让读者去想象、发挥，而且似乎无止境。除了几位报告人已经谈到的，那些马路上来回奔跑的人群，"发狂一般扯动铁栅栏"、大喊大叫的"女太太们"，那"嗓子浑圆嘹亮"，"从一个世纪唱到下一个世纪"的"山东乞丐"，那用不很合文法的、期期艾艾的句子，骂着"红嘴唇的卖淫妇"的男生，那大街上一闪而过的"卖臭豆腐干的"，"捧着文王神卦的匣子"的……都包含着张爱玲对生活的种种体味，种种看法。像这样的多义性、丰富性、可分析性，在我们这次的研讨中，《封锁》这一篇算是很突出的。

　　不过，我们是不是可以做逆向的思考：这是否意味着一种"意义的充溢（爆满）"呢？或者我们可以从两个方面提出质疑。一要问我们自己：小说真的有我们读出的那么多意义吗？二要问作家如此追求"意义"，是否也有些"过"呢？这样的"可分析性"从另一个角度看，是否也可以视为一种缺憾呢？李隆明同学在报告里已经谈到"才华泛滥始终是张爱玲写作必须面对的最大威胁"，那么，这篇《封锁》是否多少表现了"才华泛滥"的某些弊病呢？如果我们进一步把它作为一种时代的文学现象来考察，就可以发现，在40年代，有相当多的作家（包括我们这次着重讨论的好几位作家在内）都在自觉追求作品的"意义"和"理念"，即所谓"思想的叙事"，或小说（也包括诗歌）的哲理化，这自然是表现了作家已不满足于对生活表面现象的描摹，企图赋予作品某种形而上意味的、更深刻的内涵。但在这新的实验与探讨中，也同时表现出某种不成熟性。同学们在讨论中已经谈到，萧红在追求意义写作时，显得有些生硬，意义指向也有些过于明确与单纯；沈从文的类似实验也给人以"意义大于故事，小说表现出来的跟不上试图表达的"的遗憾，甚至使研究者感到，"思想的巨大压力破坏了以小说家著称的沈从文的叙事能力"（参阅贺桂梅同学的报告）；卞之琳《海与泡沫》的浓重的寓言性也给人以"不堪重负"的感觉；现在，我们在张爱玲这里又发现了"意义"的过溢。这都说明，任何新的追求，都会带来新的问题；甚至可以说，文学上新的开拓，都蕴含着某种新的"陷阱"，发展到极端就会酿成新的危机：这正是艺术探索的困惑之所在。50年代、60年代、70年代中国文学的概念化，自然主要是意识形态与政治上的原因造成，但是否也有中国文学发展自身的内在逻辑可寻呢？至少可以这么提出问题吧？

但这是一个需要更深入研究的课题，我们现在还不能说得很清楚。我想由此引申出另一个相关的问题，即文学史的研究方法与思维方式的问题。在我们的文学史研究中，一直存在一个把话说得太满的缺憾，这是会把作家"捧杀"或"骂杀"的。从根蒂上说，就是我们还不善于做"逆向性"的思考。我们习惯于单向的思维：抓住作家、作品的正面或负面，并将其推向极端，而不善于（不习惯于）同时关照作家艺术探索的正面与负面，及两者之间的内在联系，在肯定其给文学史带来的新东西的同时，又指出其可能蕴藏着的"陷阱"与危机：研究者的责任就是要如实地揭示出这样的艺术困惑。发现前者固然需要史家的眼光，揭示隐蔽着的后者，也许需要更高的艺术品位与眼光。作为一个文学研究者，固然不应苛求作家，但绝不能降低我们的艺术评价标准。今年我在考博士生时，就特意出了这样一个题目：让考生对张爱玲、沈从文这样一些作家艺术上（而不是思想上）的不足之处做出具体的、有说服力的分析，我认为这样的分析也许更能考出学生的真水平。

作为时代转喻的欲望书写

——重读张爱玲的《封锁》

顾甦泳

　　张爱玲的《传奇》1944年8月出版后，上海杂志社组织了一次"集评茶会"，邀请文艺界人士"对《传奇》一书发表意见"，谭惟翰在发言中指出了张爱玲小说的缺陷，他认为"以小说来看，作者太注意装饰、小动作等，把主体盖住，而疏忽了整个结构"，因此"读张女士小说全篇不若一段，一段不若一句"，进而认为"读其散文比小说有味，读随笔比散文更有味"。在稍后的发言中，尧洛川同样陈述了"全篇不若一节"的观感。① 此后，谔厂在为《流言》集写评论时，再次引述"文不如段，段不如句"一说，尽管他由此生发出对张爱玲文字风格的赞美，却客观上印证了这一说法在读者中的广泛流布。② 对张爱玲小说结构的类似意见延续到了后来的研究中，如王风以备受赞誉的《金锁记》和《红玫瑰与白玫瑰》在结构上的分裂与不均衡感为例，指出"张爱玲全盛期的作品"往往和"她写作时的随意而为"相伴生，因而其天才和缺陷也是一

---

① 《〈传奇〉集评茶会记》，收陈子善编：《张爱玲的风气——1949年前张爱玲评说》，山东画报出版社，2004年，第71—76页。

② 谔厂：《〈流言〉管窥——读张爱玲散文集后作》，收《张爱玲的风气——1949年前张爱玲评说》，第86页。

体两面的。①

如果说上述评价道出了《传奇》中的小说在结构上的某种共通性，那么《封锁》则可以被视作一个例外。谭惟翰在发表上述意见后，紧接着便提到了《封锁》："《封锁》像独幕剧，以电车作背景，以最经济的手法来表演一个故事，这篇小说，我看过三遍。"② 在他看来，《封锁》之所以值得重视，正在于它去除了多余的"装饰、小动作"，"以最经济的手法"清晰呈露了小说的主体结构。在同时期发表的《〈封锁〉略评》中，胡兰成给出了类似的判断，他用"洗炼"和"精致"评价《封锁》的风格，认为"作者在这些地方，简直是写的一篇诗"③，所谓"一篇诗"，指的大概也是小说在结构上的设计感和象征意味。而针对迅雨（傅雷）对《连环套》的批评，今人周蕾虽然敏锐地指出这一评判仍未跳出"真义"与"技巧"的二元对立，但她另举《封锁》为例展开反驳，却无意中暗示出这篇小说的差异性，并规避了《连环套》等小说多少存在的文胜于质的弊病。④ 循着这一思路，本文试图通过对小说文本的细读，揭示男女主人公的欲望生成机制及其幻灭，并结合张爱玲同时期的其他文本，考察《封锁》的结构作为一种"有意味的形式"，何以关联着作家的历史位置和言说姿态。

《封锁》是《传奇》集中篇幅最短的小说，其核心事件并不复杂，概而言之，即上海街道封锁期间，一男一女在电车上迸发的情感火花，这种联结因意外而升温，又因封锁的解除而骤然结束。在这一事件中，欲望的生成和中止是一个绕不开的话题。法国学者勒内·基拉尔在讨论西方现代小说时，把《堂吉诃德》中包含的"三角欲望"视为所有概念的母概念。所谓"三角欲望"，即小说人物怀有欲望的方式，不仅包含欲望

---

① 王风：《一个美丽而苍凉的手势——张爱玲小说散论》，载《中国现代文学研究丛刊》1993 年第 3 期。

② 《〈传奇〉集评茶会记》，收《张爱玲的风气——1949 年前张爱玲评说》，第 76 页。

③ 胡兰成：《〈封锁〉略评》，收《张爱玲的风气——1949 年前张爱玲评说》，第 69 页。

④ 周蕾：《技巧、美学时空、女性作家——从张爱玲的〈封锁〉谈起》，收杨泽编：《阅读张爱玲》，广西师范大学出版社，2003 年。

主体和欲望客体，还包含欲望介体，即主体对客体的欲望不是自发和线性的，而是在介体的作用下生成的：堂吉诃德之所以醉心于追求骑士风范，是因为阿马迪斯的模范作用；而在司汤达的《红与黑》中，德·雷纳尔雇佣于连的欲望则因为瓦勒诺的竞争而加剧。[①] 借助这一构型，我们可以更清楚地观察《封锁》中的欲望书写。

宗桢和翠远发生关联，直接源于他看到太太的表侄董培芝也在车上，而培芝一心想娶宗桢的大女儿，宗桢害怕培芝"要利用这绝好的机会向他进攻"，出于躲避的需要，只好"奔到对面一排座位上"，于是恰巧坐在了翠远旁边，他的初衷是利用翠远挡住培芝，不料培芝还是看见他并走了过来，这时他才"决定将计就计，顺水推舟"，"不声不响宣布了他的调情的计划"。而宗桢对翠远最初的观感是"不怎么喜欢"，"像挤出来的牙膏，没有款式"，显然此时，他并未真正产生调情的欲望，只是因为表侄迟迟不走，并"双眼灼灼望着他，脸上带着点会心的微笑"，他才"无论如何不能容许他自己抽回那只胳膊"，甚至需要"咬一咬牙"才能"重新向翠远进攻"，而他的注意力则完全集中在培芝身上，以至于"早忘了他说了些什么"，等培芝一走，便"立刻将他的手臂收回，谈吐也正经起来"。然而翠远自始至终都不清楚宗桢接近她的初衷，因而从一开始就误判了宗桢的行为，这一误判是之后所有情节得以生发的基础。宗桢的调情计划就是在这一误判的启发下生成的，所谓"将计就计，顺水推舟"，正是基于他识别出了那"被调戏了的女人脸谱"。

更重要的是，翠远很快对宗桢产生了欲望，她感到"炽热、快乐"，因为她觉得宗桢是"一个真的人"。关于翠远对"好"的厌恶和对"真"的渴望，小说在前文进行了铺垫。所谓"好"，是指依照家庭和学校的规划按部就班地生活，并在社会中取得理想的位置，但扮演"好女儿"和"好学生"却让她感到与生命的本质相隔膜，因而她给一个学生的英文作业批了"A"，只是因为这个男子大胆的表述使她感到自己不再被作为

---

① 参阅［法］勒内·基拉尔：《浪漫的谎言与小说的真实》，罗芃译，北京大学出版社，2012年。

"好人"，而是被作为"一个见多识广的人""一个男人""一个心腹"来对待。如果借用"三角欲望"的说法，翠远对"真人"的欲望里始终包含着一个介体，即围绕着她的"好人"和他们树立的一套生存法则，在这里，主体和介体之间并非追慕或竞争的关系，翠远在否定"好人"的意义上生成了对"真人"的渴望，也就是说，这一欲望客体的内涵只能在解构的意义上被界定，即翠远未必清楚地知道它是什么，但清楚地知道它不是什么，因此邻座孩子的脚的触碰，也能在不隔膜的意义上被归入"真"的范畴。

在随后的对话中，作者对宗桢和翠远采取了不同的叙述策略。对宗桢，我们基本上只能读到他是怎么说的，而对翠远，叙述者频繁介入她的内心，我们还知道她是怎么想的。翠远提前预知了宗桢抱怨的内容，并知道问题的症结不全在他太太身上，也就是说，宗桢的叙述在她那里是不完满的，但正因其不完满，才使他离"好人"更远而离"真人"更近，从而使翠远得以把他放置在欲望客体的位置上。当宗桢提出娶妾的想法后，翠远下决心要和他在一起，这一决定背后重要的心理动因仍然是对"好人"的弃绝："她家里的人——那些一尘不染的好人——她恨他们！他们哄够了她。他们要她找个有钱的女婿，宗桢没有钱而有太太——气气他们也好！气，活该气！"在对"好人"的否定中，翠远意识到自己获得了某种主体性，但由于这种否定同时意味着向作为欲望客体的"真人"靠拢，这一主体性的获得又是转瞬即逝的。在两人进入"恋爱"状态后，一个有意味的现象是，宗桢"告诉她许多话"，但翠远只听不说，因为"下意识地她知道：男人彻底地懂得了一个女人之后，是不会爱她的"。也就是说，翠远试图借助"被爱"实现自己对"好人"的突围和对"真人"的欲望，但"被爱"却同时意味着把社会对于恋爱中男女双方权力关系的想象内置到自己的认知中，因此，翠远在弃绝家人们设定的"好人"范式的同时，又在和宗桢的关系中成了另一个意义上的"好人"。

同样，宗桢对翠远也存在着误判。如上文所言，虽然小说对两人的书写都包含了语言和心理层面，但总的来看，涉及翠远的心理描写远多于宗桢，且往往和语言描写并行，事实上，从读者的角度来看，我们是透过心理而非语言来了解翠远的，相反，叙述者很少介入宗桢的内心，直到两人因物理距离的靠近而情感升温后，我们才能清晰地捕捉到宗桢之所想。换句话说，这样的写法提示着我们，此前的交流对宗桢而言或许仅仅到语言为止，一个鲜明的例子是，在"咬一咬牙""重新向翠远进攻"的现实要求下，他才回忆起初见翠远的场景，并通过话语的编织维持了和翠远的对话关系，随即"早忘了他说了些什么"。对宗桢而言，调情在很大程度上意味着话语的不断衍生，他自然不关心翠远是怎么想的，更何况，处于少说多听的权力关系下的翠远也并未向他袒露内心所想。因此，他们之间是不透明的，翠远不知道宗桢调情的初衷，而宗桢只把翠远当成一个"受过上等教育"的女人，却不知道她对自身所受教育的真正看法，遑论对"好人"的厌弃和对"真人"的渴望。宗桢之所以同样陷入"恋爱"状态，是因为翠远的"脸红""微笑""背过脸去""掉过头来"让他觉得自己成为了"一个单纯的男子"。和翠远的欲望指向对方进而把自身置于权力关系中的被动一方不同，宗桢的欲望是经由翠远指向自身的，并且小说中交代得很清楚，这一点恰恰有赖于翠远"不知道他的底细"。而翠远之所以被"断定"为"可爱"，也是因为宗桢把她想象为完全附属于男人意志的存在："你不要她，她就悄悄地飘散了。她是你自己的一部分，她什么都懂，什么都宽宥你。"只有在这个意义上，宗桢才能爱上翠远，而当她的诉求最终溢出宗桢的意志，宗桢的断然离开也就变得顺理成章了。

因此，《封锁》始终在处理的一个话题是"隔膜"。作者把翠远和生命的关系比喻为阅读多次转译的《圣经》，即翠远是在"好人"们给定的范式中演绎生命过程的，结果使她感到"未免有点隔膜"。事实上，小说一开始就通过高度象征化的场景暗示了这一点，封锁信号发出后，马路上的人们开始狂奔，试图寻找庇护所，而商店却毫不留情地关上铁门，作者接着写道："铁门里的人和铁门外的人眼睁睁对着看，互相惧怕着。"借由"铁门"的意象，人与人之间心理上的屏障落实为清晰的感官呈现。^① 接着，作者以场景组接的方式将各色人等的反应并置在一起，他们处于同一时空下，却自说自话、相互区隔，这一形式本身就摹仿着对隔膜的体认。范智红在谈到《封锁》时指出："这结局既不是'劫后良缘'，也不是'始乱终弃'，在什么也没有发生的结局里突现的是'生命的隔膜'……翠远在'封锁解除'这一'反高潮'里意识到的正是这种'隔膜'的宿命性的不可改变。"^② 进一步来说，这种隔膜贯穿于两人交往的始终，翠远误以为宗桢即她心目中的"真人"，而宗桢也误把翠远想象成附属于他自我意志的"可爱的女人"，正因此，他们的欲望图式才在某个意外瞬间达到完满后，迅速走向了溃散。勒内·基拉尔在提出"三角欲望"的基本构型后，把话题引向了对浪漫主义文学的批判，因为它们遮蔽了欲望客体因介体的存在而发生形变的真实机制，把主体的幻觉视为当然。在《我看苏青》一文中，谈到苏青的婚姻和自己的出走，张爱玲并不讳言这些看似感性的决定背后复杂的现实考量，并总结道："我们这时代本来不是罗曼蒂克的。"^③ 对浪漫主义理想和现实之间的龃龉，张爱玲有着清醒的认识。在这个意义上，通过对欲望发生过程及其虚幻性的曝露，她首先破除了爱情自主性的神话，对他们"恋爱着了"的描绘因此也成了对那种感伤而流俗的浪漫主义爱情想象和书写策略的戏仿。

然而张爱玲对笔下人物的态度，仍值得进一步探讨。对于《封锁》中的核心概念"真"或"真人"，张爱玲在《自己的文章》等写作中也多次触及："极端病态与极端觉悟的人究竟不多。时代是这么沉重，不容那么容易就大彻大悟。……所以我的小说里，除了《金锁记》里的曹七巧，全是些不彻底的人物。他们不是英雄，他们可是这时代的广大的负荷者。

---

① 关于张爱玲"以实写虚"的"逆向"意象营造，参阅许子东：《物化苍凉——张爱玲意象技巧初探》，收刘绍铭、梁秉钧、许子东编：《再读张爱玲》，山东画报出版社，2004 年。

② 范智红：《在"古老的记忆"与现代体验之间——沦陷时期的张爱玲及其小说艺术》，载《文学评论》1993 年第 6 期。

③ 张爱玲：《我看苏青》，收《张爱玲全集》第 6 卷，北京十月文艺出版社，2012 年，第 240 页。

因为他们虽然不彻底，但究竟是认真的。"①在《我看苏青》中，她再次陈述了类似的观点："我写到的那些人，他们有什么不好我都能够原谅，有时候还有喜爱，就因为他们存在，他们是真的。"②所谓"真的"和"认真的"，并非指人物对爱情或理想的忠贞，而是指他们作为这个沉重时代里真实存在的大多数，试图在无法把捉的漩涡中努力"抓住一点真实的，最基本的东西"。基于这一判断，张爱玲放弃了"强烈的对照"，选择了"参差的对照的写法"，也就是不在小说中设置诸如正义／邪恶、禁锢／反抗、革命／保守的剧烈冲撞，而试图写出人性光谱中迂曲含混的中间地带。

　　具体到《封锁》中，翠远摆脱"好人"式生活的意志是强烈的，以至于当宗桢退缩时，她连哭也不再是"斯斯文文的，淑女式的"，"简直是把她的眼泪唾到他脸上"，乃至车窗外的人事也被吸附进她的情感漩涡中："翠远的眼睛看到了他们，他们就活了，只活那么一刹那。车往前当当地跑，他们一个个地死去了。"翠远的目光成了他们存活过的证明。然而即便如此，翠远却没有选择袒露心声，只因作为女人不愿"倚仗着她的言语来打动一个男人"，突围的意志最终仍然囿于某种固化的性别想象而未能付诸实践。再看宗桢，他的调情话语因为躲避董培芝的现实需要不断衍生，而他对翠远的欲望也和对方的主体状态无涉，更多地来自成为"一个单纯的男子"的自我吁求，因而在话语付诸行动的时刻，他选择了退缩和遗忘。但作者同样没有单纯地把他塑造成"负心汉"，在结集时被删去的最后两段中，回到家的宗桢生活一如往常，甚至已经"不记得她说了些什么"，但当他在卧室里看到乌壳虫时，突然联想到自己的生活如同乌壳虫一般，于是"手心汗潮了，浑身一滴滴沁出汗来，像小虫子痒痒地在爬"，封锁期间的经历在这一瞬间毕竟还是搅扰了他的"好人"生活。在《我看苏青》中，张爱玲直接谈到了对作家和人物之间关系的认识："在中国现在，讽刺是容易讨好的。前一个时期，大家都是

---

① 张爱玲：《自己的文章》，收《张爱玲全集》第6卷，第92页。
② 张爱玲：《我看苏青》，收《张爱玲全集》第6卷，第239页。

感伤的，充满了未成年人的梦与叹息，云里雾里，不大懂事。一旦懂事了，就看穿一切，进到讽刺。……本来，要把那些滥调的感伤清除干净，讽刺是必须的阶段，可是很容易停留在讽刺上，不知道在感伤之外还可以有感情。"①《封锁》对欲望内部构造的曝露是其摒除感伤的一面，但这不意味着写作者可以据此站到讽刺的立场上，张爱玲的姿态背后还是她对自己和书写对象所处时代的判断，即她不认为时代给了个人"大彻大悟"的机会，因而作为写作者，她也无法这样要求笔下的人物，正如她看到了柳原与流苏的结局之"庸俗"，但还是认为"就事论事，他们也只能如此"。

上述讨论触及了《封锁》与张爱玲的时代感和写作观之间的呼应，这一呼应对《传奇》诸篇而言是有共通性的，然而回到文章开头，在时人的评论中，《封锁》似乎又在写法上具备某种独异性，对此，已有不少研究者做过探讨。如范智红指出，"封锁"既是"沦陷区上海的日常生活现象"和"当代人的生存体验"，又是"小说在叙事结构上的特征"，糅合了"张爱玲非凡的世界感受和艺术表达"②；倪文尖认为《封锁》中的电车空间与"张爱玲当时所处的上海在整个中国的位置""有着相当惊人的同构性"③；周蕾则把《封锁》视为张爱玲的"美学据点"，即通过建构"一个与平常生活隔绝、疏离的时空"并在小说中指涉这一时空，故事内容"与她的创作特色（如破碎感、细节的突出等）"达到了"相辅相成"④。这些讨论各有侧重，但都指向一个话题，即《封锁》呈现出的"有意味的形式"。小说开头和结尾对"上海"的表述遥相呼应，开头说"这庞大的城市在阳光里睡着了"，结尾则是"整个的上海打了个盹，做了个不近情理的梦"，随后一句"这就是那个梦"在结集时删去，却明白

① 张爱玲：《我看苏青》，收《张爱玲全集》第 6 卷，第 247—248 页。

② 范智红：《在"古老的记忆"与现代体验之间——沦陷时期的张爱玲及其小说艺术》，载《文学评论》1993 年第 6 期。

③ 倪文尖：《张爱玲的"背后"》，载《中国现代文学研究丛刊》1998 年第 1 期。

④ 周蕾：《技巧、美学时空、女性作家——从张爱玲的〈封锁〉谈起》，收《阅读张爱玲》。

无误地提示了"梦"的具体所指，也就是说，电车上发生的故事就是上海的梦境，更进一步说，封锁中的电车空间就是上海这座城市的肉身形象，上海的社会结构、人情冷暖就像报纸文字倒映在菠菜包子上一般，在电车中获得了缩微式的呈现。同时，张爱玲对上海和上海人的描述又往往牵连着对时代和文明的体认，所谓"不彻底的人"，背后带出的是沉重的时代。在《烬余录》中，张爱玲表达了对"现实"的看法："现实这样东西是没有系统的，像七八个话匣子同时开唱，各唱各的，打成一片混沌。在那不可解的喧嚣中偶然也有清澄的，使人心酸眼亮的一刹那，听得出音乐的调子，但立刻又被重重黑暗拥上来，淹没了那点了解。"①在电车所囊括的种种现实中，张爱玲捕捉的正是那"偶然"出现的"清澄的，使人心酸眼亮的一刹那"，并把这个瞬间显现的时代形象演绎为"传奇"，由此，对宗桢和翠远的欲望书写作为时代转喻，在《封锁》中获得了形式化的呈现。

---

① 张爱玲：《烬余录》，收《张爱玲全集》第 6 卷，第 48 页。

十三　汪曾祺《异秉》《职业》

汪曾祺
1920—1997

1940 年 6 月	汪曾祺小说《钓》发表（昆明《中央日报》），是目前所见其最早发表的小说。
1947 年 1 月	创作小说《鸡鸭名家》，次年 3 月发表（《文艺春秋》第 6 卷第 3 期）。
1947 年 6 月	创作小说《职业》《落魄》。
1947 年 12 月	创作小说《异秉》，次年 3 月发表（《文学杂志》第 2 卷第 10 期）。
1948 年 5 月	小说《邂逅》《三叶虫与剑兰花》发表。
1948 年 8 月	经沈从文帮助，在北平午门的历史博物馆任职员。
1949 年 4 月	短篇集《邂逅集》出版（文化生活出版社）。
1963 年 1 月	短篇集《羊舍的夜晚》出版（中国少年儿童出版社）。
1965 年 8 月	汪曾祺、杨毓珉等执笔《沙家浜（京剧）》出版（中国戏剧出版社）。
1980 年 5 月	重写小说《异秉》。
1980 年 8 月	创作小说《受戒》。
1980 年	重写小说《职业》（1981 年、1982 年又两次重写）。
1981 年 1 月	重写小说《异秉》发表（《雨花》）。
1981 年 2 月	创作小说《大淖记事》。
1982 年 2 月	《汪曾祺短篇小说选》出版（北京出版社）。

1947

异秉（40 年代文本）

汪曾祺

　　一天已经过去了。不管用什么语气把这句话说出来，反正这一天从此不会再有。然而新的一页尚未盖上来，就像火车到了站，在那儿喷气呢，现在是晚上。晚上，那架老挂钟敲过了八下，到它敲十下则一定还有老大半天。对于许多人，至少这在地的几个人说起来，这是好的时候。可以说是最好的时候，如果把这也算在一天里头。更合适的是让这一段时候独立自足，离第二天还远，也不挂在第一天后头。

　　晚饭已经开过了。

　　"用过了？"

　　"偏过偏过，你老？"

　　"吃了，吃了。"

　　照例的，须跟某几个人交换这么两句问询。说是毫无意思自然也可以，然而这也与吃饭不可分，是一件事，非如此不能算是吃过似的。

　　这是一个结束，也是一个开始。

　　账簿都已一本一本挂在账桌旁边"钜万"斗子后头一溜钉子上，按照多少年来的老次序。算盘收在柜台抽屉里，手那么抓起来一振，梁上的珠子，梁下的珠子，都归到两边去，算盘珠上没有一个数字，每一个珠子只是一个珠子。该盖上的盖上，该关好的关好。（鸟都栖定了，雁落在沙洲上。）只有一个学徒的在"真不二价"底下拣一堆货，算是做着事情。但那也是晚上才做的事情。而且他的鼻涕分明已经吸得大有一种自得其乐的意趣，与白天挨骂时吸得全然两样。其余的人或捧了个茶杯，茶色的茶带烟火气；或托了个水烟袋，钱板子反过来才搓了的两根新媒子；坐着靠着，踱那么两步，搓一搓手，都透着一种安徐自在。一句话，把自己还给自己了。白天他们属于这个店，现在这个店里有这么几个人。

每天必到的两个客人早已来了，他们把他们的一切都带了来，他们的声音笑貌，委屈嘲讪，他们的胃气疼和老刀牌香烟都带来了。像小孩子玩"做人家"，各携瓜皮菜叶来入了股。一来，马上就合为一体，一齐渡过这个"晚上"，像上了一条船。他们已经聊了半天，换了几次题目。他们唏嘘感叹，啧啧慕响，讥刺的鼻音里有酸味，鄙夷时撇撇嘴，混和一种猥亵的刺激，舒放的快感，他们哗然大笑。这个小店堂里洋溢感情，如风如水，如店中货物气味。

而大家心里空了一块。真是虚应以待，等着，等王二来，这才齐全。王二一来，这个晚上，这个八点到十点就什么都不缺了。

今天的等待更是清楚，热切。

王二呢，王二这就来了。

王二在这个店前廊下摆一个摊子，一个什么摊子，这就难一句话说了。实在，那已经不能叫摊子，应当算得一个小店。摊子是习惯说法。王二他有那么一套架子，板子；每天支上架子，搁上板子：板上上一排平放着的七八个玻璃盒子，一排直立着的玻璃盒子，也七八个；再有许多大大小小搪瓷盆子，钵子。玻璃盒子里是瓜子，花生米，葵花籽儿，盐豌豆，……洋烛，火柴，茶叶，八卦丹，万金油，各牌香烟，……盆子钵子里是卤肚，熏鱼，香肠，炸虾，牛腱，猪头肉，口条，咸鸭蛋，酱豆瓣儿，盐水百叶结，回卤豆腐干。……一交冬，一个朱红蜡笺底洒金字小长方镜框子挂出来了，"正月初一日起新增美味羊羔五香兔腿"。先生，你说这该叫个什么名堂？这一带人呢，就省事了，只一句"王二的摊子"，谁都明白。话是一句，十数年如一日，意义可逐渐不同起来。

晚饭前后是王二生意最盛时候。冬天，喝酒的人多，王二就更忙了。王二忙得喜欢。随便抄一抄，一张纸包了（试数一数看，两包相差不作兴在五粒以上）；抓起刀来（新刀，才用趁手），刷刷刷切了一堆（薄可透亮）；铛的一声拍碎了两根骨头：花椒盐，辣椒酱，来点儿葱花。好，葱花！王二的两只手简直像做着一种熟练的游戏，流转轻利，可又笔笔送到，不苟且，不油滑，像一个名角儿。五寸盘子七寸盘子，寿字碗，青花碗，没带东西的用荷叶一包，路远的扎一根麻线。王二的钱笼里一阵阵响，像下雹子。钱笼满了时，王二面前的东西也稀疏了，搪瓷盆子这才现出它的白，王二这才看见那两盏高罩子美孚灯，灯上加了一截纸套子。于是王二才想起刚才原就一阵一阵的西北风，到他脖子里是一个冷。一说冷，王二可就觉得他的脚有点麻木了，他掇过一张凳子坐下来，膝碰膝摇他的两条腿。手一不用，就想往袖子里笼，可是不行，一手油！倒也是油才不皴。王二回头，看见儿子扣子。扣子伏在板上记账，弯腰曲背，窝成一团。这孩子！一定又是蒋沈韩杨的韩字弄不对了，多一划少一划在那里一个人商量呢。

里边谈笑声音他听得见，他入神，皱眉，张目结舌，笑。他们说雷打泰山庙旗杆，这事他清楚，他很想插一句，脚下有欲动之势。还是留在凳子上吧！他不愿留下扣子一个人，零碎生意却还有几个的。

到承天寺幽冥钟声音越来越清楚，拉洋车的徐大虎子，一路在人家墙上印过走马灯似的影子，王二把他老婆送来的晚饭打开，父子两个吃起来。照例他们吃晚饭时抽大烟的烤鸭架子挟了个酒瓶来切搧风。放下碗，打更的李三买去羊尿泡。再，大概就不会有人来了。王二又坐了一会，今天早一点吧，趁三碗饭的暖气未消，把摊子收拾了，一件一件放到店堂后头过道里来。

王二东西多，他跟扣子两个人还得搬三四趟。店堂里这几位是每天看熟了，然而他们还是看，看他过来，过去，像姑娘看人家发嫁妆。用手用脚的是这两个人，然而好像大家全来合作似的。自然这其间淡漠热烈程度不同。最后至那块镜框子摘下来，王二从过道里带出一捆白天买好的葱。王二把他的葱放在两脚之间而坐下了。坐在那张空着的椅子上。

"二老板！生意好？"

"托福托福，什么话，'二老板！'不要开玩笑好不好！"

王二这一坐下，大家重新换了一遍烟茶：王二一坐下，表示全城再没有什么活动了。灯火照在人家槅子纸上，河边园上乌青菜叶子已抹了薄霜。阻风的船到了港，旅馆子茶房送完了洗脚汤。知道所有人都已得到舒休，这教自己的轻松就更完全。

谈话承前启后地接下来。

这里并未"多"这么一个王二。无庸为王二而把一套话收起来，或特为搬出一套。而且王二来，说话的人高兴，高兴多了一个人听。不止多了一个人听，是来了个听话的人。王二从不打断别人的话，跟人抬杠，抢别人的话说。他简直没有什么话，听别人的。王二总像知道得那么少，虚怀若谷地听，听得津津有味，"唉"，"噢"，诚诚恳恳的惊奇动色，像个小孩子。最多，比方说像雷打泰山庙旗杆，他知道，他也让你说，末了他补充发挥几句，而已。王二他大概不知道谦虚这两个字到底该怎么讲，可是他就谦虚得到了家了。

这里的人，自然不会有什么优越感。王二呢，他自己要自己懂得分寸。这里几位，都是店里的"先生"，两个客人，一个在外地做过师爷，看过琼花观的琼花；一个教蒙馆，他儿子扣子都曾经是他学生。王二知道自己决写不出一封"某某仁翁台电"的信，用他自己的话说，"不敢乱来。"

叫一声"二老板"的，当然有一种调侃的意思在。不过这实在全非恶意，叫这么一声真是欢欢喜喜的。为王二欢喜，简直连嫉妒的意思都没有。那个学徒的这时把货拣完了，一齐掳到一张大匾子里。他看过《老申报》，晓得一个新名词，他心里念"王二是个'幸运儿'"。他笑，笑王二是个幸运儿，笑他自己知道这三个字。

王二真的是不敢当。他红了若干次脸才能不红。（他是为"二老板"而红脸。）

王二随时像做官的见上司一样，不落落实实地坐，虽然还不至于"斜签着"。即是跟他儿子，他老婆在一处，甚至一个人，他也从不往椅子背上一靠，两条腿伸得挺挺的。他的胳臂总是贴着他的肋骨。他说话时也兴奋，激动，鼓舞，但动跳的是他的肌肉，他的心，他不指手画脚，不为加重语气而来一个响榧子。他吃饭，尽管什么事都没有，也是赶活儿一样急急吃了。喝茶，到后头大锡壶里倒得一杯，咕噜噜灌下去，不会一口一口地呷，更不会一边呷，一边把茶杯口在牙齿上轻轻地叩。就说那捆葱，他不会到临走时再去拿吗？可他不，随手就带了来。王二从不缺薄，谢三秀才就是谢三秀才，不是什么"黑漆皮灯笼谢三秀才"。他也叫烤鸭架子为烤鸭架子，那是因为烤鸭架子姓名久经湮没，王二无法觅访也。

"王二的摊子"虽然已经像一个小店了，还是"王二的摊子"。

今天实在是王二的摊子最后一天了。明天起世界上就没有王二的摊子。

王二赁定了隔壁旱烟店半间门面。旱烟店虽还开着门，这两年来实在生意清淡，本钱又少，只能卖两个泡烟师傅，一个站柜台的伙食，王二来，自然欢迎。老板且想到不出一年，自己要收生意，一齐顶给王二。王二的哥哥王大是个挑箩的，也对付着能做一点木匠活，（王大王二原不住在一起，这以后，王二叫他搬到他家里来住。）已经丁丁东东地弄了两天，一个小柜台即将完成。王二又买了十几个带盖子的洋油铁箱，一口玻璃橱子，一张小桌子，扣子可以记记账。准备准备，三天之后即可搬了过去。

能不搬，王二决不搬。王二在这个檐下吹过十几个冬天的西北风，他没有想到要舒服舒服。这么一丈来长，四尺宽的地方他爱得很。十几年来他在一定时候，依一定步骤在这里支开架子，搁上板子，哪里地上一个坑，该垫一个砖片，哪里一根椽子特别粗，他熟得很。春天燕子在对面电话线上唧唧呱呱，夏天瓦沟里长瓦松，蜘蛛结网，壁虎吃苍蝇，他记得清清楚楚。晚上听里边说话已成了个习惯。要他离开这里简直是从画儿上剪下一朵花来。而且就这个十几年里头，他娶了老婆生了扣子，扣子还有个妹妹。他这些盒子盆子一年一年多起来，满起来。可是就因为多起来满起来，他要搬家了。这么点地方实在挤得很。这些东西每天搬进搬出，在人家那儿堆了一大堆也过意不去。风沙大，雨大，下雪的时候，化雪的时候，就别提多不方便了。还有，他不愿意他的扣子像他一样在这个檐下坐一辈子。扣子也不小了。

你不难明白王二听到"二老板"时心里一些综错感情。

于是王二搬家了。王二这就不再在店前摆摊子了。

虽然只隔一层墙，究竟是个分别。王二没事时当然会来坐坐，晚上尤其情不自禁地要溜过来的，但彼此将终不免有一分冷清。王二现在来，是来辞行了。他们没有想到这四个字：依依不舍，但说出来就无法否认，虽然只一点点，一点点，埋在他们心里。人情，是不可免的。只缺少一个倾吐罢了。然而一定要倾吐么？

王二呢，他是说来谈谈的。"谈谈"的意思是商量一点事情，什么事情王二都肯听听别人意见。今天更有须要向人请教的。他过三天。大小开了一爿店。是店得有个字号。这事前些日子大家早就提到过。

"二老板！黑漆招牌金漆字，如意头子上扎红彩。写魏碑的有崔老夫子，王二太爷石门颂。四个吹鼓手，两根杠子，嗨唷嗨唷，南门抬到北门！从此青云直上，恭喜恭喜！"

王二又是"托福托福，莫开玩笑"。自然心里也有些东西闪闪烁烁翻动。招牌他不想做，但他少不了有些往来账务，收条发单，上头得有个图章。他已经到市场逛了逛，买了两本蓝油夏布面子的新账本，一个青花方瓷印色盒子。他一想到扣子把一方万胜边枣木戳子蘸上印色，呵两口气，盖在一张粉连子纸上，他的心扑通扑通直跳，他一直想问问他们可给他斟酌定了，不好意思。现在，他正在盘算着怎么出口。他嘀咕着："明天，后天，大后天，哎呀！——"他着急要来不及了。刻图章的陈老三认识，赶是可以赶的，总不能弄到最后一天去。他心里有事，别人说什么事，那么起劲，他没听到。他脸上发热，耳朵都红了。

教蒙馆的陆先生叫了一声：

"王老二！"

"嗖，什么事陆先生？"

"你的那个字号啊，——"

"唉。"

"我们大家推敲过了。"

"承情承情！"

"乾啦，泰啦，丰啦，隆啦，昌啦，……都不大合适，这个，这个，你那个店不大，怕不大称。（王二正想到这个。）你么，叫王义成，你儿子叫王坤和，你不是想日后把店传给儿子吗，我们觉得还是从你们两个名字当中各取一个字，就叫王义和好了。你这个生意路子宽，不限什么都可以做，也不必底下再赘什么字，就叫'王义和号'好了。如何，你以为？"

王二一句一句地听进去，他听王少堂说"武十回"打虎杀嫂也没这么经心，他一辈子没听过这么好听的声音，陆先生点火吃烟，他连忙说：

"好极了，好极了。"

陆先生还有话：

"图章呢，已经给你刻好了，在卢先生那儿。"

王二嘴里一声"啊——"他说不出话来。这他实在没有想到！王二如果还能哭，这时他一定哭。别人呢，这时也都应当唱起来。他们究竟是那么样的人，感情表达在他们的声音里，话说得快些，高些，活泼些。他们忘记了时间，用他们一生之中少有的狂兴往下谈。扣子已经把一盏马灯点好，靠在屏门上等了半天，又撑开罩子吹熄了。

自然先谈了许多往事。这里有几个老辈子，事情记得真清楚。王二父亲什么时候死的，那时候他怎么瘦得像个猴子，到粥厂拾个粮子打粥去。怎么那年跌了一跤，额角至今有个疤，怎么挎了个篮子卖花生，卖梨，卖柿饼子，卖荸荠；怎么开始摆熏烧摊子；……王二痛定思痛，简直伤心，伤心又快乐，总结起来心里满是感激。他手里一方木戳子不歇地掂来掂去。

"一切是命。八个字注得定定的。抬头朱洪武，低头沈万山，猴一猴是个穷范单。除了命，是相。耸肩成山字，可以麒麟阁上画图。朱洪武生来一副五岳朝天的脸！汉高祖屁股上有七十二颗黑痣，少一颗坐不了金銮宝殿！一个人多少有点异像，才能发。"

于是谈了古往今来，远山近水的穷达故事。

最后自然推求王二如何能有今天了。

王二这回很勇敢，用一种非常严肃的声音，声音几乎有点抖，说：

"我呀，我有一个好处：大小解分清。大便时不小便。喏，上毛房时，不是大便小便一齐来。"

他是坐着说的，但听声音是笔直地站着。

大家肃然。随后是一片低低的感叹。

这时门外一声：

"爹！你怎么还不回去？"

来的是王二女儿，瘦瘦小小，像他爹，她手里一盏灯笼，女儿后面是他哥哥王大，王大又高又大，一脸络腮胡子，瞪着两眼。

那架老钟抖抖擞擞地一声一声地敲，那个生锈的钢簧一圈一圈振动，彷徉声音也是一个圈一个圈扩散开来，像投石子水，颤颤巍巍。数。铛，——铛，——铛，——铛，……一共十下。

王二起来。

"来了来了。这么冷的天，谁教你来的！"

"妈！"

忽然哄堂大笑。

"少陪少陪。"

王二走了一步，又站着：

"大后儿，在对面聚兴楼，给个脸，一定到，早到，没有什么菜，喝一杯，意思意思，那天一早晨我来邀。

"少陪你老。少陪，卢先生。少陪，陆先生，……

"扣子！把妹妹手上灯笼接过来！马灯不用点了，我拿着。"

大家目送王二一家出门。

街上这时已断行人，家家店门都已上了。门缝里有的尚有一线光透出来。王二一家稍为参差一点地并排而行。王大在旁，过来是扣子，王二护定他女儿走在另一边。灯笼的光圈晃，晃，晃过去。更锣声音远远地在一段高高的地方敲，狗吠如豹，霜已经很重了。

"聋子放炮仗，我们也散了。"师爷与学究连袂出去，这家店门也阖起来。

学徒的上毛房。

十二月三日写成。上海

（原载 1948 年 3 月《文学杂志》第 2 卷第 10 期）

异秉（80年代文本）

汪曾祺

王二是这条街的人看着他发达起来的。

不知从什么时候起，他就在保全堂药店廊檐下摆一个熏烧摊子。"熏烧"就是卤味。他下午来，上午在家里。

他家在后街濒河的高坡上，四面不挨人家。房子很旧了，碎砖墙，草顶泥地，倒是不仄逼，也很干净，夏天很凉快。一共三间。正中是堂屋，在"天地君亲师"的下面便是一具石磨。一边是厨房，也就是作坊。一边是卧房，住着王二的一家。他上无父母，嫡亲的只有四口人，一个媳妇，一儿一女。这家总是那么安静，从外面听不到什么声音。后街的人家总是吵吵闹闹的。男人揪着头发打老婆，女人拿火叉打孩子，老太婆用菜刀剁着砧板诅咒偷了她的下蛋鸡的贼。王家从来没有这些声音。他们家起得很早。天不亮王二就起来备料，然后就烧煮。她媳妇梳好头就推磨磨豆腐。——王二的熏烧摊每天要卖出很多回卤豆腐干，这豆腐干是自家做的。磨得了豆腐，就帮王二烧火。火光照得她的圆盘脸红红的。（附近的空气里弥漫着王二家飘出的五香味。）后来王二喂了一头小毛驴，她就不用围着磨盘转了，只要把小驴牵上磨，不时往磨眼里倒半碗豆子，注一点水就行了。省出时间，好做针线。一家四口，大裁小剪，很费功夫。两个孩子，大儿子长得像妈，圆乎乎的脸，两个眼睛笑起来一道缝。小女儿像父亲，瘦长脸，眼睛挺大。儿子念了几年私塾，能记账了，就不念了。他一天就是牵了小驴去饮，放它到草地上去打滚。到大了一点，就帮父亲洗料备料做生意，放驴的差事就归了妹妹了。

每天下午，在上学的孩子放学，人家淘晚饭米的时候，他就来摆他的摊子。他为什么选中保全堂来摆他的摊子呢？是因为这地点好，东街西街和附近几条巷子到这里都不远；因为保全堂的廊檐宽，柜台到铺门有相当的余地；还是因为这是一家药店，药店到晚上生意就比较清淡，——很少人晚上上药铺抓药的，他摆个摊子碍不着人家的买卖，都说不清。当初还一定是请人向药店的东家说了好话，亲自登门叩谢过的。反正，有年头了。他的摊子的全副"生财"——这地方把做买卖的用具叫做"生财"，就寄放在药店店堂的后面过道里，挨墙放着，上面就是悬在二梁上的赵公元帅的神龛。这些"生财"包括两块长板，两条三条腿的高板凳，以及好几个一面装了玻璃的匣子。他把板凳支好，长板放平，玻璃匣子排开。这些玻璃匣子里装的是黑瓜子、白瓜子、盐炒豌豆、油炸豌豆、兰花豆、五香花生米。长板的一头摆开"熏烧"。"熏烧"除回卤豆腐干之外，主要是牛肉、蒲包肉和猪头肉。这地方一般人家是不大吃牛肉的。吃，也极少红烧、清炖，只是到熏烧摊子去买。这种牛肉是五香加盐煮好，外面染了通红的红曲，一大块一大块地堆在那里。买多少，现切，放在送过来的盘子里，抓一把清蒜，浇一勺辣椒糊。蒲包肉似乎是这个县里特有的。用一个三寸来长直径寸半的蒲包，里面衬上豆腐皮，塞满了加了粉子的碎肉，封了口，拦腰用一道麻绳系紧，成一个葫芦形。煮熟以后，倒出来，也是一个带有蒲包印迹的葫芦。切成片，很香。猪头肉则分门别类的卖，拱嘴、耳朵、脸子，——脸子有个专门名词，叫"大肥"。要什么，切什么。到了上灯以后，王二的生意就到了高潮。只见他拿了刀不停地切，一面还忙着收钱，包油炸的、盐炒的豌豆、瓜子，很少有歇一歇的时候。一直忙到九点多钟，在他的两盏高罩的煤油灯里煤油已经点去了一多半，装熏烧的盘子和装豌豆的匣子都已经见了底的时候，他媳妇给他送饭来了，他才用热水擦一把脸，吃晚饭。吃完晚饭，总还有一些零零星星的生意，他不忙收摊子，就端了一杯热茶，坐到保全堂店堂里的椅子上，听人聊天，一面拿眼睛瞟着他的摊子，见有人走来，就起身切一盘，包两包。他的主顾都是熟人，谁什么时候来，买什么，他心里都是有数的。

这一条街上的店铺、摆摊的，生意如何，彼此都很清楚。近几年，景况都不大好。有几家好一些，但也只是能维持。有的是逐渐地败落下来了。先是货架上的东西越来越空，只出不进，最后就出让"生财"，关门歇业。只有王二的生意却越做越兴旺。他的摊子越摆越大，装炒货的匣子，装熏烧的洋瓷盘子，越来越多。每天晚上到了买卖高潮的时候，摊子外面有时会拥着好些人。好天气还好，遇上下雨下雪（下雨下雪买他的东西的比平常更多），叫主顾在当街打伞站着，实在很不过意。于是经人说合，出了租钱，他就把他的摊子搬到隔壁源昌烟店的店堂里去了。

源昌烟店是个老字号，专卖旱烟，做门市，也做批发。一边是柜台，一边是刨烟的作坊。这一带抽的旱烟是刨成丝的。刨烟师傅把烟叶子一张一张立着叠在一个特制的木床子上，用皮绳木楔卡紧，两腿夹着床子，用一个刨刀有半尺宽的大刨子刨。烟是黄的。他们都穿了白布套裤。这套裤也都变黄了。下了工，脱了套裤，他们身上也到处是黄的。头发也是黄的。——手艺人都带着他那个行业特有的颜色。染坊师傅的指甲缝里都是蓝的，碾米师傅的眉毛总是白蒙蒙的。原来，源昌号每天有四个师傅、四副床子刨烟。每天总有一些大人孩子站在旁边看。后来减成三个，两个，一个。最后连这一个也辞了。这家的东家就靠卖一点纸烟、火柴、零包的茶叶维持生活，也还卖一点趸来的旱烟、皮丝烟。不知道为什么，原来挺敞亮的店堂变得黑暗了，牌匾上的金字也都无精打采了。那座柜台显得特别的大。大，而空。

王二来了，就占了半边店堂，就是原来刨烟师傅刨烟的地方。他的摊子原来在保全堂廊檐是东西向横放着的，迁到源昌，就改成南北向，直放了。所以，已经不能算是一个摊子，而是半个店铺了。他在原有的板子之外增加了一块，摆成一个曲尺形，俨然也就是一个柜台。他所卖的东西的品种也增加了。即以熏烧而论，除了原有的回卤豆腐干、牛肉、猪头肉、蒲包肉之外，春天，卖一种叫做"鵽"的野味，——这是一种候鸟，长嘴长脚，因为是桃花开时来的，不知是哪位文人雅士给它起了一个名称叫"桃花鹨";卖鹌鹑;入冬以后,他就挂起一个长条形的玻璃镜框,里面用大红蜡笔写了泥金字:"即日起新添美味羊糕五香兔肉。"这地方人没有自己家里做羊肉的,都是从熏烧摊上买。只有一种吃法:带皮白煮,冻实,切片,加青蒜、辣椒糊,还有一把必不可少的胡萝卜丝(据说这是最能解膻气的)。酱油、醋,买回来自己加。兔肉,也像牛肉似的加盐和五香煮,染了通红的红曲。

这条街上过年时的春联是各式各样的。有的是特制嵌了字号的。比如保全堂,就是由该店拔贡出身的东家拟制的"保我黎民,全登寿域";有些大字号,比如布店,口气很大,贴的是"生涯宗子贡,贸易效陶朱",最常见的是"生意兴隆通四海,财源茂盛达三江";小本经营的买卖的则很谦虚地写出"生意三春草,财源雨后花"。这末一副春联,用于王二的超摊子准铺子,真是再贴切不过了,虽然王二并没有想到贴这样一副春联,——他也没处贴呀,这铺面的字号还是"源昌"。他的生意真是三春草、雨后花一样的起来了。"起来"最显眼的标志是他把长罩煤油灯撤掉,挂起一盏呼呼作响的汽灯。须知,汽灯这东西只有钱庄、绸缎庄才用,而王二,居然在一个熏烧摊子的上面,挂起来了。这白亮白亮的汽灯,越显得源昌柜台里的一盏煤油灯十分的暗淡了。

王二的发达,是从他的生活也看得出来的。第一,他可以自由地去听书。王二最爱听书。走到街上,在形形色色招贴告示中间,他最注意的是说书的报条。那是三寸宽,四尺来长的一条黄颜色的纸,浓墨写道:"特聘维扬×××先生在×××(茶馆)开讲××(三国、水浒、岳传……)是月×日起风雨无阻。"以前去听书都要经过考虑。一是花钱,二是费时间,更主要的是考虑这与他的身份不大相称:一个卖熏烧的,常常听书,怕人议论。近年来,他觉得可以了,想听就去。小蓬莱、五柳园(这都是说书的茶馆),都去,三国、水浒、岳传,都听。尤其是夏天,天长,穿了竹布的或夏布的长衫,拿了一吊钱,就去了。下午的书一点开书,不到四点钟就"明日请早"了(这里说书的规矩是在说书先生说到预定的地方,留下一个扣子,跑堂的茶房高喝一声"明日请早——!"听客们就纷纷起身散场),这耽误不了他的生意。他一天忙到晚，只有这一段时间得空。第二，过年推牌九，他在下注时不犹豫。王二平常绝不赌钱，只有过年赌五天。过年赌钱不犯禁，家家店铺里都可赌钱。初一起，不做生意，铺门关起来，里面黑洞洞的。保全堂柜台里面，有一个小穿堂，是供神农祖师的地方，上面有个天窗，比较亮堂。拉开神农画像前的一张方桌，哗啦一声，骨牌和骰子就倒出来了。打麻将多是社会地位相近的，推牌九则不论。谁都可以来。保全堂的"同仁"（除了陶先生和陈相公），替人家收房钱的抡元，卖活鱼的疤眼——他曾得外症，治愈后左眼留一大疤，小学生给他起了个外号叫"巴颜喀拉山"，这外号竟传开了，一街人都叫他巴颜喀拉山，虽然有人不知道这是什么意思，——王二。输赢说大不大，说小可也不小。十吊钱推一庄。十吊钱相当于三块洋钱。下注稍大的是一吊钱三三四。一吊钱分三道：三百、三百、四百。七点赢一道，八点赢两道，若是抓到一副九点或是天地杠，庄家赔一吊钱。王二下"三三四"是常事。有时竟会下到五吊钱一注孤丁，把五吊钱稳稳地推出去，心不跳，手不抖。（收房钱的抡元下到五百钱一注时手就抖个不住。）赢得多了，他也能上去推两庄。推牌九这玩意，财越大，气越粗，王二输的时候竟不多。

王二把他的买卖乔迁到隔壁源昌去了，但是每天九点以后他一定还是端了一杯茶到保全堂店堂里来坐个点把钟。儿子大了，晚上再来的零星生意，他一个人就可以应付了。

且说保全堂。

这是一家门面不大的药店。不知为什么，这药店的东家用人，不用本地人，从上到下，从管事的到挑水的，一律是淮城人。他们每年有一个月的假期，轮流回家，去干传宗接代的事。其余十一个月，都住在店里。他们的老婆就守十一个月的寡。药店的"同仁"，一律称为"先生"。先生是分为几等。一等的是"管事"，即经理。当了管事就是终身职务，很少听说过有东家把管事辞了的。除非老管事病故，才会延聘一位新管事。当了管事，就有"身股"，或称"人股"，到了年底可以按股分红。因此，他对生意是兢兢业业，忠心耿耿的。东家从不到店，管事负责一切。他照例一个人单独睡在神农像后面的一间屋子里，名叫"后柜"。总账、银钱，贵重的药材如犀角、羚羊、麝香，都锁在这间屋子里，钥匙在他身上，——人参、鹿茸不算什么贵重东西。吃饭的时候，管事总是坐在横头末席，以示代表东家奉陪诸位先生。熬到"管事"能有几人？全城一共才有那么几家药店。保全堂的管事姓卢。二等的叫"刀上"，管切药和"跌"丸药。药店每天都有很多药要切。"饮片"切得整齐不整齐，漂亮不漂亮，直接影响生意好坏。内行人一看，就知道这药是什么人切出来的。"刀上"是个技术人员，薪金最高，在店中地位也最尊。吃饭时他照例坐在上首的二席，——除了有客，头席总是虚着的。逢年过节，药王生日（药王不是神农氏，却是孙思邈），有酒，管事的举杯，必得"刀上"先喝一口，大家才喝。保全堂的"刀上"是全县头一把刀，他要是闹脾气辞职，马上就有别家抢着请他去。好在此人虽有点高傲，有点倔，却轻易不发脾气。他姓许。其余的都叫"同事"。那读法却有点特别，重音在"同"字上。他们的职务就是抓药，写账。"同事"是没有什么了不起的，每年都有被辞退的可能。辞退时"管事"并不说话，只是在腊月有一桌辞年酒，算是东家向"同仁"道一年的辛苦，只要是把哪位"同事"请到上席去，该"同事"就二话不说，客客气气地卷起铺盖另谋高就。当然，事前就从旁漏出一点风声的，并不当真是打一闷棍。该辞退"同事"在八月节后就有预感。有的早就和别家谈好，很潇洒地走了；有的则请人斡旋，留一年再看。后一种，总要作一点"检讨"，下一点"保证"。"回炉的烧饼不香"，辞而不去，面上无光，身价就低了。保全堂的陶先生，就已经有三次要被请到上席了。他咳嗽痰喘，人也不精明。终于没有坐上席，一则是同行店伙纷纷来说情：辞了他，他上谁家去呢？谁家会要这样一个痰篓子呢？这岂非绝了他的生计？二则，他还有一点好处，即不回家。他四十多岁了，却没有传宗接代的任务，因为他没有娶过亲，这样，陶先生就只有更加勤勉，更加谨慎了。每逢他的喘病发作时，有人问："陶先生，你这两天又不大好吧？"他就一面喘嗽着一面说："啊不，很好，很（呼噜呼噜）好！"

　　以上，是"先生"一级。"先生"以下，是学生意的。药店管学生意的却有一个奇怪称呼，叫做"相公"。

因此，这药店除煮饭挑水的之外，实有四等人："管事""刀上""同事""相公"。

保全堂的几位"相公"都已经过了三年零一节，满师走了。现有的"相公"姓陈。

陈相公脑袋大大的，眼睛圆圆的，嘴唇厚厚的，说话声气粗粗的——呜噜呜噜地说不清楚。

他一天的生活如下：起得比谁都早。起来就把"先生"们的尿壶都倒了涮干净控在厕所里。扫地。擦桌椅、擦柜台。到处掸土。开门。这地方的店铺大都是"铺闼子门"，——列宽可一尺的厚厚的门板嵌在门框和门槛的槽子里。陈相公就一块一块卸出来，按"东一""东二""东三""东四""西一""西二""西三""西四"次序，靠墙竖好。晒药，收药。太阳出来时，把许先生切好的"饮片"、"跌"好的丸药，——都放在匾筛里，用头顶着，爬上梯子，到屋顶的晒台上放好；傍晚时再收下来。这是他一天最快乐的时候。他可以登高四望。看得见许多店铺和人家的房顶，都是黑黑的。看得见远处的绿树，绿树后面缓缓移动的帆。看得见鸽子，看得见飘动摇摆的风筝。到了七月，傍晚，还可以看巧云。七月的云多变幻，当地叫做"巧云"。那是真好看呀：灰的、白的、黄的、橘红的，镶着金边，一会一个样，像狮子的，像老虎的，像马、像狗的。此时的陈相公，真是古人所说的"心旷神怡"。其余的时候，就很刻板枯燥了。碾药。两脚踏着木板，在一个船形的铁碾槽子里碾。倘若碾的是胡椒，就要不停地打喷嚏。裁纸。用一个大弯刀，把一沓一沓的白粉连纸裁成大小不等的方块，包药用。刷印包装纸。他每天还有两项例行的公事。上午，要搓很多抽水烟用的纸枚子。把装铜钱的钱板翻过来，用"表心纸"一根一根地搓。保全堂没有人抽水烟，但不知什么道理每天都要搓许多纸枚子，谁来都可取几根，这已经成了一种"传统"。下午，擦灯罩。药店里里外外，要用十来盏煤油灯。所有灯罩，每天都要擦一遍。晚上，摊膏药。从上灯起，直到王二过店堂里来闲坐，他一直都在摊膏药。到十点多钟，把先生们的尿壶都放到他们的床下，该吹灭的灯都吹灭了，上了门，他就可以准备睡觉了。先生们都睡在后面的厢屋里，陈相公睡在店堂里。把铺板一放，铺盖摊开，这就是他一个人的天地了。临睡前他总要背两篇《汤头歌诀》，——药店的先生总要懂一点医道。小户人家有病不求医，到药店来说明病状，先生们随口就要说出："吃一剂小柴胡汤吧"，"服三付霍香正气丸"，"上一点七厘散"。有时，坐在被窝里想一会家，想想他的多年守寡的母亲，想想他家房门背后的一张贴了多年的麒麟送子的年画。想不一会，困了，把脑袋放倒，立刻就响起了很大的鼾声。

陈相公已经学了一年多生意了。他已经给赵公元帅和神农爷烧了三十次香。初一、十五，都要给这二位烧香，这照例是陈相公的事。赵公元帅手执金鞭，身骑黑虎，两旁有一副八寸长的小对联："手执金鞭驱宝至，身骑黑虎送财来"。神农爷虬髯披发，赤身露体，腰里围着一圈很大的树叶，手指甲、脚指甲都很长，一只手捏着一棵灵芝草，坐在一块石头上。陈相公对这二位看得很熟，烧香的时候很虔敬。

陈相公老是挨打。学生意没有不挨打的，陈相公挨打的次数也似稍多了一点。挨打的原因大都是因为做错了事：纸裁歪了，灯罩擦破了。这孩子也好像不大聪明，记性不好，做事迟钝。打他的多是卢先生。卢先生不是暴脾气，打他是为他好，要他成人。有一次可挨了大打。他收药，下梯一脚踩空了，把一匾筛泽泻翻到了阴沟里。这回打他的是许先生。他用一根闩门的木棍没头没脸地把他痛打了一顿，打得这孩子哇哇地乱叫："哎呀！哎呀！我下回不了！下回不了！哎呀！哎呀！我错了！哎呀！哎呀！"谁也不能去劝，因为知道许先生的脾气，越劝越打得凶，何况他这回的错是不小。后来还是煮饭的老朱来劝住了。这老朱来得比谁都早，人又出名的忠诚梗直。他从来没有正经吃过一顿饭，都是把大家吃剩的残汤剩水泡一点锅巴吃。因此，一店人都对他很敬畏。他一把夺过许先生手里的门闩，说了一句话："他也是人生父母养的！"

陈相公挨了打，当时没敢哭。到了晚上，上了门，一个人呜呜地哭了半天。他向他远在故乡的母亲说："妈妈，我又挨打了！妈妈，不要紧的，再挨两年打，我就能养活你老人家了！"

王二每天到保全堂店堂里来，是因为这里热闹。别的店铺到九点多钟，就没有什么人，往往只有一个管事在算账，一个学徒在打盹。保全堂正是高朋满座的时候。这些先生都是无家可归的光棍，这时都聚集到店堂里来。还有几个常客，收房钱的抡元，卖活鱼的巴颜喀拉山，给人家熬鸦片烟的老炳，还有一个张汉。这张汉是对门万顺酱园连家的一个亲戚兼食客，全名是张汉轩，大家却都叫他张汉。此人有七十岁了，长得活脱像一个伏尔泰，一个尖尖的鼻子。他年轻时在外地做过幕，走过很多地方，见多识广，什么都知道，是个百事通。比如说抽烟，他就告诉你烟有五种：水、旱、鼻、雅、潮，"雅"是鸦片。"潮"是潮烟，这地方谁也没见过。说喝酒，他就能说出山东黄、状元红、莲花白……说喝茶，他就告诉你狮峰龙井、苏州的碧螺春，云南的"烤茶"是在怎样一个罐里烤的，福建的功夫茶的茶杯比酒盅还小，就是吃了一只炖肘子，也只能喝三杯，这茶太酽了。他熟读《子不语》《夜雨秋灯录》，能讲许多鬼狐故事。他还知道云南怎样放蛊，湘西怎样赶尸。他还亲眼见到过旱魃、僵尸、狐狸精，有时间，有地点，有鼻子有眼。三教九流，医、卜、星、相，他全知道。他读过《麻衣神相》《柳庄神相》，会算"奇门遁甲""六壬课""灵棋经"。他总要到快九点钟时才出现（白天不知道他干什么），他一来，大家精神为之一振，这一晚上就全听他一个人刮活。他很会讲，起承转合，抑扬顿挫，有声有色。他也像说书先生一样，说到筋节处就停住了，慢慢地抽烟，急得大家一劲地催他："后来呢？后来呢？"这也是陈相公一天比较快乐的时候。他一边摊着膏药，一边听着。有时，听得太入神了，摊膏药的扦子停留在油纸上，会废掉一张膏药。他一发现，赶紧偷偷塞进口袋里。这时也不会被发现，不会挨打。

有一天，张汉谈起人生有命。说朱洪武、沈万山、范丹是同年同月同日同时，都是丑时建生，鸡鸣头遍。但是一声鸡叫，可就命分三等了：抬头朱洪武，低头沈万山，勾一勾就是穷范丹。朱洪武贵为天子，沈万山富甲天下，穷范丹冻饿而死。他又说凡是成大事业，有大作为，兴旺发达的，都有异相，或有特殊的秉赋。汉高祖刘邦，股有七十二黑子，——就是屁股上有七十二颗黑痣，谁有过？明太祖朱元璋，生就是五岳朝天，——两额、两颧、下巴，都突出，状如五岳，谁有过？樊哙能把一个整猪腿生吃下去，燕人张翼德，睡着了也睁着眼睛。就是市井之人，凡有走了一步好运的，也莫不有与众不同之处。必有非常之人，乃成非常之事。大家听了，不禁暗暗点头。

张汉猛吸了几口旱烟，忽然话锋一转，向王二道：

"即以王二而论，他这些年飞黄腾达，财源茂盛，也必有其异秉。"

"……？"

王二不解何为"异秉"。

"就是与众不同，和别人不一样的地方。你说说，你说说！"

大家也都怂恿王二："说说！说说！"

王二虽然发了一点财，却随时不忘自己的身份，从不僭越自大，在大家敦促之下，只有很诚恳地欠一欠身说：

"我呀，有那么一点：大小解分清。"他怕大家不懂，又解释道："我解手时，总是先解小手，后解大手。"

张汉一听，拍了一下手，说："就是说，不是屎尿一起来，难得！"

说着，已经过了十点半了，大家起身道别。该上门了。卢先生向柜台里一看，陈相公不见了，就大声喊："陈相公！"

喊了几声，没人应声。

原来陈相公在厕所里。这是陶先生发现的。他一头走进厕所，发现陈相公已经蹲在那里。本来，这时候都不是他们俩解大手的时候。

一九四八年旧稿

一九八〇年五月二十日重写

（原载 1981 年《雨花》第 1 期）

职业（40 年代文本）

汪曾祺

　　巷子里常有卖"椒盐饼子西洋糕"的走过。所卖皆平常食物，除了油条、大饼、豆菜、包子之外便是那种椒盐饼子跟西洋糕。椒盐饼子是马蹄形面饼，弓处微厚，平处削薄，烘得软软的，因有椒盐，颜色淡黄如秋天的银杏叶子。西洋糕是一种菱形发面方糕，松松的，厚可寸许，当中夹两层薄薄的红糖浆。穿了洁白大布衣裳，抽了几袋糯米香金堂叶子烟，泛览周王传，流观山海图，到日影很明显地偏了西，有点微饿了，沏新茶一碗，买那么两块来慢慢地嚼，大概可以尝出其中的香美；否则味道是很平淡的。老太太常买了来哄好哭作闹的孩子，因为还大，而且在她们以为比吃糖豆杂食要"养人"些。车夫苦力们吃它则不过为了充饥罢了。糕饼和那种叫卖声音都是昆明僻静里巷间所特有。虽然不知道为什么叫作"西洋糕"，或者正因为叫"西洋糕"吧，总使人觉得其"古"，跟这个已经在它上面建立出许多新事物来的老城极相谐合。早晨或黄昏，你听他们叫：

　　"椒盐饼——子西洋糕……"

　　若是谱出来，其音调是：

　　so so la——la so mi ra

　　这跟那种"有旧衣烂衫抓来卖"同为古城悲哀的歌唱之最具表情者。收旧衣烂衫的是女人多，嗓音多尖脆高拔。卖椒盐饼子西洋糕的常为老人及小孩。老人声音苍沉,孩子稚嫩游转(因为巷子深,人少,回声大,不必因拼命狂叫,以致嘶嗄),在广大的沉寂与远细的市声之上升起,搅带出许多东西,闪一闪,又淀落下来。偶然也有年轻轻的小伙子挎一个竹篮叫卖,令人觉得可惜,谁都不会以为这是一个理想的职业的。他们多把"椒"念成"皆",而"洋"字因为昆明话缺少真正的鼻音,听起来成了"牙"。"盐"读为"一","子"字常常吃了,只舌头微顶一顶,意思到了,"西洋"两字自然切成了一个音。所以留心了好一阵我才闹清楚他们叫的是什么,知道了自然得意十分。——是谁第一个那么叫的?这几个字的唇齿开阖(特别是在昆明话里)配搭得恰到好处,听起来悲哀,悲哀之中有时又每透出一种谐趣(这两样感情原是极相邻近的)。孩子们为之感动,极爱效学。有时一高兴就唱成了:

"捏着鼻——子吹洋号!"

一定有孩子小时学叫,稍大当真就作此生涯了的。

老在我们巷子里叫卖的一个孩子,我已见他往来卖了几年,眼看着大起来了。他举动之间已经涂抹了许多人生经验。一望而知,不那么傻,不那么怯了,头上常涂油,学会在耳后夹一支香烟,而且不再怕那些狗。他逐渐调皮刁恶,极会幸灾乐祸地说风凉话,捉弄乡下人,欺侮瞎子。可是,他还是不得不卖他的椒盐饼子西洋糕!声音可多少改变了一点,你可以听得出一点嘲讽,委屈,疲倦,或者还有寂寞,种种说不清,混在一起的东西。

有一天,我在门前等一个人来,他来了。也许他今天得到休息(大姨妈家老二接亲啦,帮老板去摇一会啦,反正这一类的喜事),也许他竟已得到机会,改了行业(不顶像),他这会儿显然完全从职业中解放出来。你从他身上看出一个假期,一个自在之身。没有竹篮,而且新草鞋上红带子红得真鲜。他潇潇洒洒地走过去,轻松的脚步,令人一下子想起这是四月中的好天气。而,这小子!走近巷尾时他饱满充和地吆喝了一声:

"椒盐饼——子西洋糕,"

听自己声音像从一团线上抽一段似的抽出来，又轻轻地来了一句：

"捏着鼻——子吹洋号……"

三十六年六月中

（原载 1947 年 6 月 28 日天津《益世报》）

1982

职业（80年代文本）

汪曾祺

文林街一年四季，从早到晚，有各种吆喝叫卖的声音。街上的居民铺户、大人小孩、大学生、中学生、小学生、小教堂的牧师，和这些叫卖的人自己，都听得很熟了。

"有旧衣烂衫找来卖！"

我一辈子也没有听见过这么脆的嗓子，就像一个牙口极好的人咬着一个脆萝卜似的。这是一个中年的女人，专收旧衣烂衫。她这一声真能喝得千门万户开，声音很高，拉得很长，一口气。她把"有"字切成了"一——尤"，破空而来，传得很远（她的声音能传半条街）。"旧衣烂衫"稍稍延长，"卖"字有余不尽：

"一——尤旧衣烂衫……找来卖……"

"有人买贵州遵义板桥的化风丹……？"

我从此人的吆喝中知道了一个一般地理书上所不载的地名：板桥，而且永远也忘不了，因为我每天要听好几次。板桥大概是一个镇吧，想来还不小。不过它之出名可能就因为出一种叫化风丹的东西。化风丹大概是一种药吧？这药是治什么病的？我无端地觉得这大概是治小儿惊风的。昆明这地方一年能销多少化风丹？我好像只看见这人走来走去，吆喝着，没有见有人买过他的化风丹。当然会有人买的，否则他吆喝干什么。这位贵州老乡，你想必是板桥的人了，你为什么总在昆明待着呢？

你有时也回老家看看么?

黄昏以后,直至夜深,就有一个极其低沉苍老的声音,很悲凉地喊着:

"壁虱药!虼蚤药!"

壁虱即臭虫。昆明的跳蚤也是真多。他这时候出来吆卖是有道理的。白天大家都忙着,不到快挨咬,或已经挨咬的时候,想不起买壁虱药、虼蚤药。

有时有苗族的少女卖杨梅、卖玉麦粑粑。

"卖杨梅——!"

"玉麦粑粑——!"

她们都是苗家打扮,戴一个绣花小帽子,头发梳得光光的,衣服干干净净的,都长得很秀气。她们卖的杨梅很大,颜色红得发黑,叫做"火炭梅",放在竹篮里,下面衬着新鲜的绿叶。玉麦粑粑是嫩玉米磨制成的粑粑(昆明人叫玉米为包谷,苗人叫玉麦),下一点盐,蒸熟(蒸出后粑粑上还明显地保留着拍制时的手指印痕),包在玉米的嫩皮里,味道清香清香的。这些苗族女孩子把山里的夏天和初秋带到了昆明的街头了。

……

在这些耳熟的叫卖声中,还有一种,是:

"椒盐饼子西洋糕!"

椒盐饼子,名副其实:发面饼,里面和了一点椒盐,一边稍厚,一边稍薄,形状像一把老式的木梳,是在铛上烙出来的,有一点油性,颜色黄黄的。西洋糕即发糕,米面蒸成,状如莲蓬,大小亦如之,有一点淡淡的甜味。放的是糖精,不是糖。这东西和"西洋"可以说是毫无瓜葛,不知道何以命名曰"西洋糕"。这两种食品都不怎么诱人。淡而无味,虚泡不实。买椒盐饼子的多半是老头,他们穿着土布衣裳,喝着大叶清茶,抽金堂叶子烟,泛览周王传,流观山海图,一边嚼着这种古式的点心,自得其乐。西洋糕则多是老太太叫住,买给她的小孙子吃。这玩意好消化,不伤人,下肚没多少东西。当然也有其他的人买了充饥,比如拉车的，赶马的马锅头 ①，在茶馆里打扬琴说书的瞎子……

卖椒盐饼子西洋糕的是一个孩子。他斜挎着一个腰圆形的扁浅木盆，饼子和糕分别放在木盆两侧，上面盖一层白布，白布上放一饼一糕作为幌子，从早到晚，穿街过巷，吆喝着：

"椒盐饼子西洋糕！"

这孩子也就是十一二岁，如果上学，该是小学五六年级。但是他没有上过学。

我从侧面约略知道这孩子的身世。非常简单。他是个孤儿，父亲死得早。母亲给人家洗衣服。他还有个外婆，在大西门外摆一个茶摊卖茶，卖葵花子，他外婆还会给人刮痧、放血、拔罐子，这也能得一点钱。他长大了，得自己挣饭吃。母亲托人求了糕点铺的杨老板，他就做了糕点铺的小伙计。晚上发面，天一亮就起来烧火，帮师傅蒸糕、打饼，白天挎着木盆去卖。

"椒盐饼子西洋糕！"

这孩子是个小大人！他非常尽职，毫不贪玩。遇有唱花灯的、耍猴的、耍木脑壳戏的，他从不挤进人群去看，只是找一个有荫凉、引人注意的地方站着，高声吆喝：

"椒盐饼子西洋糕！"

每天下午，在华山西路、逼死坡前要过龙云的马。这些马每天由马夫牵到郊外去遛，放了青，饮了水，再牵回来。他每天都是这时经过逼死坡（据说这是明建文帝被逼死的地方），他很爱看这些马。黑马、青马、枣红马。有一匹白马，真是一条龙，高腿狭面，长腰秀颈，雪白雪白。它总不好好走路。马夫拽着它的嚼子，它总是骙骙袅袅的。钉了蹄铁的马蹄踏在石板上，郭答郭答。他站在路边看不厌，但是他没有忘记吆喝：

"椒盐饼子西洋糕！"

饼子和糕卖给谁呢？卖给这些马吗？

他吆喝得很好听，有腔有调。若是谱出来，就是：

---

① 马锅头是马帮的赶马人。不知道为什么叫马锅头。

$$\sharp 5 \ 5 \ 6 \ - - \ | \ 5 \ 3 \ \overset{\frown}{2} \ - - \ \|$$
椒盐饼子　西洋糕

放了学的孩子（他们背着书包），也觉得他吆喝得好听，爱学他。但是他们把字眼改了，变成了：

$$\sharp 5 \ 5 \ 6 \ - - \ | \ 5 \ 3 \ \overset{\frown}{2} \ - - \ \|$$
捏着鼻子——吹洋号

昆明人读"饼"字不走鼻音，"饼子"和"鼻子"很相近。他在前面吆喝，孩子们在他身后摹仿：

"捏着鼻子吹洋号！"

这又不含什么恶意，他并不发急生气，爱学就学吧。这些上学的孩子比卖糕饼的孩子要小两三岁，他们大都吃过他的椒盐饼子西洋糕。他们长大了，还会想起这个"捏着鼻子吹洋号"，俨然这就是卖糕饼的小大人的名字。

这一天，上午十一点钟光景，我在一条巷子里看见他在前面走。这是一条很长的、僻静的巷子。穿过这条巷子，便是城墙，往左一拐，不远就是大西门了。我知道今天是他外婆的生日，他是上外婆家吃饭去的（外婆大概炖了肉）。他妈已经先去了。他跟杨老板请了几个小时的假，把卖剩的糕饼交回到柜上，才去。虽然只是背影，但看得出他新剃了头（这孩子长得不难看，大眼睛，样子挺聪明），换了一身干净衣裳。我第一次看到这孩子没有挎着浅盆，散着手走着，觉得很新鲜。他高高兴兴，大摇大摆地走着。忽然回过头来看看。他看到巷子里没有人（他没有看见我，我去看一个朋友，正在倚门站着），忽然大声地、清清楚楚地吆喝了一声：

"捏着鼻子吹洋号！……"

（这是三十多年前在昆明写过的一篇旧作，原稿已失去。前年和去年都改写过，这一次是第三次重写了。1982年6月29日记）

（原载1983年《文汇》月刊第5期）

《异秉》《职业》两种文本的对读

报告人：王风

时间：1995 年秋季学期

地点：北京大学中文系五院

汪曾祺在 40 年代写了《异秉》与《职业》两篇小说，分别发表在《文学杂志》第 2 卷第 10 期（1948 年 3 月）与天津《益世报》（1947 年 6 月 28 日）。80 年代，由于这两个文本均已散失，汪曾祺又以同名、同题材重写了一遍，分别发表于《雨花》1981 年第 1 期与《文汇》月刊 1983 年第 5 期。这是很有趣的文学史现象。我选择这写于两个时代同一题材的两种文本做比较性的解读，也是出于一种"文学史考察"的兴趣。大家知道，40 年代曾涌现出一批"文学新人"：诗歌方面的穆旦及其九叶派友人，小说方面的张爱玲、汪曾祺等。他们的文学主张和创作为现代文学的第三个十年添加了一笔反叛性的色彩。此外还有一些老作家，如冯至、沈从文也加入了这一"文学实验"的创作潮流。但四五十年代之交国内形势的巨大变化，强制性地中断了这一传统。随后，新文学作家以各种方式消失或自我放逐，这其中有沈从文式的停止写作，张爱玲式的流离海外和绝大多数作家不同程度地认同主流意识形态创作。汪曾祺大体可以归入沈从文式的停止写作一类。尽管他在 60 年代写过三篇小说并结集出版，发表过一些散文及散文诗，但多属票友性质，已不能以作家自居了。

汪曾祺的意义在于他 80 年代的"复活"。这不仅仅是说他又开始写作，而且指能够对新时期文学起构成作用，汪曾祺确实是唯一的一位。他成为 80 年代无法忽视，其个性价值无法替代的重要作家。同时，就他个人而言，其文学思想与创作实践的变化，同样意味深长。如果把40年代"文学被中断"看成一个历史悬案的话，汪曾祺则提供了部分答案。

汪曾祺40年代的作品并未得到很好的结集，绝大部分还散落在难以搜寻的旧报刊中。从我的查找情况看，这一阶段他的作品至少在50篇以上，绝大部分是小说，但很多只知道篇名而未找到出处，已经过眼的约30多篇。以此为基础，我将汪曾祺40年代的小说大致分为三类：

一，如《复仇》《小学校的钟声》《礼拜天早晨》《绿猫》等，属于有意识地使用西方现代派创作技巧的创作，尤其是诗化小说和意识流，痕迹相当明显。

二，如《除岁》《老鲁》《戴车匠》《异秉》等，有较为浓郁的乡土色彩和较为完整的故事情节，篇幅相对较长，没有套用某种现代派创作观念，但显现出趋于散文的倾向。

三，如《风景》(《堂倌》《人》《理发师》)、《职业》、《年红灯》等，其乡土性特征与第二类相似，但篇幅极为短小，已没有完整的故事核，与散文很难区别，"或者根本就不是小说。有些只是人物素描"[1]，许多被认为小说特质的因素消失，可以将其称为"小品"型的小说。[2]

到了80年代，第一类作品消失，这很容易理解，一方面是作家手法的成熟，另一方面由于一言难尽的各种主客观原因，此时汪曾祺的创作主旨是"回到现实主义，回到民族传统"[3]。

第二类和第三类作品则大量存在，第二类如《受戒》《大淖纪事》、重新创作的《异秉》等，第三类如《晚饭花集》中的许多作品，包括重新创作的《职业》。

---

[1] 汪曾祺："自序"，收《汪曾祺短篇小说选》，北京出版社，1982年。

[2] 汪曾祺说："我永远只是一个小品作家，我写的一切，都是小品。"("自序"，收《晚翠文谈》，浙江文艺出版社，1988年）这里借用这一说法。

[3] 汪曾祺说："总的来说，我还是要回到现实主义，回到民族传统。这种现实主义是容纳各种流派的现实主义，这种民族传统是对外来文化的精华兼收并蓄的民族传统。"(《回到现实主义 回到民族传统》，收《晚翠文谈》）这一段话可以看作80年代汪曾祺总体的文学主张。

40 年代和 80 年代，汪曾祺在持论上有相当近似的地方，比如在 40 年代，他反对"照单抄""流水账""描写形象""环境渲染"，到 80 年代，他仍然批评巴尔扎克式的"太多的情节""描写过多""对话多""议论和抒情多""句子长、句子太规整"等①，总体取向一致；又如，40 年代他认为结构"根本是个不合理的东西"，80 年代他还是说："小说结构的特点，是：随便。"也许这类说法太标新立异太极端了，以致招来非议。为此，他做了修正，有趣的是，连修正都差不多，40 年代他在给唐湜的信中辩解道："我有结构，但这不是普通的结构。"80 年代在对林斤澜的批评中，他补充说他的"随便"指的是"苦心经营的随便"②。

还可以举出许许多多的例子。这一切给人一个印象，那就是 80 年代汪曾祺除了不创作那些明显带有现代派痕迹的作品，其他方面与 40 年代是一致的。汪曾祺自己也说过：

> 我恢复了自己在 40 年代曾经追求的创作道路，就是说，我在 80 年代前后的创作，跟 40 年代衔接起来。③

如果指创作经历或创作生命而言，这是一个准确的自我描述；但就作品所显示出的文本特征而言，阅读的感觉会强烈地破坏对这句话的信任。实际上，汪曾祺 40 年代和 80 年代作品给人的阅读感受是截然不同的，这里纠结着很多因素，其相似处也经常具有不同的内涵。全面的论证会造成例证的散乱，因此选择两个文本进行分析。

应该说，《异秉》和《职业》这两篇作品在汪曾祺的创作中并非是最著名或最好的，但是，作家在 40 年代和 80 年代，在相隔如此之长的两个创作阶段里写作不但同名、而且同题材的作品，这在文学史上是非

---

① 汪曾祺：《短篇小说的本质》，天津《益世报》，1947 年 5 月 31 日；《说短》，收《晚翠文谈》。

② 参阅汪曾祺：《短篇小说的本质》《小说笔谈》《晚翠文谈》；《虔诚的纳蕤思》《林斤澜的矮凳桥》，收《汪曾祺文集·文论卷》，江苏文艺出版社，1994 年。

③ 张兴劲：《访汪曾祺》，载《北京文学》1989 年第 1 期。

常罕见的例子，也是非常难得的文本。① 由于 40 年代作品的散落，80 年代文本都是在没有 40 年代文本参照的情况下撰写的，当然是两次写作。《异秉》还是作家 80 年代创作中真正意义上的第一部作品，带有试笔的性质；而《职业》的重写也始于 1980 年，三年三度改写，才找到自己满意的方式。②

之所以会在三十年后出现新文本是由于作家对题材的极端熟悉。据汪曾祺自述，《异秉》中的保全堂即以他祖父开的同名药店为蓝本，"小时候成天在那儿转来转去"③；而《职业》中的那个孩子和那句市声则是在昆明期间日夜见到听到，"非常熟悉"④。对对象的熟悉使重新创作成为可能，失去旧文本又使得新的创作基本不受上一个文本的影响，全面体现写作当下的观念和追求，而且汪曾祺的这两篇作品恰好分属其创作的两个类型，这使我们既获得细读的方便，又能对这四个文本所反映的内涵持完全信任的态度。

以下，我们进入"细读"。

一　写作方式：情节、结构

在 40 年代和 80 年代，汪曾祺都给短篇小说下过定义：

---

① 实际上重写的作品不止这两篇，如《小说三篇·求雨》中的情节在唐湜《虔诚的纳蕤思》中就曾提到过。汪曾祺在《认识到的和没有认识到的自己》中说："我有些作品在记忆里存放了三四十年。好几篇作品都是一再重写过的。《求雨》……我曾经写过一篇很短的东西，一篇散文诗……前几年把它改写成一篇小说，加了一个人物，望儿。"由于此文的 40 年代文本未曾找到，只好放弃这一极有意思的文本分析。

② 汪曾祺在《关于受戒》中说："……在这以前，我曾经忽然心血来潮，想起我在三十二年前写的，久已遗失的一篇旧作《异秉》，提笔重写了一篇。"（收《晚翠文谈》）据这两篇小说文末所署，《异秉》重写于 1980 年 5 月 20 日，《受戒》写于 1980 年 8 月 12 日。但《异秉》发表于 1981 年，迟于《受戒》。《职业》文末附记曰："这是三十多年前在昆明写过的一篇旧作，原稿已失去。前年和去年都改写过，这一次是第三次重写了。"

③ 汪曾祺：《作为抒情诗的散文化小说》，载《上海文学》1988 年第 4 期。

④ 汪曾祺：《认识到的和没有认识到的自己》，载《北京文学》1989 年第 1 期。

1947 年："一个短篇小说，是一种思索方式，一种情感方式，是人类智慧的一种模样。"①

1988 年："小说应该就是跟一个可以谈得来的朋友很亲切地谈一点你所知道的生活。"②

这两个说法显然体现着两种截然不同的创作观：40 年代所谓"思索方式""情感方式"云云，受的是西方现代主义（伍尔芙等）标举"主观真实"的创作主张的影响，强调作家的主体意识；而 80 年代"谈一点""生活"显然是"回到现实主义，回到民族传统"的具体产物。

汪曾祺 40 年代和 80 年代的创作大体能够印证他自己的说法，由此，可以归纳出他这两个时期的写作方式。

40 年代的汪曾祺小说大体都有个"稳定内核"，也就是他所说的"思索"和"情感"，这可以是某种"中心意象"，也可以是某种"内在体验"，甚至是某个"关键词"或某种情绪，等等。每篇小说的"内核"尽管各不相同，但都为情节的发展提供了某种必然性，或者说它决定了整部小说的逻辑性。

情节的"核心生长"模式给予了小说某种"完整性"。40 年代文本的《异秉》洋溢着悲悯的情调——对小人物的可笑的悲悯，情节围绕着这一情调"内核"生长，王二、学徒以及众多的小人物，他们按部就班的日子无不在悲悯的语调中叙述，甚至王二的发达也被涂上了悲哀的色彩，直至最终学徒"如厕"的喜剧性结尾，也让人在好笑中感到淡淡的哀愁。

《职业》的 40 年代文本更是这方面的典型例子，这一作品的主题词是"椒盐饼子西洋糕"，它在小说的第一句就出现了，尽管主人公——"老在我们巷子里叫卖的一个孩子"直到篇幅过半才出场，但此前两部分介绍食物和叫卖声，话题始终围绕"椒盐饼子西洋糕"，这种写作手法使得整部作品显现出梯级进展的模式。

---

① 汪曾祺：《短篇小说的本质》。

② 汪曾祺：《作为抒情诗的散文化小说》。

实际上，伍尔芙等人的"主观真实论"直接对应于"意识流"等现代主义创作手法，只有"意识流"之类的以心理、意识统摄叙述的写作方式才能真正推翻事件发展的逻辑，这在汪曾祺《小学校的钟声》等作品中可以找到例证。但40年代汪曾祺大部分创作并非"意识流"，或只部分使用"意识流"，因此，在这些作品中，将小说作为"情感方式"或"思索方式"是不容易达到的，只能剩下"情感"或者"思索"，此时"主观真实"也只能剩下"主观语调"，而由此构成并生长起来的情节必然无法完全抛弃事件逻辑，这就使得作品的结构具有很强的内驱力。

40年代文本的《异秉》结构极为严谨，叙述一个晚上八点到十点发生的事情，中间三度插叙和补叙，都紧紧依附于情节的推进；同样，40年代文本的《职业》两度出现"椒盐饼子西洋糕"和"捏着鼻子吹洋号"，将整篇小说分隔成三个部分：第一个部分介绍食物；第二个部分介绍叫卖声；第三个部分介绍卖"椒盐饼子西洋糕"的孩子的故事，其结构的整饬是显而易见的。

其他作品的情况大体相似，虽然结构方式不一定都像这两篇。尽管40年代的汪曾祺有意识地破坏结构这一"根本""不合理的东西"，向往"散文的广度"[①]，但实际上很难做到。甚至会看到相反的例子：游笔四走的作家不得不采取一些补救措施挽救结构的倾颓。

比如，《老鲁》有个潇洒的开头："去年夏天我们过的那一段日子实在是好玩"，但在漫长的描写之后出现了下面一段话：

阿呀，题目是《老鲁》，我一开头就哩哩拉拉带上了这么些闲话做甚么？……再说多了，不但喧宾夺主，文章不成格局，（现在势必如此，已经如此；）且亦是不知趣了。[②]

这当然是作者故作狡黠，但也应该看到，文本后面的结构是相当传

---

① 汪曾祺：《短篇小说的本质》。

② 汪曾祺：《老鲁》，载《文艺复兴》1947年第3卷第2期。

统而严谨的。至少，这可以说明作家无法将小说开头的叙述语调贯彻下去。

《戴车匠》也有个类似的开头，汪曾祺采用的办法是用括号加上一句话："说这些毫无意思！既已说了，说了算数。"①强行转入叙事。或许正是这些不尽成功的"突围"为汪曾祺招来"啰唆"的批评。②

如果说 40 年代汪曾祺的小说有一个"稳定内核"的话，那么到了80 年代，他的小说则只有"潜在外延"，也就是批评家所总结的"氛围""意境""韵味"等，或者汪曾祺自己所用的"气氛""情致""意向"③。与 40 年代相反，"外延"所提供的不是必然性而是可能性：只要在设定的"气氛"之内，任何事情都可能发生。从理论上说，作家可以在"气氛"允许的范围内"随意"挑选写作题材，"任意"安排情节，当然这往往是"苦心经营的随便"。

这种"潜在外延"的写作方式在情节上表现为"趋向生长"，也就是说，情节是从文本设定的某种背景上生长起来的，情节是背景的延伸，事件、人物也附属于背景。

以 80 年代的《异秉》为例，应该说，它与 40 年代文本在故事主体上并没有什么区别，但 40 年代文本一开始就进入情节，而 80 年代文本真正的情节出现在小说的结尾（"有一天，张汉谈起人生有命……"），篇幅只占整部作品的十二分之一（甚至比介绍陈相公身世的笔墨还少）。此前全文百分之九十以上的文字都可以看作背景，作者花了超出一般人想象的篇幅营造"气氛"，当然也结合着介绍主人公王二，但那是融会在背景的描述中进行的。

80 年代文本《职业》的情况也颇为相似，在进入情节以前，约占

---

① 汪曾祺：《戴车匠》，载《文学杂志》1947 年第 2 卷第 5 期。
② 唐湜的《虔诚的纳蕤思》中提到有人批评汪曾祺"啰唆"，但笔者未找到该评论原文。
③ 《汪曾祺短篇小说选》自序中谈到"有时只是一点气氛"，"气氛即人物"；《两栖杂述》说："我在构思一篇小说的时候，……先有一团情致、一种意向，然后定间架……"（收《晚翠文谈》）

全文一半的篇幅描述文林街的各种叫卖声，与 40 年代文本一开始就出现"椒盐饼子西洋糕"的市声不同，80 年代文本中这一主题词很迟才出现。汪曾祺曾谈到这一作品"改写了几次，始终不满意。到第四次，我才想起先写文林街的六七种叫卖声音，把'椒盐饼子西洋糕'放在这样的背景前面"，以营造"文林街一年四季，从早到晚，有各种吃喝叫卖的声音"的气氛。其中尤值得比较的是两个文本中都写到"有旧衣烂衫抓（80 年代文本作'找'）来卖"的女人的叫卖声：在 40 年代文本中，这只是由于与主题词"同为古城悲哀的歌唱之最具表情者"而带叙一笔；80 年代文本对此则有一段完整的描写，构成文林街"众声喧哗"的一部分，在文本中有独立的地位。

在汪曾祺同期小说中，背景占据统治地位，叙述从背景开始的情况可以说比比皆是，而且大部分是着力于地域环境的描写，《故里三陈》就全部是如此①。批评界也很早注意到这一有趣的现象，是针对《大淖纪事》的。汪曾祺在《〈大淖纪事〉是怎样写出来的》中说：

> 对这篇小说的结构，有两种不同的意见。一种以为前面（不是直接写人物的部分）写得太多，有比例失重之感。另一种意见，以为这篇小说的特点正在其结构，前面写了三节，都是记风土人情，第四节才出现人物。我于此有说焉。我这样写，自己是意识到的。所以一开头着重写环境，是因为……只有在这样的环境里，才有可能出现这样的人和事。

这样就使背景有了独立性，因而，也就会有《幽冥钟》这样没有"故事"的小说②；同理，如果《大淖纪事》只有前三节，大概也可以成

---

① 《陈小手》第一句是"我们那地方"；《陈四》在第一句点出陈四这个人物后，接着就是"我们那个城里"，直到结尾才进入情节，讲一个小故事，与《异秉》结构几乎一样（花一行点出主人公身份，然后营造气氛，最后再进入情节的写法，在汪曾祺 80 年代创作中不止一二例）；《陈泥鳅》开头是"邻近几个县的人都说我们县的人是黑屁股"（收《晚饭花集》，人民文学出版社，1985 年），由此进入背景描述，篇幅过半才进入情节。

② 汪曾祺：《桥边小说三篇·幽冥钟》，载《收获》1986 年第 2 期。

立吧。从理论上讲，这一类小说中的情节并无必然性，背景上完全可以接进不同的故事，也就是说，只有可能性。

这样的情节模式必然带来结构的松散，80年代汪曾祺的许多小说（也是最好的一批小说）很难分析其结构，甚至还有一些极为朴拙的手法。比如，可以称为"顺便叙述"的结构方式：在《异秉》中，写到保全堂，就"且说保全堂"，花费的篇幅令人吃惊；谈到相公，就写了一大篇陈相公的传记；在《陈四》中，写到高跷，也是"且说高跷"①……例子不胜枚举。这种提到什么就谈什么的创作手法，照惯常的眼光看来会觉得非常过分，但奇怪的是，在汪曾祺80年代小说中并不显得失衡或累赘，其原因就在于有"气氛"，也就是有"外延"作为统摄。

40年代汪曾祺小说是"焦点透视"，80年代则是典型的"散点透视"，结构趋于极度的松散、随意。如果我们把小说中的散文因素按汪曾祺的说法定义为"不是直接写人物的部分"②的话，那么，他80年代确有一些杰出的短篇随意涂抹，收发自如，真正做到了他40年代所追求而实际并未做到的"散文的广度"。两个时期其创作主张相似而效果不同，原因就在于两者写作方式的截然不同。

二　叙述模式：时空、叙述者

唐湜在《虔诚的纳蕤思》中引了一段汪曾祺致他的信，汪曾祺说：

> 我现在似乎在流连光景，我用的最多的语式是过去进行式（比"说故事"似的过去式似稍胜一筹），但真正的小说应当是现在进行式的，连人、连事、连笔，整个小说进行前去，一切像真的一样，没有解释，没有说明，没有强调、对照的反拨、参差……③

---

① 汪曾祺：《故里三陈·陈四》，收《晚饭花集》。
② 汪曾祺："自序"，收《汪曾祺短篇小说选》。
③ 唐湜：《虔诚的纳蕤思》。

在汉语中谈时制、时态是否合适，目前语言学界还没有统一的意见 ①。印欧语属屈折语，其时制、时态依赖于动词自身的形态变化来表示，具有高度抽象化的特征，除了极少数独语句、感叹句外，所有的句子都可依据动词形态确定其与当下叙述的时间关系，这是不言而喻的。而在属于独立语的汉语中，情况要复杂得多，汉语主要依赖词汇手段表达时间关系，既以词汇为手段，则其相对于句子而言就不存在必然性，况且印欧语在表示时间时也存在词汇手段。有许多语法学家认为"着、了、过"这样虚化的词汇起着表达时制和时态的作用（我们姑且借用这两个概念），但这种作用有多大的普遍性仍值得怀疑，更不用说我们还得面对大量被称为"零形式"或"零形态"的无法判断时间范畴的句子。

再从文本的角度看，印欧语中句子的时间范畴与其所处文本的时间体系可以建立明确的对应关系，尽管有时对应是非常复杂的，但仍是可判定的；而汉语中句子的时间范畴与文本的时间体系往往并不一致，需要依赖语境和上下文来确定。从这个意义上说，汉语文本不大可能存在"时态"，至少，这类的表述是不太确切的。

不过汪曾祺的话是"小说家言"，不能将其放在语言学层面上讨论，实际上他是在借"过去式""过去进行式""现在进行式"这些概念表述他的创作观念。但如果我们是站在叙述者的立场，则叙述总是当下的 ②，以之作为坐标原点，在这个坐标系中，文本内诸时间范畴相对于叙述者的叙述，其距离是可"测定"的，确实大致上可以有过去、现在、一般、

---

① 这方面的专门论述可参阅以下数文：陈平：《论现代汉语时间系统的三元结构》，载《中国语文》1988 年第 6 期；龚千炎：《汉语的时相时制时态》，商务印书馆，1995 年；戴浩一：《汉语中的时间和意向》，收戴浩一、薛凤生编：《功能主义与汉语语法》，北京语言学院出版社，1994 年。

② 可以这样理解这一论点：叙述总是与阅读同步的，也就是说，阅读的开始就是叙述者叙述的开始。因此，无论作者写作时如何花样翻新，叙述永远不可能是非当下的。即便如《百年孤独》那样复杂的时间构架也不例外。

进行等诸多分别①。那么在分析中也就不妨借用这些概念。

唐湜在写《虔诚的纳蕤思》时并没有看到汪曾祺"现在进行式"的小说，他举出了作为"过去进行式"的《艺术家》《老鲁》《囚犯》《戴车匠》与《落魄》，不过依我看，似乎只有《戴车匠》是。《异秉》发表于1948年3月，就是所谓的"现在进行式"。

40年代文本的《异秉》是个"三一律"的产物，故事的时间跨度是晚上八点到十点，严格地说，是今晚、"现在"开始的八点到十点。小说的开头是这样的：

> ……现在是晚上。晚上，那架老挂钟敲过了八下，到它敲十下则一定还有老大半天。

到了结尾：

> 那架老挂钟抖抖擞擞地一声一声地敲。那个生锈的钢簧一圈一圈振动，仿佛声音也是一个圈一个圈扩散开来，像投石子水，颤颤巍巍。数。铛，——铛，——铛，——铛，……一共十下。

故事随后就结束了。整篇小说严格依赖于"现在"的时间进行叙述，尽管其中有几段插叙和补叙，但事件进程并未被打乱，确实是"连人、连事、连笔，整个小说进行前去，一切像真的一样"。

《邂逅》似乎也是一篇"现在进行式"的作品，从"船开了一会儿，大家坐定下来"开始，结束于"到了，下午两点钟"②，尽管开头没有明确交代时间，但并不意味这是回忆性的，时间同样操纵着叙述，整个事件严格按"现在"的时间流程"进行"着，其封闭性也是极强的。

---

① 王蒙曾经借用"坐标"这个说法分析过《红楼梦》，尽管既不严密也未见得精彩，与本文着眼点也不尽一致。（王蒙：《时间是多重的吗？》，收《红楼启示录》，生活·读书·新知三联书店，1991年）

② 收汪曾祺：《邂逅集》，上海文化生活出版社，1949年。

"进行"本身就意味着时间对于文本的重要性，不管是"过去进行式"也罢，"现在进行式"也罢，40 年代汪曾祺的这类小说，时间是有实质性内涵的，它深深介入叙述之中，是文本的基本支架之一。而到了80 年代，汪曾祺作品里时间的作用削弱乃至消失了，虽然文本中也时有提示时间，但读者很容易发现，那仅仅是交代性的，相对而言是无意义、无法确定的，甚至是不可知的，或者说，时间不再操纵叙述了。

仍以《异秉》为例，80 年代文本中有五处提示时间：

（1）不知从什么时候起，他就在保全堂药店廊檐下摆一个熏烧摊子。

（2）每天下午，在上学的孩子放学，人家淘晚饭米的时候，他就来摆他的摊子。

（3）王二每天到保全堂店堂里来，是因为这里热闹。

（4）有一天，张汉谈起人生有命。

（5）说着，已经过了十点半了，大家起身道别。

这五条可以分为两组：第一组是前三条，"不知从什么时候起""每天下午""每天"都不是确指的时间，而且属于前面分析到的背景叙述，并不指涉情节，显然不对叙事起制约作用；第二组是后两条，"有一天""已经过了十点半了"，这里有了具体时间，但也无法确指，"有一天"只是叙事时的一种语调，对事件并无特别意义，而"十点半"也不过是情节的一个附属因素，且从属于"有一天"，与 40 年代文本中起封闭结构作用的"十点"，在性质上显然有截然的不同。

汪曾祺 40 年代小说中也存在许多非"进行式"的作品，也就是他在给唐湜信中自我批判的"过去式"。这一类作品中时间因素对文本的制约相对较弱，但并非绝无意义，与 80 年代的小说还是有相当本质的区别。

40 年代的《职业》肯定会被作家归为"过去式"，属于时间因素对文本制约最弱的一种，80 年代文本也属于同时期作品中散文倾向最强的一类，将这两个文本进行比较是有代表意义的。

两个文本各有三处提示时间，其中前两个时间是无足轻重的：40

年代文本是"常有"（"巷子里常有卖'椒盐饼子西洋糕'的走过"）和"老在"（"老在我们巷子里叫卖的一个孩子"）；80年代文本是"一年四季"（"文林街一年四季，从早到晚，有各种吆喝叫卖的声音"）和"每天下午"（"每天下午，在华山西路、逼死坡前要过龙云的马"）。这两个时间都在情节之外，关键是第三处：

> 有一天，我在门前等一个人来，他来了。（40年代文本）
> 这一天，上午十一点钟光景，我在一条巷子里看见他在前面走。（80年代文本）

从表面上看，80年代文本的时间比40年代更加确定，但实际上，将之放在文本语境中考察，可以发现，40年代的"有一天"是指"有这么一天"，其指涉趋向于稳定；而80年代的"这一天"，实则就是"某一天"，时间对文本的意义非常微弱。当然，要讲清楚此间的区别需要对两个文本详加分析，这显然不是本文所能完成的。这里只是想说明，如果将40年代和80年代小说做总体比较，很容易得出这样的结论：40年代作品的时间范畴与文本紧密结合，是"确指"或"意欲确指"的；而80年代作品的时间范畴是文本的附属品，趋向于不确定。这种区别显然是两个时期不同的写作方式带来的，与各自的情节结构特点相吻合。

另外顺便提一下空间问题，在以语言为材料的文学文本中，空间附属于时间，这是因为文学本质上是排列文字语言的时间艺术，空间本身就指向时间。这里为了说明问题，举一个极端性的例证。

在40年代文本的《异秉》中，有下面一段：

> 王二他有那么一套架子，板子；每天支上架子，搁上板子：板子上一排平放着的七八个玻璃盒子，一排直立着的玻璃盒子，也七八个；再有许多大大小小搪瓷盆子，钵子。玻璃盒子里是瓜子，花生米，葵花籽儿，盐豌豆，……洋烛，火柴，茶叶，八卦丹，万金油，各牌香烟，……盆子钵子里是卤肚，熏鱼，香肠，炸虾，牛腱，猪头肉，口条，咸鸭蛋，酱豆瓣

儿，盐水百叶结，回卤豆腐干。……

注意其中与空间有关的词汇："……支上……搁上……一排……一排……再有……是……是……"可以发现，其顺序是相当清楚的，空间是可以建构的。这种顺序性空间本身就包含时间性，或者说可以转化为时间。

80 年代文本的《异秉》有个相似的段落：

这些"生财"包括两块长板，两条三条腿的高板凳，以及好几个一面装了玻璃的匣子。……这些玻璃匣子里装的是黑瓜子、白瓜子、盐炒豌豆、油炸豌豆、兰花豆、五香花生米。长板的一头摆开"熏烧"。"熏烧"除回卤豆腐干之外，主要是牛肉、蒲包肉和猪头肉。

同样注意这些词汇："包括……以及……装的是……除（……之外）……主要是……"这里只是罗列事物，因此空间是模糊的，无法建构的。还有个著名的例子，是《钓人的孩子》中的一段：

米市、菜市、肉市。柴驮子、炭驮子。马粪。粗细瓷碗、砂锅铁锅。焖鸡米线，烧饵块。金钱火腿、牛干巴。炒菜的油烟，炸辣子的呛人的气味。红黄蓝白黑，酸甜苦辣咸。[①]

所有的关联词都消失了，仅仅是列举事物，其排列完全服从于语言的节奏，因此根本就无所谓空间顺序。与 80 年代小说中的时间因素一样，此时的空间因素再也不操纵叙述了。

基于以上分析的汪曾祺两个时期小说创作中时空范畴的不同，可以这样加以区别：40 年代小说是"有时态"的作品；80 年代小说则是"无时态"的作品。不言而喻，这里的"时态"完全是在汪曾祺给唐湜信中

---

① 汪曾祺：《钓人的孩子》，收《晚饭花集》。

所使用的意义层面上来使用的。

还需要对"有时态"和"无时态"两个概念作如下说明：40 年代小说按汪曾祺的说法可分为"过去式""过去进行式""现在进行式"，将之称为"有时态"容易理解；80 年代小说绝大部分既非"现在"也不"进行"，从这个意义上说都应该归为"过去式"，但正如前面所分析的，这些作品与 40 年代的"过去式"有着巨大的不同，那就是时空因素对文本的作用极为微弱，趋向散文的写作使得作品中时空的构架变得模糊不清，着眼于这一角度，我将汪曾祺 80 年代小说称为"无时态"的作品。

文本中所谓"时态"，必然是从叙述者角度而言的，否则就谈不上"现在""过去""进行"等，这是不言自明的。对小说文本来说，任何叙述都是叙述者的叙述，只是叙述者的立场各异而已，叙述者是个绝对的核心因素。不过这里不拟讨论人称、角度等传统叙事学话题，而只分析叙述者与文本之间的关系，或者说叙述者在文本中所扮演的角色，亦即如何操纵文本。

40 年代，汪曾祺在《短篇小说的本质》中说："短篇小说的作者是请他的读者并排着起坐行走的。"也就是说，强调的是"叙述者正在陈述"。细审当时的作品，他确实是如此实践的，无论反映的是"过去"还是"现在"，抑或正在"进行"的事件，作品都力图凸显叙述者的存在和对文本的主宰，这就必然要求读者在阅读时必须与叙述者的情绪同步，进入其设定的情境，与之"并排起坐行走"，"对于他所写的那回事的前前后后也知道得一样仔细真切"[1]。但这一极端尊重阅读对象，与读者在文本中"相遇"的假设也取消了读者的某些权利——既然知道得一样多，那么叙述者就已命定地填充了一切叙述空间。因而此时的叙述者是置身文本之中的，甚至像《老鲁》《戴车匠》那样直接走到前台发言[2]。叙述者的高度介入使读者只能将作品看作叙述者主体所反映出的事件，是叙

---

[1]　汪曾祺：《短篇小说的本质》。

[2]　如《老鲁》："阿呀，题目是《老鲁》，我一开头就哩哩拉拉带上了这么些闲话做甚么？……"《戴车匠》："很抱歉，我跟你说了这么些平淡而不免沉闷的琐屑事情……"这两篇小说中有很多这类的叙述。

述者的自我观照，或如唐湜所说"与人的心理恰巧相合的形式"①。这种叙述者拒绝不认同的阅读。

相对于 40 年代强调"叙述者正在陈述"，80 年代则是"叙述者对已有的描述"。汪曾祺此时强调小说是"谈一点""生活"，亦即讲述客观存在的已有的事件，因而对读者对象的设定已是面对面的"我说你听"，而不是"并排起坐行走"了。叙述者采用一种客观的叙述立场，隐身文本背后而非置身文本之中，这就使得文本不带明显的叙述者情绪，也就不要求当然也无法要求读者的理解与创作初衷完全吻合，因而更强调读者自身的经验。相对而言，这种叙述者可以容纳多元的阅读，并不强调一致性。汪曾祺曾说废名的一些小说"只罗列一些事物的表象，单摆浮搁，稍加组织，不置可否，由读者自己去完成画面，注入情感"②。此话如果移用作他本人 80 年代小说的概括，也是很恰当的。

三　叙述语调：语言、风格

"置身文本之中"和"隐身文本背后"是两种截然不同的创作状态，同时也是绝对对立的叙述策略："置身文本之中"的叙述者趋于内敛、封闭、指向自身，具有自我观照的特征，这是一种有语气、有神态、有感情的叙述；而"隐身文本背后"的叙述者则是开放性的，指向叙述对象，因而冷静、含情不露，取一种客观描述的态度。

叙述策略的不同必然造成叙述语调的差异，从而影响作品的语言。

从 40 年代汪曾祺小说中，可以明显感觉到叙述者不同于 80 年代的叙述语气，我将之称为"陈述语调"。汪曾祺说过，小说"都只是可以连在一处的道白而已"③，他这一时期的作品的确可以看作叙述者的独白，亦即一种无对象的叙述语调，叙述者的自我定位是："所有的话全是为了

① 　唐湜：《虔诚的纳蕤思》。
② 　汪曾祺：《关于小说语言》。
③ 　汪曾祺：《短篇小说的本质》。

说的人自己而说的。"① 这就构成了内敛式语境，其语言也表现为以具有强烈宣泄或倾诉色彩的欧化句式为主。

而在 80 年代的小说中，叙述者的语气是不可感的，我将之称为"描述语调"。与 40 年代不同的是，这一时期的作品可以看作叙述者的谈话，由此构成了开放性语境，亦即一种有对象的叙述语调，而且所叙述的往往与叙述者基本无关，因而没有明显的感情投照（当然有褒贬）。这一点与中国传统中由说书而来的白话小说和由笔记而来的文言小说基本一致，会给人以"有时简直像旧小说"的感觉②，其语言也就显现出带有传统色彩的简洁、直白、明快的特征。

这些区别从《异秉》和《职业》中能清楚地看出来。汪曾祺说他的《异秉》是写小人物的"可笑"和"可悲悯"；《职业》是"对这个孩子过早地失去自由，被职业所固定"感到"不平"③。这都是 80 年代说的，但我相信一般读者很容易从 40 年代文本中读出这种情绪，而对 80 年代文本，要体味这些是不太容易的。尤其是《职业》，我想大部分读者读到的恐怕是这个孩子没有被职业所束缚的天真和童趣。这种误读当然不能被认为是作品的失败，其根本原因，是叙述者不提供明确的倾向性。40 年代文本自身带有强烈的情绪，而 80 年代的叙述语调本就趋于不大注入感情的白描④，作者相对"超然一些"，所谓"聪明、亲切、安静"，"道是无情却有情"⑤，最终的感受由读者自身完成。至于由此带来的两个文本语言的区别，大概阅读感受比过细的分析能更为有力地得出结论。

有意思的是，汪曾祺 40 年代小说绝大部分采用第一人称叙事（约80%），而 80 年代几乎全是"第三人称"，甚至他自己也宣称："我认为

---

① 汪曾祺：《短篇小说的本质》。

② 汪曾祺："自序"，收《晚饭花集》。

③ 参阅汪曾祺：《"揉面"》（收《晚翠文谈》）、《认识到的和没有认识到的自己》。

④ 汪曾祺：《异秉·编者附语》（载《雨花》1981 年第 1 期）中谈及"纯用白描手法"。按此则"附语"从文风判断可能是汪曾祺亲自撰写，与《蒲桥集》封面那则文字的情况相类。（《汪曾祺文集》自序中谈到那段"广告"是作者自拟的。）

⑤ 汪曾祺：《小小说是什么？》《道是无情却有情》《小说创作随谈》，收《晚翠文谈》。

小说是第三人称的艺术。"①"人称"和"叙述语调"没有绝对必然的对应关系，但这种写作策略的大幅度变化是颇能说明问题的。

由不同的叙述策略造成不同的叙述语调，并由此带来情感的内敛和外化，构成了 40 年代和 80 年代汪曾祺小说最基本的文本特征：40 年代小说所表达的情感或"是寂寞与苦闷"②，或是其他，可以说是自我体验的产物，都能被读者清楚地感觉到，这就带来忧愤深广的风格；80 年代的小说不露声色，感情被包裹起来，需要咀嚼，其风格必然显得平和冲淡，充满着回忆的情调。在 80 年代，汪曾祺曾说过"我追求的不是深刻，而是和谐"③。也许"深刻"与"和谐"正能概括他这两个十年小说的总体美学风格。可以这么说，40 年代忧愤深广的风格是血气的青春写作；而 80 年代平和冲淡的风格则显示了一种安详的老年写作。当然这里所谓的"青年""老年"并不包含价值判断。

最后总说几句。汪曾祺这两个时期的小说为什么会显示出非常不同的风格，给人以距离很大的阅读感受，这是本文研究的出发点，漫长的推论也许显得过于学院气，但我想还是基本做出了解释。最核心的当然是叙述者的位置和叙述策略，以及由此带来的叙述语调、语言风格的差异使文本具有不同的美学特征；另一方面，对时空范畴和情节结构方式的细部分析，有助于我们理解何以两个时期汪曾祺作品共同的散文倾向，其表现是如此的不同。

散文倾向是汪曾祺小说创作最重要的特质，也是他对中国现代小说史的最大贡献。40 年代汪曾祺吸取西方现代小说的非情节倾向并加以自觉改造；80 年代则由于写作方式的变化转向了传统的笔记风。从"现代化"到"民族化"，这之间四十年的空白使汪曾祺完成了这两极的跨越。也许，就汪曾祺个人而言，正是 40 年代的"现代化"才为他80 年代的"民族化"提供了可能性。这一情理之中、意料之外的变化可以看作对被中断了的 40 年代文学的一个遥远的回答，当然，不能认

①　汪曾祺：《捡石子儿》，收《汪曾祺文集·文论卷》。
②　汪曾祺：《美学感情的需要和社会效果》，收《晚翠文谈》。
③　汪曾祺："自序"，收《汪曾祺自选集》，漓江出版社，1987 年。

为这就是全部答案。

这里可以顺便提到废名。废名的小说可以分为两类：一类是早期创作如《竹林的故事》《桃园》《枣》《桥》等集子，有明显的诗的倾向；另一类是《莫须有先生传》和《莫须有先生坐飞机以后》，则是强烈的散文倾向。与汪曾祺主动接受多方面影响不同，当有人认为废名有现代主义痕迹，有意识流或伍尔芙的影子时，他坚决否认，只以为有些暗合[①]。（外国作家中废名主动接受影响的似乎是塞万提斯和莎士比亚。）废名较有意识继承的倒是六朝文章和唐人绝句[②]，但正是他影响了包括何其芳、汪曾祺在内的一大批现代主义作家[③]。废名和汪曾祺走的是不同的路子，但都成为20世纪小说文体方面最有个性的作家，两人在文体上的追求颇有可资比较之处，当然这已是另一篇文章的题中应有之义了。这里我想说的是，借鉴西方和汲取传统未必一定是二元对立，关键在于在"常"与"变"之间有自己的思考与追求。

汪曾祺不止一次说自己是"文体家"[④]，这是表面谦虚实则自负的自

---

① 孟实（朱光潜）在《桥》一文中说："像普鲁斯特和伍而夫夫人诸人的作品一样，《桥》撇开浮面动作的平铺直叙而着重内心生活的揭露。"（载《文学杂志》1937年第1卷第3期）废名谈到的此类评价更早一些："民国二十年以前，我写过一些小说。当时温源宁先生说我的小说很像当时英国的吴尔芙夫人的，又问我是否喜欢艾略特？我说他俩的作品我一点也没有读过。我当时只读俄国十九世纪的小说和莎翁的戏剧。后来读了点吴、艾的作品，确有相同之感，这实是时代使然。"（废名：《今日的文学方向》，《大公报》，1948年11月14日）汪曾祺在《谈风格》（收《晚翠文谈》）、《从哀愁到沉郁——何立伟小说集〈小城无故事〉序》（收《汪曾祺文集·文论卷》）等文中都提到此事。卞之琳也认为："有人研究废名散文化小说，说有现代西方'意识流'笔法，我认为也许可以作此类比，却不能说他受过人家的影响。"（卞之琳：《冯文炳选集序》）
② 参阅废名："序"，收《废名小说选》，人民文学出版社，1957年。另参阅汪曾祺《关于小说语言》《谈风格》等文。
③ 刘西渭（李健吾）在《〈画梦录〉——何其芳先生作》中评论了废名对何其芳的影响。（收《咀华集》，文化生活出版社，1936年）何其芳自己也在《给艾青先生的一封信——谈〈画梦录〉》（载《文艺阵地》1940年第4卷第7期）中承认了这一点。卞之琳和汪曾祺都曾提及此事，并说可以开出受废名影响的一串名字。（分别见《冯文炳选集序》和《从哀愁到沉郁——何立伟小说集〈小城无故事〉序》）
④ 汪曾祺：《认识到的和没有认识到的自己》。

我评价。"文体家"通常是边缘化的,"不能代表一个时代的文学创作的主流"①,他们对文学史的意义往往不在其所置身的时代,而是为以后的文学变革留下一个"接口"。当然并非所有的种子都会发芽,但每一粒种子都留下了一种可能性。黄子平先生曾说汪曾祺的作品具有"异质性"②,我想说的是,对当今文坛,汪曾祺是个"异数",那么对未来而言,他就有可能成为"变数"。

---

① 汪曾祺:《谈谈风俗画》,收《晚翠文谈》。
② 黄子平:《汪曾祺的意义》,载《北京文学》1989 年第 1 期。

【现场】

W：我觉得这一文本选择非常有眼光，提供了对从 40 年代到 80 年代、从现代到当代这一历史跨度进行对比的绝好范本。因为其他作家没有 40 年代和 80 年代水平相当的创作，无法比较。但汪曾祺不一样，他 80 年代的创作可以说比 40 年代更圆熟，因此这一个案是相当有代表性的。这个代表性不光是指时间跨度，还因为其 40 年代的创作是相当现代派的，80 年代又极端传统，在这一点上更有比较可言。

其实直到现在我还是很困惑，汪曾祺何以从 40 年代跨到 80 年代。他两个时代的创作从观念到思维到写法，虽然写的是相似的题材，但本质上是极端异质的。

看汪曾祺 80 年代的小说，我觉得很新鲜；看他 40 年代的作品，我觉得很熟悉。因为他 40 年代代表的其实是新文学传统，至少是"横截面"，或者是关注人生，关注心理内蕴，都是我们熟悉的；但是到了 80 年代，我们突然不熟悉了。这不熟悉说明汪曾祺代表了当代文学的边缘性，当初我看他作品时觉得他代表了极端新的观念，正如有人说"寻根文学"是"先锋派"一样。

文本的细部分析是最难的，我觉得王风的分析相当深入、细腻和准确。只有一点我和他的理解有点不同，就是他认为 40 年代是"确定性"的，比如时间、空间都很确定；而 80 年代是非确定性的，在叙事上是一种"顺便叙事"。但我觉得，80 年代所写的内涵上反而是确定的，或者人生图景和人生观反而是确实的；而 40 年代对人生观的观照却是不确定的。这可以引发一系列的文本话题，其实 40 年代人生观的"非确定性"与作者"进行式"的写作方式互为因果，因为"进行式"的写作其实是作者和读者知道得一样多，这就意味着读者和作者是以同样的眼界完成人生的。

举《职业》为例，比如40年代文本："有一天，我在门前等一个人来，他来了。也许他今天得到休息（大姨妈家老二接亲啦，帮老板去摇一会啦，反正这一类的喜事），也许他竟已得了机会，改了行业（不顶像）……"用了两个"也许"，括号中是作者的猜测，这都是不确定的。

而在80年代文本中，就完全不同了："这一天，上午十一点钟光景，我在一条巷子里看见他在前面走。……我知道今天是他外婆的生日，他是上外婆家吃饭去的（外婆大概炖了肉）。"这里用的是"我知道"，确定了，而且说"外婆大概炖了肉"，也比40年代文本确定。而40年代的人生图景是非确定的，或然的，可能性的，不可把握的。

这也许可以归结到两种创作心态和人生阶段：80年代的写作是老年式的，老年的人生是客观化的，回顾性的；年轻时的汪曾祺面对的似乎是进行的人生，一切都是不可把握的。

这当然不能包含价值判断，但就我个人而言：作家40年代的小说观和人生观与我更接近；80年代艺术更加圆熟，但这代表着两种观念，两种叙事技巧。

A：W同学举的例子正是我谈论最少的一个，但他的分析与我谈的并不太矛盾：他更注重内涵，而我基本上是在形式层面上进行探讨。至于二者能否统一，也许需要进入更深的研究层次。

Q：汪曾祺谈时态是个很有意思的话题，为我们提供了分析他作品的一个理论尺度，这似乎涉及传统小说与现代小说的区别。

S：从时间因素的角度来谈汪曾祺40年代和80年代的作品，是一个非常有趣的切入口。

一般我们将叙述和叙述对象之间构成的时间关系分为三种：过去时、现在时和将来时。40年代的《异秉》属于"现在时"，叙述的时间是从晚上八点到十点，这是王二最后一天在保全堂药店廊檐摆摊子，第二天，王二就要搬到隔壁的旱烟店了。在这里，叙述和事件是同步的。80年代的《异秉》则属于"过去时"，"王二是这条街上的人看着他发达起来的"。这时王二早已从保全堂搬到源昌烟店了，这表明叙述和事件的时间距离很大，是"事后叙述"，并且我很难从中找到像40年代《异秉》那样的叙述时段。在这里，时间似乎是停滞的，没有故事情节的进展，尽管我们可以在文本中找到这种发展线索，比如"于是经人说合，出了租钱，他就把他的摊子搬到隔壁源昌烟店的店堂里去了"。但这种变化在叙述中的作用更多是带出作者对烟店的介绍，而和情节发展无关。这样，我们可以说80年代的《异秉》具有"回忆"的性质，这种回忆是片断的、散点的、随意的画面连缀，而没有完整的故事。另外，"回忆"的阅读效果的获得还来自我们对作家状况、时代差异的了解。

另一方面，时间的停滞还体现为：在80年代《异秉》中，叙述对象更多的是一种"状态模拟"而非"动作模拟"，是"一般时"而非"进行时"，时间是持续的，因而也是停滞的，推动叙述的不是故事（故事总有一定的时段特征），而是融化了故事的情境和画面。

A：这一分析显然是可行的。汪曾祺80年代创作带有明显的回忆性特征，均可归入"过去时"，但40年代也有"过去时"，比如《职业》的40年代文本，其间还是有很大区别的。我希望得出总体性判断，所以着重分析时间在文本中所起的作用，采用的是"有时态"和"无时态"两个概念，带有很大的比喻性。

H：我觉得80年代的两个文本有一种很幽默、很风趣的轻快，这个特点主要表现在结尾。《异秉》40年代文本最后是"学徒的上毛房"，如果不是仔细体味很难读出意思。但80年代文本就非常明确地说"这时候都不是他们俩解大手的时候"。更明显的是《职业》，80年代文本写小孩前后看看没人，突然叫了一声，非常出人意料。而40年代幽默的东西比较少，比较严肃，充满象征化的意味，文中很明白地说"从他身上看出一个假期"，明显地是在表达作者的观念。

A：你觉得"轻松"，如果站在作者主观意图上看是一种误读。实际上我和你的感觉一样。之所以会如此还是"隐身文本之后"的叙述策略使然。

Y：但我觉得80年代的汪曾祺是很注意评论家的看法，很注意表达自己见解和意图的作家。他还说小说要"含藏""不宜点题",《异秉》中最后"上毛房"的意思,他其实在别的地方说了,但在小说中就不点。从这个意义上说,反而是 80 年代小说"内敛"了,而 40 年代则是心理"外化"了。

G：我觉得汪曾祺在 80 年代小说中表达的是共时关系,已经没有时间的连续性,一切都已经转化为空间关系。

【讲评】

报告人讲得很深，很细，同学们也都发表了很好的意见，我就不讲什么了吧。这本也是我们开设这门课程的目的：主要是启发同学们自己思考，自己研究。待到大家都真正"动"了起来，我就没事儿了。

或者我还可以发表一点评论与感想。刚才报告人谈到，在研究汪曾祺40年代与80年代小说时，最容易注意到的是，在论及小说观时，作家前后有很多相似的说法，汪曾祺本人也强调他80年代的小说创作与40年代的创作是互相"衔接"的。——按一般常理推论，似乎也应是如此。但在具体接触作品时，阅读感受却完全不同：两个时期的作品写法、风格差别都很大。这种情况下，研究者就面临着一个选择的困惑：是忠实于自己的阅读感受呢，还是迁就于作家的自述，或多数人的（符合一般常理的）"公论"？现在，报告人选择了前者，但又不停留于此，而是更深入、具体地研究文本，将感受上升为系统的分析与科学的说明。我以为，报告人的这一选择是正确的，而且能给我们的文学史研究以重要的启示，就是一定要重视阅读文本时的感受——特别是"第一感受"。这本来应是不言而喻的。离开了对文本的感受，还谈得上什么文学研究？但当研究成为一种职业，就会自觉、不自觉地染上各种职业病。比如，由于专业的训练与积累，我们在阅读某一作家某一作品前，往往会有许多"前知识"（例如这位作家原来写过什么作品，已经形成了什么风格，人们对他有过怎样的评价，他自己有过什么样的自述，等等）干预、影响阅读中的感受，甚至误以为这些预备性的知识就可以取代对作品的阅读感受。职业性的阅读也会使我们过快、过早地进入理性的分析，而忽略了直观的艺术感觉与感受。这样，在研究起点上就已经远离了文学的特质，最后会结出什么样的"果子"，是可想而知的。

正是为了避免这样的弊端，我向同学们，也向年轻的研究者们建议，在研究某个作家、作品时，一定要从直接阅读作品开始，在接触原作前，一不读作家的自述，二不读别人的研究论述——这些自述、论述当然重要，也是要读的；但应是在你反复阅读原作，已经有了自己的体验、感悟、初步的看法以后。这样，你就会"以我为主"地去吸收，既从中受到了启发，又不会被别人（包括原作者）牵着跑，失去了文学研究必须具有的独立性与原创性。第二，在阅读时，最好"忘掉"你对这位作家、这部作品的原有知识，尽可能地使自己处于"空白"状态，就像婴儿第一次睁开眼看新世界那样，去阅读一部完全陌生、一无所知的作品，这样，你就能获得一种原初形态的"发现"的冲动与喜悦，一种新鲜的、也仅属于你自己的感悟与感受，这就是我所说的"第一感受"。这些感受（感悟）也许是零碎的，肤浅的，表面、片面的，甚至也会有某些失误，但却是最为珍贵的，是真正的研究起点。有了这样的基础，你以后再去反复阅读时，就可以运用你原有的各种知识储备，进行联想、比较，分析，对自己的原初感受或扩充，或深化，或做出某种修正。即使是进入了深化的阶段，每次再阅读时，都要尽可能地保持新鲜感，以便不断有所发现。有时候，还可以有意识地进行"冷处理"，即暂时放下作品，隔一段时间再读，去获取重新阅读的灵感与快感。在我看来，能不能长久地保持"发现"的冲动，保持阅读的新鲜感，是一个人的研究是否具有活力与原创性的重要检验。应该说，这些方面都是年轻人或初学者的长处。

在我们这次研讨中，很多报告人的报告，讨论中的发言，都有了很好的发挥，这也应该是我们这门课的重要收获。希望同学们以后坚持下去，并成为更加自觉的努力。在一定的意义上可以说，"研究（文学研究）"的本质，就在于"发现"——对研究对象，对研究者自己，以至对人自身、世界、宇宙等的新发现。研究的意义与价值在于此，研究的乐趣也在于此吧。

说得太远了，再回来谈谈报告人的报告吧。和同学们一样，我也对报告中关于叙述与叙述对象之间的时间关系的论述，很感兴趣：这是一个具有理论生长点的问题。我在这方面几乎没有研究，因此无法在这里做出更进一步的理论分析与阐释，报告人与同学们如果有兴趣，还可以再做一些个案研究，积累到一定程度，就可以进行理论的提升。我在这里，再提供一点有关材料。

在 1948 年 2 月，唐湜整理出了他对汪曾祺的小说的研究，报告人注意到的作家本人关于"现在进行式"与"过去进行式"的设想，就是唐湜这篇文章第一次引述的。1948 年 11 月，在北大召开过一次关于"今日文学的方向"的座谈会，汪曾祺，以及曾对他的创作有过影响的沈从文、废名，还有与他同为西南联大校园作家的袁可嘉等人，都参加了。在会上，汪曾祺似乎没有发言；但会上讨论的一个问题，或许会有助于我们理解他关于时态问题的追求。首先是废名提出："文学有两种技巧，一是写实的，要把当时的真实经验生动地表现出来。而每一个经验都是特殊的、具体的，因此比较难懂，另一种是回忆的，如冯至的十四行诗，这类诗比较容易懂。"袁可嘉同意废名的分法，却另外做了解释。他说："废名先生所谓写实的即是戏剧的，关键在表现上的逼真与生动；废名先生所谓回忆，即是沉思，把经验或事物推到一定的距离（时间的，同时是空间的）之外，诗人跳出他们思索而成诗，冯至先生的十四行诗集显然属于沉思的一类，而非戏剧的。沉思的诗是静止的，戏剧的诗是运动的。"

废名这里所说的"写实的"写法，有三个特点，第一，追求"逼真与生动"；第二，强调"当时"性，现时的、在场的叙述；第三，他说的"经验"是"特殊的，具体的"，实际上已经化作了作家主观的独特体验。我们再看看汪曾祺的追求："真正的小说应该是现在进行式的，连人，连事，连笔，整个的小说进行前去，一切像真的一样，没有解释，没有说明，没有强调、对照的反拨，参差，……绝对的写实，也是圆到融汇的象征，随处是象征而没有一点象征的'意味'。"追求的相近是不难看出的。而对于"没有强调、对照的反拨，参差"的"绝对的真实"（也即废名说的"逼真与生动"）的追求，甚至会使人联想起张爱玲对

"参差的对照的写法"的拒绝（参阅张爱玲：《自己的文章》）。看来对不经人为的结构的，更接近日常生活的原生形态"真实"的追求，形成了一种潮流，尽管上述各个作家的具体实践的差异也是明显的。

值得注意的是，对"绝对的写实"的追求，并没有导致绝对客观的自然主义。相反，如上所说，这些作家（无论是40年代的汪曾祺，还是废名，乃至张爱玲）都是注重主观体验的，他们追求的是"写实"与"象征"的统一，汪曾祺更是希望达到二者不落痕迹的"圆到融汇"——其实真正生活的原生形态（原味）就既是"特殊的，具体的"，又是内蕴着一种普遍象征"意味"的；而后者不经内化为作者的内心体验是体味不到的。我在读完了《异秉》文本，掩卷回味时，除了有一种淡淡的"悲悯"之情袭上心头，还隐隐约约地感觉到，在王二的这个"最后的夜晚"的背后，连同这"异秉"的严肃与戏谑，都还蕴含着说不清的"意味"。——报告人指出了前者，却未能点到后者，或许是一个遗憾。但也许报告人（或许还有同学们）并没有这样的体验也说不定，那我的上述阅读体验就是属于个人性的了。

废名谈到的另一种写法是"回忆"，袁可嘉解释说，这是"把经验或事物推到一定的距离（时间的，同时是空间的）之外"，这大概就是"过去式叙述"了，这一点，同学们在发言中已经谈及。我们前面研讨过的作品中，有不少就是回忆性的，记得我们还专门讨论过童年回忆视角与叙述时间问题；我现在想，如果引入"过去式叙述"这个概念去讨论，或许可以做出一些新的分析，有一些新的发现。——因为只是听了报告人的发言以后，才联想起来的，这里也就只能出这么一个题目了。还有，袁可嘉所说，现在式叙述是"动态"的，"戏剧"的，过去式的回忆是"静态"的，这些概括是否准确，有什么意义、价值，也都还需要结合文本分析、个案研究来探讨、深化，这里也只能出个题目。这样一来，我们这门研讨课，就成了"开放性"的了——这或许有自我辩解之嫌，但我们最初开设这门课倒也确实有过这样的设想。

可惜我们所见到的"现在式叙述"的作品还太少。经报告人有说服力的分析，《异秉》的40年代文本，大概要算是一个。我读它时，注意到的是叙述的"现场性",即事件发生时,叙述者与读者都在现场,就好像今天的现场直播。我还有一个也许又是我个人的联想:我总要想起汪曾祺说的,"我的最初几篇小说,即是在这家茶馆里写的","我这个小说家是在昆明的茶馆里泡出来的"这些话(参阅汪曾祺:《泡茶馆》)。我甚至仿佛看见,作家坐在茶馆的窗户边,望着窗外,比如说这条文林街中的小巷(作者在前述文章里早就告诉我们,在文林街中,是有一家茶馆的),听着那些叫卖声,并且看见了那个小孩,渐渐地,这市声,这市影,沉寂与远细的,"上升起,搅带出许多东西,闪一闪,又淀落下来",直落到作家心上。于是他依然望着似清晰,似模糊的前方、远方,对着似在身边,又似不在身边的友人(读者),似是独白,又似是对谈的,轻轻说了起来……这就有了《职业》。《异秉》是另一种情况。作家混坐在茶客中间,听着他们的谈笑。恍然间,眼前的谈笑声变得模糊起来,另一些人,另一些声音,从遥远的童年记忆里,走了进来,越走越近,最后竟走入茶客中间。于是,在现场的人与事,不在现场的人与事,连同作家自身,都浑然一体了,身影一样的鲜活,声音一样的响亮……作家的眼睛一亮,心一动,赶紧掏出纸笔,一一捕捉下来,《异秉》写出来了。——当然,这都是我的胡思乱想,并不足为信。但在阅读中(以至研究中),能引起如许遐想,不是一件十分愉快的事么?——这就够了。

局促，或从容的小说
——也谈两个版本的《职业》《异秉》

肖钰可

　　读汪曾祺 40 年代的小说仿佛在咀嚼一片涩口的面包，有点滋味，但很难说清楚是种什么味道。整体看来，这批小说或多或少都带有模仿、借鉴或探索的试笔成分，不能说毫无创制，但终究欠缺了些独属于汪曾祺的风格化、原创性特质。与其说是有规划、有目标的小说创作，毋宁说是汪曾祺早年的阅读积累与日常观察的文学反映。这种反映当然是十分丰富的，其中既有《复仇》这样的现代派意识流小说，也有像《河上》一样清新、抒情的沈从文式的作品。而《老鲁》《鸡鸭名家》《落魄》《异秉》等取材于高邮、昆明生活的人物素描，又以鲜活、风趣的笔法见长，代表了 40 年代汪曾祺小说的最高水准。可以说，彼时的汪曾祺确实算得上是位既好学又大胆的"好学生"，敢于尝试不同风格、不同题材的作品，并展现出了文学写作的多样性与异质性。但"丰富"的另一面也可能是"混乱"，身为初学者的汪曾祺还没有找到最适合自己的表达形式与语言习惯，更没有走出他所模仿的西方现代派大师或老师沈从文的阴影，小说充满灵气，但是完成度并不高。他把这种写作困境归因于"世界观的混乱"："我解放前的小说是苦闷和寂寞的产物。我是迷惘的，我的世界观是混乱的，写到后来就几乎写不下去了。"①汪曾祺对早年创作的自我评价是比较谦虚保守的，毕竟对于一个二十出头、背井离乡的战时青年来说，"世界观的混乱"实属正常现象，更何况汪曾祺已经用他稚涩但不乏记忆点的小说创作证明了他毋庸置疑的文学才华。别有意味的是，一面是"混乱"的世界观，另一面却又是异常明晰的创作观：1947年，汪曾祺发表《短篇小说的本质——在解鞋带和刷牙的时候之四》一文，进行了自觉的理论总结，立志要写"不像小说的小说"，并对"短篇小说"这一文类给出了别具一格的理论阐释："一个短篇小说，是一种思索方式，一种情感形态，是人类智慧的一种榜样。"②言之凿凿，独树一帜，俨然一副经验丰富、笔耕不辍的老作家口吻。但这样的理论诉求确实从实践层面指导并匹配于他的写作吗？答案未必如他这篇文章一样确凿，我们从他改写的《职业》《异秉》两篇小说谈起。

在中国现当代作家之中，汪曾祺是比较少见的横跨现代与当代两个时段且都留下重要作品的作家，并且他还不止一次地改写/重写旧作。因而，其个体的写作行为也就常常难免被与结构性的文学史研究相勾连，成为打通现代文学与当代文学、阐释其断裂性与接续性的典型案例。但鉴于其早期创作的某种"混乱"而"异质"的特性，很难用个别作品一言以蔽之，期间长达三十余年的创作中断又夹杂了太多复杂的政治因素，关节甚多，要阐释清楚并非本文所能容纳的议题。但从《职业》《异秉》两篇颇具代表性的改写案例看，还是能反映出两个时期汪曾祺不同的创作心境和写作状态，与他早年夫子自道式的理论总结形成了有趣的呼应，值得一提。

首先是叙事者的一显一隐。对一篇小说而言，"叙事"的问题始终存在，汪曾祺对此有充分的自觉。但他早期的大部分小说都属于情节弱化、无明显虚构性的一路，要如何凸显这类小说的"叙事性"而不使读者误

---

① 汪曾祺：《要有益于世道人心》，载《人民文学》1982年第5期。收《汪曾祺全集》第9卷，人民文学出版社，2019年，第189页。

② 汪曾祺：《短篇小说的本质——在解鞋带和刷牙的时候之四》，天津《益世报》"文学周刊"第43期，1947年5月31日。收《汪曾祺全集》第9卷，第16页。

解为是散文呢？汪曾祺采取了一种比较生硬的做法，那就是让叙事者直接跳出来，面对读者说话。40 年代的《异秉》中"你不难明白王二听到'二老板'时心里一些综错感情"①一句里的"你"，标志着叙事者从自顾自讲故事的情境中跳脱了出来，试图和隐含读者有所交流。而在 80 年代的文本中，叙事者则被作者隐去了，小说开篇即写道："王二是这条街的人看着他发达起来的。"②在后续的行文中，多次出现"他……""他家……"这样的表述，仿佛王二是个与叙事者毫不相干的人物。《异秉》的这种叙述语调和《受戒》颇有些相似："明海出家已经四年了。"③作者不急着强调自己是在写一篇小说，他所要做的只是把读者带回故事的现场。

而到了《职业》这里，叙事者的显隐转化变更了一种形式。在 40 年代的《职业》中，作者也没有忘记让叙事者和读者对话："声音可多少改变了一点，你可以听得出一点嘲讽，委屈，疲倦，或者还有寂寞，种种说不清，混在一起的东西。"④80 年代的《职业》没有放弃"我"的存在，但是汪曾祺不再让叙事者突兀地跳出，而是让他化身为人格化的小说人物彻底融入叙事之中。"我"不是隔岸观火地转述、观察故事，而是真切地与人物发生情感联动："我一辈子也没有听见过这么脆的嗓子"，"我从侧面约略知道这孩子的身世。"这样的"划入"使小说产生了一种更混融的感受，读者不会怀疑这是一篇小说，但也并不感到有一个被强力设置的叙事者正在一板一眼地讲故事。

40 年代汪曾祺的小说意识太强烈了，强烈到让读者产生一种突兀感，这种意识在《职业》《异秉》里还算收敛，而在《戴车匠》《老鲁》《复仇》等小说中，他不惜耗费笔墨让叙事者不合时宜地登场：

---

① 汪曾祺：《异秉》，载《文学杂志》1948 年第 2 卷第 10 期。收《汪曾祺全集》第 1 卷，第 269 页。

② 汪曾祺：《异秉》，载《雨花》1981 年第 1 期。收《汪曾祺全集》第 2 卷，第 80 页。

③ 汪曾祺：《受戒》，载《北京文学》1980 年第 10 期。收《汪曾祺全集》第 2 卷，第 90 页。

④ 汪曾祺：《职业》，天津《益世报》，1947 年 6 月 28 日。收《汪曾祺全集》第 1 卷，第 206 页。

"很抱歉，我跟你说了这么些平淡而不免沉闷的琐屑事情"①、"阿呀，题目是《老鲁》，我一开头就哩哩拉拉带上了这么些闲话做甚么？没有办法"②……像这样的句子，在汪曾祺 40 年代的小说中不能算少。如果偶然出现一两次还会给人以幽默之感，那么在多篇小说中不遗余力地凸显叙事者的存在就显得有些"油滑"了，这恰恰暴露了他的短板：不知道如何安置叙事者的位置。这对力求写作"不像小说的小说"的汪曾祺来说，是必须克服的难题。80 年代改写旧作时的他已不再为"像不像一篇小说"这样的问题困扰，反而能处理好这一技术问题，讲起故事来也就更举重若轻。

另一个重要的转变在于，在改写旧作的过程中，汪曾祺似乎终于知道自己要"写什么"了，这表现为他找到了最适宜的叙事节奏与表达习惯。在谈及自己的改写行为时，汪曾祺指出："我的初期的小说，只是相当可观地记录对一些人的印象，对我所未见到的，不了解的，不去以意为之作过多的补充。后来稍稍展开一些，有较多的虚构，也有一点点情节。"③ 表面上看，汪曾祺的改写只是一种"补充"，在 80 年代的《职业》《异秉》中确实增加了许多 40 年代没有的情节，比如《职业》里对文林街一年四季各种吆喝声的描摹、对卖"椒盐饼子西洋糕"的孩子的身世的补充，以及对 40 年代文本里语焉不详的孩子何以变得"潇洒"而"轻松"的原因的交代；《异秉》更是直接更改了原作的故事线，把发生在一个晚上之内、以王二为中心的故事变成了以保全堂为主要对象的故事，对象的复杂使故事的线索也变得旁逸斜出。源昌烟店的营生、过节时街上的春联样式、陈相公的日常起居等，在旧作中难以容置的故事线索，在新作中都被作者详细地铺展开来，王二的主角身份显然是被"剥

---

① 汪曾祺：《戴车匠》，载《文学杂志》1947 年第 2 卷第 5 期。收《汪曾祺全集》第 1 卷，第 248 页。

② 汪曾祺：《老鲁》，载《文艺复兴》1947 年第 3 卷第 2 期。收《汪曾祺全集》第 1 卷，第 129 页。

③ 汪曾祺："自序"，收《汪曾祺短篇小说选》，北京出版社，1982 年。收《汪曾祺全集》第 9 卷，第 151 页。

夺"了。小说以陈相公和陶先生令人啼笑皆非的解手情节结尾，有一种"诡异"的滑稽感。本来小说的标题"异秉"指的是王二能分清大小解这一"绝技"，被作者这么一改，倒有点温和的讽刺之意。可见汪曾祺在改写旧作时，并不急着进入所谓主要人物的故事线，而是先"漫不经心"地随意点染一番。他的《受戒》和《大淖记事》也是如此，情节推进得非常慢。这种不急着进入正题的写法是否只是作者因掌握了更多材料而不假思索地将其堆叠入作品后产生的客观效果呢？所谓的旧作重写是否只是单纯的素材补订呢？显然不是，因为汪曾祺并没有总是把小说越写越长。

　　除了《职业》《异秉》外，汪曾祺80年代其实还改写过另一篇作品《戴车匠》，与40年代的文本不同，新版《戴车匠》在篇幅上有了极大的缩减。原作可视作是汪曾祺一向擅长的人物素描小说，围绕戴车匠以及他的生意与生活日常，展开了非常详细的描写。而在80年代重写时，作者删减了其中的许多细节，却仍旧在开头宕开一笔，不直接从戴车匠写起，而是先写车匠店和其周边的侯家银匠店与杨家香店，又在故事的结尾首尾呼应："一九八一年，我回乡了一次（我去乡已四十余年）。东街已经完全变样，戴家车匠店已经没有痕迹了。——侯家银匠店，杨家香店，也都没有了。也许这是最后一个车匠了。"[①] 这样小说所要表现的核心议题也就悄然发生了变化，作者不只是为戴车匠的退席而惋惜，对连同那一整条街以及那一座"平淡沉闷，无结构起伏的城，沉默的城"的追恋，才是潜藏在文本之下的深重情绪。汪曾祺这种"最后一个"的怀旧情结，倒是和他的老师沈从文一脉相承。不过，40年代的他对此还只是一种懵懂的感觉，小说写到最后才意识到原来自己要写的是对一座城而不仅仅是一个人的怀恋。而到了80年代，当去乡已40余年的"我"重回故土发现"东街已经完全变样"时，才终于无可奈何地确信"这是最后一个车匠了"。因而汪曾祺在改写旧作时才特意加上了侯家银匠店与

---

①　汪曾祺:《故人往事·戴车匠》，载《新苑》1986年第1期。收《汪曾祺全集》第3卷，第17页。

杨家香店的线索，而删减了原作中有关戴车匠的许多内容。

如同改写后的《职业》加入了各式叫卖声，小男孩的困境也就不只是个例，而变为了一种缩影，作品的主题由"童年的失去"变为"人世多苦辛"的慨叹①，"生活气息"的注入倒是次要的，深重的情绪才加重了作品的底色。这不是技术层面的问题，它渗透了作家40余年后的观照与感怀，是旧事重提，也是旧锦新样。可见汪曾祺的"随意点染"并非漫不经心的涂抹，用他自己的话说，是"苦心经营的随便"②。在改写的过程中，他不再受到自己早年为小说定下的"陈规戒律"的拘束，而是以一种更为松弛、从容的姿态写作，情感和思想都成熟了，行文上也就更加能放开手脚。同时期的新作《受戒》《大淖记事》等将其发扬光大，形成了独具特色的汪氏风格，令文坛为之眼前一亮。

但看似横空出世的汪氏风格是否真的毫无所本呢？如果我们结合汪曾祺的小说再仔细阅读他写于1947年的这篇《短篇小说的本质》，答案或许并非完全如此。在这篇理论阐述中，汪曾祺一再强调他对"标准的短篇小说"的摒弃，努力追求一种"散文化"的写法，这才是他心目中优秀的"不像小说的小说"：

> 《亨利第三》与《军旗手的爱与死》，是一个理想的型范，我不觉得我的话有什么夸张之处。那两篇东西所缺少的，也许是一点散文的美，散文的广度，一点"大块噫气其为风"的那种遇到什么都抚摸一下，随时会留连片刻，参差荇菜，左右缭之，喜欢到亭边小道上张张望望的，不衫不履，落帽风前，振衣高岗的气派，缺少点开头我要求的一点随意说话的自然。③

---

① 汪曾祺：《〈职业〉自赏》，载《文友》1994年第8期。收《汪曾祺全集》第10卷，第357页。

② 汪曾祺：《思想·语言·结构》，载《大地》1994年第3、4期合刊。收《汪曾祺全集》第10卷，第299页。

③ 汪曾祺：《短篇小说的本质——在解鞋带和刷牙的时候之四》。收《汪曾祺全集》第9卷，第14页。

"散文化小说"和"诗化小说"是现代文学中时常被讨论的一种小说现象，所谓的"诗化""散文化"往往和情节弱化、文体杂糅等联系在一起。但汪曾祺所推崇的"散文化"并非只是形式层面的问题，他孜孜以求的"随意""散漫"的背后还有更为重要的写作理念的支撑，这种支撑的学术资源或许来自于周作人。上述所引汪曾祺的这段话其实并非其原创，而是化用了周作人在评述废名小说时所归纳的"情生文，文生情"的笔法：

> 他随时随处加以爱抚，好像是水遇见可飘荡的水草要使他飘荡几下，风遇见能叫号的窍穴要使他叫号几声，可是他仍然若无其事地流过去吹过去，继续他向着海以及空气稀薄处去的行程。这样，所以是文生情，也因为这样所以这文生情异于做古文者之做古文，而是从新的散文中间变化出来的一种新格式。①

汪曾祺所谓"大块噫气其为风"的比喻取自庄子，周作人文中也对此有详细的引述，汪曾祺应该是看了周作人评废名的这段文字，并做了自己的发挥，不然何至于如此巧合。周作人原文里说得很清楚，"文生情"并非古文作法，而是从"散文中间变化出来的一种新格式"，在一种从容、随意的行文之中让笔下风物自然生长，势必要求写作者松弛笔触，敢于延宕。这样所达成的"自然"特征才不至于沦为零散，而是一种水到渠成的浑然境界，所谓"氛围""意境""韵味"等晚年汪曾祺一再称述的文本效果其实都是"文生情"产生的正面效应。但这种笔法对写作者提出的要求其实是很高的。从汪曾祺的文学素养上说，他具备这样的基础：正统中文系出身、熟读古文、有民间文艺的积累、较早接触了西方现代派名作。充分的阅读积累是一方面，此外准确的语言才是实现"文生情"的重要媒介。汪曾祺从一开始写作就非常注重语言的本体

---

① 周作人：《〈莫须有先生传〉序》，收王风编：《废名集》第6卷，北京大学出版社，2009年，第3414页。

作用，主张只有掌握了准确的语言才能让"文"与"情"彼此相得益彰。但准确的语言并不易得，汪曾祺也曾尝试过很不适合他的、特别"别扭"的语言，像《复仇》这样的现代派小说就有很深的欧化印迹（1941年、1946年两个版本都是），读起来是很不汪曾祺的，他随后也很快摒弃了这种表达习惯。如李陀所说，《复仇》之后，"汪曾祺毅然和欧化的白话文分了手，再没有回头"①。欧化文法是汪曾祺一种刻意的表达，但他的试笔之作并非总是那么刻意，比如《异秉》里就有"鸟多栖定了，雁落在沙洲上"这样一看就化用于古典诗词的句子。即便是在那些现代派小说中，汪曾祺依然没有舍弃"深巷卖杏花"②这种很古雅的表达。除了化用古典资源外，口语化、生活化的生动语言才是汪曾祺最擅长的表达形式，像"王二忙得喜欢"（《异秉》）这样语法不规范、但紧贴人物的句子，开始在汪曾祺的小说中频频出现。

可见，汪曾祺早年在试笔过程中已经在不断摸索最准确贴切、也最适合自己的表达习惯，并不自觉地进行自我修正。尽管留下了一些不甚成熟的习作，但这一过程却实属必要。40多年后，步入老年的汪曾祺终于切换到了他最擅长的语言频道，得以突破小说形式本身的层层桎梏，以一种随意铺展的从容姿态写出既纯熟而又天然的"现代小说"，并非偶然。

---

① 李陀：《汪曾祺与现代汉语写作——兼谈毛文体》，载《花城》1998年第5期。
② 参阅汪曾祺：《复仇》，载《文艺复兴》1946年第1卷第4期。收《汪曾祺全集》第1卷，第145页。

下　篇

纵横评说

钱理群

十四　40 年代小说的历史地位与总体结构

　　我们这个课从"领读者言"（也可以说是一种"领唱"吧）到"众声喧哗"（算是"大合唱"吧），现在应该进入"纵横评说"了（好像又回到一人"独唱"了）。换一个角度看，如果说我们的"导读课"是对 40 年代小说思潮与作家创作心态的一次"宏观"扫描，"讨论课"是对这一时期的部分作品的"微观"考察，那么现在所要进行的"总结"课，就是再进入"宏观"的评说，既把 40 年代的小说置于"五四"以来现代小说发展的历史长河中，进行"纵"的评价，又要将我们重点研讨的作品放到同时期（40 年代）小说的总体结构中去进行"横"的比较、论说。本来这样的宏观总结也应该由大家一起来做，你讲一点，我说一段，合起来就全面了；但因为时间的限制，这门课必须在停课考试前结束，所以就只能由我一人来"独唱"，而且只能粗略地讲个大概。好在以后我还要写"40 年代小说史"，也会开设这样的课；不足之处，到那时再弥补吧。

一

　　要做"纵"的评价也很难，就从一位记者向我提出的一个问题说起吧。大家都知道，前些年，我与谢冕老师一起编选了一套《百年中国文学经典》（我还在讨论课上听取过同学们的意见），一位记者看到了"选目"，敏锐地发现，40 年代的作品（尤其是小说）选得最多，就向我提出了一个问题："40 年代的入选作品大大超过了二三十年代，这是不是显示了你的一种看法与评价？"这个问题提得很有水平，逼出了我的一番回答——

这确实代表了我的一种看法与评价，但这看法与评价是在研究、选择过程中逐渐形成的。最初，出于对"五四"的崇敬，希望多选一些20年代的小说。首先注意到的，自然是鲁迅的小说，大多数篇目确实都经得住时间的检验。不仅如茅盾当年所说，作为"创造新形式的先锋"，鲁迅小说"几乎一篇有一篇的形式"，而且几乎每一种形式试验，都达到了很高的水平，显示出"开端即已成熟"的特点，这可以说是个奇迹。但在鲁迅之外的作家作品就很难选择了。是的，这一时期并不缺乏有特色的作家作品，但几乎每一个作品在艺术上都同时存在着比较明显的缺陷，也就是说，这些作品在当时（或以后一段时期）有较大影响，却缺乏更长久的艺术生命力。这自然是一种"不成熟性"的表现。

由此，我们得出了三个结论：一，"五四"开创的现代小说在其起点上，就出现了鲁迅这样的成熟的小说家，出现了《阿Q正传》这样堪称"现代经典"（也即真正显示了"现代"特征的，其成熟程度又达到了可以和中国传统小说经典媲美、并进入世界文学之林的水平）的作品，这是"五四"文学变革（包括小说变革）的一个主要的、决定性的成就（成果）。二，另一方面，鲁迅的小说创作，对于同时代的作家，又是大大超前的。也就是说，我们的现代文坛要真正理解、消化鲁迅的创造，使整个现代小说的创作都达到鲁迅的水准，并有新的创造与超越，还需要一段漫长的时间，这一过程似乎到20世纪末还在继续。三，但我们不能因此而否认与低估"五四"时期鲁迅之外的小说家的创造的意义。这一代小说家（其代表有叶圣陶、郁达夫、彭家煌、台静农等人）的创作价值，并不在于他们提供了多少成熟的典范之作（毋宁说他们的大多数作品都是不成熟以至幼稚的），而在于他们为创造适应现代中国人需要的现代新小说，所进行的多方面探索，从而为现代小说的发展与创造提供了多种可能性，并因此而证实了现代小说的生命力，这对当时尚处于传统小说的包围与排斥中的现代小说的生存与发展，以及今后发展的意义，都是怎么估计都不会过分的。

如果说 20 年代是一个小说的"开创期",那么,30 年代的小说创作,据一些专家研究,则是一个"建立新规范"的时代。中国现代小说既是对中国传统小说进行变革的产物(尽管这种变革并不能离开创造性的继承,但其起始阶段无疑更强调其变革的方面),也就是说,它对中国小说的发展,是一个"新"的因素,它就必须建立起一套显示其新质的"规范",以便后来者依照这样的新规范,不断进行现代小说的"再生产",形成一种足以与传统小说相对抗的新的规模,以至最后形成新的传统。这是现代小说发展的一种内在要求,同时也是"五四"开创的现代小说能否在中国立足,为中国的读者所接受的关键。另一方面,正是为了使中国的读者接受,并最终进入中国的传统,现代小说在其发展的第二个时期,又必须强调与重视对中国民族文化传统(包括小说传统)的继承。这种继承在开创时期本也是存在的,但一般说来,那是不自觉的;现在就要求变成一种更为自觉的努力。

应该说 30 年代的小说正是在"建立新规范"与"自觉继承传统"这两个相反相成的要求中获得自己的发展,并显示出一种新的特点的。而"规范"的建立,又是在与"突破规范"的努力的相生相克的辩证发展中实现的;与"继承传统"的自觉的努力的同时,也在进行着超越传统的新形式的试验。这些,其实都显示着中国现代小说在向着日趋成熟的方向发展。作为以上努力的成果,在 30 年代,出现了茅盾、老舍、沈从文、巴金,以及丁玲、沙汀、艾芜、张天翼、施蛰存、李劼人、张恨水……这样一些自觉的小说艺术家,出现了由文学史家们概括的"社会剖析小说"、"抒情小说"(或称"诗化小说")、"现代都市小说"等相对成熟的小说模式(规范),现代长篇小说得到了新的突破,并产生了一大批代表性作品。

我们在导读课中,曾经谈到,"严格地说,40 年代的小说理论与创作,并不具有独立的形态,它与 30 年代的小说理论与创作不能截然分开",也就是说,在现代小说史上,我们可以把三四十年代合为小说发展的一个时期。但我们现在分作两个时期来叙述也是有自己的理由的。一个方面是为了强调在反抗日本侵略的"战争"中,作家的生存状态,生活方式，生命体验，心理、情感方式等上的深刻变化，并最终导致的写作观念、形式的深刻变化；另一方面则是因为战争打破了新文学（包括现代小说）的创作局限于少数大城市（30 年代还因此形成了"京派"与"海派"的对立）的狭小格局，走向了中国的内地，并由于政治的原因而形成了"大后方"（又称"国统区"）、"敌后根据地"（又称"解放区"）与"沦陷区"三个区域，文学的发展也各具风貌，而总体上又形成了一种"多元化发展"的趋向。就现代文学（现代小说）自身的发展而言，从理论的倡导，新观念的引进、消化，创造性转化，对传统的批判与继承，多方面的创作试验，作家生活的积累，艺术修养的磨炼等，从"五四"到 40 年代中后期，已有二三十年的耕耘，也确实到了收获的季节。于是，正是在 40 年代的中后期，当战争进入相持阶段，作家生活相对稳定，心态相对沉静，就出现了一大批相对成熟的作品，而且其作者面之广，文学体裁、题材之丰富，形式、风格之多样……都是现代文学史上所从未有过的。为了便于叙述，我们先把作家分成不同类型，分别介绍他们所获得的创作突破。

首先是二三十年代老作家的创作出现了新的高峰。大体上有两种情况。一些老作家虽然早在前一时期即已确定了在文坛上的地位，但其创作的成熟之作却出现在 40 年代。例如巴金，30 年代即已写出了代表作《家》，40 年代不仅继续写出了《春》与《秋》，完成了他的《激流三部曲》，而且创作了《寒夜》《憩园》这样新的力作，同样是关注中国的家庭结构及其成员的命运，但其伦理与审美的判断都对原有的二元对立模式有所超越，变得更为复杂，在表达上也更为节制，这都显示了思想与艺术的趋于成熟。老舍在 40 年代有长篇小说《四世同堂》问世，尽管在艺术完整性上或许稍逊于 30 年代的代表作《离婚》与《骆驼祥子》，但无论是作者视野的阔大，作品的规模，还是作品的文化品位，对地方民俗、风情、性格的精细刻画，都达到了一个新的水平。茅盾写于 40 年代的《霜叶红似二月花》，虽然是未完成的长篇，但学术界却公认，其在艺术上的圆熟，对传统小说的自觉继承，对茅盾 30 年代的创作，显然有了新的超越。而一些 30 年代的青年作家，更是在这一时期，写出了他们新的力作，例如沙汀的短篇小说《在其香居茶馆里》、长篇小说《淘金记》，张天翼的《华威先生》，芦焚的《果园城记》（系列短篇小说），萧红的《呼兰河传》《早春三月》，吴组缃的《铁闷子》与长篇《鸭嘴涝》等，这些都是显示了一个时代的艺术水准的小说精品，可以说30年代"建立规范"的努力，到这一时期才产生了成熟的代表作品。

另一些作家则不满足于他们已经形成的创作模式，寻求新的突破。最为突出的是这一时期的沈从文，他在创作了堪称《边城》的姐妹篇《长河》之后，又转向"抽象的抒情"，试图对原有的抒情小说散文有所创新，写出了小说《看虹录》，散文《烛虚》《七色魇》等试验性作品。作家端木蕻良在继他的代表作《科尔沁旗草原》以后，沿着同样的思路，又写了《大江》《大地的海》等长篇，接着改变思路，写了我们这里讨论的《初吻》《早春》这样童年回忆的小说。废名在40年代写有《莫须有先生坐飞机以后》，似是30年代的《莫须有先生传》的续篇，但在小说观念与艺术上都显然有新的变化。曾以《莎菲女士的日记》等城市女性小说轰动30年代文坛的丁玲，这时期更是自觉地转变"方向"，不仅写出了反映农村革命根据地妇女命运的小说《夜》《我在霞村的时候》《在医院中》，而且创作了反映农村土地改革运动的长篇小说《太阳照在桑干河上》。与丁玲有着类似转变的周立波、欧阳山也写出了显示"新作风"的长篇小说《暴风骤雨》与《高干大》。正是这些成名作家的努力，带动了40年代小说创作的变革、创新、实验之风，为现代小说的发展开拓了新的天地。

此外，还有一些老作家也仍然保持着创作的活力，如冰心于沉寂多年以后，以男士的笔名写出了《关于女人》一组小说，叶圣陶也有《春联儿》等小说问世，许地山则写有《玉官》，王统照、王鲁彦、骞先艾等"五四"时期的作家都有新作，尽管这些作品已不能产生类似当年的影响，但对他们自身的创作而言，仍然是有新的进展的。还有一些诗人、散文家、戏剧家，以至学者，这时也出人意料地涉足小说创作，其中也不乏精品。最引人注目的，自然是学者钱锺书的长篇小说《围城》与诗人冯至的《伍子胥》，此外，还有剧作家夏衍的《春寒》，诗人、散文家李广田的《引力》，诗人卞之琳的《山山水水》，散文家林语堂的长篇《瞬息京华》等。甚至著名的工商企业家胡子婴也在茅盾的指导下写出了反映民族资本家的战时困境的小说《滩》（尽管这一小说在艺术上并不成功）。圈外人的这种积极介入，从一个侧面说明小说正是这一时期最受重视的文体之一（另一文体则是戏剧），这大概是因为在战争中人们有了特别丰富的外在生活经历与内心体验，需要借助小说这种叙述文体来表达的缘故吧。

也许是出于同一原因，40年代的战争环境养育了大批新的小说家。这是一个相当大的群体，粗略地说，即有：大后方（国统区）的姚雪垠、碧野、王西彦、骆宾基、路翎、贾植芳、徐訏、无名氏、司马文森、黄谷柳、刘盛亚、田涛、于逢、易巩、程造之、汪曾祺、孙陵、李拓之、李辉英、齐同、丰村、郁茹、荃麟、罗淑、谷斯范、刘北汜等；敌后根据地（解放区）的赵树理、孙犁、柳青、孔厥、康濯、马烽、西戎、杨朔、罗烽、舒群、白朗、袁静、柯蓝、刘白羽、邵子南、周而复、马加、雷加、严文井等；沦陷区的张爱玲、梅娘、予且、袁犀、关永吉、爵青、山丁、古丁、王秋萤、小松、关沫南、施济美、苏青、丁谛、张秀亚、萧艾等；此外，还有孤岛时期上海的郑文定、沈寂、罗洪、越薪、司徒宗、王元化等，香港的侣伦，台湾的吴浊流、钟理和等。正是在群星辉映之下，出现了一些具有鲜明的创作个性、具有潜力的小说家，如路翎、骆宾基、汪曾祺、赵树理、孙犁、张爱玲、袁犀等人。难能可贵的是这些新起的作家，在充分吸取新文学自身的养料的同时，十分注意扩大自己的精神与艺术的视野，或从外国文学（包括同时期的西方与苏联文学），或从中国古代文学传统，或向民间文学传统，吸取资源，自觉地进行思想的探讨与艺术的试验。这样，他们的创作（特别是他们中的最具有创造意识、最富有才华的作家的创作），就不但将新文学在前二十年的创作积累进一步吸取，深化，提高到一个新的水平，而且以他们的多方面的探讨，与前述老作家的新突破一起，构成了40年代小说创作中特具生命活力的艺术创新、试验的创作潮流，为小说的发展开拓了新的艺术领域，提供了新的多种可能性。

说到这里，我们大概可以对 40 年代小说的总体发展趋向与价值做一点概括了。简单地说起来，就是：一方面，中国现代小说发展（积累）到这里，以一些代表性作品的出现（如长篇小说《霜叶红似二月花》《四世同堂》《寒夜》等，短篇小说《在其香居茶馆里》《华威先生》《果园城记》《北望园的春天》《荷花淀》等，中篇小说《长河》等）为标记，形成了相对成熟的中国现代小说规范（模式）。另一方面，又出现了一大批突破规范的、带有探索性的实验性作品，这种实验不仅在深度与广度上都超过了在此之前（二三十年代）所进行的探索，而且从起点上，就已经达到了相当的水平。更重要的是，到 40 年代末，已经初步形成了一个向外（丰富多样的历史与现实生活）、内（作家丰富复杂的内心体验）两面开发，从古、今、中、外文化传统与民间文化传统广泛吸取营养，又立足于自我创造的小说创作格局，从而展现了一个多元的、开放的创作态势。

然而，这样一个来之不易、十分难得的发展机会，却没有被抓住：先是 40 年代末期的国内战争，急剧的社会变动，使大批出现于这一时期（实际上是上一时期的积累与结晶，出版总要落后于创作）的艺术精品，没有得到应有的反应与重视。新的政权建立以后，又以新的意识形态作为唯一的、不容置疑的尺度，40 年代的许多实验性作品就这样被人为地强迫遗忘，从而出现了现代小说（文学）发展中的"断裂"现象。这些作家、作品直到八九十年代才作为"出土文物"被重新发现（发掘），并在当代小说的新实验中获得新的生命延续。今天我们才有可能重新研究与描述这段中断了的小说史，自然不免有许多感慨。

二

我们在一开始就已说明，所要讨论的作品只是 40 年代小说中的一部分；在研讨过程中，又一再指出，这些作品或在出世之后即遭否定（如沈从文的《看虹录》），或无论在当时或以后都一直被冷落（如端木蕻良的《初吻》、废名的《莫须有先生坐飞机以后》），有的甚至可以说是被我们这次讨论所"发掘"的（如李拓之的《文身》、卞之琳的《海与泡沫》），有的发表时虽曾得到好评，以后（甚至时至今日）却未得到足够的评价（如冯至的《伍子胥》），有的作家在当时与今日都为学术界与读书界所注目（尽管也被埋没了很长时间），但我们所讨论的作品，却因为不代表其主要风格而相对被忽略（如路翎的《求爱》、张爱玲的《封锁》、萧红的《后花园》），至于我们最后讨论的汪曾祺的情况类似于路翎、张爱玲，人们也是熟悉他在80年代实际上是重写了的《异秉》与《职业》，却很少知道（或无法看到）他在40年代所写的同名作品。

做了这一番作品接受背景的介绍以后，大概可以形成这样一个概念：我们所讨论的这些作品在当时（以至今日）都处于"边缘"的地位，或套用人们习用的说法，这都是些"非主流"的作品，甚至也可以说是"非主旋律"的作品，它（们）是（或基本上是）不受当时的主流意识形态（包括文艺观念）影响的作品，而且似乎也不受（或基本上不受）时尚（即所谓读书市场）的制约，而几乎完全受动于作家的自我内心欲求与艺术实验的趣味，因此，他（它）们（从作品到作家）的冷落、寂寞的命运，几乎是"命中注定"，也即作家做出这样的选择时即已决定了的。

但从另一个角度来看，这些作品又具有一种"超前性"。也就是说，只要这些作家的艺术实验品达到了一定的水准，本身是有价值的（这自然不包括在实验中不可避免地要"报废"的作品），那么，在时代思潮（包括文学思潮）发生变化的某一时刻，这些作品的价值会被重新承认，并成为新的创造的一种历史资源（和根据）而被继承、发展，这种被后来（有时与作品创作时间的距离相当遥远）"激活"的现象，表明文学艺术的承接，并非总是"连续性"的，其中会有"中断"，"回复"。在这个意义上，如何看待与评价这些边缘性（超前性）作品，以及它们与处于时代文学中心（主流）位置的作品的关系，对文学史家是一个难题，或者说是一个很好的检验，因为它在一定程度上反映了文学史家的文学史观。

　　如果认定文学史的发展是按照主流意识形态规定了的"合目的性"（人们通常把它称为"规律"）直奔而去，那么，这些不符合"规律"（"目的"）的作家作品就永远处于所谓"支流"（以至"逆流"）的地位而被忽略，以致抹杀。这自然是我们所不取的。其实"激发"自己的研究对象中被遗忘（埋没）而又确有价值的作品，以为自己所处时代新的创作提供历史资源（根据），这本来就是文学史研究的一个任务，也可以说是一个传统。比如"五四"时期大至对长期处于边缘位置的中国传统小说、戏剧的"再发现"，小至对《孔雀东南飞》这样被冷落的民间长篇叙事诗价值的重新"激活"，都是很好的例子。但我们是否又可以走向另一个极端，采取否认（或轻视）处于历史上某一时代中心位置的作家与作品的态度呢？这恐怕也是不可取的。因为一个时代的文学面貌毕竟主要是由这些处于中心位置的作家、作品决定的，不去认真研究这些作家、作品（其中一个重要课题即这些作家、作品何以会居于中心位置），恐怕很难完成文学史对一个时代的文学的描述任务。而做出怎样的评价，则应根据对作家、作品的实际价值的具体分析与研究，片面强调主流作品价值一定高于非主流作品，或反过来主观断定边缘性作品价值一定高于处于中心地位的作品，都很难说是实事求是与科学的。——也正是出于这样的认识，我们在比较充分地讨论了一批 40 年代的边缘性作品以后，还必须对同时期占据中心地位的（或有着不同追求的）小说思潮、作家、作品，做一番比较性的扫描，自然，这也只能是极其粗疏的。

　　但仍然先要从这些边缘性作品谈起。这些作品处于时代边缘，并不意味着它们就注定是脱离时代的。我们在研讨中已经一再谈到，几乎所有作品都表现了作家对"战争"的某种体验；而"战争"正是决定 40 年代时代面貌的最重要的历史事件与人的最基本的生存境遇。可以说生活在 40 年代的所有作家，他们的一切创作都不可能脱离开"战争"这个大背景；但作家观察、体验与表现战争的立足点，却可以（事实上也是）大不相同。

　　在大多数作家的眼里，这场战争首先是反抗日本军国主义侵略的民族解放战争，在一些更为激进的作家看来，这场战争同时肩负着反封建的任务，将导致国内阶级力量对比的变化，最终引向被压迫阶级的解放；也就是说，他们是立足于"国家（民族）本位"与"阶级本位"的立场，来观察、体验与表现这场战争。他们最为关注的是，在这场抗日战争中，国家（民族）的命运，社会的状况，以及普通人民（特别是下层人民），也包括知识分子自身的现实境遇。这就决定了他们的创作的"爱国主义"的总主题，以及"抗战"题材的选择——抗战初期正面反映全民总动员的抗日战争，出现了《第七连》（丘东平）、《差半车麦秸》（姚雪垠）、《山洪》（吴组缃）等代表作；抗战中后期则转向对阻碍抗战的现实黑暗与民族痼疾的暴露（张天翼《华威先生》、沙汀《在其香居茶馆里》《淘金记》等），对历史与传统民族文化的重新审视（老舍《四世同堂》、林语堂《瞬息京华》等），对知识分子道路的反思与探寻（路翎《财主底儿女们》、靳以《前夕》等）。正是这样的爱国主义的文学潮流与创作，构成了40年代小说创作的主流，这自然是可以理解的。而我们所讨论的这些作品，在当时，被视为"与抗战无关"的作品，并曾有过对这类思潮与作品的尖锐批判；我们今天就可以看得很清楚，这类作品并非逃避抗日战争的现实，而只是采取了与前述作家不同的立足点：他们以"个人本位"来观察、体验与表现这场战争，他们关注的是个体生命在战争中的生存困境。正像我们在对有关作品的具体解析中所发现的那样，作家常常穿透生命个体的现实困境，努力发掘其生命本体上的，也即形而上层面的更具有人类学普遍意义的困惑与矛盾，在这个意义上，又可以说作家的立场也是"人类本位"的。

大家知道，周作人在"五四"时期即已明确提出，"新文学的（基本）要求"就是文学"是人类的，也是个人的"，这也是"五四"文学思潮的一个主导方面（详见钱理群《精神的炼狱》中"文学走向自觉"一节），因此，我们可以把40年代所出现的"个人与人类本位"的文学思潮看作是对"五四"的一个呼应。当然，二者的区别也是明显的：如果说"五四"文学的个人性主要表现为与启蒙主义相联系的个体意识的自觉，那么40年代小说则更多地表现为对战争背景下的个体生命存在的体验、关怀与探寻。此外，还应该说明一点，即我们是为了描述的方便，为了显示主要倾向，才将"民族（阶级）本位"与"个人（人类）本位"做了如此明晰的划分，但在作家的具体创作实践中，却是相互渗透、交叉，又相互对立，呈现出极其复杂而模糊的状态，需要做具体的分析（即使是同一作家的不同作品，情况都不尽一样），而不能笼统论之。

我们再谈第二个方面。我要先请同学们欣赏下面这几段文字——

她兴奋地叫道："1927年的大时代，我还是小孩子，没有赶得上；现在这个大时代来了！……"

"你想，一个人要是生在平凡的时代，平凡地活了一辈子，又平凡地死去，多么见鬼！"

——姚雪垠：《春暖花开的时候》

她对于故乡的一切事情都感到厌倦，憧憬着一种陌生的，富于刺激的，戏剧意味的，不平凡的英雄生活，她希望离开家，离开故乡，到远方，到战地，到部队去。……

她在离火线三十里外，听到了几声大炮，便兴奋地欢呼着，跳跃着，眼眶里滚着热泪……

——姚雪垠：《戎马恋》

我确信，只有一条路能够救我们国家，——那就是战争，不是全死，就是全活。

没有毁灭，就没有建设，但愿旧的一切都毁去，新的再生出来！

——靳以：《前夕》

这诚然都是小说中人物的对话与心理，但这里所传达的，却是作家的心声，也是那个时代大多数人的信念。这就是说，大多数中国作家与其描写对象一样，都怀着理想主义、浪漫主义的激情去看待（对待）战争，他们确信：战争将按照人可以掌握的规律发展，自己（的国家、民族、阶级）将最终赢得战争；在他们看来，战争所造成的毁灭，不仅是为争取最后的胜利所必要付出的代价，而且是必需的：新的世界（国家、民族）只能建立在被毁灭的旧的废墟上。他们不仅怀着"创造大时代，开创历史新世纪"的庄严感、神圣感去投入战争，而且把战争视为"富于刺激的，（充满）戏剧意味"的，千载难逢的盛大节日（如同革命一般），他们笔下的战争也就必然充满了英雄主义的气概，他们将战争中的一切痛苦、眼泪，全都转换成复仇的烈焰和战斗的豪情。这样，他们也就在实际上将所说的革命（正义）战争，连同战争中的苦难、牺牲，都理想化、神圣化了。这样占主流地位的战争文学，必然以战争中的英雄人物作为自己的主人公，用40年代流行的说法（以后又发展为指导性的美学原则，一直影响到今天），就是要塑造战争中成长起来的新人（新英雄）。40年代出现了大批的"英雄传奇"，当然不是偶然的；《新儿女英雄传》（孔厥、袁静）、《吕梁英雄传》（马烽、西戎）、《李勇大摆地雷阵》（邵子南）等，都是风行一时的。这些作品里的主人公都是所谓"新英雄人物"，首先强调的是"群体"（革命的政党与革命政权）的，而非个人的作用，个人是群体（党）培养的，离开了群体（党），即使是英雄个人也毫无价值，这也就暗示了新英雄对群体（党）的依附性。

40年代小说中的英雄，还有一类，是从"旷野"里走出来的"流浪汉"（"跋涉者""流亡者"）。他们或许不同于前者，是属于个人主义的英雄。无论是路翎笔下的蒋纯祖（《财主底儿女们》），无名氏的印蒂（《野兽·野兽·野兽》《海艳》等），还是芦焚小说与散文里的"跋涉者"（《果园城记》《行脚人》等），他们都是西方文学里的浮士德和堂吉诃德的东方精神兄弟。前些年我曾指导过一位北大的本科学生写毕业论文，他认为路翎笔下的流浪汉是"自由和英雄的混合体"（吴昊：《反抗绝望——对路翎小说的重新审视》），这是一个相当深刻与准确的概括：这些战乱中出现的流浪汉的英雄本质，就在于他们对自由永不停息的追求。这正是一种真正的浪漫主义精神。也有研究者注意到作家在由衷地赞颂这些精神流浪汉苦难中磨炼出来的坚韧的自由意志时，也多少流露出对苦难的崇拜（见杨义：《中国现代小说史》），或者说他们是将"痛苦"审美化了，这是与审美化的"英雄情结"相联结的。

如果说这是一种对战争的"英雄性"的体验与想象，那么，我们这里所研究的边缘性作家，他们穿透战争的废墟，发现的是战火中的人的日常生活的无言的价值与美。或者如我们一再引述的张爱玲所说，经历了战争的大破坏、大毁灭、大劫难以后，一切都变得"靠不住"，于是人们"攀住了一点踏实的东西"，发现了人的"日常生活"这一最稳定的，更持久、永恒的人的生存基础。并由此而引发出一种新的历史哲学："凡人比英雄更能代表这时代的总量"，从而产生新的体验与想象、新的把握与审美方式：更愿意从"人生安稳的一面""和谐的一面"，而不是从"飞扬的一面""斗争的一面"去把握与表现人和人生。——这一方面我们已经谈得很多，不必再论。

谈到这里，敏感的同学大概已经想到，对战争的这两种不同的体验（它又根源于我们前面所讨论的观察与体验战争的不同的立足点），不同的把握与审美方式，其实与我们这门课研讨的重点——小说形式问题，存在着内在的深刻联系。

我们在导读课与讨论课中，都曾一再提到，几乎所有的边缘性作家都扬言，他们要写"不像小说"的小说，这实际上就是对前述英雄主义、浪漫主义的，从斗争、飞扬方面去把握与表现人和人生的审美方式的拒绝，进而拒绝了与此相应的以塑造人物（特别是所谓"新人"的英雄人物）为中心的，注重情节的传奇性，矛盾、冲突的尖锐与集中，精心设置结构（对横截面的，或展现矛盾的开端、展开、高潮、解决的完整过程的封闭式结构的追求）的小说模式，也即戏剧化的小说模式。这本是"五四"所开创的，30 年代逐渐形成的规范化的小说模式，到 40 年代因为出现了相对成熟的代表性作品，而自然居于这一时期的小说创作的中心（"正格"）位置。本来，规范的建立与突破几乎是同步产生的，因此，早在 30 年代就已经有了"变格"小说的尝试；到这一时期当正格小说所建立的规范被普及，不断再生产，并因此而形成了被公认的"小说"定义时（40 年代出现的一批"小说教本"，如姚雪垠的《小说是怎样写成的》，艾芜的《文学手册》，孙犁的《文艺学习》等，几乎都以这种戏剧化的小说模式的规范来定义小说），突破这一规范模式的努力，就成为更为自觉的实验，也必定要以"不像小说"作为自己的理论旗帜，从而显示出反抗主流（时尚）的叛逆性或异质性。

而仔细考察这些边缘性作家的实验，则可以发现，他们在小说形式上的突破，几乎都是建立在对战争中的人的日常生活和个体生存状态的关注、发现与体验基础上的。"小说的散文化"中的"散点透视"，正是要表现未经结构的生命的本真形态；"回忆"中时间线索的削弱，小说的空间化，正是表明了对人的生命（生活）的"恒常"的关注与对"变数"的有意忽略；"小说的诗化"，其实就是这一时期某位散文家所说的"词化"，即"人的感情不用于战斗，而用于润泽日常生活，使之柔和，使之有光辉"，并且达到"生活的升华"（胡兰成：《读了〈红楼梦〉》）。这里似乎存在着两个过程：首先是将外在的日常生活化为内在的体验，从而达到一种主观化，并进而感悟到日常生活背后（更深层面）的"底蕴"——我们可以称为"诗性哲学（哲理）"的东西，它与日常生活的感性形态融汇为一体（而非作家着意拔高外加），是汪曾祺所说的"随处是象征而没有一点象征的意味"。这些问题我们在讨论中都已经涉及，这里也不再多论。所要说的无非是这样一点意思：由于作家观察、体验生活（战争）的立足点（民族、阶级本位，或是个人、人类本位）不同，决定了40年代作家对战争存在着"英雄主义与浪漫主义的"及"非（反）英雄主义与浪漫主义的（凡人的）"两种体验方式与审美方式，进而产生了"戏剧化"的小说与"非（反）戏剧化"的小说这样两种小说体式。一般说来，前者占据了40年代小说的中心位置，后者则始终是一种边缘的少数人的实验。——我们的这一概括，是研究了这一时期大量小说现象、作品，所做出的抽象提升；而现实的具体的小说形态却远为丰富，并非总是采取这样二元对立、截然分开的模式，实际上是实现于二者的对立、矛盾与渗透的张力之中的。而且也还有些小说现象与作品是这一概括所不能包容的。

归根结底，对于文学（与文学史），个人（个别）性与独特性是更为重要的。这些其实都是文学（文学史）的常识，不过人们最容易忘记的大概也是这样的常识，所以需要点一点——点到即是。

我们已经一再提及所着重研讨的这些作品都具有很大的实验性与先锋性；那么，一般说来，它们属于"雅文学"的范围，与主流小说中的新小说一起构成了40年代小说总体格局中的"雅小说"部分。我们在这里特地指明这一点，是想强调两个意思。一是在40年代小说总体格局中，还有"通俗小说"这一大块，是不可（不应该）忽略的；二是40年代小说存在着相互对立的两种发展趋向，一方面是"雅"与"俗"的相互渗透与接近，出现了"小说通俗化"的自觉提倡与努力，并成为主导性的创作思潮，也有些作家则出入于"雅""俗"之间，张爱玲即是如此。但另一方面，也有些作家自觉地拒绝向通俗小说靠拢，坚持现代小说的异质性，坚持小说创作的先锋姿态。路翎就是一个代表。这就提醒我们，在考察这些实验性作品时，还需要把它们置于40年代小说发展的总体格局中，考察其与通俗小说的具体关系。这是一个很有意思的视角，我们在讨论中，已经有所涉及；这里也是点一下，以提起注意。

我们这样东点一下西点一下，已经谈得够多、够广了，可说的话好像还有，还是打住了吧。这门课也应该到此结束了，天下本没有不散的筵席。我和同学们都感觉到，这次对40年代一部分小说的研讨，在有一定收获的同时，也留下了许多遗憾。总的说来，整个研讨还嫌粗疏了一点，我和诸位准备都不足，许多问题应该深入却没有深入下去，还留下了许多来不及讨论的话题与课题。当然，我们也可以做一点自我辩解：这门课本也不准备解决所提出（涉及）的一切问题，它采取的是一种"开放"的姿态，它的最终目的是为同学们今后的研究（还不只是有关40年代小说的研究）打开一个思路。因此，这门课现在结束了，却又期待着在我自己与诸位今后的研究中得到某种程度的延续。那么，我们还可以说一句——

在新的"对话与漫游"中再见！

原版后记

这是一个意外的收获。记得还是前年，我在韩国讲学，寒假回国度假，接到了上海文艺出版社编辑朋友的来信，说他们要编一套"大学讲坛丛书"，约我为他们整理一份讲稿作为其中一本。但我已有的讲稿都先后整理出版了，无以应差；本想回绝，却又觉得很难说出这个"不"字：我没有忘记自己的第一本独立著作《心灵的探寻》是由上海文艺出版社出的。那时我只是一个助教，曾为出版一本《周作人资料长编》找遍有关系、无关系的出版社，却无一结果，有一家出版社已接受出版，后来又退回。正处于极度绝望之中，上海文艺出版社的高国平先生，仅仅凭了黄子平兄的一句介绍（当时子平兄也只是因为在《文学评论》上发表了一篇文章，才为学术界所知），就主动找上门来，向我约稿。记得最初定的也是"大学讲坛丛书"，后来才改作"文艺探索书系"。上海文艺出版社这种"雪中送炭"的情谊，我是永远铭刻在心的；现在他们旧议重提，我义不容辞要予以支持。于是，决定在暑期回国后，特为写这本书而开一门课；几经踌躇，最后选定了"40 年代小说研读"这个题目。有关设想在"导读课"中已做了交代，不必重复。

这里只想再强调一点，尽管最初的动因是应出版社之约，不是出于内心的要求，这一点，似乎有别于我其他的著作；但进入具体操作以后，我仍是十分认真，而且是越来越投入的。其原因恐怕还是我过去说过的：我在本质上是一个教师，在我的心目中，"教育"的地位是重于"学术研究"的（当然，二者对我是相辅相成、互相促进的）。我不但在学术上，而且在教学上，也有着自觉的追求：从大学文学教育的指导思想，教学原则，到教学的内容，上课的形式，讲授的艺术，我都有自己的思考，精心的设计。尽管现在还没有做过理论上的总结与提升，但希望这次教学实验，能够多少体现我的这些追求与个人的教学风格。在这个意义上，这一次的讲课与最后整理出来的讲课实录，也是我的自我生命在一个重要方面的真实显露。但又不是一人的"独语"，而是选取了"我在学生中"这一独特的视角，是一次"对话"与"集体漫游"。因此，本书的作者并非我一人，而是我领导的一个教学群体，是集体智慧的结晶，这大概才是本书真正区别于我的所有著作的特异之处，其价值也就在此吧。因此，我期待着这本书还能够多少显示出北京大学的"教"与"学"风格的或一侧面。——这或许只是我的一个奢望，但我的追求是绝对真诚的，是否达到是另一个问题。就为了这一点，我要感谢我的学生，感谢北京大学给了我这个"讲坛"，能够在中年以后，登上北京大学的神圣讲坛，真是三生有幸啊！

钱理群

1997 年 1 月 30 日

写于燕北园"三一室"

附 录

1995 年"40 年代小说研读"课堂部分参与者：

钱理群	授课教师
姚　丹	细读《后花园》
王少燕	《文身》的艺术
贺桂梅	《看虹录》的追求与命运
李宪瑜	《初吻》的创新
［韩］朴贞姬	《求爱》：另一种风格
于　威	殉道者的精神苦役
谢茂松	《伍子胥》的思想资源与文本解读
孙永丽	隐寓性的战争主题
［韩］吉贞杏	《五祖寺》里的佛教色彩
周亚琴	《海与泡沫》：诗人的小说
萨支山	《封锁》解读
李隆明	我看《封锁》
［美］江克平	电车上的造反
［日］滨田麻矢	两个世界的对立
王　风	《异秉》《职业》两种文本的对读

2020 年"40 年代小说经典研究"课堂部分参与者：

吴晓东	授课教师
［韩］崔源俊	《后花园》与萧红的人生哲学
唐小林	《文身》与 40 年代历史小说中的主体转化
孙慈姗	生命·形式·"一个人"——读《看虹录》
刘　东	《初吻》：一则 40 年代的"草原"故事
刘祎家	主体的辨识——路翎《求爱》再解读
罗雅琳	"诗意"意味着什么？——重读冯至的《伍子胥》
钟灵瑶	从"议论性杂文"到"回忆性传记"——《五祖寺》解读
李超宇	知识分子与劳动——重读《海与泡沫》
顾甦泳	作为时代转喻的欲望书写——重读张爱玲的《封锁》
肖钰可	局促，或从容的小说——也谈两个版本的《职业》《异秉》

图书在版编目（CIP）数据

现代小说十家新读 / 钱理群，吴晓东主编 . -- 上海：
上海三联书店，2024.10
ISBN 978-7-5426-8084-6

Ⅰ . ①现… Ⅱ . ①钱… ②吴… Ⅲ . ①现代小说—小
说研究—中国 Ⅳ . ① I207.42

中国国家版本馆 CIP 数据核字 (2023) 第 128307 号

本书部分文字作品著作权由中国文字著作权协会授权；部分文字作品稿酬
已向中国文字著作权协会提存，敬请相关著作权人联系领取。
电话：010-65978917，传真：010-65978926，E-mail: wenzhuxie@126.com。

现代小说十家新读

钱理群　吴晓东　主编

责任编辑 / 宋寅悦
特约编辑 / 曹凌志　周　玲
装帧设计 / 高　熹
内文制作 / 陈基胜
责任校对 / 王凌霄
责任印制 / 姚　军

出版发行 / 上海三联书店
　　　　　（200041）中国上海市静安区威海路755号30楼
邮　　箱 / sdxsanlian@sina.com
联系电话 / 编辑部：021-22895517
　　　　　　发行部：021-22895559
印　　刷 / 山东临沂新华印刷物流集团有限责任公司

版　　次 / 2024年 10 月第 1 版
印　　次 / 2024年 10 月第 1 次印刷
开　　本 / 960mm×635mm　1/16
字　　数 / 494千字
印　　张 / 33.25
书　　号 / ISBN 978-7-5426-8084-6/Ⅰ·1817
定　　价 / 98.00元

如发现印装质量问题，影响阅读，请与印刷厂联系：0539-2925659